La maison du Pacifique

SUSAN WIGGS

La maison du Pacifique

Jade

Titre original :
JUST BREATHE
publié par MIRA®

Traduction française de KARINE XARAGAI

Jade® est une marque déposée par le groupe Harlequin

Photos de couverture
Paysage marin : © RON & PATTY THOMAS / GETTY IMAGES
Ciel : © COLIN BRYNN / GETTY IMAGES
Propiété : © ROYALTY FREE / PHOTOS.COM / JUPITER IMAGES

A la mémoire d'Alice O'Brien Borschart,
Auteur de talent, amie précieuse.
Tu continues de vivre dans le cœur de ceux qui t'ont aimée.

1

Au bout d'une année de rendez-vous à la clinique, Sarah commençait à trouver la déco franchement horripilante. Les spécialistes du lieu prêtaient-ils aux tons ocre des effets apaisants sur l'anxiété des candidats au statut de parent? S'imaginaient-ils que le joyeux glouglou de la fontaine murale aurait le pouvoir d'activer spontanément la production d'ovules chez une femme stérile, et de la transformer en poule pondeuse particulièrement performante? Ou encore que le doux tintement du carillon en cuivre pourrait inciter un spermatozoïde errant à trouver son chemin, tel un missile à tête chercheuse?

Passer la phase post-insémination allongée sur le dos en position gynécologique commençait à lui paraître de plus en plus long. Le protocole n'exigeait plus ce temps d'attente, mais de nombreuses femmes, y compris Sarah, étaient superstitieuses. Elles mettaient toutes les chances de leur côté, allant jusqu'à solliciter l'aide de la force de gravité.

Il y eut un léger coup frappé à la porte et celle-ci s'ouvrit dans un chuintement.

— Alors, comment allons-nous? s'enquit Frank, l'infirmier spécialisé.

Frank avait le crâne rasé, arborait un petit bouc, une seule boucle d'oreille et portait une blouse stérile ornée de petits lapins : Monsieur Propre dévoilant son côté papa poule.

— Cette fois, j'espère bien que le « nous » n'est pas qu'une façon de parler, répliqua Sarah en croisant les bras derrière la nuque.

Le sourire de l'infirmier lui donna envie de pleurer.

— Des crampes ?

— Pas plus que d'habitude.

Elle resta tranquillement allongée sur la table d'examen rembourrée et recouverte d'une bande de papier stérile, pendant que Frank vérifiait sa température avant de consigner l'heure de la prise.

Sarah tourna la tête. De cet angle, elle voyait ses affaires proprement pliées sur l'étagère de la penderie toute proche : son sac à main cannelle de chez Smythson, ses vêtements de créateur, ses bottes crème alignées avec soin contre le mur. Son téléphone portable, programmé pour appeler son mari d'une seule touche, ou même par commande vocale.

Considérant cette opulence, elle y vit les signes distinctifs de la femme entretenue. Privilégiée. Peut-être même — non, *indiscutablement* — gâtée. Pourtant, au lieu de s'estimer choyée et unique, elle se sentait simplement... vieille. Comme une femme d'âge mûr, alors qu'elle n'avait pas trente ans — la plus jeune patiente de Fertility Solutions. La plupart des femmes de son âge partageaient encore avec leur copain une chambre de bonne pourvue, en guise de mobilier, de caisses de lait et de planches de bois brut. Elle n'aurait pas dû les envier, mais, parfois, c'était plus fort qu'elle.

Sans raison, Sarah se sentait sur la défensive, et vaguement coupable d'en passer par ces thérapies coûteuses. « Ça ne vient pas de moi, aurait-elle voulu expliquer à de parfaits inconnus. Je n'ai aucun trouble de la fertilité. »

Quand Jack et elle avaient cherché un moyen de l'aider à concevoir, elle avait pris du Clomid, histoire de donner un coup de pouce à Mère Nature. Au début, traiter son corps en parfaite santé comme si elle avait eu un problème lui avait semblé le comble de l'absurdité. Mais, depuis, elle s'était faite aux médicaments, aux crampes, aux échographies endovaginales, aux prises de sang... et à la cruelle déception chaque fois que les résultats s'avéraient négatifs.

— Ah, non, arrêtez de déprimer! lança Frank. Le cafard est un mauvais karma. C'est mon opinion totalement scientifique.

— Je n'ai pas le cafard, protesta-t-elle avant de s'asseoir et de lui accorder un sourire. Ça va, je vous assure. Simplement, c'est la première fois que Jack ne peut pas être présent au rendez-vous. Alors, si jamais ça marche, il faudra qu'un jour j'explique à mon enfant que son papa n'était pas là au moment de sa conception. Qu'est-ce que je lui dirai ? Que c'est oncle Frank qui m'a fait cet honneur?

— Ouais, je trouve ça pas mal…

Elle ne pouvait blâmer Jack pour son absence. Ce n'était la faute de personne. À partir du moment où l'échographie révélait la présence d'un follicule mature et qu'elle se faisait une auto-injection de hCG, ils avaient trente-six heures pour l'insémination intra-utérine. Malheureusement, Jack avait déjà prévu une réunion en fin d'après-midi sur un chantier. Impossible de l'annuler. Le client venait exprès à Chicago, avait-il expliqué.

— Et sinon, vous essayez toujours par la bonne vieille méthode? demanda Frank.

Sarah rougit. Les érections de Jack étaient rares et, ces derniers temps, il avait pratiquement renoncé.

— En ce moment, ce n'est pas franchement torride entre nous.

— Amenez-le demain, proposa Frank. Je vous inscris pour 8 heures.

Il y aurait une autre IIU — insémination intra-utérine — tant que durerait le créneau de fertilité. L'infirmier lui tendit une carte de rendez-vous et la laissa seule pour se rhabiller.

Son désir d'enfant s'était mué en envie obsédante, physiquement douloureuse. Une idée fixe qui se renforçait au fil des mois de tentatives infructueuses. Aujourd'hui, c'était son douzième rendez-vous. Un an auparavant, jamais elle n'aurait cru atteindre ce seuil symbolique, et encore moins devoir l'affronter seule. Toute cette histoire était devenue d'une routine déprimante : les auto-injections, l'invasion du spéculum, le pincement et la brûlure du cathéter d'insémination. Après tout ce temps, l'absence de Jack n'aurait pas dû l'atteindre à ce point... Pourtant, elle gardait toujours à l'esprit qu'au cœur de toute cette technologie se trouvait quelque chose de très humain et de très élémentaire : le désir d'enfant. Ces derniers temps, le seul fait de regarder une mère avec son bébé la faisait souffrir. Ce spectacle transformait son désir en douleur physique.

Pouvoir tenir la main de Jack et endurer avec lui cette musique d'ambiance New Age rendait ces rendez-vous moins pénibles. Sarah appréciait son humour et son soutien, mais, ce matin, elle lui avait dit de ne pas culpabiliser s'il ne venait pas.

— C'est bon, avait-elle affirmé au petit déjeuner avec un sourire ironique. Des tas de femmes tombent enceintes sans l'aide de leur mari, ça arrive tous les jours.

Occupé à consulter ses messages, Jack avait à peine levé les yeux de son BlackBerry.

— Merci, Sarah, c'est sympa.

Elle lui avait fait du pied sous la table.

— Qui plus est, nous sommes censés continuer à essayer d'avoir un enfant de façon traditionnelle...

Jack l'avait regardée et, l'espace d'une seconde, un éclair sombre avait traversé son regard.

— Evidemment, avait-il persiflé en se reculant de la table pour pouvoir organiser son attaché-case. Sinon, pourquoi ferions-nous l'amour ?

Son mécontentement remontait à quelques mois. Faire l'amour par devoir, dans le seul but de procréer, ne les emballait ni l'un ni l'autre, et il tardait à Sarah que Jack retrouve sa libido.

A une époque, elle se voyait comme une véritable déesse dans les yeux de son mari, mais c'était avant sa maladie. Comme le disait souvent Jack ces derniers temps : « Ce n'est pas facile de s'intéresser au sexe quand on vous a irradié les gonades. » Sans parler de l'ablation chirurgicale d'un de vos testicules. Jack et Sarah avaient conclu un pacte. Si Jack s'en sortait, ils se consacreraient de nouveau au rêve qui avait été le leur avant son cancer : avoir un enfant. Plein d'enfants, même. Ils avaient plaisanté sur son unique testicule, lui avaient donné un nom — l'Orphelin — et en avaient fait l'objet de toutes leurs attentions. Une fois sa chimio terminée, les médecins avaient affirmé à Jack qu'il avait de bonnes chances de retrouver une fertilité normale. Hélas, sa fertilité ne s'était pas rétablie. Ses fonctions sexuelles non plus, d'ailleurs. Pas de façon prévisible, en tout cas.

Ils avaient alors décidé de se tourner vers l'insémination artificielle, en utilisant le sperme que Jack avait fait prélever par mesure de précaution avant d'entamer un traitement agressif. Et c'est ainsi qu'avait commencé le cycle du Clomid, de la surveillance obsessionnelle, des fréquents rendez-vous à North Shore Facility Solutions, et des factures si exorbitantes que Sarah avait cessé de les ouvrir.

Par chance, les soins de Jack étaient remboursés, le cancer n'étant pas une maladie censée frapper de jeunes mariés tentant de fonder une famille.

Leur cauchemar avait pris forme un mardi matin à 11 h 27. Sarah se revoyait très nettement en train de fixer l'heure sur l'écran de son ordinateur, s'efforçant de ne pas oublier de respirer. A l'expression du visage de Jack, elle avait fondu en larmes avant même qu'il ait prononcé les mots qui allaient bouleverser le cours de leur vie : « C'est un cancer. »

Après les pleurs, elle s'était juré de tirer son mari de là. Pour son bien, elle avait mis au point « Le Sourire », celui qu'elle amenait sur ses lèvres quand la chimio transformait Jack en loque humaine secouée de frissons et vomissant sur le sol. Un sourire qui l'encourageait : *Tu vas y arriver, champion ! Je suis avec toi.*

Ce matin, contrite après leur échange un peu acerbe, elle avait tâché de se montrer sociable en feuilletant la brochure de Shamrock Downs, le projet en cours de Jack, un complexe immobilier de luxe situé en banlieue. La brochure proclamait : « Centre équestre conçu par Mimi Lightfoot, EVD. »

— Mimi Lightfoot ? s'était-elle enquise en s'attardant sur les prés et les étangs photographiés dans un flou artistique.

— Un grand nom dans le monde du cheval, avait-il affirmé. Mimi Lightfoot est à la conception de carrières d'équitation ce que Robert Trent est à la conception de parcours de golf.

Comment pouvait-on se passionner pour la conception d'une carrière ? s'était interrogée Sarah.

— Et comment est-elle ?

Jack avait haussé les épaules.

— Oh, tu sais, le genre cavalière. Peau sèche, pas maquillée, queue-de-cheval.

Il avait imité un hennissement.

— Tu es méchant...

Elle l'avait accompagné jusqu'à la porte pour lui dire au revoir.

— Mais tu sens délicieusement bon, avait-elle ajouté.

Elle avait respiré le parfum Karl Lagerfeld qu'elle lui avait offert en juin dernier. Elle l'avait acheté en cachette pour la fête des Pères, en même temps qu'une boîte de cigares en chocolat, pensant qu'ils auraient peut-être quelque chose à fêter. Une fois son espoir déçu, elle lui avait malgré tout donné le Lagerfeld, par gentillesse. Quant aux chocolats, elle les avait mangés.

Ce matin, elle avait également remarqué que Jack portait un pantalon au pli impeccable, une de ses chemises assorties de chez Custom Shop et une cravate Hermès.

— Des clients importants ? avait-elle demandé.

— Quoi ? avait-il répondu en sursautant, les sourcils froncés. Oui... On se réunit au sujet des plans marketing du complexe immobilier.

— Bon. Passe une bonne journée, alors. Et souhaite-moi bonne chance.

— Quoi ? avait-il répété en enfilant son manteau Burberry.

Sarah avait secoué la tête et l'avait embrassé sur la joue en précisant :

— J'ai un rencard torride avec ton armée de dix-sept millions de spermatozoïdes mobiles.

— Ah, mince ! Je suis désolé, mais je ne peux vraiment pas déplacer cette réunion.

— Tout se passera bien.

Et, l'embrassant encore pour lui dire au revoir, elle avait réprimé un pincement de rancœur devant son air irritable et distrait.

Une fois finie la procédure d'insémination, Sarah suivit les panneaux de sortie menant à l'ascenseur et descendit au parking. Curieusement, la clinique avait un service voiturier, mais Sarah ne pouvait se résoudre à y avoir recours. Elle était déjà suffisamment privilégiée. Elle enfila ses gants bordés de cachemire, fit jouer ses doigts dans la douceur du daim, puis se glissa sur le cuir chauffant de son SUV Lexus gris métallisé, avec siège auto intégré. Jack avait certes mis la charrue avant les bœufs, en achetant cette voiture. Mais peut-être que… Oui, peut-être que, dans neuf mois, ce serait parfait. La voiture idéale pour une future mère de joueur de foot.

Sarah régla le rétroviseur pour jeter un œil à la banquette arrière. Celle-ci accueillait tout un fatras de croquis, un sac de chez Dick Blick Art Materials et, contre toute attente, un fax, engin quasiment préhistorique de nos jours. Jack était d'avis qu'elle le laisse mourir de sa belle mort. Personnellement, elle préférait l'apporter chez un réparateur. C'était le premier appareil qu'elle s'était offert avec ses revenus artistiques, et elle tenait à le garder, même si plus personne ne lui envoyait de fax. Car elle avait bel et bien une carrière, après tout. Pas très brillante, certes… Enfin, pas encore. Maintenant que Jack avait vaincu la maladie, elle allait se concentrer sur ses bandes dessinées, augmenter le nombre de ses diffuseurs. Les gens s'imaginaient que c'était simple de dessiner des BD six jours sur sept. Il y en avait même pour croire qu'en un jour elle pouvait dessiner l'équivalent d'un mois de publications quotidiennes, et passer ensuite le reste de son temps à se tourner les pouces. Placer soi-même ses dessins était une tâche accaparante et difficile, surtout en début de carrière, mais cela, ils étaient loin de le soupçonner.

Lorsque sa voiture émergea du parking, la pire des intempéries de Chicago s'abattit sur son pare-brise. La ville possédait sa propre marque de neige fondue, qui semblait s'envoler tout droit du lac Michigan pour souiller les véhicules, gifler les piétons et leur faire presser le pas à la recherche d'un abri. « Je ne m'habituerai jamais à ce climat, songea-t-elle, même si je devais passer ma vie ici… » Quand elle avait débarqué dans cette ville, les yeux ronds, jeune étudiante de première année sortie de sa minuscule bourgade de bord de mer, au nord de la Californie, elle s'était crue tombée au beau milieu de la tempête du siècle. Loin de se douter que c'était tout à fait normal pour Chicago.

— L'Illinois, avait répété sa mère quand Sarah avait reçu une offre d'admission, au printemps de son année de terminale. Pourquoi?

— Parce que c'est là-bas que se trouve l'université de Chicago, avait-elle expliqué.

— Nous avons les meilleures écoles du pays à un jet de pierre d'ici, avait objecté sa mère. Cal, Stanford, Pomona, Cal Poly…

Mais Sarah refusait d'en démordre. Elle voulait aller à l'université de Chicago. Elle se fichait de l'éloignement, du climat pourri ou encore du morne paysage de plaines. Nicole Hollander, sa dessinatrice humoristique préférée, y avait fait ses études. C'était là-bas qu'elle devait aller, du moins pendant quatre ans.

Pourtant, jamais elle n'aurait imaginé passer sa vie à Chicago. Elle avait du mal à se faire à cet endroit. Le climat était rude et très venteux, la ville sans prétention et dangereuse dans certains quartiers, expansive et généreuse dans d'autres. Même la cordialité innée des habitants lui apparaissait déroutante à l'époque. Dans de telles conditions, comment distinguer ses vrais amis?

Elle avait prévu d'en partir une fois son diplôme en poche. Jamais elle n'aurait cru fonder une famille ici. Mais la vie était comme ça. Pleine de surprises.

Jack Daly aussi avait été une surprise — son sourire éblouissant, son charme irrésistible, la rapidité avec laquelle elle était tombée amoureuse de lui. Né à Chicago, il était chef de chantier dans l'entreprise familiale. Cette ville était tout son univers : il y avait sa famille, ses amis et son travail. La question de savoir où Jack et elle allaient habiter une fois mariés ne s'était jamais posée.

Il était viscéralement attaché à Chicago. Alors que la plupart des gens considéraient la vie comme une agréable succession de déménagements, Jack ne concevait pas de vivre ailleurs que dans la Ville des vents. Des années plus tôt, au beau milieu d'un cruel hiver, Sarah avait évoqué la possibilité de s'installer dans une région un peu plus tempérée. Jack avait cru à une plaisanterie de sa part, et plus jamais ils n'en avaient reparlé.

— Je te bâtirai la maison de tes rêves, lui avait-il promis quand ils s'étaient fiancés. Tu apprendras à aimer cette ville, tu verras.

Elle l'aimait, lui. Quant à Chicago, elle réservait encore son jugement.

Le cancer de Jack — ça aussi, autre surprise. Ils avaient surmonté cette épreuve, se remémorait-elle chaque jour qui passait. Mais la maladie les avait changés, l'un comme l'autre.

Chicago elle-même était une ville de changement. En 1871, elle avait été entièrement détruite par un incendie. Des familles avaient été séparées par une tempête de feu poussée par le vent, et qui n'avait laissé dans son sillage que des cendres et des vestiges de bois calciné. Les gens arrachés aux leurs placardaient partout des lettres et des messages désespérés, bien décidés à tout faire pour être un jour de nouveau réunis.

Sarah se représentait Jack et elle dans leurs efforts pour se retrouver, se frayant pas à pas un chemin parmi les ruines encore fumantes. Ils étaient des réfugiés d'un autre genre de catastrophe. Ils avaient survécu au cancer.

Sa roue avant s'enfonça dans un nid-de-poule. La secousse projeta une explosion de neige fondue couleur de boue sur le pare-brise, et un bruit sourd et inquiétant lui parvint de la banquette arrière. Un coup d'œil dans le rétroviseur lui révéla que le fax avait fait le saut de l'ange.

— Génial, marmonna-t-elle. Super !

Elle actionna la manette du lave-glace mais les conduits ne crachotèrent qu'un maigre filet de liquide, parfaitement inefficace. Parmi les témoins de contrôle du tableau de bord, le mot *Vide* clignotait.

Les voitures roulaient au pas, formant un triste flux vers le nord. Stoppée pour la troisième fois d'affilée au même feu, Sarah donna un coup sur le volant du plat de la main.

— Je n'ai pas à être coincée dans un embouteillage, déclara-t-elle. Je travaille à mon compte. Je suis peut-être même enceinte.

Que ferait Shirl dans une telle situation ? Shirl était l'alter ego de Sarah dans *Respire !* sa BD. Version plus dégourdie, plus affirmée et plus mince de sa créatrice, Shirl débordait d'audace ; elle affichait une attitude je-m'en-foutiste et une nature impulsive.

— Que ferait Shirl ? demanda Sarah à voix haute.

La réponse lui vint en un éclair : elle s'achèterait une pizza.

Cette pensée déclencha en elle une telle envie de pizza qu'elle éclata de rire. Une envie… Peut-être un signe de grossesse ?

Elle bifurqua dans une petite rue et pianota « pizza » sur son GPS. A peine six pâtés de maisons plus loin se trouvait un endroit baptisé Luigi's. Plutôt prometteur, comme nom. Tout comme la vitrine, constata-t-elle quelques minutes plus tard en se garant devant l'établissement. Une enseigne au néon rouge annonçait « Ouvert jusqu'à minuit » tandis qu'une autre affirmait qu'on y trouvait « La meilleure Deep Dish Pizza de Chicago depuis 1968 ».

Sarah remonta la capuche de son imperméable et, tandis qu'elle fonçait vers l'entrée, il lui vint une brillante idée. Elle allait emporter la pizza pour la partager avec Jack. A cette heure-ci, sa réunion était sûrement terminée, et il devait avoir l'estomac dans les talons.

Elle adressa un sourire radieux au jeune homme derrière le comptoir. Il portait le prénom *Donnie* brodé sur la poche de sa chemise. Il avait l'air d'un gentil garçon. Poli, un peu timide, bien élevé.

— Sale temps, hein ? commenta Donnie.

— Comme tu dis ! acquiesça-t-elle. La circulation était infernale, alors j'ai fait un détour et je me suis retrouvée ici.

— Vous désirez ?

— Une pizza à pâte fine, commanda-t-elle. Grande. Un Coca avec supplément de glaçons et…

Elle marqua une pause. Un bon Coca bien frais, bien sucré, quel régal… Ou même une bière ou un Margarita, d'ailleurs. Elle résista toutefois à la tentation. Selon les manuels pour stimuler la fertilité, il lui fallait préserver son corps afin d'en faire un sanctuaire pur de tout alcool ou caféine. Restait que pour de nombreuses femmes, loin d'être une substance interdite, l'alcool jouait souvent un rôle clé dans la conception… Tomber enceinte était bien plus amusant pour celles qui ne lisaient pas ce genre de manuels.

— Madame ? demanda le jeune homme.

Son « Madame » lui donna l'impression d'être vieille.

— Un seul Coca, précisa-t-elle.

A cet instant précis, un œuf était peut-être en train de se former en un amas de cellules à l'intérieur de son corps. Ce serait dommage de lui envoyer une dose de caféine.

— Et comme garniture ?

— Du salami, répondit machinalement Sarah, et des poivrons.

Elle jeta un œil au menu avec envie. Olives noires, cœurs d'artichauts, pesto. Elle raffolait de ce genre de garniture, mais Jack les avait en horreur.

— C'est tout, conclut-elle.

— Je vous prépare ça.

Le jeune homme se farina les mains et se mit au travail.

Sarah éprouva un pincement de regret. Elle aurait au moins pu demander des olives noires sur une moitié de la pizza… Mais non. Surtout pendant sa chimio, Jack était devenu extrêmement difficile question nourriture, et la seule vue de certains aliments suffisait à l'écœurer. Comme le traitement du cancer passait aussi en grande partie par la nourriture, elle avait appris à cuisiner selon ses goûts jusqu'à en oublier ses propres préférences.

« Jack n'est plus malade, se remémora-t-elle. Commande donc ces fichues olives ! »

Mais elle n'en fit rien. Ce qu'on ne vous disait pas quand l'un de vos proches était touché par le cancer, c'est que la maladie ne se bornait pas à atteindre une seule personne. C'est tout l'entourage qui en était affecté. Le cancer avait rendu la mère de Jack insomniaque, transformé son père en pilier de bar et fait rappliquer des quatre coins du pays ses frères et sœurs par le premier vol. Quant aux conséquences sur sa femme… Sarah ne s'autorisait jamais à s'attarder là-dessus.

La maladie de Jack avait marqué un coup d'arrêt pour elle, et ce dans tous les domaines. Elle avait mis sa carrière en veilleuse, renoncé à ses projets de repeindre le salon et de planter des bulbes dans le jardin, et fait taire son désir d'enfant. Tout cela était tombé à l'eau et elle y avait consenti de plein gré. Alors que Jack luttait contre la mort, elle avait passé un marché avec Dieu : *Je serai parfaite. Je ne me mettrai jamais en colère. Je ne regretterai pas notre ancienne vie sexuelle. Je ne me plaindrai pas. Je ne demanderai plus jamais d'olives noires sur ma pizza, pourvu qu'il s'en sorte.*

Elle avait honoré sa partie du contrat. Elle s'était montrée résignée, d'humeur toujours égale, totalement dévouée. Elle n'avait jamais fait la moindre allusion à leur vie sexuelle — ou plutôt à leur absence de vie sexuelle. Elle n'avait pas mangé une seule olive. Et hop ! Les traitements de Jack avaient pris fin et ses scanners étaient redevenus normaux.

Ils avaient pleuré, ri et fait la fête, puis s'étaient réveillés le lendemain sans plus savoir comment redevenir un couple. Pendant la maladie de Jack, ils étaient des soldats dans la bataille, des camarades d'armes luttant pour leur survie. Une fois le pire derrière eux, ils s'étaient retrouvés un peu démunis face à la suite. Quand on a survécu à un cancer — et ce n'était pas une manière de parler, ils avaient tous deux *survécu* à la maladie —, comment reprenait-on une vie normale ?

Un an et demi après, réfléchit Sarah, ils étaient toujours dans le flou. Elle avait repeint la maison et planté des bulbes. Elle avait retroussé ses manches et s'était lancée à corps perdu dans le travail. Et ils avaient repris leurs tentatives pour avoir cet enfant qu'ils s'étaient promis l'un à l'autre longtemps auparavant.

Néanmoins, quelque chose avait changé dans leur relation. Peut-être se faisait-elle des idées, mais elle sentait comme une nouvelle distance entre eux. Durant sa maladie, Jack s'était retrouvé, certains jours, presque entièrement soumis à elle. Maintenant qu'il était rétabli, il était sans doute naturel qu'il ait besoin de réaffirmer son indépendance. C'était son rôle à elle de le lui permettre, quitte à se mordre la langue plutôt que de lui avouer qu'il lui manquait, qu'elle se languissait de ses caresses, de son affection et de la complicité qu'ils partageaient jadis.

Tandis que l'arôme de la pizza en train de cuire emplissait l'établissement, Sarah vérifia la boîte vocale de son portable : pas de message. Puis elle tenta d'appeler Jack, mais n'obtint qu'une voix enregistrée disant « hors zone de couverture », ce qui signifiait qu'il était encore sur le chantier. Elle mit de côté son portable et entreprit de feuilleter un exemplaire du *Chicago Tribune* posé sur une table et largement écorné par l'usage. En fait, elle ne le feuilleta pas. Elle alla tout droit à la page de sa BD pour jeter un œil à *Respire !* Elle était là, à sa place habituelle, dans le tiers inférieur de la page.

Et il y avait aussi sa signature penchée, s'étalant au bas de la dernière case : *Sarah Moon*.

« Je fais le plus beau métier du monde », songea-t-elle. L'épisode du jour mettait en scène un énième rendez-vous à la clinique d'insémination. Jack détestait ce scénario. Il ne supportait pas qu'elle emprunte des faits réels à leur vie pour en faire la matière de son inspiration. Mais c'était plus fort qu'elle. Shirl avait une vie à part entière, et elle évoluait dans un monde qui, parfois, lui semblait avoir plus de réalité que Chicago. Quand Shirl avait entrepris une insémination artificielle, deux des journaux qui la publiaient avaient jugé le scénario trop dérangeant et ils l'avaient laissé tomber. Mais quatre autres avaient accepté de l'intégrer dans leurs pages.

— Je n'arrive pas à croire que tu trouves ça drôle, s'était lamenté Jack.

— Ça n'a pas à être drôle, avait-elle expliqué. Le but, c'est d'être dans la vraie vie. Peut-être que certaines personnes trouveront ça drôle.

Qui plus est, avait-elle affirmé pour le rassurer, elle était éditée sous son nom de jeune fille. La plupart des gens ignoraient que Sarah Moon était l'épouse de Jack Daly.

Elle réfléchit vaguement à une histoire susceptible d'emballer Jack. Peut-être gonfler les pectoraux de Richie, le mari de Shirl. Le jackpot remporté à Vegas. Un hors-bord sensationnel. Une érection.

Ça ne passerait jamais avec ses rédacteurs en chef, mais on pouvait toujours rêver. Examinant toutes les possibilités dans sa tête, elle se tourna vers la fenêtre. La vitre barbouillée de traînées de pluie encadrait la ligne d'horizon de Chicago. Si Monet avait peint des gratte-ciel, voilà à quoi ils auraient ressemblé.

— Coca classique ou Coca Light ? s'enquit Donnie, interrompant le fil de ses pensées.

— Oh, classique, répondit-elle.

Quelques calories ne feraient pas de mal à Jack : il n'avait pas encore repris le poids qu'il avait perdu pendant sa maladie. Quel concept génial…, songea-t-elle. Manger pour prendre du poids. Ça ne lui était pas arrivé depuis que sa mère l'avait sevrée, nourrisson. Les gens qui restaient minces en mangeant à leur guise iraient en enfer. Logique, puisque ici-bas ils étaient au paradis…

— Votre pizza est bientôt prête, annonça le jeune homme.

— Merci.

Sarah l'observa attentivement tandis qu'il lui préparait la note. Dans les seize ans, l'allure dégingandée, avec cette gaucherie attendrissante, typique des garçons à l'adolescence. Le téléphone mural sonna et elle devina que c'était un coup de fil personnel, d'une fille par-dessus le marché. Il baissa vivement la tête et murmura :

— Je suis occupé, là. Je te rappelle tout de suite. Ouais. Moi aussi.

De retour au plan de travail, il plia des boîtes en carton et, sans s'en apercevoir, se mit à chanter avec la radio. Depuis quand n'avait-elle pas éprouvé cette sensation de bonheur qui vous fait planer toute la journée en souriant dans le vague ? C'était peut-être une question d'âge ou de statut conjugal. Peut-être que les adultes mariés et responsables n'étaient pas censés planer et sourire dans le vague. Mais, bon sang, qu'est-ce que ça lui manquait !

D'un geste furtif, elle effleura son ventre. Un jour, elle aurait peut-être un fils comme Donnie — sérieux, travailleur, un gosse qui laisserait probablement traîner ses chaussettes sales par terre, mais qui les ramasserait gaiement si on lui en faisait la remarque.

Sarah compléta l'addition d'un généreux pourboire qu'elle déposa dans le pot de verre placé à cet effet sur le comptoir.

— Merci beaucoup, dit Donnie.

— De rien.

— Revenez quand vous voulez, ajouta-t-il.

Tenant la boîte à pizza coincée sur son avant-bras, la boisson dans le porte-gobelet posé en équilibre sur le carton, Sarah plongea tête baissée dans les intempéries déchaînées.

En quelques minutes, la Lexus fut saturée par l'odeur de la pizza et les vitres se couvrirent de buée. Sarah enclencha le dégivrage automatique et se fraya une route en direction de l'ouest, traversant au passage de charmants bourgs et hameaux qui gravitaient autour de la ville telles de petites nations satellites. Elle jeta un regard de regret au Coca qu'elle avait commandé pour Jack et son envie la reprit, mais elle tint bon.

Vingt minutes plus tard, elle quitta l'autoroute d'Etat et roula jusqu'à la banlieue où Jack implantait un lotissement de résidences de luxe. Elle ralentit en franchissant l'ébauche du futur portail en béton qui un jour ne fonctionnerait que par carte magnétique. L'élégant panneau à l'entrée résumait bien l'ensemble : *Shamrocks Downs. Communauté équestre privée.*

C'est là que viendraient vivre des millionnaires en compagnie de leurs chevaux bichonnés. La société de Jack avait planifié cette enclave de terrain jusqu'au moindre brin d'herbe, sans lésiner sur la dépense. La parcelle comptait quarante acres d'un pâturage exceptionnel, un étang et une piste d'entraînement couverte, éclairée et bordée de gradins. Les pur-sang et autres mammifères à sang chaud résidant ici logeraient dans une écurie ultramoderne de quarante boxes. Des allées cavalières serpentaient à travers le quartier boisé, leur surface ayant été sablée pour en réduire l'impact sur les sabots des chevaux.

Dans la pénombre de fin d'après-midi, Sarah constata que toutes les équipes de chantier avaient abrégé leur journée de travail, chassées par la pluie. Il y avait une Subaru garée devant l'écurie, mais personne en vue. Peut-être avait-elle manqué Jack, qui faisait en ce moment route vers la maison. Peut-être que, pris d'un soudain remords, il était parti plus tôt de la réunion afin de la rejoindre à la clinique, mais s'était retrouvé coincé dans les embouteillages. Elle n'avait pas de messages sur son portable. Toutefois, cela ne voulait rien dire. Elle détestait les téléphones portables. Ils ne marchaient jamais quand vous aviez besoin d'eux, et avaient tendance à sonner quand vous aspiriez à la paix et au silence.

Les maisons inachevées avaient un air inquiétant, avec leurs squelettes de poutres que le ciel ruisselant de pluie faisait ressortir en noir. Les engins de chantier étaient garés au petit bonheur, comme de gigantesques jouets abandonnés à la hâte dans un bac à sable détrempé. Des conteneurs à ordures jonchaient le paysage nu. Les gens qui emménageraient dans ce quartier ne sauraient jamais qu'au départ celui-ci ressemblait à un champ de bataille. Mais Jack était un magicien. Il pouvait partir d'une prairie stérile ou d'un site de décharge réhabilité et en faire un véritable petit paradis. D'ici le printemps, il aurait métamorphosé cet endroit en une utopie bucolique avec des enfants jouant sur les pelouses, des poulains gambadant dans les paddocks et des femmes à queue-de-cheval, sans maquillage, qui se dirigeraient vers les écuries, les cuisses moulées par leur tenue d'équitation.

L'obscurité gagnait de minute en minute. La pizza serait bientôt froide.

C'est alors qu'elle aperçut la GTO de Jack. Ce bolide customisé était le dernier cri en matière de modèle de sport, même si, légalement, c'est à elle qu'il appartenait. Quand Jack était malade, elle lui avait acheté cette voiture pour lui remonter le moral. Avec ce que lui avaient rapporté ses dessins, elle était parvenue à mettre suffisamment d'argent de côté pour lui offrir ce cadeau somptueux. Passer toutes ses économies dans une voiture avait été un acte de désespoir, et pourtant elle aurait volontiers tout donné, tout sacrifié pour le voir recouvrer la santé. Si seulement elle avait pu acheter sa guérison, elle aurait dépensé jusqu'à son dernier sou !

Depuis que Jack avait vaincu la maladie, cette voiture restait la prunelle de ses yeux. Il ne la prenait que dans des occasions exceptionnelles. Cette réunion avec son client devait être très importante.

Le bolide rouge et noir était garé dans l'allée d'une des maisons témoins. A ce stade presque achevé, la maison ressemblait à un pavillon de chasse. Gonflé aux anabolisants. Tout ce que construisait Jack était de proportions démesurées : terrasse panoramique, vestibule, garage à quatre places, fontaines et jets d'eau. Le jardin était encore à l'état de parterre de boue, creusé à la pelleteuse de grands trous destinés à installer des arbres de taille adulte. « Installer » était l'expression de Jack. Personnellement, Sarah aurait dit « planter ». Telles des victimes tombées à terre, les arbres avaient l'air pathétique, gisant mollement sur le côté, la motte de leurs racines desséchées prise dans un sac de toile.

Lorsque Sarah se gara, coupa le moteur et éteignit les phares, la pluie tombait plus fort que jamais. La lumière d'un réverbère à gaz éclairait faiblement un panneau écrit à la main : « Rue

25

des Rêves ». Elle distingua au moins deux cheminées à gaz en galets de rivière, dont l'une semblait fonctionner, à en juger par la profonde lueur dorée qui dansait aux fenêtres de l'étage.

Le Coca posé en équilibre sur la boîte à pizza, elle ouvrit son parapluie automatique et descendit de voiture. Une rafale de vent molesta les baleines du parapluie, qui se retourna. De la pluie glacée lui fouetta le visage et dégoulina à l'intérieur de son col.

— Je hais ce temps, pesta-t-elle entre ses dents. Je le hais, je le hais, je le hais !

Des rigoles d'eau venues du jardin en friche ruisselaient le long de l'allée en pente et se fondaient en tourbillons boueux. Le système d'arrosage, pas encore en service, gisait en un amas de tuyaux enchevêtrés. On ne pouvait marcher nulle part sans se tremper les pieds.

« C'est décidé, pensa-t-elle. Je vais convaincre Jack de me ramener chez moi, en Californie, pour les vacances. » Il ne raffolait guère de Glenmuir, sa petite ville natale située dans le comté de Marin. Il lui préférait les plages de sable blanc de Floride, mais après tout, c'était peut-être son tour à elle de choisir leur destination.

Ces dix-huit derniers mois, tout avait tourné autour de Jack : ses besoins, sa guérison, ses désirs. Maintenant que cette épreuve était derrière eux, Sarah laissait ses propres envies remonter à la surface. C'était un tantinet égoïste, et malgré tout sacrément agréable… Elle avait envie de vacances, loin de la pluie de Chicago. Elle avait envie de savourer chaque jour d'insouciance, chose qu'elle n'avait pu faire depuis très longtemps.

Un voyage à Glenmuir, ce n'était pas tellement demander ! Bien sûr, Jack allait freiner des quatre fers ; il prétendait toujours qu'il n'y avait rien à faire dans cette bourgade endormie de bord de mer. Luttant pour avancer dans cet orage déchaîné, elle résolut de s'occuper du problème.

Les serrures n'avaient pas encore été installées sur les portes de l'immense maison inachevée.

Sarah sourit en poussant la porte d'entrée et eut un soupir de soulagement. Quoi de plus douillet que de s'asseoir devant un bon feu, par un après-midi pluvieux, pour déguster une pizza? Aussi bien, cette maison était le seul endroit chaud et sec de tout le quartier.

— C'est moi, lança-t-elle en ôtant ses bottes pour ne pas crotter les parquets tout neufs.

Pas de réponse, sinon le son nasillard d'une radio quelque part à l'étage.

Un spasme désagréable lui pinça les entrailles. Les crampes étaient un effet secondaire des inséminations artificielles, mais cela ne la dérangeait pas. La présence d'une douleur conférait à sa mission une gravité tout à fait appropriée. C'était un rappel physique de sa détermination à fonder une famille.

Secouant les gouttes de pluie, elle se dirigea à pas feutrés vers l'escalier, en collants. C'était la première fois qu'elle venait ici, mais la disposition des pièces lui était familière. Même si cela passait inaperçu aux yeux de la plupart des gens, Jack travaillait toujours avec seulement quelques modèles de plans au sol. Dimensions massives et luxueux matériaux mis à part, il construisait ce qu'il appelait sans complexe des « demeures à l'emporte-pièce ». Une fois, elle lui avait demandé s'il ne se lassait jamais de construire toujours plus ou moins la même maison. Il avait éclaté de rire.

— Qu'y a-t-il de lassant à faire un bon million de bénéfices sur une maison en lotissement? avait-il répliqué.

Jack aimait gagner de l'argent. De fait, il excellait en la matière. Et Sarah s'estimait chanceuse car, jusqu'ici, sa propre situation financière était catastrophique. Chaque année, lorsqu'ils remplissaient leur déclaration d'impôts, Jack jetait un œil aux gains que lui valaient ses dessins, lui décochait un sourire généreux et plaisantait : « J'ai toujours rêvé d'être mécène. »

En haut de l'escalier, Sarah tourna en se guidant au bruit de la radio, son imperméable frôlant la balustrade façonnée au tour à bois. La radio passait *Achy Breaky Heart*. Elle tiqua : Jack avait un goût effroyable en musique. A tel point que c'en était attendrissant.

La porte de la chambre principale était entrebâillée et la chaleureuse lueur du feu chatoyait sur les sols récemment recouverts de moquette. Elle hésita, subodorant… *quelque chose.*

Une menace, palpitant comme un pouls supplémentaire à ses oreilles.

Elle entra dans la chambre et ses pieds s'enfoncèrent dans l'épaisse moquette à longues mèches, tandis que ses yeux s'accoutumaient à la douce lumière dorée. La flatteuse lueur diffuse des bûches décoratives Briarwood — garanties à vie — vacillait sur deux corps nus, entrelacés sur un lit fait d'épaisses couvertures en laine étalées devant l'âtre.

Sarah connut un moment de totale confusion. Sa vision s'obscurcit, elle fut prise de vertige et son estomac se souleva. Il y avait erreur. Elle s'était trompée de maison. De vie. De monde. Elle lutta contre les folles pensées qui se bousculaient dans sa tête. Pendant un instant, elle resta simplement immobile, saisie par le choc, oubliant de respirer.

Au bout de quelques secondes interminables, ils la virent et s'assirent, rassemblant les couvertures pour s'en couvrir. L'air qui passait à la radio céda la place à une chanson tout aussi horrible : *Butterfly Kisses.*

Mimi Lightfoot, parvint à se dire Sarah, était exactement telle que Jack la lui avait décrite : le genre cavalière — peau sèche sans maquillage, queue-de-cheval. Mais avec une plantureuse poitrine.

Enfin, Sarah retrouva l'usage de la parole et émit la seule pensée cohérente qui lui vint à l'esprit :

— J'ai apporté une pizza. Et un Coca. Avec supplément de glaçons, comme tu l'aimes.

Elle ne leur jeta ni la pizza ni la boisson à la tête. Elle posa soigneusement le tout sur le meuble média intégré, à côté de la radio. Aussi efficace et discrète qu'un serveur d'étage.

Puis elle tourna les talons et quitta la pièce.

— Sarah, attends !

Elle entendit Jack l'appeler tandis qu'elle dévalait les marches avec la vivacité et la grâce de Cendrillon aux douze coups de minuit. Elle ralentit à peine pour enfiler ses bottes. En quelques secondes, elle fut dehors et se dirigea vers sa voiture, munie de son parapluie déglingué.

Elle démarra au moment où Jack se ruait à l'extérieur. Il portait son beau pantalon — celui dont elle avait admiré le pli impeccable, le matin même — et rien d'autre. Elle voyait sa bouche former des sons, articuler son prénom : *Sarah*. Elle alluma les phares et fit demi-tour ; un craquement satisfaisant lui indiqua que le pare-chocs arrière venait de culbuter la boîte aux lettres personnalisée en galets de rivière. Les puissants faisceaux de ses phares balayèrent la façade de la maison, illuminant les poutres de la véranda et les élégantes fenêtres à volets, les carreaux Andersen et l'entrée majestueuse.

L'espace d'un instant, Jack apparut comme cloué sur place par le faisceau éblouissant, gibier de choix paralysé dans la lumière des phares.

« Que ferait Shirl ? » se demanda Sarah. Elle agrippa le volant, passa la première et écrasa l'accélérateur.

2

Après avoir ratatiné la boîte aux lettres flambant neuve et amoché le réverbère de la « Rue des Rêves », Sarah avait sérieusement envisagé d'écrabouiller Jack, lui aussi. Pendant une seconde de folie, elle fit bloc avec les cinglées qu'on voyait à la télévision, interviewées derrière des barreaux : « Je n'ai pensé à rien. Mon pied a appuyé tout seul sur la pédale et je l'ai vu heurter le trottoir... »

Malgré tout, elle avait réussi à dévier le véhicule de sa cible et filé en direction de l'autoroute. En proie au plus total désarroi, incapable d'aligner deux pensées cohérentes, elle roula vers la maison au mépris des limitations de vitesse, tel un cheval sentant l'écurie après une longue et pénible randonnée.

Sans surprise, son portable se mit à sonner aussitôt. Jack était probablement encore à moitié nu. Sans doute empestait-il l'odeur de sa partie de jambes en l'air avec Mimi Lightfoot. Sarah éteignit son portable et appuya sur l'accélérateur. Il lui fallait rentrer à la maison, se donner du temps pour réfléchir à l'étape suivante.

Alors qu'elle s'engageait dans l'allée circulaire et paysagée, elle constata soudain qu'elle ne s'était jamais sentie chez elle dans cette maison : c'était l'endroit où elle habitait, un point c'est tout. C'était *la maison que Jack avait construite*, songea-t-elle, la litanie obsédante d'un vieux conte pour enfants résonnant dans sa mémoire. Et elle était l'épouse qui vivait dans *la maison que Jack avait construite*. Et puis il y avait la maîtresse de Jack, qui se tapait son mari, ignorant l'existence de l'épouse qui vivait dans *la maison que Jack avait construite...*

La demeure était nichée parmi des résidences similaires, dans la parcelle de luxe en bordure du lac. Les arbres qui ombrageaient le chemin étaient parfaitement espacés les uns des autres, les boîtes à lettres toutes assorties, et chaque entrée se situait à même distance du trottoir. Le quartier avait été dessiné par un architecte qui travaillait pour Daly Construction.

Sarah fit entrer la voiture dans le garage spacieux, manquant au passage d'érafler le véhicule professionnel de Jack — un pick-up Ford F-350 personnalisé — et se précipita à l'intérieur de la maison. Puis elle se figea. *Et maintenant?* Elle se sentait tellement étrangère à elle-même, presque traumatisée, comme si elle avait été victime d'une brutale agression.

Elle regarda le téléphone mural de la cuisine. Le témoin indicateur de messages clignotait. Et si elle appelait... Qui? Sa mère était morte depuis des années. Ses amis... Elle avait laissé se distendre les liens avec ses connaissances de Californie, et ses amis de Chicago étaient davantage ceux de Jack que les siens.

« Que ferait Shirl? » se demanda-t-elle de nouveau, isolant cette pensée du chaos qui régnait dans son esprit. Shirl était intelligente. Mentalement et moralement solide. Shirl l'inciterait à se concentrer sur les questions pratiques : par exemple, le fait qu'elle avait un compte en banque séparé. Ils en avaient décidé ainsi pendant la maladie de Jack, de façon à ce qu'elle ait accès aux fonds si jamais l'irréparable se produisait.

Eh bien, l'irréparable *s'était produit*! Pas comme elle le redoutait, cependant.

Son estomac se contracta, sensation qu'en temps normal elle aurait accueillie avec plaisir après l'insémination, vu qu'elle indiquait que les mécanismes biologiques étaient à l'œuvre. A présent, cet inconfort prenait une tout autre signification.

Le téléphone sonna. Voyant le numéro de Jack s'afficher à l'écran, elle laissa l'appel basculer sur la boîte vocale.

Sarah resta un moment assise dans la maison plongée dans le

noir, l'imperméable trempé, les bottes toujours aux pieds. Quelle chose étrange… Rien de plus banal qu'un mari qui trompe sa femme : à longueur de journée, la télévision proposait un cortège de femmes trahies, les yeux embués, cherchant une consolation sur le plateau des talk-shows des chaînes nationales. Le problème était vieux comme le monde. Et pourtant, jusque-là, la question n'avait fait que l'effleurer, comme la flèche indiquant le vent sur la carte météo d'une région qui n'était pas la sienne. Elle savait reconnaître ce type de situation, elle était capable d'imaginer l'effet que cela devait faire. Elle croyait qu'elle comprenait.

Ce qu'on n'expliquait jamais dans les talk-shows — ce que personne n'expliquait jamais, d'ailleurs —, c'est précisément le genre d'attitude qu'on était censé avoir au moment exact où l'on faisait l'effroyable découverte. Sans doute ne laissait-on pas une pizza aux deux amants…

Elle connaissait les différentes étapes du processus de deuil : le choc, le déni, la colère, le marchandage… Elle les avait toutes traversées lorsqu'elle avait perdu sa mère et quand on avait diagnostiqué un cancer chez son mari. Mais là, c'était différent. Au moins, dans ces circonstances, avait-elle su ce qu'elle était censée éprouver. C'était l'horreur, mais au moins elle savait. A présent, tout son univers était sens dessus dessous. Normalement, elle aurait dû passer de la phase de choc au déni, mais ça ne marchait pas ainsi. Tout était bien trop réel.

Tard dans la nuit, Sarah tournait encore dans sa tête toutes les options qui s'offraient à elle : l'alcool, la crise de nerfs, la vengeance — mais aucune ne semblait vraiment convenir. Finalement, l'épuisement eut le dessus et elle monta se coucher. Elle resta étendue, immobile, s'armant de courage en vue de l'incontrôlable torrent de larmes qui allait suivre. Mais non, elle continua à fixer les ombres sur le mur, l'œil sec, et, au bout du compte, finit par s'endormir.

*
* *

Elle fut tirée d'un sommeil agité par le bruit de l'eau qui coulait. Elle se tourna dans le lit et constata que le côté de Jack ressemblait à un vaste terrain vague déserté. Il avait réintégré la maison, mais pas le lit conjugal. Les événements de la veille s'abattirent sur elle, anéantissant toute velléité de replonger dans le sommeil.

L'an passé, elle était allée se coucher seule presque toutes les nuits, tandis que Jack passait ses soirées à travailler au bureau. Combien de mariages avaient fini sacrifiés sur l'autel des fameuses « soirées au bureau » ?

« Je suis une idiote », songea-t-elle. Elle se leva, se brossa les dents et enfila son peignoir. Sur le comptoir de la salle de bains se trouvait son flacon de suppléments vitaminiques favorisant la conception. D'habitude, le matin suivant une insémination artificielle, elle avalait gaiement ses comprimés, pleine d'espoir et de projets. Quand avait-elle commencé à considérer l'insémination artificielle comme une procédure normale ?

A présent, elle contemplait le flacon, tristement horrifiée.

— Je ferais mieux de ne pas être enceinte, murmura-t-elle.

Et son rêve d'avoir un enfant s'évapora comme un flocon de neige tombé dans une poêle chaude. *Pchhh…*

La bonne nouvelle, réfléchit-elle en se passant la main dans les cheveux, c'est que, vu qu'ils n'avaient pas réussi à concevoir malgré toutes ses pérégrinations à Fertility Solutions, elle ne courait pas grand risque d'être enceinte aujourd'hui. C'était une petite bénédiction, mais une bénédiction quand même.

Elle appela la clinique et laissa un message : elle ne viendrait pas aujourd'hui pour la seconde partie de la procédure. L'expression résolue, elle dévissa le bouchon du flacon et fit tomber les comprimés de vitamines dans les toilettes. Puis, comme mue par une volonté propre, sa main retourna précipitamment le flacon à l'endroit. Elle s'y agrippa : il ne restait que quelques comprimés. Avec une lenteur délibérée, elle referma le flacon. Mieux valait sans doute en garder une petite provision. Au cas où.

Elle enfila des mules à la va-vite et suivit le bruit de l'eau qui coulait dans la suite des invités. Jack était rentré tard. Elle l'avait senti l'observer, mais n'avait pas bronché, feignant de dormir, consciente qu'il savait qu'elle faisait semblant. Elle avait beaucoup de choses à lui dire, mais n'avait pas voulu s'engager dans cette discussion à 2 heures du matin. Maintenant, au grand jour, elle se sentait… pas plus forte que la veille. Mais le choc et le déni s'étaient estompés, cédant la place à une rage froide qu'elle n'avait jamais éprouvée auparavant, une sensation d'une telle violence qu'elle en était effrayée.

Elle fit un pas dans la chambre et découvrit Jack sortant de la douche, une serviette nouée autour de ses hanches minces. En temps normal, elle l'aurait trouvé sexy. Elle aurait même tenté quelques approches de séduction, même si ce genre d'initiatives ne lui rapportait plus grand-chose depuis longtemps. Maintenant qu'elle commençait à comprendre la véritable raison de l'absence de désir de Jack, elle voyait celui-ci sous un jour nouveau. Et il n'était pas du tout sexy.

— Bon…, dit-elle. Qui commence ?

Comme il ne répondait pas, elle s'enquit :

— Ça dure depuis quand ? Combien de fois par semaine ?

Une douzaine d'autres questions se pressaient à ses lèvres, mais il lui apparut que la seule vraie interrogation la concernait directement. Pourquoi n'avait-elle rien vu ?

Jack baissa la tête. « Ah, il a honte ! » songea-t-elle. C'était peut-être prometteur. Mais, pour être franche, elle ne tenait pas vraiment à le voir ramper devant elle en implorant son pardon. Elle voulait… Elle ne savait pas trop ce qu'elle voulait.

Lorsqu'il releva la tête, ce ne fut pas de la honte qu'elle lut dans son regard, mais de l'hostilité.

« Très bien, en conclut-elle, il assume donc sans vergogne. »

— Une seconde, s'excusa-t-il avant de s'engouffrer dans la salle de bains.

Il en émergea un instant après, vêtu d'un peignoir en éponge, un de ceux qu'ils gardaient en réserve dans cette salle de bains pour leurs invités. Ses bras dépassaient des manches trop courtes et le peignoir lui arrivait aux cuisses.

Sans doute n'y avait-il pas de code vestimentaire établi pour la fin d'un mariage. Un peignoir de bain ferait l'affaire. A tout le moins, cela empêcherait Jack de s'enfuir de la maison en hurlant de rage. A ce moment précis, elle aurait donné n'importe quoi pour être ailleurs.

— Nous sommes tous les deux malheureux, déclara-t-il d'un ton brutal. Tu ne peux pas le nier.

Oh, elle aurait bien voulu! Si seulement elle avait pu prétendre que sa vie était parfaite... Cela aurait rendu Jack responsable d'avoir anéanti son bonheur en un instant. Au lieu de quoi elle réalisa qu'elle avait bataillé contre une déception insidieuse qui l'avait peu à peu enfoncée dans la déprime, de façon si imperceptible qu'elle avait pu l'ignorer jusqu'à ce que l'incarnation de son échec, en queue-de-cheval et tenue d'Eve, lui ait tendu un miroir.

— Je ne le nie pas, répliqua-t-elle, tant que tu ne nies pas que tu as vraiment choisi le pire moyen d'exprimer ta souffrance.

Il ne protesta pas. Il se comportait même comme si elle n'avait rien dit.

— Je n'ai pas choisi d'être malade. Tu n'as pas choisi d'avoir un mari atteint d'un cancer. Mais c'est arrivé, Sarah, et ça a tout bousillé.

— Non, c'est toi qui as tout bousillé.

Le regard de Jack s'étrécit, ses yeux prenant une beauté glacée.

— A un moment de ma maladie, nous avons touché le fond et nous en sommes ressortis changés. Nous n'étions plus mari et femme. Nous étions comme une mère et son enfant. Je n'arrive pas à surmonter ça. Quand je suis avec toi, je me vois comme un type qui a un cancer.

Sarah sentit son estomac se serrer, et, l'espace d'une seconde, elle focalisa toute son amertume sur la maladie. C'était vrai, le cancer et son traitement avaient ôté à Jack sa dignité, l'avaient réduit à l'impuissance. Mais ce n'était plus le cas aujourd'hui !

— C'est du passé, affirma-t-elle. Nous sommes censés réapprendre à être mari et femme. Toi, je ne sais pas, mais moi, c'est exactement ce que je tâche de faire. Manifestement, tu t'es efforcé de redevenir un homme, mais sans ta femme.

Jack lui décocha un regard étonnamment venimeux.

— Tu as passé toute l'année dernière à essayer d'être enceinte, riposta-t-il, avec ou sans mon aide.

— Depuis que nous nous sommes fiancés, tu n'as pas cessé de me dire à quel point tu désirais des enfants, lui rappela-t-elle.

— Je n'ai jamais laissé mes désirs se transformer en obsession.

— Parce que moi, oui ?

Il eut un rire courroucé.

— Voyons, voyons…

Passant devant elle, il alla à grandes enjambées dans leur chambre et se rua dans le dressing de Sarah, orné de miroirs. Gagnée par la nausée, elle le suivit. Il arracha un calendrier du mur et le jeta au sol.

— Ton calendrier d'ovulation !

Il alla à un autre mur.

— Relevés de température !

Il l'arracha et le lança par terre avant de se diriger vers la coiffeuse.

— Ici, tes thermomètres — un pour chaque orifice, dirait-on ! — et tes médicaments stimulateurs de fertilité. J'imagine que la prochaine étape sera d'installer une webcam dans la chambre pour que tu puisses enregistrer le moment précis où je suis censé intervenir. Ce n'est pas ce qui se pratique dans les haras ?

— Tu es absurde, rétorqua-t-elle.

Ses joues étaient brûlantes d'humiliation.

« Défends-toi », se gourmanda-t-elle. Avant de se rendre compte que ce n'était pas à elle de se justifier.

— Ce qui est absurde, poursuivit-il, c'est d'essayer de vivre avec toi alors que tu es tellement obsédée par le fait d'avoir un enfant que tu en oublies que tu as un mari.

— J'ai modifié le cours de ma vie pour toi, rétorqua-t-elle. Comment peux-tu dire que j'ai oublié que j'avais un mari ?

— C'est vrai. Tu n'as pas oublié. Quand c'est le moment de fertiliser l'ovule, tu exiges une performance, et à tes yeux l'échec n'est pas admissible. Mais qu'à la longue je sois un peu stressé que tu me harcèles, ça, ça te dépasse !

— Moi, je te harcèle ? C'est comme ça que tu le vois ?

— Bon sang, pas étonnant que je n'y arrive pas avec toi ! Mais je dois te rendre justice sur un point, Sarah. Ça ne t'a pas arrêtée. Pourquoi t'embêter avec un mari quand tu as à ta disposition assez d'échantillons de sperme pour toute une vie ?

— C'était ton idée d'aller à la clinique. Tu es resté là à me tenir la main, mois après mois.

— Parce que je pensais que, comme ça, je ne t'aurais plus sur le dos.

Oh, mon Dieu ! Et elle qui avait essayé d'être sexy pour lui... Désirable... Compréhensive...

— Pourquoi ne m'as-tu rien dit ?

— Ça n'aurait rien changé et tu le sais. Ecoute, Sarah, reprit-il d'une voix où perçait la colère, c'est peut-être moi qui ai fait un écart...

— Peut-être ? Je dirais plutôt indiscutablement !

— Ces choses-là n'arrivent pas par hasard.

— Non, elles se planifient dans des maisons en chantier.

C'était comme si lui et Mimi Lightfoot la giflaient à tour de rôle sans qu'on puisse les arrêter, comme s'il n'existait aucune loi pour la protéger contre cette atroce souffrance, cette humiliation, ce sentiment de totale violation. Elle laissa échapper un son amer, pas tout à fait un rire.

— Je crois savoir maintenant où passe toute ta libido. Ça m'intriguait. Et ça n'embête pas tes clients ? De savoir que tu as baptisé leur baraque en te tapant la fille d'écurie ?

— Mimi n'est pas...

— Arrête, le coupa-t-elle, la main levée. Ne me dis pas que ce n'est pas une fille d'écurie, une salope, une briseuse de ménage ! Ne me dis pas que c'est la Robert Trent Jones des carrières d'équitation. Ne me parle pas de sa générosité et de sa compréhension.

— Pourquoi, parce que toi tu es compréhensive, peut-être ? Alors, pour ta gouverne, sache que jouer les étalons pour ma jument n'est pas franchement ma tasse de thé. Peut-être que si tu avais été là pour moi en dehors du créneau de fertilité…

— Oh, « je n'étais pas là pour toi »…, railla-t-elle. Grand classique ! Tu aurais pu venir me voir n'importe quand pour me parler de tout ça. Mais je suppose que c'est plus facile de rejeter sur moi la responsabilité de tes propres choix.

— D'accord, je vois que tu n'es pas encore prête à admettre ton rôle dans tout ça.

— Mon rôle ? Ah, parce que j'ai un « rôle » ? Chouette alors ! Eh bien, tu sais quoi ? C'est à mon tour de te balancer ma petite tirade.

Il inclina la tête d'un côté.

— Très bien. Vas-y, lâche-toi. Ne te contente pas de reculer ta Lexus dans une boîte aux lettres. Montre-toi sous ton plus mauvais jour.

— Ça, c'est ta spécialité, riposta-t-elle avec une joie mauvaise en l'entendant mentionner la Lexus. Qu'est-ce qui peut être pire que ce que j'ai vu hier ?

Jack resta un moment silencieux avant de lâcher :

— Je suis désolé.

« Nous y sommes », songea Sarah, chancelant presque de soulagement. Enfin, il montre quelques remords…

Marchant sur les divers objets jonchant le sol, Jack retourna dans leur chambre, les mains enfoncées dans les poches de son peignoir de bain.

— Je suis sincère, Sarah, poursuivit-il. Je suis navré que tu l'aies découvert comme ça. Je regrette de ne pas te l'avoir dit plus tôt.

Découvert… Dit plus tôt… Une minute, pensa-t-elle, c'était censé être le moment des excuses dans leur dispute. La phase : « Ensemble, on va s'en sortir. » Au lieu de ça, Jack était en train de lui dire que tout cela n'était pas une anomalie, une incartade isolée qui ne se reproduirait plus. Cette histoire durait depuis un bon moment. Son estomac se souleva.

— Dit quoi ?

Il se tourna vers elle et la regarda droit dans les yeux.

— Je veux divorcer.

« Félicitations, se dit-elle en se forçant à soutenir son regard. Tu viens de marquer par K.O. technique. » Pourtant, elle était encore debout. Encore calme.

— C'était censé être ma réplique, remarqua-t-elle.

— Je suis désolé de te faire du mal.

— Tu n'as aucun remords, Jack. Tu es désolé de t'être fait pincer. Tu es désolé de me faire du mal ? Et pourquoi pas de nous avoir détruits ? Oh, une idée me vient ! Et si tu m'avais avoué ton petit secret *avant* de me faire subir un an de traitement contre l'infertilité, hein ? Mais tu comptais peut-être changer tes plans si par chance j'étais tombée enceinte ?

— Bon sang, je n'y ai pas pensé !

Jack se passa une main dans les cheveux.

— Tu n'y as pas pensé ? Tu m'as traînée à Fertility Solutions mois après mois, et il ne t'est jamais venu à l'idée de te demander si c'était ou non ce que tu voulais ?

— Tu en avais tellement envie, je ne savais pas comment t'avouer que j'avais des doutes… Ecoute, commença-t-il, je vais aller vivre ailleurs pendant quelque temps.

— Ne sois pas bête. C'est chez toi, ici.

Elle engloba d'un geste circulaire la maison impeccable, indiquant l'ambiance douce et chaleureuse du décor. Jack pensait lui avoir offert la maison de ses rêves, mais ça n'avait jamais été le cas. Cette habitation avait été préprogrammée, préemballée, comme une illustration de magazine. Sarah y avait simplement emménagé et défait ses valises comme pour un séjour temporaire.

39

Cette maison regorgeait d'objets coûteux qu'elle n'avait ni choisis ni désirés : des œuvres d'art et des pièces de collection raffinées, des meubles luxueux. Au fond de son cœur, elle n'avait jamais été chez elle, ici. Elle pouvait s'imaginer partir en laissant tout derrière elle, à la façon d'une cliente rendant les clés d'une suite d'hôtel quatre étoiles.

Partir… Ce n'était pas un acte réfléchi, mais une décision qui s'était imposée d'elle-même à son esprit. La trahison avait eu lieu ; désormais, la prochaine étape était de partir, c'était aussi simple que ça.

Ou bien elle pouvait rester et se battre pour garder Jack. Insister pour qu'ils se fassent aider, qu'ensemble ils analysent leurs problèmes, qu'ensemble ils apaisent leur souffrance. Des tas de couples le font, non ? Malgré tout, elle se sentait déjà exténuée à l'idée de cette perspective. Et la sensation glacée, au creux de son estomac, semblait contenir une terrible vérité : c'était peut-être Jack qui demandait le divorce, mais c'était elle qui avait envie de s'en aller. A quel moment leur relation avait-elle dérapé ? Impossible de le déterminer avec précision. Jusqu'ici, elle s'était sentie si chanceuse, si comblée… Et maintenant, où était passée sa bonne étoile ? Peut-être que Jack et elle et avaient épuisé tous leurs points de bonus dans ce combat contre le cancer.

— Ici, c'est ta vie, insista-t-elle. Tu ne peux pas quitter toute ta vie, Jack.

— Je voulais juste dire que…

— Moi oui, en revanche.

Voilà, c'était dit. Les mots avaient été lâchés, comme un gant jeté à terre entre eux.

— Qu'est-ce que c'est censé signifier ? demanda-t-il. Où vas-tu aller ? Tu ne connais personne. Je veux dire…

— Je sais ce que tu veux dire, Jack. A quoi bon chercher encore à tourner les choses avec diplomatie, n'est-ce pas ? Tout notre mariage était fondé sur ta vie, ta ville natale, ton boulot.

— Je te signale que ce *boulot* t'a permis de passer toutes tes journées à la maison à dessiner.

— Oh, mais dis donc ! Je devrais peut-être t'en être reconnaissante, alors ? C'était peut-être une façon de compenser ton absence ?

— J'ignorais que tu étais contrariée que mon travail m'accapare autant.

— Il y a beaucoup de choses que tu ignores sur moi. Prends l'infidélité, par exemple. Si tu avais su ce que j'en pensais, tu m'aurais probablement quittée *avant* de te taper quelqu'un d'autre.

Le portable de Jack recommença à sonner.

— Je dois aller travailler, déclara-t-il.

Et il alla finir de s'habiller.

Quelques minutes après, il émergea de son dressing, propre et soigné.

— Ecoute, Sarah. Il nous faut régler tout ça. Simplement… Essaie de prendre les choses un peu plus calmement. Nous en reparlerons ce soir.

Elle alla à la fenêtre et regarda son gros pick-up rutilant disparaître au bout de la route luisante de pluie. Après que Jack fut parti, elle resta là à contempler la journée grise. Son cerveau fonctionnait au ralenti, plombé par la déception et la rage qui couvaient en elle. Elle se repassa tout ce que lui avait dit Jack. Sur un point, il y avait un soupçon de vérité : obnubilés par leur désir d'enfant, ils n'avaient pas remarqué la mort de leur propre désir.

Mais c'était une excuse lamentable et rebattue pour justifier l'infidélité. Et Jack était majeur. Cet argument ne pouvait excuser son acte, pas plus qu'il ne justifiait sa demande de divorce.

Sarah prit une profonde inspiration. Alors, c'était quoi, le programme ? Elle était censée poireauter là toute la journée en attendant que Jack revienne pour la mettre à la porte ? *Tu parles d'un plan…*

3

La prairie déserte où s'entrecroisait un réseau de routes étonnamment droites se déroulait comme un vaste terrain vague devant l'ornement de capot de la voiture. Impressionnante, songea Sarah, la vitesse à laquelle la banlieue de Chicago cédait la place au large échiquier blanc et gris, typique du centre du pays dans son aspect le plus déprimant.

En fin d'après-midi, son portable résonna de la mélodie personnalisée de Jack. Elle décrocha sans même un bonjour.

— Je pars, lui dit-elle abruptement.

— Ne sois pas stupide ! On était d'accord pour en parler.

Son ton cassant reflétait à fois colère et détresse.

— Je n'étais d'accord pour rien du tout, mais à mon avis, tu as zappé ce passage.

Quand avait-il cessé de l'écouter ? Et pourquoi ne s'était-elle aperçue de rien ?

— Nous n'avons plus rien à nous dire, ajouta-t-elle.

— Tu plaisantes ? On a à peine commencé à discuter.

— La prochaine fois que tu auras de mes nouvelles, ce sera par l'intermédiaire de mon avocat.

Comme si elle en avait un, à ce stade de leur situation… Mais un jour à peine après avoir découvert son mari en compagnie d'une autre femme, Sarah avait une vision très claire de ce dont elle aurait besoin dans un très proche avenir : un avocat.

— Allez, Sarah…

Elle fit vrombir le moteur afin de doubler un semi-remorque.

— Bon sang ! s'écria Jack dans un râle d'incrédulité. Ne me dis pas que tu as pris la GTO ?

— Très bien, alors je ne te le dirai pas.

Elle balança le téléphone par la vitre. C'était un geste stupide, puéril. Dieu sait pourtant qu'elle allait avoir besoin d'un téléphone, dans les jours à venir !

Elle s'arrêta dans un RadioShack et fit l'acquisition d'un portable bon marché, à carte, strictement réservé aux appels d'urgence. Elle l'acheta avec un calme froid et efficace, comme si c'était le genre de choses qu'elle faisait tous les jours. Comme si, au-dedans, elle ne brûlait pas d'une panique dévorante. Elle était séparée du monde par une fragile carapace à l'intérieur de laquelle un cerveau gouvernait machinalement chacun de ses gestes avec une efficacité dépassionnée.

C'était comme si elle avait répété cent fois la façon dont elle allait quitter son mari — faire son sac, graver des CD avec la musique dont elle aurait peut-être besoin, tous ces airs sombres interprétés par des voix mélancoliques auxquelles elle se raccrocherait peut-être au long de sa route. Elle n'avait eu aucun mal à récupérer les papiers et documents qu'elle voulait emporter : un véritable jeu d'enfant. Elle connaissait la place exacte de chaque chose. L'une des terribles vertus de la maladie de Jack, c'est qu'elle l'avait forcée à mettre toutes leurs affaires en ordre et à jour. Aujourd'hui encore, celles-ci — à l'exception des « petites affaires » extraconjugales de son mari — étaient parfaitement en ordre, y compris son compte en banque séparé et le titre de propriété de la voiture de sport.

Roulant sans but, Sarah eut une pensée pour certaines des possessions qu'elle laissait derrière elle. Ses lampes en cristal Waterford, un canapé en cuir italien, le service en porcelaine Belleek avec ses couverts, un bloc de couteaux de cuisine Porsche en acier trempé, une télévision à écran plat. Un jour peut-être, certaines de ces choses viendraient à lui manquer, mais dans l'immédiat, elle ne voulait même pas y penser. Tel un animal sauvage pris dans un piège à mâchoires d'acier, elle préférait se ronger un membre en échange de sa rapide liberté.

Elle s'arrêta pour prendre de l'essence dans une ville qui s'appelait Chance. Elle alla aux toilettes pour dames afin de changer de vêtements et s'aperçut qu'elle avait bourré sa valise d'un excès de blousons et de jupes trapèzes, en oubliant certaines choses telles qu'une brosse à cheveux ou un pyjama. Peut-être aurait-elle dû se pencher plus longuement sur le choix des tenues appropriées à emporter pour son voyage. Mais quand on fuit son mariage, on ne prend pas vraiment le temps de faire du shopping ou de planifier les choses. On ne prend même pas le temps de réfléchir.

Elle passa rapidement un peigne de voyage dans ses cheveux, fronçant les sourcils chaque fois qu'elle tombait sur un nœud. Ses cheveux en étaient au stade intermédiaire délicat : ni d'une longueur impressionnante, ni d'un court impertinent. Jack prétendait aimer sa chevelure longue et soyeuse : « ma petite Californienne », avait-il coutume de l'appeler.

— Vous pouvez me prendre sans rendez-vous ? demanda Sarah à la femme trônant derrière le comptoir du salon Twirl & Curl de Chance, Illinois.

— Qu'est-ce que vous voulez faire, mon chou ?

Heather, la coiffeuse, la scruta dans le miroir.

Sarah effleura ses cheveux.

— Avant tout, je veux changer de tête pour me débarrasser de la personne que je n'ai jamais été.

Heather s'épanouit dans un sourire, tout en menant Sarah jusqu'à un fauteuil.

— C'est ma spécialité.

Quel soulagement de s'installer tête en arrière au-dessus du bac, de fermer les yeux et de s'abandonner au jet agréablement chaud qui coulait du flexible, ainsi qu'à la texture crémeuse du shampoing! Le parfum familier du salon de coiffure la réconforta.

— Vous êtes naturellement blonde, constata Heather.

— J'ai bien tenté de me faire rousse, mais ça n'a pas marché. Je suis également passée par tous les tons de brun. J'ai toujours cherché quelque chose de différent, je crois.

— Et maintenant?

La coiffeuse termina le shampoing, puis commença à lui peigner les cheveux avec douceur et sans effort.

Sarah inspira profondément et contempla son reflet dans le miroir rond au-dessus du comptoir. Ses cheveux humides et plaqués en arrière lui donnaient un air étrange et inachevé, celui d'un poussin à peine sorti de l'œuf.

— J'y verrai peut-être plus clair avec une coupe courte?

Elle entendit le crissement avide des lourds ciseaux et, à la première mèche qui tomba, sut que sa décision était irrévocable. Un air frais lui effleura la nuque et elle fut transportée par une sensation de légèreté, comme si plus rien désormais ne la rattachait à la terre.

Dans un supermarché à la sortie de Davenport, Sarah s'acheta un survêtement de velours en guise de pyjama. La veste zippée et le pantalon à taille élastiquée en faisaient la tenue idéale pour les motels de bord de route, si déprimants, avec leur réceptionniste assoupi qu'il fallait réveiller en faisant tinter la sonnette du comptoir.

A la frontière de l'Etat, Sarah débarqua dans une concession automobile de véhicules neufs et d'occasion, si vaste que son parking couvrait plusieurs acres.

Elle obtiendrait une somme rondelette pour la GTO modèle sport, bien assez pour l'échanger contre une voiture plus appropriée. Ce bolide ne lui manquerait pas le moins du monde, et c'est sans émotion qu'elle expliqua son souhait de la revendre. Elle avait offert cette voiture à Jack avec tant d'amour dans le cœur... Où donc s'était envolé cet amour ? Etait-il possible qu'il ait tout bonnement disparu ?

Pouf ! Gommé comme un dessin raté dans sa BD.

Mais quel véhicule était approprié à sa situation ? C'était là toute la question. Une voiture, c'était une voiture, un moyen d'aller d'un point à un autre. Cette décision se para tout à coup à ses yeux d'une importance capitale. Si elle n'était pas capable de choisir sa propre voiture, comment pouvait-elle espérer se tracer un nouvel avenir ?

Suivie comme son ombre par une vendeuse plus qu'empressée du nom de Doreen, Sarah flâna sur le parking, essayant de faire abstraction du baratin incessant de cette dernière, qui vantait avec enthousiasme les mérites incontournables de chaque véhicule.

— Tenez, voilà un vrai bijou, s'exclama-t-elle en désignant une Mercury Sable de style ultra-conservateur. J'ai acheté exactement le même modèle après mon divorce.

Sarah baissa vivement la tête en tâchant néanmoins de ne pas courber le dos. Doreen avait-elle, d'une façon ou d'une autre, deviné qu'elle fuyait son mari ? Portait-elle cette honte injustifiée tatouée sur la poitrine, comme une lettre écarlate ? A plusieurs reprises elle faillit planter là la vendeuse. Mais il lui fallait une voiture, et il la lui fallait maintenant. Elle se consola : au moins ne traitait-elle pas avec un type en blouson sport à tissu écossais, inondé d'après-rasage.

Une courte trêve lui fut fournie par la sonnerie du téléphone de Doreen. Celle-ci jeta un œil à l'écran du portable et s'excusa :

— Désolée. Je crains de devoir prendre cet appel.

— Je vous en prie, acquiesça Sarah.

Doreen se détourna en baissant la voix.

— Maman est occupée, murmura-t-elle. Qu'est-ce que tu veux ?

Sarah ralentit le pas, feignant d'examiner un modèle hybride gris métallisé. En fait, c'était Doreen qu'elle observait, Doreen qui, de commerciale accrocheuse et speedée, était passée en quelques secondes à mère célibataire débordée. En entendant celle-ci tâcher d'arbitrer au téléphone une dispute entre frère et sœur, Sarah prit conscience que, dans la vie, il y avait pire que d'être divorcée. Etre divorcée avec des gosses, par exemple. Qu'est-ce qui pouvait être plus dur que ça ?

Allez, songea-t-elle, Doreen obtiendrait une commission de sa part… Elle reprit sa quête avec plus de sérieux, mais tous ces véhicules se ressemblaient : impersonnels, pratiques, ordinaires. Lorsque la vendeuse raccrocha, Sarah constata :

— Vous avez ici toutes les voitures de la création. Et pas une ne me paraît convenir.

— Pourquoi est-ce que vous ne m'en dites pas un peu plus sur ce que vous cherchez ? Vous voulez un 4x4 ? Une voiture de sport… ?

Le parking s'éclaira de lampes à vapeur de sodium qui s'allumèrent en bourdonnant dans le crépuscule de fin d'après-midi. Sarah pensa aux enfants de Doreen qui attendaient qu'elle rentre de son travail.

— Je viens de quitter mon mari, lâcha-t-elle, ses mots refroidissant l'atmosphère, momentanément suspendus dans l'air comme une bulle accrochée à la bouche de Shirl. J'ai une longue route qui m'attend.

Bizarrement, cela lui faisait du bien de dire la vérité à cette femme inconnue.

— J'ai l'impression qu'il me faut une voiture adaptée à ma situation, poursuivit-elle. Je veux… Je ne sais pas trop ce que je veux.

Elle lui adressa un sourire penaud avant de poursuivre.

— C'est peut-être un tapis volant que je cherche. Ou la voiture de James Bond… avec capote amovible et supersono.

Doreen la regarda sans ciller.

— On arrête tout, j'ai ce qu'il vous faut, répliqua-t-elle avant de consulter son gestionnaire de stock électronique. Il faut faire vite, ajouta-t-elle d'une voix où désormais perçait l'urgence. Elle risque de s'envoler d'une minute à l'autre.

Sarah la suivit hors du parking jusqu'à un atelier à l'arrière, où les véhicules étaient préparés pour leur mise en vente.

— Nous avons une liste d'attente d'un an pour celle-ci. C'était la voiture de rêve d'une femme, mais elle a voulu qu'on la lui reprenne au bout de quelques mois seulement.

Elles découvrirent un mécanicien en combinaison isolante, le nez dans le moteur de la plus ravissante voiture que Sarah ait jamais vue, bleu nuit et gris métallisé.

— Une Mini, commenta-t-elle.

Doreen rayonna telle une mère débordant de fierté.

— C'est ma première. C'est une Cooper S *décapotable* — une rareté. Bien sûr, elle doit être promise à la personne en tête de la liste d'attente, mais… Zut, alors… Impossible de retrouver cette liste, et je ne voudrais quand même pas déranger quelqu'un à l'heure du repas.

Elles échangèrent un sourire conspirateur. La petite voiture manufacturée en Grande-Bretagne était adorable, au point qu'on aurait dit un jouet mécanique. Sarah entendait d'ici Jack lui énumérer d'un ton moqueur toutes les raisons pour lesquelles une Mini Cooper n'était ni sûre ni pratique. C'était un phéno-mène de mode, une voiture surcotée, sujette aux pannes… voilà ce qu'il dirait.

— Elle est parfaite, décréta Sarah. Mais je dois quand même vous demander une chose : pourquoi cette femme a-t-elle voulu qu'on la lui reprenne ?

— Tout de suite après l'avoir achetée, elle s'est aperçue qu'elle attendait un troisième enfant. On peut à la rigueur caser une famille de quatre personnes dans une Mini, mais cinq, c'est déjà plus compliqué.

« Nous y serons plus qu'à l'aise, mon fax et moi », se dit Sarah.

— Elle est équipée du verrouillage automatique des portes, ce qui est une protection contre le vol. Mais pas du système de GPS et d'assistance OnStar, admit Doreen.

— Aucune importance. Jusqu'ici je n'ai jamais laissé mes clés enfermées dans la voiture et je ne compte pas commencer. Quant au GPS, je n'en ai pas non plus besoin. Je sais où je vais.

Une heure plus tard, Sarah sortait du parking au volant de sa Mini. Celle-ci était bourrée d'affaires jusqu'à la lunette arrière et la sono s'avéra à la hauteur de ses espérances. Elle prit la direction de l'autoroute, s'engagea en trombe sur la bretelle d'accès et s'inséra dans le flot de circulation qui filait vers l'ouest. Roulant sur la voie centrale, elle se retrouva soudain flanquée par deux semi-remorques hauts comme des murs d'acier et se rapprochant dangereusement, prêts à l'écraser. Une peur affreuse lui noua le ventre.

Bon sang, mais qu'est-ce que je fabrique ?

Elle serra les dents et leva le pied, laissant les deux camions la dépasser. Puis elle alluma la radio et entonna à tue-tête « Shut up and drive » de Rihanna. Elle chantait avec une sensation de perte accablante qui, étrangement, se mêlait à une terrifiante euphorie. Elle chantait en hommage à toutes les choses qu'elle avait laissées derrière elle. Son mariage auquel elle avait cessé de croire. Son espoir d'avoir un enfant, espoir désormais aussi mort que son amour pour Jack.

Elle s'arrêta à la première enseigne d'une série de motels pas chers et resta allongée à contempler le plafond nu de sa chambre en écoutant la rumeur de l'autoroute. C'était comme vivre la vie de quelqu'un d'autre, quelqu'un qu'elle ne reconnaissait plus du tout.

Sarah roulait en direction de l'ouest au volant de sa nouvelle voiture qui, telle une minuscule mouche bleue, filait à travers les prairies, le long d'océans infinis de luzerne, de maïs séché et d'orge d'hiver couleur émeraude. Lorsqu'elle atteignit North Platte, dans le Nebraska, elle s'avoua une chose terrible : il y avait longtemps qu'elle n'était plus heureuse. Ce n'était pas du dépit de sa part. Dans son humble reconnaissance pour la guérison de Jack, elle n'avait jamais osé exprimer ses griefs. Cela lui aurait paru si mesquin et ingrat... Au lieu de quoi, elle avait vécu dans un état qui passait pour du bonheur. Jack se portait bien, leur situation financière était confortable, ils vivaient dans une ravissante maison située dans un quartier agréable, et ils essayaient de fonder une famille pour prouver au monde que tout allait bien. Mais le bonheur dans tout ça ?

C'était le hic avec l'esprit humain, songea-t-elle en faisant traverser les montagnes à sa Mini pour l'amener enfin à la lisière de la Californie. On avait beau prétendre être heureux, les griefs finissaient toujours par se manifester sous une forme ou sous une autre. Pour Jack, ç'avait été dans les bras d'une autre femme. Pour elle, c'était dans son obstination à vouloir être enceinte.

— Jusqu'ici, c'est pas brillant, constata-t-elle, les yeux rivés sur l'horizon.

Pour sa dernière journée de route, Sarah se réveilla à l'aube et effectua le dernier tronçon de son trajet le long de Papermill Creek, à travers la forêt sombre et inhabitée du parc national Samuel P. Taylor, où les épaisses frondaisons des grands arbres s'entrecroisaient au-dessus de la route sinueuse, formant une voûte ombragée. Elle atteignit finalement le minuscule bourg de Glenmuir, situé à la limite occidentale du comté de Marin, un coin perdu et presque oublié, entouré d'une nature si spectaculaire qu'elle était protégée par une loi du Congrès.

Emergeant d'un tunnel de feuillage obscur, Sarah franchit de vertes collines onduleuses parsemées d'exploitations laitières et de ranches, passant des vallées brumeuses à la baie voilée de grisaille où d'anciennes piles de débarcadère trouaient le brouillard. Elle pouvait difficilement mettre davantage de distance entre Jack et elle, du moins sans quitter le continent.

Au bout de sa route, elle se retrouva en un lieu qu'elle avait quitté pour aller faire ses études à l'université. Elle passa devant le quai où elle aimait se tenir, ombre pâle regardant le monde tourner. Puis elle s'engagea dans l'allée et se gara. Elle marcha jusqu'à la maison située près de la baie où elle avait grandi, la nuque et le dos noués par la fatigue de son long périple.

— J'ai quitté Jack, annonça-t-elle tout de go à son père.

— Je sais. Il m'a appelé.

— Il couchait avec une autre femme.

— Je sais aussi.

— Il te l'a dit?

Son père ne répondit pas. Il la serra maladroitement dans ses bras — entre eux, les relations avaient toujours été maladroites —, puis elle alla se coucher et dormit vingt-quatre heures d'affilée.

4

Si elle n'avait pas su à qui elle s'adressait, Sarah n'aurait pas été très emballée à l'idée d'engager une avocate spécialiste du divorce prénommée Birdie. Birdie Bonner Shafter, pour être exact. Un nom pareil convenait davantage à une star du porno qu'à une avocate.

Elle se demanda si Birdie se souviendrait d'elle depuis le lycée. Probablement pas. De trois ans son aînée, Birdie était à l'époque bien trop occupée à tout diriger — présidente du conseil des délégués d'élèves, présidente du mouvement civique Girls State, capitaine de l'équipe de volley et responsable du Key Club — pour accorder une once d'attention aux êtres inférieurs. Le fait d'avoir été la pire teigne du lycée constituait clairement un atout pour elle, aujourd'hui.

Sarah, elle, était invisible pour les élèves avec qui il fallait compter à l'époque. En y réfléchissant, elle avait passé sa vie à être invisible, jusqu'à sa rencontre avec Jack. Maintenant, elle se souvenait pourquoi. Il était plus sûr de voler en dessous du radar. Elle aurait dû s'en tenir à ça — continuer à passer inaperçue, rester à la fenêtre du monde en faisant ses observations privées, en se moquant des choses qu'elle enviait en secret. Mais non. Il avait fallu qu'elle parte et se lance tête baissée dans la vie — et dans l'amour — comme si c'était sa place. Comme si elle y avait droit.

Elle se leva et alla à la fenêtre qui donnait sur l'extérieur, décochant un sourire nerveux à la secrétaire.

— Puis-je vous offrir quelque chose à boire ? s'enquit cette dernière.

— Non, merci, répondit Sarah. Tout va bien.

— Maître Shafter va bientôt vous recevoir.

— Je ne suis pas pressée.

La haute fenêtre à volets était encadrée d'une moulure pain d'épice ; certains des carreaux étaient d'époque, à en juger par la qualité du verre, légèrement fragile et déformé. Le cabinet d'avocat de Birdie occupait l'une des demeures historiques du centre de Glenmuir. Depuis que Sarah en était partie, la place principale n'avait guère changé. C'était un ensemble de bâtisses à ossature de bois d'époque victorienne et de style gothique, certaines d'origine, d'autres imitées, les plus anciennes construites au XIXe siècle par des colons venus vivre de la pêche dans les eaux poissonneuses de l'anse isolée. Quelques maisons d'hôtes attiraient les touristes de la baie, y compris May's Cottage, la maison en retrait d'un bout de plage privée qui appartenait à la grand-tante de Sarah. Le douillet bungalow blanc était une location de vacances si courue qu'il fallait réserver des mois à l'avance. La plupart des touristes, cependant, trouvait la bourgade trop isolée et trop étrange, posée en bordure de nulle part, et laissaient ses habitants en paix.

Quand elle n'était pas festonnée de brouillard, la région entourant Tomales Bay possédait une qualité de lumière tout à fait exceptionnelle. Le bleu intense du ciel se reflétait dans l'eau qui servait aussi de miroir à la nature sauvage et boisée qui encerclait la baie. Celle-ci ressemblait exactement à ce qu'elle avait été cinq cents ans plus tôt, quand sir Francis Drake y était entré à bord de son galion bientôt légendaire, la *Biche Dorée*, pour y être accueilli par les représentants aux corps peinturlurés de la tribu miwok.

Sarah lissa des deux mains son blazer sur mesure, se sentant trop élégante dans sa tenue de Chicago. Les gens d'ici étaient davantage du genre à porter des vêtements en tissus bio et des chaussures simples mais suprêmement confortables. Elle ne possédait presque plus rien de tel dans sa garde-robe. Jack aimait la voir vêtue comme un mannequin, même lorsqu'elle protestait qu'elle travaillait à la maison.

Au début de leur mariage, elle aimait dessiner seule à sa table en survêtement délavé *University of Chicago* et épaisses chaussettes de laine, les cheveux retenus par une pince.

— Ça stimule ma créativité, avait-elle expliqué un jour à Jack.

— Tu pourrais être créative en pull et pantalon, avait-il répliqué.

Et il lui avait offert un cardigan en cachemire à trois cents dollars pour enfoncer le clou.

Sarah serra les dents et se concentra sur la baie au lointain. Un hydravion amorça son amerrissage, sa plainte de tondeuse à gazon emplissant l'air brièvement. Parfois, l'appareil déposait des touristes au bourg, mais, la plupart du temps, les avions venaient ici chercher des huîtres fraîches pour les apporter aux restaurants des grandes villes. Aujourd'hui, un bateau était de sortie, voguant toutes voiles dehors vers l'horizon. Plus près, elle distinguait les plates que son père sortait trois cent soixante-quatre jours par an avant qu'il ne cède l'élevage ostréicole à son fils. Kyle, le frère de Sarah, était aussi conformiste qu'elle était originale, et il se satisfaisait à merveille d'avoir repris l'entreprise familiale. Entre-temps, leur père avait vendu ses caisers à huîtres et s'était acheté une Mustang décapotable GT 1965, rouge coquelicot, à l'état de quasi-épave. Il consacrait toute son attention, depuis, à cette voiture qui semblait occuper un emplacement à vie chez Glenn Mounger, le carrossier.

Une femme entra, hors d'haleine, et se dirigea droit vers la fontaine d'eau. Son corps athlétique était moulé dans une tenue brillante en élasthanne noir et jaune. La brassière était recouverte des logos de divers sponsors. Sur la bande qui courait le long du cuissard seconde peau se lisait l'inscription « Trek ». La femme portait un casque aérodynamique et des lunettes de soleil à monture enveloppante. Elle marchait le mollet raide, les pieds pris dans des chaussures de cycliste à cuvette de talon moulée, les orteils pointés vers le haut.

Elle but d'un trait six gobelets en forme de cône à la fontaine d'eau avant de se tourner enfin vers Sarah.

— Désolée. J'ai vidé tout mon bidon.

— Oh…, dit Sarah, perplexe.

— Birdie Shafter, déclara la femme en ôtant son casque et ses lunettes, révélant une cascade de cheveux noirs et un visage de top model. Tu es Sarah Moon.

Sarah dissimula sa surprise. En fait, Birdie n'avait pas tellement changé depuis le lycée…

— C'est ça.

— Je m'entraîne pour un triathlon, ce qui fait que mon emploi du temps est assez démentiel en ce moment.

Elle lui tint la porte sur laquelle une plaque indiquait : « Bernadette Bonner Shafter, Avocate au barreau ».

Sarah entra dans le bureau.

— Accorde-moi deux minutes, lui demanda Birdie.

— Prends-en cinq, suggéra Sarah.

— Tu es un amour !

Elle disparut par une porte latérale. Sarah entendit de l'eau couler.

En dépit de l'apparence non conventionnelle de Birdie, son bureau respirait le professionnalisme. L'étalage de diplômes et d'attestations encadrés remplissait son office en inspirant confiance au client. Birdie avait obtenu sa licence à USC et son diplôme de droit à San Diego. De nombreux certificats étaient exposés et des autocollants dorés, gravés en relief, attestaient qu'elle était sortie diplômée de ces deux universités avec mention très bien. L'Association du barreau de Californie l'élevait au statut de membre en bonne et due forme.

Des étagères intégrées de bois sombre offraient un mur à sa gloire. Soit Birdie était accro aux people, soit elle courait dans des cercles très relevés. Elle était photographiée en compagnie du gouverneur et de Diane Feinstein, de Lance Armstrong et de Brandi

Chastain. Il y avait un cliché d'elle avec Francis Ford Coppola posant devant son vignoble, et un autre la représentant près de Robin Williams avec la Coast Highway à l'arrière-plan.

Les photos posées sur le grand bureau en chêne à veinures verticales étaient plus personnelles. C'étaient des instantanés de la Bonner Flower Farm, fondée, Sarah s'en souvenait, par les parents de Birdie, partisans de la contre-culture. Une autre photo la montrait avec son mari, Ellison Shafter, dont son père lui avait appris qu'il était pilote chez United Airlines.

Il y avait aussi un cliché de Will, le frère de Birdie. Soit la photo était ancienne, soit il n'avait pas changé d'un cheveu. Dans la tête de Sarah, la voix de Shirl demanda : *Pourquoi changer quand on est déjà parfait ?*

De toutes les personnes du lycée, c'était Will Bonner qu'elle se rappelait le mieux. Chose assez ironique, étant donné qu'il n'avait probablement jamais su comment elle s'appelait. La photo encadrée déclencha en elle un flot de souvenirs qu'elle ignorait avoir conservés. Debout dans ce bureau inconnu, le vieux parquet en pin craquant sous ses pieds, elle découvrit avec surprise que, sous la surface des apparences, de vieilles rancœurs suppuraient en secret. Sa vie avec Jack avait comme estompé le passé. Peut-être était-ce pour cela qu'elle l'avait épousé. Il l'avait éloignée de ce genre de personnes.

A présent que Jack ne faisait plus partie du décor, plus rien ne s'interposait entre elle et ses vieux souvenirs, et elle dégringola dans le passé comme Alice dans le terrier du lapin blanc, se rattrapant çà et là à des racines avant de toucher le fond.

Elle fixa le portrait de Will avec hostilité, la mine sombre. Il lui sourit en retour. A l'époque, il était dans la même classe que Sarah, mais, contrairement à elle, Will était l'incarnation du lycéen accompli : un athlète de premier ordre, doté d'un physique avantageux et typiquement américain. Il avait des cheveux de jais, et ce même regard pétillant qui la faisait fondre chaque fois qu'il posait les yeux sur elle. Non pas qu'il l'ait jamais vraiment regardée. Embarrassée par son béguin futile et totalement prévisible, Sarah avait lutté de la seule façon qu'elle connaissait. Dans la bande dessinée qu'elle imprimait clandestinement au lycée sur une vieille Ronéo, au sous-sol, elle avait représenté Will Bonner en play-boy vaniteux, lourdingue et gonflé aux anabolisants. Sans doute n'avait-il jamais remarqué non plus sa satire acérée. Pourtant, Sarah s'en était sentie... pas *mieux*, non... mais plutôt *vengée*. Comme si elle contrôlait davantage la situation.

Evidemment, il n'avait jamais noté qu'elle avait passé quatre ans assise en face de lui en classe d'anglais avancé, ni qu'elle faisait esquisse sur esquisse de lui, sous prétexte que ces croquis lui étaient nécessaires pour sa bande dessinée clandestine. Bonner la traitait comme une pièce du mobilier.

Entre-temps, les années qui la séparaient du lycée avaient au moins apporté un énorme changement, observa Sarah. Sur la photo, Will tenait dans ses bras un enfant brun dont le visage était enfoui dans son épaule robuste. Certains types avaient l'air emprunté avec les gamins. D'autres, tel Will Bonner, semblaient à l'aise et naturels.

Dans d'autres circonstances, Sarah aurait brûlé de mille questions au sujet du garçon qui l'obsédait au lycée. Mais pas aujourd'hui. Aujourd'hui, elle devait expliquer sa situation à Birdie et essayer d'envisager la suite.

Détournant son regard de ce déploiement de photos, elle se força à attendre calmement. Le choc d'avoir quitté Jack ne s'était pas encore tout à fait estompé, ce qui n'était sans doute pas plus mal, car cela la maintenait dans un état d'engourdissement. Elle était comme un soldat qui aurait eu un membre arraché, fixant son corps sans comprendre. La douleur viendrait plus tard, probablement. Et elle ne ressemblerait à rien qu'elle ait jamais éprouvé.

Au mur était affiché un tableau des honoraires, comme l'énumération des formules spéciales d'un restaurant ou le récapitulatif des prestations d'un salon de coiffure, sauf que cette liste-là recouvrait les questions juridiques plutôt que les différentes coupes proposées — droit de la famille, immigration, testaments et homologations, droit des personnes âgées. Sarah refoula un sentiment d'appréhension. Avait-elle les moyens de se payer un avocat ? Aucune des transactions qu'elle envisageait ne devait être simple. Ni donnée.

Pourtant, elle ne pouvait pas laisser l'argent — ou plutôt le manque d'argent — se mettre en travers de son chemin. Il lui fallait réinventer sa vie. Et cela commençait maintenant.

— Merci d'avoir patienté.

Birdie entra dans le bureau. Elle avait ôté sa tenue de cycliste et endossé une allure plus familière : coton naturel, sabots Dansko, pas de maquillage et une expression de sérieux ouverte et sincère. Sur Birdie, ce genre n'avait rien d'emprunté. Elle portait bien le style écolo, comme si elle l'avait elle-même inventé.

Toutefois, à la voir si franche et inoffensive, Sarah fut assaillie de doutes. Où était passée la peau de vache du lycée ? S'était-elle adoucie juste au moment où Sarah avait besoin d'une dure à cuire ? Il lui fallait une avocate qui protège ses intérêts tout au long du « processus » — elle n'arrivait toujours pas à employer le mot qui commençait par un D — et pas une mère poule.

— Pas de problème, affirma Sarah. Merci de me recevoir si rapidement.

— Je suis contente d'avoir pu t'insérer dans mon emploi du temps.

Elle fut interrompue par un doux murmure en provenance de l'Interphone.

— Désolée de vous déranger, maître Shafter, s'excusa la secrétaire, mais nous avons une date butoir pour ce dossier. C'est Wayne Booth, de Coastal Timber.

Sarah fit mine d'aller vers la porte mais Birdie lui fit signe de revenir, couvrit le combiné de la main et affirma :

— Je n'en aurai que pour une minute.

Puis elle changea de posture. Elle se redressa et bomba le torse.

— Wayne, je vous ai déjà donné la réponse de mon client.

Si c'est votre dernière offre, nous laisserons à un juge le soin de nous faire une proposition plus intéressante.

Elle marqua une pause, et une voix crachota une réponse courroucée dans le téléphone.

— Je comprends parfaitement, mais je ne suis pas sûre que ce soit votre cas. Nous ne sommes pas là pour jouer...

Sarah regardait la « mère poule », transformée en dominatrice professionnelle, ne faire qu'une bouchée du conseiller juridique d'une importante société de bois, obtenant finalement gain de cause avant de raccrocher doucement le combiné du téléphone. Lorsque Birdie reporta son attention sur Sarah, elle avait repris son expression sereine et imperturbable, comme si cet échange n'avait jamais eu lieu. Sarah sut qu'en définitive elle avait déniché l'avocate idéale. La peau de vache d'autrefois avait trouvé le moyen d'exploiter au mieux ses talents naturels.

Elles se serrèrent la main et s'assirent, Sarah dans un confortable fauteuil rembourré, Birdie derrière son bureau. Sarah prit une profonde inspiration et se jeta à l'eau.

— J'arrive tout droit de Chicago. J'ai quitté mon mari.

Birdie hocha la tête, l'expression adoucie par la sympathie.

— Je suis navrée.

Sarah se trouva incapable de prononcer un mot de plus. Birdie poussa une boîte de mouchoirs en papier dans sa direction, mais elle l'ignora. Elle n'arrêtait pas de faire tourner nerveusement sa bague de fiançailles autour de son annulaire. Elle aurait vraiment dû l'enlever, mais le bijou venait de chez Harry Winston et pesait trois carats. Où aurait-elle pu la ranger en toute sécurité ?

— Ça s'est passé récemment ? s'enquit Birdie.

Sarah répondit par un hochement de tête.

— Vendredi dernier.

L'horloge de sa voiture affichait 17 h 13 quand elle s'était détachée de Shamrock Downs, de Jack, de Mimi Lightfoot et de tout ce en quoi elle avait cru dans la vie. Combien de femmes connaissaient l'heure précise qui avait sonné le glas de leur mariage ?

— Tu es en sécurité ? demanda Birdie.

— Pardon ?

— J'ai besoin de savoir si tu es en sécurité. Il est agressif ? Tu as déjà eu des problèmes de violence conjugale ?

— Oh…, dit Sarah en se laissant aller en arrière dans le fauteuil. Mon Dieu, non… Rien de tel.

En vérité, c'était comme si un acte de violence avait été commis envers elle, mais ce n'était pas le genre d'abus pour lequel on pouvait porter plainte.

— Il m'a trompée.

Birdie darda sur elle un regard très prosaïque.

— Alors, tu devrais te faire dépister.

Sarah la dévisagea d'un œil vide, complètement perdue. *Se faire dépister…* Soudain elle comprit. Se faire dépister pour les MST. Pour le HIV, même.

— Je… euh… oui, bien sûr. Tu as raison.

Une boule de peur glacée se forma au creux de son estomac. Le fait de prendre conscience que Jack l'avait mise en danger physiquement rendait sa trahison encore plus répugnante. Elle reprit :

— Excuse-moi. Ça ne m'était pas venu à l'esprit jusqu'à maintenant. Je n'arrive toujours pas à croire que Jack ait fait ça.

— « Jack », répéta Birdie en ouvrant son ordinateur portable sur le bureau. Je vais prendre quelques notes, si ça ne te dérange pas.

— Pas de problème. Tout ça est nouveau pour moi.

— Prends ton temps. Donc, le patronyme exact de ton mari… ?

— John James Daly, répondit Sarah. J'ai gardé mon nom de jeune fille après notre mariage.

— Et c'était…

— En 2003 — ça a fait cinq ans en juin. Je l'ai rencontré à la fac — université de Chicago — et je l'ai épousé à la fin de mes études.

Birdie hocha la tête.

— Le *Bay Beacon* avait publié une très jolie photo accompagnée d'un entrefilet.

Quelle surprise que Birdie ait remarqué la photo et s'en soit souvenue ! Mais c'était sûrement plus à mettre sur le compte du manque d'animation de la vie d'une petite ville que de l'importance de Sarah. Le journal local qui paraissait deux fois par semaine avait toujours veillé à tenir ses lecteurs informés des menus événements : mariages et naissances, météo et marées, travaux sur la chaussée et résultats sportifs des élèves. Lycéenne, Sarah avait soumis quelques dessins humoristiques au *Bay Beacon* mais le rédacteur en chef du journal les avait jugés trop dérangeants et prêtant à controverse. Fait ironique, ses dessins brocardaient les promoteurs immobiliers des grandes villes, qui rivalisaient pour décrocher l'autorisation d'édifier des centres commerciaux et des résidences à deux pas du littoral le plus préservé du pays.

— Je n'ai jamais vu cet article, fit remarquer Sarah. Nous vivons — je veux dire… je vivais — à Chicago.

Elle se remit à tripoter sa bague de fiançailles.

— J'aurais bien aimé revenir plus souvent, mais Jack ne s'est jamais plu ici, et les années ont filé. J'aurais dû insister davantage. Bon sang, je me sens vraiment trop nulle…

— Mettons tout de suite une chose au point.

Birdie joignit les mains sur son bureau.

— Laquelle ? demanda Sarah.

— Tu n'as pas à te justifier devant moi. Je ne suis pas là pour te juger, te rendre responsable ou quoi que ce soit. Je ne vais pas critiquer tes choix passés, te faire la leçon ou divulguer des détails de ta vie privée à des inconnus.

Sarah sentit ses joues brûler de honte ; elle savait parfaitement à quoi Birdie faisait allusion. En terminale, celle-ci avait subi une réduction de poitrine. Ce n'était pas un secret : après tout, elle qui mettait des bonnets F s'était mise à porter des débardeurs. Sarah l'avait caricaturée dans l'un de ses dessins sous le manteau. Pourquoi ne pas se payer la tête de la peau de vache du lycée ? Elle se tordit les mains sur ses genoux.

— Je regrette pour cette bande dessinée stupide, au lycée…

— Non, pourquoi ? Moi, je la trouvais marrante.

— Vraiment ?

— Oui, plutôt. A l'époque, j'étais du genre à aimer tout ce qui parlait de moi. J'étais odieuse, au lycée, avec ou sans nichons. Pour être franche, j'aimais bien être représentée dans les pages humoristiques. C'était il y a longtemps, Sarah. Il faut espérer que nous avons toutes deux évolué depuis.

— Je continue à dessiner, avoua Sarah. Je publie une BD, mais je tire mon inspiration de ma propre vie, maintenant, plus de celle des autres.

— Tant mieux pour toi, répliqua Birdie en secouant la tête. Certaines personnes passent leur vie à ressasser des regrets concernant les trucs qu'ils ont vécus au lycée. Je me suis toujours demandé pourquoi. Ce ne sont que trois années. Trois malheureuses années dans une vie qui peut s'étaler sur un siècle. Pourquoi les gens font-ils une fixation sur ces trois petites années ?

— Bonne question, approuva Sarah à voix basse.

Birdie tira un formulaire de l'imprimante posée sur le meuble informatique derrière son bureau.

— Ce document expose les conditions de notre contrat. Je veux que tu le lises avec attention et que tu m'interroges si jamais tu as des questions.

A la vue de cette feuille noircie de jargon juridique, Sarah se sentit découragée. Elle aurait préféré n'importe quoi plutôt que de patauger dans ce charabia. Mais elle était seule, à présent, et ne pouvait plus compter que sur elle-même pour se protéger. Elle étudia le premier paragraphe et son regard se brouilla.

— Tu as une version *Reader's Digest* de tout ça ?

— C'est très simple, tout est expliqué noir sur blanc. Prends tout le temps qu'il te faut.

Birdie attendit qu'elle ait lu tout le document sans rien repérer qui la tracasse — en dehors du fait que toute cette affaire allait lui coûter beaucoup d'argent. Sarah signa le contrat et data en bas de la feuille.

— C'est fait, dit-elle.

— Si c'est fait, alors allons-y. Ça te dérange si j'enregistre notre entretien ?

— Non, je ne pense pas. De quoi allons-nous parler ?

— Je dois connaître toute l'histoire. Dans son intégralité. Depuis le début.

Sarah jeta un coup d'œil à la pendule ancienne accrochée au mur.

— Tu as d'autres rendez-vous cet après-midi ?

— J'ai tout le temps qu'il faut.

— Il vit à Chicago, s'inquiéta-t-elle. Est-ce que je peux résider ici, et… hum… divorcer même s'il est à Chicago ?

— Oui.

Divorcer. C'était la première fois qu'elle le disait à voix haute. Les mots étaient sortis de sa bouche et, cependant, elle ne les comprenait pas. On aurait dit une expression inconnue. Elle ânonnait des syllabes au hasard dans une langue étrangère. *Div Orcer. Divor C.*

— Oui, répéta-t-elle tandis que son estomac se soulevait. Je veux vraiment divorcer. C'est comme dire que je veux me faire hara-kiri. C'est ce que je ressens en ce moment.

— Je suis désolée, déclara Birdie. Ça n'est jamais facile. Mais ce que je peux te dire, c'est que, même si le deuil est doulou-reux, ça crée aussi un nouvel espace dans ta vie, de nouvelles possibilités.

Sarah fixa son regard sur un point situé au-delà de la fenêtre, là où les eaux de Tomales Bay formaient un courant.

— Je n'ai jamais eu l'intention de rester à Chicago, déclara-t-elle. Jamais je n'ai pu m'habituer au satané temps qu'on a là-bas. A la fin de mes études, j'avais prévu de partir m'installer à San Francisco ou à L.A., et de travailler dans un journal tout en essayant de faire paraître ma BD. Et puis j'ai rencontré Jack…

Elle déglutit et prit une profonde inspiration avant de poursuivre.

— Toute sa famille est dans le bâtiment. Il avait obtenu un contrat de l'université pour la construction d'une aile supplémentaire destinée au studio d'art publicitaire, et il se trouve que je faisais partie du comité consultatif étudiant ; j'étais chargée d'émettre les requêtes en matériel pour les dessinateurs.

Ses lèvres esquissèrent un sourire, brièvement, et elle reprit :

— Les étudiants soumettaient à Jack nos propositions utopiques et il nous expliquait pourquoi nos projets n'étaient pas réalisables. J'ai effectué une série de dessins satiriques pour le journal de la fac en m'inspirant de cette situation. Quand Jack les a vus, j'ai cru qu'il serait furieux. Au lieu de quoi il m'a demandé de sortir avec lui.

Elle ferma les yeux, regrettant que ces souvenirs soient si pénibles. Mais Jack était tellement adorable, à l'époque ! Beau, drôle et gentil. Dès le début, elle l'avait aimé. Souvent, elle se demandait ce qui l'attirait chez elle, sans jamais oser lui poser la question. Elle aurait peut-être dû... Elle rouvrit les yeux et contempla ses doigts noués.

— Sa famille m'a accueillie à bras ouverts. Ils m'ont traitée comme leur propre fille.

Elle se souvenait encore de son émerveillement devant les demeures historiques du quartier ombragé où vivait la famille de Jack depuis des générations. Elle reprit :

— Il faut que tu comprennes que, pour moi, c'était énorme. Après la mort de ma mère, mon père, mon frère et moi nous étions éloignés les uns des autres. C'était si bon de se retrouver au sein d'une vraie famille. Jack avait grandi à Chicago et il connaissait certains de ses amis depuis la maternelle. Alors, je n'ai eu qu'à... entrer dans ce monde tout fait. Ça semblait facile. Je suppose que j'étais amoureuse de lui depuis le début, et que, dès notre troisième rendez-vous, j'avais modifié mes projets d'avenir.

Aujourd'hui, elle s'apercevait, en auscultant le passé, que, pour elle, le fait de tomber amoureuse avait été un acte de survie. Elle avait perdu sa mère et partait à la dérive. Jack — et tout ce qu'il représentait — constituait un point solide à quoi s'accrocher, un élément auquel elle pouvait se cramponner de toutes ses forces pour se mettre à l'abri du danger.

Quelque part dans le lointain, une sirène retentit, le hurlement rauque d'un camion de pompiers. Sarah avait la bouche sèche. Elle se leva, alla à la fontaine d'eau et se versa deux gobelets. Elle se retourna vers Birdie, momentanément désorientée. Elle se rassit et but son eau à petites gorgées.

— Tu peux pleurer, tu sais, glissa Birdie.

Sarah s'imagina de nouveau flottant seule en pleine mer, comme Alice au pays des merveilles se noyant dans ses propres larmes incontrôlables.

— Je ne veux pas pleurer.

— Mais tu le feras.

Sarah inspira profondément et prit encore une gorgée d'eau. Elle n'avait pas envie de pleurer, et pourtant son sentiment de perte était intense. Elle commençait à se rendre compte qu'elle avait perdu bien plus qu'un mari. Son cercle familial et amical déjà constitué. Sa maison et toutes ses affaires. Sa propre identité en tant qu'épouse de Jack.

— Nous nous sommes mariés à Chicago, apprit-elle à Birdie.

La noce avait été déséquilibrée, les amis du marié étant dix fois plus nombreux que ceux de la mariée, mais cela ne l'avait pas dérangée. Tout le monde adorait Jack, et elle en était fière. Elle s'était estimée heureuse de trouver un groupe d'amis déjà formé et une famille accueillante. Pas besoin de grand rassemblement, lui avait-elle affirmé avec un sourire reconnaissant.

— Pour notre voyage de noces, nous sommes allés à Hawaï. Je n'ai jamais aimé Hawaï, mais Jack a considéré d'autorité que ça devait me plaire.

A l'époque, la vérité lui avait échappé. A présent, elle n'en percevait qu'un reflet, mais elle commençait malgré tout à comprendre. Du jour où elle avait rencontré Jack, elle était devenue un satellite de son soleil, réfléchissant sa lumière mais n'en possédant pas de propre. Ses envies et ses exigences étaient éclipsées par celles de Jack, et cela lui convenait parfaitement. Ils vivaient dans le monde de Jack, faisaient les choses selon sa volonté, et étaient devenus un couple conforme à sa vision à lui, non à la sienne.

De temps à autre, elle avançait une suggestion : « Et si on allait à Mackinac Island plutôt qu'à Hawaï ? Ou au château Frontenac à Québec ? » Alors il l'attirait dans ses bras en disant :

— Mais oui, c'est ça... Ce sera Hawaï, chérie. Cowabunga.

Et le reste à l'avenant. Elle s'était retrouvée à écouter de la musique country qui lui faisait horreur, et avait appris à garder les yeux ouverts pendant les matchs des White Sox ou des Cubs.

— Et le fait est que j'étais heureuse, précisa-t-elle à Birdie. J'aimais notre vie ensemble. Ce qui est probablement dingue, car elle ne ressemblait en rien à la vie que j'aurais choisie.

— C'est la vie que tu as eue, lui rappela Birdie. Que tu l'aies aimée, c'est une bénédiction. Combien de gens endurent au quotidien une vie qu'ils détestent ?

Sarah la scruta d'un regard aigu. Elle soupçonnait cette question, apparemment rhétorique, de concerner Birdie de très près.

— Et donc, j'en arrive à la grande ironie de l'histoire, continua Sarah. Après notre mariage féerique et voyage de noces de rêve, Jack a tout de suite voulu fonder une famille. Pour une fois, je me suis affirmée. J'ai insisté pour qu'on attende au moins un an ou deux. J'avais prévu de me focaliser sur ma carrière, alors j'ai lourdement fait pression pour poursuivre la contraception encore quelque temps.

— Nous sommes au XXIe siècle, signala Birdie. Je ne pense pas que ce genre de choses puisse encore choquer qui que ce soit.

— Pas sur le moment. A mon avis, c'est la seule décision de

notre mariage qui m'ait véritablement appartenu. Le seul choix qui ait été le mien et le mien seul.

— Et en quoi est-ce ironique ?

— Parce que mon unique décision a failli coûter la vie à Jack.

5

Quarante minutes avant la fin de la garde de Will Bonner, le récepteur de la caserne se déclencha — « Bataillon ! Fourgon et ambulance prêts à intervenir ! » —, suivi des deux bips confirmant l'alerte. Will réagit au quart de tour, appela Gloria par haut-parleur, puis arracha le billet de l'imprimante. Après des années de routine, il avait réduit sa sortie de caserne à un enchaînement minimum de gestes. Il enfila sa tenue tout en quittant le bureau à grandes enjambées, s'emparant au passage des talkies-walkies posés sur leur chargeur. Voilà, c'était parti : en moins d'une minute, il était passé sans heurt de l'endroit où il se trouvait encore, un instant auparavant, à sa prochaine destination. C'était ça, la vie de pompier : on regardait tranquillement des rediffusions de *Peyton Place* sur la chaîne des séries, et, dans la seconde suivante, on se retrouvait à consulter la carte de la région, à enfiler sa veste ignifugée et à passer ses bottes à la va-vite.

La commune de Glenmuir s'enorgueillissait d'un fourgon-pompe Seagrave, datant de 1992 environ, et d'une équipe d'intervention composée d'un capitaine, d'un conducteur de pompe et d'un roulement de bénévoles. Tandis que Gloria Martinez, la conductrice, faisait démarrer le moteur, et que l'équipe de pompiers volontaires prenait place à bord, Will et Rick McClure, l'un des volontaires de garde, sautèrent dans deux véhicules de patrouille séparés et foncèrent en éclaireurs pour localiser le feu. C'était le problème avec les alarmes non spécifiées comme celle-ci. Quelqu'un appelait les pompiers pour signaler la présence visible de fumée. Or, dans le coin, le terme « là-bas » était considéré comme une direction cardinale.

Les gens d'ici s'affolaient vite en matière de feu. Le légendaire incendie du mont Vision, en 1995, hantait encore le paysage, avec ses squelettes d'arbres calcinés, ses structures dévastées, ses champs étouffés sous les épilobes allogènes qui avaient proliféré après la catastrophe.

Tout en se dirigeant vers une route dépourvue de nom, répertoriée sous l'appellation « Voie vicinale 74 », Will scrutait l'horizon, tentant d'apercevoir les flammes signalées ou une colonne de fumée. Il avait beau se concentrer sur son observation, la pensée d'Aurora lui traversa l'esprit. Cette intervention allait le mettre en retard pour le dîner. La veille, il n'avait pas pu assister à la journée d'orientation organisée par son collège.

— Pas grave, avait-elle affirmé. Ça va être exactement pareil que l'année dernière.

— Je l'ai déjà loupée, l'année dernière.

— C'est bien ce que je dis. Ça va être exactement pareil.

À treize ans, sa belle-fille avait la repartie aussi vive que son intérêt pour les magazines de mode ado que, selon lui, elle passait beaucoup trop de temps à lire. Petite, quand il devait la laisser pour prendre sa garde, elle piquait une colère et le suppliait de ne pas partir. Aujourd'hui, à treize ans, elle réagissait à ses absences d'un ton indifférent, cassant ou sarcastique.

À choisir, Will préférait encore ses colères. Au moins, c'était franc et vite passé. Avant, leurs relations père-fille se déroulaient sans heurts, même s'ils n'étaient pas liés par le sang. Will s'était toujours passionné pour son rôle de père, et ce n'était pas parce que la mère d'Aurora avait fichu le camp que cela avait changé quoi que ce soit. Au contraire, cela avait plutôt renforcé son dévouement envers la petite fille.

Pour un père célibataire, le boulot de capitaine des pompiers était à double tranchant. Du fait de son emploi du temps, il pouvait partager de longs moments avec elle ; en revanche, ses absences étaient tout aussi longues. Quand il était de garde, elle restait chez les parents de Will ou, à l'occasion, chez sa tante Birdie et son oncle Ellison. Cette organisation fonctionnait depuis des années ; c'était l'une des raisons qui le faisaient rester à Glenmuir. Sans le soutien de sa famille, il lui aurait été quasiment impossible d'élever Aurora. Ses parents étaient ravis et flattés de s'occuper d'elle : c'était une enfant douce, intelligente et ravissante, qui était entrée dans leur vie comme un printemps tardif. Mais maintenant qu'Aurora avait treize ans et qu'elle était en conflit avec le monde entier, Will se demandait si elle ne devenait pas trop difficile pour eux.

Eût-il osé suggérer une telle chose que sa famille aurait douté de sa raison. Ses parents, qui géraient une exploitation horticole bio, croyaient dur comme fer à l'équilibre karmique et à l'idée que la vie ne donnait jamais rien à quelqu'un qu'il ne soit en mesure d'assumer.

Will repéra les tourbillons de fumée noire qui s'élevaient au-dessus d'une crête familière, juste au-delà du hameau de San Julio, et spécifia par radio à Gloria le numéro de borne kilométrique, avant de foncer jusqu'à la scène de l'incendie. Il ne savait trop à qui appartenait cette propriété, étendue ondoyante de foin et de luzerne. Pas d'habitation en vue, mais une grange était en feu, sa façade transformée en un masque de flammes. Il arrêta la voiture, laissant les clés sur le contact au cas où quelqu'un aurait besoin du véhicule. Rick se gara à quelque distance de là et courut rejoindre Will déjà en train de surveiller la zone. Une ombre effleura son champ de vision périphérique, et il se tourna juste à temps pour surprendre la présence d'un chien errant.

Il avait déjà vu cet animal, un croisé de colley à la fourrure noire tachetée de blanc très emmêlée. A la vue de Will et de Rick en casque et tenue de feu, le chien détala à fond de train.

— Bon sang, j'espère que cette grange est destinée à l'entreposage et pas au bétail ! cria-t-il à Rick.

— Je vois ce que tu veux dire !

Rick, jeune pompier volontaire frais émoulu de la formation, considéra le bâtiment, les yeux plissés par un soupçon d'appréhension.

— Je vais devoir fouiller les lieux, déclara Will, se rappelant qu'il n'y avait pas si longtemps, il avait partagé l'inexpérience de McClure.

Le fourgon-pompe arriva alors qu'il avait déjà passé son ARI — appareil respiratoire isolant — sans toutefois avoir attaché le masque. Il espérait bien ne pas avoir à se mettre sous air comprimé.

Il contourna le périmètre, communiquant par radio son rapport au chef de bataillon. Signe encourageant : on n'entendait pas de cris de bétail piégé à l'intérieur. Ce genre de chose restait en général gravé dans l'âme d'un pompier. S'il n'y avait pas de sauvetage à effectuer, le but n'était pas de préserver le bâtiment : celui-ci brûlait comme de l'amadou. Mais il leur fallait éteindre le feu pour l'empêcher de se propager aux friches environnantes.

Le principe était de ventiler les flammes par la large porte à vantaux coulissants. Will communiqua leurs tâches aux membres de l'équipe du fourgon. Tandis que les pompiers casqués tiraient la lance d'arrosage, il fit signe à Rick d'ouvrir la porte et se tint prêt, muni de l'extincteur portable. Le but était de ventiler afin de retarder le phénomène de flash-over — la transition entre le stade de développement du feu et l'explosion de toute la structure —, le temps de positionner la lance d'arrosage. Ensuite, les flammes seraient refoulées par l'ouverture avant de la grange. Même en ayant l'habitude, le souffle de la fournaise surprenait toujours. A ses débuts, ça lui flanquait une trouille bleue, cette pression pulsant contre son visage, cette force invisible comme le martèlement du son dans un concert de rock assourdissant.

Le feu en était au stade des rouleaux de flammes, avec des éclairs de feu visibles à travers la fumée. Will entendit un sifflement et crut que sa bouteille d'air se dilatait sous l'effet de la chaleur. Haute comme une cathédrale, la grange de style nordique était baignée par une lumière démente, les balles de foin entassées flambant à la manière d'un gigantesque bûcher funéraire. « Tout va bien », se dit-il, comme c'était son habitude dans ce genre de situation. *Tout va bien.* Dans sa tête, il se représenta nettement Aurora, sa principale raison de s'en sortir.

Birdie alla fermer la fenêtre afin d'empêcher que le son d'une lointaine sirène n'entre dans la pièce. Cela fait, elle se rassit et posa les coudes sur le bureau.

— Je ne comprends pas, Sarah... Pourquoi dis-tu que ta décision de retarder le moment de fonder une famille a failli tuer ton mari ?

— Si j'avais accepté d'essayer d'avoir un enfant tout de suite, comme le voulait Jack, nous nous serions aperçus plus tôt qu'il y avait un problème.

Sarah s'éclaircit la voix avant de demander :

— Tu as besoin de détails précis ?

Birdie parut comprendre.

— Laisse tomber les détails pour l'instant. Sauf si tu les considères comme des renseignements qui me seraient utiles pour t'aider.

A un certain point, Sarah serait bien obligée de lui révéler les détails les plus intimes de son couple : il lui faudrait les mettre à jour comme une blessure non soignée pour en exposer les nerfs à vif. Elle en savait assez sur le divorce pour comprendre que cela faisait partie du processus. Mais le fait de le savoir ne lui facilitait pas pour autant la tâche. Afficher sa souffrance personnelle sous couvert de sa BD était une chose, en discuter ouvertement en était une autre.

— J'ai fini par vouloir des enfants aussi désespérément que lui. Nous semblions tous les deux en bonne santé. Alors, au bout d'un an, voyant que je n'étais toujours pas enceinte, nous avons fait des examens. J'ignore pourquoi, mais nous nous attendions à ce que le problème vienne de moi, pas de lui.

Bien décidée à cesser de tripoter sa bague, Sarah s'empara d'un stylo qu'elle fit rouler entre ses mains.

— C'est un raisonnement assez banal, je pense, commenta Birdie. Pourquoi, je n'en sais rien, mais le fait est là.

Une fois qu'il avait été prouvé que la fertilité de Sarah n'était pas en cause, Jack avait accepté d'aller consulter son oncle urologue. Elle s'était armée de courage en vue de l'annonce d'un faible nombre de spermatozoïdes, d'une mauvaise mobilité de leur part ou d'une anomalie de production. En fait, les analyses avaient révélé quelque chose de bien plus terrible.

— Cancer du testicule, expliqua-t-elle à Birdie. Qui s'était métastasé jusqu'aux ganglions lymphatiques de l'abdomen et aux poumons.

L'optimisme affiché de l'oncologue les avait réconfortés.

— Ce ne sont pas les statistiques ni les projections qui vont éradiquer le problème, avait déclaré le médecin. Il nous faut combattre avec tous les moyens mis à notre disposition, c'est ça qui éradiquera le cancer.

Jack avait aussi la chance de bénéficier du soutien de sa famille et de ses amis. Ses parents et ses frères et sœurs s'étaient réunis autour de lui dès l'annonce du diagnostic. Des gens qui le connaissaient depuis la maternelle étaient passés le voir, le temps d'ajouter leurs vœux de rétablissement au soutien sans bornes dont il semblait bénéficier.

— Il faut que tu comprennes, reprit Sarah, que quand un truc pareil t'arrive, c'est le monde entier qui s'arrête de tourner. Tu laisses tout tomber. C'est comme t'engager dans l'armée, et la maladie devient ton sergent instructeur. Nous avons tout de suite commencé le traitement, un traitement agressif. Du fait de son âge et de son bon état général, on lui a mis le paquet.

— Intéressant : tu dis *nous* avons commencé le traitement. Et non pas *Jack* a commencé le traitement.

— Nous formions une équipe. La maladie envahissait chaque instant de notre vie, nuit et jour.

Sarah faisait nerveusement entrer et sortir la mine du stylo.

— En fait, je ne sais pas trop si c'est important aujourd'hui ou pas, mais avant de commencer le traitement, nous nous sommes occupés d'un petit détail.

— Lequel ?

— C'était sur la suggestion des médecins. Jack et moi étions trop paniqués et trop anéantis pour y penser. On lui a conseillé de congeler des échantillons de sperme. Par mesure de précaution, vu que le traitement entraînait un risque de stérilité.

Elle eut un petit sourire.

— Jack a toujours été perfectionniste. Il a mis de côté assez de sperme pour peupler une ville moyenne. Et jusqu'à la semaine dernière, notre histoire s'achevait sur un happy end.

« Enfin… plus ou moins », rectifia-t-elle en son for intérieur. La performance de Jack à la banque de sperme avait été autrement plus productive que sa performance avec elle.

— Désolée, mais j'ai besoin d'éclaircissements. Tu as été son principal soutien durant le traitement ?

— Pas sur le plan financier. Heureusement, Jack et sa famille sont extrêmement aisés. Ma carrière en était à ses tout débuts.

— La BD que tu as mentionnée tout à l'heure ?

Nerveuse, Sarah continuait à s'acharner frénétiquement sur le bouton pressoir du stylo.

— Oui. Elle s'intitule *Respire !*

Birdie se renfonça dans son fauteuil.

— C'est génial, comme titre, Sarah. Vraiment.

— Ça serait mieux si j'arrivais à en vivre. Pour l'instant, je travaille en free-lance, ce qui implique beaucoup de travail personnel, mais, au bout du compte, davantage d'indépendance et une part plus importante de revenus. Pendant la maladie de Jack, j'ai mis de côté ma publication et je me suis consacrée à l'art publicitaire et aux cartes de vœux. Mais je n'ai jamais arrêté de dessiner ma BD. En fait, c'est pendant les pires moments du traitement que j'ai réussi certains de mes meilleurs dessins. Mais, honnêtement, je ne peux pas dire que ma contribution financière pesait bien lourd dans la balance.

— Que fais-tu du soutien moral et psychologique? Et question soins?

— J'ai fait des choses dont je ne me serais jamais crue capable.

Elle s'interrompit, étonnée de sentir affluer une vague d'émotion en repensant aux interminables nuits d'angoisse qui suivaient les séances de chimio, quand même l'amour et les prières ne suffisaient pas à réconforter Jack, quand elle le gardait enlacé et qu'il grelottait, quand elle nettoyait son vomi et changeait ses draps tandis qu'il gémissait de douleur.

— Je t'épargne les détails. Disons juste que j'ai été d'une présence solide à ses côtés, et que personne ne peut contester mon soutien sans mentir.

— Et le happy end?

— Avant toute cette histoire, j'aurais pu te dire qu'il avait eu lieu le jour où on a annoncé à Jack que son cancer était éradiqué et que c'était la fin de ses traitements. Mais je crois bien que les happy ends, ça n'existe pas. La vie est bien trop mal foutue pour ça. Les choses ne finissent jamais. Elles changent, c'est tout.

Sarah baissa les yeux et s'aperçut qu'elle avait complètement démantibulé le stylo entre ses doigts.

Birdie croisa les bras sur son bureau, feignant de n'avoir rien remarqué.

— Y a-t-il eu un moment pendant lequel tu as pu penser que ton couple battait de l'aile?

Honteuse, Sarah aligna les morceaux du stylo sur le bureau : la mine, le minuscule ressort, le tube et l'agrafe du capuchon.

— Cette idée ne m'a jamais traversée. Je ne me posais pas ce genre de questions. Suite à la guérison de Jack, je débordais trop de gratitude et d'euphorie pour être lucide. Je me suis alors juré que j'étais prête à fonder une famille. Plus que prête. C'est idiot de remettre à plus tard quelque chose qu'on sait vouloir. La vie est trop courte ! À l'époque, je ne me doutais pas que vouloir un enfant était un signe de désespoir. Je pensais que si, grâce à ce bébé, j'arrivais à nous faire passer pour une famille heureuse, nous nous transformerions d'un coup de baguette magique en famille heureuse.

Elle glissa soigneusement la mine dans le ressort.

— Nous avons essayé par les deux méthodes.

— Les deux méthodes ?

— La méthode naturelle et l'insémination artificielle. Etant donné qu'après son traitement Jack avait de bonnes chances de retrouver sa fertilité, nous nourrissions tous deux de grands espoirs. Mais… nous n'avions plus tellement d'intimité pendant et après sa maladie. Jack… hum… n'y arrivait plus, et, finalement, il a cessé toute tentative.

Sarah revissa les deux parties du stylo.

— Il prétendait toujours vouloir une famille. En fait, c'était son idée à lui de continuer les traitements stimulant la fertilité et l'insémination artificielle. Je suppose que notre manque de réussite s'est avéré être un bienfait déguisé. Concevoir un enfant au beau milieu de ce gâchis aurait été désastreux.

Le bouton pressoir du stylo ne marchait plus. Elle allait encore devoir le démonter pour le rafistoler.

Sarah avait pris conscience que la faille entre elle et son mari existait bien avant qu'elle ne l'ait découverte. Elle avait progressé et s'était élargie de façon incontrôlable avant même que Mimi Lightfoot ne soit entrée en scène.

— Après sa maladie, poursuivit-elle, je n'arrêtais pas de me dire que j'étais dans un état de stress post-traumatique. Nous l'étions tous les deux. Tandis qu'à chaque ovulation je me rendais à la clinique d'insémination, Jack, lui, gérait son traumatisme à sa manière. Je ne sais pas à quel moment il a rencontré Mimi Lightfoot, mais je parie que ça faisait un bon bout de temps…

Prononcer ce nom lui laissait un goût amer.

— C'est la femme avec laquelle il t'a trompée, déduisit Birdie.

— Oui. Il y a environ huit mois, Jack s'est lancé dans un énorme projet immobilier — des résidences de luxe dans un environnement conçu pour les activités équestres —, et cette entreprise lui prenait tout son temps.

Comment avait-elle pu être dupe à ce point ? Leur histoire comportait une à une les désolantes étapes de l'infidélité, étapes depuis longtemps passées au rang de clichés : les réunions tardives vaguement évoquées, les projets avec elle annulés, le refus poli de relations sexuelles.

— Je pensais qu'il avait besoin de plus de temps pour comprendre ce qui lui était arrivé, mais j'avais foi en lui, j'étais sûre qu'il arriverait à surmonter cette épreuve. Et c'est ce qu'il a fait, d'ailleurs. Mais pas avec moi.

Sarah prit une profonde inspiration et raconta le pire moment à Birdie — les événements de cette journée froide et pluvieuse, son dernier jour de bonheur en tant que femme mariée. Elle lui raconta combien son mari lui manquait, une fois qu'elle s'était rendue seule à la clinique d'insémination. Elle lui raconta comment elle s'était arrêtée en chemin pour acheter une pizza alors qu'elle allait lui rendre visite sur le chantier, parce qu'il adorait la pizza et qu'elle voulait lui faire une surprise. Elle lui raconta même le moment où elle avait basculé dans le cauchemar de toute femme.

Le calme inquiétant qui l'enveloppait depuis cette nuit-là commença à s'effilocher par endroits, sous l'effet des émotions qui s'emparaient d'elle avec la fulgurance de l'éclair — colère envers Jack, honte et humiliation, écœurement d'avoir vu tous ses rêves s'envoler. Elle était bombardée par la pensée des enfants qu'elle n'aurait jamais, ce foyer idéal qui n'avait été qu'une illusion.

Jusque-là, le choc, en l'assommant, lui avait épargné les interrogations pénibles sur ce qui aurait pu se passer si elle avait agi différemment. L'engourdissement de son cerveau avait atténué l'embarras d'avoir à laver son linge sale devant une véritable inconnue, amorti le coup au corps d'apprendre que cette vie qui lui avait apporté tant de satisfactions n'était qu'une imposture.

Être forcée de décrire l'infidélité de son mari revenait pour Sarah à fouler au pied son orgueil de femme. Luttant contre ce sentiment, elle parvint à relater la partie la plus pénible de son histoire.

— Et c'est à partir de là que tu interviens, Birdie. Le conte de fées s'achève sans : « Ils vécurent heureux et eurent beaucoup d'enfants. »

Sarah s'affaissa dans son fauteuil, vaincue par un épuisement insidieux. Elle avait traversé tout le pays sous l'effet de l'adrénaline. Mais, au bout de la route, la lassitude se propageait en elle.

— Tu sais, conclut-elle, il y a quand même quelque chose que je regrette.

— Quoi donc ? s'enquit Birdie.

— De ne pas avoir commandé d'olives noires sur cette fichue pizza !

6

Will Bonner contourna la grange qui finissait de se consumer, étudiant la structure qui s'était effondrée en silence. Il sortit un bandana de sa poche arrière et s'essuya le visage. Normalement, il aurait dû rentrer tôt à la maison et préparer le repas avec sa fille. Hélas, les incendiaires ne faisaient preuve d'aucune considération pour son emploi du temps. Cependant, il remerciait le ciel pour une chose : la grange était vide.

Vance Samuelson, l'un des pompiers volontaires, et Gloria Martinez, la conductrice de pompe, étaient en train de ranger le fourgon.

— Alors ? s'enquit Gloria en desserrant ses bretelles. A ton avis ?

— Intentionnel, affirma Will en lui faisant signe de venir examiner le sol au centre du bâtiment.

Le toit gisait en tôles rouillées, dispersées tout autour d'eux. La surface était encore chaude sous ses pieds.

— C'est ce que conclura l'enquêteur chargé de l'incendie, poursuivit-il. Mais c'est tout ce qu'il pourra dire. Pour trouver celui qui a fait ça, il aura besoin de toi et moi. Bon sang, il nous faudra l'aide de tout le comté !

Il fourra le bandana dans sa poche et précéda Gloria hors de la grange en ruines.

— J'ai vraiment la rage, Gloria… Ça me rappelle cet incident d'il y a cinq mois, celui que nous n'avons toujours pas élucidé.

— C'est le boulot des enquêteurs de l'élucider, pas le tien. Tu as ton propre boulot.

Will hocha la tête et enleva sa veste ignifugée qui le maintenait dans un véritable sauna.

— En théorie. Mais nous, nous connaissons les gens d'ici. Nous savons qui fait quoi, qui est en bisbille avec ses voisins, qui a des problèmes d'argent, qui a des enfants incontrôlables. C'est nous qui trouverons qui a allumé ces feux.

— Le plus tôt possible, j'espère.

Gloria traînait ses bottes dans les cendres noires qui entouraient les fondations de la grange.

— Un seul coupable pour les deux incendies? demanda-t-elle.

— Probablement. A mon avis, il s'est servi de deux produits accélérants distincts pour l'incendie n° un et l'incendie n° deux.

— Un pyromane intelligent... On avait bien besoin de ça!

— Il n'est pas censé être intelligent, lui rappela Will. Selon le profil type, il possède une intelligence au-dessous de la moyenne.

— Il est peut-être accro aux émissions d'investigation. Pas besoin d'être très malin pour imiter ce qu'on t'explique étape par étape à la télé.

— Ce genre d'émissions fait œuvre de salut public, ironisa-t-il, sentant la lassitude s'infiltrer jusque dans ses os. Elles nous facilitent tellement la tâche...

Il retroussa une de ses manches pour vérifier s'il avait des brûlures à son avant-bras. La peau était rouge vif, et l'on aurait dit qu'il avait un léger coup de soleil. Le dragon tatoué, imprimé de façon indélébile sur un Will Bonner beaucoup plus jeune et beaucoup plus stupide, n'avait pas souffert. Il consulta sa montre, puis mit ses lunettes de soleil.

— Je vais rentrer tard, ce soir. Une fois de plus. Tu veux manger avec nous?

Il invitait souvent Gloria, et pas seulement en raison de l'affection et du respect qu'il éprouvait pour elle. Aurora était dans les mêmes dispositions à l'égard de la jeune femme, et, dernièrement, sa belle-fille semblait préférer parler chaussures avec sa collègue plutôt que de rester en tête à tête avec lui.

Gloria lui adressa un sourire fatigué.

— Merci, mais j'ai quelque chose de prévu, s'excusa-t-elle en lui tapotant la manche. A bientôt, camarade.

La Mini conservait son odeur de voiture neuve, même si Sarah en était la seconde propriétaire. Après son entretien avec Birdie Shafter, elle se mit au volant, complètement vidée. Et maintenant, que faire ? Elle ne disposait même pas d'une carte routière digne de ce nom.

Il n'y avait aucune honte à être de retour à Glenmuir, se dit-elle. Bientôt, toute la bourgade saurait qu'elle était rentrée au pays, vaincue — en femme trahie —, et que sa vie idyllique à Chicago n'avait été qu'une imposture. Et alors ? Cela pouvait arriver à tout le monde de refaire sa vie.

Son portable sonna à ce moment. Elle jeta un œil à l'écran, réprima un sursaut de panique et prit l'appel.

— Comment as-tu eu ce numéro ?

— Il faut qu'on parle, déclara Jack, ignorant sa question. Ma famille est du même avis. Tout le monde, d'ailleurs.

— Pas moi. Ni mon avocate.

En réalité, Birdie n'avait rien spécifié de tel, mais elle lui avait conseillé de ne pas donner à Jack plus d'informations que nécessaire à ce stade de la procédure.

— Tu as une avocate ? s'étonna ce dernier.

— Pourquoi, pas toi ?

Il devait avoir appelé Clive Krenski à la minute, non, à la seconde où il s'était rhabillé, ce jour-là, encore poisseux de Mimi Lightfoot. L'hésitation de Jack lui confirma qu'elle ne s'était pas trompée.

— Je lui ai déjà donné le numéro de Clive, ajouta-t-elle.

Du parking municipal pavé de brique, Sarah avait vue sur le port et la place pittoresque de Glenmuir. Celle-ci avait l'allure impeccable et désuète d'un décor de film rétro, avec ses auvents rayés au-dessus des devantures de magasin, ses bols d'eau posés sur le trottoir à l'intention des chiens de passage, ses luxuriantes suspensions fleuries accrochées aux réverbères et ses commerces qui respectaient la résistance au changement de la bourgade. Ni boutique franchisée, ni enseignes éblouissantes, juste le rappel nostalgique d'un temps où la vie était plus simple.

— Ne fais pas ça.

A sa voix, Jack semblait épuisé, à bout de nerfs.

Sarah faillit succomber à sa vieille habitude de s'en faire pour la moindre chose le concernant. Mais elle se redressa contre le dossier du siège.

— Elle s'appelle Bernadette Shafter…

— Oh, très bien…

— … et je refuse de discuter de certaines choses avec toi.

— Et que dirais-tu de m'écouter, alors?

Sarah contempla Tomales Bay. Une flottille de pélicans bruns dansait sur l'eau, sous un ciel de fin d'après-midi alternant les couches de bleu et les nuages roses et légers comme de la barbe à papa. Jack n'avait jamais aimé Glenmuir. Pour lui, c'était un trou perdu, un endroit où les anciens hippies se retiraient pour mourir… ou se reconvertir dans l'ostréiculture. Après toutes ces années, elle se souvenait encore de cette pique lancée contre son père. Cela l'avait dérangée, à l'époque, et il en allait de même aujourd'hui. La différence, c'est qu'aujourd'hui elle s'occupait de mettre bon ordre à ce genre de détail, ainsi qu'à toutes les autres petites remarques blessantes de Jack, qu'elle avait avalées sans broncher tout en trouvant des excuses à son manque de considération.

— Je t'écoute, répondit-elle.

— Tu ne peux pas détruire cinq années de mariage…

— Non, ça, c'est ton œuvre.

Elle regarda un groupe de mouettes s'envoler en formant une ombre sur l'eau, avant de lui demander :

— Depuis combien de temps es-tu avec elle?

— Je ne veux pas parler d'elle. Je veux que tu reviennes.

Sarah resta abasourdie, pas tant par les paroles de Jack que par la peur qui transparaissait dans sa voix.

— Tu veux que je revienne ? Pour quoi faire ? Oh, tiens, j'ai une idée ! On pourrait se faire dépister ensemble. Oui, Jack. Comme si être trompée n'était pas suffisamment pénible, je vais devoir aller me faire dépister pour les MST. Toi aussi, d'ailleurs.

Elle refoula des larmes d'humiliation.

— Il n'y a aucune raison. Mimi et moi n'avons pas d'autre partenaire.

N'avons. Pas n'avions.

— Ah oui ? Et… comment peux-tu le savoir ?

— Je le sais, d'accord ?

— Non, je ne suis pas d'accord, et tu ne sais absolument pas avec qui elle était avant toi.

— Elle était…

Jack resta silencieux quelques secondes. Puis il reprit :

— Sarah, est-ce que nous ne pouvons pas tirer un trait sur toute cette histoire ? Je regrette de t'avoir dit que je voulais divorcer. C'était stupide de ma part. J'ai dit ça sans réfléchir.

Mais bien sûr… Manifestement, Clive lui avait parlé des gouffres fiscaux auxquels il s'exposait en se débarrassant de son épouse sans reproche.

— Tu es donc en train de me dire que tu as changé d'avis ?

— Je dis que je n'ai jamais voulu une chose pareille. J'avais peur, Sarah, je me sentais gêné et coupable. De te faire tant de mal… C'est la dernière des choses que je souhaite. J'étais complètement paniqué et j'ai très mal géré la situation.

Sarah était déchirée par des sentiments contradictoires, comme elle le remarqua dans un désagréable sursaut. Elle avait beau être, à l'évidence, la partie offensée, elle était en guerre contre elle-même. La Sarah conditionnée à aimer son mari, celle qui avait affronté le traitement contre le cancer et les tentatives d'insémination, se sentait fondre au son de la voix de Jack. En même temps, l'autre Sarah suffoquait encore sous le poids du souvenir dévastateur de son mari au lit avec une autre femme.

— J'ai mal à la tête, Jack. Ça m'est égal que tu aies bien ou mal « géré la situation ».

— Oublie ce que j'ai dit ce matin-là. Je ne le pensais pas. Nous pouvons surmonter nos problèmes, Sarah, mais pas comme ça.

Le groupe d'oiseaux disparut, laissant la baie lisse et déserte, magnifique dans la lumière vespérale.

— Eh bien, tu sais quoi? décida-t-elle. Je vais régler ça à ma façon, pour changer.

Jack hésita.

— Il faut qu'on parle de nous, insista-t-il. De toi et moi.

— Tu n'as aucune idée de ce qu'il me faut.

Sarah ne se sentait pas en colère. Elle était tellement au-delà de la colère que, pour la première fois de sa vie, elle était entrée dans une zone psychologique dont elle ignorait jusque-là l'existence. C'était un endroit laid et oppressant, avec des coins sombres où suppurait la rage, où naissaient des images qu'elle ne se serait jamais crue capable d'évoquer dans son esprit. Ce n'étaient pas des visions d'elle en train de faire des choses horribles à Jack, mais à elle-même. C'est cela qui l'effrayait le plus.

— Sarah, rentre à la maison et nous…

— Nous quoi?

— Nous gérerons ça comme des gens qui s'aiment, au lieu de communiquer par avocat interposé. On ne peut pas en rester là comme ça. On peut régler toute cette histoire, retrouver notre ancienne vie.

Au départ, il avait parlé sous le coup de la colère, spontanément, avec franchise. Maintenant que son avocat lui avait expliqué ce que la procédure allait lui coûter, il était évidemment assailli de remords.

Un fourgon vert bouteille s'engagea sur le Sir Francis Drake Boulevard et roula lentement vers le nord. La portière arborait le sceau de la ville de Glenmuir, fondée en 1858. Le véhicule était équipé sur le toit de gyrophares coniques et d'une grande citerne, avec, à l'arrière, une espèce de pompe. Un bras brun, tatoué, manche retroussée, dépassait de la vitre. Le conducteur se tourna légèrement et Sarah entraperçut une casquette de base-ball et des lunettes noires.

— Pourquoi voudrais-je une chose pareille? demanda-t-elle à Jack.

Elle avait passé la plus grande partie de sa traversée du pays à réfléchir à la situation. Les heures interminables de conduite solitaire l'avaient contrainte à affronter la cruelle vérité. Pendant longtemps, elle s'était dupée elle-même sur son bonheur. Elle s'était comportée en épouse heureuse et comblée, mais ce n'était pas la même chose que de l'être vraiment. Elle inspira profondément pour apaiser sa nervosité.

— Jack, pourquoi voudrais-je revenir à notre ancienne situation?

— Parce que c'est ta vie, commença-t-il. Bon sang…

— Parle-moi plutôt des comptes en banque. Des quatre.

Une étrange sensation l'envahit. Au fond d'elle-même, elle découvrait un noyau de calme qui irradiait vers l'extérieur comme une anesthésie générale.

— Tu as attendu combien de temps pour ordonner qu'ils soient gelés? Tu as quand même pensé à remonter ta braguette avant, au moins?

En réalité, elle connaissait la réponse. Jack avait effectué l'opération dans les heures qui avaient suivi la livraison de la pizza. A Omaha, elle s'était arrêtée à un guichet automatique pour effectuer un retrait sur leur compte commun et s'était aperçue que sa carte était refusée. Le même scénario s'était reproduit pour les trois autres comptes. Heureusement pour sa santé mentale, elle avait une carte de crédit qu'elle n'utilisait que dans le cadre de son travail. Donc, et bien qu'auparavant elle n'ait jamais vu les choses sous cet angle, elle disposait d'un atout dans sa manche. Il y avait une forte somme d'argent sur le compte qu'elle possédait en nom propre. Sur les conseils de leur comptable et de Clive — qu'elle considérait encore comme son ami —, elle avait ouvert ce compte à l'annonce du cancer de Jack. Dans l'éventualité du pire, il lui aurait fallu prendre seule certaines décisions.

Celle de divorcer ne lui avait pas traversé l'esprit, à l'époque.

— Je l'ai fait pour nous protéger tous les deux, protesta Jack.

— Tous les deux? Oh, je vois... Toi et ton avocat, tu veux dire.

— A l'évidence, tu n'as pas les idées claires. J'ai reçu un appel de la banque concernant une transaction avec State Line Auto Sales...

— Ah, et c'est pour ça que tu t'es inquiété? compléta-t-elle, saisissant soudain la vraie raison de son coup de fil. Dire que je croyais que c'était moi, l'objet de ton appel...

— Maintenant, tu essaies d'éviter le sujet.

— Oh, excuse-moi! J'ai échangé la GTO contre une voiture qui me plaisait vraiment.

— Je n'arrive pas à croire que tu aies fait une chose pareille! Parmi toutes les choses puériles, immatures... Tu n'avais pas le droit de vendre ma voiture!

— Oh! que si, Jack! C'est moi qui l'ai achetée, tu te rappelles? Le titre de propriété est à mon nom.

— C'était un cadeau, bon sang! Tu me l'avais *donnée*.

— Eh bien, ironisa-t-elle, on peut dire que tu as des principes, question bagnoles! J'aimerais bien entendre quels sont tes principes sur un autre sujet, comme... tiens, l'infidélité, par exemple?

Jack ne prit pas la peine de répondre. Comment l'aurait-il pu?

— Je voudrais bien n'avoir jamais prononcé les paroles que je t'ai dites, mais c'est impossible. Nous devons tourner la page, Sarah... Ensemble. Nous sommes capables de surmonter cette épreuve. Donne-moi une chance de me rattraper. Je t'en prie, rentre à la maison, mon sucre d'orge, implora-t-il en employant le petit nom qu'il lui donnait, autrefois, d'un ton qui la faisait fondre.

A présent, sa voix lui donnait la nausée. Curieusement détachée, elle contempla le spectacle qui s'offrait à ses yeux : une bourgade endormie de bord de mer. Deux femmes en train de bavarder sur le trottoir. Un corniaud à l'air timide déboula d'un coin de rue, cherchant furtivement des restes à manger.

— Mais c'est chez moi, ici, déclara-t-elle.

Birdie lui avait démontré l'avantage pour elle d'entamer la procédure de divorce depuis la Californie, Etat régi par la communauté de biens. Elle avait prévenu Sarah que l'avocat de Jack ferait sûrement des pieds et des mains pour l'en empêcher.

— Et que fais-tu de tout ce que je t'ai donné ? lui rappela Jack. Une belle maison, tes moindres désirs comblés, tes moindres rêves exaucés. Tu sais, Sarah, il y a des femmes qui tueraient pour avoir toutes ces choses…

Jack parlait toujours lorsqu'elle raccrocha. Il n'avait rien compris et ne comprendrait jamais rien.

— Ces choses-là sont sans valeur, dit-elle dans le vide.

Sa main tremblait un peu quand elle inséra la clé dans le contact. Les nerfs…, songea-t-elle. La rage… Elle en savait assez sur le divorce pour savoir qu'elle était bonne pour en passer par toute la douloureuse palette des émotions. Quand et comment la frapperaient-elles ? Serait-elle jetée à terre, comme renversée par un camion, ou gagnée peu à peu par une souffrance insidieuse qui viendrait se nicher dans son cœur, tel un virus ? Pour la première fois, elle comprit pleinement ce que Jack avait vécu avant de subir sa première séance de chimio. Ce qu'elle était sur le point de faire la plongeait dans une terreur absolue, insoutenable.

Assise dans sa voiture, elle regarda l'unique feu tricolore de Glenmuir passer de l'orange au rouge. Au carrefour principal, un car scolaire s'arrêta lourdement et ses panneaux « stop » jaillirent, l'affublant de deux grandes oreilles. Ce devait être l'un des bus qu'elle avait pris toute sa vie. Le véhicule portait sur ses flancs l'inscription *Secteur scolaire du Marin Ouest*. D'après l'âge des enfants qui en émergèrent, ce car était rattaché au collège. Sarah regarda un groupe d'élèves, courbés sous leur sac à dos, s'engager dans les rues avant de faire halte devant la confiserie pour fouiller dans leurs poches en quête de monnaie. Certains garçons étaient encore glabres tandis que d'autres arboraient une ombre de barbe. Les filles aussi étaient de taille et corpulence variables, leurs attitudes se déclinant de la gaucherie à la décontraction.

L'une des plus nonchalantes — Sarah les repérait toujours à un kilomètre — était une déesse blonde flegmatique qui faisait tout un numéro pour allumer une cigarette. Sarah tiqua : qui était la mère de cette collégienne ? Savait-elle ce que sa fille fabriquait ?

Une fois encore, elle se félicita de ne plus chercher à tomber enceinte. Les enfants étaient un défi permanent. Parfois, ils étaient même carrément effrayants.

La dernière élève à sortir du bus était une fille d'une beauté frappante. Petite, elle arborait une brillante chevelure de jais, un teint très clair et les traits réguliers d'une princesse de Disney. Sarah resta fascinée par l'aura de perfection irréelle qui se dégageait d'elle. Cette fille était Pocahontas, Mulan, Jasmine… Elle s'attendait presque à la voir entonner une chanson d'une seconde à l'autre.

La collégienne n'entonna rien du tout, bien évidemment ; elle alla jusqu'au fourgon de la caserne des pompiers. Le conducteur était au téléphone ou communiquait par radio. Elle monta à bord du véhicule, referma la portière et le fourgon s'éloigna.

Sarah était du genre à observer, pas à agir. Depuis toujours, elle regardait les autres vivre leur vie tout en évoluant dans sa propre tête. Et l'idée la frappa — durement et contre sa volonté — que même si elle était la partie lésée dans son mariage, elle n'était pas exempte de responsabilités dans cet échec.

Le chien noir et blanc évita un groupe de garçons qui chahutaient et fila vers la rue dans l'intention de la traverser. Sarah bondit hors de sa voiture et fonça vers le corniaud. Elle le chassa vers le trottoir. Au même moment lui parvint le bruit sourd de freins qui se bloquent. Elle se figea au beau milieu de la chaussée, à un mètre environ du fourgon vert bouteille.

— Imbécile ! lança le conducteur. J'ai failli vous renverser.

La gêne l'envahit, vite remplacée par la colère. Ces derniers jours, elle ressentait de l'amertume envers tous les hommes, et n'était pas d'humeur à se laisser invectiver par un quelconque plouc tatoué à casquette de base-ball.

— Il y avait un chien…

D'un geste elle indiqua le trottoir, mais le corniaud avait disparu.

— Désolée, marmonna-t-elle avant de retourner à sa voiture.

C'est pour cela qu'elle était spectatrice et non actrice. On courait moins de risques de se ridiculiser. Pourtant, désormais, elle avait découvert grâce à Jack qu'il existait bien pire que l'humiliation.

7

Les flammes jaillirent au visage de la fille de Will. Chaque langue dorée semblait illuminer une différente facette de sa peau pâle et de sa chevelure de jais. Le barbecue débordant de charbon de bois jetait des flammes qui semblaient lui lécher les cils.

— Bon sang, Aurora ! s'exclama Will en courant vers la terrasse pour aller fermer le couvercle du barbecue. Je te croyais plus raisonnable !

Sa belle-fille se contenta de le fixer. En entrant dans sa vie, huit ans plus tôt, Aurora lui avait ravi son cœur, mais quand elle commettait ce genre de sottises, il prenait à Will l'envie de la secouer.

— J'activais le feu, répliqua-t-elle. Tu as ramené tout ce qu'il faut pour les Truesdale Specials ?

— Oui. Mais je ne me rappelle pas t'avoir dit que j'étais d'accord pour que tu allumes le barbecue.

— Tu as mis trop de temps, au magasin. J'en avais ras le bol d'attendre.

— Tu étais censée faire tes devoirs.

— J'ai fini…

Ses yeux bordés d'un voile d'immenses cils noirs le considéraient avec reproche.

— Je voulais juste me rendre utile, ajouta-t-elle.

— C'est bon, ma puce, dit Will en lui tapotant l'épaule. Je ne suis pas fâché. Mais je pensais que tu avais suffisamment de bon sens pour ne pas toucher au barbecue. Songe à la une du

Beacon si jamais il t'arrivait quelque chose : « La fille du capitaine des pompiers part en fumée ! »

Aurora se mit à pouffer:

— Excuse-moi, papa...

— Je te pardonne.

— On fait quand même les Truesdale ?

Ces steaks hachés constituaient un menu spécial qui n'appartenait qu'à eux — principalement parce que personne d'autre ne voulait y goûter. Ils étaient faits à partir de pâté de jambon, de fromage frais et d'oignons, le tout passé au hachoir ; on faisait ensuite griller ces steaks qu'on servait nappés d'une sauce à base de soupe de tomate. C'était un véritable régal. Il n'y avait jamais eu qu'Aurora pour l'accompagner dans ce genre de festin.

Will souleva le dôme noir du couvercle.

— Il faudrait être fou pour laisser perdre de si belles braises.

Au fil des ans, il s'était mis à la cuisine, par nécessité. Les gardes de vingt-quatre heures à la caserne lui laissaient tout loisir d'assimiler l'art culinaire. Ses pancakes étaient célèbres pour leur moelleux, et son savoureux ragoût de bœuf lui avait même valu de décrocher un prix chez les pompiers du secteur. Pour quelqu'un qui avait jadis envisagé de passer professionnel dans une équipe de base-ball, le métier de pompier se posait comme un choix singulier. Risqué, même, pour un père célibataire. Sauf que, pour Will, ce n'était pas un choix. C'était une vocation. Des années auparavant, il avait découvert que sa spécialité était de porter secours à autrui, et risquer sa vie faisait simplement partie du travail. En outre, pour lui rappeler de mettre un frein à sa témérité, la pensée d'Aurora — sa fille adorée — le protégeait plus puissamment qu'une armure. Il était hors de question de ne pas la retrouver le soir.

Tandis que les steaks hachés grésillaient sur le barbecue, Aurora et lui s'activaient côte à côte à la confection d'une salade de macaronis. Elle lui confiait un flot d'anecdotes sur son collège avec l'urgence passionnée que seule une élève de cinquième peut exprimer. Chaque jour abondait en drames, foisonnait d'intrigues, d'histoires d'amour, de trahisons, d'héroïsme et de mystère. Le lot d'une journée ordinaire, à en croire Aurora.

Will s'efforçait de suivre la saga alambiquée d'un SMS qui avait été envoyé au mauvais numéro, mais son esprit était ailleurs. Il n'arrêtait pas de repenser à ce feu de grange, tâchant de comprendre pourquoi on l'avait allumé et qui en était l'auteur.

— Papa… *Papa!*

— Quoi?

— Pff… T'écoutes même pas.

Aurora le surprenait de plus en plus souvent en flagrant délit d'absence; elle devenait trop forte pour lui. Du temps où elle était plus petite, Will arrivait à décrocher complètement sans qu'elle s'en aperçoive. Mais, en grandissant, sa fille avait acquis un sens infaillible pour repérer ses moments d'inattention.

— Désolé… Je pensais à ce feu d'aujourd'hui. C'est à cause de ça que j'ai failli ne pas pouvoir venir te chercher au bus, cet après-midi.

Aurora se tourna vivement, sortit un pot de moutarde du réfrigérateur et le posa sur la table.

— Quel feu?

— Un incendie qui a ravagé une grange en haut d'un de ces chemins vicinaux. Allumé de façon intentionnelle.

Aurora plia deux serviettes avec soin, ses petites mains s'activant avec une preste efficacité.

— Par qui?

— Bonne question.

— Et donc, tu n'as aucun indice, c'est ça?

— Loin de là. Des indices, j'en ai à la pelle.

— Quel genre?

— Des empreintes de pas. Un bidon d'essence. Et d'autres choses qui doivent rester confidentielles tant que l'enquêteur de la brigade anti-incendie n'a pas terminé son rapport.

— A moi, papa, tu peux me le dire.

— Eh non!

— Quoi, tu n'as pas confiance en moi?

— Je te fais une confiance absolue.

— Alors, dis-moi!

— Non, répéta-t-il. C'est mon boulot, ma puce. Tu sais que je ne prends pas ça à la légère. Tu as entendu des rumeurs? s'enquit-il en lui jetant un bref regard.

A l'école, les gamins parlaient. Les pyromanes étaient fiers de leur œuvre et, en général, appréciaient la notoriété. Ils n'arrivaient pas à taire leurs exploits bien longtemps.

— Moi? Sûrement pas! se récria-t-elle.

— Comment ça, sûrement pas?

Il fit glisser deux steaks hachés sur des petits pains grillés et apporta le tout à table.

— Parce que tu crois peut-être que quelqu'un viendrait me faire des confidences, *à moi*?

Elle s'adressait à lui sur un ton désinvolte, presque en plaisantant, mais, derrière sa remarque, Will perçut une réelle souffrance.

— Il y a bien des gens qui te parlent, tout de même, hasarda-t-il.

Aurora était en train de recouvrir soigneusement son steak haché de tranches de pickles, qu'elle disposait à la manière de tuiles.

— Qu'est-ce que tu en sais?

— Et que fais-tu d'Edie et de Glynnis? insista-t-il, citant ses deux meilleures amies. Tu es tout le temps en train de bavarder avec elles.

— Edie est très prise par son groupe paroissial et Glynnis flippe un max, ces derniers temps, parce que sa mère sort avec Gloria.

— Qu'est-ce qui la fait flipper là-dedans?

— Allez, papa… Quand c'est ta mère à toi, tu vois ce que je veux dire…

Elle plissa le nez, avant d'ajouter :

— Les enfants aiment pas que leurs parents fréquentent quelqu'un.

Will lui lança un regard noir.

— Je suppose que ça vaut pour toutes les personnes ici présentes ?

— Hé, si tu as envie de sortir avec une bonne femme — ou avec un mec —, te gêne pas pour moi.

— Bien.

Aurora disposait de mille et un tours dans son sac pour l'empêcher de voir quelqu'un, il le savait. Compte tenu de l'enfance difficile qu'elle avait eue, le caractère possessif de sa fille était bien compréhensible. D'ailleurs, pour le moment, tout cela importait peu. Il ne fréquentait personne.

— C'est peut-être moi qui ai mis le feu ? suggéra-t-elle. Par ennui.

— Je n'aime pas qu'on blague là-dessus.

— Mais c'est ma vie qui est une blague ! Et je m'ennuie à crever. Edie et Glynnis habitent trop loin d'ici. Je n'ai pas une seule amie à Glenmuir.

Will l'imagina dans son collège de brique et de verre, au terme d'un long trajet de bus en territoire étranger. Seule une poignée d'enfants vivait à Glenmuir, mais, dans sa grande naïveté, il avait espéré que sa fille se ferait d'autres amis et qu'elle entrerait au collège en compagnie d'une bande plus conséquente de jeunes de son âge.

— Dis donc, tu oublies que moi aussi j'ai grandi ici. Je sais que ce n'est pas toujours simple.

— Tu parles…

Aurora lui lança un regard on ne peut plus éloquent.

Elle nappa son steak haché de soupe de tomate chaude, avant de le recouvrir d'un petit pain qu'elle centra parfaitement. Elle mordit dedans à pleines dents et mastiqua lentement. Sa beauté délicate n'empêchait pas qu'elle avait les ongles en deuil…

D'instinct, Will savait qu'il allait avoir du mal à la faire se laver les mains. Depuis quelque temps, il peinait à déchiffrer les humeurs changeantes de sa fille, mais il savait néanmoins à quoi s'en tenir. Il avait ingurgité la quasi-totalité des manuels d'éducation existants, même si ceux-ci semblaient donner des conseils contradictoires. Tous, en revanche, s'accordaient sur un point : la rébellion naissait du besoin de l'enfant d'échapper au contrôle parental, besoin qui se heurtait à leur nécessité d'avoir des limites et des restrictions. Pour autant, tout ce savoir ne facilitait en rien les relations avec une gamine de treize ans.

— Quoi, parce que tu t'imagines que tout m'est tombé du ciel? rétorqua-t-il.

— Hein? Grand-père et grand-mère m'en ont raconté des tonnes sur ta vie. Y compris que tu étais une superstar en basket et en base-ball, et premier de la classe par-dessus le marché.

Will sourit.

— Ça, c'est leur opinion totalement impartiale. Ils t'ont dit que j'allais à l'école à vélo au lieu de prendre le bus, parce que j'avais peur qu'on s'en prenne à moi?

— Ça me fait une belle jambe…

Aurora mangeait avec méthode, sans le moindre geste inutile.

Il était soulagé de la voir manger. D'après ce qu'il avait lu, Aurora était sans nul doute candidate aux désordres alimentaires. Elle cadrait parfaitement avec le profil : belle, intelligente, animée d'un ardent désir de réussite. Sans oublier le fait qu'elle était solitaire et souffrait d'une déplorable image de soi. Et d'une névrose d'abandon, au vu de son parcours.

— Et si on parlait des choses qui pourraient te rendre la vie plus agréable au collège? proposa-t-il.

— Mais bien sûr, papa, ironisa-t-elle en plantant sa fourchette dans la salade de macaronis. Pourquoi pas essayer d'intégrer le groupe de pom-pom girls ou de faire partie du club d'échecs?

— Dans un cas comme dans l'autre, ils auraient bien de la chance de te compter parmi eux, fit-il remarquer.

— Tu parles d'un bol!

— Bon sang, Aurora! Pourquoi faut-il toujours que tu sois aussi négative?

Elle ne répondit pas tout de suite et but une longue gorgée de lait avant de reposer le verre sur la table. Sa lèvre supérieure s'ourlait d'une pâle moustache blanche, et Will fut envahi par une bouffée de tendresse. Il revit soudain l'enfant silencieuse qui, huit ans plus tôt, avait fait irruption dans sa vie, cramponnée à la main d'une femme qui avait sabordé leur existence, ne laissant dans son sillage que les débris d'un naufrage psychologique.

A l'époque, Aurora était déjà d'une beauté saisissante avec ses immenses yeux bruns et sa chevelure de jais, son teint mat et sa peau crémeuse, le tout voilé par une expression de perplexité face à un monde qui l'avait traitée sans ménagement. Dès l'instant où il avait posé les yeux sur elle, Will s'était senti investi d'une mission, celle d'expier les péchés commis envers cette enfant. Afin de la protéger, il avait renoncé à ses rêves et à ses projets.

Et pas une fois, pas une seconde, il n'avait regretté un seul des sacrifices qu'il avait consentis pour elle.

Du moins c'est ce qu'il se disait.

Aurora s'essuya la bouche avec sa serviette et redevint brusquement sa fille de treize ans, adolescente, mais qui peu à peu prenait des allures de femme d'une façon intimidante.

— On dirait Salma Hayek, lui avait fait remarquer Birdie l'été dernier, après avoir emmené Aurora acheter des maillots.

— Qui est-ce?

— Une actrice latino, une vraie déesse. Aurora est extrêmement belle, Will. Tu peux être fier d'elle.

— Comme si j'avais quelque chose à voir avec son physique!

Birdie lui avait concédé ce point.

— Ce que je veux dire, c'est qu'elle est en train de prendre un corps de femme. Elle va en attirer plus d'un.

— C'est une bonne chose d'avoir un physique attirant.

— Tu parles en connaissance de cause, petit frère, l'avait taquiné Birdie. Tu étais le garçon le plus craquant du lycée.

Will tiqua à ces souvenirs. Il était si imbu de lui-même à l'époque... Vaniteux comme un pou, probablement.

Et puis Aurora était entrée dans sa vie, vulnérable comme un chaton abandonné, et plus rien d'autre n'avait compté pour lui. Il s'était consacré à lui apporter confort et sécurité, à l'aider à grandir, et à lui procurer une existence agréable. A son tour, elle l'avait transformé d'individu égocentrique en homme aux lourdes responsabilités.

— « Pourquoi faut-il toujours que je sois si négative ? » répéta Aurora d'un air songeur, finissant son assiette jusqu'à la dernière miette. Bon sang, papa... Par où tu veux que je commence ?

— Par la vérité. Dis-moi très franchement ce qu'il y a de si intolérable dans ta vie.

— Tout, d'abord.

— Tâche d'être un peu plus précise.

Aurora le fixa d'un air de défi. Puis elle repoussa sa chaise et alla chercher quelque chose dans son sac à dos — une feuille imprimée rose pâle.

— Et ça, c'est assez précis pour toi ?

— La réunion des parents d'élèves de ton collège.

Will savait très bien ce qui la contrariait mais décida de faire l'innocent en vérifiant la date.

— Je peux y aller. Je ne suis pas de garde ce soir-là.

— Je sais bien que tu peux. C'est juste que je déteste qu'ils s'attendent à ce que les parents viennent.

— Quel mal y a-t-il à ça ?

Aurora s'affala sur sa chaise.

— Il y a que j'ai pas de mère, au hasard. Et que je ne sais pas qui est mon père.

— C'est moi, ton père, déclara Will, tentant de maîtriser sa colère. Et j'ai les documents d'adoption qui le prouvent.

Grâce à Birdie, le petit génie en droit de la famille, il avait obtenu les droits paternels. Personne ne les lui avait jamais contestés — à part Aurora, qui imaginait parfois son « vrai » père en noble prisonnier politique se morfondant derrière les barreaux d'une prison du tiers-monde.

— Mais oui, répliqua-t-elle d'un ton exaspérant.

— Il y a des tas d'enfants qui n'ont qu'un seul parent, fit-il remarquer. C'est si terrible ici, pour toi? lui demanda-t-il en désignant la pièce d'un geste circulaire qui englobait la maison tout entière.

Construite dans les années trente, la demeure à ossature de bois n'avait rien d'un palace, mais elle était située à un pâté de maisons de la plage et possédait pour eux l'essentiel : chambre et salle de bains pour chacun, une bonne chaîne stéréo et la télévision par satellite.

— Très bien, lâcha Aurora. Tu as gagné. C'est le pied ici, tout baigne.

— Tu as pris une nouvelle option en cinquième? persifla-t-il. « Sarcasme 101 »?

— Non, c'est naturel.

— Félicitations.

Will fit tinter sa canette de bière contre le verre de lait d'Aurora. Pendant son cycle de garde, il ne buvait pas, bien sûr, mais pour sa première soirée de liberté, il s'accordait toujours une bière. Juste une, pas plus. A trop boire, on ne récoltait que des ennuis. La dernière fois qu'il avait pris une cuite, il s'était retrouvé marié, et flanqué d'une belle-fille en prime. Ce n'était pas le genre de chose qu'on pouvait se permettre deux fois dans une vie.

— Alors accouche, reprit-il. Qu'est-ce qui te rendrait heureuse, et comment est-ce que je peux te le procurer?

— Pourquoi il faut toujours que ça soit tout noir ou tout blanc avec toi? demanda-t-elle avec agacement.

— Je suis peut-être daltonien? Tu devrais m'aider à choisir une chemise pour la réunion des parents d'élèves.

— Mais t'as rien pigé? Je ne veux pas que tu y ailles..., gémit-elle.

Will ne montra pas à Aurora que son attitude lui transperçait le cœur. Il n'y avait pas de moment idéal pour être abandonné par sa mère, mais Marisol avait vraiment choisi le plus mauvais âge possible. A l'époque où celle-ci avait fait ses valises, Aurora était trop jeune pour la voir sous son vrai jour, mais assez âgée pour se raccrocher à des souvenirs, comme une victime tombée à l'eau se cramponne à un canot de sauvetage. Avec les années, Aurora avait enjolivé ces souvenirs par son idéalisme d'enfant. Impossible pour un beau-père en chair et en os de rivaliser avec une mère qui lui faisait des tresses, lui servait des pancakes au dîner et connaissait par cœur toutes les répliques du *Roi Lion*.

Mais Will ne baissait pas les bras pour autant.

— Désolé de te décevoir, mais j'irai.

Aurora fondit en larmes. C'était devenu sa spécialité, ces derniers temps. Comme appelée par un signal imperceptible pour lui, elle bondit de sa chaise et fila hors de la pièce. Dans un instant, il entendrait un bruit sourd quand elle se jetterait sur son lit.

Il songea à prendre une autre bière, mais se ravisa. Il se sentait parfois si seul dans cette situation qu'il avait l'impression de dériver vers le large. Il se dirigea vers l'ardoise près de la porte. Aurora et lui s'en servaient de pense-bête et y notaient les listes de commissions. Saisissant la craie, Will écrivit : « Réunion des parents d'élèves — jeudi. ». Ainsi, il n'oublierait pas d'y aller.

En haut, Aurora atterrit sur son lit dans un bruit sourd chargé de colère.

8

Sarah s'éloigna de Glenmuir. Pas question pour elle de s'appesantir sur Jack et les propos qu'il lui avait tenus. Mais, de son propre chef, son esprit se mit à ressasser leur conversation comme pour déceler une signification cachée derrière chaque syllabe et intonation : « Je vois que tu n'es pas encore prête à admettre ton rôle dans tout ça. »

De toutes les choses qu'il lui avait dites, c'était certainement la plus absurde. De quoi était-elle coupable ? D'avoir troqué contre une Mini la GTO qui pompait des litres ?

Je t'en prie, rentre à la maison, avait supplié Jack.

« Mais je suis à la maison ! »

Pourtant, elle ne se sentait pas encore chez elle. Elle n'avait jamais été bien dans sa peau, ni ici ni ailleurs. Mais à présent, elle se rendait compte d'autre chose : son cœur n'avait pas de foyer. Bien qu'ayant grandi ici, elle avait toujours cherché un ailleurs, un lieu où se sentir chez elle. Elle ne l'avait jamais réellement trouvé. Peut-être s'apercevrait-elle un jour qu'il s'agissait d'un endroit qu'elle avait quitté. Un endroit comme celui-ci.

C'était une terre de fastueuse abondance et de nature mystérieuse, caractérisée par un paysage de cyprès à la cime aplatie, sculptés par le vent, de chênes verts de Californie tout rabougris, gainés de mousse et de lichen, de myosotis poussant à l'état sauvage dans des champs vallonnés, et de balbuzards pêcheurs nichant en haut des réverbères.

Son père vivait dans la maison construite par son propre père. Les Moon étaient une ancienne famille locale dont les ancêtres comptaient parmi les premiers colons de la communauté avec les Shafter, les Pierce, les Moltzen et les Mendoza. Derrière la maison s'étendait un marais salant offrant une vue impressionnante de la baie, connue dans la région sous le nom de Moon Bay, même si, officiellement, aucune carte ne la mentionnait sous cette appellation. Au bout de la route gravillonnée se trouvait la Moon Bay Oyster Company, abritée par un long bâtiment peint en rouge vif à la manière des granges américaines, et qui avançait en partie sur un quai. L'entreprise avait été fondée par le grand-père de Sarah, quand il était rentré blessé de la Seconde Guerre mondiale. Il avait reçu une balle allemande dans la jambe, à Bastogne, lors de la bataille des Ardennes, et ne se déplaçait plus qu'en boitant. Il avait le sens des affaires et un profond amour pour la mer. Il s'était lancé dans l'élevage des huîtres car celles-ci abondaient dans les eaux naturellement propres de l'endroit, et étaient fort prisées par les boutiques et restaurants de la région.

Sa veuve, June Garrett, dont le nom d'épouse — Moon — accolé à son prénom évoquait un personnage de la littérature enfantine, était la grand-mère de Sarah. Elle vivait toujours dans ce que la famille appelait la « nouvelle » maison, tout simplement parce qu'elle avait été bâtie vingt ans après la première. C'était un bungalow blanchi à la chaux, abrité par une palissade au bout du chemin, et situé à une centaine de mètres de la résidence principale. A la mort de son grand-père, May, la sœur de sa grand-mère, avait emménagé avec elle. Les deux femmes vivaient ensemble, heureuses dans leur retraite.

Sarah décida de s'arrêter chez sa grand-mère avant d'aller chez son père. Arrivée dans une tourmente de rage et de chagrin, elle n'était pas encore passée voir les deux femmes. A présent qu'elle avait consulté une avocate et repoussé les tentatives de Jack pour la faire revenir sur le divorce, elle se sentait un peu plus maîtresse de la situation. Elle prit le chemin qui menait chez sa grand-mère, les pneus de sa Mini crissant sur les coquilles d'huîtres concassées qui formaient le gravier de l'allée.

Les bruits et les odeurs de la baie et des vasières gommèrent les années écoulées. Sans le moindre effort, Sarah contempla ce lieu à travers le filtre de la mémoire. Pour un enfant, c'était un royaume magique, peuplé de rêves et de contes de fées. Entre son foyer dans la belle et robuste maison sur la baie et le cottage de sa grand-mère à quelques pas de là, Sarah avait grandi dans un cocon de sécurité. Elle avait exploré les marais et les estuaires; elle avait défié la marée à la course et lancé au vent des cerfs-volants faits maison. Elle s'était allongée dans l'herbe moelleuse du jardin en imaginant que les nuages prenaient vie. Dans sa tête, elle les avait transformés en bulles de BD en trois dimensions, remplies de mots que sa timidité l'empêchait de prononcer à voix haute. Cet endroit avait représenté pour elle son monde enchanté, embaumant le parfum des fleurs, animé d'herbes ondoyantes et de bourdonnements d'insectes. Enfant, elle dévorait les livres, trouvant son ultime échappatoire entre les pages d'un récit. Elle avait appris qu'ouvrir un livre était comme franchir des portes automatiques — son prochain pas la conduirait dans le Pays imaginaire ou bien à Nod, à Sunnybrook Farm ou dans Mulberry Street.

A son entrée au collège, elle avait changé d'attitude. Sans doute au moment où son cœur avait largué les amarres. Elle s'était mise à avoir honte de l'entreprise familiale. Les autres enfants avaient des parents avocats, gros bonnets de l'industrie du cinéma, patrons millionnaires du commerce en ligne. Son statut de fille d'ostréiculteur la mettait véritablement à part. C'est à cette période-là qu'elle avait appris à disparaître. Dans ses nombreux blocs à esquisses, elle dessinait des lieux rien qu'à elle, les emplissant de tout ce dont elle rêvait : amis passionnés, chiots, neige à Noël, robes longues, bulletins de notes exemplaires, parents exerçant un métier normal, travaillant en costume de ville et non en tablier et bottes de caoutchouc. Elle avait accepté d'oublier la magie de son environnement : par leurs taquineries, les autres gamins l'en avaient détournée, la seule idée de vivre dans cette enceinte familiale et rustique de bord de mer déclenchant leurs moqueries.

En se penchant sur cette période, Sarah prit conscience de sa sottise à l'époque, pour avoir laissé la vision des autres lui dicter le niveau de sa propre estime. Autonome et prospère, sa famille, par sa réussite, incarnait le rêve américain. Sarah ne s'en était jamais aperçue.

— C'est moi, lança-t-elle à travers la porte grillagée.

— Bienvenue chez toi, ma chérie, répondit sa grand-mère. Nous sommes dans le salon.

Elle l'attendait, les bras grands ouverts. Elles s'étreignirent et Sarah ferma les yeux, tous ses sens s'imprégnant de la présence de sa grand-mère : un parfum épicé évoquant la pâtisserie, des bras doux, délicats au toucher sans être frêles. Elle recula d'un pas et sourit au visage le plus bienveillant du monde. Puis elle se tourna vers tante May, la jumelle de sa grand-mère, dont la douceur et la bonté égalaient celles de sa sœur. Sarah aurait presque souhaité qu'elles ne soient pas aussi adorables ; étrangement, leur gentillesse lui donnait envie de pleurer.

— Alors, papa vous a dit ? s'enquit-elle.

— En effet, et nous sommes tout à fait navrées, déclara May. N'est-ce pas, June ?

— Oui, et nous allons faire tout notre possible pour te venir en aide.

— Je n'en doute pas.

Sarah se débarrassa de son pull et s'enfonça dans un vieux fauteuil pivotant qui lui rappelait son enfance.

— Je viens de sortir vivante du premier rendez-vous chez mon avocate.

— Je vais te faire un thé masala, déclara sa grand-mère.

Sarah se carra dans le fauteuil et se laissa dorloter par les deux femmes. Elle puisait du réconfort dans leur bavardage sans prétention et dans le caractère immuable qu'elles imposaient à leur maison. Elles avaient toujours le même tapis orné de roses choux, la même nappe avec son imprimé de poules. Comme d'habitude, le coin de salon réservé à sa grand-mère était encombré d'un fatras de coupures de journaux et de magazines qui s'entassaient au petit bonheur autour de son fauteuil. Des blocs à esquisses et un assortiment de crayons à papier jonchaient une desserte. Par contraste, le côté de tante May était d'une netteté méticuleuse ; sa corbeille à tricot, sa télécommande de télévision et ses livres de bibliothèque étaient rangés bien à leur place. De tout temps, cette pièce avait contenu des choses familières : Sarah pouvait toujours y trouver des cookies maison fourrés à la figue, se perdre dans le déploiement de souvenirs que sa grand-mère avait ramenés de diverses expositions universelles, ou tout simplement s'asseoir pour écouter les jumelles converser à voix basse. C'était apaisant, mais, en même temps, cet endroit dégageait quelque chose d'étouffant. Les deux sœurs s'étaient-elles jamais senties prisonnières, ici ? se demanda Sarah.

Comme elles étaient jumelles, June et May avaient toujours un peu fait sensation. En grandissant, elles avaient savouré le statut particulier qui s'offre à deux jeunes filles jolies, populaires, bien élevées et quasiment identiques. L'histoire de leur naissance faisait partie de la légende. Elles étaient nées à minuit le dernier jour de mai, au cours d'une tempête épouvantable. Le médecin qui les avait mises au monde avait soutenu que l'une des jumelles était née une minute avant minuit, l'autre une minute après. Entendant cela, leurs parents les avaient baptisées May et June.

Même si c'étaient de fausses jumelles du point de vue biologique, la plupart des observateurs avaient du mal à les distinguer du premier coup d'œil. Elles avaient les mêmes gracieuses mèches de cheveux blancs, les mêmes yeux d'un bleu porcelaine. Leurs visages étaient à peine distincts, comme deux pommes se desséchant côte à côte dans un compotier.

En dépit de leur ressemblance physique, les deux sœurs étaient à bien des égards radicalement opposées. Tante May était conventionnelle et toujours tirée à quatre épingles. Sa sœur, à sa belle époque, était jugée bohème : elle préférait se consacrer à la peinture plutôt qu'au ménage ou aux enfants. Plus traditionnelle, tante May s'habillait en imprimés de calicot et châles au crochet ; sa sœur aimait les salopettes et les blouses de style ethnique. Les deux femmes, cependant, avaient consacré leur vie à leur famille et à leur communauté de façon inconditionnelle.

— Tu ne tiens sans doute pas à parler de cet entretien, suggéra tante May.

Dans la famille, refuser était tout un art.

— Je préfère vous épargner les détails.

Sa grand-mère lui servit son masala dans un mug.

— En tout cas, tu dois avoir besoin de souffler un peu, plutôt que de ressasser toutes ces bêtises.

Sarah tenta de lui retourner son sourire. Reléguer son mariage brisé au rang de « bêtise » lui semblait très moyennement amusant.

Sa grand-mère et sa grand-tante changèrent délibérément de sujet. Elles se mirent à papoter en long et en large sur tout ce qui remplissait leurs journées. Elles semblaient totalement dépourvues de curiosité pour le monde qui s'étendait au-delà de la baie calme et protégée. Elles organisaient des événements — le Thé des Primevères, chaque année, le banquet de bienfaisance de la Société historique. Elles présidaient le tournoi mensuel de bridge et assistaient fidèlement aux réunions du club de jardinage. En ce moment, leur esprit était comme à l'ordinaire accaparé par toutes sortes de plans et de projets, car elles travaillaient à leur présentation de bulbes pour le Sunshine Garden Club. Et comme si cela ne suffisait pas à les occuper, elles devaient encore arranger la maison pour y donner leur repas hebdomadaire à la fortune du pot, qui était suivi d'une partie de bunco.

Sarah s'étonnait de voir avec quel sérieux les deux sœurs étaient concernées par leurs fonctions sociales : on aurait dit qu'il s'agissait d'une question de vie ou de mort.

Les vieilles dames l'observèrent avant d'échanger un regard entendu. C'était quoi, ce truc entre jumeaux ? se demanda-t-elle. Ils avaient une sorte de lien télépathique et semblaient capables de soutenir des conversations entières sans prononcer un mot.

— Quoi ? demanda-t-elle.

— On dirait qu'on t'agace avec nos histoires : les réunions du club de jardinage, les soirées de bunco…

— Excuse-moi, grand-mère. J'ai des soucis, c'est tout. Et je suis aussi fatiguée, je pense. Mais si c'est important pour vous…

— C'est important pour l'humanité tout entière, affirma tante May.

— Les thés du club de jardinage ? demanda Sarah en grimaçant. Les parties de bunco ?

— Allons, bon… La voilà fâchée, maintenant, dit June à sa sœur.

— Je ne suis pas fâchée. Etonnée, peut-être, mais pas fâchée.

Prévoir des fleurs fraîches pour le goûter d'anniversaire du révérend Schubert, sortir leur plus belle porcelaine pour le repas à la fortune du pot… Comment ce genre de détails pouvait-il avoir une quelconque importance ? s'interrogeait-elle en son for intérieur.

— Se montrer respectueux et prévenant envers ceux que nous aimons, voilà ce qui compte. C'est ce qui nous distingue du bétail.

— Les vaches de M. Prendergast m'ont l'air plutôt contentes de leur sort dans leur champ.

— Es-tu en train de dire que tu préférerais être une vache ?

— En ce moment, je considère ça comme une situation très attirante.

A l'époque où elle n'était encore qu'une adolescente gauche et effrontée, Sarah s'était défoulée au crayon en brocardant l'exposition retraçant le débarquement de Drake qu'avait organisée la Société historique, et en caricaturant des membres du club de jardinage, représentées en train de papoter sans fin tandis que des oiseaux tissaient leur nid dans leurs chapeaux de paille.

— Un jour, tu blesseras quelqu'un qui ne t'a rien fait, l'avait mise en garde Kyle, son frère aîné.

106

Lui avait consacré sa vie à contenter ses parents. Chaque fois que Sarah avait voulu l'imiter, elle avait échoué.

Mais surtout, pensa-t-elle, elle s'était égarée. Quand on vivait dans le but de plaire aux autres, on finissait par en payer le prix et ce dernier surpassait souvent les bénéfices. Et c'est aujourd'hui, des années plus tard, qu'elle en prenait enfin conscience dans le sillage de son ultime échec — son mariage. Elle embrassa du regard la maison de sa grand-mère : était-ce là un aperçu de son avenir ? Cette pensée la démoralisa et elle sentit que les deux vieilles dames l'observaient.

— Mais ma chérie, tu es chez toi, ici, lui fit remarquer sa grand-mère.

— Tu y as tes racines, ajouta tante May.

— Je ne me suis jamais vraiment sentie chez moi, ici.

— Ça, c'est ton choix, estima sa grand-mère. Décider de l'endroit où l'on se sent chez soi est un choix.

Sarah hocha la tête.

— Mais... je n'ai pas envie d'être ce genre de femme divorcée qui retourne vivre chez son père. C'est franchement... pathétique.

— Tu as bien le droit d'être pathétique pendant quelque temps, ma chérie, glissa sa grand-mère avec un doux sourire. Inutile de brusquer les choses.

Nantie de l'autorisation de sa grand-mère, Sarah descendit le chemin qui menait à la maison de son père, passant devant des marais frangés d'iris sauvages, les collines drapées de vert dominant la côte à l'horizon. Elle gara sa voiture dans l'allée et entra dans le garage, véritable paradis du bricoleur, qui se prolongeait par un atelier adjacent. Des générations d'outils pendaient aux murs et jonchaient l'établi ; dans l'air flottait l'odeur âcre de l'huile de moteur. Une demi-douzaine de plans recouvraient les bancs et les chevalets de sciage, tous en lien avec la nouvelle passion de son père : la restauration de sa Mustang 1965 décapotable.

— Papa! appela-t-elle. Il y a quelqu'un?

Pas de réponse. Il devait être dans la maison. Sarah hésita, hantée par des souvenirs qu'elle n'avait pas évoqués depuis longtemps.

Sa mère travaillait autrefois dans l'annexe bien agencée du garage. De son vivant, Jeanie Bradley Moon avait été une fileuse et une tisseuse remarquables, connue pour ses étoffes en cachemire et soie qu'elle créait sur son métier à tisser en bois de cerisier. Elle et le père de Sarah, Nathaniel, s'étaient rencontrés au marché artisanal du coin et s'étaient mariés à peine quelques mois plus tard. Ils avaient fait leur vie ensemble et élevé Kyle et Sarah. Elle se souvenait encore des longues conversations tardives avec sa mère, entre filles. Sa mère : son roc, l'élément le plus solide de sa vie. A ce qu'elle croyait, du moins. Si seulement elle avait encore pu parler avec elle! C'était comme si une pierre lui écrasait la poitrine. Comment Jeanie avait-elle pu disparaître comme ça?

Elle inspira un bon coup et entra dans l'univers de sa mère, lieu désormais peuplé d'ombres et de squelettes. Pour Sarah, l'endroit le plus pénible au monde, car c'était là que la mémoire de sa mère la brûlait au plus profond... En même temps, elle ressentit l'irrésistible attraction du souvenir en embrassant la pièce du regard. Avant, l'annexe bourdonnait d'activité, animée par le cliquetis du métier à tisser et par le rythme fluide et rapide de la pédale. Mais, huit ans plus tôt, tout avait basculé.

Sarah était étudiante en deuxième année à Chicago lorsqu'elle avait reçu l'appel de sa belle-sœur, LaNelle. Kyle et Nathaniel étant sous le choc, c'est à celle-ci qu'était revenue la tâche de lui annoncer la terrible nouvelle.

Elle avait perdu sa mère.

Sarah n'avait jamais compris pourquoi l'on employait le terme « perdu » quand quelqu'un mourait. Elle savait exactement où était sa mère — inaccessible, intangible, terrassée par une rupture d'anévrisme qui avait frappé au hasard et sans pitié, comme la foudre. Que faisait-on quand l'amarre à laquelle on s'agrippait était soudain emportée? A quoi se raccrochait-on?

Elle n'avait toujours pas la réponse à ces questions. Pourtant, dans l'atelier, on aurait cru que Jeanie s'était à peine absentée une minute pour aller chercher le courrier. Tout était resté dans l'état où elle l'avait laissé huit ans auparavant : les pelotes de laine filée étaient proprement rangées dans leurs petits cagibis ; un grand pan d'étoffe rose pivoine pendait encore du métier, attendant que soit tissée la rangée suivante de fil de trame.

Perdue, c'est Sarah qui l'était. C'était comme si quelqu'un lui avait mis une capuche sombre sur le visage, l'avait fait pirouetter jusqu'à l'étourdissement, puis poussée en avant, la laissant traverser la vie à tâtons, en priant pour trouver quelque chose à quoi se raccrocher.

Et elle avait fini par trouver : Jack Daly. Elle s'était cramponnée à lui, l'avait ramené chez elle comme un trophée attestant qu'elle avait survécu à son deuil. Elle le brandissait comme preuve que, par sa seule volonté, elle s'était métamorphosée de fille d'ostréiculteur en femme active, adorée par les semblables de Jack Daly. Elle aurait voulu crier au monde : « Regardez ce que j'ai fait de moi ! *Regardez l'homme qui m'aime — un prince de Chicago !* »

Elle était fière de parader au bras de son bel et brillant fiancé dans une bourgade qui la considérait comme une perdante. Telle Cendrillon, elle voulait que le monde entier sache qu'elle avait trouvé chaussure à son pied et qu'elle était sur le point d'épouser son prince. Elle avait tout : les pantoufles de vair, un homme génial, un avenir en or.

Et Jack avait bien tenu son rôle ; là-dessus, il fallait lui rendre justice. Tout le monde avait pu constater à quel point il était séduisant. Ils avaient visité Glenmuir pendant les Journées de la Primevère, à l'apogée du printemps, quand les eucalyptus se parent de feuilles longues et élancées, que les collines explosent d'une floraison d'iris sauvages et de lupins, et que les truites arc-en-ciel descendent les torrents de montagne. Pour son triomphal retour au pays, la mer intérieure de Tomales Bay et les rivages découpés qui, à l'ouest, bordaient le Pacifique avaient formé une toile de fond saisissante.

Et une nouvelle fois, comme dans les contes de fées, son orgueil avait eu des conséquences imprévues.

— Quand vais-je rencontrer tes amis ? l'avait interrogée Jack.

Pour lui, c'était une question incontournable. Bien sûr, elle connaissait certaines personnes, des relations de ses parents, d'anciens camarades de classe, des employés de la Moon Bay Oyster Company, Judy la Gothique, une employée de chez Argyle Art & Paint Supply... Sarah avait traîné avec une bande de solitaires marginaux comme elle, mais n'était pas restée en contact avec eux après le lycée. Elle avait bredouillé une explication :

— Je n'ai jamais été très sociable...

— Tu as bien des amis.

Pour un type comme Jack, toujours entouré d'une vaste et joyeuse tribu d'amis — de vrais, de bons amis —, la situation de Sarah était inconcevable. Jamais elle n'aurait pu lui expliquer la vérité. Jamais il n'aurait compris qu'elle ait passé toute sa vie d'adulte à essayer de fuir son adolescence, à tout faire pour ne pas la revivre.

Incapable de produire de son passé un groupe d'amis enthousiastes, elle avait suggéré qu'ils repartent de Glenmuir un jour plus tôt que prévu, soi-disant pour jouer les touristes à San Francisco, mais en réalité afin de s'éloigner de tout ce qui lui rappelait la personne qu'elle avait été jadis. Après cet épisode, elle avait embrassé le monde de Jack et ce dernier l'avait reçue à bras ouverts. Ses parents formaient un couple idéal. Lui-même avait assez d'amis pour peupler une petite ville. A ses côtés, Sarah était appréciée et acceptée, admirée même.

Après avoir connu cela, l'idée de rentrer chez elle pour retrouver son père hagard et la maison vide sur la baie lui était carrément pénible. A plusieurs reprises, elle avait longuement séjourné chez elle — sans Jack — et passé des heures de silence à souhaiter pouvoir atténuer l'atroce chagrin de son père, sans toutefois y parvenir. Celui-ci avait vite pris l'habitude de venir la voir à Chicago, et sa compagnie lui avait été d'un grand réconfort durant la maladie de Jack.

Aujourd'hui, elle se sentait ici comme une étrangère, ses pas claquant d'un son creux dans l'atelier désert. Elle observa l'écheveau de cachemire rose vif qui se trouvait encore sur le dévidoir, remarquablement intact, comme s'il attendait depuis une éternité.

« Je te vois toujours dans mes rêves, maman, songea Sarah. Mais nous ne parlons plus. »

Elle effleura la pointe du fuseau. Et si elle se piquait jusqu'au sang et tombait dans un profond sommeil qui durerait cent ans ?

Bonne idée, non ?

— Je suis là, lança-t-elle en posant son sac et ses clés sur le plan de travail en Formica de la cuisine ensoleillée de son père.

— Par ici ! répondit-il.

Assis dans son fauteuil, des catalogues étalés devant lui sur la table basse, Nathaniel Moon avait des airs de rentier. Il en avait certainement acquis le privilège. Avant de prendre sa retraite, il avait fait prospérer son exploitation et transmis tout son savoir à Kyle. Maintenant qu'il avait passé la main, il consacrait le plus clair de son temps à effectuer des recherches dans le but de retaper sa Mustang.

— Tu as l'air très occupé, constata Sarah.

— Je lisais comment réparer un carburateur à admission, expliqua-t-il.

Ces derniers temps, sa passion le dévorait. Quand il n'était pas au garage Mounger à travailler sur la voiture, il surfait sur internet en quête de pièces détachées, ou regardait des émissions consacrées à la restauration de véhicules. Sarah le voyait disparaître dans la Mustang de la même manière qu'elle avait disparu dans ses dessins.

Son veuvage, intervenu à un âge assez jeune, avait fait de lui la coqueluche de ces dames, situation plutôt gênante pour ses enfants. C'était un homme bon et tolérant, qui repoussait avec une infaillible courtoisie les femmes rivalisant d'efforts pour attirer son attention.

A Glenmuir, tout le monde connaissait Nathaniel Moon, et tout le monde l'aimait.

— Un homme si sympathique, si séduisant, disait-on souvent.

Sarah n'aurait pu dire le contraire. Pourtant, aujourd'hui encore, elle gardait l'impression de ne pas le connaître. C'était un vrai père de série télé : toujours impeccable, compréhensif, bienveillant, et, somme toute, impossible à cerner.

— Est-ce qu'il y a une fourrière ici ? lui demanda-t-elle.

— Je crois, oui. Pourquoi ? Tu as repéré un animal dangereux ?

— Un chien errant. Il a failli se faire heurter par une voiture en plein cœur de Glenmuir.

— Nous sommes une région progressiste, fit remarquer son père. Nous avons un refuge où on ne tue pas les animaux.

— Il vaudrait mieux pour ce chien que vos conducteurs aient la même mentalité.

— Je regarderai pour voir si je peux te trouver le numéro de téléphone. Comment s'est passé ton rendez-vous ? demanda-t-il sans lever les yeux du catalogue qu'il étudiait.

— Pas trop mal. J'ai été surprise de voir que Birdie Bonner se souvenait de moi.

— Elle s'appelle Birdie Shafter, désormais, lui rappela-t-il. Pourquoi surprise ?

— Parce que nous n'étions pas amies, répliqua Sarah. Nous fréquentions la même école, mais nous n'étions pas amies. Je n'ai jamais eu beaucoup d'amis.

Son père tourna une page.

— Bien sûr que si, ma chérie. La maison était remplie de gamins, quand tu étais petite.

— C'étaient les amis de Kyle. Tu te souviens de lui ? Mon

frère modèle ? La seule fois où des enfants sont venus me voir, c'est quand maman a fait pression sur leurs mères et qu'ils ont été forcés de venir, voire soudoyés.

— Je ne me rappelle rien de tout ça.

Son père tourna une autre page.

Sarah l'observa, attristée par la distance qui les séparait. Elle aurait pu lui parler bien davantage. Elle aurait voulu lui demander si Jeanie lui manquait autant qu'à elle, s'il la voyait toujours dans ses rêves… Mais elle se sentait au bout du rouleau, trop lessivée mentalement pour affronter le curieux éloignement de son père.

— Allez, déclara ce dernier en se levant sans hâte. Sortons le bateau. Je vais nous ramener quelque chose à manger.

Sarah aurait voulu pouvoir lui dire qu'elle n'avait pas d'appétit, qu'elle ne pourrait plus jamais rien avaler. Mais le fait est qu'elle mourait de faim. Trahie par sa gourmandise primaire.

En moins d'un quart d'heure, ils furent sur l'eau, l'*Arima Sea Chaser* traçant derrière eux un sillage en forme de V. Ils s'engagèrent dans le chenal et adoptèrent une tranquille vitesse de traîne afin que le moteur tourne sans bruit. Les vedettes faisaient l'objet de restrictions dans la baie préservée, mais, en sa qualité d'ostréiculteur local, son père en était exempté. La douceur du siège recouvert de vinyle, la riche odeur des vasières et le goût de l'air marin la replongèrent dans un passé révolu. Pendant un court instant, le temps s'envola. Son mariage, la maladie de Jack, sa trahison finale, tout cela aurait pu arriver à une autre.

Son père décapsula une bouteille de bière et la lui tendit. Sarah fit mine de la prendre, puis hésita.

— Tu n'aimes pas cette marque ? s'enquit-il.

Une sourde terreur lui pinça l'estomac tandis que son illusion se fracassait contre l'écueil de la réalité. C'était bien elle qui avait vécu toutes ces années.

Son père la dévisagea avec attention.

— J'ai dit quelque chose de mal ?

— Non, c'est juste que je… Ça fait un moment que je n'ai pas bu d'alcool. Avant que tout ça n'arrive, nous essayions d'avoir un enfant.

Il la regarda d'un air de suprême embarras, les yeux plissés derrière ses lunettes de soleil.

— Et donc… hum… tu es… ?

— Non.

Elle se sentait partagée entre l'envie de lui parler des rendez-vous à la clinique, des médicaments et des nausées, et le besoin de garder sa souffrance pour elle.

— Depuis la fin du traitement de Jack, poursuivit-elle, avoir un enfant était devenu mon principal objectif dans la vie.

Elle eut un pincement au cœur en s'entendant prononcer ces mots. A quel moment son appareil de reproduction avait-il pris le pas sur son couple ?

— Quoi qu'il en soit, je ne suis pas enceinte, s'empressa-t-elle de conclure, sachant que cette conversation s'annonçait éprouvante, et je vais boire cette bière.

Elle en prit une bonne rasade, savourant sa première gorgée.

— Ça faisait si longtemps… Depuis un an, je subis des inséminations artificielles.

Son père se racla la gorge.

— Tu veux dire que Jack ne pouvait plus… à cause de son cancer ?

Sarah porta son regard au-delà de la mer.

— Les médecins nous ont encouragés à nous fixer des buts positifs pendant son traitement, la logique étant que chaque motif supplémentaire de se battre renforçait ses chances de guérison.

— Je ne suis pas sûr que ce soit à un enfant de jouer ce rôle.

Piquée au vif, Sarah eut un réaction de défense.

— Nous voulions fonder une famille, comme n'importe quel autre couple.

Après tout ce qui s'était passé, force était pour elle de se pencher sur ses motivations réelles. Il y avait longtemps que quelque chose clochait entre eux, et ce n'était pas la naissance d'un enfant qui aurait remédié à la situation : au fond de son cœur, elle le savait bien.

— Enfin, conclut-elle, essayant de remettre la conversation sur les rails, tout ça pour dire que je pourrais aussi bien fêter ma toute nouvelle liberté...

Elle inclina sa bouteille de bière en direction de son père.

— Et je te promets que, venant de moi, tu n'auras pas d'autres détails.

Visiblement soulagé, son père s'affaissa sur son siège.

— Tu traverses une mauvaise passe, ma fille.

— J'espère que ça ne te fait pas trop bizarre que je te raconte ce genre de trucs ?

— C'est très bizarre, reconnut-il. Mais j'assumerai.

Sarah pencha la tête pour dissimuler un sourire. Son père, en authentique homme du comté de Marin, tentait de montrer un peu de sensibilité.

— Tu n'as pas froid ? s'enquit-il.

Elle savoura la brise sur son visage et dans ses cheveux.

— Je viens de Chicago, papa. Tes pires frimas me font l'effet d'une vague de chaleur.

Elle se revit à Chicago, dégageant l'allée de la maison à la pelle afin de pouvoir sortir sa voiture. Un jour, elle avait représenté Shirl en train de creuser un tunnel au niveau d'une fenêtre du troisième étage pour s'enfuir ensuite au Mexique.

— Qu'est-ce qui te fait sourire ? demanda son père, tandis qu'il faisait virer le bateau autour d'un repère connu sous le nom du Roc de l'Enclume.

Les yeux fixés sur les vertes collines ondulées, elle répondit :

— Rien. Je m'amusais de mes propres pensées.

— Tu étais très forte pour ça.

— Je le suis toujours. Birdie m'a proposé le nom de plusieurs thérapeutes, mais j'aime assez l'idée de faire mon auto-analyse.

— Comment vis-tu tout ça?

— Ce n'est pas si dur, en fait. Je ne suis pas une personne très compliquée. Je me sens tellement bête…

— C'est Jack qui devrait se sentir bête.

— J'avais passé un marché avec Dieu, avoua-t-elle, s'exprimant à voix haute à mi-chemin de sa réflexion, comme si son père avait pu lire dans ses pensées.

D'ailleurs, c'était peut-être le cas. Il insista :

— Qu'as-tu demandé?

— Que Jack guérisse.

Son père hocha la tête, but une gorgée de sa bière.

— Je ne peux pas te le reprocher.

— Ainsi, ce serait mon châtiment? Dieu épargne la vie de Jack mais je dois perdre mon mari?

— Dieu ne fonctionne pas comme ça. Ce n'est pas lui la cause de tout ce gâchis. C'est ton crétin de mari infidèle.

Jack ne le verrait sans doute pas du même œil, songea-t-elle. Il était entouré d'amis et de parents qui l'adoraient, qui lui vouaient un respect profond et sincère. Ces mêmes personnes qui avaient fait bloc autour de lui pendant sa maladie étaient sûrement à ses côtés pour le soutenir dans cette crise conjugale. Ces gens-là le persuaderaient qu'il n'avait rien à se reprocher dans toute cette histoire, que sa femme l'avait acculé à un mur en exerçant une pression trop forte pour qu'il lui fasse un enfant. Sarah n'était pas là pour le voir, mais c'était sûrement ce qui se passait — elle connaissait Jack. Il tirait sa validation de son entourage. Il avait besoin de ses proches de la même façon qu'elle avait besoin d'encre et de papier pour dessiner. Jusque-là, elle avait cru que c'était d'elle qu'il avait besoin, mais, à l'évidence, ce n'était pas le cas.

D'après Jack, elle portait sa part de responsabilité dans la mort de leur mariage, et, au fond de son cœur, une petite voix perfide la forçait à s'interroger sur la véracité de cette affirmation. Avait-elle joué un rôle dans cet échec ? Avait-elle infligé à Jack un stress excessif, dans sa quête obstinée d'enfant ? Parmi tous les sujets qu'elle avait dû affronter, il y avait le fait que leur mariage ait battu de l'aile bien avant qu'elle ait découvert l'existence de Mimi. Pourtant, en dépit des faits incontournables, elle résistait encore à cette idée, freinant des quatre fers et niant qu'il y ait jamais eu de problème.

— Merci de me dire ça, papa, dit-elle en contemplant le paysage majestueux.

Durant la colère de son adolescence, elle avait perdu l'appréciation de la beauté saisissante des forêts et des falaises plongeant dans la mer. Ce n'est qu'installée à Chicago qu'elle avait pu regarder en arrière et s'apercevoir que la prison de son adolescence, qui lui semblait si oppressante, s'avérait être un paradis. A Chicago, elle était comme un arbre déraciné et replanté au mauvais endroit, un endroit où il manquait d'eau et de lumière. Elle pencha la tête en arrière et sentit la chaleur du soleil sur ses joues.

— Je suis trop calme, constata-t-elle.

— Comment ça ?

— A propos de Jack.

— Et ce n'est pas une bonne chose ?

— Il serait normal que je craque, répliqua-t-elle. Tu ne crois pas ?

— Normal pour qui ?

— Pour moi. Pour n'importe qui.

— Franchement, ma chérie, je n'en sais rien.

Cette remarque réveilla en Sarah une ancienne souffrance — la réalité des rapports existant entre son père et elle. Au plus profond d'eux-mêmes, ils ne se connaissaient pas, et ce depuis toujours. Pour une raison inexplicable, ils n'avaient jamais fait l'effort de construire une relation. La chance leur était peut-être offerte d'y remédier ? Vu la situation lamentable dans laquelle elle se trouvait, il y avait peut-être là une occasion inattendue.

— Papa…

— La nuit va bientôt tomber, annonça-t-il en faisant faire demi-tour au *Sea Chaser* pour rentrer à la maison. Accroche-toi.

9

Dans le sillage de la scène d'Aurora, Will termina son dîner sans se presser. L'expérience lui avait appris qu'il ne servait à rien de la suivre dans sa chambre quand elle était dans cet état-là. Elle allait pleurnicher sur l'injustice du monde et refuser d'écouter une seule de ses paroles. Elle avait besoin de temps pour se calmer ; ensuite, il fouillerait les cendres de son humeur pour tenter d'en déterminer la cause.

Après une longue garde, il aimait retrouver son petit train-train calme et paisible, mettre à jour son courrier et ses factures, peut-être se faire une partie de basket avec Aurora. Ces derniers temps, néanmoins, il ne savait jamais trop à quoi s'attendre en rentrant chez lui. Sa fille si gaie, aux motivations si transparentes, se débattait dans les affres de l'adolescence, âge ingrat dont Will, pour l'instant, mesurait surtout la justesse du qualificatif. Elle avait appris à le manipuler en amenant le sujet de sa mère dans la conversation. Il n'aurait su dire si Aurora était réellement tourmentée par la conduite de Marisol, ou si ce n'était là qu'un stratagème pour l'atteindre.

Rattrapé par la fatigue, il se leva et alla poser son assiette dans l'évier, laissant celle d'Aurora sur la table. Elle pouvait bien débarrasser son propre couvert ! A la maison, c'était la règle, et ce n'était pas parce que les démons de l'adolescence avaient pris possession du corps de sa fille qu'il allait y changer quoi que ce soit !

Oui, voilà… On lui avait kidnappé sa fille, sa fille drôle et enjouée, au visage aussi épanoui qu'une fleur au printemps. A sa place, on avait laissé cette inconnue lunatique, raisonneuse et insolente, dont les silences impénétrables le laissaient perplexe, dont il ne pouvait ni voir ni guérir les blessures.

Elle lui faisait peur, même s'il lui coûtait de le reconnaître. C'était pourtant la vérité. Will Bonner, capitaine des pompiers et agent de la fonction publique, tremblait à l'idée de mal faire ou de commettre une erreur irréparable envers l'enfant qui était venue à lui si traumatisée et si dénuée de tout. Car il s'agissait d'une vie, pas d'un jouet — tout avait une telle importance ! Il avait peur car il ne voulait pas tout gâcher. Il s'interrogeait constamment. « Suis-je trop dur avec elle ? trop indulgent ? Devrais-je modifier mon emploi du temps de dingue, lui trouver une psychologue ? une mère ? »

Cette idée le titilla comme cela lui arrivait parfois lorsque Aurora mettait le sujet sur le tapis. Avant, il parvenait à assumer sans peine son double rôle de parent. Mais la puberté ayant frappé sa fille de plein fouet, une nouvelle dynamique, plus tendue, s'était mise en place. La jeune femme à l'intérieur d'Aurora était pour lui une inconnue, et elle semblait avoir des besoins qu'il était incapable de combler. Mais une mère n'est pas quelque chose qu'on peut se procurer à la sueur de son front, comme un toit au-dessus de sa tête.

Rendu nerveux par l'inquiétude et le mécontentement, il capitula et débarrassa le côté de table de sa fille. Pour l'aider à résoudre ce cas présent, il n'avait à sa disposition ni équipe d'intervention ni groupe d'enquêteurs. Il voulait protéger sa fille et lui offrir une vie heureuse, mais, en dépit de tous ses efforts, elle semblait lui glisser entre les doigts, sans qu'il sache comment la rattraper.

— Livraison spéciale ! lança une voix par la porte de derrière.

Will alla ouvrir à sa sœur. Précédée par un gigantesque bouquet de pivoines blanches, Birdie entra dans la cuisine et posa le seau rempli de fleurs sur le plan de travail.

— Elles restaient de ce mariage à Sausalito, expliqua-t-elle.

L'exploitation horticole de leurs parents faisait de bonnes affaires lors des mariages.

— Je me suis dit qu'elles plairaient peut-être à Aurora, ajouta-t-elle.

— Merci, mais, ces derniers temps, plus rien ne trouve grâce à ses yeux.

— Tiens, tu m'as l'air de bonne humeur, observa-t-elle.

— Je suis d'une humeur de chien, avoua-t-il. Cette gamine ferait se battre les nuages. Ce soir, elle me l'a joué « Tu n'es pas ma mère » et s'est mise en pétard à cause de...

Il n'arrivait même pas à s'en souvenir.

— A cause de rien, conclut-il.

Birdie dénicha deux bocaux à conserve sous l'évier, étala un journal sur la table et sortit une paire de ciseaux. En la voyant faire, Will entrevit une lueur de compréhension. Pour un homme, les fleurs étaient suffisamment jolies en soi. Lui aurait laissé le seau sur le bar, point. Il ne lui serait jamais venu à l'idée d'arranger les fleurs dans un vase ou dans un bocal. Plus Aurora affichait un comportement typiquement féminin et plus il avait de mal à la comprendre.

— Tu sais, petit frère, jeta Birdie par-dessus son épaule, sans me prétendre experte en éducation, ça me paraît être l'attitude normale d'une adolescente.

— C'est normal d'être malheureux?

— C'est un malheur qui se dissipe vite, comme le brouillard du matin. Observe-la. Dans quelques minutes, elle sera redevenue elle-même.

— Pour combien de temps? Si jamais je la regarde de travers, elle recommencera à me détester.

— Je trouve ça plutôt sain.

— Quoi, de me détester?

— Réfléchis-y, Will. Elle est parfaite dans tous les autres secteurs de sa vie. Parfaite à l'école, parfaite quand elle est avec Ellison et moi, parfaite avec papa et maman. Reste qu'elle est

121

humaine. Il lui faut bien un exutoire pour exprimer les choses qui clochent. Un moyen sans risque.

Birdie raccourcit les tiges des fleurs à une longueur plus pratique.

— Et cet exutoire, c'est moi.

— Je le pense. A un certain niveau, elle sait que même méchante, coléreuse ou rebelle, tu ne la laisseras jamais tomber. Tu es son refuge.

Elle recula d'un pas pour juger de la disposition des fleurs, les arrangeant ici et là.

Will resta silencieux un moment. Birdie avait peut-être mis le doigt sur quelque chose. Peut-être Aurora lui réservait-elle toutes ses mauvaises attitudes, en effet. Jamais il ne la laisserait tomber, et elle le savait.

— J'en parlerai avec elle, dit-il à sa sœur.

— Si je peux t'être utile, fais-le-moi savoir, proposa Birdie.

Elle marqua une pause et considéra le journal étalé sous ses yeux.

— Est-ce que tu lis parfois les pages humoristiques? demanda-t-elle.

— Evidemment. Comme tout le monde, non?

— Oui, je suppose.

— Pourquoi cette question?

— Ma dernière cliente en date est auteur de BD. Tu te rappelles Sarah Moon, au lycée?

— J'ai entendu parler de la famille Moon, bien sûr.

Il fronça les sourcils, essayant de se souvenir d'une fille qui se serait appelée Sarah.

— Elle était en dernière année de lycée avec toi, idiot! C'est elle qui dessinait cette BD anonyme qui obsédait tout le monde, celle qui caricaturait presque tous les élèves.

Will se claqua le front de la main.

— Je me souviens d'elle!

Il eut la vision éclair d'une fille blonde et maigrichonne aux traits aigus, qui surgissait toujours quand on s'y attendait le moins,

122

observant tout d'un œil critique avec son air de hibou. Elle avait fait de lui des caricatures féroces au lycée, le dépeignant sous les traits d'un grand costaud débile et gonflé aux anabolisants.

— C'était un cauchemar, cette fille! Et alors, comment elle va?

— Elle vient de rentrer à Glenmuir.

— Oh… Elle a des problèmes?

— Si elle en avait, je ne te le dirais pas.

Aucune importance, songea Will. Dans une communauté comme celle-ci, il finirait bien par apprendre toute l'histoire de Sarah Moon par la mystérieuse et invisible gazette, et plus vite que prévu encore.

10

Sarah s'éveilla dans la chambre de son enfance, le cœur cognant de terreur. Depuis son retour à Glenmuir, elle était harcelée par des cauchemars dont elle ne gardait aucun souvenir — des peurs sans nom et sans visage qui envahissaient son sommeil et la faisaient se réveiller suffocante et en sueur. Elle tâcha de retrouver son calme en se concentrant sur les détails familiers de la pièce.

Pendant quelques instants, elle éprouva une profonde sensation d'irréalité. Le lit blanc en fer forgé et aux draps doux semblait un radeau dérivant au fil du temps. Elle flottait sous le nuage de sa couette, s'appliquant à faire une série d'exercices de respiration qu'elle avait apprise en cours de yoga.

Peu à peu la transpiration s'évapora et son rythme cardiaque s'apaisa. A une certaine époque, elle aurait cherché à rattraper ses cauchemars, à les disséquer, à tenter de découvrir leur sens caché. Ces jours-ci, elle ne voulait pas se les rappeler. Elle voulait s'en échapper, c'est tout. Quant à leur signification, elle ne la connaissait que trop bien. Elle avait largué les amarres de son ancienne vie et se retrouvait perdue en mer. Elle était accablée de douleur, mortellement effrayée, physiquement malade. Déprimée.

Mais avoir conscience de son état ne le rendait pas plus supportable, hélas ! Cela la renforçait dans son sentiment d'être plus désarmée que jamais. A un moment donné, il lui faudrait sans doute se traîner chez le médecin, et accepter de prendre des médicaments contre ce mal-être. Pendant la maladie de Jack, on lui avait proposé tout un arsenal de moyens pour l'aider à tenir le coup, les cachets pointant en tête de liste. Elle n'avait eu recours à aucun d'eux. Bizarrement, elle s'était sentie tenue de souffrir. Son mari avait un cancer, et chercher la fuite dans un petit comprimé hexagonal lui paraissait artificiel et lâche. Au lieu de quoi, elle avait disparu dans son art, en dessinant, en évacuant ses émotions par le biais de formes inventées sur une page vierge.

Elle n'avait plus à souffrir pour Jack. Elle n'avait plus à souffrir du tout. Il lui fallait voir un médecin, prendre des médicaments, mais elle était trop déprimée pour sortir de son lit.

Jamais elle n'aurait cru qu'elle possédait une telle capacité de sommeil. En temps normal, elle adorait se lever tôt. A Chicago, elle se réveillait au point du jour avec Jack et lui préparait un pot de café. Tandis que la radio diffusait *L'Edition du Matin*, ils prenaient chacun connaissance de « leurs » rubriques du journal. Economie et Sports pour lui, Editorial et Vie pratique pour elle, avec une attention spéciale pour la section humoristique.

Rien à voir avec le scénario des tout premiers jours de leur mariage. A l'époque, ils se moquaient bien des nouvelles du matin ! La radio était réglée sur du blues sexy ou de la douce musique de cabaret, comme fond sonore à leur lascivité de jeunes mariés. Ils faisaient l'amour pendant une heure ou plus, jusqu'à ce que Jack réalise qu'il allait être en retard à son travail. Alors, devant Sarah riant de sa précipitation, il filait sous la douche et fonçait vers sa voiture, un muffin coincé entre les dents, une Thermos de café à la main et, dans le regard, le pétillement d'un mari satisfait.

Puis la maladie avait mis un terme à ces premiers jours. A la place des huiles de massage et du jazz en sourdine, leurs tables de chevet s'étaient encombrées de flacons, de plaquettes de médicaments, de cuvette à vomi, de feuilles froissées portant les instructions de l'équipe médicale et d'une montagne de paperasse en rapport avec le traitement de Jack et son coût.

Ils ne pouvaient plus retrouver le couple qu'ils formaient du temps où ils étaient jeunes mariés. Sarah pensait en avoir fait son deuil. Elle feignait de ne pas déplorer leur routine matinale plus tranquille — bulletins de circulation routière à la radio, froissement des pages de journal qui se tournent.

— Je suis une idiote, murmura-t-elle au plafond mansardé de sa chambre, son regard suivant paresseusement un rai de lumière qui filtrait par un interstice du rideau tiré.

Elle avait cru que Jack et elle mûrissaient en tant que couple, pas qu'ils s'éloignaient l'un de l'autre. Dans un sens, elle s'était voilé la face en prétendant que cette distance était une phase normale dans toute relation.

Cependant, jamais elle n'était parvenue à se réjouir de ce changement progressif. Son subconscient continuait à lui chuchoter que quelque chose n'allait pas. Elle faisait de son mieux pour faire taire la petite voix, en s'absorbant dans son travail, en rêvant de la famille qu'ils formeraient un jour et en tâchant d'inventer des façons de ranimer la flamme de leur intimité.

Quelle perte de temps ! songeait-elle à présent, en s'emparant de son bloc à esquisses et de sa mine de plomb préférée, qu'elle gardait toujours à portée de main sur sa table de nuit. Elle traça un rapide croquis de Shirl en train de confier à sa mère, Lulu :

« — Je devrais apprendre à écouter la voix de mon subconscient.

Ce à quoi Lulu, divorcée sarcastique se remettant de trente années d'un mariage soporifique, répliquait :

— Chérie, quel besoin as-tu d'un subconscient puisque tu m'as ? »

— Oh, non…, soupira Sarah, le bloc à esquisses lui glissant des mains pour tomber mollement sur le sol. Pas ça, Shirl ! Ne fais pas ce que je crois que tu vas faire !

Elle s'enfouit sous les couvertures et ferma les yeux. Shirl avait parfois la manie déconcertante de faire montre d'un esprit indépendant. Perdre le contrôle d'une création tout droit sortie de son imagination était sans doute une forme de démence, mais c'était pourtant bien ce qui se passait. Sarah ne savait jamais ce que Shirl allait faire avant que Shirl elle-même n'ait pris sa décision.

Sarah résolut de se rendormir. Mais elle savait qu'à son réveil la BD allait prendre une tournure qu'elle n'avait pas prévue. Après avoir rompu avec Richie, Shirl allait s'installer chez sa mère.

— Ça prouve au moins que je n'ai pas complètement perdu la boule, confia-t-elle au téléphone à sa rédactrice, lorsque Karen Tobias l'appela plus tard dans la semaine.

— Comment ça ? demanda Karen.

Rédactrice en charge de la page humoristique du *Chicago Tribune* qui publiait *Respire !*, c'était elle qui, à ce jour, avait donné sa plus grande chance à Sarah.

— Eh bien, le scénario commençait grandement à ressembler à ma vie. Trop, peut-être. Mais bon, si Shirl emménage chez sa mère, c'est complètement différent... Ma mère étant morte depuis des années, si je devais m'installer chez elle, ça aurait un côté un peu tragique, tu vois ?

— Sans parler du côté choquant.

Sarah bâilla, étonnée de se sentir aussi épuisée après un somme.

— Enfin, je suis contente de ce nouveau développement. Ça prouve que Shirl et moi sommes deux entités distinctes.

— Parce qu'elle va aller vivre chez sa mère ?

— Exactement.

— Mais toi, où vis-tu en ce moment ?

— A Glenmuir, Californie, tu te rappelles ? Je te l'ai dit, je suis rentrée chez moi et je me suis installée chez mon père.

— Et... en quoi est-ce différent de ce que fait Shirl ?

— Là, tu es vache. Tu n'es pas mon psy.

— C'est vrai. Sinon, je sais bien quel conseil je te donnerais.

— Je ne veux aucun conseil. Virginia Woolf n'a-t-elle pas dit : « Si je faisais taire les voix dans ma tête, j'affronterais la journée sans rien écrire » ?

— Elle a dit ça, Virginia Woolf ?

— A moins que ce soit Van Gogh.

— Et on peut dire que ça leur a réussi à tous les deux…

Karen se racla la gorge. Puis Sarah entendit une pause suivie d'une inhalation, et visualisa sa rédactrice en train d'allumer une cigarette. Mauvais signe. Karen ne fumait qu'en période de stress intense. Sarah s'arma de courage.

Il y eut une nouvelle inhalation, suivie d'une longue exhalaison.

— Ecoute, Sarah… On est en train de réorganiser la page.

Sarah n'était pas née de la dernière pluie. Depuis le temps qu'elle était dans ce métier, elle savait ce que cela signifiait.

— Ah, dit-elle dans un nouveau bâillement. Tu supprimes ma BD.

— Si ça ne dépendait que de moi, je te maintiendrais. J'adore Lulu et Shirl. Mais j'ai un budget à tenir.

— Et une agence te propose deux BD pourries, débiles et dessinées à la chaîne pour le prix d'une.

— On a reçu des plaintes. Tu le sais bien. Ton travail est dérangeant et sujet à controverse. Ce genre de chose appartient plus aux éditoriaux qu'aux pages humoristiques.

— Qui, soit dit en passant, ne sont pas tout à fait humoristiques, si tu les remplis de nullités insipides et inoffensives, objecta Sarah.

Karen exhala de nouveau sa fumée dans le combiné.

— Tu sais ce qui est triste?

— Divorcer et se faire virer dans le même mois, rétorqua Sarah. Crois-moi, c'est vachement triste.

— Ce qui est triste, reprit Karen en ignorant la pique de Sarah, c'est de ne pas avoir le budget nécessaire pour conserver des dessins que j'adore. Tu devrais envisager de prendre un agent, Sarah. Comme ça, tu ne mettrais pas tous tes œufs dans le même panier.

— Et on pourrait me virer sans avoir à me le dire en face.

— Eh bien oui, il y a de ça aussi…

— Combien de temps? demanda Sarah.

— Je n'ai pas pris cette décision de gaieté de cœur. J'y ai été contrainte.

— Combien? répéta Sarah.

— Six semaines. Je ne peux pas mieux faire.

— Je n'en doute pas.

— Hé, j'ai une énorme pression, ici!

— Et moi, je suis fatiguée. J'ai besoin de dormir.

Sarah raccrocha le téléphone et ramena les couvertures sur sa tête.

11

— C'est quoi, tous ces contrôles parentaux sur ton ordinateur, Aurora ? demanda Glynnis Ross, membre du trio d'amies qu'elles formaient cette année.

Le troisième côté du triangle était Edie Armengast, assise contre Aurora, tandis que toutes scrutaient l'écran de l'ordinateur.

— C'est mon père qui les a installés, répondit Aurora. Pour m'empêcher d'aller sur des sites porno ou de paris en ligne.

— Mais ça t'empêche aussi de télécharger des chansons, protesta Edie, frustrée, en lançant un regard furieux à l'écran.

— Comment on va faire pour écouter le dernier Sleater-Kinney ? s'enquit Glynnis en faisant tourner autour de son poignet un bracelet jaune vif.

— On l'écoutera chez moi ce soir, assura Edie. Tu comptes toujours rester dormir, pas vrai ?

Les deux filles se tapèrent dans les mains en passant devant Aurora. Celle-ci s'affaissa dans son fauteuil. Faire partie d'un trio d'amies avait ses inconvénients. Parfois, deux de ses membres pouvaient se liguer de façon à ce que la troisième se sente exclue. Elles ne le faisaient pas délibérément. Dans ce cas précis, c'était tout bêtement une question de géographie. Glynnis et Edie vivaient à San Julio, de l'autre côté de la baie par rapport à Glenmuir, et leurs maisons n'étaient distantes que de quelques pas. Elles dormaient l'une chez l'autre presque tous les vendredis et samedis soir. Aurora avait hâte de savoir assez bien naviguer pour effectuer toute seule la traversée en cat-boat.

Alors, elle pourrait se joindre à leurs soirées pyjama chaque fois que l'envie lui en prendrait.

— On est censées choisir des thèmes pour notre devoir de sciences humaines, rappela-t-elle.

La consigne était d'interroger quelqu'un du coin sur son travail.

— Vous l'avez fait ? ajouta-t-elle.

— Je pense que j'irai voir mon oncle, le DJ, déclara Glynnis.

— Impossible, répliqua Edie. T'as pas lu la consigne ? Ça ne peut pas être quelqu'un de ta famille.

— Alors, Aurora pourra toujours interviewer son père, lança Glynnis en ricanant.

Aurora fut parcourue d'un frisson glacé, comme si elle avait avalé trop vite une cuillerée de glace.

— J'en reviens pas que tu dises ça.

— Je plaisantais, c'est tout.

— C'est pas drôle ! répliqua-t-elle.

Glynnis se comportait parfois en vraie peste.

— Non, c'est *vraiment* pas drôle, renchérit Edie, se rangeant du côté d'Aurora. C'est même carrément méchant.

Glynnis renifla.

— Avoue quand même que c'est un peu bizarre que tu vives avec ton beau-père, Aurora.

Aurora détestait qu'on fasse des commentaires sur cette situation. Quand on insistait, elle s'efforçait de faire passer son père biologique pour quelqu'un d'exceptionnel. C'était un prisonnier politique. Un agent du gouvernement. Un dissident défenseur des droits de l'homme, obligé de vivre dans la clandestinité.

Pour l'histoire de sa mère, en revanche, il n'y avait pas grand-chose à faire. En tout cas pas ici, à Glenmuir. La plupart des habitants du bourg connaissaient sa situation. Et, pour beaucoup d'entre eux, ils la connaissaient sans doute mieux qu'Aurora elle-même.

— Toi et moi, on a des mères célibataires, Glynnis, fit remarquer Edie.

— Comme des tas d'autres gosses, mais, en général, on vit avec sa mère ou des fois avec son père. Un beau-père, ça fait franchement bizarre, insista Glynnis.

Cette dernière tentait de prendre avec désinvolture le fait que sa mère était lesbienne, alors qu'à l'évidence elle le vivait très mal. Mais au moins, elle avait une mère…

Aurora se doutait bien de l'impression que suscitait sa situation, vue de l'extérieur : on aurait dit qu'aucun de ses parents n'avait voulu d'elle. C'était l'effet que cela lui faisait à elle aussi, d'ailleurs. A son âge, elle avait tout entendu, comme questions indiscrètes. *Qu'est-ce qu'il est arrivé à tes vrais parents ? Tu n'as pas de famille de sang ?* Et bien sûr le pompon : *Comment se fait-il que ton beau-père n'ait que quatorze ans de plus que toi ?*

« Comme ma mère », pensait Aurora quand on lui posait cette question, mais sans jamais l'exprimer à voix haute. Elle préférait ne pas s'attarder sur le fait qu'elle avait aujourd'hui le même âge que sa mère quand celle-ci s'était retrouvée enceinte.

Il y avait belle lurette qu'Aurora avait cessé d'interroger son père au sujet du départ de sa mère. Mais cette question ne cessait de la tourmenter.

— Toi aussi, tu pourrais bien te retrouver un de ces quatre avec une belle-mère à la maison, plaisanta Edie en donnant un coup de coude dans les côtes de Glynnis.

Celle-ci frissonna.

— Ne me cherche pas !

Et, comme pressée de changer de sujet, elle cliqua sur un autre lien à l'écran.

— Peut-être qu'une de nous pourrait aller interviewer Dickie Romanov. Il est censé être apparenté au tsar de Russie.

— Il n'y a pas de tsar en Russie, répliqua Aurora.

— Il n'y en a plus, précisa Glynnis en faisant défiler la liste des anciens élèves du lycée. Certains des Romanov ont fui en

Amérique et se sont reconvertis dans le commerce de la fourrure.

— Ma mère dit que Dickie tient un magasin de matos pour
fumer de l'herbe, intervint Edie. On ne vend pas de fourrures
dans un headshop, que je sache. Juste des pipes à eau et des
pinces à marijuana, ce genre de trucs.

Elle faisait celle qui savait de quoi elle parlait.

— L'une de nous pourrait aller voir cette femme qui tient la
boutique de fournitures pour les beaux-arts, suggéra Aurora.
Judy deWitt. C'est elle qui a fait les sculptures métalliques du
parc municipal.

L'idée d'interviewer une artiste lui plaisait bien, vu que sa
matière préférée était le dessin.

— On pourrait lui demander où elle s'est fait percer la langue,
glissa Edie avec un frisson exagéré.

— Quel mal il y a à se faire percer la langue? demanda
Aurora.

— C'est le signe d'un cerveau dérangé, affirma son père en
entrant dans la chambre. Du moins, c'est ce que j'ai entendu
dire.

Il lança un sachet de Cheetos à Aurora et leur tendit à chacune
une canette de soda.

— Tenez, les Razmokets.

Aurora piqua un fard. Ça faisait une éternité qu'il appelait
ses amies des « Razmokets », et ça devait les gonfler autant
qu'elle.

— Tu as bien un tatouage, fit-elle remarquer. C'est un signe
de quoi, ça?

Will se frotta le bras d'un air absent. Sa chemise masquait le
dragon à longue queue gravé dans sa chair.

— De jeunesse et de stupidité.

— Pourquoi tu ne le fais pas enlever?

— Il me sert de pense-bête pour ne plus être stupide, répliqua-t-il.

— Dites, monsieur Bonner, intervint Glynnis avec sa voix de

fayot, nous devons interviewer quelqu'un de notre communauté pour le cours de sciences humaines. Est-ce que je peux vous poser des questions ?

— Ma vie est un livre ouvert.

« Mouais… », songea Aurora en se rappelant toutes les fois où elle l'avait interrogé sur sa mère. Marisol était enveloppée d'un voile de mystère, d'un secret que son père éludait, à propos de Tijuana, de l'endroit d'où elles venaient toutes les deux, et de la vie que sa mère et elle menaient avant qu'il n'arrive. Il faisait toujours comme s'il n'y avait rien à dire là-dessus. « Te faire venir aux Etats-Unis t'a donné la chance d'avoir une vie meilleure », c'était son explication favorite. Quand Aurora voulait savoir ce qui clochait dans son ancienne vie au Mexique, il répondait simplement : « Ce n'était pas sain. Trop de misère et de maladies. »

— Quand est-ce que ça vous irait ? demanda Glynnis.

— Pourquoi pas tout de suite ?

L'espace d'une seconde elle parut surprise, puis haussa les épaules.

— Je vais chercher mon calepin.

Glynnis et Edie buvaient les paroles du père d'Aurora tandis que celui-ci évoquait son enfance à Glenmuir, et leur racontait comment il s'était retrouvé au lycée parmi les bénévoles qui avaient combattu le feu du mont Vision, et comment cette expérience l'avait amené à devenir plus tard le plus jeune capitaine des pompiers du secteur.

Aurora savait que des tas d'autres jeunes s'étaient portés volontaires quand s'était déclaré l'incendie du mont Vision, mais aucun d'eux n'était devenu pompier. Son père avait été motivé par autre chose, mais par quoi au juste, il ne le lui avait jamais dit.

Elle sortit son bloc à esquisses et se mit à travailler à son dessin d'Icare, lui qui, emporté par son euphorie à l'idée de voler, avait ignoré les avertissements de son père et s'était trop approché du soleil, ce qui avait entraîné la destruction de ses ailes. Elle le dessinait dans les instants qui avaient précédé sa chute, quand il ignorait encore qu'il allait plonger dans la mer et se noyer. Elle voulait qu'à la dernière seconde Icare se souvienne de la mise en garde de son père, qu'il pique vers un lieu plus sûr, mais on ne pouvait pas trafiquer les mythes de l'Antiquité. Ce qui devait arriver arrivait, et aucune prière n'y pouvait rien changer.

En cours d'anglais, ils étudiaient les Grecs et les archétypes issus de la mythologie. Aurora savait très bien à qui lui faisait penser son père. A la naissance d'Achille, la prophétie avait fait de lui un guerrier parfait. Sa déesse de mère avait plongé le bébé dans le Styx en le tenant par le talon, sachant que ses eaux le protégeraient de toute blessure. Achille avait grandi à l'abri de tout danger, tout comme son père à la Bonner Flower Farm. On attendait de grandes choses de lui. Il ne soupçonnait même pas l'existence du minuscule point de son talon qui n'avait pas été immergé dans le fleuve magique. Il ignorait qu'à cet endroit-là il était vulnérable. S'il avait connu l'existence de son point faible, son courage en aurait pâti, et cela l'aurait empêché de prendre les risques dignes d'un guerrier.

Tout le mythe était fondé sur le fait que nul n'est invulnérable, même ceux qui ont l'air forts. Aurora connaissait le talon d'Achille de son père. C'était elle. Il ne le lui avait jamais dit. C'était inutile. Dans cette petite bourgade où tout le monde se connaissait, elle avait entendu plusieurs versions de l'histoire. L'avenir de son père était tout tracé : il allait partir à l'université, titulaire d'une bourse pour intégrer une équipe de base-ball, devenir riche et célèbre, et peut-être épouser une starlette ou une héritière. Au lieu de quoi il s'était retrouvé avec Aurora et sa mère, un métier dangereux et des liasses de factures à payer.

Au collège, Aurora avait rencontré plusieurs professeurs et entraîneurs ayant aidé son père à obtenir toutes les bourses possibles, et qui n'avaient pas caché leur déception de voir qu'il n'avait pas suivi le parcours qu'on lui avait suggéré. A leur façon de dire : « Il est parti au Mexique et en a ramené une femme et un enfant », on aurait pu croire que sa mère et elle étaient des souvenirs de pacotille ou bien des chats errants.

— Qu'est-ce qui est le plus dur dans votre métier? lui demanda Glynnis.

— Etre loin de ma fille, répondit Will sans l'ombre d'une hésitation.

— En ce qui concerne le combat du feu, je voulais dire.

— Nous avons eu des incendies criminels, cette année. Ils sont parfois compliqués à élucider.

Glynnis se pencha en avant, les yeux étrécis :

— Criminels?

— Oui. Allumés de manière intentionnelle. Quelquefois pour des questions d'assurance, d'autres fois pour l'excitation que cela procure.

— Vous voulez dire que quelqu'un craque une allumette et que, hop, tout s'enflamme?

— Il y a parfois un système de retardement. Et, d'habitude, un accélérateur.

— Du genre?

— Un système de retardement peut être un procédé aussi simple qu'une cigarette attachée à des allumettes par un élastique. Quand la cigarette s'est consumée jusqu'à hauteur des têtes d'allumettes, celles-ci s'enflamment. Les produits accélérants sont des substances telles que l'essence, le kérosène, les solvants. Les résines et les vernis pour bateau — on en trouve plein, par ici. On peut les détecter grâce à un chien dressé. Dans notre secteur, nous avons Rosie, un labrador au flair capable de déceler jusqu'à une molécule de résidu sur un trillion. Nous disposons aussi d'un détecteur par photo-ionisation.

Il marqua une pause et lui épela ce mot.

— Cet appareil est connu sous le nom de détecteur à large spectre. Grâce à la sonde, l'enquêteur inspecte les lieux où l'on soupçonne la présence d'un produit accélérant.

Dix minutes plus tard, il avait fini l'interview et la moitié du sachet de Cheetos.

— Alors, je m'en suis bien sorti?

— Je vous le dirai quand j'aurai eu mon résultat, répondit Glynnis en concluant sa prise de notes par une fioriture. Merci, monsieur Bonner.

— Pas de problème. Je vais dans le garage, Aurora.

Quand Will eut quitté la pièce, Glynnis referma son bloc sténo.

— Il est trop sexy, ton père.

— Ah non, commence pas…, la prévint Aurora.

Ce n'était pas la première fois qu'une de ses amies lui en faisait la remarque. Son père? Sexy? Quelle horreur!

Elle changea de sujet.

— Je dois encore trouver quelqu'un à interviewer.

Edie cliqua sur un site de BD qu'Aurora ne connaissait pas.

— Regarde ça. C'est une ancienne élève de ma mère.

La mère d'Edie dirigeait la section d'anglais du lycée, et sa fille était toujours la première informée des cancans de l'école.

Aurora éprouva un pincement d'envie pour Edie — pour n'importe qui, d'ailleurs, ayant une mère avec qui échanger des potins.

— Une dessinatrice humoristique, soupira Glynnis avec ennui. Qu'est-ce qu'il y a de si extraordinaire à ça?

— Rien, répliqua Edie, mais dans ce trou rempli d'anonymes, c'est presque une célébrité.

— Sarah Moon, lut Aurora en parcourant la page.

On y voyait une photo en noir et blanc genre artistique, représentant une femme, le visage à moitié masqué par une ombre, une mèche de cheveux clairs cachant ses traits. La photo était frustrante, conçue pour obscurcir le visage comme un cliché de film noir.

— Je vous parie qu'elle a un lien avec la Moon Bay Oyster Company, les filles.

Les dessins étaient esquissés avec une certaine hardiesse dans

le trait, et le personnage principal sortait des trucs du genre :
« Chez moi, le chocolat est un légume. »

La BD s'intitulait *Respire !* Un épisode représentatif mettait en
scène l'héroïne, Shirl, en train de se faire percer le nombril.

Cela piqua la curiosité d'Aurora. M. Chopin, son professeur
de dessin, lui avait affirmé qu'elle possédait un réel talent. Ce
serait peut-être intéressant de rencontrer quelqu'un qui vivait
de ses crayons…

— « A propos de l'artiste », lut Edie à haute voix. « Sarah
Moon est originaire du comté de Marin Ouest, en Californie.
Diplômée de l'université de Chicago, elle vit actuellement à
Chicago avec son mari. »

— Et alors, comment est-ce que je suis censée l'interviewer ?
Le site dit qu'elle vit à Chicago.

— D'après ma mère, ça a changé, leur apprit Edie. Elle habite
ici, maintenant. C'est une cliente de ta tante, tu sais.

La tante Birdie était spécialisée dans le droit de la famille et les
divorces constituaient une énorme part de son travail. Jamais elle
ne parlait de ses dossiers, mais si une femme devenait sa cliente,
il y avait de fortes chances pour que celle-ci veuille divorcer.
Aurora n'avait pas besoin de demander pourquoi Sarah Moon
était revenue à Glenmuir : elle connaissait déjà la réponse.

Après le départ de ses amies, Aurora alla trouver son père
dans le garage, où il travaillait sur le cat-boat. C'est sur ce même
bateau que tante Birdie et lui participaient aux régates sur la baie
quand ils étaient jeunes. Autrement dit, il faisait presque partie
du patrimoine historique familial. Long d'environ quatre mètres,
il avait été ramené de Cape Cod par son grand-père Angus.

— Qu'est-ce que tu fais, papa ? demanda-t-elle.

Will ne leva pas les yeux, mais continua de manipuler un
serre-joint ; par la fenêtre poussiéreuse, le coucher de soleil
illuminait sa large carrure. Quand elle était petite, elle l'accompagnait dans sa série quotidienne de tractions, accrochée à ses

épaules. Son père était capable de les soulever et de les abaisser tous les deux comme si elle ne pesait pas plus lourd qu'une plume. Se sentant seule, Aurora attendait qu'il fasse une pause, mais il continuait son travail.

— Papa?

— J'essaie de réparer un espar brisé. Il faudrait vraiment le remplacer, mais je ne pense pas qu'on en fasse encore en épicéa.

— T'as raison, c'est vachement important…, soupira-t-elle en tapant nerveusement du pied.

— Je pensais que tu voulais gagner la prochaine régate.

— Non, c'est toi qui veux la gagner. Tu ne sais rien de ce que je veux, rétorqua-t-elle avec une emphase théâtrale.

— Je peux t'aider pour quelque chose? demanda-t-il sans se tourner.

— Oh, oui… Je viens de m'apercevoir que j'ai les yeux qui saignent.

— Ah…

— Et j'ai les cheveux en flammes.

— Je vois.

— Et je suis enceinte.

— Passe-moi l'autre serre-joint, Aurora.

Il se retourna à moitié, la main tendue vers elle.

Aurora soupesa mentalement les diverses possibilités. Elle pouvait prétexter que son père avait l'esprit ailleurs pour se mettre en pétard contre lui — une fois de plus. Ou bien elle pouvait passer un peu de temps avec lui avant qu'il ne reparte pendant deux jours.

— S'il te plaît, insista Will.

Aurora lui tendit le serre-joint et le regarda travailler quelques minutes.

— Comment ça se fait que tu n'aies pas parlé de ma mère quand Glynnis t'a interviewé? demanda-t-elle, presque certaine de connaître la réponse.

— Le sujet, c'était mon métier, répliqua-t-il.

— Tu ne parles jamais de ma mère.

— On ne peut pas dire qu'elle se soit beaucoup manifestée depuis qu'elle est partie pour Vegas, lui rappela-t-il. Tu le sais bien. Allez, prends un tabouret et viens ici.

Aurora s'interrogea : fallait-il insister au sujet de sa mère? Finalement, elle préféra laisser tomber la question. Elle approcha son tabouret de l'aire de travail et retroussa ses manches. Les régates étaient une tradition consacrée, sur la baie, et son père lui avait appris à barrer le petit cat-boat profilé en lui promettant que si elle apprenait à lire le vent et l'eau, elle pourrait un jour remporter la course. Néanmoins, le bateau était vieux et il avait besoin de réparations. C'était la même embarcation que barrait son père à son âge, et il y avait quelque chose de réconfortant dans ce sentiment de continuité. Elle était contente d'avoir décidé d'être gentille avec Will. Il dégageait cette chaude odeur de père, celle qui la rassurait toujours et lui donnait un sentiment de protection. Elle feuilleta le catalogue de matériel pour bateaux, à la recherche d'espars.

— Et si tu remplaçais l'épicéa par la version en fibres de carbone? demanda-t-elle en orientant la page vers lui.

— Comment tu fais pour être si intelligente?

— Je ressemble à mon père.

Will lui ébouriffa les cheveux et elle feignit d'être agacée, alors qu'en fait elle ne l'était pas vraiment. Quand son père était comme ça, Aurora éprouvait un tel amour pour lui qu'elle en avait les larmes aux yeux. Ce qui était stupide. Aimer quelqu'un était censé vous rendre heureux. Du moins c'est ce qu'on disait.

Elle se blottit contre lui, se rappelant comme elle se sentait en sécurité petite fille, quand il la serrait dans ses bras. Parfois, il la tenait comme un haltère et la faisait monter et descendre jusqu'à ce qu'elle hurle de rire.

Maintenant, elle était trop grande pour ça. Il lui tapota la tête, s'écarta d'elle et se leva.

— Très bien, ma fille. Je dois aller chercher quelques trucs chez le marchand de bois et au magasin de matériel maritime. Tu veux venir avec moi ?

C'était comme ça qu'elle avait été élevée, à le suivre chez le marchand de bois ou à la quincaillerie. Tandis que ses amies faisaient du shopping avec leur mère, son père lui enseignait à réussir un lancer de balle rapide au base-ball ou à vidanger le pick-up. Il tentait parfois maladroitement de faire des trucs de fille, comme lui vernir les ongles ou la coiffer, mais ça semblait toujours contraint. Aurora soupira et hocha la tête en signe d'acquiescement.

Will se dirigea vers la pièce qui leur servait à la fois de buanderie et de vestiaire pour aller chercher son blouson. Sa main effleura la poignée de la porte, mais il la retira vivement comme s'il s'était brûlé.

— Bonté divine, Aurora ! lança-t-il d'un ton cinglant. Comment de fois t'ai-je demandé de ne pas laisser traîner tes affaires ?

— Du calme, papa, se défendit-elle en arrachant de la poignée un soutien-gorge violet dont elle fit une boule. J'ai des affaires trop délicates pour passer au sèche-linge.

Aurora rassembla les quelques sous-vêtements qu'elle avait laissés suspendus dans la buanderie.

— Eh bien moi, je suis trop délicat pour m'occuper de ce genre de trucs, riposta-t-il. Alors fais sécher ta lingerie ailleurs. Histoire que je ne la voie pas.

— Oh ! là, là ! Je n'ai jamais vu quelqu'un d'aussi paniqué par du linge propre !

Elle leva le menton d'un air de défense.

— Au moins, je m'occupe de ma lessive.

Will lui lança un regard noir et ses pommettes s'empourprèrent.

— Tu viens ou pas ?

— Laisse tomber, répliqua-t-elle, sa bonne humeur envolée. Je vais rester à la maison pour plier mes sous-vêtements.

— Tu ne vas pas me faire toute une scène, maintenant.

— Pourquoi pas ? Tu me fais bien toute une scène à moi.

Elle était horriblement gênée qu'il lui ait fait une remarque au sujet de ses sous-vêtements au lieu de feindre de n'avoir rien vu.

— Je te demande simplement de faire preuve d'un peu de discrétion, c'est tout.

— C'est quoi ton problème?

Elle connaissait déjà la réponse, cela dit. Il ne supportait pas d'associer sa petite fille à des affaires de femme.

— Je n'ai aucun problème, répondit-il en enfilant la manche de son blouson. Alors, tu ne veux pas venir chez le marchand de bois avec moi?

— Non, dit-elle en secouant la tête. Merci.

— Bon sang! Je ne comprends pas pourquoi tout doit toujours se transformer en conflit avec toi.

— Je ne suis pas en conflit. Je vais regarder un des DVD qu'on a loués.

Will la regarda comme s'il hésitait à lui dire autre chose. Elle aurait voulu qu'il l'oblige à venir. Mais il se contenta de lâcher :

— Comme tu veux. Je serai de retour dans un moment.

Il franchit la porte et Aurora prit un DVD sur la table basse — *30 ans sinon rien*. Tout à fait de circonstance. Elle inséra le disque dans le lecteur. Tandis que défilait le générique du début, le pick-up démarra dans une pétarade de gaz d'échappement. Elle fronça les sourcils devant l'écran et regretta de ne pas avoir accompagné son père, finalement. Une virée au magasin de matériel maritime ou chez le marchand de bois avec lui, c'était pas franchement l'éclate, mais, au moins, c'était quelque chose. Elle reprochait tout le temps à son père de l'ignorer ou de considérer sa présence comme normale, puis elle lui battait froid.

Elle lança un regard furieux en direction du téléphone. Et si elle invitait une amie à venir voir le film avec elle? Hormis Glynnis et Edie, sa seule autre amie était Janie Cameron. Mais elle était sortie. Toutes les autres filles de cinquième l'enviaient car Janie avait un vrai copain. Ensemble ils allaient au cinéma, se tenaient la main dans la cour du collège et avaient toujours l'air de partager un secret.

Will avait décrété qu'Aurora n'aurait pas le droit d'avoir de copain avant l'âge de seize ans. A l'annonce de ce principe, elle avait joué les outragées, mais, en secret, c'était pour elle un soulagement. Elle n'aurait pas su comment s'y prendre avec un petit ami.

Pas même avec Zane Parker, se dit-elle en pensant au garçon le plus craquant de Glenmuir.

Entre-temps, elle aurait bien aimé savoir ce qui rendait certaines filles si attirantes. Mandy Jacobson, la fille la plus populaire de l'école, était celle qu'Aurora aurait voulu avoir pour meilleure amie. Mandy vivait dans l'une des plus jolies maisons du bourg et traversait la vie avec insouciance comme une bulle de savon flottant au vent. Avec elle, tout semblait simple et amusant. Hélas, Aurora n'avait jamais réussi à intégrer son cercle d'amies. Son plus grand exploit avait été de passer ses devoirs à Mandy ainsi qu'à ses copines Carson et Deb. Ce n'était pas bien de les avoir laissées copier, elle le savait. Mais ce n'était pas bien non plus de se sentir seule tout le temps. Avant, il y avait de cela une éternité, sa mère disait toujours : *Pour survivre, il faut se servir de ce qu'on a.* Elle ne pouvait pas compter sur ses capacités intellectuelles. En revanche, c'était le point fort d'Aurora. Elle était une élève brillante. Avoir des bonnes notes, ce n'était rien à côté de trucs vraiment compliqués, du genre comprendre pourquoi votre vie était nulle à ce point...

Agitée par un mécontentement qu'elle n'aurait pas su définir, elle saisit la télécommande et fit défiler le menu. Le curseur semblait bloqué sur l'option *En espagnol*. Elle appuya sur « Valider » et le film débuta par une scène d'exposition qui montrait des jeunes au lycée, bavardant à toute vitesse en espagnol.

Aurora comprenait chaque syllabe et chaque inflexion. C'était sa première langue, sa langue maternelle, la seule qu'elle ait connue avant de partir pour « el Norte ». En dehors de Glenmuir, on ne réalisait presque jamais qu'elle était bilingue, et pour rien au monde elle n'aurait divulgué ce genre de détail. C'était l'une des caractéristiques qui la différenciaient des autres. Et ces choses-là, il y en avait déjà beaucoup trop.

Elle fit passer le film en anglais. Là, au moins, les mouvements de lèvres des acteurs étaient synchronisés avec les mots qu'ils prononçaient. Mais Aurora n'arrivait pas à se concentrer sur le film. De guerre lasse, elle l'arrêta et sortit dans la véranda, enjambant du matériel de sport et se faufilant entre des vélos. Sa grand-mère et tante Birdie amenaient systématiquement des plantes en fleurs et des carpettes colorées pour donner un côté « douillet » à la maison, mais ça ne marchait jamais. Les plantes finissaient par périr faute de soin, les carpettes atterrissaient roulées au fond d'un quelconque placard, et le matériel de sport prenait des airs de carcasse désaffectée. On aurait aussi bien pu accrocher une pancarte proclamant : « Il n'y a pas de femme dans cette maison. »

Les doigts glissés dans les poches arrière de son jean, Aurora se mit à arpenter la véranda de long en large. Quelle idiote de s'être braquée et d'avoir refusé d'aller avec son père ! Car, malgré leur situation familiale des plus inhabituelles, elle n'aurait pu imaginer sa vie différemment. Son père et elle formaient une équipe. Ils étaient inséparables. Vivre sans lui, ç'aurait été comme vivre privée d'oxygène.

Se sentant coupable, elle alla ranger le linge propre dans une corbeille, sans oublier les dessous en dentelle et les soutiens-gorge qu'elle avait mis à sécher. Elle avait feint de ne pas comprendre pourquoi son père ne tenait pas à rencontrer ce genre d'affaires suspendues un peu partout, mais, en fait, elle le savait très bien. Il n'aimait pas qu'on lui rappelle qu'elle grandissait. Les choses étaient beaucoup plus simples quand elle était petite.

Pourquoi faisait-elle tout pour le contrarier, alors qu'en réalité elle l'adorait ?

C'est juste que, chaque fois qu'ils semblaient s'éloigner l'un de l'autre, elle paniquait.

Elle ne pouvait se permettre de le perdre, lui aussi.

12

Couchée, Sarah sentait la surface du lit épouser son corps, tandis qu'elle tâchait de son mieux de perdre le compte des jours et des heures. Si seulement il y avait eu un moyen d'ignorer le cycle du jour et de la nuit qui marquait le passage du temps! Elle aurait aussi bien aimé savoir quoi faire d'elle-même.

Jamais elle n'aurait cru devoir tout recommencer. Pour la première fois de sa vie, elle était entièrement responsable de ses déplacements et de ses actes. Dès la fin du lycée, son parcours avait été tout tracé par son admission à l'université de Chicago. A la suite de quoi, elle avait été enrobée dans la vie de Jack. Il n'y avait eu aucune décision volontaire de sa part, sauf celle de suivre le mouvement.

Elle avait fait un excellent disciple, mais maintenant qu'elle avait quitté Jack, elle regardait droit devant et ne voyait personne pour la guider. A sa grande consternation, elle trouvait cela parfaitement terrifiant. Peut-être aurait-elle dû rester, se battre pour Jack... Un mariage pouvait survivre à l'infidélité, c'est du moins ce qu'affirmaient les spécialistes. Jack prétendait vouloir lui donner une seconde chance, même si, comme elle le soupçonnait fort, il n'avait fait machine arrière que sur les conseils de son avocat.

Elle fixa le plafond de sa chambre que, tristement, elle avait appris à connaître dans ses moindres détails. Les lucarnes et les banquettes de fenêtre avec leurs coussins en tartan. Les rideaux de dentelle que sa mère avait accrochés avant sa naissance. Sarah l'imaginait, arrondie par la maternité, en train d'enfiler le rideau sur la tringle avant de lui donner du bouffant. Elle la voyait se reposer un instant sur la banquette, les yeux rivés sur l'eau pendant qu'elle caressait son ventre, son esprit tourné vers le bébé.

Les murs penchaient vers elle comme des bras protecteurs. Ils étaient bâtis à l'ancienne en lattes enduites de plâtre et leur surface crayeuse avait été finie à la main et peinte en céladon. Hélas! Ici et là, bon nombre de fissures nécessitaient des travaux.

« Je pourrais me faire plâtrière, songea Sarah. Ça m'irait bien... »

Elle s'imagina en train de mélanger un paquet de plâtre crémeux, de le remuer doucement dans un seau avant de l'étaler d'une main experte sur la surface abîmée, balafrée de fissures. Elle dissimulerait toutes les imperfections sous un revêtement lisse et neuf, et personne ne saurait quels dégâts se trouvaient au-dessous.

— Sarah?

Un coup léger frappé à la porte.

Elle étouffa un gémissement.

— Qu'est-ce qu'il y a, grand-mère?

— Ta tante May et moi sommes venues voir comment tu allais.

Sans attendre son invitation — que Sarah ne lui aurait pas accordée —, sa grand-mère ouvrit la porte. Elle entra, les mains chargées d'une boîte en carton. Tante May l'accompagnait, tenant un vase de fleurs fraîchement coupées.

— Oh, bonjour! dit Sarah lamentablement.

Il lui fallut toute son énergie pour se redresser en position assise. Les deux sœurs étaient aussi douces et colorées que les bouquets qu'elles composaient avec talent. Sa grand-mère portait une tunique en tissu de fibres d'écorce orné d'un imprimé ethnique, tenue qui s'accordait étrangement bien avec ses cheveux de neige. May, plus conventionnelle, était en calicot jaune, ses étroites épaules drapées d'un châle au crochet. Malgré leurs goûts vestimentaires différents, toutes deux portaient des chaussures absolument extraordinaires. Sarah ne put s'empêcher de les fixer du regard.

— Elles te plaisent ?

Sa grand-mère indiqua son orteil et lui présenta son pied d'un côté et de l'autre.

— C'est elle qui les a faites, précisa tante May. Tu es donc obligée de dire oui !

— Je les adore.

C'étaient des baskets en toile Keds, peintes à la main. Celles de May s'ornaient de tournesols, celles de sa grand-mère, de glycines. Et ce n'était pas un simple badigeon de peinture pour tissu. Ces baskets étaient de véritables œuvres d'art avec leurs motifs de fleurs si compliqués, d'un rendu magnifique, digne des natures mortes des grands maîtres.

— C'est de moi que tu tiens tes talents de dessinatrice, dit sa grand-mère en posant la boîte sur les genoux de Sarah. Tiens, celles-ci sont pour toi.

— Nous avons demandé à ton père de nous passer une de tes paires de chaussures pour que nous puissions avoir ta pointure, expliqua May.

Sarah ouvrit la boîte et découvrit une paire de Keds pointure 38, admirablement décorées de primevères multicolores.

— Elles sont vraiment superbes ! s'exclama-t-elle. Vous saviez que les primevères étaient mes fleurs préférées ?

Sa grand-mère hocha la tête.

— Je m'en souvenais. Quand tu étais petite, tu disais qu'elles étaient comme les pastilles Life Savers : de toutes les couleurs et de qualité égale.

Sarah caressa les baskets.

— Elles sont trop jolies pour être portées. Je devrais les exposer.

— Tu les exposeras chaque fois que tu les mettras, ma chérie.

Sarah secoua la tête.

— Je ne suis pas de taille à lutter contre vous. Comment pourrais-je rivaliser avec votre habileté tactique?

— Tu sais ce qu'on dit sur la perfidie du grand âge? plaisanta sa grand-mère.

Tante May tapota le bras de Sarah.

— C'est une offrande symbolique. Elles sont censées te remettre sur pied.

Sarah se renfonça dans ses oreillers.

— Mon Dieu, c'est tellement...

— Machiavélique? suggéra tante May.

— Nous nous servons de toutes nos armes, reconnut sa grand-mère.

— Et nous en avons un bel arsenal, ajouta tante May.

Les deux sœurs échangèrent un regard lourd d'inquiétude.

— Qu'est-ce que tu fabriques, Sarah?

— En fait, j'envisage de changer de métier. Que diriez-vous si je me reconvertissais dans le plâtre?

Elle indiqua une fissure dans le mur.

— Ne sois pas bête!

Tante May posa son vase sur la commode et s'affaira un moment avec les fleurs. Elle faisait partie de ces femmes qui ont un don. Elle pinça quelques tiges et, en un clin d'œil, obtint une composition florale aux allures de jardin anglais miniature.

— Qu'y a-t-il de bête à faire du plâtre? demanda Sarah.

Ce n'était sans doute pas plus bête qu'arranger des fleurs ou peindre des baskets...

— Tu es une artiste, décréta sa grand-mère. Pas un artisan. Entre les deux, il y a une différence.

May et elle s'assirent au pied du lit, chacune d'un côté. On aurait dit une image d'Epinal, éclairée à l'arrière par la douce lumière du dehors que tamisaient les rideaux de dentelle. A les voir ensemble, Sarah regretta de ne pas avoir de sœur, ou même de véritable amie.

— Et si je n'avais plus envie d'être artiste? insinua Sarah.

148

— Comment peux-tu dire une chose pareille? demanda sa grand-mère, effarée.

— C'est trop difficile d'en vivre. Et trop facile de s'y meurtrir le cœur.

— Bonté divine! Si tu crains d'avoir le cœur meurtri, garde-toi même de la vie.

— Je me soucierai de mon cœur plus tard. Pour le moment, j'ai besoin de trouver un boulot stable et d'arrêter de m'illusionner sur mon éventuelle réussite artistique.

— Ce discours ne ressemble pas à la Sarah que nous connaissons.

— La Sarah que vous connaissez n'existe plus — trompée par son mari et virée par son plus gros diffuseur.

— Oh, mon Dieu… Le journal?

— Ma BD a été supprimée du *Tribune*. L'ostréiculture me paraît tout à coup nettement moins rebutante, comme carrière.

— Tu as toujours détesté travailler à l'exploitation. Ne prétends pas le contraire. C'est très regrettable pour le *Tribune*, mais des journaux, il y en a des milliers et tu ne dois pas renoncer. Tu as subi une énorme perte. L'une des pires que peut connaître une femme. Ton mari t'a été infidèle. Il t'a dérobé ta confiance et ta sécurité. Mais ne le laisse pas aussi te voler ton rêve.

Tante May branla du chef en signe d'approbation.

— Bien sûr, il y a des risques…

Sarah tira sur une bouloche du couvre-lit en chenille.

— Et prendre un risque affectif exige un genre de courage bien particulier, ajouta sa grand-mère.

Sarah ne put se retenir. Elle éclata de rire. C'était la première fois qu'elle riait vraiment depuis qu'elle avait quitté Jack et c'était fantastique — une bouffée d'émotion si forte qu'elle en retomba molle et exténuée contre le rempart d'oreillers.

— C'est tout moi, dit-elle. L'Intrépide Sarah Moon.

Elle se tamponna les yeux avec le coin du couvre-lit.

— Vous me faites mourir de rire, les filles. Sans blague!

Comme les deux sœurs ne répondaient pas, Sarah acheva de se sécher le visage.

— Vous savez que ça fait dix jours que je ne me suis pas lavé les cheveux ?

— Tout à fait fascinant…

— Je laisse le sébum réparer naturellement mes cheveux abîmés.

— Et futé, en plus, renchérit tante May.

— J'aurais bien besoin d'un minimum de compassion, vous ne trouvez pas ?

— Oh, Sarah ! Tu n'as pas besoin de compassion. Tu as besoin d'avoir une vie.

— Pour quoi faire ? Pour la bousiller, celle-là aussi ?

— Très bien. Avec une telle attitude, tu es vouée à l'échec.

Sarah lança un regard noir aux deux sœurs.

— Même les cas les plus désespérés ont besoin de compassion. Normalement, vous devriez me dire que vous m'aimez et que vous voulez que je trouve d'autres façons d'être heureuse, et que c'est pour ça que vous me prodiguez vos conseils. Et vous appuieriez vos propos en soulignant que vous aussi avez eu votre part de souffrances dans la vie, et que vous pouvez comprendre ce que je ressens en ce moment.

Les deux sœurs échangèrent un regard entendu.

— Quelle fille intelligente, constata tante May.

— Nous l'avons toujours su, acquiesça sa sœur.

— Ça me fait une belle jambe ! se lamenta Sarah.

— Partager ses problèmes avec ses proches, ça aide toujours.

Sarah exhala un soupir puis croisa les bras sur la poitrine.

— Je renonce. Qu'est-ce que vous voulez de moi ?

— Nous voulons que tu commences par sortir de ce lit. Tu n'as pratiquement pas mis le nez hors de cette chambre. Ce n'est pas bon pour la santé.

— Je me fiche de ma santé.

— Sottises, ma chérie. Evidemment que tu ne t'en fiches pas.

« Mon Dieu! pensa Sarah. On dirait les héroïnes d'*Arsenic et Vieilles Dentelles*. Complètement frappées, mais convaincues d'avoir réponse à tout. »

— Tu es encore très jeune, déclara sa grand-mère. Tu as tout l'avenir devant toi. Nous voulons que tu sortes et que tu empoignes la vie à bras-le-corps, Sarah. Au lieu de te terrer sous ta couette.

— Nous pensons que c'est également ce que tu souhaites, ajouta tante May.

Cette dernière tira une clé de son sac en crochet et la posa sur la table de chevet. Le porte-clés était une figurine en plastique à deux sous tirée du dessin animé *Lilo et Stitch*. Sarah avait toujours aimé ce personnage. Lilo prenait la vie du bon côté et chantait face aux problèmes.

— Qu'est-ce que c'est? s'enquit-elle.

— Les clés de May's Cottage, répondit tante May. Je te le laisse en location, et la première année est gratuite.

Ce cottage de bord de mer était dans la famille Carter depuis presque un siècle. Elijah Carter, qui avait modestement fait fortune en ratissant les eaux abondantes de la baie et de l'océan, l'avait construit pour sa jeune épouse ramenée d'Ecosse.

— Le contrat est à la maison, précisa tante May. Sur la table de la cuisine. Pour la première année de location, je te demande un dollar symbolique, histoire d'officialiser la chose. Tu n'as qu'à signer le papier et me le rapporter.

— Je ne comprends pas… Pourquoi faites-vous ça?

— Nous te l'avons dit, c'est pour t'aider à te remettre sur pied, expliqua sa grand-mère avec une patience exagérée.

— Tu as besoin d'un endroit à toi, ajouta tante May.

— Nous trouvons ça plus sain.

— Et puis le cottage est proche du bourg et il dispose d'une connexion internet haut débit.

— C'est une blague?

— Non. Plusieurs de mes hôtes m'ont demandé le haut débit, alors j'ai fini par le faire installer.

Tante May s'exprimait comme si elle savait de quoi il retournait.

— Je ne peux pas habiter le cottage, déclara Sarah. C'est une énorme source de revenus pour toi.

Avec ses meubles anciens et sa décoration d'époque, le cottage se louait en haute saison cinq cents dollars la nuitée à des touristes pleins aux as, et les habitants harassés de San Francisco se bousculaient pour payer la note.

— Je n'ai pas besoin de ça, je t'assure, affirma tante May. Et ça faisait déjà quelque temps que je songeais à prendre un locataire.

Le bungalow était le rêve de tout artiste, pensa Sarah. Calme et isolé, doté d'une vue spectaculaire sur Tomales Bay, tout en étant proche des commerces.

— Je ne sais pas quoi dire, avoua-t-elle à sa grand-tante.

— Un simple merci fera l'affaire.

Sarah se tourna sur le côté et considéra la clé. Une partie d'elle-même avait envie de tendre la main pour profiter de cette offre avant qu'elle ne lui passe sous le nez. Pourtant, l'autre partie se rétractait à l'idée de s'installer dans un endroit à elle.

— Je ne peux pas vivre au cottage, murmura-t-elle.

— Bien sûr que si, affirma tante May. Ça sera parfait pour toi.

— Je ne veux pas que ça soit parfait. Je veux que ça soit… *normal*. Au moins, si je reste au lit ici, dans la maison de mon père, je peux maintenir l'illusion que ma situation n'est que provisoire. Qu'un matin je vais me réveiller, reprendre mes esprits et partir à la reconquête de ma vie.

— C'est ce que tu veux ? s'enquit sa grand-mère.

— J'essaie de me convaincre de pardonner à Jack. C'est ce qu'il veut que je fasse. Que je me réconcilie avec lui.

— Je n'ai pas bien saisi ta réponse. C'est ce que tu veux ?

Sarah tendit le couvre-lit en forme de tente sur ses genoux.

Jack avait commodément oublié que c'était lui qui avait déclaré le premier : *Je veux divorcer.* Il avait prononcé ces mots avant même que l'idée ne lui ait traversé l'esprit, à elle. Et maintenant il voulait revenir sur ses propos.

Pourtant, entendre cette phrase à voix haute avait mis à jour quelque chose en elle, un malaise profondément enfoui, un mécontentement que, désormais, elle ne pouvait plus faire taire. Jack avait exprimé le souhait de Sarah avant même qu'elle ait su qu'elle en avait envie.

— Ce qui me manque, c'est de ne plus être amoureuse, avoua-t-elle à sa grand-mère et à sa grand-tante.

Elle regrettait de ne plus avoir au fond du cœur le bonheur réconfortant de faire partie d'un couple. Elle regrettait de ne plus pouvoir se blottir contre Jack, de ne plus sentir ses bras enroulés autour d'elle, de ne plus respirer son odeur.

Mais même si tout cela lui manquait, elle ne pouvait se résoudre à tomber de nouveau amoureuse de Jack.

Pouvait-on tuer l'amour en un instant ? Pouvait-il exister à un moment donné, puis mourir sur le coup comme une personne qui prend une balle dans la tête ? Comme un vaisseau sanguin qui se rompt dans le cerveau de quelqu'un en train de tisser une couverture ?

La fin de son mariage n'avait pas été aussi instantanée, se força-t-elle à admettre. L'une des vérités les plus amères qu'elle avait eu à affronter, c'était le fait que leur mariage avait été sous assistance respiratoire bien avant la trahison finale de Jack. Le trouver nu — et en érection — avec Mimi n'avait été qu'une simple formalité.

— Ç'a été bien trop facile de ne plus rien ressentir pour lui, constata-t-elle. Comme d'éteindre un interrupteur. Après ça, je me demande si je suis vraiment faite pour les histoires d'amour.

— Mais si, tu es faite pour les histoires d'amour, protesta sa grand-mère. Regarde tout ce que tu as fait par amour ! Tu as vécu à Chicago alors que tu ne rêvais que d'être au bord de la mer, loin du vent et de la neige.

— Avec les vêtements appropriés, on peut endurer n'importe quel climat.

— Tu as tenu bon pendant toute sa maladie. Tu as tout fait.

— C'était du dévouement, ce qui n'a rien à voir avec l'amour que je lui portais au début. C'est un sentiment plus profond et plus personnel, tu peux me croire ! Mais ce n'est pas de la passion.

Un sombre découragement s'abattit sur elle. Cette passion, ce sentiment palpitant que Jack était l'homme de sa vie, elle ne l'avait pas retrouvé à la fin de son traitement contre le cancer. Ils étaient partis l'un et l'autre dans une direction différente, en quête de quelque chose qui remplacerait leur passion perdue — elle dans une clinique d'insémination artificielle, lui dans les bras d'une autre femme.

— Allons, ça suffit de ressasser des idées noires, déclara sa grand-mère en se frottant les mains comme si elle venait de sortir les poubelles. Il est temps de tourner la page.

— Il s'agit de mon mariage, gémit Sarah. De ma vie. Pas de simples idées noires.

— Nous le savons. Mais nous ne voulons pas que tu te transformes en l'une de ces insupportables femmes divorcées remplies d'amertume.

— Très bien. Et en quoi voulez-vous donc que je me transforme ?

— En divorcée heureuse, bien dans sa peau et productive.

— Génial. Je m'y mets tout de suite.

— Et qui sorte avec des hommes, ajouta tante May.

Sarah se laissa retomber en arrière et se couvrit la tête d'un oreiller.

— Vous êtes trop, toutes les deux !

Elle sentit un tapotement amical sur sa jambe mais ne bougea pas avant d'être sûre que les deux vieilles dames étaient parties. Alors, tel un soldat en territoire ennemi jetant un œil hors de sa tranchée, elle déplaça l'oreiller pour s'assurer que la voie était libre. Les deux sœurs n'étaient plus là, mais elles avaient laissé le rideau grand ouvert sur la lumière de fin de matinée. Un rayon doré tombait en diagonale sur le lit, effleurant la table de chevet en osier blanc où brillait la clé du cottage.

Sarah prit une profonde inspiration. Brusquement, elle eut une faim de loup. Elle se leva et une sensation de vertige l'envahit.

— Oups! marmonna-t-elle. Il faut soit manger plus, soit dormir moins.

A quoi pensaient les deux vieilles dames? Il était trop tôt pour prendre une telle décision. Elle saisit le porte-clés Lilo. Sur la clé dorée était gravé l'avertissement : « Ne pas dupliquer. »

13

— Il se passe quelque chose à May's Cottage, fit observer Gloria alors que Will et elle revenaient de Petaluma.

Elle ralentit pour mieux scruter le bungalow de bord de mer. Dans la lumière tombante de la fin de journée, le cottage historique ressemblait à une illustration de livre de contes ou à une photo de brochure touristique. Cerné d'une palissade, ses jardinières débordant de couleurs, il possédait un charme intemporel qui en avait fait une location très convoitée dans la région.

A l'entrée, une enseigne ovale érodée battait discrètement au vent. « May's Cottage, y était-il inscrit. 1912. Tarifs à la semaine. »

— Un nouvel arrivage de touristes, j'ai l'impression, suggéra Will.

— Cette voiture appartient à la fille de Nathaniel Moon. C'est la seule Mini bleue du coin.

— J'organise une conférence de presse tout de suite ?

— Très drôle.

Le regard de Gloria l'effleura brièvement ; puis elle reporta son attention sur la route.

— J'ai entendu dire qu'elle était célibataire, reprit-elle.

— J'ai entendu dire qu'elle était mariée.

— Plus pour très longtemps.

Will éprouva presque de la peine pour Sarah Moon. Le problème, quand on vit dans une petite ville où il ne se passe jamais rien, c'est que tout le monde a l'œil sur son voisin. A Glenmuir, les secrets s'éventaient vite.

Il y avait tout de même parfois des exceptions. Will feuilleta le dossier que lui avait transmis l'enquêteur de la brigade anti-feu qu'ils avaient rencontré cet après-midi. Ils disposaient en version papier et informatisée d'un dossier d'indices couvrant deux cas distincts d'incendie commis en deux mois d'affilée. Pourtant, malgré tous ces indices, il leur manquait le principal : un suspect.

Gloria gardait les yeux fixés sur la route, mais un sourire entendu retroussait sa bouche.

— Vous n'étiez pas dans la même classe, Sarah et toi, pendant votre scolarité ?

— Je crois, oui, admit-il.

Et, bien qu'il sût où le menait cette conversation, il ajouta :

— C'est à peine si je me souviens d'elle. Et alors ?

— Alors rien, répondit Gloria. C'était juste une remarque. Elle est seule. Tu es seul...

— La ferme, Gloria.

— Oh, allez... Tu es le célibataire le plus convoité de Glenmuir, et on ne peut pas dire que les femmes libres courent les rues, par ici.

— C'est peut-être pour ça que je m'y plais.

— Foutaises ! Je te connais, Will. Tu as envie de rencontrer quelqu'un. Ça fait cinq ans que Marisol est partie.

— Laisse tomber, Gloria.

Il tenta de chasser de son esprit toutes les nuits qu'il passait en solitaire alors qu'il mourait d'envie de serrer quelqu'un dans ses bras.

— Je dis juste que la nature a horreur du vide. Dans le coin, c'est devenu un sport national d'essayer de te brancher avec quelqu'un.

— Génial ! Eh bien, je vais te dire une bonne chose, Gloria. Tu peux déjà me rayer de ta liste, si tu n'y vois pas d'inconvénient. Trouve-toi un autre célibataire à caser.

— Comme qui, par exemple ?

Will réfléchit un instant.

— Darryl Kilmer est célibataire.

— Arrête, il ne boxe pas dans la même catégorie !

— Quelle catégorie ? demanda-t-il, exaspéré.

Gloria engagea le véhicule sur le parking de la caserne.

— Voyons voir… Celle des séducteurs ?

— Très drôle, Gloria.

— Ne fais pas semblant de ne pas comprendre.

— Je ne fais pas semblant. Je ne pige vraiment pas pourquoi les gens veulent à tout prix me caser.

Elle coupa le moteur et posa la main sur le bras de Will pour qu'il reste assis.

— Les gens ne veulent que ton bonheur, Will. Tu es ce genre de type à l'ancienne, un mec droit dans ses bottes comme on n'en rencontre plus de nos jours, à part dans les films. Tu es un homme bien, au cœur rempli d'amour. Ça ne paraît pas normal que tu sois seul et qu'Aurora n'ait pas de mère.

— Dis donc, Gloria, c'est *toi* que j'ai envie d'épouser maintenant !

Il se pencha vers elle et l'embrassa sur la joue.

— Qu'est-ce que tu en dis ? On pourrait faire ça à la frontière de l'Etat, au coucher du soleil… Mieux encore, en une heure, ma tante peut nous emmener à Las Vegas d'un coup d'aile.

A la grande surprise de Will, Gloria tendit la main vers lui pour ôter de son front une mèche collée de sueur.

Trop stupéfait pour bouger, pour faire quoi que ce soit, il se contenta de la dévisager fixement.

— Tu me brises le cœur, Will, murmura-t-elle. Depuis toujours.

— Je ne sais pas de quoi tu parles. Je n'ai jamais…

— Ce n'est pas ta faute. Tu ne peux pas t'empêcher d'être qui tu es, pas plus que moi.

Il fronça les sourcils.

— Pourquoi es-tu si gentille avec moi ?

— Je suis toujours gentille avec toi. Et tous ceux qui te

connaissent veulent ton bonheur. Justement, on en parlait, Ruby et moi. On se demandait ce qui pourrait te rendre heureux.

— Me laisser regarder ? suggéra-t-il.

Elle le repoussa d'une bourrade.

— Pervers ! Ça m'apprendra à faire du sentiment à ton sujet.

Elle descendit du fourgon.

Will l'appela, toujours en plaisantant.

— Et moi, Gloria ? Que fais-tu de mon cœur rempli d'amour ?

Elle se retourna.

— Trouve quelqu'un à qui le donner, Will. C'est un conseil d'amie.

Jonglant avec deux sacs bourrés de provisions, Sarah ouvrit la porte d'un coup de hanche et se dirigea vers le bar de la cuisine. Avec une efficacité machinale, elle rangea ses achats. Lait, bananes, Pop-Tarts, plats surgelés, un paquet de piles neuves pour les alarmes à incendie. Elle avait promis à tante May qu'elle les remplacerait. Le journal local avait rendu compte d'un récent incendie criminel. A n'en pas douter, les coupables étaient des vandales ayant agi par bêtise, mais on n'était jamais trop prudent.

Sur un coup de tête, elle avait acheté un bouquet de fleurs fraîchement coupées, splendide profusion de mufliers rose bonbon, de primevères et de clochettes d'Irlande vert pâle. En les sortant de leur emballage de Cellophane, elle reconnut le logo sur la petite étiquette dorée. Bonner Flower Farm.

Les parents de Birdie, songea-t-elle. Les parents de Will et de Birdie.

A part le fait qu'il avait une fille, Birdie n'avait rien dit sur son frère. Il devait avoir épousé une fille fabuleuse et quitté Glenmuir depuis longtemps, pourchassant des rêves de gloire dans quelque endroit glamour. Elle l'imaginait vivant dans l'une de ces richissimes enclaves qui attirent les athlètes professionnels et leurs jouets de luxe — yachts, motos et avions Cessna.

Elle disposa les fleurs dans un vase qu'elle plaça au beau milieu de la table dans le coin cuisine, admirant la façon dont la lumière du dehors les faisait resplendir d'un halo de couleurs.

Pourvu qu'elle ait eu raison d'accepter l'offre de tante May… D'un point de vue pratique, c'était l'idéal. Le cottage était parfaitement conçu, avec des meubles solides mais confortables et un bel assortiment de plats et d'ustensiles dans la cuisine. Sarah avait installé sa table à dessin ainsi que son ordinateur dans la plus petite chambre, et s'efforçait de respecter ses dates butoirs. Si elle devait subvenir seule à ses besoins, il lui faudrait élargir ses publications. Se mettre sous contrat avec une agence était probablement la solution la plus raisonnable, désormais.

Mais Sarah n'avait jamais brillé par son sens pratique, et, la plupart du temps, elle se débrouillait tant bien que mal sans prendre de décision. Elle se sentait constamment nerveuse et effrayée, l'esprit fusant dans mille directions opposées. C'était la première fois de sa vie qu'elle se retrouvait véritablement seule et, à sa grande consternation, elle ne s'en sortait pas très bien.

Elle se sentait même terrifiée. Elle n'avait jamais eu à affronter l'avenir sans pouvoir compter sur quelqu'un d'autre qu'elle-même. Cette perspective l'intimidait au plus haut point et le spectre de l'échec l'écrasait de son ombre.

Exaspérée, Sarah s'empara du livre d'or le plus récent parmi un petit assortiment disposé sur une étagère sous la fenêtre, à l'intention des invités. Celui-ci était un énorme volume relié à la main, comportant des entrées qui remontaient à deux ans.

« Nous avons passé un séjour fabuleux pour notre vingt-cinquième anniversaire de mariage », affirmait une large écriture en boucles, et l'entrée était signée par Dan et Linda Davis.

La famille Norwood, de Truckee, indiquait qu'elle avait passé « d'inoubliables vacances en famille, tout simplement magiques ».

« C'est le genre d'endroit que nous voulons faire connaître à nos

enfants afin qu'ils découvrent la beauté d'une nature préservée »,
écrivait Ron van der Veen de Seattle, Etat de Washington.

Sarah feuilleta les commentaires, survolant des croquis rudi-
mentaires, des visages souriants et des déclarations enthousiastes
renforcées de multiples points d'exclamation.

— Comment faites-vous, tous ? s'étonna-t-elle sans cesser
de parcourir les notes. Aucun d'entre vous n'a jamais passé de
vacances pourries ? Des journées interminables où le brouillard
ne se lève jamais ? Un coup de soleil douloureux ? Une piqûre
d'abeille ou une éruption cutanée pour avoir touché du sumac
rampant ? Allez, quoi ! Et pourquoi pas une dispute ? Une bonne
grosse scène conjugale avec coups et blessures, peut-être une de
celles qui culminent par un appel à la police...

Elle secoua la tête et se gaussa d'une entrée qui sonnait
comme une publicité : « Fête, fous rires, farniente et famille —
le bonheur. »

— Ce qui me plairait, ça serait de tomber sur une seule entrée
réellement sincère, commenta-t-elle. Par exemple, un type qui
écrirait que c'est l'endroit idéal où amener sa maîtresse afin
d'éviter tout risque de se faire pincer par son épouse. Ou une
femme qui avouerait qu'au lit son mari n'est pas terrible.

Elle sortit un crayon et griffonna sur une page vierge.

— Je ne me fais pas trop d'illusions là-dessus.

Les vacances étaient censées être une période de ressourcement
et de remise en forme. Quand les traitements de Jack avaient
pris fin, ils avaient fait un voyage qui était supposé leur changer
les idées et les préparer à des jours heureux. Ils avaient séjourné
dans une auberge historique de luxe, l'Inn de Willow Lake, dans
une ville du nom d'Avalon, au nord de l'Etat de New York. Elle
avait choisi cet endroit en se basant sur le fait que la très modeste
feuille de chou locale publiait sa BD. Elle avait déniché l'auberge
sur internet. Ils étaient censés se couper de tout, mais Jack était
resté enchaîné à son travail par le biais de son BlackBerry. Ils
avaient fait l'amour, et elle s'était prise à espérer qu'elle rentrerait
enceinte de leurs vacances. Au lieu de quoi ils étaient revenus

à Chicago séparés par une sorte de distance impalpable. Jack s'était lancé dans son projet de Shamrock Downs. Et dans ses parties de jambes en l'air avec Mimi.

Baissant la tête, Sarah vit son griffonnage évoluer en une esquisse de Shirl ramenant chez elle un sac en plastique transparent contenant un poisson rouge à l'air morose. « Encore une journée pourrie ? » demandait le poisson rouge. Ce à quoi Shirl rétorquait : « C'est toute ma vie qui est pourrie. »

— Je ne sais pas quoi faire de mon temps, constata Sarah en refermant le livre.

Elle reporta son attention sur les provisions. Ce qu'elle vit au fond du sac lui fit froncer les sourcils.

— Je n'arrive pas à croire que j'ai acheté ça ! Je ne me souviens même pas de l'avoir mis dans le chariot…

Alors qu'elle faisait ses courses en pilotage automatique, elle avait acheté ce qui constituait l'en-cas favori de Jack : une boîte de harengs saurs King Olaf et un paquet de biscuits apéritif Ritz.

— Je ne veux même pas savoir pourquoi j'ai fait ça.

Elle porta les deux boîtes à la poubelle, puis se ravisa : ça n'était pas assez loin. D'un pas décidé, elle marcha vers la plage, se fraya un chemin en levant haut les genoux parmi les herbes des dunes et arriva devant un tas de bois flotté rejeté là par une tempête.

Au moyen de la clé, elle ouvrit la conserve de harengs saurs. Leur seule odeur faillit la faire tomber à la renverse. Depuis qu'elle s'était installée dans le bungalow, elle semblait avoir développé une extrême sensibilité aux parfums. Ces harengs, avec leur relent d'huile et de poisson, lui soulevèrent l'estomac.

Cette odeur lui rappela Jack, qui aimait grignoter ces trucs dégoûtants devant la télé.

Elle vida la boîte de conserve et le paquet de biscuits apéritif sur la plage, puis s'assit pour contempler le spectacle. En un clin d'œil, les mouettes arrivèrent, tourbillonnant avec des cris stridents tandis qu'elles se disputaient leur part du festin. Il ne leur fallut que quelques secondes pour dévorer les poissons et engloutir tous les crackers, qu'elles gobèrent ou emportèrent par morceaux vers des lieux éloignés. Sarah éprouva une singulière excitation à observer leur frénésie devant la nourriture. En quelques minutes, tout fut fini, et il ne resta plus une seule miette.

Après avoir récupéré la boîte de conserve vide et le paquet de biscuits, elle sentit une paire d'yeux familière posée sur elle.

— Encore toi! s'exclama-t-elle.

C'était le chien errant qu'elle avait aperçu le premier jour de son arrivée à Glenmuir, et qu'elle avait revu maintes fois depuis. Ce chien lui tournait autour, trop méfiant pour s'approcher, mais il ne la perdait jamais de vue. Sarah le comparait au lion d'Androclès, et s'était mise à lui laisser un saladier rempli d'eau ainsi que les reliefs de ses repas, sur le perron à l'arrière du bungalow. Elle n'y voyait jamais le chien, mais l'eau et les restes disparaissaient toujours quand elle ne regardait pas. Le corniaud errait telle une âme en peine, comme à la recherche d'un endroit où se poser.

Le chien des rues et elle s'étaient livrés à un ballet d'approche, comme deux adolescents timides lors d'une manifestation scolaire. Ils se frôlaient, puis se dérobaient, jamais tout à fait capables de se détendre au contact de l'autre, mais inéluctablement attirés par une sorte de mutuelle affinité.

Sarah s'était plainte du chien errant à son père, à sa grand-mère, à sa grand-tante et même à Birdie. Sa plus grande crainte était qu'il ne se fasse heurter par une voiture. Glenmuir ne disposait pas de fourrière, mais il y avait un refuge sur la voie vicinale 62. Le hic, c'est que ce corniaud était trop malin pour être recueilli. Il avait une manière bien à lui de disparaître dès que quelqu'un se mettait à sa recherche. La seule fois qu'un bénévole était parvenu à transporter le chien jusqu'au refuge, celui-ci s'était échappé et avait parcouru huit kilomètres pour rentrer au bourg.

— Je sais, commença-t-elle, habituée désormais à être suivie comme son ombre. Tu as faim, toi aussi. Tu aurais dû te manifester avant.

Exaspérée, elle réussit à attraper le dernier biscuit apéritif du tube en papier sulfurisé. Elle le tendit au chien. Comme il fallait s'en douter, le corniaud considéra le cracker avec envie, mais refusa de le prendre dans sa main. Il rampa vers elle, narines frémissantes, regard fixe, comme déterminé à hypnotiser le biscuit pour l'attirer de la main de Sarah jusqu'à sa gueule.

Elle avança d'un pas. Le chien recula.

— Tu ne crois pas que j'ai déjà assez souffert de rejet ? lança-t-elle d'un ton impatient.

Le chien gémit et se lécha le flanc, néanmoins toujours sur le qui-vive.

Sarah regarda ses yeux d'un brun velouté. Il avait de vrais cils. Elle ne savait même pas que les chiens pouvaient avoir des cils.

— Allez, gentil toutou… Je sais que tu en as envie. Je ne vais pas te faire de mal.

Le chien tendit le cou et renifla le cracker, tremblant presque de convoitise. « Plus près… allez, l'exhorta Sarah en pensée. Allez, allez, allez… » Elle se pencha, mourant d'envie de sympathiser avec le corniaud.

Le chien s'éloigna, la queue entre les pattes.

— Très bien, déclara Sarah. Comme tu veux. Après tout, si tu préfères crever de faim, à ta guise !

Elle jeta le cracker par terre et retourna au cottage d'un pas décidé. Arrivée sous la véranda de derrière, elle se retourna pour constater que le chien avait fini le biscuit et se tenait assis au garde-à-vous, remuant doucement la queue comme si elle était agitée par la brise.

Sarah remplit de nouveau le grand saladier d'eau, le posa sur le perron et rentra dans la maison. Ce chien pouvait bien faire ce qu'il voulait, rester dans les parages ou déguerpir, elle n'en avait cure. Qui plus est, il lui fallait absolument se débarrasser de l'odeur de hareng saur sur ses mains.

14

— On commence à passer pour des imbéciles dans cette histoire, constata Will en faisant le tour de la remise à outils, à l'arrière de l'école élémentaire.

Un nouvel incendie ayant accaparé leur nuit de garde, ils inspectaient les environs du sinistre.

— A moins qu'on ne soit vraiment des imbéciles, rétorqua Gloria. Quelqu'un allume des feux sous notre nez, et nous sommes incapables de l'arrêter.

Frustré, Will poussa du pied un vieux pot de diluant. Par chance, une fois encore, il n'y avait pas eu de victime dans l'incendie. Le feu n'avait causé que des dégâts matériels. Mais pas question pour lui de s'en remettre à la seule chance pour protéger la population. Il voulait coincer ce salopard.

— Bon, comment pouvons-nous être sûrs qu'il s'agit du même gars?

— On ne peut pas, mais mon instinct me dit que c'est bien le cas. Pourtant, il n'y a aucune cohérence dans tout ça, récapitula-t-il. Les jours et les heures ne présentent aucune similitude. Les intervalles entre les départs de feu sont aléatoires et le produit accélérant varie chaque fois. Bon sang, comment veux-tu que l'enquêteur anti-incendie puisse définir le profil psychologique de ce gars?

— C'est pas notre problème.

— Mais ça se passe ici, chez nous. Dans un bled aussi petit, personne ne peut éternuer sans que tout le monde le sache.

Comment quelqu'un arrive-t-il à semer la pagaille sans se faire pincer ?

Pourtant, certains pyromanes agissaient depuis cinq, six ou même dix ans en toute impunité, il le savait.

— On a loupé quelque chose.

— Sans blague !

Pour la énième fois, Will se replongea dans le dossier. Dans le cas d'incendies, on faisait appel à des techniques d'investigation très sophistiquées ; néanmoins, les effectifs de police étaient très disséminés. Tant que les dégâts resteraient mineurs, l'enquête ne serait pas classée prioritaire. Will se concentra sur les dates, les heures et les circonstances des feux jusqu'à ce que ses yeux se mettent à larmoyer. Il devait bien y avoir un détail significatif commun à tous les cas. Mais non, rien. Rien sauf...

— Tous ces feux ont été allumés durant notre tour de surveillance, constata-t-il.

— De toute façon, il y a forcément une chance sur trois pour qu'un feu se déclare pendant notre surveillance.

— Mais trois d'affilée ? s'interrogea Will.

— Bon et alors, qu'est-ce que tu en déduis ? Que quelqu'un en veut à l'un de nous ? Ou à tous les deux ?

— Ça mérite réflexion, fit-il remarquer à Gloria. Donc qui as-tu foutu en rogne dernièrement ?

Il plaisantait, mais les joues de Gloria s'empourprèrent et elle baissa la tête en marmonnant quelque chose d'indistinct.

— Qu'est-ce que tu racontes ?

— Mon ex, avoua-t-elle sans lever la tête. Notre maison s'est enfin vendue et il s'est montré odieux durant toute la procédure. Il a contesté le moindre sou.

Will n'avait rencontré Dean que peu de fois. Ce type lui avait fait l'impression de ne pas apprécier sa femme ou de ne pas comprendre à quel point elle était malheureuse.

— Tu penses qu'il pourrait allumer des feux dans le coin ?

— Quoi, un branleur pareil ? Allumer des feux, c'est trop de boulot pour lui !

— A moins que ce ne soit pas toi qu'il cherche à atteindre, suggéra Will. Mais peut-être Ruby?

Gloria secoua la tête.

— Ruby n'a pas d'ex. Juste sa chipie de fille.

— Glynnis? Une chipie? Je ne la voyais pas comme ça.

— Ah oui? Eh bien, ça se voit que tu n'es jamais sorti avec sa mère.

Gloria ramassa un outil en métal, si déformé qu'il était impossible à identifier.

— Ces feux ont été allumés pendant ma surveillance, c'est vrai, admit-elle. Mais ils se sont également produits pendant la tienne.

— Oui.

Will s'était déjà creusé les méninges à ce sujet.

— C'est pas non plus tout rose avec ton ex, lui fit remarquer Gloria.

Il ne chercha pas à nier. Qu'avait-il fait à cette femme, à part lui offrir un foyer uni et une vie stable, à elle et à sa fille? Sur la fin, même cela n'avait pas suffi à empêcher Marisol de se droguer et de boire. Une existence confortable ne peut se substituer au bonheur.

— Elle aurait eu un long trajet à faire pour venir allumer tous ces incendies, objecta-t-il. Et elle n'a jamais su mon emploi du temps quand nous vivions ensemble. Alors, je ne vois pas comment elle le connaîtrait aujourd'hui. Qui plus est, l'une des principales motivations d'un pyromane n'est-il pas d'attirer l'attention? Je peux te garantir qu'elle n'a jamais voulu attirer la mienne.

Une tractopelle surgit dans un grondement, appelée par les autorités pour venir déblayer les vestiges de l'incendie.

— Allez, capitaine, lança Gloria. Emballons tout ça pour l'envoyer au labo. Je veux finir mon service à l'heure pour débarrasser mes cheveux de toute cette fumée. J'ai une réunion de mon groupe de soutien, ce soir.

— Quel groupe de soutien ? Enfin, à condition que tu veuilles bien me le dire…

Gloria rit.

— Comme si j'avais des secrets pour toi ! Une fois par semaine, je participe à un groupe de soutien pour divorcés. Tu veux venir ?

Will fronça les sourcils, sceptique.

— Bof…

Elle haussa les épaules.

— J'ai encore des problèmes. Comme nous tous, non ?

— Je préfère consacrer ce temps-là à Aurora.

Gloria le dévisagea comme si elle allait ajouter quelque chose. Mais elle se ravisa et se dirigea vers les douches tout en ôtant sa tenue.

Dans son cottage de bord de mer entrelacé de roses, Sarah sombrait peu à peu. Elle était en train de perdre la tête, cela sautait aux yeux. Telle une victime de démence progressive, elle était capable d'en intellectualiser le processus. Elle en faisait même le thème central de sa BD — quand elle pensait à dessiner et à envoyer son lot hebdomadaire de fichiers informatiques.

Elle n'était pas folle à lier, ce qui était devenu pour elle une source de grand soulagement et de fierté mal placée. Elle perdait la boule, mais dans un genre tranquille et discret. Subtil, même. Elle s'était mise à manger des sandwichs à la guimauve et au beurre de cacahuètes en pleine nuit, et à écouter la collection de disques d'Edith Piaf appartenant à sa grand-tante, en chantant dans un français nasillard — elle qui ne parlait même pas français. Elle avait trop arrosé les plantes des jardinières qui avaient péri, noyées par excès de sollicitude.

Sa folie s'exprimait parfois de façon moins subtile, admit-elle dans un soupir, plantée devant le Magic Bean. Ce café qui faisait aussi dépôt de presse se trouvait à dix minutes à pied du cottage, et elle s'y rendait tous les jours pour y acheter des journaux, des magazines et des romans en livre de poche.

Ce matin, elle s'était levée tôt, bien décidée à passer une journée normale. Elle s'était douchée, maquillée, avait enfilé une tenue au goût du jour — pull beige, jean noir et bottines — et avait marché jusqu'au bourg, histoire de s'offrir un *caffè latte* accompagné d'un scone et d'acheter son journal. A la caisse, elle s'aperçut que l'employé la dévisageait d'un drôle d'air.

— Ça va? s'enquit-il.

— La grande forme!

Sarah paya et sortit. A cet instant, elle entraperçut son reflet dans la vitrine et s'étrangla d'horreur. Elle avait encore la tête enturbannée dans une serviette.

— Bien joué, Sarah, marmonna-t-elle. Ah, tu as l'air fin!

Elle défit sa serviette en s'efforçant de conserver une certaine dignité. Quelle idiote! Complètement débile…

Elle secoua la serviette, esquissant déjà une BD dans sa tête. Avec ce genre de mésaventure, Shirl s'en serait donnée à cœur joie. Etait-ce une nouvelle étape de sa dégringolade? La dépression nerveuse? La sénilité précoce?

Sarah marcha jusqu'à Sunrise Park, petite oasis agrémentée de bancs ombragés qui offrait une vue sur la baie. Il n'y avait pas un chat dans le parc, ce qui lui convenait très bien. Buvant une petite gorgée de son gobelet de café, elle ferma les yeux. Sa grand-mère et tante May lui avaient assuré qu'elle serait heureuse au bungalow, que c'était le moyen idéal pour se remettre sur pied.

Hélas, elle se trimbalait encore avec une serviette sur la tête!

Un froid soudain l'envahit. Même les yeux clos, elle perçut une menace.

Quelqu'un l'observait.

Elle ouvrit brusquement les yeux et se retrouva face à un regard brun et mélancolique.

— Qu'est-ce que tu veux de moi? demanda-t-elle.

Un froncement d'inquiétude creusa encore le pli existant entre ces yeux doux et implorants. Sarah laissa échapper un soupir et s'assit sur un banc.

— Tu ne vas pas me lâcher comme ça, hein ?

Avec un gémissement genre Lassie, le corniaud s'assit au garde-à-vous devant elle. Sarah avait beau feindre d'être exaspérée par le chien errant, elle le trouvait secrètement adorable et se sentait flattée de son intérêt — signe assez inquiétant qui révélait l'indigence de sa vie sociale.

Elle déballa le scone, en rompit un morceau et le lui tendit. C'était devenu leur rituel quotidien et, chaque matin, le chien s'enhardissait en s'approchant davantage. Aujourd'hui, il se leva, fit un pas pour venir flairer le bout de gâteau et remua la queue. Puis il recula et poussa un nouveau gémissement doux et pressant. Un vol de mouettes, oiseaux plus agressifs que le chien, s'aventura tout près dans l'attente des miettes.

— Oh, allez…, murmura Sarah. Tu vas arrêter de nous la jouer *Danse avec les loups* ?

Le chien se lécha les flancs et considéra la nourriture d'un œil fixe. Un filet de salive dégoulina de sa gueule.

— Tu sais, reprit Sarah, il faut vraiment qu'on arrête de se voir comme ça. Les gens vont finir par jaser.

Le regard toujours absorbé par le petit bout de gâteau, le bâtard s'accroupit, les pattes de devant étendues.

C'était une nouvelle posture. Ayant étudié à fond le comportement des chiens, Sarah avait appris qu'il s'agissait là d'une position plus détendue, qui indiquait la confiance.

— Bon, ma patience a des limites, déclara-t-elle, et je ne sais pas pourquoi je perds mon temps avec toi. J'ai des problèmes autrement plus importants, figure-toi. Mon mariage est fichu. Ma carrière bat de l'aile. Je viens d'aller acheter un café avec une serviette sur la tête. Je fais une sorte de dépression nerveuse. Ce n'est pas en m'occupant de toi que je vais me sortir du trou.

Ce chien savait écouter, il fallait lui rendre justice.

Son offrande toujours à la main, Sarah se surprit, comme d'habitude, à penser à Jack.

— Mon mari n'a jamais su m'écouter, et ça depuis le premier jour, confia-t-elle au chien. Maintenant que j'y repense, je me demande s'il a jamais entendu un mot de ce que je lui ai dit. Mais peut-être que je ne l'écoutais pas non plus. Peut-être que j'étais si obnubilée par mon désir d'enfant que j'avais cessé de l'entendre. Je me suis dit que si nous ne pouvions plus être un couple heureux, nous pouvions encore former une famille heureuse. Stupide, hein ? Je suis censée être une fille intelligente. Normalement, j'aurais dû voir que nous étions en train de nous perdre.

Une terrible bouffée de chaleur l'envahit. L'espace d'un instant, elle crut étouffer, incapable d'inspirer de l'air dans ses poumons. Puis, enfin, elle reconnut la sensation des sanglots montant dans sa gorge, des larmes ruisselant sur son visage.

Pour la première fois depuis son départ de Chicago, elle pleurait. Elle pleurait vraiment. Le chagrin venait du plus profond de son cœur, d'un puits de douleur qui rendait chaque respiration déchirante. Les larmes inondaient son visage d'un déluge brûlant et salé. Sarah ne contrôlait plus rien ; elle ne pouvait contenir sa souffrance. C'était une force de la nature, brutale et obstinée, qui l'emportait dans sa marée d'amertume. Combien de temps resta-t-elle seule à pleurer, assise sur ce banc ? Elle ne pouvait pas s'arrêter. Jamais elle ne s'arrêterait, car jamais, non, jamais, elle ne pourrait surmonter l'insoutenable peine que lui causait son mariage brisé.

C'est ce moment que choisit le chien pour lui flairer la main, puis lui donner un coup de museau. Sarah ne croyait pourtant plus aux petits miracles quotidiens. Le chien ne s'intéressait qu'au morceau de scone au gingembre qu'elle serrait dans son poing, elle le savait. Néanmoins, c'était la première fois que le corniaud et elle entraient en contact. Avec lenteur, tout en regardant la langue rose qui salivait avec patience, elle ouvrit la main et laissa le chien manger les miettes collées à sa paume.

— J'ai complètement perdu les pédales... Tiens, tu peux avoir le reste. Une chose est sûre, je n'ai plus du tout envie de le manger, maintenant que tu m'as léché la main.

Petit bout par petit bout, Sarah lui donna tout le gâteau, et le chien osa s'approcher suffisamment pour qu'elle puisse distinguer que c'était une femelle. Celle-ci acceptait la nourriture avec une grâce et une délicatesse inattendues. Elle ne lui arracha pas les morceaux pour les engloutir aussitôt, mais mangea avec raffinement et régularité jusqu'à ce que la dernière miette ait disparu. Après quoi elle ne s'esquiva pas mais vint s'asseoir assez près pour que Sarah puisse toucher son pelage d'un geste timide, la main à plat. La chienne ne parut pas s'en offusquer. Le bout de sa queue remua.

A l'aide de sa serviette humide, Sarah essuya ses larmes. Son café ayant refroidi, elle prit à la fois le gobelet, la serviette en papier roulée en boule et le sachet pour aller les jeter à la poubelle. En temps normal, à ce stade-là, la chienne aurait déguerpi, mais aujourd'hui elle lui emboîta le pas.

Sarah rentra chez elle, suivie de près par le cliquetis des griffes sur le trottoir. Le brouillard du matin s'effilochait, révélant des trouées d'azur. Elle leva le visage vers le ciel pour capter la chaleur des premiers rayons de soleil.

15

— Je ne peux pas la garder.

Une semaine plus tard, Sarah, installée sur la terrasse de la maison de son père, caressait la tête soyeuse de la chienne.

— En ce moment, ma vie est dans le chaos le plus total ; je ne peux pas avoir de chien. Allez, papa...

— Désolé, répliqua son père en se carrant dans son fauteuil. Je ne peux rien pour toi.

Accablée, Sarah resserra sa prise sur la laisse rétractable. Elle était assise sur la terrasse qui donnait sur les parcs à huîtres et les hangars de conditionnement. Son père et Kyle parlaient de démolir le hangar le plus ancien, un bâtiment long et bas muni d'une cuve à propane rouillée qu'entourait un treillage branlant. Avec un soupir, Sarah revint à la charge.

— C'est vraiment une brave chienne. Je lui ai déjà donné un bain et on a rendez-vous chez le vétérinaire demain...

— C'est impossible, ma chérie, répéta son père. Je ne peux pas prendre d'animal.

— Comment peux-tu résister à cette chienne ?

Elle ne put réprimer une bouffée de fierté en regardant le corniaud aux yeux de velours. Cette chienne avait une allure très féminine, sous sa longue fourrure tachetée, et, maintenant que son pelage luisait de propreté, elle était véritablement belle.

— Il y a encore une semaine, elle ne laissait personne l'approcher. A présent, elle recherche l'affection de tout le monde.

Sarah se tourna vers Kyle et LaNelle. Sa belle-sœur ne s'embarrassa pas de scrupules et lui fit une réponse sans ambiguïté.

— On vient de faire poser deux mille mètres carrés de moquette en laine ivoire, dit-elle.

Sarah accueillit son refus sans surprise. Sa belle-sœur et son frère n'allaient pas sacrifier leur goût dispendieux du raffinement pour un chien. Grâce à la gestion experte de Kyle et à l'essor économique de la région, ils prospéraient au-delà de toute espérance. Les affaires avaient connu le déclin lorsque les huîtres en conserve étaient passées de mode et que la demande s'était fixée sur les huîtres fraîches, mais Kyle ne s'était pas pour autant démonté. Il avait tout bonnement le don pour coller aux exigences du marché.

— Grand-mère et tante May, lança Sarah en caressant doucement la tête de la chienne, vous êtes mon dernier espoir…

Les deux sœurs âgées échangèrent un regard.

— Nous ne sommes pas ton dernier espoir, et nous ne prendrons pas cet animal.

— Mais…

— C'est toi qui vas garder cette chienne, lâcha simplement sa grand-mère.

— Au cottage de tante May? Pas question. Elle va ravager le jardin.

— On pourra toujours replanter ce qui aura été piétiné ou déterré, fit remarquer tante May.

— Et l'intérieur de la maison?

— Il y a des années que ce cottage résiste aux touristes. Qu'est-ce qu'un chien pourrait commettre d'irréparable?

— Mais…

— Pour quelle raison refuses-tu de garder cette chienne? demanda Nathaniel.

— Elle t'adore, ça crève les yeux, renchérit LaNelle.

— Pour l'instant, je ne peux pas avoir de chien. Je ne peux rien avoir qui exige des soins et de la nourriture. Ce n'est vraiment pas le moment.

Sarah sentait que tous la regardaient. Leur silence pesant l'écrasait.

174

C'était sa famille, se remémora-t-elle. Elle avait vécu trop longtemps loin d'eux. Il lui fallait réapprendre à les intégrer dans sa vie. Peut-être cela incluait-il de les écouter et de prendre conseil auprès d'eux. Mais... un chien?

Elle inspira à fond et lâcha le terrible aveu qu'elle n'arrivait même pas à se faire à elle-même.

— Très bien. La véritable raison qui me retient de recueillir ce chien, c'est que Jack et moi avions depuis toujours prévu de prendre un chiot pour nos enfants. Or je m'efforce de dépasser cette période de ma vie ; si je vivais en permanence avec cette boule de poils, ça me rappellerait... tout.

Kyle décapsula une bière et en but une gorgée.

— Ne nous sers pas ce genre de raisonnement, Sarah. De toute façon, tu vas ruminer ce qui s'est passé, avec ou sans chien.

Sarah sentit s'insinuer dans son cœur l'étrange sentiment de vague rivalité qu'elle avait toujours éprouvé vis-à-vis de son frère. De tout temps, Kyle avait été l'enfant à qui tout réussissait. Le fils idéal, heureux de se lancer dans l'entreprise familiale sans ressentir une once de cette colère ou de cette angoisse qu'avait connues Sarah en grandissant. En période de crise, il avait fallu qu'adolescents ils travaillent tous deux à l'élevage ostréicole, mais, tandis que Kyle avait embrassé ce métier avec enthousiasme, Sarah, elle, bouillait de honte. Il lui en coûtait de se rendre chaque jour au lycée les mains abîmées, rougies et gercées par le rude labeur. Si seulement elle avait pu ressembler davantage à Kyle, qui tirait de la fierté de sa participation à l'entreprise familiale...

— Comment sais-tu que je vais ruminer ce qui s'est passé? demanda-t-elle.

— Tu sembles toujours choisir la voie la plus difficile pour gérer les événements de la vie, expliqua Kyle avec douceur. Tu as toujours été comme ça.

Sarah jeta un coup d'œil à son père tout en sachant qu'il ne viendrait pas à sa rescousse. Il y avait un soupçon de vérité dans la remarque de Kyle. Tout le monde — y compris elle-même — le savait.

— Toute cette histoire d'enfants et de chiot me touche terriblement. Je n'arrive pas à croire que j'ai pu être aussi naïve sur... tout. Je passe encore mes nuits à me poser des questions sur Jack et moi. Qu'espérait-on qu'il se passerait, une fois que des enfants seraient arrivés dans notre vie ? Et je me sens comme une idiote de ne pas avoir éclairci quelques points essentiels, comme par exemple : qu'est-ce qui nous a pris de *vouloir* fonder une famille alors que nous nous connaissions si peu l'un l'autre ?

— Ma petite sœur n'est pas une idiote, intervint Kyle en pointant sa bouteille de bière en direction de Sarah.

— Merci, mais est-ce que la plupart des femmes ne se posent pas ce genre de questions, avant de s'embarquer dans une gigantesque campagne pour avoir un enfant ?

LaNelle lui tendit une page arrachée du *Bay Beacon*.

— Ne le prends pas mal, Sarah. Mais quand je suis tombée sur ça, j'ai pensé à toi.

Elle avait entouré un encart annonçant la réunion d'un groupe de soutien pour divorcés qui se tenait à Fairfax, à une demi-heure de là en voiture.

— Je ne suis pas faite pour prendre part à des groupes de soutien. Dans la famille, précisa-t-elle en englobant du regard son père et Kyle, on a tendance à fuir ce genre de chose.

— Tu es dans le Marin Ouest, ici. Personne ne fuit ce genre de chose, insista LaNelle.

Son frère et son père se trémoussèrent sur leur siège, l'air penaud, unis dans leur timidité masculine.

— Ça fait trop longtemps que j'en suis partie, affirma Sarah. Je me sens plus de Chicago que du Marin.

— Et alors, comment fait-on à Chicago pour gérer ce genre de situation ?

— On ne peut pas généraliser. Certains doivent se soûler dans les bars, d'autres doivent discuter du problème avec des voisins ou des amis qu'ils fréquentent depuis un siècle.

Elle se représenta le quartier où elle vivait avec Jack, des gens aussi ouverts et amicaux que la prairie du Midwest.

— Peu importe, poursuivit-elle. Moi, je gère les choses à ma façon.

Personne n'ajouta rien, mais Sarah lisait dans leurs pensées : « Et on ne peut pas dire que ça te réussisse. » Ces jours-ci, elle pleurait comme une Madeleine. Un rien suffisait à déclencher ses larmes — une certaine chanson à la radio, une publicité pour les cartes postales Hallmark à la télévision, la vue de deux personnes main dans la main, ou, pire, un bébé dans les bras.

— D'ailleurs, il n'est pas question ici de ma vie privée, précisa-t-elle. J'essaie de me débarrasser de cette adorable chienne.

— Non, tu ne feras rien de tel, décréta sa grand-mère. Tu vas la garder.

— Je n'arrive même pas à garder les fleurs des jardinières !

— Cette chienne n'en sait rien, rétorqua sa grand-mère. Ecoute, Sarah… Et fais bien attention, car c'est important. L'amour se manifeste toujours quand bon lui semble, et non au moment où l'on est prêt à l'accueillir.

Sarah savait que sa grand-mère avait raison. Elle aimait déjà cette chienne. Pourtant, l'idée de prendre une si grande responsabilité alors qu'elle se trouvait dans un tel pétrin l'épouvantait.

— Je ferais mieux d'emmener cet animal au refuge de Petaluma, fit-elle remarquer. Là-bas, on lui trouverait un bon foyer.

— Jamais tu n'abandonneras cette chienne, objecta sa grand-mère.

— C'est juste, approuva tante May en opinant du chef.

— Et pourquoi voudrais-tu le faire, ma chérie ? s'enquit son père avec philosophie.

— Tu ne peux pas raisonner avec tes aînés, constata Kyle.

Sarah était partagée entre le rire et les larmes. Sa famille pouvait prendre l'aspect d'un tas d'individus butés et opiniâtres ; elle avait failli l'oublier. Après des années passées à Chicago, elle s'était mise à considérer la grande famille de Jack comme la sienne, mais, depuis qu'elle avait quitté son mari, elle prenait conscience de son erreur. Pas un membre du clan Daly ne l'avait appelée, ne serait-ce qu'une belle-sœur par alliance. Tels des pionniers des Grandes Plaines, ils avaient disposé leurs chariots en cercle, bien décidés à cantonner les intrus à leur place, c'est-à-dire dehors.

— Qu'est-ce qui te fait croire que je ne vais pas amener ce chien au refuge?

— Tu es notre Sarah, déclara son père avec indulgence. Jamais tu ne ferais une chose pareille.

— Elle s'appelle Franny, déclara le lendemain Sarah au vétérinaire.

Franny et elle avaient été très occupées. Après avoir admis l'idée qu'elle n'avait d'autre choix que de garder la chienne, Sarah avait passé des heures à la pomponner et à lui préparer une couche de coussins moelleux dans un coin de la maison. La chienne, en manque d'affection, semblait ravie de tout ce qui lui arrivait.

Manifestement propre et désireuse de bien faire, Franny n'avait cependant pas été éduquée. Sarah avait suivi les émissions de *L'homme qui murmurait à l'oreille des chiens* à la télé, et étudié un livre rédigé par les moines de New Skete, spécialistes du comportement canin. Jusqu'ici, Franny avait appris à s'asseoir et à se coucher, et Sarah à adopter une attitude calme et affirmée. Au début, Franny rechignait à être tenue en laisse, jusqu'à ce que Sarah ait pris l'habitude de toujours avoir dans la poche des friandises qu'elle octroyait au compte-gouttes à sa chienne lorsque celle-ci se montrait coopérative.

Le Dr Penfield estima que Franny devait avoir dans les deux ans, et qu'elle était en excellente santé.

— « Franny »…, poursuivit le vétérinaire. Vous avez choisi ce nom pour une raison particulière?

— Pas vraiment. J'avais pensé à des noms issus de la mythologie, comme Ariane ou Léda, mais ils me paraissaient tous prétentieux pour un chien.

Le Dr Penfield sourit.

— Cela dit, Léda aurait été assez approprié. C'est la mère des Gémeaux.

Sarah feignit de connaître ce détail alors qu'en réalité elle ne s'était jamais beaucoup intéressée aux constellations.

— Approprié, comment ça ?

Le Dr Penfield palpait doucement le ventre de la chienne.

— Parce qu'elle est pleine et qu'indiscutablement il y en a plus d'un.

Il fallut quelques instants à Sarah pour assimiler l'information.

— Oh ! non... gémit-elle, démoralisée. Moi qui allais justement vous demander de la stériliser.

Le vétérinaire garda le silence quelques secondes.

— C'est encore possible, dit-il avec calme.

— Pas pour moi, répondit-elle tandis qu'un frisson la parcourait. Je veux dire, je ne pourrais jamais... Je trouverai un moyen de me débrouiller avec les chiots, le moment venu.

Il hocha la tête, la considérant avec gentillesse.

— La nature est bien faite. Les chiots doivent rester auprès de leur mère pendant environ huit semaines après leur naissance. Ensuite, ils pourront être adoptés et vous pourrez faire stériliser votre chienne.

Sarah caressa Franny sous le menton.

— Mère célibataire et abandonnée, murmura-t-elle. Pas étonnant que tu aies été si nerveuse !

Le vétérinaire tendit à Sarah un sac d'échantillons de produits.

— A mon avis, tout ira bien, maintenant.

Sur le chemin du retour, Sarah fit halte chez sa grand-mère.

— Livraison spéciale ! lança-t-elle à cette dernière et à tante May, qu'elle trouva dans le jardin en train de couper des fleurs. Et Franny a une grande nouvelle : elle est enceinte.

179

— Oh, mince ! s'exclama sa grand-mère en ôtant ses gants de jardin roses. C'est un sale coup pour toi.

— On s'en sortira très bien, toutes les deux.

Sarah glissa une friandise à la chienne. Elle éprouvait une immense tendresse pour Franny, qui était passée par Dieu sait quelles épreuves.

— Mais pour toi aussi, tante May, c'est un sale coup. Nous pouvons chercher un autre logement.

— N'y songe même pas ! répliqua tante May. Reste là-bas le temps qu'il te faut.

Sarah lui tendit un dessin encadré dont elle était l'auteur.

— Je savais que tu dirais ça. Tiens, cadeau de remerciement. Pour me laisser l'usage du cottage.

Les deux femmes admirèrent le dessin. C'était une esquisse qui les représentait toutes deux, assises dans leur véranda, face à une Sarah de bande dessinée. Une bulle sortait de la bouche de June, qui disait : « Avec l'âge, nous devenons de plus en plus intelligentes. »

— Oh, c'est absolument adorable, déclara tante May. Nous allons l'accrocher sur le manteau de la cheminée.

— Je ne sais vraiment pas comment vous remercier, expliqua Sarah. Je ne sais pas ce que je ferais sans vous, et le cottage, et toute votre gentillesse… Dans le fiasco que j'ai fait de ma vie, vous êtes mes bouées de sauvetage, les filles.

— Ma chérie, tu n'y es pour rien…

— J'ai fait de mauvais choix. Après tout ça, j'ai l'impression que ces années avec Jack ont été un vrai gâchis.

— Ne dis jamais ça, protesta sa grand-mère d'un ton ferme. On ne gâche jamais son temps à aimer quelqu'un. La période que tu as vécue avec Jack a enrichi ta vie d'une façon que tu ne saurais forcément voir.

— Elle a raison, opina tante May. N'aie pas de regrets. Promets-le-nous, d'accord ? insista-t-elle en pointant le dessin du doigt.

Sarah fit oui de la tête en espérant qu'un jour elle serait capable de songer à son mariage sans cette colère et cette douleur à vif.

— Promis, acquiesça-t-elle.

Elle se sentait encore vaguement ridicule, à promener un chien. Sans doute, aux yeux des autres, devait-elle passer pour quelqu'un qui joue à aimer les chiens. Les amoureux des chiens menaient une vie bien réglée avec des objectifs clairs et des métiers normaux. Ils ne squattaient pas des cottages de bord de mer, n'avaient pas d'horaires bizarres et ne se demandaient pas ce qui les attendait au coin de la rue.

Malgré toutes les réserves qui l'avaient fait hésiter à prendre Franny, il y avait une chose qui n'était pas négociable. La chienne devait être sortie. Impossible, dorénavant, de rester cloîtrée en ermite. L'isolement qu'elle s'était imposé était arrivé à son terme. Le parc municipal comportait une zone où les chiens étaient autorisés, à condition d'être tenus en laisse. C'était l'endroit rêvé pour faire de l'observation. Les allées étaient bordées de bancs ombragés par des lauriers et des chênes imposants. Souvent, des joueurs s'installaient devant les échiquiers intégrés aux tables de béton, afin de confronter leurs capacités stratégiques. Debout près du portique des balançoires et des bascules, de jeunes mères restaient des heures à bavarder pendant que leurs enfants s'amusaient. Parfois, ceux-ci s'ennuyaient au bout d'un moment ou devenaient grognons, mais leurs mères semblaient réticentes à se séparer. Il ne fallut pas longtemps à Sarah pour se rendre compte que les sorties au parc participaient autant de la vie sociale des mères que de celle de leurs enfants.

Après une heure passée à courir après un bout de bois flotté, Franny s'allongea dans une flaque de soleil et ne tarda pas à somnoler. Sarah tourna une page vierge de son bloc à esquisses. En quelques coups de crayon, elle croqua rapidement les deux jeunes femmes de l'autre côté de l'allée, apparemment aussi absorbées dans leur conversation que l'étaient les enfants qui creusaient dans le bac à sable. Le croquis rendait bien leur concentration dans les propos qu'elles échangeaient, de même que leur attitude vigilante et protectrice à l'égard des enfants.

Le dessin était un domaine où Sarah avait pleinement confiance en elle. Les gens étaient souvent surpris par les différences existant entre sa BD, qui en quelques traits hardis créait des impressions fortes, et son dessin classique, réalisé avec subtilité et une maîtrise technique considérable.

Le bus scolaire de l'après-midi déversa un groupe d'adolescents. Une mince fille brune s'approcha de Sarah. Franny, qui somnolait sous le banc après s'être bien dépensée, leva la tête, puis aplatit les oreilles, tandis que de sa gorge montait un grognement. L'adolescente garda ses distances tout en transférant son sac à dos d'une épaule à l'autre.

— Excuse-la, lança Sarah. Je viens de la recueillir et elle n'est pas encore tout à fait éduquée.

Elle réprimanda la chienne d'un claquement de langue courroucé et Franny passa de son côté, aussitôt contrite.

— Assieds-toi, proposa-t-elle à la jeune fille.

En un éclair, elle reconnut la collégienne qu'elle avait déjà vue dans le coin, celle qui lui rappelait une princesse de Disney. La fille s'assit timidement à l'autre bout du banc et se dévissa le cou pour regarder l'œuvre de Sarah.

Celle-ci orienta son dessin vers elle.

— J'étais en train de faire un ou deux croquis, expliqua-t-elle.

Le rouge monta aux joues de l'adolescente.

— Pardon. Je ne voulais pas être indiscrète.

— Il n'y a pas de mal.

— Vous dessinez drôlement bien.

— Merci.

Elle accentua une ombre autour d'une figure essentielle du dessin avant de se présenter.

— Je m'appelle Sarah.

— Moi, c'est Aurora, répondit la fille. Et, en fait, je sais qui vous êtes… Sarah Moon, c'est ça? C'est vous qui dessinez cette BD, *Respire!*

Sarah haussa les sourcils.

— Les nouvelles vont vite.

— Ne vous en faites pas! Je ne vais pas vous harceler ou je ne sais quoi. Il ne se passe jamais rien, ici. C'est la mère de ma copine Edie qui enseigne au lycée… Mme Armengast. Elle dit qu'elle était votre prof d'anglais, à l'époque.

— Je me souviens d'elle.

Mme Armengast était un tyran maniaque et dépourvu de tout sens de l'humour, dont le taux de réussite en cours d'anglais avancé était légendaire.

— Elle aussi, elle se souvient de vous.

La jeune fille tripotait une des fermetures Eclair de son sac à dos.

— Hum… j'ai un devoir à faire pour l'école, sur les métiers représentés dans notre communauté. Je suis censée interviewer quelqu'un sur son travail. Alors je me demandais si je pourrais vous interroger, vous.

Sarah faillit s'étrangler devant l'ironie de la situation.

— Je suis flattée, mais, en vérité, je n'ai pratiquement pas de travail.

— Faire une BD, c'est pas du travail? s'étonna Aurora, l'air découragé.

— Tu sais quoi? rectifia Sarah, sentant monter en elle une once de provocation. Tu as raison, c'est du travail. J'exerce à mon compte, comme un sous-traitant. Et, oui, dessiner cette BD, c'est mon métier, et je serais ravie de t'en parler.

— Je peux prendre des notes?

— Bien sûr.

Avec une efficacité charmante, Aurora griffonna les renseignements essentiels : le nom de Sarah, son âge, l'université où elle avait fait ses études et l'intitulé de son cursus. Alors que Sarah lui donnait un résumé de sa carrière d'illustratrice et d'auteur de BD, il se produisit un phénomène étrange. Lorsqu'elle mentionna que son écriture avait été informatisée pour créer sa propre police de caractères, baptisée « SWoon », l'expression de l'adolescente se mua en quelque chose qui s'approchait de la crainte respectueuse, même une fois que Sarah lui eut expliqué que c'était là pratique courante dans le travail.

La conversation avec Aurora lui rappela qu'elle avait derrière elle une longue liste de réalisations, mais qu'à un certain point elle avait cessé d'en retirer de la fierté. Entre son couple, la maladie, le rétablissement de Jack et ses efforts pour avoir un enfant, elle avait perdu de vue l'artiste au regard flou qu'elle était autrefois. Elle avait même commencé à gober le raisonnement de Jack, lequel voyait sa carrière comme une activité précaire et non rentable — plus un passe-temps qu'un véritable métier.

— Beaucoup de gens croient qu'on ne gagne pas sa vie en dessinant, confia-t-elle. Moi, je dis que c'est possible, même si ça peut s'avérer difficile. Le dessin est un art qui doit s'étudier et se pratiquer, comme tout le reste. Mais, avant toute chose, il faut que ça soit une véritable passion. Il faut adorer le dessin et arriver à ce que cette activité prenne un sens pour toi.

Sarah avait toujours voulu dessiner. Ses efforts les plus précoces représentaient des bonshommes gribouillés au dos des enveloppes destinées à la quête. Quand elle était petite, sa mère lui donnait toujours un crayon pour la faire tenir tranquille pendant l'office. Au lycée, elle avait transformé sa calamiteuse vie sociale en matériau servant à alimenter sa BD clandestine qui, à terme, s'était avérée une lecture plus populaire parmi les élèves que l'annuaire de l'école.

Elle laissa Aurora feuilleter ses esquisses. La jeune fille tomba en arrêt devant un dessin de Shirl dont la bulle de pensée contenait l'éternelle question : « Papier ou plastique ? »

Un éclat de rire adolescent retentit un peu plus loin, et l'attention d'Aurora se porta dans cette direction.

— Des amies à toi ? s'enquit Sarah.

— Oh, non… Juste des filles de mon collège.

Ses yeux bruns reflétaient une envie ardente.

« C'est donc ça », pensa Sarah. Elle se demanda comment cette ravissante créature pouvait être rejetée.

Aurora jeta un œil à Sarah qui l'observait.

— Excuse-moi de te dévisager comme ça, dit cette dernière avant de froncer légèrement les sourcils. On dirait que tu as un bleu sur la joue.

Toutes sortes d'éventualités lui traversèrent l'esprit.

La jeune fille parut perplexe. A l'aide de sa manche, elle se frotta le visage.

Au grand soulagement de Sarah, l'ecchymose disparut.

— Ce n'est rien, dit Aurora. J'ai travaillé au fusain aujourd'hui, en cours de dessin. C'est ma matière préférée.

— C'était aussi la mienne.

— Je m'en doutais.

L'adolescente rougit de nouveau. De l'autre côté du parc, une femme blonde au volant d'une Volvo se gara sur le trottoir et le groupe de filles monta dans le véhicule en riant.

Ma mère travaille à Vegas, précisa Aurora sans que Sarah lui ait rien demandé.

— Ah… Et c'est là-bas que tu vis ?

La jeune fille hésita.

— J'habite ici, dans ma famille, expliqua-t-elle. Juste le temps que ma mère s'installe, vous comprenez ?

— Je parie qu'elle te manque, commenta Sarah. Mais c'est super d'avoir de la famille ici aussi. C'est sympa. Tu en as de la chance.

— Bof, de toute façon, à Vegas, tout est une question de chance.

Sarah regarda les deux jeunes mères s'approcher de leurs bambins en train de jouer aux balançoires et au bac à sable. Elle referma son bloc à esquisses et sortit un Kleenex afin de s'essuyer les mains.

— On va sûrement tous déménager à Vegas très bientôt, confia Aurora.

— Tous ? Ça veut dire que tu as des frères et sœurs ?

— Non. Il n'y a que mon père et moi. Ma mère lui manque beaucoup.

Elle tripota le petit clou d'or à son oreille.

Sarah ne supportait pas Las Vegas. Toutefois, elle pouvait comprendre que les lumières et les paillettes puissent plaire à une enfant, même à quelqu'un de trop jeune pour pouvoir jouer. Elle éprouva un pincement d'envie doux-amer en entendant les mots de la jeune fille. *Ma mère lui manque beaucoup.* Des parents unis donnent une telle sécurité à un enfant !

— Je ferais mieux d'y aller, lâcha subitement Aurora, refermant son calepin qu'elle fourra dans son sac à dos. Merci pour l'interview.

Alors que l'adolescente s'éloignait, Sarah l'interpella :

— Hé, à bientôt !

16

A l'entrée du Fairfax Grange Hall, salle municipale utilisée pour des réunions et, de temps à autre, pour un événement exceptionnel, Sarah hésita.

« Je ne peux pas, songea-t-elle. Je ne suis pas à ma place, ici... »

— Pardon.

Une petite femme énergique la frôla ; un léger parfum de shampooing émanait de ses cheveux fraîchement lavés. A un bout de la salle remplie de lumières, Sarah aperçut quelques personnes — des femmes pour la plupart —, assises sur des chaises pliantes disposées en demi-cercle ou rassemblées autour d'une table sur laquelle trônait un percolateur. Ces gens étaient de tous âges, de toutes tailles et de toutes corpulences. Même ainsi, difficile d'imaginer qu'ils puissent avoir quoi que ce soit en commun.

— Je peux passer ? demanda quelqu'un dans son dos.

Elle s'écarta pour laisser entrer un homme muni de béquilles et dont toute la jambe était prise dans une attelle en résine.

— Attendez, je vais vous tenir la porte, suggéra Sarah en ouvrant celle-ci en grand.

— Merci.

L'homme entra en boitillant. C'était un Latino massif dont le visage portait la trace d'années d'exposition au soleil. Il passa devant elle, puis se retourna :

— Alors ? Vous venez ?

Sarah paniqua. A présent, quelqu'un l'avait remarquée. Elle avait la bouche sèche.

— J'y suis obligée ? lâcha-t-elle.

— Non.

L'homme se dirigea vers les chaises, puis pivota sur une béquille et se retourna :

— Vous pouvez toujours rentrer chez vous et contempler vos quatre murs à la place, mais je me demande bien qui ça peut tenter ?

Sarah surprit une lueur d'humour dans son regard.

— On dirait que je peux faire une croix sur la soirée que j'avais prévue.

Elle choisit une chaise près de la porte.

— Au cas où j'aurais besoin de m'enfuir en vitesse, expliqua-t-elle à l'homme en tirant une chaise supplémentaire pour qu'il puisse y faire reposer sa jambe.

— Au fil des réunions, ça devient de plus en plus facile.

— Ce n'est pas si dur que ça, fit-elle remarquer, alors qu'elle n'était assise que depuis moins d'une minute. Je crois quand même que je vais me contenter d'observer, ce soir. Je ne suis pas très branchée prières main dans la main.

— Vous vous trompez de réunion, rétorqua-t-il. Il n'y a pas de ça, ici.

Sarah s'affaissa de soulagement.

— A la place, on se serre dans les bras.

Elle pâlit.

L'homme éclata de rire, attirant l'attention sur eux.

— Je rigole !

Ils étaient peut-être une douzaine et Sarah, consternée, entendit l'une des femmes annoncer :

— Nous avons une nouvelle parmi nous, ce soir.

Sarah se sentit clouée par leur regard. Comme une grenouille sur un plateau de dissection. Elle parvint à lever la main dans un faible bonjour.

— Présentons-nous donc à tour de rôle. Je m'appelle Imogene. Mon divorce a été prononcé il y a un an.

Sarah ne retint pas tous leurs noms, mais, désormais, le point commun à tous ces gens était clair. Chacune des personnes présentes dans la salle se trouvait à un certain stade de divorce. C'était tout l'objectif du groupe : offrir un soutien aux gens confrontés au divorce. Pour Sarah, le seul fait de venir ici était énorme — preuve que ce qui lui arrivait était difficile à vivre et qu'elle avait du mal à l'affronter. Lorsque vint son tour, elle fut saisie de l'envie de prendre ses jambes à son cou. « Je ne suis pas divorcée, expliquerait-elle. Ma place n'est pas ici. »

— Je m'appelle Sarah, s'entendit-elle dire. Je… Euh… je viens de Chicago.

A son immense soulagement, personne ne semblait attendre davantage d'elle. Après quelques murmures de bienvenue, on changea de sujet.

— Je m'appelle Gloria, et j'aimerais parler de l'authenticité, commença une femme. Aujourd'hui, au boulot, mon coéquipier a abordé un point qui m'a fait réfléchir. Il ne suffit pas d'être quelqu'un de bien pour avoir droit à une vie agréable. Avant, ce genre de raisonnement me mettait hors de moi, quand je pensais à tous les efforts que je faisais pour être une bonne épouse. C'était complètement frustrant parce que, même si je faisais bonne figure, au fond de moi j'étais malheureuse. Ce n'est que le jour où j'ai compris qu'il fallait que j'accepte ma véritable identité que ça a changé. Ruby et moi allons bientôt fêter nos six mois de rencontre. J'aimerais pouvoir vous dire que nous vivons un bonheur sans nuage, mais ce serait mentir. Elle a une fille de treize ans qui a du mal à accepter notre situation. Alors nous vivons notre bonheur au jour le jour.

« Décidément, estima Sarah, ce n'est pas un groupe de soutien pour moi. » Comment pouvait-elle avoir quoi que ce soit de commun avec Gloria ?

Même si je faisais bonne figure, au fond de moi j'étais malheureuse.

« Bon, songea-t-elle. Sur ce point-là, d'accord. »

Sentant ses résistances faiblir, elle se cala contre le dossier de sa chaise et écouta les quarante-cinq minutes d'échanges. Surprise et déconfite, elle s'aperçut que nombre des propos de ces gens trouvaient un écho en elle. Tant de mariages tournaient mal parce que l'un des conjoints « faisait semblant ». Pourquoi ? Pourquoi faisait-on semblant ? Pourquoi l'avait-elle fait ?

Elle était venue ici en pensant que jamais elle ne pourrait se rapprocher de ces gens. Pourtant, tout comme ces inconnus, elle avait vécu ces sentiments de choc, de frustration et d'isolement, de honte, de déception et de rage. Elle ne connaissait que trop bien cette sensation que les choses lui échappaient, tout comme le déni familier qui s'y greffait, lui permettant de prétendre que tout allait bien — du moins pour un temps.

— Quelqu'un d'autre veut prendre la parole ? demanda une femme en promenant un regard circulaire sur l'assemblée.

Le cœur de Sarah s'emballa. C'était un groupe d'inconnus. Elle n'avait pas à leur confier ses problèmes personnels.

Certaines personnes regardèrent leur montre. Il y eut un raclement de chaises.

« Ouf ! soupira-t-elle. Sauvée par le gong. » Elle n'avait jamais été très grégaire. Elève, elle n'aimait pas lever le doigt en classe ou contribuer à une discussion. Du temps où elle était l'épouse de Jack, elle se contentait toujours de le suivre à des événements mondains et de rester en retrait, en position d'observatrice.

Elle avait les mains moites. Mieux valait s'esquiver et oublier tout ça.

C'est alors que, juste au moment où les gens commençaient à se lever de leur siège, quelqu'un lança :

— J'ai peur de découvrir qui je suis sans mon mari.

Le silence s'abattit sur la salle. Les mots semblaient se répercuter sur les murs décrépis du bâtiment.

« Oh, bon sang ! songea Sarah. C'est moi qui viens de parler... »

190

Son visage s'embrasa de façon gênante et elle bredouilla une explication :

— Hum… Je ne sais pas trop pourquoi j'ai sorti ça.

Elle marqua une pause et son regard fit le tour de la salle, s'attendant à y voir de l'impatience ou de l'ennui. Tous avaient les yeux fixés sur elle. Elle s'essaya à un sourire désabusé.

— Arrêtez-moi si vous avez déjà entendu ce genre de truc.

Le type à côté d'elle — Luis — lui tapota le bras.

— Mon amie, au bout d'un certain temps de participation à ce groupe, on s'aperçoit que ce sont toujours les mêmes choses qui reviennent. Ce n'est pas grave. Pour toi, c'est tout nouveau. C'est ça qui compte.

Une partie d'elle-même — celle de Chicago — avait envie de bondir en hurlant : « En quoi est-ce que ça peut compter pour vous ? Vous ne me connaissez même pas ! Qu'est-ce que ça peut vous faire ? » Pourtant, au fond de son cœur, elle éprouvait une certaine gratitude d'être entendue. Enfin. Elle prit une profonde inspiration et noua les doigts sur ses genoux.

— Je me suis mariée en quittant la fac. Je n'ai jamais vécu seule. Je suis directement passée de la chambre universitaire que je partageais avec une autre étudiante à la maison de Jack. A l'époque où nous filions le parfait amour, ça m'allait très bien. Mais, avec le temps, tout a changé. C'était comme de vivre une vie d'emprunt. Quelque chose qui n'était pas à moi, quelque chose qu'il me faudrait rendre à son propriétaire au bout d'un certain temps.

Au lieu de se sentir stupide ou nerveuse, Sarah se détendit. Ces gens n'étaient pas là pour la juger. Ils étaient là pour l'écouter.

— Jack s'était déjà installé avant de me connaître. Ce qui fait que nous vivions dans sa maison. Nous l'appelions « la nôtre », mais ça a toujours été la sienne.

» Vous vous rendez compte qu'au début de notre mariage il m'est arrivé plusieurs fois de dépasser cette maison en rentrant chez moi ? Je ne la reconnaissais même pas en tant que mienne. Comment peut-on ignorer à quoi ressemble sa propre maison ?

Quand, comme moi, on travaille à la maison, on se crée en général un espace qui reflète sa personnalité, pas vrai ? Eh bien, pas moi. A la maison, je travaillais dans un petit bureau équipé de quelques étagères encastrées et d'une table à dessin. Jack y entreposait son matériel de pêche à la mouche et son attirail était toujours rangé devant la fenêtre, me masquant toute la lumière. Et il ne m'est jamais venu à l'idée que c'était un problème. Enfin, il s'est passé beaucoup d'autres choses… Des choses qui peuvent ne pas vous surprendre, mais qui, à moi, m'ont fait un sacré choc. Je suis contente d'être venue ici ce soir. Merci de votre accueil. »

Elle s'arrêta et inspira profondément, se sentant comme lavée. Non, récurée à vif. Ce qui était mieux que de se traîner jour après jour, à moitié morte.

Tous repoussèrent leur chaise et rangèrent le service à café.

— J'espère que tu reviendras, lança Gloria.

— Je préférerais ne pas en avoir besoin, répliqua Sarah.

— Tout le monde a besoin d'amis.

— Tu as raison, mais ce n'est pas tout à fait comme s'ils venaient frapper à ta porte.

— Exact. Il faut faire la démarche soi-même. Venir à une réunion, c'est une première étape.

Sarah trouva un torchon avec lequel elle essuya le couvercle du percolateur.

— Voilà ce qui me fait peur. J'ai l'impression que ma vie est finie, comme si je n'avais plus rien à faire sur cette terre.

— Il ne faut pas voir les choses comme ça, objecta Gloria, qui essuyait le plan de travail et l'évier. Considère le passé comme une très longue adolescence. Et maintenant tu es enfin prête à devenir adulte.

Sarah se sentit attirée par les manières directes de Gloria.

— C'est une façon de voir les choses. Et donc, depuis combien de temps est-ce que tu es divorcée ?

— Un an à peine. Au bout de dix ans à essayer de me convaincre que j'étais heureuse, j'ai divorcé, j'ai fait une déprime et je suis tombée amoureuse, le tout en l'espace de quelques mois. Les gens disent qu'on ne devrait pas s'engager dans une nouvelle relation si tôt après l'échec d'un mariage, mais zut, après tout ! Ils peuvent bien dire ce qu'ils veulent.

Sarah enfila son blouson tandis qu'elles sortaient ensemble de la salle.

— Reviens la semaine prochaine, suggéra Gloria.

Sarah hésita, puis fut prise de l'envie de se donner des claques.

— Je n'arrive pas à me défaire de cette habitude de penser à lui. Quelqu'un me propose une invitation, et moi, automatiquement, je pense à l'emploi du temps de Jack. Ou bien je vais à l'épicerie et j'achète des trucs qu'il aime, sans réfléchir. Je ne sais même pas quels sont mes crackers préférés. J'achetais toujours des Ritz parce que c'étaient les préférés de Jack.

— J'espère que tu les as rapportés au magasin.

— Mieux que ça : je suis allée sur la plage et j'ai tout donné aux mouettes.

17

Aurora en avait marre d'être bonne élève, mais comment faire pour changer de réputation ? Son professeur d'anglais lui avait donné *La Guerre des Mondes* à étudier ; elle aurait bien voulu faire la fine bouche, mais, en toute franchise, c'était impossible. Ce livre était génial, bien mieux que le film. Pourtant, si jamais elle l'avouait à voix haute, elle passerait pour aussi coincée qu'un des membres du club d'échecs. Manque de bol, elle aimait aussi jouer aux échecs.

Glenmuir était le dernier arrêt de la ligne. Au croisement de Drake et Shoreline, les freins sifflèrent et le car scolaire s'immobilisa dans un soubresaut. Aurora leva les yeux de *La Guerre des Mondes* alors que Mandy Jacobson et ses copines s'avançaient pour descendre du bus sans cesser de rire et de bavarder.

Comme chaque jour, Aurora attendit, dans l'espoir que les trois filles la remarqueraient, l'inviteraient peut-être à se joindre à leurs activités quotidiennes. Elles semblaient toujours s'amuser comme des folles, même pour descendre la rue.

Mais aujourd'hui comme tous les autres jours, elles la dépassèrent d'un air dégagé, laissant flotter dans leur sillage une odeur de chewing-gum et de tonique corporel, ignorant Aurora comme un sac à dos oublié là par quelqu'un.

On aurait pu croire qu'après tout ce temps cela lui aurait servi de leçon, qu'elle aurait renoncé et serait passée à autre chose. Mais leur vie avait l'air d'être si amusante ! Comment ne pas avoir envie d'être une des leurs ? Dans le bus, elles se mettaient du maquillage et se coiffaient mutuellement les cheveux.

Certains jours, elles remarquaient la présence d'Aurora, mais seulement quand elles avaient besoin de copier ses devoirs de maths ou d'espagnol, car les siens seraient faits, et bien faits, elles le savaient. Et malgré la terreur de se faire prendre qui faisait battre son cœur et rendait ses mains moites, Aurora se prêtait de bonne grâce à ce petit manège. Elle n'avait pas le choix. En cas de refus, ces filles l'auraient ignorée.

Elle se leva sans hâte et passa le bras sous une des sangles de son sac à dos.

— A demain, ma puce ! lança la conductrice du bus.

Aurora la remercia et esquissa un geste d'au revoir tandis que la portière se refermait dans un bruit métallique.

Mandy et ses amies s'étaient rassemblées devant la vitrine du Vernon's Variety Store. Depuis que M. Vernon les avait surprises en train de voler des produits de maquillage, l'été dernier, elles n'avaient plus le droit d'entrer dans la supérette, ce dont elles semblaient s'amuser au lieu d'en avoir honte.

— Que dirais-tu d'une glace ? suggéra quelqu'un.

Dans sa surprise, Aurora manqua de trébucher.

— Hein ?

Assise à une table ronde en Inox à la terrasse du Magic Bean, Sarah Moon la dévisageait.

— Je te demandais simplement si je pouvais t'offrir une glace.

Les joues d'Aurora s'empourprèrent. C'était gênant d'être vue en train de trotter derrière Mandy, Carson et Deb comme un petit chien abandonné.

— A moins que tu n'aies d'autres projets avec tes amies ? s'enquit Sarah d'un ton hésitant.

Aurora eut l'impression qu'elle comprenait la situation.

Elle décida d'éclairer sa lanterne.

— Elles ne tiennent pas vraiment à traîner avec moi.

Aussitôt, elle regretta d'avoir fait preuve d'une telle franchise. Elle s'arma de courage en prévision de la réaction de Sarah.

La plupart des adultes auraient répliqué : « N'importe quoi !

Tu as forcément des amies... » Mais pas Sarah. Elle ne sembla même pas étonnée.

— Pourquoi n'êtes-vous pas amies ? demanda-t-elle.

Aurora haussa les épaules.

— Laisse-moi deviner. Les filles avec qui tu voudrais être amie t'ignorent. Et celles qui voudraient être amies avec toi sont trop débiles.

— Il y a de ça, reconnut Aurora, intriguée.

Comment Sarah était-elle au courant ?

Elle dissimula un soupir de soulagement. Dieu merci, Sarah ne lui avait pas sorti un truc du genre : *Moi, je serai ton amie.* Il y avait bien trop d'adultes qui lui disaient des trucs comme ça. Surtout les femmes qui sortaient avec son père. Cette tactique produisait toujours l'effet inverse de celui escompté. Elle donnait à Aurora l'impression qu'on se servait d'elle, tout comme quand Mandy copiait ses devoirs.

— Attention où tu mets les pieds, lui dit Sarah. Franny a le chic pour se fourrer dans les jambes.

Aurora regarda la chienne en laisse, couchée sous la table. Elle hésita, se remémorant que le corniaud lui avait grogné après.

— Et son éducation, comment ça se passe ? demanda-t-elle.

— Incroyablement bien, surtout si on considère que c'est mon premier chien.

— Qu'est-ce qui vous a décidée à en prendre un maintenant ?

— Je n'ai pas exactement décidé, corrigea Sarah. Comment dire... Je me suis simplement retrouvée avec elle sur les bras.

Concept très familier à Aurora, qui se garda bien de le dire. Elle commença à se sentir mal à l'aise au souvenir du mensonge qu'elle avait raconté à Sarah Moon la dernière fois qu'elles s'étaient vues. Son père et elle, censés partir vivre à Las Vegas avec sa mère. *Tu parles...*

— Je l'ai appelée Franny d'après un personnage de roman, expliqua Sarah.

— *Franny et Zooey*, répliqua Aurora, soulagée que Sarah ne l'ait pas interrogée sur ses projets de déménagement à Vegas.

— Tu connais ce livre ?

— Bien sûr. J'ai aussi lu les *Nouvelles* et *L'attrape-cœur*.

— Tu m'impressionnes.

Aurora haussa de nouveau les épaules. Lire tous les bouquins parus au monde, voilà qui n'avait rien de bien sorcier. Etre amie avec Mandy Jacobson et sa bande — *ça*, c'était impossible.

— Tu peux me tutoyer, tu sais, suggéra Sarah. Tu veux t'asseoir ?

Aurora hésita, mais pas longtemps. Son père étant de garde jusqu'à ce soir, elle devait aller chez ses grands-parents. Elle était sur le point de décliner poliment l'invitation quand un garçon sortit du café. Zane Parker, la coqueluche de Glenmuir. En T-shirt Magic Bean et casquette de base-ball, un tablier noir noué autour des hanches, il l'accueillit par un sourire. Aurora prit immédiatement place à côté de Sarah.

— Salut, dit-il. Je peux te servir quelque chose ?

— Oui, merci…

Elle paniqua, n'ayant pas la moindre idée de ce qu'elle voulait.

— Un Coca, s'il te plaît.

Alors qu'il retournait à l'intérieur du café, elle se rappela qu'elle n'aimait pas vraiment le Coca.

— Et une glace ? proposa Sarah.

— Non, merci.

Sarah planta sa cuillère dans sa coupe en Inox.

— D'habitude, je n'aime pas les glaces, mais, ces derniers temps, je ne pense plus qu'à ça. J'ai aussi commencé à tester des associations bizarres, moka et pistache, par exemple. Et des fois, je me dis : roquefort… Pourquoi pas ?

— Une glace au roquefort ? s'étonna Aurora.

— Il m'arrive d'avoir des idées un peu perverses.

Zane apparut à temps pour voir le visage d'Aurora se tordre d'un air de dégoût exagéré.

— Tout va bien ? s'enquit-il.

« Si seulement je pouvais être morte ! se maudit-elle. A l'instant même. »

— Oui, parvint-elle à répondre, faisant disparaître la grimace de son visage.

Zane posa le Coca devant elle, puis repartit si vite qu'elle eut à peine le temps de le remercier. Flûte ! Elle aurait dû commander quelque chose qui aurait nécessité qu'il reste dans les parages. Des bananes flambées, préparées devant elles...

— Il est mignon, fit remarquer Sarah.

— Oui, pas mal...

— C'est un ami à toi ?

— Ça risque pas. Zane est en troisième et moi en cinquième. Je suis assez copine avec son frère, Ethan, qui est dans ma classe.

Ethan n'était ni mignon ni cool, mais il n'était qu'à un battement de cœur de Zane.

Aurora poussa un soupir.

— Comment on fait pour se faire remarquer par un garçon ?

Sarah sourit et lécha le dos de sa cuillère.

— On arrête de se préoccuper de l'effet qu'on produit sur lui.

Aurora inséra sa paille dans la bouteille de Coca.

— Très bien. A partir de maintenant, je m'en fiche.

— Bravo !

— Tiens, en parlant du loup...

Elle désigna un adolescent maigre, en jean baggy et T-shirt noir, glissant vers elles sur un skate-board.

— ... voilà Ethan.

Pour un skater, il s'habillait en noir, portait des lunettes et aimait beaucoup trop l'école. Pourtant, il avait quelque chose, un côté sérieux et mature, qui plaisait bien à Aurora. Pourvu qu'il ne change pas d'ici qu'elle ait atteint ses seize ans et que son père la laisse sortir avec des garçons ! Entre-temps, Zane était l'objet de tous ses rêves.

Ethan sauta le trottoir et s'arrêta en faisant basculer sa planche qu'il rattrapa d'une main.

— Salut, lança-t-il à Aurora.

— Salut.

Zane sortit du café.

— Tu es allé chercher ce qu'il faut pour ce soir ?

Ethan ouvrit le petit sac en papier qu'il tenait à la main et révéla un bidon de pétrole.

— Ce soir, feu de joie sur la plage, annonça-t-il à Aurora. Tu viens ?

Elle sentit Zane, derrière elle, en train de faire signe à son frère de la boucler.

— Non…, répondit-elle avant de se détourner à dessein.

Elle avait un peu de peine pour Ethan, mais c'était moins terrible que de se pointer à un endroit où sa présence n'était pas souhaitée.

Ethan lança le sac à Zane, lâcha sa planche par terre et fila dans une glissade. Aurora trouva Sarah un peu pâle et distraite. Indiquant le bloc à esquisses posé sur la table, elle s'enquit :

— Tu travailles sur quoi, aujourd'hui ?

— Oh, ceci cela…

Elle feuilleta son carnet et l'ouvrit à une page où étaient esquissés des visages.

Aurora sentit que Sarah et elle avaient autre chose en commun que leur amour pour le dessin. Sarah était asociale elle aussi, et pourtant elle avait clairement accepté sa marginalité intérieure. Cela lui facilitait-il la vie ? Les croquis offrent un aperçu des pensées intimes de quelqu'un, chose qu'Aurora trouvait très sympa. Les traits rapides tenaient de la BD, mais ces dessins-là étaient d'une veine plus artistique. M. Chopin, son professeur de dessin, aurait pu qualifier ces esquisses d'impressionnistes. Elles étaient plus grandes, plus hardies, tracées à la hâte par une main assurée.

— J'étais à la recherche de quelques idées, expliqua Sarah. En général, je dessine et je réfléchis jusqu'à ce que quelque chose me vienne.

Aurora tourna lentement les pages. Elle reconnut des caricatures de gens du coin — le gardien du yacht-club, l'agent chargé de faire traverser les enfants de la maternelle, le tenancier du stand à café lattè, un type du port de pêche. Il y avait de nombreuses études de Franny en train de dormir en boule ou regardant par une porte grillagée.

— Celles-là sont trop géniales, commenta-t-elle, s'arrêtant sur une page d'études pour *Respire !*

Le personnage prénommé Shirl n'avait pas la langue dans sa poche mais ce n'était rien à côté de sa mère. Lulu semblait toujours en train de débiter des formules du genre : « Si tu avais autant de cervelle que de tchatche, on t'appellerait Einstein. » Lulu avait toujours quelque chose d'optimiste à dire. En regardant ces dessins, Aurora éprouva un pincement d'envie qu'elle connaissait bien.

— Est-ce que tu t'es inspirée de ta vraie mère pour Lulu ?

— Je me suis inspirée de ma mère, répondit Sarah avec un sourire un peu triste, mais aussi de mes propres fantasmes. Le truc, avec les personnages de bande dessinée, c'est que tu finis par prévoir leurs moindres faits et gestes. Tu anticipes leurs erreurs et tu anticipes ce qui va marcher pour eux. Je ne pense pas que les vraies mères aient toujours réponse à tout, comme Lulu.

Aurora tomba en arrêt devant une planche représentant Lulu en train d'envisager une épilation brésilienne, et un éclat de rire lui échappa.

— Ça ne sera jamais publié, pas dans un journal, en tout cas, précisa Sarah.

— Pourquoi pas ? C'est marrant.

— Les grands journaux ont des règles : pas de sexe, de religion, de torture ou de mort, pour t'en citer plusieurs. Pas de femme de cinquante ans se faisant épiler. On ne doit pas offenser les lecteurs, sinon ils se plaignent au rédacteur en chef, qui doit ensuite faire en sorte de calmer leur indignation. L'argument avancé étant qu'il y a suffisamment de sexe et de torture dans les autres rubriques du journal.

Sarah soupira et referma son bloc.

— La prochaine fois que tu te demanderas pourquoi tant de BD sont aussi insipides, tu connaîtras la réponse.

Aurora l'observa attentivement et fronça les sourcils.

— Euh... Tu te sens bien?

Le visage de Sarah avait pris une teinte terreuse et son front luisait d'un voile de transpiration qui n'était pas là un instant auparavant.

— Je me sens un peu patraque, avoua Sarah d'une voix faible.

Elle glissa la boîte de marqueurs et son bloc à esquisses dans son fourre-tout avant d'ajouter :

— J'ai dû manger trop de sucre avec cette glace. Ça va passer le temps de rentrer à la maison. J'habite tout près, en haut de la route, un endroit qui s'appelle May's Cottage.

Aurora bondit.

— Je vois très bien où c'est. Je te raccompagne. Enfin, je veux dire... si tu es d'accord.

Elle ne pouvait supporter l'idée que Zane Parker la voie assise là toute seule comme une andouille, devant un Coca dont elle n'avait aucune envie. Maladroitement, elle fouilla dans une poche de son sac à dos à la recherche de quelques pièces.

— C'est pour moi, déclara Sarah en posant l'argent sur la table. Merci, lança-t-elle à Zane qui était à l'intérieur.

— A bientôt, répondit ce dernier.

Aurora faillit s'étrangler. *A bientôt.* « Oh ! mon Dieu ! songea-t-elle. Je suis amoureuse... »

— Allez, viens, Franny, ordonna Sarah à la chienne en lui tapotant le flanc.

Franny s'élança, tirant sur sa laisse à la rompre. Elles laissèrent derrière elle la rue principale et prirent le chemin ombragé qui délimitait le contour de la baie. Aurora était passée maintes fois devant le cottage. Il n'était pas loin. Peut-être que Sarah l'inviterait à entrer pour lui montrer d'autres dessins?

Elle lui coula un regard en douce et s'alarma de voir que sa pâleur s'était encore accentuée. Elle avait la peau si fine qu'Aurora arrivait à distinguer le délicat treillis de veines sur sa tempe. Une subite appréhension lui noua l'estomac. Quelque chose n'allait pas. Et elle ne savait pas quoi faire. Elle connaissait à peine cette femme.

Et si elle faisait une espèce de crise? Et si c'était une camée ou un truc de ce genre? Aurora darda autour d'elle des regards affolés, mais elles étaient complètement seules sur cette portion de route déserte et bordée d'arbres.

— Tu as vraiment mauvaise mine, lâcha-t-elle. Ne le prends pas mal, mais c'est la vérité.

— Euh... oui, je crois qu'il y a une raison à ça, avoua Sarah en titubant sur le côté.

— Laquelle?

— Je ne me sens vraiment pas bien.

Elle tremblait, à présent, et la transpiration dégoulinait de ses tempes.

— Il faut que je m'assoie.

— Il n'y a nulle part où... Oh!

Aurora vit Sarah s'affaler sur le bas-côté herbeux de la route. Mais elle n'était pas assise comme l'aurait fait une personne normale : elle était affaissée sur elle-même, écrasant sous elle les fleurs sauvages.

— Oh! bon sang! s'écria Aurora, glacée par une montée de panique.

La chienne gémit comme si elle l'avait grondée. Aurora se mit à genoux et secoua doucement Sarah. Elle faillit s'évanouir de soulagement quand celle-ci cligna des yeux vers elle.

— Qu'est-ce qui s'est passé?

— Je crois que tu es tombée dans les pommes, dit Aurora.

— C'est la première fois que je m'évanouis.

Elle avait l'air tout étourdie, le visage toujours blême. Ses mains étaient moites et glacées.

— Tu pourrais peut-être... hum... mettre la tête entre les jambes? suggéra Aurora en posant son sac à dos.

D'une poche de côté, elle sortit son téléphone portable.

— Oh, non..., dit Sarah. N'appelle pas les secours.

— J'appelle mon père.

Sarah fronça les sourcils et s'essuya le front du revers de la manche.

— Et c'est qui, ton père?

Aurora sélectionna le numéro de Will dans le répertoire de son portable.

— En fait, les secours, c'est lui, pour ainsi dire.

18

Aurora n'appelait presque jamais Will à son travail, ce qui fit qu'il décrocha dès que son téléphone retentit de la mélodie personnalisée de sa fille.

— Aurora, tout va bien?

— Oui. Enfin, je veux dire, moi je vais bien, mais je suis avec quelqu'un qui aurait peut-être besoin d'aide.

Le regard de Will croisa celui de Gloria qui s'affairait sur de la paperasse. A peine hocha-t-elle la tête qu'il décrochait déjà sa veste de la patère.

— Qu'est-ce qui se passe?

— Tu connais Sarah Moon?

— Pas vraiment, mais...

— Ça ne fait rien, coupa Aurora. On descendait la route ensemble quand elle s'est plus ou moins évanouie.

Will perçut une voix en arrière-fond. Il n'arrivait pas à saisir les paroles, mais, au son, c'était sans conteste une protestation. Il résista à l'envie de faire la leçon à Aurora au sujet des inconnus auxquels il ne fallait pas adresser la parole.

— Elle est consciente? Elle saigne?

— Je crois qu'elle est malade. Elle transpire et elle est toute pâle.

L'ambulance était sortie pour le moment, suite à un appel d'urgence provenant d'un hangar à bateaux situé à quinze kilomètres de là. Le poste secondaire pouvait en envoyer une autre, mais cela reviendrait à rallonger le temps de réaction de vingt minutes.

— Où es-tu ?

Il fit signe à Gloria qu'il se chargeait de la mission et se dirigea vers le pick-up de service réservé au capitaine de la caserne.

Cinq minutes plus tard, il les trouva — sa fille, Sarah Moon et un grand corniaud. Du moins supposa-t-il qu'il s'agissait de Sarah. Ses courts cheveux blonds étaient tout ébouriffés et collés de transpiration, elle avait une mine de papier mâché, et ne lui rappelait absolument personne de sa connaissance.

Il descendit du pick-up et s'approcha d'elles, partagé entre inquiétude et soupçons. Que diable faisait cette inconnue avec sa fille ?

Elle leva vers lui un regard vitreux et sans expression. Droguée, estima-t-il, et ses soupçons s'intensifièrent. Il avait eu plus que son compte de gens qui n'arrivaient pas à décrocher de cette saleté. S, R, LVA, R, C, pensa-t-il en se remémorant la marche à suivre des premiers soins. Sécurisation de la zone. Réactivité de la victime. Libération des voies aériennes. Respiration... Bon sang, c'était quoi le C ? Impossible de s'en souvenir. Même si Will avait été formé aux premiers secours, ce n'était pas son domaine de compétences. Il se borna à demander :

— Qu'est-ce qui s'est passé ? Tu vas bien ?

Il vit qu'elle ne s'attendait pas à le voir là. En le reconnaissant, elle laissa échapper une brève exclamation confuse.

— Will Bonner ? dit-elle.

— Aurora dit que tu ne te sens pas bien. Tu as perdu connaissance ?

— Je ne sais pas trop. J'ai eu un étourdissement et il a fallu que je m'assoie. Ensuite, je me suis retrouvée par terre, c'est tout ce que je sais. J'ai juste besoin de rester assise une minute et ça va passer, je t'assure. Tu es ambulancier ?

— Capitaine des pompiers. Tu prends des médicaments ?

Circulation ! C pour « circulation ». Il lui prit la main et vérifia son pouls.

— Tu souffres de diabète ?

Elle semblait étourdie et désorientée.

— Non. Je… non.

Passant deux doigts sous son menton, Will lui inclina le visage vers le haut pour voir si ses pupilles réagissaient à la lumière. Elle avait la peau moite. A l'aide du pouce, il lui maintint un œil ouvert en douceur, puis l'autre. Les pupilles de Sarah se rétractèrent à la lumière : elle avait les yeux… extrêmement bleus. Il s'assura qu'il n'émanait aucun relent d'alcool ou d'herbe de son haleine, de ses cheveux et de ses vêtements. Surpris et peut-être un brin soulagé, il constata qu'elle n'était pas sous l'emprise d'une substance quelconque. Elle sentait l'herbe froissée et les fleurs sauvages.

— Tu peux faire quelque chose pour elle, papa? s'enquit Aurora.

— Aurora est ta fille?

Le trouble de Sarah s'accentua.

Ça surprenait toujours les gens, et Will avait l'habitude d'ignorer cette question. Il n'était pas expert en la matière, mais le pouls de Sarah ne lui plaisait guère. Trop faible et trop rapide. Quelque chose n'allait pas.

— Juste par mesure de précaution, je vais te conduire au Valley Regional. C'est à quinze minutes d'ici en voiture.

Aurora se précipita pour aller ouvrir la portière passager du F-150 de la caserne.

— Prends ma main, proposa-t-il.

Sarah regarda la main tendue, puis Will.

— Je t'assure, j'ai juste besoin de me reposer. Si tu pouvais me déposer chez moi…

— Pas question. C'est soit le Valley, soit ton médecin traitant.

— Je n'en ai pas.

— Alors, c'est le Valley.

Il se pencha un peu, approcha sa main.

— Laisse-moi t'aider. C'est mon boulot.

Les yeux de Sarah se plissèrent. L'acuité de son regard fit resurgir en lui un vague souvenir du passé. Du lycée, Will n'avait guère conservé d'impressions de cette fille, mais, à cet instant précis, il la reconnut le temps d'un flash. Peut-être se rappelait-il ce regard étréci émanant de la fille asociale, amère et furtive qu'était Sarah des années auparavant — la fille de l'ostréiculteur qui venait à l'école les mains gercées et la mine hostile.

Elle saisit sa main et le laissa l'aider à se relever.

— C'est moi qui ai tes affaires, intervint Aurora.

Elle était là, de l'autre côté de Sarah. Ensemble, ils l'aidèrent à monter sur le siège arrière. La chienne sauta sans hésiter dans le véhicule. Will appela Gloria par radio pour lui communiquer la situation.

Une fois sur la route, il jeta un coup d'œil dans le rétroviseur.

— Ça va?

Elle était pâle et transpirait, les yeux clos.

— Que d'agitation inutile!

— Vois ça comme un détour, Et une chance de me démontrer que j'ai eu tort, répliqua-t-il.

— Ça, ça n'a pas de prix!

Assise à l'avant à côté de son père, Aurora gardait le silence, son sac à dos de l'école posé à ses pieds. Elle tenait le fourre-tout de Sarah sur ses genoux. Will croisa son regard et lui adressa un bref hochement de tête approbateur : *appel justifié.*

Il surveillait sans arrêt Sarah dans le rétroviseur. Le fait qu'elle se soit laissé emmener à l'hôpital régional sans opposer de résistance était en soi révélateur. Une personne qui n'est pas réellement malade ou qui a quelque chose à cacher n'accepte pas d'aller voir un médecin.

Le chien était assis à l'arrière du véhicule, l'air vigilant. Quel soulagement que quelqu'un ait enfin recueilli ce clebs! Will l'avait remarqué traînant dans les parages et s'était fait la réflexion qu'il ne resterait pas longtemps de ce monde. Trop souvent, les animaux errants finissaient leur vie sur le bord de l'autoroute. D'autres disparaissaient tard le soir, victimes des couguars, des coyotes ou des loups.

Les animaux de compagnie posaient souvent problème lors d'une intervention. Aucun protocole n'avait été prévu pour eux. Fréquemment, hélas, un chien férocement protecteur tentait de décourager les efforts des pompiers ou d'empêcher une équipe de secours d'atteindre une victime. Et, bien souvent, celle-ci arrivait trop tard pour sauver un animal — ou plusieurs — sur le lieu d'un accident. Le vieux cliché du pompier allant récupérer un chaton coincé en haut d'un arbre appartenait à la légende populaire.

Will jeta un œil dans le rétroviseur. Sarah Moon s'était affaissée contre la portière arrière.

— Sarah, lança-t-il d'une voix forte. Sarah, tu m'entends?

Aurora détacha sa ceinture de sécurité et se retourna.

— Hé, Sarah! Sarah?

Elle lança un bref regard à Will.

— Papa!

— Prends-lui le pouls et assure-toi qu'elle respire.

Aurora passa sur le siège arrière.

— Je crois bien que je sens son pouls et qu'elle respire.

— Secoue-la et parle-lui sans t'arrêter. On y est presque.

Will composait déjà le code des urgences. Le Valley Regional ne possédait pas de centre de traumatologie de haut niveau, mais son service d'urgences était de tout premier ordre.

— Ici le capitaine Will Bonner de Glenmuir, communiqua-t-il au centre d'appel. Je vous amène une femme… moins de trente ans. Taille et poids moyens.

« Cheveux blonds, yeux bleus », faillit-il ajouter, mais ce n'était pas pertinent. Pas pour les urgences, du moins.

— Elle a eu une faiblesse, peut-être un évanouissement.

— Est-ce qu'elle présente un trouble du comportement? demanda le régulateur.

— Négatif. Elle prétend ne pas être sous médicaments et ne pas souffrir de diabète. Il apparaît qu'elle a perdu connaissance, mais on sent toujours son pouls. Nous roulons depuis environ trois minutes. Est-ce que je dois m'arrêter pour refaire le point sur son état ?

— Amenez-la. On vous dégage une aire de stationnement.

Les quelques derniers kilomètres serpentant à travers un parc national densément boisé lui parurent interminables. Il avait déjà mis en marche les gyrophares et la sirène. Il roulait pied au plancher, mais on aurait dit qu'il n'avançait pas. Et entendre Aurora appeler sans cesse Sarah, sans compter les gémissements du chien sentant le désastre, ne faisait rien pour l'aider.

Enfin, il arriva à l'entrée des urgences du Valley. Comme l'avait promis le régulateur, une équipe l'attendait avec un chariot bien équipé.

Quelques instants plus tard, Sarah franchissait les portes automatiques de l'hôpital sur un brancard.

— Reste avec le chien, ordonna Will à Aurora tout en garant le pick-up sur un emplacement réservé aux ambulances. Je dois m'assurer qu'elle va bien et appeler son père.

— Et si elle ne va pas bien ?

— D'une façon comme d'une autre, je dois appeler son père… Qu'est-ce que tu faisais avec elle, Aurora ? Je ne savais même pas que tu la connaissais.

— Ça prouve à quel point tu es largué.

— Aurora…

— On a parlé deux fois ensemble, c'est tout. On était au Magic Bean et elle me montrait ses croquis.

— Elle t'a paru malade ?

— Au début, non, mais ensuite j'ai remarqué qu'elle était devenue toute pâle. Et puis elle s'est mise à transpirer et elle marchait en titubant. J'ai pensé qu'elle voulait juste rentrer chez elle pour se reposer.

— Elle a eu de la chance que tu l'accompagnes.

Si seulement il avait pu profiter encore un peu du sourire radieux d'Aurora ! Au lieu de quoi, il conclut :

— Je dois rentrer dans l'hôpital. Je reviens aussi vite que possible.

Une équipe de six personnes entourait Sarah. Elle était consciente, allongée sur un brancard pliant recouvert d'un drap en papier froissé.

Elle était toujours pâle. Un brassard de tensiomètre lui entourait le bras et on l'avait déjà mise sous perfusion. Un masque à oxygène lui recouvrait le nez et la bouche. Les doigts de sa main droite étaient bandés de sparadrap blanc collés à un fil relié à un moniteur.

— Salut, comment tu te sens ?

— Très bien.

Sous le masque transparent, sa voix semblait résonner du fond d'un puits.

— Et Franny ? demanda-t-elle.

Il fallut un moment à Will pour comprendre qui était Franny.

— Ma fille est restée avec elle dans le pick-up. On s'occupera de ta chienne le temps que tu puisses rentrer chez toi.

Une infirmière se tenait près du lit, tenant une poche remplie d'un liquide clair.

— Je vais appeler ton père, ajouta Will.

— Il est probablement au garage Mounger, en train de bricoler sur sa voiture.

— Est-ce qu'il y a des chances pour qu'il ait un portable sur lui ?

— Tu peux toujours essayer.

Elle lui dicta un numéro local.

Will sortit son téléphone et s'éloigna tout en composant le numéro. Il arrêta un homme en blouse blanche par le bras et le prit à l'écart.

— Qu'est-ce que je dis à son père ? demanda-t-il.

— C'est sûrement un cas de déshydratation, répondit le médecin. Nous allons lui faire quelques examens.

— Donc, aucune raison de s'alarmer.

— Pas pour le moment.

Sans surprise, son appel fut dirigé vers une boîte vocale. La zone de couverture des téléphones portables était quasiment nulle, dans la région. Will fut très clair dans son message.

— Votre fille va bien. Je l'ai emmenée au Valley Regional suite à un évanouissement. Vous pouvez venir la voir dès que vous aurez eu ce message.

Puis il raccrocha et remit le portable dans sa poche.

— Tu as fait ça comme il faut, commenta Sarah d'une petite voix qui résonna à l'intérieur du masque à oxygène. Je me rends compte des précautions que tu dois prendre pour annoncer ce genre de nouvelles aux gens. Au moins, maintenant, il ne va pas paniquer et faire une crise cardiaque.

— J'espère bien que non.

Will s'imagina en train de recevoir un message lui disant que sa fille avait été emmenée aux urgences. Il n'attendrait sans doute pas d'entendre la suite.

— Tu vas rester ? demanda-t-elle subitement d'un ton anxieux.

— Quoi ?

Il était surpris que Sarah veuille qu'il s'attarde dans les parages. Dans ces cas-là, on se raccroche à n'importe qui, pensa-t-il.

— Pas de problème.

Il n'avait pas prévu de traîner à l'hôpital, mais puisqu'elle le lui demandait… Will lisait encore bien d'autres questions sur son visage blême et dans son regard inquiet, mais il dut reculer pour laisser l'équipe soignante recueillir des échantillons et des observations. Des examens avaient été ordonnés, et on la bombarda de questions sur son passé médical.

C'était donc Sarah Moon, devenue adulte.

Tandis que le personnel s'affairait fiévreusement autour d'elle en s'exprimant dans un jargon médical, Will passa les pouces dans les poches arrière de son pantalon et se tint à l'écart sans lâcher le regard désemparé de Sarah. Si seulement il avait pu lui dire qu'elle n'avait rien… Mais il ne pouvait l'affirmer avec certitude. Les gens jeunes et en bonne santé ne s'effondraient pas sans raison sur le bas-côté d'une route.

Les urgences n'avaient pas changé depuis la dernière fois qu'il avait dû y emmener Marisol. Il aurait préféré ne pas s'en souvenir dans les moindres détails, mais c'était plus fort que lui. Il avait mémorisé la forme conique des éclairages au plafond, ainsi que l'éblouissante lumière verdâtre qui tombait sur la table d'examen. Il reconnaissait le son creux de la voix détachée et sans visage du haut-parleur, le cliquetis des instruments sur un plateau.

Le personnel de l'hôpital s'éloigna, du moins pour un temps. Se rapprochant du lit, il s'enquit :

— Ça va mieux ?

— Non.

Sarah souleva le masque à oxygène. Ses lèvres étaient encore bleuâtres.

— Ne prends pas un air si coupable, ajouta-t-elle. Tu n'y es pour rien.

— Tu devrais remettre ce truc, lui conseilla-t-il en indiquant le masque.

— Il faut que je sache si ma chienne va bien. Franny n'aime pas être séparée de moi.

— Aurora est tout à fait capable de s'occuper d'elle. Elle a le coup, avec les animaux.

Sarah se détendit contre l'oreiller.

— Ça ne fait pas longtemps que j'ai Franny, mais depuis qu'elle a décidé de m'accorder sa confiance, c'est devenu un vrai pot de colle. Ça me fait un peu peur de voir combien je suis déjà attachée à elle… Tu croirais qu'on a toujours été ensemble.

Elle rajusta son masque.

— Les chiens sont parfois comme ça.

Pour une raison connue d'elle seule, Sarah sembla trouver cette affirmation amusante. Même si le masque lui recouvrait le nez et la bouche, Will vit un sourire briller dans ses yeux. Puis il s'aperçut qu'elle ne souriait pas du tout. Une larme glissa le long de sa joue et fut absorbée par le joint spongieux du masque.

Oh ! non. C'est pour ça qu'il était pompier et pas ambulancier.

Il préférait affronter une forêt en flammes plutôt qu'une femme souffrante et en pleurs.

— Tu veux que j'aille chercher le médecin? demanda-t-il. Tu as mal?

Sarah fit non de la tête.

— Désolée…

Elle marmonna autre chose qu'il ne put saisir. Puis elle prononça distinctement :

— Tu as une fille charmante.

— Merci.

On le lui disait souvent, mais il ne se lassait pas de l'entendre.

— Je suis fier d'elle, ajouta-t-il.

— Tu peux l'être.

Elle ferma les yeux et respira dans le masque.

Will se sentait gauche, chose inhabituelle pour lui. En raison de la nature de son travail, il rencontrait des gens dans toutes sortes de circonstances, souvent dans les moments les plus tragiques de leur vie. Il voyait des familles dont tous les biens avaient été réduits en cendres, des enfants qui venaient de perdre un animal de compagnie. Son boulot était loin d'être facile, mais il était doué pour ça. Même s'il préférait combattre face à face avec le feu, il savait comment établir un lien avec une personne en la regardant droit dans les yeux. Il avait appris à ne pas flancher devant la souffrance d'autrui et savait que l'empathie seule ne sert à rien. Il faut agir.

Nerveux, il jeta un regard autour de lui. Pourquoi ne s'occupait-on pas de Sarah? Elle semblait épuisée, affalée contre l'oreiller, ses cheveux pâles collés de sueur sur son front. Il resta sans parler auprès d'elle, tâchant de dissimuler son inquiétude pour ne pas risquer de la bouleverser. Devait-il lui tapoter la main, tenter de la réconforter d'une façon ou d'une autre? Non, mieux valait la laisser tranquille pour qu'elle puisse se reposer.

C'était vraiment une drôle de fille, à l'époque… Adolescents, ils n'auraient pu être plus différents l'un de l'autre. Lui était rempli du genre de rêves que seul pouvait nourrir un jeune athlète arrogant. A ses yeux, Sarah était une énigme. Il ne la connaissait pas ; pour lui, elle n'était qu'une épine dans le pied. Et jamais il ne se serait intéressé à elle si, pour des raisons qu'aujourd'hui il ne comprenait que trop bien, elle ne l'avait distingué pour son ridicule.

Il se remémora la première fois que quelqu'un lui avait montré la BD de Sarah, qu'elle avait intitulée *L'enfer sur terre*. Cette publication se faisait sans le parrainage du lycée. Pour autant, c'était l'événement le plus populaire de l'école, une feuille qui se passait d'élève à élève comme un joint dans une soirée.

Cela faisait des années que Will n'y avait pas repensé, et pourtant il se souvenait très nettement des dessins hardis et quelque peu crus de Sarah. Elle tirait sur tout ce qui passait, de la parade de rentrée des anciens élèves à la nourriture de la cafétéria et aux filles ayant eu recours à la chirurgie esthétique — y compris Birdie, sa propre sœur. Mais l'humour corrosif de Sarah Moon s'exerçait en priorité à l'encontre de ceux qui avaient la belle vie sans faire d'efforts. Des gens qui n'avaient pas à trimer pour obtenir des bonnes notes ni à se battre pour décrocher leur place au sein d'une équipe, ceux qui pouvaient déjeuner n'importe où, sortir avec qui ils voulaient et charmer n'importe quel professeur.

Des gens comme lui.

Sarah s'était acharnée sans merci contre sa personne. Son trait audacieux et plein d'assurance le réduisait à une créature à l'œil vide et à la mâchoire carrée, dotée d'épaules si larges qu'il ne passait pas les portes. Il enrageait de se voir en personnage de BD gonflé de sa propre importance, obsédé par son physique, usant de ses talents et de son charme pour retourner toutes les situations à son avantage.

Il affectait de rire de *L'enfer sur terre* avec le reste du lycée, mais, en son for intérieur, sa caricature le mettait très mal à l'aise. Pour rien au monde il ne l'aurait avoué, mais il savait pourquoi il haïssait tant la BD de Sarah.

Parce qu'elle avait raison sur son compte. Le portrait qu'elle faisait de lui était cruellement exact.

Peut-être n'était-il pas aussi nul et stupide que sa caricature, mais il était probablement aussi égocentrique et mesquin qu'elle le dépeignait. Elle lui tendait un miroir dont il n'aimait pas le reflet.

— Sarah !

Nathaniel Moon entra à grands pas dans le service des urgences et se précipita au chevet de sa fille.

— Qu'est-ce qui se passe ?

— Salut, papa.

Elle souleva le masque à oxygène et fit un vaillant effort pour sourire.

A son côté, son père semblait aussi mal à l'aise que Will. Ce dernier éprouva une affinité inattendue avec Nathaniel : ils étaient tous deux pères célibataires.

Nathaniel tapota l'épaule de Sarah avec maladresse.

Comment tu te sens ? Qu'est-ce qui s'est passé ?

Will le mit au courant en tâchant de banaliser la situation. Mais l'inquiétude se lisait sur le visage de Nathaniel : une jeune femme qui s'évanouit, cela n'a rien de banal.

Lorsque le médecin arriva quelques minutes plus tard, il avait une drôle d'expression. Il ne souriait pas exactement, mais il semblait avoir le pas plutôt alerte. Will fut rassuré de voir que le docteur avait l'air calme et confiant.

— Je vais y aller, maintenant, dit Will à Sarah en reculant pour les laisser dans l'intimité. Je m'occupe de ta chienne, je te la ramènerai quand tu seras rentrée chez toi.

— Merci, murmura Nathaniel.

Sarah gardait les yeux rivés sur le médecin. Plusieurs documents étaient coincés sur son presse-papiers.

— Vos analyses sont revenues du labo, annonça-t-il.

19

— Merci d'être venu, dit Sarah le soir même en ouvrant la porte à Will Bonner.

Il pénétra à l'intérieur du cottage et la première impression de Sarah fut qu'il était trop costaud pour cet endroit. Trop grand, trop baraqué, trop présent, trop... *tout*.

Franny était euphorique de retrouver sa maîtresse à la maison. Elle avait passé toute la journée avec Will et Aurora. Comme Sarah n'était rentrée chez elle qu'à 9 heures du soir, Will avait proposé de garder Franny pour la nuit. Ç'aurait été plus pratique que de lui demander de ramener la chienne au cottage, mais Sarah n'était pas dans des dispositions pratiques.

— C'est vraiment très gentil de ta part, Will, dit-elle d'une voix remarquablement calme.

— Pas de souci.

Il resta là à la regarder, sa casquette de base-ball à la main. Dans l'expectative. Une attente probablement pleine d'interrogations.

Sarah soutint son regard. Il n'y avait pas trente-six façons de le dire.

— Je suis enceinte.

Voilà. Les mots étaient sortis. La nouvelle que lui avait annoncée le médecin planait désormais entre eux, créant son invisible mais implacable réalité. C'était un instant où tout basculait : son avenir, ses rêves, sa vie telle qu'elle l'envisageait. Maintes fois elle avait imaginé ce moment, mais jamais elle n'aurait cru qu'elle partagerait cette nouvelle avec un quasi-inconnu.

A sa décharge, Will s'en sortit plutôt bien.

— Les félicitations sont-elles de mise?

— Oui et non. Je veux dire que c'est quelque chose que je désirais. Simplement… pas maintenant.

Elle entendait encore l'annonce du médecin.

De la façon la plus inattendue, impossible, hallucinante, elle était enceinte.

C'était un rêve devenu réalité. C'était son pire cauchemar. Elle était encore sous le choc. Elle s'attendait à tout sauf à être enceinte. Certes, il y avait bien eu quelques symptômes, ces dernières semaines. Elle avait imputé son absence de règles à l'arrêt des doses cycliques de Clomid, et mis ses nausées et ses envies bizarres sur le compte des nerfs. Aujourd'hui, elle avait appris qu'il y avait une raison à tout cela, une raison qui n'avait rien à voir avec la fin de son mariage ou le début de sa nouvelle vie. *Un bébé.*

— Je ne pourrais jamais assez vous remercier, Aurora et toi, pour m'être venus en aide aujourd'hui, dit-elle.

L'instant était complètement surréaliste. Elle était là, en compagnie d'un homme que, jadis, elle avait à la fois adoré et haï de tout son être d'adolescente passionnée.

— S'il te plaît, pria-t-elle, assieds-toi. Enfin, si tu as le temps, bien sûr…

Will eut un instant d'hésitation lourd de sens. Ils étaient des inconnus l'un pour l'autre, comme ils l'avaient toujours été. Qu'importait le temps qui s'était écoulé depuis le lycée, elle était toujours cette fille bizarre et amère, et lui cet athlète aux airs de dieu grec.

— Merci, dit-il en prenant place sur le sofa recouvert de tissu chenille. Je sors juste du travail.

— Je peux t'offrir quelque chose à boire?

— Non, c'est parfait.

— Je n'ai pas de bière mais il y a une bouteille de pinot…

— Sarah…

Elle inspira profondément.

— Je dis n'importe quoi pour meubler.

— Assieds-toi.

Il la prit par la main et l'obligea à prendre place à côté de lui.

— Ecoute, commença-t-il, qu'il n'y ait aucun doute dans ton esprit : je veux que tu saches que je respecte ta vie privée à cent pour cent.

— Au sujet de...

Sa bouche devint sèche. Elle arrivait à peine à mesurer sa situation. Dans ces conditions, comment l'exprimer à voix haute ?

— Au sujet de ma grossesse.

— Ça ne regarde que toi.

Très diplomate... Sans doute connaissait-il tous les petits détails croustillants de chaque citoyen du secteur de la caserne. Dans son métier, il devait sûrement débouler chez les gens sans crier gare afin de porter secours aux victimes qui s'étaient mises dans un mauvais pas. Il devait savoir qui gardait des sex toys dans sa chambre, qui ne nettoyait jamais sa cuisine ou qui ne rendait pas ses livres à la bibliothèque.

— Je devrais en parler à ta sœur. Comme tu le sais sans doute, je suis sa cliente.

— Birdie est ton amie ?

— Non. Je veux dire, elle est formidable, mais ça ne sort pas du cadre professionnel.

— Je me disais qu'en ce moment tu avais davantage besoin d'une amie que d'une avocate. Tu es sûre que ça va ?

— Je suis un peu dépassée, mais sinon, ça va.

Elle le dévisagea d'un regard où se mêlaient curiosité et soupçon.

— Quoi ? demanda-t-il.

— Il fut un temps où Will Bonner aurait peint la nouvelle à la bombe sur un pont de chemin de fer.

— C'était il y a des années.

Mais il ne nia pas que le Will de l'époque aurait exactement agi de la sorte.

— Les gens changent, reprit-il. J'ai changé. Et quoi que tu décides de faire à propos de ta situation, ça ne regarde que toi.

Sarah fut surprise par sa remarque. Lorsqu'elle en eut saisi le sens, elle secoua vigoureusement la tête.

— Oh, je vais garder l'enfant… Et l'élever. La question ne se pose pas.

Non, elle ne se posait pas. Elle avait trop désiré ce bébé et s'était donné suffisamment de mal pour l'avoir.

— En ce cas, j'estime que les félicitations sont tout à fait de circonstance.

Will lui décocha un sourire si sincère qu'elle en frémit.

— Merci. A part le médecin, tu es le seul à m'avoir félicitée… Mon père a omis de le faire.

— Je suis sûr qu'il était trop préoccupé par le fait que sa fille ait été emmenée aux urgences.

— Je ne comprends pas. Tu me remontes le moral pour tout. Je ne m'attendais pas à ça de ta part.

Il eut un petit rire.

— Je prends ça comme un compliment, même si je doute que tu l'aies dit dans cette intention.

Il se laissa aller contre le dossier du sofa excessivement rembourré, comme si sa place était ici, en définitive.

— Quoi qu'il en soit, poursuivit-il, si tu as envie de parler, si tu as besoin de t'épancher…

Les bras lui en tombèrent. A tel point qu'elle faillit vérifier s'ils étaient toujours attachés à ses épaules. Will Bonner lui tendant la main de l'amitié ? Qu'est-ce qui clochait dans le tableau ?

Peut-être était-ce dans les attributions de son boulot de s'occuper des femmes enceintes hystériques et de s'assurer qu'elles ne perdent pas les pédales…

Elle sentit le regard de Will peser sur elle et s'aperçut qu'elle ne lui avait pas répondu. Lorsqu'elle le fit, ce fut par une question.

— Pourquoi?

— Pourquoi quoi?

— Pourquoi m'inviterais-tu à m'épancher?

Elle ne pouvait s'empêcher de le regarder, c'était plus fort qu'elle. On aurait dit que ses larges épaules étaient capables de supporter tout le poids du monde.

— Tu es toute seule. Tu viens d'apprendre une grande nouvelle.

— Tu es extrêmement gentil, constata-t-elle en le détaillant de près.

« Extérieurement, il n'a rien perdu de son charme, songea-t-elle. Quant à l'intérieur, tout a été revu en mieux! »

— Ça date de quand? Où est passé le Will Bonner qui me surnommait « L'Huître »?

Il écarta les mains en un geste d'ignorance.

« Rectificatif », se reprit-elle. Will n'était pas aussi séduisant qu'au lycée. Il l'était davantage. Il avait forci et son sourire était profond et sincère, il venait droit du cœur. Ses yeux — noisette, elle s'en souvenait parfaitement — s'ornaient de pattes-d'oie, ajoutant du caractère à une beauté qui semblait jadis trop parfaite.

— Vraiment, je t'appelais « L'Huître »? demanda-t-il.

— Toi et toute l'équipe de basket.

— Nous donnions des surnoms à toutes les filles. Crois-moi, tu aurais pu hériter de pire. Cela dit, tu as raison. Je n'étais pas très sympa au lycée. Je suppose que je ressemblais au gars de ta BD.

— Ça vaut ce que ça vaut, mais je regrette beaucoup ces dessins.

— Il ne faut pas. Le fait de me voir dans cette BD m'a peut-être donné envie de m'améliorer.

— C'est à mettre au crédit de tes parents, pas de mes dessins.

— Tu écoutais beaucoup tes parents, toi, à l'époque du lycée?

— Je me souviens à peine d'avoir eu une conversation avec eux.

— CQFD.

Aimable badinage… Elle, Sarah Moon, était en train de badiner avec Will Bonner. Au lycée, Will était le genre de personne qu'on regardait en pensant : « Voilà quelqu'un qui va réussir sur toute la ligne, dans la vie. » Elle fantasmait tellement sur lui, à l'époque… Comme toutes les autres filles du lycée, d'ailleurs.

— Sache que tu peux en parler à Aurora, reprit Sarah. Elle doit se poser des questions.

— Oui, elle voulait venir avec moi, mais je me suis arrangé pour qu'elle reste à la maison. Il y a réunion d'information, ce soir, à son collège. Mais ce n'est pas à moi de lui annoncer la nouvelle.

Sarah sentit le rouge monter à ses joues comme le mercure dans un tube de thermomètre.

— Aurora est formidable, commenta-t-elle. Tu dois être vraiment très fier d'elle.

Combien de fois avait-elle fixé le portrait de Will et d'Aurora dans le bureau de Birdie ? Elle n'avait jamais fait le lien entre le petit ange de la photo et la fille adolescente de Will. Les gens ne renouvellent jamais les photos dans les cadres… Par paresse ou pour figer un moment particulier dans le temps ?

— Oui, je le suis.

« Continue de parler, l'exhorta-t-elle en silence. Ne m'oblige pas à t'extorquer toute l'histoire. »

Will ne continua pas.

— Et donc Aurora est ta belle-fille, je suppose, hasarda-t-elle.

Il hocha la tête.

— J'ai épousé sa mère l'été de la fin du lycée. Et, deux ans plus tard, j'ai légalement adopté Aurora. Je me sens parfois plus son grand frère que son père.

Will ne parla pas de ce qui était arrivé à la mère d'Aurora.

— Que signifie ce regard ? demanda-t-il.

— Quel regard?

— Arrête. Je l'ai vu. A quoi penses-tu?

— A ce que tu viens de dire sur la mère d'Aurora. Je vais passer des heures à me perdre en conjectures.

— Ah oui? demanda-t-il en soutenant son regard. Quel genre de conjectures?

— Aurora m'a dit que toi et ton... épouse étiez très proches, mais que pour le moment elle vivait à Las Vegas.

Will resta quelques secondes immobile. Puis il posa les coudes sur les genoux et joignit les mains sous le menton.

— C'est à moitié vrai. Marisol vit bien à Las Vegas.

— Et l'autre moitié...?

— Aurora a beaucoup de mal à accepter notre séparation.

Quand il parlait de sa fille, Will était différent. Il avait en lui une profondeur et une douceur dont Sarah ne l'aurait jamais cru capable.

— Je suis désolée, dit-elle calmement. Et je te demande pardon d'avoir abordé un sujet si douloureux.

Will continuait de fixer ses mains.

— Elle est partie. Ça arrive.

Une nouvelle forme de silence s'installa entre eux. Pas embarrassé, celui-ci, mais empreint de la douceur qu'entraîne une compréhension mutuelle.

Sarah se sentait étrangement en sécurité en parlant à Will. Et elle avait besoin de parler, cela ne faisait aucun doute. Il avait eu tout à fait raison, quelques instants plus tôt, en soulignant qu'elle avait besoin d'un ami. Elle éprouvait un besoin à la fois troublant et irrépressible de lui confier ce qu'elle ressentait à propos de son mariage. A l'hôpital, elle avait été trop abasourdie, et son père trop mal à l'aise pour pouvoir analyser sa situation et spéculer sur la suite. Tandis qu'avec Will elle craignait d'exploser si les mots ne sortaient pas de sa bouche, chose qu'il semblait trouver tout à fait normale. Ce qui était bien, chez lui, c'était sa façon d'écouter avec cet engagement total. Eprouvait-il lui aussi ce sentiment de complicité immédiate, ou bien cherchait-il simplement à être gentil? Aucune importance, au fond. Il y avait certaines choses qu'elle ne pouvait plus garder pour elle.

— Jack et moi voulions des enfants à tout prix, avoua-t-elle. Jack est mon futur ex-époux.

Will se taisait. Elle n'avait pas besoin qu'il parle.

— Tu veux entendre une histoire hallucinante? demanda-t-elle.

— J'ai le choix?

— Pas si tu restes assis sur ce sofa.

— Je ne bouge pas. Raconte-moi une histoire hallucinante, Sarah Moon.

— Tellement hallucinante que c'est à la limite du surnaturel.

Elle se sentait comme une pécheresse dont la confession doit sortir.

Will se cala sur le sofa et croisa les mains sur un genou.

— Dis toujours.

— Ce n'est pas en couchant avec mon mari que je me suis retrouvée enceinte.

— Je ne suis pas là pour te juger.

Il changea de position pour lui faire face. La légère rougeur de son visage avait quelque chose de curieusement attendrissant.

— Non, attends, ce n'est pas ce que tu penses... Je suis tombée enceinte sans coucher avec personne.

— Ça, j'ai du mal à l'admettre.

Il devait sans doute se dire qu'elle avait perdu la tête.

— Vois-tu, je suis sûre à quatre-vingt-dix-neuf pour cent que cet enfant a été conçu au moment exact où mon mariage s'est brisé. Je me demande s'il faut y voir une espèce de signe.

Will resta silencieux. Une ride lui plissait le front.

— Excuse-moi, dit-elle. Je ne devrais pas te déballer tout ça.

— J'essaie simplement de comprendre comment ça a pu... se faire, tu vois.

Il s'empourpra davantage.

Sarah était étrangement charmée de le voir ainsi rougir.

— Nous suivions un traitement contre la stérilité. C'était notre douzième tentative. La date de conception de l'enfant correspond à ma dernière insémination artificielle.

Elle hésita avant de poursuivre.

— Ça fait trop d'infos d'un coup pour toi ?

— Probablement. Mais que ça ne t'empêche pas de continuer.

Elle n'avait pas l'intention d'en rester là.

— Et donc, tandis que je... euh... suivais cette procédure, Jack était avec quelqu'un d'autre. Comment est-ce que je peux te débiter toutes ces horreurs ?

— On ne me choque pas si facilement, assura-t-il.

Vrai ou faux, elle le crut.

— Et voilà que le rêve de toute ma vie se réalise précisément au moment même où... Ça doit te paraître complètement dingue !

— Quoi, qu'un rêve se réalise ? En effet, ça n'arrive pas tous les jours.

Sarah laissa échapper un soupir de soulagement.

— Merci. Donc, la seule décision que j'aie à prendre, c'est quand et comment annoncer la nouvelle à Jack, et la seule question qui se pose, c'est : est-ce que cela va changer quelque chose entre nous ? Car enfin, je me dis que je devrais envisager de me réconcilier avec lui, pour le bien de l'enfant. Tout enfant ne mérite-t-il pas de grandir entre ses deux parents unis sous le même toit ?

— Tu me poses la question ou tu réfléchis à voix haute ?

Sarah rougit en se rappelant la situation de Will.

— Je réfléchis. Et je n'ai pas la réponse. Il est trop tôt pour que je puisse raisonner de façon sensée.

Elle s'empara d'un coussin du sofa et le serra contre elle — il lui fallait se raccrocher à quelque chose. Elle reprit :

— C'est le genre de truc qu'on imagine sans arrêt : apprendre qu'on est enceinte, l'annoncer à son mari, anticiper l'expression de son visage. C'est toujours très mièvre et très romantique.

Elle fut surprise d'éprouver une nouvelle bouffée de colère envers Jack. Cet instant-là aussi, il le lui avait dérobé.

— Tu veux un conseil? demanda Will avant de poursuivre sans attendre sa réponse. Ne prends aucune décision sur un coup de tête. Et entre-temps, réjouis-toi d'attendre un enfant.

— Ça tombe à un moment tellement dingue! Je n'arrive pas à me représenter l'avenir, quelle que soit ma décision.

Il lui adressa un sourire rassurant.

— Bien sûr que si. Tu es jeune, en bonne santé, et tu vas avoir un enfant. En quoi est-ce que ça pourrait être une mauvaise chose?

Les paroles de Will ébranlèrent Sarah, dont le moral remonta en flèche. Comment croire qu'elle était encore assise près lui sur ce sofa? Elle se sentait sur un petit nuage…

— Merci, murmura-t-elle. Je commence enfin à me dire que c'est la plus merveilleuse nouvelle de ma vie.

— Un dernier conseil, intervint-il. Je ne me suis jamais trouvé dans une telle situation, mais je sais ce que c'est qu'une rupture. Laisse libre cours à ta colère. Pique une crise. Casse des assiettes. Balance des trucs.

— Tu rigoles…

— J'ai l'air de rigoler? Tu n'imagines pas à quel point ça fait du bien de casser et de jeter des trucs.

— Je ne suis pas en colère. Je suis heureuse de l'arrivée de cet enfant. Evidemment, c'est un défi énorme, mais en même temps une véritable bénédiction, et je suis… heureuse. Pas en colère.

— Ça viendra et c'est normal. Et le jour où tu auras vraiment envie de te lâcher sans causer de véritables dégâts, défoule-toi sur des objets inanimés. Tu veux que je te ramène un carton de vieilles assiettes d'occasion?

— Je me débrouillerai. Merci quand même.

Sarah sentit le regard de Will posé sur elle.

— Quoi ? demanda-t-elle.

— Tu as un joli sourire. Je ne m'en souvenais pas.

— Je n'étais pas très jolie. Et je ne souriais pas souvent.

Il s'esclaffa.

— J'en doute, répondit-il en la considérant avec une expression indéchiffrable. Bon, ça va aller ?

— Alors là, question piège. Pour ce soir, je pense que ça ira. J'ai vécu une journée vraiment étrange et c'est sympa d'avoir eu quelqu'un à qui parler. Je vais faire de mon mieux pour que ça aille.

— Très bien, Sarah. Je suis là pour t'aider. Ne l'oublie pas.

Elle se pelotonna contre l'accoudoir rembourré du sofa.

— Je ne l'oublierai pas.

Elle se sentait bien avec Will et lui était reconnaissante de lui rappeler qu'elle n'était pas seule.

— Il y a quand même quelque chose qui m'intrigue, avoua-t-elle. Tu n'es jamais parti de Glenmuir. J'ai toujours pensé que tu ferais ta vie loin d'ici.

— C'est ce qui était prévu, admit-il. Mais il arrive qu'on modifie ses projets… Bon, il faut que j'y aille, maintenant.

Il fit mine de se lever. Franny le fixa d'un œil mélancolique.

« Ne t'en va pas », l'implora intérieurement Sarah.

— Bien sûr, acquiesça-t-elle.

Will alla au secrétaire à abattant situé dans un angle de la pièce et griffonna quelque chose sur un bout de papier.

— Les numéros où tu peux me joindre, précisa-t-il. A la caserne, chez moi et sur mon portable.

Il lui tendit le papier.

— Merci, dit-elle en le raccompagnant jusqu'à son pick-up. Et remercie également Aurora. Elle s'est comportée de bout en bout de façon exemplaire.

— Appelle-moi n'importe quand. Même sans raison…

Il inclina légèrement la tête et la dévisagea avec curiosité.

— J'ai dit quelque chose de drôle ?

— Non.

Sarah ne pouvait s'en empêcher. Il la faisait sourire.

— C'est juste que… tu es vraiment le fonctionnaire le plus efficace que je connaisse.

20

Quand elle avait décidé d'interviewer Sarah Moon pour son devoir de sciences humaines, Aurora ne se doutait pas que l'histoire prendrait un tour si dramatique. Son professeur lui accorderait-il des points supplémentaires pour ça? Ou mettrait-il son devoir sur le site internet du collège, comme l'interview qu'avait réalisée Glynnis avec son père? Bien sûr, le prof voudrait connaître le dénouement de cette aventure; or, Aurora ne possédait pas la réponse. Son père lui avait dit que cela ne concernait que Sarah, et que c'était à elle de s'expliquer sur ce qui lui était arrivé. Ou pas.

Question secrets, son père était une véritable tombe. Comme il était pompier, les gens s'imaginaient qu'il passait sa vie à éteindre des feux. Mais c'était sans compter avec les appels pour aller récupérer des bagues de fiançailles dans les canalisations ou libérer des gamins de lieux où ils n'auraient jamais dû se trouver. Une fois, Ethan Parker avait escaladé le château d'eau municipal; étant donné qu'une fois là-haut il avait eu trop peur pour descendre, c'est Will qui était monté le récupérer. La mère d'Edie l'avait appelé un jour pour faire sortir des oiseaux du conduit de la cheminée et l'avait accueilli en négligé de soie; c'est Gloria qui avait vendu la mèche.

— Et si on se faisait une petite partie, tous les deux?

Son père lui tint la porte de derrière et lui lança le ballon de basket.

— C'est vachement mieux que les devoirs!

Aurora se dirigea vers l'allée et dribbla jusqu'au panier. Grâce à son père, elle était forte en sports. Impossible d'être la fille de Will et de ne pas briller au basket, au base-ball, au football et à la crosse.

— On gardera du temps pour les devoirs, assura-t-il en essayant de lui prendre le ballon.

Elle feinta et pivota pour le bloquer.

— Ça va te prendre la nuit pour me battre.

Quand elle était petite, il la laissait souvent gagner. Mais, ces derniers temps, il la bousculait et la provoquait. C'était le côté positif, quand on était élevé par un mec — on était automatiquement acceptée par les sportifs de l'école. Et, tout en jouant, son père et elle se parlaient. Bizarrement, c'est pendant qu'ils essayaient de se mettre une raclée qu'ils discutaient le mieux, pas lorsqu'ils restaient tranquilles.

— Comment ça se fait que tu ne m'aies jamais dit que tu connaissais Sarah Moon, au lycée?

Elle tenta un tir en course et le réussit.

Will récupéra le ballon au rebond.

— On ne peut pas vraiment dire que je la connaissais. Je savais qui c'était. Nous étions dans la même classe.

— Alors laisse-moi deviner, dit Aurora en se mettant en défense, même si c'était inutile. Elle, c'était la tête, et toi, les jambes.

Son père dribbla d'un air songeur.

— Qu'est-ce qui te fait croire que c'était une tête?

Aurora dissimula un sourire. Ainsi, il avait mordu à l'hameçon…

— Allez… Tous les artistes et les génies de l'informatique sont d'anciens intellos coincés. Ou des gens carrément zarbis. Beaucoup d'artistes étaient zarbis au lycée. Et elle, elle était comment?

— Zarbi, je pense. Pour quelqu'un qui est encore au collège, je te trouve bien renseignée.

Elle tenta de s'emparer du ballon.

— Tu es allé voir sa BD sur internet, hier soir, lâcha-t-elle. Tu as laissé la page ouverte.

Aurora se précipita sur son père pour lui prendre le ballon, mais il l'esquiva. C'était parfois difficile de savoir ce qu'il avait en tête.

— Pourquoi ? demanda-t-elle. Qu'est-ce qui t'a donné envie d'aller voir ?

Will tenta un tir extérieur facile qui entra dans le panier. *Plof.*

— La plupart du temps, les élèves zarbis deviennent des adultes intéressants.

— Et Sarah alors, elle était comment à l'époque ?

— Elle dessinait déjà des BD, expliqua son père en la laissant récupérer la balle au rebond.

— Tu veux dire pour le journal de l'école, c'est ça ?

Sarah n'avait pas mentionné cela dans l'interview.

Will secoua la tête.

— Non, c'étaient des BD clandestines. Tu comprends ce que ça veut dire ?

— Des trucs porno ?

Aurora dribblait à deux mains, même si, techniquement, ce geste était interdit.

Son père rougit.

— Non. Je n'en reviens pas que tu penses à ça en premier ! Ses BD étaient satiriques. Très polémiques. Elle se moquait de l'administration scolaire et des autres élèves.

— Ah… Tu veux dire qu'elle se moquait de toi.

Elle tenta un tir en faisant rebondir le ballon sur le panneau, mais elle le manqua.

— Elle me représentait sous les traits d'un taré au QI de pantoufle. Elle avait tendance à se payer la tête des gens qui lui semblaient trop satisfaits ou trop imbus d'eux-mêmes.

Aurora récupéra le ballon. Ses inquiétudes concernant Sarah Moon s'apaisèrent.

— Pourquoi est-ce que personne ne l'a empêchée de continuer?

— Elle avait déjà de l'humour à l'époque. On se passait les exemplaires de ses dessins à peine imprimés.

— Donc, avec de l'humour, on s'en sort toujours.

— Pour un temps.

— Il faudra que je m'en souvienne.

Aurora essaya de marquer mais son tir partit n'importe comment, rebondit sur l'asphalte de l'allée et atterrit dans les buissons de roses.

Son père décréta la fin du match et sortit deux sodas du réfrigérateur. Ils s'assirent derrière sur les marches du perron, dans la fraîcheur de l'air du soir.

— J'ai feuilleté les annuaires de l'école, chez grand-mère, avoua Aurora. Sur Sarah Moon, il n'y avait pas beaucoup d'infos, mais sur toi, des tonnes.

A l'époque, son père était une véritable idole, le genre de garçon trop beau pour être vrai. Si séduisant que c'en était gênant pour elle.

— Tu dois vraiment t'ennuyer, chez elle, si tu en es réduite à regarder de vieux annuaires de lycée, fit-il remarquer.

— Je m'ennuie à mort, acquiesça-t-elle avant de boire une gorgée de soda à la bouteille.

Elle n'aurait su dire pourquoi elle ressentait une telle attirance pour les vieux albums rangés dans le bureau de ses grands-parents, ni pourquoi les photos et les messages griffonnés par les anciens amis de son père l'intriguaient autant. Peut-être parce qu'il n'aimait pas beaucoup parler de lui.

— Tu as appris quelque chose? demanda-t-il. Sur Sarah, je veux dire…

— Non, rien d'intéressant. Elle se teignait les cheveux en noir.

— Je crois m'en souvenir.

— Qu'est-ce que tu avais bien pu lui faire?

— Je ne me rappelle plus. Je devais la taquiner. Je taquinais tout le monde, à l'époque.

Son père s'intéressait-il à Sarah Moon ? Peut-être songeait-il à l'inviter quelque part, éventualité qui contrariait Aurora. Elle détestait que Will fréquente quelqu'un. Cela n'avait rien à voir avec un quelconque reste de loyauté envers sa mère. Il y avait belle lurette que ce genre de sentiment l'avait abandonnée. Elle ne voulait pas que son père sorte avec d'autres femmes parce qu'elle se sentait dépossédée. Pour rien au monde elle ne l'aurait avoué. Elle se faisait l'effet d'une chipie excessivement gâtée.

Gâtée, cela dit, elle ne l'était pas. Simplement, elle ne voulait pas partager son père. Elle le partageait déjà bien assez. Régulièrement, il l'abandonnait. Elle avait beau savoir que c'était son boulot et qu'il allait lui revenir à la fin de sa garde, elle haïssait chacune de ses absences.

Elle aurait dû souhaiter le voir heureux. Elle *voulait* le voir heureux — mais avec elle, pas avec une autre femme. Elle avait été ravie qu'il effectue des recherches concernant Sarah sur internet, mais maintenant que tous les deux s'étaient rencontrés, elle vivait dans la crainte. Quand son père n'était pas en service, elle avait besoin qu'il reste auprès d'elle. Par chance, il ne sortait jamais très longtemps avec une femme. Elles tombaient presque toutes amoureuses de lui. Même la dernière des idiotes aurait pu voir qu'il était beau mec — drôle et sympa, en plus. Mais lui ne tombait jamais amoureux d'elles.

Une ou deux fois, ça n'était pas passé loin. Avec cette productrice de thé bio de Gualala qui portait des débardeurs en fibres naturelles et pas de soutien-gorge, une fille sans une once d'humour. Son père l'avait dans la peau, mais Aurora semblait la rendre nerveuse, alors elle n'avait pas fait long feu. Oh, et ce mannequin pour maillots de bain qui habitait San Francisco… Un magazine avait organisé une séance photos sur Wildcat Beach et tous les mannequins ainsi que l'équipe avaient séjourné au Golden Eagle Inn. Son père était sorti avec Mischa pendant plusieurs mois, effectuant la navette entre Glenmuir et San Francisco.

Ça commençait à devenir sérieux entre eux, quand, un jour, Aurora s'était luxé la clavicule à l'école en tombant de la cage d'écureuil. Son père avait alors annulé un rendez-vous avec Mischa et cette dernière, folle de rage, avait rompu. Ce jour-là, Aurora avait appris quelque chose : elle avait une influence considérable sur son père.

Elle préférait ne pas trop penser à toutes les fois où elle en avait usé. Parfois, elle avait mal au ventre alors que Will était sur le point de sortir avec une femme. D'autres fois, elle avait besoin que son père l'aide à faire ses devoirs. On aurait dit qu'à peine il commençait à s'intéresser à une femme que, justement, Aurora arrivait avec un problème quelconque qui exigeait toute son attention.

Tante Birdie avait vu clair dans son jeu et lui avait demandé de cesser ce petit manège. On ne la faisait pas à tante Birdie…

Heureusement, il y avait longtemps que son père n'avait pas rencontré quelqu'un. Du moins quelqu'un sur qui il ait vraiment flashé.

Will jeta un coup d'œil à sa montre. Aurora et lui étaient en retard pour aller dîner chez ses parents. Chaque vendredi soir, sa mère invitait toute la famille — Aurora et lui, sa sœur et son mari. Will s'y rendait chaque fois que son emploi du temps le lui permettait. Comme d'habitude, Aurora mettait un temps fou à se préparer. Que pouvait-elle bien fabriquer pendant trois quarts d'heure, enfermée dans la salle de bains, chaque fois qu'ils devaient sortir? Tout au fond de lui-même, il ne tenait pas à le savoir.

— On y va, Aurora! cria-t-il depuis la cuisine.

— Cinq minutes! s'époumona-t-elle en retour.

Elle lui avait fait la même réponse cinq minutes plus tôt.

— Maintenant! insista-t-il. On est déjà en retard.

Visiblement ravie d'avoir énervé son père, Aurora descendit l'escalier, enveloppée d'un parfum légèrement fruité, chacune de ses mèches de jais parfaitement en place, et maquillée d'une main assurée.

Maquillée... A treize ans.

— Qu'est-ce qu'il y a ? demanda-t-elle en attrapant son énorme sac à main élimé, qu'elle tenait devant elle à la manière d'un bouclier.

— Pourquoi est-ce que tu me poses cette question ?

— Tu as la mâchoire crispée, comme quand quelque chose te tracasse.

Will se força à se décontracter et se retint de répliquer. Ils se chamaillaient parfois comme deux gosses, et, une fois partis, ils étaient difficiles à arrêter.

Un coup de froid inhabituel pour la saison s'était abattu sur la région. Will tendit la main vers le strapontin arrière du pick-up pour y attraper un blouson de sport du lycée, vieux mais propre, en laine bouillie violette et manches en cuir, orné de lettres rouge vif. Il l'avait depuis la classe de seconde où il avait gagné dans trois disciplines sportives différentes le droit d'arborer les initiales de son école, honneur quasiment inédit. Trois ans durant, il avait paradé dans ce blouson comme s'il s'était agi d'un manteau d'hermine ; aujourd'hui, c'était devenu une relique. Il n'y attachait plus de valeur particulière, à part celle de pense-bête : « Jamais d'arrogance ». Il gardait le blouson dans son pick-up et l'en sortait à l'occasion les nuits de brouillard, quand le froid s'infiltrait jusque dans ses os.

Ils grimpèrent dans le véhicule et Will mit la radio. « What Katie Did » des Libertines s'échappa des haut-parleurs.

— Il n'y a rien qui me tracasse.

— Oh ! si. Allez, papa... Tu peux me le dire.

— Laisse tomber.

— Pourquoi ? Pourquoi tu ne veux pas m'en parler ?

— Tu vas le prendre mal et te mettre en pétard contre moi.

— Non, c'est promis.

Le poignet gauche appuyé sur le haut du volant, il tendit la main pour monter le volume. Parfois, mieux valait se taire.

Aurora baissa le son.

— J'ai dit « promis ».

— J'ai oublié de quoi nous parlions.

— Tu oublies tout dès qu'il s'agit de moi. Tu m'oublies, moi.

— Tu vois ? Tu commences déjà à t'énerver.

— Parce que tu ne me dis plus rien.

— On se parle tout le temps.

— Oui, du lait qu'il reste dans le frigo, de mes tickets de cantine à renouveler ou de mes devoirs. C'est pas parler ça, papa. C'est... faire l'inventaire.

Bon sang, alors ! D'où sortait-elle tout ça ? Birdie lui bourrait-elle le crâne en douce, ou bien le second chromosome X était-il équipé d'un catalogue de questions perspicaces ?

L'unique feu de Glenmuir était rouge. Ils patientèrent au croisement à l'angle duquel se dressait le White Horse Café. Des types comme lui s'y rendaient après leur journée de travail pour faire une partie de billard et plaisanter avec tout le monde, sans se presser de rentrer chez eux. Will ne put s'empêcher d'éprouver un pincement d'envie à leur égard : ce n'étaient pas des hommes comme lui. C'étaient des types de son âge, mais sans doute aucun d'eux n'avait de fille adolescente à élever. Il était passé à côté de beaucoup de choses et, parfois, c'était bien difficile de ne pas en éprouver de regrets.

Will jeta un regard à la gamine renfrognée assise à côté de lui. Le crépuscule tombant soulignait son profil délicat, et il se rappela qu'Aurora n'avait pas demandé à entrer dans sa vie. Ce n'était pas sa faute si sa mère était partie... Et voilà qu'elle se retrouvait coincée ici avec lui, pour qui les adolescentes étaient plus mystérieuses et incompréhensibles que l'univers lui-même.

— C'est vert, lança-t-elle en lui faisant signe.

Il accéléra vers la sortie de la bourgade.

Aurora se pencha pour baisser le volume de la radio.

— Tu ne m'as toujours pas dit ce qui n'allait pas.

Ils étaient à une minute environ de la ferme de ses parents, où il avait grandi et vécu jusqu'à dix-neuf ans, âge auquel il avait pris femme et enfant, un boulot et une maison au bourg.

La dispute ne durerait qu'une minute. C'était déjà ça.

— Tu veux vraiment savoir ce qui me tracasse ?

— Oui. Je veux vraiment le savoir.

— Tu es la plus jolie fille du monde, et je ne dis pas ça pour être gentil.

— Tu es mon père. C'est normal que tu penses ça. Merci quand même, ajouta-t-elle avec plus de douceur.

— C'est pour ça que je me demande bien pourquoi tu te peinturlures le visage chaque jour.

Il n'eut pas besoin de la regarder pour sentir qu'elle se hérissait, et il leva une main pour se justifier.

— Souviens-toi, c'est toi qui as voulu savoir ce qui me tracassait.

— Je ne me peinturlure pas, protesta Aurora. Ça s'appelle se maquiller.

— Tu n'en as pas besoin. Tu es plus jolie au naturel.

— Tu râles toujours à cause de mon maquillage, se lamenta-t-elle.

— Pourquoi tu n'arrêterais pas d'en mettre ? Comme ça, je la bouclerais.

— Papa…

— On est arrivés.

Soulagé, il s'engagea dans l'allée gravillonnée de la maison de ses parents. Il n'avait pas envie de raisonner avec Aurora. Ni de la vexer en lui disant qu'ainsi maquillée elle faisait plus que son âge, ressemblant ainsi à l'adulte qu'il ne souhaitait pas la voir devenir.

— Sauvé par le gong, hein ?

Elle lança ses jambes sur le côté pour sauter du pick-up. Alors qu'elle se laissait glisser du véhicule, Will entraperçut une bande de peau nue entre son corsage et la ceinture de son jean.

— Aurora…

Sa fille comprit très bien ce qu'il voulait dire. Elle tira sur l'ourlet de son chemisier mais ne put recouvrir l'espace dénudé.

— Allez, papa…

— Couvre-toi, répliqua-t-il. On en a déjà parlé.

— Je n'ai pas apporté d'autre chemisier.

— Fais ce que je te dis, Aurora. Je ne sais pas pourquoi, avec toi, tout se transforme toujours en conflit.

Will fit mine d'ôter son blouson pour qu'elle puisse s'en couvrir.

— Attends! Je viens de me rappeler, l'arrêta-t-elle en farfouillant dans son sac. J'avais apporté un pull.

— Petite maligne, constata-t-il. Tu avais prévu le coup, tu savais que je ne serais pas d'accord…

Ted et Nanny, les deux colleys de ses parents, se précipitèrent en aboyant pour leur faire fête. Contre la véranda se trouvaient appuyés les vélos de Birdie et d'Ellison. Sa sœur et son beau-frère les prenaient partout, ils étaient toujours en train de s'entraîner pour une course cycliste ou un triathlon.

Sa tante Lonnie, qui dirigeait une petite entreprise de fret aérien, sortit leur dire bonjour. Depuis au moins vingt ans, c'était elle qui se chargeait de convoyer les fleurs cultivées à la ferme vers toutes sortes de destinations, ainsi que d'autres productions agricoles locales.

— J'aimerais bien rester un peu pour prendre de vos nouvelles, dit-elle, mais j'ai ma livraison hebdomadaire à cet hôtel de Las Vegas.

— Las Vegas? répéta Aurora avec intérêt. Hé, je peux venir?

— Bien sûr, acquiesça tante Lonnie avec un sourire décontracté. Ça me ferait très plaisir de faire le vol en ta compagnie.

Will s'efforça de ne pas laisser cet échange l'inquiéter. Aurora avait déjà voyagé avec sa grand-tante à bord du De Havilland Beaver. Dès qu'il s'agissait de sa mère, la petite s'accrochait au moindre espoir, alors que Marisol ne prenait même plus la peine d'appeler sa fille pour lui souhaiter son anniversaire.

Shannon Bonner sortit sous la véranda pour les accueillir et dire au revoir à sa sœur.

— Mamie !

Aurora se précipita vers elle en courant. En une fraction de seconde, la ravissante nymphette redevint une enfant comme les autres.

« Si seulement elle pouvait rester comme ça ! » soupira Will avec désespoir. Tandis qu'elle s'entretenait gaiement avec sa grand-mère, il dit au revoir à Lonnie, puis fit halte pour caresser les chiens. A quatorze ans passés, Nanny n'était plus toute jeune et promenait une allure squelettique. Ted, deux fois plus jeune, bouillonnait de l'énergie, en apparence inépuisable, propre aux border colleys. Il fallut que Shannon lui ordonne de se calmer pour qu'il cesse de décrire des cercles frénétiques et de bondir sur Aurora.

Ses parents, songea Will, correspondaient exactement au profil des habitants du Marin Ouest, à tel point que c'en était gênant. Ils s'étaient rencontrés à Berkeley, avaient décroché leur diplôme avec mention et avaient fui la ville pour le Marin afin d'y mener une vie au contact de la nature. Bardés de leurs diplômes de sciences politiques et de sociologie, ils s'étaient abonnés à *Mother Earth* ainsi qu'à *Rolling Stone* et étaient devenus cultivateurs.

Sans trop de réussite, du moins au début. Leur refus d'employer des engrais chimiques ou artificiels leur avait valu de nombreux revers.

Pour finir, confrontés au spectre de la saisie, ils avaient trouvé une culture de rente lucrative sans être illégale : les fleurs. Le climat et le sol du Marin s'étaient avérés idéaux pour les lis de Pâques, les lis orientaux Stargazer, les amaryllis et toute une palette arc-en-ciel de variétés spéciales. Avec le développement phénoménal de la région de la baie, ses parents avaient été confrontés à une demande considérable. Même si l'entreprise ne leur avait jamais permis d'amasser une fortune, les Bonner arrivaient bon an mal an à joindre les deux bouts, ce qui suffisait à leur bonheur.

Dans cet environnement écolo, Birdie et Will avaient grandi entourés d'un amour à la fois éclairé et inconditionnel. Ils avaient effectué un parcours scolaire remarquable, chacun à sa façon, et tous deux semblaient promis à un brillant avenir.

Lorsque Will avait choisi de s'installer à Glenmuir avec femme et enfant au lieu d'aller étudier à Stanford ou Berkeley, les gens avaient compati. « Pauvres Angus et Shannon Bonner! soupiraient-ils. Will avait le monde à ses pieds et il a tout gâché sur un coup de tête. Ses parents doivent être anéantis… »

C'était mal connaître les Bonner. Leur but n'avait jamais été de tirer gloire de la réussite de leurs enfants, et c'est ce que ces gens-là ne comprenaient pas. Angus et Shannon n'allaient pas dans les cocktails pour faire étalage des succès de leur progéniture, que ce soit sur le plan scolaire, sportif ou social.

Ce qu'ils voulaient pour Will et Birdie était d'une telle simplicité que, pour la plupart des parents ambitieux du Marin Ouest, cette idée-là était incompréhensible : ils voulaient leur bonheur.

Plutôt que de considérer Aurora et Marisol comme un fardeau, les Bonner les avaient vues comme une bénédiction. Pour autant qu'il sache, ses parents n'avaient jamais regretté ce qu'il aurait pu devenir. Ils ne lui rappelaient jamais intentionnellement le destin qu'il aurait pu avoir.

Au lycée, il y avait des professeurs, des conseillers et des entraîneurs qui ne lui pardonneraient jamais d'avoir tourné le dos aux études, aux contrats sportifs, à la chance de pouvoir se mesurer aux meilleurs. Heureusement pour lui, Will ne se sentait d'obligation envers personne excepté sa famille.

« Quelle chance j'ai… », songea-t-il en contemplant sa mère et Aurora. Elles entrèrent dans la maison main dans la main, ressemblant davantage à des amies qu'à une grand-mère et sa petite-fille. Sa mère avait les cheveux longs et portait sur un jean un gros pull canadien tricoté main.

Elle était de petite taille, à peine plus grande qu'Aurora. Les gens s'étonnaient toujours qu'une femme aussi menue que Shannon puisse être la mère de ce grand costaud de Will Bonner, avec ses un mètre quatre-vingt-quinze... jusqu'à ce qu'ils aient rencontré Angus. Alors, ils comprenaient.

— Salut, mon grand! s'écria Angus d'une voix de stentor lorsque Will entra dans la maison. Comment vas-tu?

Au cours du repas composé de lasagnes et de légumes verts du jardin, la conversation roula sur les thèmes habituels — la politique et la météo.

— Aurora s'ennuie, constata Birdie. Je l'entends se morfondre d'ici.

Aurora piqua un fard, mais ne nia pas qu'elle s'ennuyait.

— L'actualité et le temps qu'il fait... Deux choses contre lesquelles on ne peut rien.

— De quoi voudrais-tu parler? s'enquit aimablement Shannon.

Aurora haussa les épaules.

— Je déteste être la seule enfant de la famille.

— Tu sais bien que tu peux inviter une amie à venir ici, lui rappela sa grand-mère.

— C'est pas pareil.

Aurora pointa sa fourchette en direction de Birdie et Ellison.

— Vous devriez avoir un enfant, vous deux. La tante de ma copine Edie a eu un bébé; il est vraiment trop mignon et elle le fait sans arrêt garder par une baby-sitter.

— Moi, je suis partante, approuva Birdie, en même temps qu'Ellison estimait : On va attendre.

Ils échangèrent un regard, et Will comprit que ce n'était pas la première fois qu'ils abordaient le sujet.

— Je pense que vous devriez vous lancer, insista Aurora.

En savait-elle plus sur la situation de Sarah Moon qu'elle ne voulait bien le laisser paraître? se demanda-t-il. Même avec la permission de Sarah, il n'avait pas mentionné la grossesse de celle-ci à sa fille, mais peut-être Aurora avait-elle deviné toute seule...

— Donc, tu aimes les bébés, commenta Shannon.

— Comme cousins. Pas tout le temps.

— Ce qu'il y a de marrant avec les bébés, intervint Ellison, c'est que quand tu en as un, c'est pour la vie.

Après le dîner, Aurora et Birdie se hâtèrent de débarrasser la table afin d'aller regarder *American Idol*. Will, ses parents et son beau-frère restèrent à l'écart de la pièce où se trouvait la télévision, insensibles à l'attrait de l'émission qui captivait les deux filles. Elles étaient membres d'un club auquel Will n'appartiendrait jamais — Dieu merci !

Laissant ses parents et Ellison en train de bavarder devant leur café, Will passa dans le bureau contigu au salon. Abritant un millier de livres, la pièce, qui faisait également office de bureau pour l'entreprise, était garnie de meubles récupérés à la bibliothèque municipale suite à son réagencement.

Ce bureau respirait les souvenirs ; ils étaient entreposés sur des rayonnages entre le *Compact Oxford English Dictionary* et les œuvres complètes d'Ewell Gibbons.

Bien que fils d'activistes politiques et intellectuels, Will n'avait jamais eu le sentiment d'avoir vécu une enfance très différente de celle des autres. Penché sur ses devoirs, il avait passé bien des heures à la longue table en chêne, tandis qu'installés au secrétaire à cylindre tout proche ses parents peinaient sur les livres de comptes de l'exploitation. Il se souvenait encore de la lumière qui tombait de l'abat-jour vert de la lampe, et du grattement de la mine de plomb sur la texture grossière de son cahier en papier recyclé.

Troublé, il alla à une étagère d'où il tira l'un des albums de l'annuaire du lycée : *Cosmos*. Le livre datait de sa dernière année scolaire. Il posa l'épais volume sur la table et se mit à le parcourir. De nombreuses pages étaient griffonnées de salutations laissées par des gens qu'il se rappelait à peine — Skye Cameron ? Mike Rudolph ? — et émaillées de références dont le sens s'était depuis longtemps estompé : « N'oublie pas Lalaland, mec ! » De fait, il l'avait complètement oublié. « AmiZ pour la viZ » déclarait un certain JimiZ qu'il ne pensait pas avoir revu depuis la cérémonie de remise des diplômes.

Il y avait cependant une photo dont il se souvenait très bien : un cliché le représentant en compagnie de cinq autres garçons de l'équipe de base-ball. Le soir de la cérémonie, tous les six s'étaient embarqués pour une virée en voiture qui avait définitivement bouleversé ses projets d'avenir. A grands éclats de rire, gonflés d'une confiance insolente, ils avaient roulé vers le sud, dans le but de célébrer l'étape importante que marquait dans leur vie la remise des diplômes.

Sur le chemin du retour, ses amis l'avaient déclaré bon pour l'asile. Il était en train de gâcher sa vie pour le bien de deux inconnues.

Aux yeux de Will, elles n'avaient rien de deux inconnues. C'était son épouse et son enfant.

Il remonta jusqu'aux premières pages de l'album — les portraits des élèves de dernière année. Le sien montrait une silhouette en haut d'une crête découpée, avec le soleil en arrière-plan. Il levait les bras comme pour soutenir l'astre lui-même. Tout pour la frime, songea-t-il.

En tournant les pages, il trouva l'entrée correspondant à Sarah Moon. Etrangement, son cœur s'emballa dès qu'il tomba sur son nom. Sourcils froncés, il étudia sa photo, portrait d'une fille malheureuse aux cheveux hérissés, au regard ardent, les bras résolument croisés devant elle à la manière d'un bouclier.

A côté de sa photo, en lieu et place de l'énumération de ses performances scolaires, elle avait dessiné une huître entrouverte d'où n'émergeaient du noir que deux yeux scrutateurs et une bulle qui disait : « Je ne suis peut-être pas grand-chose, mais je suis tout pour moi. » Sarah était cette observatrice silencieuse, tapie dans l'ombre, cataloguant les nuances du comportement humain qu'elle caricaturerait plus tard dans ses dessins.

Avec le recul, Will perçut clairement qu'elle devait être l'élève la plus intéressante de l'album. Pourtant, prise en sandwich entre les pom-pom girls et les pitres de la classe, c'est à peine si on la remarquait.

A l'époque, comment avait-elle vécu le fait d'être en butte aux bruyants sarcasmes d'imbéciles tels que lui? Et Aurora, comment allait-elle se débrouiller, une fois au lycée? se demanda-t-il soudain, conscient que sa fille approchait de cet âge à grands pas.

Depuis qu'il avait conduit Sarah en urgence à l'hôpital, la jeune femme hantait ses pensées. Pour une raison indéfinissable, il ne cessait de songer à elle. Sans doute à cause des propos de Gloria. Les réflexions fleur bleue de sa collègue s'étaient logées dans son esprit comme un grain de maïs désagréablement coincé entre les dents.

Trouver quelqu'un...

Un pyromane, voilà ce qu'il lui fallait découvrir! Pas un rendez-vous avec une femme enceinte!

Et pourtant, maintenant que l'idée avait pris racine en lui, il avait du mal à s'en distraire. Son esprit s'égarait à tout bout de champ vers cette soirée chez elle, revenait sur leur conversation d'une singulière franchise et sur la bouffée de désir, violente et imprévue, qu'il avait éprouvée. Pour tout autre que lui, il aurait parlé de harcèlement sur la personne de Sarah Moon. En patrouille, il se surprenait à passer devant May's Cottage et accordait une attention particulière à une certaine Mini bleu et argent quand il la repérait, garée devant l'épicerie ou le bureau de poste.

Plus d'une fois, il avait aperçu Sarah à Glenmuir. Toujours seule. Il en était arrivé à reconnaître son coupe-vent bleu clair et son pas vif et décidé, la façon dont la brise marine malmenait ses courtes mèches blondes.

Il l'avait priée — suppliée, presque — de le rappeler. Elle ne l'avait pas fait, renversement de situation pour le moins ironique par rapport au lycée. A l'époque, il n'y avait rien d'intéressant en dehors du monde selon Will Bonner.

Sa mère entra dans le bureau, tenant à la main son sempiternel mug de thé en grès. Presque par réflexe, Will referma l'album.

— Tout va bien ? s'enquit-elle.

— Mais oui…

Elle jeta un regard au livre posé sur la table.

— Tu cherchais quelqu'un ?

— Oui.

A sa mère, Will ne disait jamais autre chose que la vérité. A quoi bon lui mentir ? Elle avait un côté médium dans sa capacité à déceler un mensonge ou une dérobade.

— Sarah Moon.

— Ah ?

Elle s'appuya contre la table, chevilles croisées.

— Aurora m'a dit que tu l'avais emmenée aux urgences. Comment va-t-elle ?

— Ça va s'arranger.

— Vous n'avez jamais sympathisé au lycée, n'est-ce pas ?

Will eut un rire sec.

— Je me moquais de Sarah parce qu'elle était fille d'ostréiculteur. Elle ne pouvait pas me voir en peinture.

Sa mère haussa un sourcil.

— Tu es sûr ?

— J'étais l'un des personnages principaux de ses bandes dessinées, tu te rappelles ?

— Ça veut dire qu'elle en pinçait pour toi.

— Pas cette nana. Elle était franchement bizarre.

— Et aujourd'hui, voilà qu'elle est de retour à Glenmuir.

Will remit le livre sur l'étagère.

— Est-ce que ça t'arrive d'y penser, maman, à ce que j'étais censé faire de ma vie, comparé à ce que je suis effectivement devenu ?

— Tout le temps.

Elle but une gorgée de thé.

— Nous doutons toujours des chemins que nous prenons dans la vie. C'est inhérent à la nature humaine.

244

Le jour où Will avait ramené Marisol et Aurora à la maison, il aurait donné n'importe quoi pour que ses parents lui indiquent l'attitude à adopter. Ceux-ci s'étaient, bien sûr, abstenus de tout conseil. Sa mère lui avait simplement demandé : « Qu'est-ce que ton cœur te dit de faire ? »

— Quoi qu'il en soit, c'est ça qui te rend si nostalgique ? s'enquit Shannon. Le fait que Sarah Moon soit revenue ?

— Peut-être. Ça et… Aurora. En un rien de temps, elle sera au lycée. C'est dingue, constata-t-il en secouant la tête.

Durant cette parenthèse de silence, ils entendirent une concurrente malheureuse d'*American Idol* roucouler « Unchained Melody ». Par l'embrasure de la porte, Will vit que son père et Ellison avaient été attirés par l'émission, qu'ils suivaient désormais avec la même fascination qu'Aurora et Birdie.

— Elle grandit si vite, remarqua sa mère avec un sourire affectueux.

— Trop vite, oui ! maugréa Will

— Ça se passe bien, à la maison ?

— On se dispute beaucoup trop, reconnut-il. Je ne vois jamais rien arriver. Tout va bien et, dans la minute qui suit, on se querelle sur quelque chose.

— C'est toi, l'adulte. Tu ne dois pas céder à la tentation de te chamailler avec un enfant.

— C'est plus facile à dire qu'à faire. Je me sens complètement largué. Aurora est tout pour moi. Je donnerais ma vie pour elle, maman. Mais, ces derniers temps, nos relations sont parfois bizarres, et je trouve ça vraiment nul parce que c'est moi qui l'ai élevée. Quand elle était petite, je comprenais ce qui la mettait en rogne. Quand elle était malheureuse, je la consolais. Quand elle était en colère, je la faisais rire. On était tout le temps sur la même longueur d'onde.

— Et maintenant, elle t'apparaît comme une parfaite inconnue dotée d'un esprit indépendant.

— Elle change si vite… Et moi, je suis tout seul.

— Mon fils, tout homme qui a une fille en passe par là. Tu

t'en sors très bien. Souviens-toi juste que les adolescentes de son âge ont plus que jamais besoin d'un père.

— Elle a encore remis le sujet de sa mère sur le tapis, l'autre jour.

— Tu ne penses jamais à reprendre contact avec Marisol pour...

— Non.

De la main, Will trancha l'air d'un geste catégorique avant de poursuivre.

— Elle sait très bien où nous trouver. Nous n'avons pas changé d'adresse ni de numéro de téléphone depuis son départ.

Il baissa la tête. Une dérobade équivalait-elle à un mensonge ? Ce qu'il ne pouvait dire à sa mère — ni à Aurora —, c'est que Marisol l'avait contacté. Et il ferait tout pour que cela reste un secret. A quoi bon révéler à Aurora que sa mère appelait réguliè-rement ? Elle ne le faisait que pour demander de l'argent, jamais pour s'enquérir de sa fille.

Une autre voix d'*American Idol* fusa jusqu'à un vibrato aigu et resta accrochée là-haut, à osciller désespérément sur la note.

— Comment va Gloria ? demanda sa mère.

— Toujours aussi mal.

— Elle te tarabuste toujours pour que tu sortes avec des filles ?

— Toujours. D'après elle, ça serait bénéfique à la fois pour moi et pour Aurora.

Le temps d'une fraction de seconde, le regard de sa mère effleura l'annuaire du lycée. Shannon Bonner ne faisait jamais rien par hasard, et Will le savait.

— Ah non, maman ! Tu ne vas pas t'y mettre, toi aussi.

— Je n'ai rien dit.

— Je t'ai entendue penser très distinctement.

— Elle vient d'une famille merveilleuse, souligna sa mère.

246

— Elle est en plein divorce. Je ne vois pas ce qu'il y a de merveilleux là-dedans.

Et, songeant à la situation difficile dans laquelle se trouvait Sarah, il conclut :

— Je t'assure que cette fille n'est *vraiment* pas pour moi.

21

— Ton frère est quelqu'un d'étonnant, confia Sarah à Birdie Shafter au cours de leur rendez-vous suivant.

— C'est ce que j'ai toujours pensé.

Sarah étudia la photo de Will et Aurora qui, elle s'en rendait compte à présent, datait d'au moins cinq ans. Il n'avait pas beaucoup changé depuis. A côté de lui, Aurora semblait minuscule et fragile, et ce contraste faisait ressortir l'air doux et protecteur de Will.

Birdie se racla la gorge et Sarah rougit.

— Il t'a raconté ce qui m'arrive ?

— Non.

Birdie se pencha en avant, bras croisés sur le bureau.

— Il s'agit de quelque chose que je devrais savoir ?

Sarah hocha la tête, submergée en même temps par une bouffée de reconnaissance à l'égard de Will. Il lui avait affirmé que son état ne regardait personne d'autre qu'elle et il avait tenu parole. Elle croisa les bras sur son ventre. Pour l'instant, sa grossesse ne se devinait pas encore, mais elle se sentait différente. Tendre et vulnérable, emplie d'émerveillement.

— Je suis enceinte, révéla-t-elle à Birdie.

L'avocate posa son calepin et se renfonça dans son fauteuil.

— Et c'est une bonne nouvelle ?

— Tout à fait, déclara Sarah. Je veux dire par là que même si c'est complètement dingue et terrifiant, ce bébé était voulu, j'en rêvais depuis si longtemps !

Elle lui expliqua brièvement les circonstances de la conception de l'enfant.

— Evidemment, jamais je n'aurais imaginé me retrouver dans une telle situation le jour où ça m'arriverait enfin…

— Ça sera merveilleux. J'en suis sûre.

Le visage de Birdie fut illuminé par son sourire. Sarah fut frappée par l'air de famille entre elle et son frère.

— Et maintenant? l'interrogea-t-elle. Je suppose qu'il faut que je prévienne Jack?

Birdie acquiesça d'un hochement de tête.

— La question de la pension alimentaire entre en jeu.

Sarah but nerveusement une gorgée de la bouteille d'eau minérale qui ne la quittait jamais, et exprima la pensée qui l'avait tracassée toute la nuit.

— Est-ce qu'il peut demander la garde de l'enfant?

— Il ne l'obtiendra jamais, mais un droit de visite, ce n'est pas exclu.

— J'avais peur que tu me répondes ça.

— Tu t'attends à des problèmes? Ton mari constitue-t-il une menace pour l'enfant?

— Pas physiquement, bien sûr, quoique, franchement, je ne sache plus trop quoi penser, reconnut Sarah. Je me suis trompée sur tant de choses…

Elle baissa les yeux sur ses genoux. Les doigts de sa main gauche étaient maculés d'encre. Elle avait dessiné toute la matinée.

— Quand me conseilles-tu de le lui annoncer?

— Rapidement. Nous demanderons une extension de ta garantie d'assurance maladie. La grossesse est un événement qui rentre dans la couverture de santé, ça ne devrait donc pas poser de problème.

— Je vais appeler Jack aujourd'hui.

— Tu te sens bien, Sarah?

— Oui. Je ne sais pas ce que j'aurais fait sans ta nièce et ton frère qui m'ont emmenée à l'hôpital…

Elle jeta un coup œil à la photo sur l'étagère.

— J'ai été si surprise de revoir Will… Pourquoi ne m'avais-tu pas dit qu'il vivait à Glenmuir ?

— Je ne pensais pas que ça pouvait t'intéresser.

— Nous étions dans la même classe au lycée…

— Ça vaut également pour Vivian Pierce. Elle est toujours dans le coin, répliqua Birdie. Marco Montegna aussi. Il s'est enrôlé chez les marines et est revenu du Moyen-Orient handicapé à vie. Je peux te citer toute la liste si tu y tiens.

— Je vois où tu veux en venir. Mais Will, c'est différent. C'est ton frère.

Sarah aurait aimé interroger Birdie sur la mère d'Aurora, mais elle ne voulait pas la mettre dans une position délicate.

— Bon…, dit Birdie en prenant deux ou trois notes. Je suis contente que vous ayez renoué, tous les deux.

— Il n'y avait pas grand-chose à renouer, en fait. Nous n'étions pas franchement amis au lycée.

Birdie ne leva pas le nez de ses notes.

— Peut-être le deviendrez-vous aujourd'hui.

Sarah se dirigea vers la marina de Glenmuir, où les bancs bordant le quai faisaient face à la baie ; c'était le lieu idéal pour régler des questions épineuses tout en contemplant l'horizon. C'était aussi l'un des rares endroits d'où elle pourrait capter le réseau pour son portable. Il lui fallait se débarrasser de ce coup de fil, elle le savait, mais le petit téléphone argenté lui semblait glacé et pesait des tonnes dans sa main.

Elle passa devant une mère et sa fille en plein lèche-vitrines, qui débattaient avec animation des différents mérites des sacs artisanaux exposés. On voyait tout de suite qu'elles étaient mère et fille, non parce qu'elles se ressemblaient, mais en raison d'une certaine affinité entre elles. Elles avaient la même posture lorsqu'elles se penchaient pour examiner un article dans la vitrine, elles tournaient la tête en même temps pour se regarder.

Une bouffée de nostalgie l'assaillit à l'improviste. « Je suis enceinte, maman, songea-t-elle. Et tu ne m'as jamais autant manqué que maintenant… »

Sa grand-mère et tante May s'étaient emparées de la nouvelle dès qu'elle la leur avait annoncée. Rayonnantes de bonheur, elles avaient eu les mots qu'il fallait. Mais au centre de toute cette émotion, Sarah n'avait pu s'empêcher de sentir en elle un gouffre béant. Attendre un enfant était le genre de miracle qu'une femme partageait avec son mari, puis avec sa mère.

Elle fut cependant gagnée par un sentiment enivrant. Un enfant… Elle allait avoir un enfant, et aurait donné n'importe quoi pour pouvoir partager la nouvelle avec sa mère. Elle se représenta le métier à tisser abandonné chez son père, encore tendu de cachemire, de la couleur des premières roses du printemps.

— Ce soir, maman, murmura-t-elle. Ce soir, je te confierai mes rêves.

Jack pouvait attendre, décida-t-elle en rangeant son téléphone. Elle entra dans l'épicerie et acheta quelques provisions de base : œufs, citrons, oranges, pommes de terre, pommes, brocoli, nourriture pour chien. Bien que toujours en proie à des envies bizarres, elle était résolue à prendre soin d'elle.

— Mon réfrigérateur doit être un monument à la gloire de la toute puissante pyramide alimentaire, se promit-elle.

En sortant, elle passa devant trois autres femmes qui, espérait-elle, n'avaient pas remarqué qu'elle se parlait à elle-même. Apparemment non, tant elles étaient prises par leur conversation. Séduisantes et élégantes comme elles l'étaient, elles auraient pu faire partie du casting de *Sex and the City*. Trois amies en train de rire et de bavarder. Des copines. Ça, c'était chouette ! « Je suis enceinte, aurait-elle voulu leur dire. N'est-ce pas merveilleux ? »

Elle songea à appeler une ou deux copines de Chicago pour leur annoncer la nouvelle. Mais la plupart de ses amies appartenaient au cercle de gens qui connaissaient Jack « depuis toujours ». Et on ne plaisantait pas avec ça. Dans le monde de

Jack, les liens se formaient dès le plus jeune âge et tenaient bon contre vents et marées.

A l'exception des liens du mariage, remarqua Sarah, l'estomac soulevé par une colère brûlante. Manifestement, avec ceux-ci on pouvait prendre certaines libertés !

— Maintenant que je suis chauffée à blanc, je suis prête à passer ce coup de fil.

Elle décida de rouler jusqu'à un lieu plus intime. Elle connaissait un endroit d'où son portable capterait un signal puissant des tours qui s'élevaient non loin du phare de Point Reyes. Tout en conduisant, elle imagina son enfant en train de grandir ici, enveloppé dans la beauté saisissante du littoral, l'explosion des vagues contre les falaises vertigineuses et le mystérieux brouillard voilant le rivage et les vertes ombres des forêts côtières. C'était la première fois qu'elle se laissait aller à concevoir l'image bien définie d'un véritable enfant, pieds nus et agile comme un elfe, courant dans un champ de fleurs sauvages ou jouant dans le sable sur une plage ensoleillée. Cette vision la fit sourire, sachant qu'elle était idéalisée, mais n'était-ce pas là le propre des rêveries ?

Sarah se gara sur un parking recouvert de gravier, non loin d'un endroit marécageux au lagon lisse comme un miroir et dont l'eau était bordée d'épais roseaux. Le temps que son appel aboutisse, elle observa une aigrette bleue juchée sur ses fines pattes dans les eaux peu profondes. Immobile, telle une statue, l'oiseau pêchait, sachant d'instinct que le moyen le plus efficace d'accomplir cette tâche était de ne rien faire. Il semblait ne pas même respirer, mais Sarah imaginait son cœur battant à toute allure, tandis que ses yeux en boutons de bottine scrutaient les eaux claires de la baie à la recherche d'une proie. Combien de temps l'aigrette était-elle prête à attendre ?

— Daly Construction.

Mme Brodsky, la secrétaire de direction de Jack, était une autre de ces loyalistes qui connaissaient les Daly « depuis toujours ».

— C'est Sarah. J'ai besoin de parler à Jack, s'il vous plaît.

Elle sortit un marqueur, celui qu'elle gardait toujours dans son sac.

— Je vais voir s'il est disponible, Sarah.

La sécheresse du ton de Mme Brodsky reflétait sa désapprobation. Il était clair qu'à l'instar de tous les autres elle considérait Jack comme la victime dans toute cette histoire, abandonné par son écervelée de Californienne. Pour passer le temps, Sarah sortit un citron du sac posé sur le siège passager. Elle l'orna d'une Mme Brodsky au visage rond et à la bouche pincée en train de dire : « Je vais voir s'il est disponible. »

Puis Sarah entreprit de dessiner sur un œuf le visage de Jack, et l'interrogea du regard : souhaitait-il parler à son épouse volage ? Cela faisait un bout de temps qu'ils ne s'étaient pas adressé la parole. Dernièrement, l'essentiel de leur communication s'était déroulé par avocats interposés. Il y a seulement quelques mois, une telle évolution lui aurait paru chose impossible, mais maintenant…

— Sarah.

Jack prit l'appel brutalement.

Le marqueur coula à la surface de l'œuf, créant au beau milieu un pâté inattendu. Un œuf pouvait-il se prendre un œuf dans la figure ?

— J'ai une nouvelle à t'annoncer, commença-t-elle en dessinant une queue à la tache informe, qui maintenant ressemblait à un têtard. Une nouvelle plutôt bizarre, précisa-t-elle.

— Ça ne me changera pas. Tout est bizarre, depuis que tu es partie.

Sarah serra les dents. Jack s'arrangeait avec brio pour oublier les circonstances de son départ de la maison. A son ton, il semblait meurtri, désespéré. C'était lui, la partie offensée.

Elle tira une orange du sac et l'affubla d'un autre Jack, l'air embrouillé, celui-ci.

— Je suis enceinte, dit-elle. Je viens de l'apprendre.

Jack resta coi, chose assez rare chez lui.

— Tu déconnes, lâcha-t-il finalement.

— Non, répliqua-t-elle, refusant de laisser un tremblement envahir sa voix.

Ce n'était pas la tournure qu'aurait dû prendre la conversation. Où étaient donc la tendresse, l'émerveillement, la joie ?

— Je trouverais la plaisanterie de très mauvais goût, reprit-elle.

— Pourquoi ça ? Dans ta BD, tu as bien tourné mon cancer en dérision.

Un silence choqué et douloureux s'abattit entre eux. C'était pour cela qu'il valait mieux communiquer par le biais d'avocats. Chaque fois qu'ils se parlaient, ils trouvaient de nouvelles façons de se faire du mal.

— Pourrais-tu, pour une fois, éviter de toujours tout ramener à toi ?

Elle continuait à dessiner méthodiquement, sans réfléchir. En quelques minutes, les œufs et les fruits héritèrent tous d'un visage, chacun arborant une expression particulière. Alignés dans leur boîte en carton, les œufs ressemblaient aux spectateurs d'un match de base-ball.

— Très bien. Je n'ai donc jamais rien eu à voir dans ton désir d'enfant, conclut-il d'un ton railleur. Et donc, il est de moi ?

Sarah écarta le téléphone de son oreille, incrédule. Très faiblement, elle entendait la voix de Jack qui continuait à parler. Tout son être lui commandait de jeter le téléphone le plus loin possible, dans l'eau, mais elle s'était déjà débarrassée d'un portable en pleine conversation avec Jack, et cela n'avait rien changé. Elle avait toujours besoin d'un téléphone, et Jack était toujours un salaud.

Au lieu de quoi, elle se laissa aller contre le dossier du banc et contempla l'oiseau de mer. L'aigrette était vive comme l'éclair. Elle plongea la tête sous l'eau et émergea, un poisson brillant serré dans son bec. L'oiseau engloutit sa proie qui frétillait encore, avant de prendre son essor tel un hydravion, gagnant de la vitesse, ses larges ailes battant l'air avec une puissance régulière.

Avec un calme étudié, Sarah éteignit son portable et le remit dans son sac. Puis elle remonta dans sa voiture et roula jusqu'à ce qu'elle ne puisse plus aller plus loin. Point Reyes se dressait à l'extrémité de nulle part, sentinelle montant la garde au-dessus du vaste Pacifique. Elle s'arrêta à un endroit où les falaises érodées dominaient l'océan en furie, et où des panneaux battus par les vents avertissaient de ne pas s'approcher du bord. « Avancez avec prudence, surtout par temps de vent », était-il inscrit en lettres capitales.

Sarah se gara et descendit de voiture, sentant le vent l'envelopper d'une bourrasque ascendante, soulever le bas de son blouson et ébouriffer ses cheveux. Elle marcha jusqu'au bord de la falaise et demeura longtemps immobile, le regard fixe, comme pétrifiée par les tourbillons, les remous veinés de blanc qui s'amalgamaient comme d'énormes poings s'élançant pour cogner, avant de s'écraser eux-mêmes dans une explosion de diamants sur les rochers en contrebas. Certaines gerbes d'embruns étaient si fines qu'une série d'arcs en ciel s'y formaient fugitivement avant de s'estomper, l'un après l'autre. Le fracas rythmique de l'océan composait une étrange et envoûtante musique qui la poussait à s'abandonner à ses sentiments les plus profonds.

Sarah regarda une corneille du Cap s'emparer d'une palourde et laisser tomber le coquillage sur les rochers, répétant sans se lasser le même procédé jusqu'à ce qu'enfin la coque s'ouvre et que l'oiseau obtienne sa récompense. La nourriture paraissait digne de tout le mal que s'était donné la corneille, car elle s'en prit aussitôt à une autre palourde.

Debout au bord de l'infini, Sarah éprouvait un sentiment enivrant de puissance allié à une vulnérabilité intimidante. Le vent ondoyait contre elle et agitait des touffes de fleurs sauvages à ses pieds.

Il est de moi ?

Les mots de Jack semblaient portés par le vent, dans un murmure qui enflait en un hurlement auquel elle ne pouvait échapper. Mon Dieu, dire qu'il avait osé proférer une chose pareille ! La rage s'infiltra jusqu'au plus profond de ses os, tel un poison pouvant envahir son métabolisme tout entier, la détruire, elle et la nouvelle vie qu'elle portait en son sein, si jamais elle autorisait sa colère à la consumer de l'intérieur. Elle prit une profonde inspiration, emplissant ses poumons de brume et d'air marin piquant d'embruns iodés que projetaient les vagues en s'écrasant. Elle tendit les bras vers le vide, puis les écarta comme des ailes. Envolé, à présent, son sentiment de fragilité : elle ne ressentait plus qu'une suprême puissance. Alors, elle repensa au conseil que lui avait donné Will Bonner. *Laisse libre cours à ta colère. Balance des trucs.*

Elle porta le sac de provisions jusqu'au belvédère, en tira un œuf orné du visage de Jack et le lança dans les airs. L'œuf s'éleva très haut dans le ciel en décrivant une courbe parfaite. Puis il retomba à pic sur les rochers en contrebas et les vagues surgirent pour emporter les débris vers la mer.

Sarah s'empara d'un autre œuf et le jeta dans le vide. *Prends ça. Et ça.* L'un après l'autre, tous les œufs y passèrent et, lorsqu'elle se retrouva à court de munitions, ce fut le tour des citrons, des oranges et, pour finir, des pommes de terre. Chaque fois, le poison refluait en elle, comme aspiré vers le large.

Au bout de quelques minutes, le sac fut vide. Sarah avait les épaules douloureuses, les muscles de ses bras étaient las et sans tonus, mais elle avait retrouvé la paix de l'esprit.

Exactement comme le lui avait promis Will.

22

— La première réaction de Jack a été de demander si l'enfant était de lui, annonça Sarah au groupe de soutien pour divorcés. Et j'ai enfin compris ce que certains d'entre vous m'avaient dit à propos de la colère. Jusqu'à cet instant, je n'avais pas pris conscience de la véritable ampleur de ma rage. Je l'avais si bien enfouie en moi que je ne m'étais pas rendu compte de sa profondeur avant qu'il ait prononcé ces mots.

Le groupe assimila sa déclaration en silence, mais c'était un calme confortable, comme un coussin d'air. Sarah était venue ici rechercher la solidarité du groupe, rassemblement improbable d'âmes meurtries qui s'entraidaient pour que la vie continue. Elle se représenta avec eux, tous serrés dans un canot de sauvetage, sur une mer sombre et déchaînée.

— Avant ça, je pensais être furieuse contre Jack, poursuivit-elle. Mais maintenant, je me dis que cette rage n'était que la partie émergée de l'iceberg.

— Certains d'entre nous viennent ici depuis des années.

La personne qui avait pris la parole s'appelait Mary B. ; cette agréable femme d'âge mûr portait sur elle une sorte de dignité lasse.

— Il y a une raison à cela, continua-t-elle. Il est impossible de connaître l'étendue et la profondeur de sa colère, ne parlons même pas de la gérer. Il n'y a pas de possibilité de lâcher prise. Il faut explorer les choses, c'est tout. C'est à cela que sert le groupe.

Sarah hocha la tête, reconnaissant son état de confusion.

— Pour être franche, je ne sais même plus où j'en suis par rapport à mon avenir, mais je m'efforce d'être heureuse.

— Tu as raison, approuva Mary. Ne laisse pas les paroles de quelqu'un te priver de ce bonheur.

— Merci. Tout ça tombe plutôt mal, mais j'en rêvais depuis si longtemps…, confia Sarah avant de se caler contre le dossier de sa chaise, perdue dans une douce réflexion.

Son excitation était bien réelle, même si son enthousiasme se teintait d'incertitude et parfois même de panique. Pourtant, depuis cette journée sur les falaises, elle trouvait plus facile de s'abandonner à ses émotions, y compris à la colère. Peut-être, songea-t-elle, le secret d'une vie heureuse était-il d'apprendre à se sortir indemne des périodes de malheur. Suite à son coup de fil initial, Jack lui avait téléphoné à plusieurs reprises, mais elle ne prenait pas ses appels, pas plus que ceux de sa mère, Helen, ou de sa sœur, Megan. Elle effaçait tous les messages de sa boîte vocale sans les écouter et avait mis l'adresse e-mail de Jack sur sa liste d'expéditeurs bloqués. D'après Birdie, l'avocat de Jack prétendait que son client regrettait la réaction qu'il avait eue à l'annonce de la nouvelle, et qu'il souhaitait retirer son accusation non fondée. Jack avait été pris au dépourvu et voulait discuter de la situation avec elle.

Sarah, elle, ne voulait discuter de rien du tout. Elle commençait à entrevoir une logique dans les revirements de Jack, qui semblaient toujours intervenir lorsqu'il y avait de l'argent à débourser. Elle demanda à Birdie d'exiger le paiement d'une pension alimentaire pour l'enfant.

Cette seule idée était difficile à concevoir. Tout comme celle de droit de garde et de droit de visite. La situation tout entière était difficile à concevoir. Du moment où elle avait appris sa grossesse, son univers avait subi un changement d'orientation radical. Désormais, chacune de ses décisions devait être prise en tenant compte de l'enfant. Avant cela, elle envisageait d'aller vivre à San Francisco, peut-être de prendre un appartement bohème dans un immeuble sans ascenseur de Bernal Heights.

Cette grossesse mettait un terme définitif à ce genre de projet. Dans l'avenir immédiat, elle allait rester ici, entourée de ses proches, sachant qu'elle et l'enfant auraient besoin du soutien de sa famille.

Il lui suffisait de fermer les yeux pour se représenter cet enfant pas encore né à chaque stade de son développement. Elle se sentait étrangement coupable de ne pas avoir compris plus tôt qu'elle était enceinte, alors qu'avec tous les traitements qu'elle avait subis elle se considérait plutôt comme une experte en la matière. Elle avait toujours cru qu'elle le saurait le moment venu. Des centaines de fois elle avait visualisé l'amas de cellules se nichant dans son utérus, secret plus petit qu'une tête d'épingle. Quand elle avait appris ce qui lui arrivait, son enfant était déjà une petite boucle d'humanité dotée de bourgeons de membres et possédant son propre cœur battant. *Je regrette de ne pas avoir compris plus tôt*, confia-t-elle à l'enfant. *J'aurais voulu ne pas manquer une seule seconde de ton existence.*

Elle arrivait à imaginer le poids du bébé et sa chaleur dans ses bras, son odeur et la douceur de sa peau. Fille ou garçon, elle n'avait pas de préférence. L'un ou l'autre, elle allait l'adorer. Un petit Pongo ou une petite Perdita. Rhett ou Scarlett. Zeus ou Héra. Wonder Woman ou Captain America. La nuit, elle restait éveillée à établir de longues listes de prénoms et trouvait tout ce processus vertigineusement délicieux.

Birdie — et le bon sens — lui recommandait de décider du rôle que tiendrait Jack. C'était facile de s'enfermer dans une fureur justifiée, mais il ne fallait pas oublier qu'en fin de compte elle n'était pas seule dans cette histoire. Son enfant avait deux parents et méritait la plus belle vie que Sarah puisse lui offrir. Elle n'avait eu besoin de personne pour comprendre que le fait de nourrir haine et colère envers le père de son enfant n'était pas une bonne idée.

Après la réunion, Gloria Martinez vint la voir pour la serrer dans ses bras.

— Je suis vraiment contente pour toi.

— Merci. Je suis encore en train de me faire à la nouvelle.

— Tu as tout le temps pour te préparer à ça.

Sarah hocha la tête.

— Du temps de mon mariage, mon désir d'enfant était si fort qu'il m'ôtait parfois tout bon sens. J'étais sûre que c'était ce qui manquait à ma vie et qu'une fois que je serais enceinte tout rentrerait dans l'ordre.

— Et maintenant?

Sarah sourit enfin.

— Maintenant que je vais redevenir célibataire, je n'ai plus besoin d'un enfant pour cimenter mon couple…

Elle effleura son ventre, geste qui était rapidement en train de devenir une habitude.

— … mais je continue à vouloir cet enfant plus que tout au monde.

— C'est bien, commenta Gloria. C'est dur pour un enfant d'être le ciment du couple de ses parents. C'est une hypothèse au hasard, mais je pense que les gosses se portent mieux quand on ne leur demande pas d'être autre chose que des gosses.

Sarah opina du chef, tout en regardant s'en aller deux des derniers arrivés au sein du groupe, un homme et une femme.

— Et question rencontres? demanda Sarah.

— Certaines personnes se rapprochent dans un groupe, mais ça n'arrive pas très souvent.

Sarah rougit.

— Je ne voulais pas parler du groupe. C'était juste… en général.

— Tu ne penses donc à personne en particulier?

— Non, mon Dieu… non.

Et pourtant l'image de quelqu'un de bien particulier s'imposa malgré elle à son esprit. Sur la table où l'on buvait le café, Gloria prit un sac fourre-tout imprimé d'un logo familier et des initiales GFD.

— Tu travailles à la caserne? s'enquit Sarah.

— Tout à fait. Je suis pompier. Conductrice de pompe, pour être exacte.

— Tu bosses peut-être avec Will Bonner?

— Tout juste.

Gloria enfila son blouson et dégagea ses cheveux de l'encolure.

— C'est lui qui m'a emmenée au Valley Regional le jour où j'ai appris que j'étais enceinte. Je ne sais pas ce que j'aurais fait sans lui.

Gloria passa son sac sur son épaule et décocha un sourire à Sarah.

— C'est un sentiment partagé par beaucoup de gens.

Aurora évitait Sarah. Au début de manière inconsciente, jusqu'à ce qu'elle réalise que la situation la contrariait au plus haut point. Elle ne voyait pas d'un bon œil que son père et Sarah se soient finalement rencontrés.

« C'est *mon* amie », avait-elle envie de lancer à son père. Elle ne pouvait pourtant pas lui dire ça. Elle passerait pour un vrai bébé.

Lorsqu'elle reçut le message de Sarah lui proposant qu'elles se voient après la classe, Aurora fut tentée d'ignorer l'invitation. Le problème, c'est qu'elle appréciait Sarah et souhaitait rester amie avec elle.

Son sac à dos sur les épaules, elle descendit du bus la première au lieu d'attendre Mandy et les autres dans l'espoir que, pour une fois, elles l'inviteraient à se joindre à elles. C'était déjà quelque chose. Au moins, elle ne se lamentait plus de ne pas faire partie de leur bande.

Sarah l'attendait à l'endroit convenu, tenant en laisse Franny qui flairait une touffe de sauge sauvage. Aurora se surprit à détailler Sarah d'un œil inquiet.

— Tu vas bien?

Elle sourit.

— Je te promets que je ne vais pas tomber dans les pommes comme la dernière fois.

— Merci. J'ai eu ma dose d'émotion.

— Je devine donc que ton père ne t'a pas dit grand-chose au sujet de mon malaise ce jour-là? constata Sarah.

— Il m'a dit que c'était une affaire entre toi et ton médecin.

— Je ne suis pas d'accord, répliqua Sarah. Tu as le droit de savoir, et, d'ailleurs, ce n'est pas un secret.

Aurora s'arma de courage. Et s'il s'agissait d'une de ces horribles maladies? Elle savait vaguement que la mère de Sarah était morte jeune, de quelque chose de terrible. Sarah avait-elle hérité du même mal?

— D'accord. Raconte.

— Il s'avère que j'attends un enfant.

Comme une idiote, Aurora ne trouva rien à répondre à cela. Sa réaction tenait en partie au soulagement. Maintenant qu'elle était au courant de la situation, il devenait totalement stupide et parano de craindre que son père et Sarah puissent sortir ensemble. Entre son divorce et sa grossesse, Sarah n'avait sûrement pas la tête à ça.

Quoique...

Assez! Il fallait qu'elle cesse de s'angoisser comme ça. Elle fixa le sol, mâchoires crispées, ses émotions brouillées par son trouble intérieur.

— C'est une bonne nouvelle, s'empressa de préciser Sarah, sans doute ébranlée par le silence d'Aurora. Mon médecin affirme que tout ira bien à condition que je prenne soin de moi.

— C'est super, alors. Je suppose.

Aurora ne connaissait pas grand-chose aux bébés, elle n'en avait jamais eu dans son entourage.

— J'ai comme l'impression que tu ne considères pas la venue d'un enfant comme un heureux événement. Pourquoi?

« Parce que tu n'as pas de mari, pour commencer, songea Aurora. Parce que la seule chose qui craigne encore plus que d'être mère célibataire, c'est sûrement d'être enfant de mère célibataire. » La mère de Glynnis se plaignait toujours que c'était drôlement dur. En cours d'hygiène de vie, même les manuels disaient que c'était dur.

— Un enfant, c'est beaucoup de problèmes, lâcha-t-elle.

— Les parents te répondraient que le jeu en vaut la chandelle.

— Pas tous les parents, marmonna Aurora avant de se mordre la langue.

Flûte ! Qu'est-ce qui lui avait pris de dire ça ?

Sarah inclina un peu la tête et la considéra d'un œil inquisiteur.

— Tu ne parles tout de même pas de ta situation, si ?

— C'est la seule que je connaisse.

Aurora brûlait du besoin de lui parler de sa mère, mais elle se contint et poursuivit.

— Dès que l'enfant paraît, il bouscule tout, il faut changer tous ses projets.

— Le changement peut avoir du bon.

— Ou pas, s'entêta Aurora.

Puis, avant qu'elle ait pu s'en empêcher, les mots lui échappèrent.

— Moi, j'ai gâché l'avenir de mon père.

— Gâché ? Qu'est-ce que tu veux dire ? demanda Sarah, qui faillit s'étrangler.

— Avant que je débarque, il était plein de projets. Il était censé partir en fac, peut-être même passer pro, jouer chez les Athletics et devenir une star. Et tout le monde aurait été fier de lui. Au lieu de ça, il est resté coincé ici avec ma mère et moi, et son parcours s'est arrêté là. Tous ses projets sont tombés à l'eau.

— Changer ses projets, ce n'est pas la même chose que gâcher sa vie. Où diable es-tu allée pêcher cette idée ? C'est ton père qui t'a dit ça ?

— Sûrement pas. Mon père fait comme si j'étais ce qui lui est arrivé de mieux dans la vie. Il a fallu que ce soit un prof du collège qui me dise la vérité. M. Kearns, le prof d'hygiène de vie qui entraîne l'équipe de base-ball, c'est lui qui m'a tout raconté. Il était vraiment déçu que mon père n'ait rien fait de sa vie et soit resté ici à s'occuper de moi.

Sarah se souvenait de Kearns, professeur médiocre et entraîneur agressif. Quel crétin de balancer de telles choses à Aurora !

— Et tu crois le premier prof venu plutôt que ton propre père ?

— Je crois que mon père ferait n'importe quoi pour que je n'entende pas ce genre de trucs, mais je ne suis pas sourde.

— Un enfant est l'événement le plus important qui puisse arriver à qui que ce soit. Je suis en train de m'en rendre compte par moi-même.

— Parce que tu es enceinte.

— Parce que c'est comme ça. Tu sais, avant d'apprendre que j'attendais un enfant, je m'apprêtais à partir à San Francisco pour me trouver un super appart de célibataire. Je me voyais vivant seule, genre Bridget Jones version côte Ouest, et je m'étais fait tout un plan sur le côté bohème de la vie d'artiste. Et puis... *badaboum !* J'apprends que je suis enceinte. Cette nouvelle a chamboulé mon avenir. Est-ce qu'il est gâché pour autant ? Est-ce que je suis déçue ? Pas l'ombre d'une seconde ! Je ressens ce qu'a dû éprouver ton père quand tu es arrivée. Je me sens privilégiée, chanceuse, éblouie. Et sans doute plus heureuse que je ne l'ai jamais été.

— Est-ce que ça veut dire que tu vas retourner vivre avec ton mari ? demanda Aurora.

Sarah s'étrangla de nouveau.

— Jamais de la vie.

Elle marqua une pause et dévisagea Aurora.

— Tu as déjà pensé que ça pouvait se produire pour tes parents ?

« *Badaboum* toi-même », se dit Aurora en fixant le sol.

— Non, admit-elle, le cœur transpercée par le regret.

Elle était gênée aussi, parce qu'elle avait raconté à Sarah que son père et elle allaient partir rejoindre sa mère à Las Vegas.

Depuis le temps, Sarah devait avoir compris que ce n'était qu'une invention.

— Avant, je l'espérais, mais maintenant je sais que c'est un vœu stupide qui ne se réalisera jamais. Ne le prends pas mal, s'empressa-t-elle d'ajouter, mais quand les enfants sont petits, ils veulent toujours que leurs parents se remettent ensemble.

— Tu en sais des choses pour ton âge, constata Sarah.

— Sur certains points, oui.

Son père et elle étaient heureux avant, même s'ils n'étaient que tous les deux. Mais, ces derniers temps, elle avait perçu un changement. Bien sûr, elle n'était plus une petite fille. Elle ne s'attendait pas à ce qu'il la porte à bout de bras ni à ce qu'il lui fasse un câlin avant de la border. Il semblait tellement absent ces jours-ci qu'il lui fallait presque crier *Au feu!* pour attirer son attention dans un endroit bondé.

23

Sarah fit halte dans le hall d'entrée de l'Esperson Building, repéra les toilettes et fonça vers une cabine juste à temps pour vomir. C'était devenu banal, depuis quelque temps. La routine des nausées matinales. Le Dr Faulk, son obstétricien, ne s'en préoccupait pas.

Ce matin, cependant, la nausée avait persisté, compagne silencieuse qui ne l'avait pas quittée, d'abord dans le flot de circulation franchissant le Golden Gate, puis dans le parking situé en dessous de l'immeuble de bureaux, et enfin dans l'ascenseur, tandis qu'elle s'élevait vers les bureaux du Comic Relief Syndicate au vingt-troisième étage.

Pour son petit déjeuner, elle n'avait rien avalé de plus consistant qu'un thé accompagné de quelques crackers aux huîtres. La plupart du temps, elle arrivait à garder son premier repas de la journée, mais pas aujourd'hui. Ce matin, tout était exacerbé par l'état de ses nerfs.

« Cesse de te lamenter ! » se morigéna-t-elle. Il lui fallait se concentrer sur son enfant. C'était une chose que de se complaire dans son propre malheur, pelotonnée en position fœtale sous sa couette. C'en était une autre de prendre conscience qu'elle ne pouvait plus s'offrir le luxe de s'apitoyer sur son sort. Plus maintenant. Avec un enfant, on devient responsable d'une autre personne — et on doit gagner sa vie pour subvenir à ses besoins.

Coup de chance : elle avait les toilettes pour elle toute seule ! C'était déjà suffisamment désagréable d'être malade. Vomir en présence d'une inconnue n'aurait servi qu'à augmenter son stress.

Comme elle avait encore un bon quart d'heure d'avance sur son rendez-vous, elle prit son temps pour se refaire une beauté. Elle se nettoya le visage, rectifia son maquillage et sa coiffure, et prit un Tic Tac. Même le fond de teint le plus coûteux n'aurait pu dissimuler sa pâleur, mais peut-être que des gens qui ne l'avaient jamais vue croiraient que c'était sa couleur naturelle. Ils penseraient qu'elle avait le teint d'une héroïne de Charlotte Brontë.

— Je suis Sarah Moon, dit-elle à l'hôtesse d'accueil. J'ai rendez-vous avec Fritz Prendergast.

« Confiance, songea-t-elle. Arbore une confiance sans faille, comme si tu ne doutais pas une seconde qu'ils vont adorer ton travail. Oublie que le directeur éditorial est un homme mûr et sans humour, et que cette agence compte parmi les plus compétitives qui soient. N'y pense pas. »

Elle faillit s'évanouir lorsque l'hôtesse l'escorta jusqu'à une salle de conférences éclairée par une suite de hautes fenêtres donnant sur la zone grouillant d'animation des quais. Une série de chevalets avait été dressée à un bout de la pièce. La table en acajou, aussi longue et luisante qu'une allée de bowling, était entourée de fauteuils pivotants d'aspect particulièrement confortable.

Tout avait été prévu pour une présentation PowerPoint. Quelques instants avant l'arrivée de Fritz et de ses trois collègues, elle eut le temps de charger le programme. Elle rencontra ensuite le directeur éditorial adjoint, un directeur de rédaction et une stagiaire qui était en maîtrise à San Francisco State.

— Merci de me recevoir, commença Sarah. Je suis vraiment ravie de l'opportunité que vous m'offrez.

Tout le processus était empreint d'une telle tension... Elle se soumettait à leur jugement, les priant de l'estimer digne d'être publiée, d'accorder une valeur spécifique à son œuvre. Pas étonnant que jusque-là elle n'ait pas recherché d'agence...

— Nous sommes toujours à l'affût de nouveaux talents, affirma Fritz d'un ton oscillant entre l'ennui et le coma.

La présentation se déroula à la manière d'un scénario préétabli. Chacun prononça les mots qu'il était censé dire et tout le monde émit les murmures appropriés. Sarah en déduisit clairement que l'entretien partait mal. *Respire!* était condamné d'avance.

Une fois qu'elle eut admis cette évidence, elle se détendit. Puisque son sort était déjà réglé, elle ne courait pas le risque de se saborder.

— Je sais ce que vous pensez, lâcha-t-elle soudain.

Fritz lança à son adjoint un regard stupéfait.

— Très bien, répliqua-t-il. Je veux bien jouer le jeu. Que suis-je en train de penser?

— Que cette BD manque d'originalité.

— Ah… Au moins, vous avez bien appris votre leçon. D'après le *Comics Marketing Guide*, c'est la raison numéro un qui motive le rejet d'une œuvre.

— Vous devez donc connaître par cœur tous les arguments à cette réponse, répliqua-t-elle.

Il les énuméra un à un en comptant sur ses doigts.

— Vous ne proposez pas d'originalité, mais un angle nouveau. Votre BD met en scène des personnages et des situations auxquels les lecteurs peuvent s'identifier. Votre but est de favoriser une relation à long terme entre le public et votre travail.

Sarah ne put réprimer un sourire penaud.

— Vous aussi, vous avez bien appris votre leçon.

Fritz jeta un coup d'œil à sa montre.

— Vous êtes une bonne dessinatrice. Cette BD a du potentiel et elle est bien reçue sur quelques marchés. Mais je ne suis pas convaincu, Sarah. Vous ne m'avez toujours pas fourni de raison de vous donner une chance.

Bonne dessinatrice… Potentiel… Bien reçue. Ce n'étaient pas des raisons, ça? Que voulait-il de plus?

— Mon jugement? demanda-t-il, bien qu'elle ne lui ait pas posé la question. Cette BD est bien agencée, brillante et honnête.

Cependant, comme nous vous l'avons indiqué tout à l'heure, elle manque également d'originalité et elle n'est pas si drôle que ça.

Sarah prit une profonde inspiration, tâchant de remplir ses poumons soudainement vides.

— Je ne suis pas drôle, admit-elle. Sur ce point, je suis d'accord avec vous.

— Alors pourquoi devrais-je vous mettre dans les pages humoristiques?

— Parce que *Respire!* parle de souffrance et de réalisme.

— La rubrique nécrologique aussi.

— La comédie aussi, riposta-t-elle, en cliquant sur une diapositive montrant Shirl à la clinique d'insémination artificielle. Mes lectrices ne riront pas d'elle, admit-elle. Mais elles ne détourneront pas non plus le regard.

Nancy, la stagiaire, étudiait chaque image avec une agitation croissante. Du moins, c'est l'impression qu'en eut Sarah.

Fritz s'empara de la télécommande et visionna brièvement les autres cases.

— Vous me proposez de la souffrance et du réalisme à propos d'une jeune femme qui tente de sauver son mariage raté en ayant un enfant, c'est ça?

— Non. Vous n'avez rien compris. Jusqu'au dernier moment, Shirl ne pensait pas que son mariage battait de l'aile. Et elle n'était certainement pas assez naïve pour croire qu'un enfant résoudrait le problème. Je ne comprends pas comment la BD a pu vous donner cette impression. Shirl était très heureuse en ménage.

Il passa à une série sur quatre semaines qui montrait Shirl et Richie en train de refaire leur cuisine.

— Ça ne me paraît pas marcher très fort entre eux…

— Tous les couples se disputent quand ils changent la déco.

— Mais je croyais qu'en règle générale c'était toujours la

femme qui finissait par avoir gain de cause, intervint Nancy. Shirl n'obtient rien de ce qu'elle désire, dans ce cas précis.

— Ça lui convient très bien, insista Sarah en indiquant le point culminant de l'histoire. Regardez-la. Ce scénario parle d'une femme qui découvre ce qui est vraiment important, et ça n'a rien à voir avec le nombre de mètres linéaires du bar de la cuisine.

— Ça parle de manipulation et de désir corrompu, décréta la stagiaire. Richie est un maître en la matière.

— C'est fou, ça ! s'écria Sarah. Richie ne manipule pas Shirl. C'est elle qui porte la culotte, dans leur ménage.

— Alors pourquoi diable finit-elle par emménager chez son allumée de mère ? s'enquit Nancy en avançant vers des scénarios plus récents.

Sarah éluda la question.

— Lulu n'est pas allumée. C'est le personnage le plus affirmé du scénario.

— Hein ? A cinquante ans, elle n'est même pas capable de décider de la couleur de sa teinture de cheveux ! Shirl et elle vont se rendre mutuellement dingos.

— Comme un couple de loulous de Poméranie, acquiesça Sarah. Surtout quand Lulu va découvrir ce qui arrive vraiment à Shirl.

— Quoi ?

Sarah avait éveillé la curiosité de Nancy, et elle le savait. Un sourire presque suffisant aux lèvres, elle avança le tout dernier développement de l'histoire, celui qui n'avait pas encore paru.

— Shirl est enceinte.

Nancy resta bouche bée.

— Sans blague…

Fritz et les autres regardaient les deux jeunes femmes comme des spectateurs assistant à un match de ping-pong. Enfin, quelqu'un signala que l'entretien était terminé.

Sarah se tut et rangea ses affaires en s'efforçant de ne pas paraître trop dépitée.

— Dès demain matin, je vous fais parvenir un contrat par FedEx, déclara Fritz en le notant sur un bloc.

Sarah sursauta — elle devait avoir mal entendu.

— Je ne comprends pas… Je pensais que vous détestiez.

— Vous n'avez pas écouté. J'ai dit que votre BD manquait d'originalité et qu'elle n'était pas drôle. J'ai également dit qu'elle était honnête et bien dessinée. Mais ce n'est pas ce qui m'a convaincu.

— Quoi alors?

— A dire vrai, nous avons trois BD qui vont être supprimées, ce qui fait de la place pour quelque chose de nouveau. Qui plus est, quand quelqu'un — il indiqua Nancy, la stagiaire — commence à s'enflammer autant pour un personnage de fiction, je flaire le bon coup.

24

Il faisait trop chaud pour penser. Heureusement pour Will, un pompier avait le choix entre bon nombre de tâches qui n'exigeaient pas de réflexion. Comme s'abrutir à polir les grilles et les chromes du fourgon, par exemple. Il opta pour le lavage du véhicule. L'eau jaillissant du tuyau offrait un répit bienvenu dans cette écrasante vague de chaleur.

Il ne portait que des bottes en caoutchouc et un pantalon ignifugé kaki, bretelles pendantes, ayant ôté sa chemise qu'il avait lancée sur un buisson de laurier. En quelques minutes, il se retrouva trempé de la tête aux pieds et de bien meilleure humeur. Il récurait les marchepieds en sifflotant entre ses dents lorsqu'il sentit que quelqu'un l'observait.

Il coupa le jet d'eau en tournant l'embout d'arrosage et jeta un regard autour de lui. Sarah Moon le considérait avec une expression indéchiffrable. Elle était vêtue d'un bain de soleil bleu, coiffée d'un chapeau de paille et portait un carton à dessin sous le bras.

Will se sentait différent auprès de cette femme. Et, franchement, il n'aurait su dire pourquoi. Il aurait dû prendre ses jambes à son cou en la voyant. Cette femme avait plaqué son mari et venait d'apprendre qu'elle était enceinte — elle n'incarnait pas vraiment l'image de la stabilité. Mais… zut, après tout !

— Ça va ? s'enquit-il.

— Très bien, répondit-elle. Je suis passée t'apporter quelque chose, expliqua-t-elle en lui tendant le carton à dessin.

— Je suis complètement trempé, s'excusa-t-il.

— Je vois.

Elle semblait distraite de façon plutôt flatteuse. Son visage était empourpré et elle s'appliquait à détourner les yeux de son torse dénudé ; pourtant, Will sentait que son regard était attiré et il fallait bien admettre que cela ne lui déplaisait pas.

— C'est un petit cadeau de remerciement. Je vous ai dessinés, Aurora et toi.

Il sourit.

— Hum, hum... La dernière fois que tu m'as croqué, ce n'était pas précisément flatteur pour moi.

— Vois ça comme une sorte d'excuse.

Elle fit glisser l'œuvre du carton et la lui présenta.

Le dessin était sur papier mat, encadré et signé. Il les représentait, Aurora et lui, assis sur le débarcadère de Glenmuir, les pieds pendant au-dessus de l'eau.

— Je me suis inspirée d'une photo que j'ai empruntée à ta sœur, expliqua Sarah.

— Waouh ! C'est fantastique. Merci.

Elle lui adressa un sourire épanoui.

— Vraiment, il te plaît ?

Le dessin montrait sa barbe de fin de journée et l'aspect un peu froissé de son jean et de sa chemise à carreaux, mais, malgré cela, il était étrangement flatteur. Mieux même : Sarah avait réussi à capturer la beauté d'Aurora et sa façon d'être à la lisière entre une petite fille et une jeune femme.

— Oui, confirma-t-il, il me plaît vraiment.

Il brûlait de l'envie de l'inviter au restaurant à la fin de son service. Mais non, cela ressemblait trop à... un rendez-vous.

Il la détailla de près, tâchant de voir si l'on pouvait déjà deviner sa grossesse. Sarah arborait un sourire très féminin, quelque peu mystérieux, et pourtant son regard était hanté par la mélancolie. Il pensait en connaître la cause. Attendre un enfant était le genre d'événement qu'un couple était censé savourer dans la joie, l'excitation et le plaisir anticipé. Cela dit, il n'y connaissait rien. Il n'avait jamais vécu lui-même cette expérience puisque

Aurora avait cinq ans lorsqu'elle était entrée dans sa vie. Dès le début, Marisol lui avait clairement fait comprendre qu'elle ne voulait pas d'autre enfant.

— Tu me regardes fixement, remarqua Sarah.

Will sortit de sa rêverie.

— Comment? Oh, pardon…

— Pourquoi me fixais-tu comme ça? insista-t-elle, manifestement décidée à ne pas le laisser s'en tirer à si bon compte.

« Aïe, je suis coincé », se dit-il.

— Sûrement parce que tu es… vraiment très jolie.

« Menteur, songea-t-il. Dis-lui le fond de ta pensée! »

— Tu es très belle.

— Ouah… Je n'allais pas à la pêche aux compliments.

Will lui sourit sans complexe.

— Ce n'était pas un compliment. Je te trouve vraiment très belle.

Il remit sa chemise, lui servit un thé et ils allèrent s'asseoir sous un énorme chêne vert de Californie. Il regarda sa gorge onduler souplement tandis qu'elle buvait sans s'arrêter. C'était étrange de penser qu'ils se connaissaient depuis toujours et que ce n'était que maintenant qu'il commençait à se sentir attiré par elle.

Sarah reposa son verre.

— Tu es en train de flirter avec moi?

— Ça se pourrait.

— Tu flirtes avec une femme enceinte et amère. Mauvaise idée.

— Probablement.

— Quel dragueur tu étais, au lycée! Je trouvais ça écœurant.

— Tu ne t'en es pas cachée, dans ta BD.

— Oui, eh bien je t'en voulais.

— De quoi?

— De flirter avec toutes les filles sauf moi.

— Jamais je n'aurais osé flirter avec toi, déclara-t-il en secouant la tête. Tu étais bien trop effrayante.

Sarah renifla.

— La flatterie ne te mènera à rien.

— Je pensais pousser mon pion en te complimentant sur ta beauté.

— Je n'arrive pas à croire que nous ayons cette conversation…

— Je ne sors pas beaucoup, depuis quelque temps. Mes talents sont rouillés.

— Tu t'en sors très bien, affirma-t-elle.

« On peut dire qu'on fait la paire, tous les deux », songea-t-il en la regardant appuyer le verre glacé contre son front pour se rafraîchir. Sauf que, naturellement, ils ne formaient aucune paire. Ils étaient juste deux personnes dont les chemins s'étaient croisés à l'improviste. Pourtant — et c'était ça le côté fou de l'histoire —, il avait… une espèce de béguin pour elle.

Cela dit, il avait au moins appris une chose avec Marisol : c'était de la folie de donner son cœur à une femme qui avait déjà un enfant d'un autre homme. Pourquoi prendrait-il de nouveau un tel risque ?

Aurora se rendit à la caserne après les cours. Son père gardait toujours une abondante provision de boissons fraîches, et, par une telle canicule, elle mourait de soif. Elle devait aussi lui parler de ces feux mystérieux qui se produisaient dans le secteur. A moins que non… Elle n'était pas encore décidée.

Le trottoir était mouillé, le fourgon à moitié lavé. Peut-être était-il rentré dans la caserne pour regarder *Peyton Place*, ce vieux feuilleton déjanté qui passait sur le câble. Gloria, lui et les autres en étaient complètement dingues. Elle se laissa guider par le son des voix et aperçut son père et Sarah Moon assis tous les deux à l'ombre d'un arbre. Ils semblaient seuls au monde.

« C'est *mon* amie, avait-elle envie de gémir. C'est moi qui l'ai trouvée en premier… »

Si son père et Sarah commençaient à s'intéresser l'un à l'autre, ça gâcherait tout. Il y avait une règle non écrite stipulant qu'Aurora devait détester ou du moins mépriser toute femme sortant avec son père. L'ennui, c'est qu'elle aimait et respectait Sarah. Ça n'allait pas être simple de faire taire ses sentiments.

Elle les observa pendant une minute, notant la façon dont les yeux de Sarah brillaient comme des étoiles lorsqu'elle levait le regard vers Will.

Erreur, rectifia Aurora en s'éloignant à la hâte de la caserne avant qu'ils ne la remarquent. Ça ne serait pas difficile du tout.

— Salut, papa!

L'irruption d'Aurora dans la cuisine fit tressauter Will.

Il venait à peine de rentrer et s'était ouvert une bière. Sa petite fête n'était pas allée plus loin, cela dit. Assis à son bureau, il s'acquittait de ses factures. Lorsque Aurora surgit dans son dos, il couvrit discrètement son chéquier d'une feuille de papier qui traînait, afin que sa fille ne puisse pas voir à qui il adressait ce chèque.

— Quoi de neuf?

Elle étudia le dessin encadré posé sur le bureau.

— C'est de Sarah?

— Oui… Ça te plaît?

Aurora fronça les sourcils et croisa les bras.

— C'est plutôt bon, je trouve. Pourquoi elle t'a donné un dessin?

— Pour nous remercier de l'avoir aidée.

Aurora rejeta en arrière sa chevelure de jais.

— Tu sors avec elle, alors?

— Non, s'empressa-t-il de répondre d'un ton ferme. Qu'est-ce qui te fait penser ça?

— Je vous ai vus tous les deux en train de bavarder devant la caserne, aujourd'hui.

— Il m'arrive de bavarder devant la caserne avec Gloria.

Parfois, Judy deWitt vient me voir aussi. Ça ne signifie pas que je sors avec elles.

— Mais Sarah, c'est différent.

« Ça, tu peux le dire ! » songea-t-il. Ce n'était pas parce qu'il ne sortait pas avec elle qu'il n'en avait pas envie. C'était complètement dingue : ils n'étaient vraiment pas faits l'un pour l'autre, et le moment ne pouvait être plus mal choisi...

Pourtant, elle monopolisait toutes ses pensées — Sarah Moon, pas encore divorcée, enceinte jusqu'aux yeux et dotée d'un tempérament fantasque.

Il avait compris depuis longtemps qu'il ne pouvait pas contrôler son cœur. C'était son cœur qui le contrôlait.

— Nous sommes amis, c'est tout, affirma-t-il à Aurora. Ça te pose un problème ?

— Non.

— Et si jamais je sortais effectivement avec elle, ça te poserait un problème ?

— Surement, oui.

Génial ! Tous les manuels d'éducation du monde l'avaient prévenu que les gamins de son âge étaient enclins au mensonge. Concernant Sarah Moon, sa fille faisait preuve d'une honnêteté scrupuleuse.

— Bien, et pourquoi ?

— Pour dix milliards de raisons. Si tu sors avec elle, de quoi j'aurai l'air ? Ça serait trop flippant !

— Tu es donc en train de me dire que je devrais choisir les femmes avec qui je sors en fonction de l'effet « flippant » de notre relation sur toi ?

Aurora fixa le bureau, scrutant le dessin qu'avait exécuté Sarah.

— Tout ce que tu fais m'affecte.

— Ah oui ? Idem pour moi, répliqua Will. C'est comme ça que ça se passe, dans une famille. Les agissements d'une personne affectent les autres membres de la famille. Ce n'est pas un mauvais système.

— Même si on doit flipper à cause d'une autre personne ?
— Tu ne flippes pas à cause de moi.
— Très bien, lâcha-t-elle.
Will froissa une enveloppe vide en boule. *Zut et zut !*

25

De par son métier, Will avait tendance à se réveiller l'esprit parfaitement clair dès qu'il entendait une sonnerie quelconque, même lorsqu'il n'était pas en service. D'un même mouvement, il s'assit dans le lit, tout en arrachant le combiné de sa base au milieu de sa première et unique tonalité.

Durant cet infime laps de temps entre la sonnerie du téléphone et le moment où il répondit, il n'eut qu'une seule pensée : Marisol. Suivie d'une autre : Aurora. Elle dormait chez son amie Edie.

— Bonner, répondit-il d'un ton laconique, la voix râpeuse.

Il se frotta les yeux et regarda l'heure : 2 h 14.

— Je suis vraiment désolée de te réveiller. Je ne savais pas qui d'autre appeler.

— Qui…?

— C'est moi… euh… Sarah Moon.

Le rythme cardiaque de Will s'accéléra. Sa respiration aussi. Quand une femme enceinte téléphone au beau milieu de la nuit, c'est forcément mauvais signe.

— Tu vas bien? s'inquiéta-t-il.

Son père et son frère vivaient tous deux à proximité de chez elle. Pourquoi ne les avait-elle pas appelés?

— Oui, tout à fait bien. J'ai franchement honte de te téléphoner à cette heure-ci, mais…

Elle s'interrompit, et Will eut l'impression qu'elle avait lâché le téléphone.

— Tu peux venir?

Il enfilait déjà son jean, le combiné coincé sous le menton.

— Qu'est-ce qui se passe ?

— C'est Franny.

— Franny ?

Il posa momentanément le téléphone sur un vieux sweat.

— … bébés arrivent, disait Sarah lorsqu'il reprit le combiné.
S'il te plaît, Will, excuse-moi de t'embêter, mais… toute seule,
je ne peux pas.

Une lueur transperça le brouillard et le trouble de Will se
dissipa enfin.

— Ta chienne est en train d'avoir ses petits.

— J'ai déjà appelé le numéro d'urgence du vétérinaire, mais
il refuse d'être dérangé sauf pour un problème grave.

— Et ce n'est pas le cas ? s'enquit Will.

Ses mains prirent une décision avant sa tête. Il s'empara
d'une paire de chaussures réglementaires et, sans les boucler,
descendit l'escalier.

— Non, le seul problème, c'est moi, avoua Sarah.

— J'arrive tout de suite.

Il ne traîna pas en chemin. La nuit était silencieuse et déserte,
comme elle ne peut l'être qu'au beau milieu de nulle part ; les
routes enveloppées de brouillard grouillaient d'une vie secrète.
Crapauds, chevreuils et ratons laveurs restaient tous invisibles
jusqu'au dernier moment, filant alors à toute vitesse, tels des
projectiles de jeu vidéo. *Mais qu'est-ce que tu fiches là, Bonner ?* Sa
petite voix intérieure refusait de se laisser réduire au silence.

— Elle est en détresse, marmonna-t-il, tandis que son
corps enregistrait une violente envie de café. Une demoiselle
en détresse.

Il entendait d'ici ce qu'aurait dit sa grosse maligne de sœur.

— C'est comme ça que tu les aimes, Will.

Vraiment ? Birdie se plaisait à l'analyser, façon psy amateur.
Eprouvait-il vraiment une attirance inexplicable pour les femmes
à problèmes ? Si l'on se fiait aux choix qu'il avait faits dans le
passé, cela semblait bien être le cas. Et qu'est-ce qui l'attirait
précisément ? La femme ou les problèmes ?

Il brûla tranquillement l'unique feu de la petite commune. Même si Franco était dans les parages, il se payait probablement un somme dans sa voiture de patrouille, radio allumée, espérant que le régulateur n'appellerait pas.

Will se gara dans l'allée du cottage et franchit d'un bond les marches du perron. Pâle et chiffonnée, Sarah l'attendait à la porte dans un drôle d'accoutrement : pantalon de survêtement, haut de pyjama et tablier à bavette. Pourtant, elle était étrangement attirante, avec ses cheveux en bataille.

Il chassa cette pensée et entra dans la maison.

— Où est-elle ?

— Dans le placard du couloir. Elle refuse d'en sortir.

Ils prirent le couloir qui reliait le salon à la cuisine. La porte du placard était entrouverte. Non loin de là, une lampe de poche gisait par terre. Will s'accroupit avec lenteur dans l'espoir de ne pas effrayer la pauvre bête.

— Salut, toi, dit-il. Tu te souviens de moi ?

Il alluma la lampe de poche en éloignant le faisceau de la chienne, de façon à ne pas l'agresser.

Franny émit un son entre gémissement et grognement. Une autre demoiselle en détresse, à l'évidence. Haletant comme un soufflet de forge, elle s'était nichée dans un tas de blousons, de pulls et de coupe-vent, parmi lesquels se trouvait au moins une vieille serviette. Il régnait là une odeur bien particulière, de chien bien sûr, mais s'y ajoutait un fort relent d'humidité. Les chiennes perdaient-elles les eaux comme les femmes ?

— Depuis que je suis dans ce métier, fit-il remarquer, c'est la première fois que j'assiste à un accouchement. J'ai lu tout ce qu'il faut savoir là-dessus, cela dit. Dans la plupart des cas, il faut laisser faire la nature.

— Tu crois qu'elle est bien installée ? Il y a quelques semaines, je lui avais arrangé un petit panier sympa, et elle semblait s'y plaire pour dormir. Et puis ce soir, elle a disparu et je l'ai retrouvée là. Elle a décroché des vêtements des cintres en tirant dessus…

Sarah s'agenouilla à côté de Will.

— Elle a bon goût, ajouta-t-elle. Elle s'est couchée sur un manteau en cachemire.

— Tu veux que j'essaie de le récupérer?

— Non. Ce manteau vient… de Chicago.

Même si c'était implicite, Sarah associait ce vêtement à son ex, devina Will.

— Pauvre Franny…, soupira Sarah. Elle a l'air de souffrir.

— Quand l'as-tu amenée chez le vétérinaire pour la dernière fois?

— Il y a une semaine. D'après lui, c'était sûrement pour ce week-end.

— Alors, elle est pile dans les temps.

— On dirait. C'est normal qu'elle halète comme ça?

Will écarta les mains en signe d'ignorance.

— Alors, là, ça dépasse de très loin mon champ de compétences.

Ils restèrent agenouillés en silence. La chienne s'agita, se leva, puis se mit à tourner en rond avant de se recoucher. C'est alors qu'elle fut prise de l'envie impérieuse de se lécher avec lenteur et méthode.

— Et si on la laissait un peu tranquille? suggéra Will, un brin embarrassé par la singulière intimité du moment.

— Bonne idée.

Ils se relevèrent ensemble.

Will se sentait engourdi et il avait des fourmis dans une jambe.

— Je crois qu'un café ne me ferait pas de mal.

— Je vais t'en préparer un.

Ils passèrent dans la cuisine et Sarah remplit le panier d'un ancien percolateur, le genre de modèle dont se servait sa grand-mère, songea Will.

— Du Peet, ça t'ira?

— C'est mon préféré.

— Oh, mon Dieu! s'écria-t-elle, les yeux soudain écarquillés.

— Un problème?

— Aurora. Tu l'as laissée seule à la maison pour venir ici?

— Jamais je n'aurais fait une chose pareille, même dans une petite communauté comme Glenmuir. J'ai tendance à la couver un peu trop pour faire ce genre de chose. Non, elle passe la nuit chez une copine.

Sarah s'appuya contre le bar.

— J'ai encore beaucoup à apprendre en matière d'éducation…

— Ne t'inquiète pas, ça viendra, assura-t-il tandis qu'elle lui tendait un mug. Les enfants ont une manière bien à eux de te donner un cours en accéléré.

Une nouvelle fois, ils allèrent voir si la chienne allait bien — elle continuait à se lécher avec détermination — avant de s'installer sur le sofa.

— Et donc, commença Will — à présent bien réveillé et excessivement heureux de voir Sarah malgré les circonstances —, a part le fait que ta chienne va mettre bas, tout va bien?

Sarah sentait le shampooing et la vanille. Quand elle lui sourit, la vérité lui apparut soudain dans toute sa clarté : c'était la demoiselle qui l'attirait. Pas la détresse.

Sarah tendit le tablier sur son ventre pour en souligner le contour.

— J'ai rendez-vous chez le médecin mercredi. Je crois que tout se déroule normalement.

Will s'étrangla avec son café. Bon sang! Elle s'était incontestablement arrondie depuis la dernière fois qu'il l'avait vue…

Sarah se méprit sur sa réaction de surprise.

— Désolée. Tu n'en demandais peut-être pas tant. Je ne sais pas mentir. Mais je dois admettre qu'à part les nausées matinales je suis une femme enceinte exemplaire. Mon obstétricien affirme que si la grossesse était une discipline olympique, je pourrais m'aligner comme concurrente.

— Euh… c'est super…

Il ne savait pas quoi dire.

Elle eut un petit rire.

— Tu dois regretter d'être venu ! Je t'assomme avec mes histoires, je le vois bien.

— Non, ça va.

Sarah le considéra d'un œil interrogateur.

— Pourquoi es-tu si gentil avec moi ?

— Je suis gentil, comme garçon. J'y travaille, tu sais. Depuis le lycée.

Sa réponse avait-elle eu l'air suffisamment neutre et évasive ? Il était temps de changer de sujet.

— Et sinon, reprit-il, quoi de neuf ?

— Eh bien, j'ai trouvé une agence qui va distribuer ma BD. Ils prétendent avoir de grands projets pour moi, ce qui me remplit de joie.

— Félicitations.

Il fit tinter son mug contre le sien.

— Le revers de la médaille, c'est que j'ai du pain sur la planche. J'ai pris un peu de retard, avec tous ces événements.

Elle indiqua d'un geste la table à dessin installée dans un coin de la pièce.

— Je peux jeter un coup d'œil ? demanda Will.

— Bien sûr.

Il fut surpris par le nombre de croquis qu'elle avait réalisés dans le seul but de modifier la position d'un personnage ou de réécrire sa réplique. Alors que cela n'apparaissait pas forcément sur la BD imprimée, le talent artistique et le soin apporté aux détails ressortaient clairement sur les originaux. Ce scénario l'intriguait. Il était désormais évident pour lui que Sarah, sous le couvert de l'humour, y parlait de ses espoirs, de ses craintes, de ses rêves, de ses aspirations… et de ses déceptions.

— Aurora a lu tous les épisodes de *Respire !* dans les archives en ligne. Elle est fan. Son personnage préféré, c'est Lulu.

— Lulu a son propre fan-club.

Sarah hésita et détourna le regard avant de poursuivre.

— Parfois, je me pose des questions... Est-ce qu'elle incarne la personne que serait devenue ma mère, si elle avait vécu ?

Will éprouva un élan de compassion envers Sarah. Jeanie Moon était décédée quelques années auparavant, alors que Sarah était partie faire ses études au loin. Il examina une esquisse de Lulu en train de mariner dans une piscine et qui s'écriait : « Hé, vous ! Sortez de mon bouillon de culture ! »

— J'étais proche d'Helen — ma future ex-belle-mère..., avoua Sarah. Jusqu'à maintenant, j'ai repoussé le moment de l'appeler au sujet de l'enfant, mais il va bien falloir que je m'exécute, et vite.

— Pourquoi ?

— Ça me paraît normal. Helen aurait fait une grand-mère extraordinaire. Mon Dieu, quel gâchis ça va être !

— Tout va s'arranger, affirma Will. Ne t'inquiète pas. Je sais que ça a l'air nul de te dire ça, admit-il en secouant la tête, mais tu vas très bien t'en sortir, j'en suis sûr

Sarah s'était confiée à lui avec une totale franchise à propos de son mari — son ambition, sa maladie, son infidélité. Si elle avait été capable de surmonter toutes ses épreuves, elle pouvait sans problème élever un enfant en se passant de lui.

— Tu feras une très bonne mère. Et je sais de quoi je parle. Moi aussi, je m'angoissais à l'idée d'avoir un enfant, mais, en fait, il n'y a pas de secret. Normalement, un gosse te dit tout ce qu'il te faut savoir.

Sarah garda si longtemps le silence qu'il crut qu'elle s'était assoupie. Mais elle l'interrogea :

— C'est quoi, l'histoire de la mère d'Aurora ? Tu n'es pas très bavard à son sujet.

Aïe...

— C'est vrai, reconnut Will. Je n'en parle pas beaucoup.

— En général ou seulement avec moi ?

— Il y a si longtemps qu'elle est partie... Qu'as-tu besoin de savoir ?

— Je n'ai pas *besoin* de savoir quoi que ce soit.

« Bien, songea-t-il. Alors, restons-en là. »

De nouveau, un ange passa. Puis Sarah rompit le silence :

— Statistiquement, un homme divorcé se remarie dans les deux ans suivant sa séparation d'avec sa première femme.

— Je ne suis pas une donnée statistique.

— Je le sais bien.

Alors que Will espérait qu'elle allait abandonner le sujet, elle constata :

— Tu es remarquablement secret sur elle.

Il sourit.

— Et toi, remarquablement insistante.

— Tu n'as qu'un mot à dire et je me tais.

— Je ne veux pas que tu te taises.

— Alors, parle-moi de la mère d'Aurora. Elle n'est pas restée en contact avec sa fille ?

— Disons que… ce n'est pas son style. Aurora n'a pas très souvent de ses nouvelles, confia-t-il à Sarah.

— C'est trop personnel comme question ?

— Pas encore. Mais ça va vite le devenir.

— Et ça te pose un problème ?

— Ça dépend.

— De quoi ?

Il réfléchit.

— Est-ce que mes réponses vont finir dans les pages humoristiques ?

— En humour, tous les coups sont permis.

Ce n'était pas la réponse qu'il espérait.

— Est-ce que cela signifie qu'on peut rire de tout ?

— Si je ne le croyais pas, je ne vois pas comment je pourrais surmonter ma situation actuelle. Il se peut que je fasse appel à tes conseils de parent célibataire en matière d'éducation.

Will pouffa.

— Tu ne sonnerais pas à la bonne porte ! Je n'ai rien d'un spécialiste.

— Tu t'en es admirablement sorti avec Aurora.

— Avec elle, c'était du gâteau... jusqu'à ces derniers temps, admit-il.

— Et qu'est-ce qui s'est passé ces derniers temps ?

— On appelle ça la puberté, je crois.

— Ah...

— J'ai l'impression que...

Il marqua une pause, rassemblant ses pensées. C'était si facile de parler à Sarah...

— On est en train de s'éloigner l'un de l'autre, reprit-il. Avant, on était comme les deux doigts de la main, alors que, maintenant, c'est le conflit permanent. Une fois elle veut que je vienne la border et que je lui lise une histoire, une autre, elle me claque la porte au nez.

— Ça me semble assez classique.

— J'ai du mal à me faire à son évolution physique.

Voilà, c'était dit. Enfin ! Il était angoissé, et même carrément intimidé par l'éclosion de la maturité d'Aurora.

— La plupart des filles se tournent vers leur mère quand les choses commencent à...

Sarah attendit qu'il termine sa phrase avant de suggérer :

— Se développer ?

— Exactement.

— J'ai l'impression qu'à cet âge-là c'est difficile pour tous les pères, et encore plus pour un beau-père. Mais que disait mon spécialiste préféré, déjà ? Ah oui : tu vas très bien t'en sortir. Ne t'inquiète pas.

Will résista à l'envie de la serrer dans ses bras.

— Touché.

Franny émit un son, une plainte qui enfla en hurlement. Ils se dépêchèrent d'aller la voir et restèrent tous deux sans voix. La chienne avait mis bas son premier chiot, une boule visqueuse de tissu sombre qui ne ressemblait à rien. Avec une calme efficacité, la chienne coupa proprement le cordon ombilical et lécha son petit à travers une déchirure de la poche. La minuscule gueule édentée s'ouvrit dans un hoquet audible, sa première goulée d'air. D'un coup de museau, Franny le poussa vers la courbe protectrice de son corps et le chiot, guidé par un instinct infaillible, se tortilla vers sa mère. Puis Franny se remit à gémir, prête pour le prochain round.

— Seigneur..., chuchota Sarah. Je n'ai jamais... C'est...

Ses mots se perdirent tandis qu'elle s'abîmait dans la contemplation du chiot nouveau-né.

Will baissa les yeux et s'aperçut que leurs mains étaient fermement jointes dans une attente impatiente. Il ne se rappelait pas lui avoir pris la main.

— Tu crois qu'elle va bien? demanda Sarah qui, gênée, retira sa main de la sienne.

— On dirait qu'elle sait très bien ce qu'il faut faire.

La chienne ne semblait avoir besoin de rien sinon d'un peu de calme et de tranquillité. A un moment donné, entre le quatrième et le cinquième chiot, Will et Sarah s'assoupirent côte à côte sur le sofa. Will se réveilla, le bras engourdi depuis l'épaule. Il l'avait glissé autour de Sarah dont la tête reposait lourdement sur lui.

Durant trente secondes environ, il ne bougea pas un muscle. Il demeura simplement comme il était et se concentra sur ses sensations. Le poids de Sarah contre lui et l'embrasement de sa peau au point de contact de leurs deux corps... Le parfum vanille de son shampooing qui émanait de ses cheveux... Le rythme tranquille de sa respiration... Inutile de se voiler la face : il aimait être auprès d'elle pendant qu'elle dormait. C'était aussi simple — et aussi compliqué — que ça.

Le soleil se levait. Une faible lumière grise se glissait par la baie vitrée donnant sur l'eau. Will songea à Aurora. Elle ne devait pas encore être debout : c'était samedi, aujourd'hui.

— Hé, fit-il en poussant gentiment Sarah afin de dégager son bras complètement ankylosé.

Elle gémit faiblement et s'étira avec lenteur, d'un geste lascif qui lui rappela qu'il n'avait pas tenu de femme dans ses bras depuis bien longtemps. Surprise, Sarah poussa une exclamation étouffée.

— Ça alors ! Je n'en reviens pas de m'être endormie.

— On a tous les deux piqué du nez.

Will attendit de retrouver les sensations de son bras. Sarah se massa un côté de la nuque. Il se demanda si le poids de son bras l'avait meurtrie. Mieux valait ne pas poser de question.

Il préféra aller voir la chienne. Les chiots étaient tous alignés côte à côte, les uns tétant d'un air satisfait, les autres prenant un peu de repos. Will les recompta pour être bien sûr.

— Six, annonça-t-il à Sarah.

Celle-ci lui adressa un sourire ensommeillé.

— Ils se portent tous bien ?

— Je crois. Franny roupille.

Sarah but le fond de son mug de thé, fit la grimace, puis s'agenouilla près de la chienne.

— Brave fille, dit-elle avant d'avancer la main.

La chienne cligna des yeux, l'air endormi, et laissa Sarah lui tapoter la tête.

— J'ai déjà commencé à chercher des familles pour adopter les chiots, ajouta-t-elle. Jusqu'ici, quatre m'ont donné leur accord.

Elle se tourna vers Will.

— Merci, au fait.

— Pas de problème.

— C'est vrai ? Je ne t'ai pas empêché de travailler ?

— Pas du tout. Et, pour autant que je sache, personne n'a eu besoin de mon secours, la nuit dernière.

Il aida Sarah à se lever.

Elle le dévisagea brièvement avant de retirer sa main de la sienne.

— Si, moi, lâcha-t-elle.

26

Comme cela lui arrivait parfois lorsqu'elle était seule, Aurora régla la radio de la cuisine sur une station en espagnol et laissa les voix et les rythmes familiers s'infiltrer peu à peu dans son esprit. Chaque fois, sa tête s'emplissait de rêves et de souvenirs qu'elle était ensuite incapable de démêler.

Elle se rappela la sensation d'une main de femme lui effleurant le front. Etait-ce sa mère ou quelqu'un d'autre — une religieuse de la clinique où elles allaient chercher de la pénicilline ? Elle ne s'en souvenait pas.

Le bavardage aux accents de caisse claire des animateurs radio vibrait d'une incorrigible gaieté. Sa langue maternelle possédait un rythme naturellement joyeux, à tel point que même le « Notre Père » sonnait comme une comptine. Avant de venir à Glenmuir, avait-elle vraiment joué dans un jardin rempli de cousins ou bien était-ce un rêve ?

Son passé était comme une contrée lointaine et inexplorée qui miroitait à l'horizon, hors d'atteinte. Sans doute qu'avec beaucoup d'efforts elle pourrait s'y rendre et découvrir ce à quoi il ressemblait vraiment… Avec une juste dose de concentration, elle saurait faire le tri entre les rêves, les souvenirs et les utopies, et avoir une idée de la vie qu'elle avait connue avant l'arrivée de Will.

La grande question était : avait-elle vraiment envie de savoir ?

Mécontente, elle éteignit la radio dans un soupir agacé.

A quoi bon tout ça ? C'était une telle perte de temps, de s'interroger et de se tourmenter pour quelqu'un qui avait fichu le camp sans un regard en arrière !

Comme on ne manquait jamais de le lui rappeler, elle avait une famille dévouée qui lui offrait un soutien sans faille. Le problème, c'est qu'elle se languissait toujours de sa mère, malgré tous ses efforts pour le nier. Une partie d'elle-même avait envie de plaquer le « soutien sans faille » contre cinq minutes de l'amour imparfait de sa mère.

Un coup de sonnette la fit soudain sursauter. Mais ce qu'elle découvrit en ouvrant la porte la surprit bien davantage : Zane Parker. Interdite, elle demeura quelques secondes à le considérer d'un œil fixe. Il était tellement mignon que c'en était louche. Il n'aurait pas déparé dans une série télé, dans le rôle du beau gosse. Toutes les filles craquaient pour lui. Si « se consumer d'amour » n'était pas qu'une image, elles auraient toutes été réduites en cendres, depuis le temps.

On aurait dit un truc de conte de fées : Zane Parker sonnait chez elle comme si son vœu avait été exaucé par magie. Elle n'osait parler, de peur de rompre le sortilège.

— On vend des oignons pour le projet de réhabilitation du mont Vision, expliqua-t-il en l'aveuglant de son sourire éblouissant.

Il fallut un moment à Aurora pour s'apercevoir que dans l'ombre de Zane se tenait son jeune frère, Ethan.

— Des oignons… pour la cuisine, tu veux dire ?

— Mais non, des oignons à fleurs, petit génie !

Il rit comme si elle avait voulu faire de l'humour. Mais non, pas du tout, elle était vraiment débile à ce point… La présence d'un joli garçon suffisait à neutraliser tous ses neurones.

Proposer des bulbes à une Bonner, c'était un peu comme vendre de la glace aux Eskimos, mais Aurora s'en fichait.

— Hum, bien sûr… Entre, dit-elle en manquant de trébucher pour lui tenir la porte.

Elle entendit de la musique et réalisa que c'était les battements de son propre cœur. Dans son excitation, elle faillit oublier Ethan.

— Pardon, ajouta-t-elle en s'effaçant pour le laisser passer. Salut, Ethan.

— Salut.

Ethan était l'opposé de Zane à tous les égards. Il portait un jean noir taille basse et un T-shirt également noir. Ses cheveux trop longs lui retombaient sur le front. Le problème avec Ethan, c'est que son attitude ne correspondait pas à son look. Il avait un regard bien trop doux et un sourire bien trop prompt. Bien trop gentil.

Chargé d'un carton qui semblait assez lourd, il rejoignit son frère.

— Ça te dérange si je pose ça sur la table ?

En les observant côte à côte, Aurora songea que ce n'était vraiment pas de bol d'avoir un frère comme Zane. Pourtant, ça ne semblait pas le moins du monde tracasser Ethan, qui souriait à Aurora avec un brin de timidité.

— Non, pas de problème.

Elle les guida jusqu'à la cuisine. Arrivée devant la table, elle la débarrassa en toute hâte des livres et des journaux qui l'encombraient.

Zane tapota son stylo sur le clipboard.

— Et, donc, ton paternel est dans le coin ?

— Il est sorti faire quelques courses.

Comme d'habitude, Will lui avait proposé de l'accompagner. Quand elle était petite, elle adorait les journées de repos de son père, qu'ils passaient tous deux à vaquer au train-train quotidien, comme aller à la bibliothèque ou à l'épicerie. Une partie d'elle-même aurait encore voulu le suivre partout, mais, à son âge, ça faisait vraiment bébé ; alors, désormais, elle avait pris l'habitude d'esquiver systématiquement les invitations de son père.

Elle vit les deux frères échanger un regard et ajouta très vite :

— Je vais vous acheter quelques bulbes. Après tout, c'est pour une bonne cause.

Aurora se faisait quelques sous comme baby-sitter, argent qu'elle mettait de côté sur son propre compte en banque. Elle économisait pour s'acheter des marqueurs Pentone identiques à ceux de Sarah, mais, brusquement, les bulbes lui apparurent beaucoup plus importants.

Zane l'éblouit de nouveau d'un sourire.

— Génial.

Il fit un signe à son frère.

— Montre-lui ce qu'on a.

Si seulement Zane avait pu lui présenter lui-même leur marchandise, mais il semblait bien plus intéressé par la cuisine... Il vint tout à coup à Aurora une idée lumineuse.

— Vous voulez boire quelque chose ?

Elle ouvrit le réfrigérateur et leur montra ce qu'elle avait à leur offrir.

— Merci, accepta Ethan en choisissant un soda.

— Ah, une Budweiser, approuva Zane en s'emparant d'une canette.

Aurora s'esclaffa.

— Je t'en prie, sers-toi !

— Pas de souci.

Zane tira sur la languette métallique de la canette qui laissa échapper un sifflement.

— Hé, mais je plaisantais ! s'écria Aurora. Tu ne peux pas boire ça !

— Trop tard.

Zane prit une longue rasade de bière.

Ethan roula des yeux.

— Imbécile, marmonna-t-il dans sa barbe.

Zane lâcha un rot prolongé. Il détacha une brochure de son clipboard.

— Alors, tu veux que je te serve mon baratin ou tu es prête à acheter ?

Aurora sentit un frisson d'appréhension lui glacer l'estomac.

— Tu me dois bien ça en échange de la bière que tu as piquée, rétorqua-t-elle hardiment. Je t'écoute.

— Très bien, répliqua-t-il. C'est toi qui vois.

Il commença à lui débiter son laïus tout rédigé, décrivant le catastrophique incendie qui avait ravagé huit cents hectares de nature sauvage.

Ethan sirotait son soda tout en parcourant le *Bay Beacon*. Le journal était ouvert à la page humoristique qu'Aurora ne manquait jamais de lire puisque *Respire!* y paraissait désormais. Shirl et Lulu se rendaient mutuellement dingues, et Shirl venait de lâcher une petite bombe : elle était enceinte. C'était bizarre et sympa, quand on savait que le scénario reflétait les événements de la vie de Sarah.

Au bout d'un moment, Aurora s'aperçut qu'elle avait décroché pendant le boniment de Zane.

— … fondé en 1997 pour soutenir la réhabilitation de cette nature sauvage, continuait-il. Hé, ça t'intéresse ?

« C'est toi qui m'intéresses », répliqua-t-elle mentalement, et cette pensée la fit rougir.

— Oui, bien sûr.

Elle alla piocher quelques sous dans son porte-monnaie tandis que Zane finissait sa bière d'un air blasé.

Aurora fit exprès de choisir un assortiment personnalisé de bulbes pour obliger les deux frères à ouvrir les paquets et donc à rester plus longtemps. Elle feignit l'ignorance, même si elle en savait des tonnes sur les fleurs grâce à ses grands-parents. Tout un pan de son enfance s'étant déroulé dans le monde en Technicolor de leur exploitation horticole, au milieu des lis, du gazon d'Espagne et des dahlias, elle était capable d'identifier des familles entières de fleurs à l'œil et à l'odorat.

Sitôt qu'elle eut tendu l'argent à Zane, il referma la fermeture Eclair de sa pochette de banquier, consigna la vente et se dirigea vers la porte.

— Désolé de ne pas pouvoir rester, dit-il à la hâte. Je dois rendre tout ça avant 6 heures. Ethan te donnera un coup de main pour les bulbes.

Aurora réprima une furieuse envie d'insister pour que ce soit Zane qui reste pour l'aider et non Ethan. Elle inspira profondément en se tournant vers ce dernier. Contrairement à son frère, il ne semblait pas pressé de partir. Ce gamin pourrait peut-être lui être utile, réfléchit-elle. En le gagnant à sa cause, elle pourrait éventuellement marquer des points avec Zane...

— C'est super que vous fassiez ça, ton frère et toi, fit-elle remarquer. C'est vraiment pour une bonne cause.

— Zane s'en charge dans le cadre de ses travaux d'intérêt public au lycée.

— Pourquoi tu lui donnes un coup de main?

— Parce que... Laisse tomber, abrégea-t-il.

Il sirota son soda.

Dans le genre maladroit, c'était plutôt mignon d'affecter la désinvolture par rapport à l'environnement. En fait, on voyait bien qu'il se sentait concerné, lui aussi.

— Ecoute, on est tout un groupe à aller arracher les épilobes, samedi. Tu veux venir?

— Il y aura Zane?

Pourvu qu'elle n'ait pas mis trop d'empressement dans sa question...

Ethan glissa le pouce dans la poche arrière de son pantalon.

— C'est important?

— Non, se hâta-t-elle de répondre. Je me demandais, c'est tout.

Ethan se tourna pour examiner les livres rangés sur les rayonnages, comme s'ils détenaient le secret du sens de la vie.

— Dis donc, tu as vachement de bouquins, fit-il en parcourant des yeux la bibliothèque qui tapissait le mur du sol au plafond. Ton père suit des cours du soir ou quoi?

295

— Mais non! Il aime bien étudier pour son propre compte, c'est tout.

Ethan feuilleta un volume aux pages cornées qui traitait de la difficulté à élever les adolescents.

— Tous ceux-là concernent l'éducation des enfants. Tu es peut-être un grand mystère, pour lui.

— Je suis peut-être un grand mystère tout court.

— Ha! Tu parles! Tu n'as rien de mystérieux.

Aurora renifla, vexée.

— Tu crois peut-être me connaître?

— C'est pas bien compliqué.

— Prouve-le. Dis-moi ce que tu crois savoir sur moi.

— Tu craques pour mon frère, lâcha-t-il. Déjà ça.

Les joues d'Aurora s'embrasèrent.

— N'importe quoi! Je ne sais pas où tu as été chercher un truc pareil!

— C'est écrit noir sur blanc dans ce bouquin, répliqua-t-il en cherchant une page au hasard. « Il est un fait avéré que les adolescentes s'entichent toujours d'un garçon plus âgé qu'elle, qui s'habille branché et se conduit de façon très décontractée. »

Aurora tenta de réprimer son envie de rire en s'emparant du livre.

— Menteur! Montre-moi l'endroit où c'est écrit.

Ethan la repoussa.

— Et il y a aussi une note en bas de page, renchérit-il. Qu'est-ce que tu y connais, toi? C'est dit, ici, que les sentiments de la fille pour le garçon plus âgé sont complètement bidons, et qu'au fond d'elle-même c'est de son frère cadet qu'elle est amoureuse.

— Espèce d'andouille! riposta-t-elle.

— « Les insultes sont une marque d'affection », feignit-il de citer. C'est bon à savoir.

Il referma le livre.

Aurora ne put s'empêcher de rire, malgré sa contrariété. Ethan était facile à vivre et il la faisait sourire. Elle l'aimait beaucoup — comme ami, bien sûr.

— Range ça, gros malin.

Il remit le livre en place.

— Tu en as lu certains ?

Elle hésita, puis décida de partager quelque chose avec lui.

— Tu sais ce que je fais, des fois ? Je cherche des trucs dans ces bouquins, genre boulimie ou TOC, pour voir si je peux imiter les symptômes, juste pour voir si mon père s'en aperçoit.

— Ça t'embête pas qu'il s'inquiète ?

— Je te promets, des fois c'est mon seul moyen de l'atteindre... Laisse tomber.

Elle n'aurait pas dû en parler. Dit à haute voix, ça faisait franchement naze. Mieux valait changer de sujet.

— Et alors, ça fait quoi une équipe de restauration de l'écosystème ?

— On élimine les plantes allogènes afin que les plantes indigènes puissent repousser, répondit-il avec emphase.

Il se mit à trier les bulbes, sélectionnant la variété qu'elle avait cochée sur son bon de commande.

— Tu devrais venir, un de ces quatre. C'est sûrement mieux que de lire des manuels d'éducation et d'inventer des problèmes qui n'existent pas.

Il sourit largement en disant ces mots, désireux de ne pas la vexer. Du coup, Aurora considéra son offre avec circonspection. Passer trois heures à désherber ne l'enchantait guère, mais l'idée de travailler côte à côte avec Zane Parker compensait largement le désagrément.

— On se retrouve où ?

La porte de derrière s'ouvrit dans un chuintement et son père entra, les bras chargés de quatre sacs de provisions.

Aurora et Ethan échangèrent un regard ; puis leurs yeux se posèrent en même temps sur la canette de bière vide qui était restée sur la table.

« Oh, merde ! » pensa-t-elle.

— Salut, papa, dit-elle en se précipitant vers son père afin de lui bloquer le chemin. Laisse-moi t'aider avec tout ça.

— Ça va, affirma-t-il.

— Mais…

Will l'évita et alla poser les sacs sur la table. Aurora était à deux doigts de paniquer lorsqu'elle s'aperçut que la canette de bière avait disparu. Essayant de dissimuler son soulagement, elle fit les présentations.

— Papa, c'est Ethan Parker. Il est dans ma classe au collège.

— Bonjour, Ethan, dit son père en lui tendant la main.

Will ne faisait pas exprès d'avoir l'air intimidant dans ce genre de situations, mais il n'y pouvait rien s'il était dix fois plus grand que les autres ! Aux yeux des gens qui ne le connaissaient pas, il semblait vraiment effrayant et protecteur, même lorsqu'il s'efforçait de se montrer amical.

— Ethan et son frère collectent des fonds pour le projet de réhabilitation du mont Vision, expliqua Aurora. En vendant des bulbes.

On pouvait difficilement trouver à redire à cela ! songea-t-elle.

— Je vois, lâcha son père. Et ton frère, où est-il ?

— Il a dû aller déposer l'argent collecté, expliqua Ethan. D'ailleurs, moi aussi je ferais bien d'y aller. Merci, Aurora.

— Pas de souci.

Il reprit le carton de bulbes.

— Alors, tu viens samedi ?

Aurora se tourna vers Will.

— Si mon père est d'accord.

Elle lui expliqua en quoi consistait la mission de désherbage organisée par le groupe.

— On en reparlera, conclut son père.

« Génial… », se lamenta-t-elle, exaspérée, tandis qu'elle franchissait la porte d'entrée. Il ne pouvait jamais dire simplement « oui » sans la cuisiner auparavant !

— Je te donnerai ma réponse au bahut, dit-elle à Ethan.

— Très bien.

Le garçon la dévisagea un moment et Aurora fut parcourue par un frisson de nervosité. Puis Ethan fixa un point derrière elle et lança :

— Au revoir, monsieur Bonner !

— Des fleurs, maugréa Aurora en retournant dans la cuisine. Comme si on n'en avait pas assez !

— Ça me semble être pour la bonne cause.

« Tu l'as dit, s'exclama-t-elle en son for intérieur. Pour que Zane Parker m'adresse enfin la parole ! »

— Tu m'as l'air complètement emballée, observa son père. Je ne savais pas que tu t'intéressais à la réhabilitation des espaces incendiés.

A son grand embarras, Aurora rougit jusqu'à la racine des cheveux.

— Pourquoi pas ? répliqua-t-elle.

— Très bien, conclut-il avec un sourire taquin. Et si tu me donnais un coup de main pour ranger les provisions ? Je pourrais ensuite faire quelque chose pour ces bulbes.

Aurora sut immédiatement que son père avait découvert la canette de bière. Il jeta un regard à la bibliothèque et son expression se transforma.

— Qu'est-ce que ça fait là ?

Elle se réfugia dans une attitude de défense outragée.

— Aucune idée. C'est sûrement toi qui l'as laissée là. Je parie que ça fait un bail qu'elle y est.

— Elle est encore fraîche, répliqua-t-il sèchement. Alors, qui l'a bue, toi ou ton copain ?

— Je ne sais pas de quoi tu parles.

Will retourna la canette et quelques gouttes de bière dégoulinèrent.

— Tu vois ces chiffres inscrits sur le fond ? Dans un pack de six, toutes les canettes portent les mêmes. Je me demande si ces chiffres vont correspondre à ceux du pack qui est dans le frigo ?

« Zut et zut ! » Mais comment aurait-elle su qu'il y avait un numéro de série inscrit sur le fond des canettes ?

Will alla au téléphone.

— Tu connais le numéro des Parker, ou je dois appeler les renseignements ?

« Oh, non..., se désola intérieurement Aurora. C'est fichu, maintenant. » Elle avait une minuscule chance avec Zane et son père était sur le point de la bousiller.

— C'est moi qui ai bu cette bière, lâcha-t-elle, espérant qu'il ne demanderait pas à sentir son haleine. Je voulais juste voir... l'effet que ça faisait.

— Tu es privée de sortie sans recours possible à la liberté conditionnelle, déclara-t-il en reposant délicatement le combiné. Histoire de voir l'effet que ça fait, justement.

27

Les premiers jours de son retour à Glenmuir, Sarah s'était retrouvée dans la peau de la fille asociale qu'elle était au lycée. Gênée par son statut d'épouse bafouée, elle était retombée dans sa vieille habitude d'isolement. Elle avait tendance à commander ses fournitures par internet — femme virtuelle menant une vie virtuelle.

Mais sa grossesse était un sacré rappel à l'ordre. Cet endroit allait devenir le village natal de son enfant. Elle ne voulait pas que cet enfant grandisse affublé d'une mère asociale. Elle allait corriger ce qu'elle avait négligé de faire en tant qu'adolescente mal dans sa peau et, plus tard, en tant qu'épouse de Jack. Elle allait cesser de vivre en solitaire et se créer un plus vaste réseau de parents et d'amis.

Rompre avec ses vieilles habitudes n'était pas simple, mais maintenant s'y greffait un autre problème. Divorcer n'avait rien d'exceptionnel. Cependant, se retrouver divorcée et enceinte frisait le pitoyable. Elle imagina la nouvelle se propageant à travers la ville comme une traînée de poudre.

« Redescends sur terre ! se morigéna-t-elle avec la voix de Lulu. Les gens ont mieux à faire que jaser sur ton compte. »

Mais quand elle entra dans le magasin de peinture et beaux-arts et que le silence se fit autour d'elle, elle commença à avoir des doutes. S'exhortant à fuir sa paranoïa, elle approcha de l'employée derrière le comptoir.

— Judy ? s'étonna-t-elle en reconnaissant la jeune femme. C'est moi, Sarah Moon.

— Sarah ! On m'avait bien dit que tu étais revenue !

Judy deWitt travaillait dans ce magasin depuis le lycée. Non contente d'être l'une des filles les plus étranges de l'école, Judy se distinguait à l'époque comme l'une des plus douées, créant des sculptures fantastiques à partir de fil de fer et de bois flotté, enjolivant ses œuvres de morceaux de verre polis par la mer, de coquillages et d'objets glanés ici et là.

Comme Sarah, elle était d'un tempérament artiste et taciturne. Contrairement à Sarah, elle avait toujours été particulièrement bien dans sa peau. Elle était « Judy la Gothique », le corps et le visage percés d'un tel assortiment de quincaillerie qu'elle déclenchait les détecteurs de métaux à l'entrée du lycée. En ce temps-là, Sarah avait de l'admiration pour Judy, car celle-ci s'aimait telle qu'elle était : unique, originale et talentueuse. Elle ne semblait nullement hantée par la honte de ne pas être issue d'un milieu aisé, et n'avait jamais souffert de s'être amourachée d'un garçon inaccessible.

Judy avait abandonné beaucoup de ses piercings faciaux, même si, au milieu du menton, elle arborait encore un clou qui attirait irrésistiblement le regard. A part ça, elle n'avait presque pas changé.

— Ça me fait plaisir de te revoir, déclara Sarah.

— Moi aussi, je suis contente. On devrait sortir ensemble un de ces quatre...

— Bonne idée.

Sarah se sentait raide et empruntée, manquant d'entraînement.

— Je peux t'aider ? Tu cherches quelque chose ? s'enquit Judy.

— Je regarde.

Ce n'était pas si terrible que ça, finalement... Peut-être que Judy et elle pourraient renouer connaissance. Peut-être se réuniraient-elles pour papoter entre deux créations artistiques, genre June et May nouvelle génération ? Si seulement elle avait gardé le contact avec les gens qu'elle connaissait à l'époque !

— Sarah Moon! lança quelqu'un d'autre. J'avais entendu dire que tu étais de retour.

Sans même se retourner, elle reconnut cette voix. C'était la même qui, au lycée, encourageait avec bonne humeur les équipes sportives tandis que sa propriétaire se trémoussait en tenue de pom-pom girl.

— Bonjour, Vivian! Comment vas-tu?

Sarah esquissa un sourire forcé.

Vivian Pierce la dévisagea, le visage rieur. Si tant est qu'une telle chose soit possible, Vivian était encore plus belle qu'elle ne l'était au lycée. Même cascade de cheveux blonds retenus en queue-de-cheval. Même sourire étincelant. Même sens infaillible de la mode — à une subtile différence près. Une alliance et un fabuleux diamant brillaient à son annulaire gauche. Consciencieusement, Sarah exprima sa joie de revoir Vivian et s'extasia sur son allure. Puis elle posa la question que Vivian attendait manifestement.

— Qu'est-ce que tu deviens?

— Je suis tellement excitée! confia cette dernière en désignant son chariot rempli de brosses et de produits ménagers. Nous venons d'acheter une maison.

— Félicitations, répondit Sarah.

— C'est un endroit adorable, à Point Reyes Station, précisa-t-elle. En revanche, la maison a besoin de beaucoup de travaux!

— Mais pas d'un chiot gratuit, je suppose? suggéra Sarah en désignant Franny qui patientait au bout de sa laisse, sur le trottoir. Ma chienne en a toute une portée à la maison.

Vivian allait sans doute rejeter catégoriquement cette idée...

Au lieu de cela, elle surprit Sarah en lui tendant sa carte.

— Appelle-moi dès qu'ils seront prêts à être adoptés.

— Si tu veux, je mettrai une petite annonce sur la vitrine, proposa Judy.

Elles étaient toutes les deux si... *gentilles*. Sarah n'en revenait pas.

Vivian montra à Judy quelques fiches d'échantillons de couleur.

— Ma décision est prise. Je vais choisir céleri pour les murs et rouge cadmium pour les moulures.

Munie de l'échantillon, Judy alla au mélangeur de peinture.

— J'avais peur que tu n'optes pour du rose et blanc.

— N'importe quoi !

Sarah dissimula sa surprise devant leur camaraderie décontractée. Judy et Viv étaient tellement à l'opposé l'une de l'autre, au lycée ! La Gothique et la reine du bal de promo... A présent, elles se comportaient comme les meilleures amies du monde, et, d'ailleurs, Judy promit à Vivian de passer le soir même pour l'aider à peindre ses murs.

Tout en choisissant ses fournitures, Sarah détailla subrepticement les deux femmes. Vivian ne se contentait pas d'être resplendissante, elle semblait en outre tout à fait prospère en cachemire, jean couture et santiags, sans parler de sa coiffure impeccable.

— Suis bien le mode d'emploi, la prévint Judy tout en mettant le matériel de peinture dans un carton. Cet ingrédient est particulièrement volatil. Aère bien la pièce et ne travaille pas près d'une flamme vive.

Vivian lui fit un clin d'œil.

— Si je mets le feu à la maison, peut-être que Will Bonner viendra à mon secours ?

A la mention de Will, Sarah dressa l'oreille.

— Je te croyais heureuse en ménage…, protesta gentiment Judy.

— Heureuse en ménage mais dotée d'une imagination galopante, répliqua Vivian. Soyons franches : la moitié des femmes de Glenmuir seraient prêtes à s'immoler rien que pour attirer l'attention de Will.

— Et l'autre moitié ?

— C'est à leur mari qu'elles mettraient le feu !

A quoi devait ressembler le mari de Vivian ? s'interrogea Sarah, qui se le représenta sous les traits d'un avocat distingué exerçant à la ville. Savaient-ils vraiment ce que signifiait l'expression « heureux en ménage » ou bien se berçaient-ils d'illusions ? Dans un monde parfait, Will aurait épousé Vivian. Ils avaient même été désignés roi et reine du bal de promo, le couple idéal. Il y avait eu un drame à la fin de la dernière année, se rappela-t-elle. La petite amie que Will fréquentait depuis longtemps l'avait largué juste avant le bal, et lui et ses amis étaient partis en virée au sud de la frontière.

Sarah ajouta quelques marqueurs permanents à son panier.

— Viv, je vais t'aider à porter tout ça jusqu'à ta voiture, proposa Judy.

— Non, ça ira. J'ai amené mon petit mari exprès pour ça.

Sarah était galvanisée. Elle avait hâte de voir le « petit mari » en question. Elle s'attarda sur les crayons à papier Monolith Woodless, cherchant à gagner du temps.

— Il devait passer à la quincaillerie. Il sera là dans un instant.

Pendant qu'elles patientaient, Vivian et Judy bavardèrent comme de vieilles amies. Sarah éprouva un pincement d'envie inattendu. Sa solitude la frappa comme une gifle en plein visage. Ne serait-ce qu'avoir quelqu'un à qui parler, ou avec qui aller déjeuner, discuter de teintes de peinture : tout à coup, cela lui parut aussi essentiel que se nourrir et respirer.

La clochette au-dessus de la porte tinta, annonçant l'entrée d'un autre personnage familier.

— Monsieur Chopin ! s'écria Sarah. Je suis Sarah Moon. Vous vous souvenez de moi ?

Viktor Chopin lui adressa un sourire éblouissant. Il avait été son professeur de dessin et son mentor durant toute sa scolarité au collège et au lycée. C'était le seul enseignant à la considérer comme une élève douée, à la valoriser. Avec son physique ouvertement séduisant d'Europe de l'Est et son soupçon d'accent exotique, il avait fait battre bien des cœurs au lycée. En tout cas, le passage du temps n'avait en rien entamé son pouvoir de séduction, bien au contraire !

— Bien sûr que je me souviens de toi, Sarah Moon, affirmat-il en adoptant le même ton de politesse. Tu es en visite dans ta famille, ou bien tu es revenue chez nous pour de bon ?

Ses yeux chocolat avaient un regard d'une profondeur insondable.

— Je suis ici… pour y rester, répondit-elle.

— Toujours artiste, à ce que je vois.

Il désigna son panier de courses, qui s'était inexplicablement enrichi d'une grille de Dürer, un outil dont elle ne s'était pas servie depuis ses cours de dessin de sixième.

— Je suis ravi de l'apprendre.

Viktor Chopin lui fit encore cadeau d'un autre de ses chaleureux sourires avant d'aller au rayon peinture.

— Tout est prêt, mon chéri, dit Vivian en se hissant sur la pointe des pieds pour l'embrasser sur la joue. Vingt litres du meilleur cru de Judy.

Médusée, Sarah regarda son prof préféré transporter la peinture de Vivian jusqu'à sa voiture. M. Chopin avait épousé la reine du bal !

— Tu as l'air étonnée, remarqua Judy en enregistrant les achats de Sarah.

— Je n'aurais pas dû les fixer comme ça ! se lamenta Sarah.

Judy sourit.

— Bizarre, hein, la tournure que prend parfois la vie ?

Tandis que Sarah chargeait ses emplettes dans la voiture, elle aperçut Franny qui trottinait le long de l'allée séparant le magasin de l'entrepôt. La chienne restait une virtuose de la poudre d'escampette et était parvenue à glisser la tête hors du collier.

— Franny ! appela-t-elle. Bon sang, reviens ici !

La truffe au ras du sol, la chienne détala vers l'arrière du magasin, Sarah à ses trousses.

— Ne le prends pas personnellement.

En se retournant, Sarah vit Judy fumant une cigarette, appuyée contre la porte de derrière de la boutique de fournitures pour les beaux-arts.

— Quoi ? le fait que ma propre chienne me fuit ? demanda Sarah.

Franny revint en décrivant un grand tour. Sarah résista à l'envie de lui courir après pour lui repasser son collier. Cela tournerait à la course poursuite, et elle n'avait pas l'ombre d'une chance de gagner. Au lieu de quoi, elle affecta d'ignorer ostensiblement la chienne.

— Alors, comment vas-tu ? s'enquit-elle auprès de Judy tout en gardant un œil sur Franny.

— Très bien, répondit Judy en exhalant des volutes de fumée.

— Et M. Madsen ? demanda Sarah, faisant référence au propriétaire du magasin.

Judy hésita.

— Il est mort il y a quatre ans, j'ai racheté la boutique. Je me suis dit que je ferais mieux de reprendre le magasin au lieu de me ruiner en fournitures.

« Judy la Gothique », propriétaire d'un commerce… Sarah mit un moment à digérer l'info.

— Je compte bien devenir une de tes habituées, lui confia-t-elle.

D'un geste, Judy invita Sarah à la suivre derrière les hautes portes de l'entrepôt en tôle rouillée. La plus grande partie de l'espace était occupée par des palettes de fournitures, mais un coin de la remise abritait un studio de sculpture en métal. Il y avait là des brûleurs de toutes tailles, des lampes à souder prêtes à l'emploi, des tas de plaques métalliques découpées ainsi que des baguettes de soudage.

Sarah reconnut la silhouette aérienne des sculptures abstraites. Les formes métalliques domptées semblaient légères comme des plumes au vent.

— Les installations du Waterfront Park, c'est toi, constata-t-elle.

— Exact.

Judy lui montra son travail en cours, une œuvre qui lui avait été commandée par une entreprise vinicole de Hopland. Elle s'aperçut que Sarah regardait ses mains.

— Ce sont des marques de brûlures, expliqua-t-elle en les lui présentant. Les risques du métier.

Elles sortirent ensemble de l'entrepôt. Judy jeta son mégot de cigarette dans un seau rempli de sable.

— Je ferais mieux de retourner au magasin.

Sarah hocha la tête.

— Je repasserai bientôt, dit-elle avant de marquer une pause. Au fait, ça te dirait qu'on aille boire un café, un de ces jours ?

— Bien sûr. Avec Vivian, on se retrouve généralement au White Horse Café le week-end, vers 9 heures du matin. Histoire de bavarder, tu sais ?

Non, Sarah ne savait pas, et pourtant cette perspective l'attirait énormément.

— Ce sera avec plaisir, merci, répondit-elle.

28

Les tout premiers souvenirs de Sarah étaient baignés de l'atmosphère iodée de l'exploitation ostréicole. Enfant, c'était tout son univers. Elle se postait au bord de l'eau et, les bras tendus, embrassait l'air même qui l'entourait. Mais, adolescente, elle s'était mise à considérer cet environnement comme un piège dont elle désespérait de s'échapper. A présent, c'est un sentiment d'équilibre qu'elle éprouvait ici. Elle aimait emmener Franny pour de grandes balades, en suivant la route pavée de coquilles d'huîtres qui menait aux bâtiments longs et étroits construits sur pilotis, au-dessus d'un tapis de spartines, ces graminées qui bordent le rivage de Moon Bay. Chaque huître vendue par l'entreprise commençait sa vie sous forme d'un naissain de la taille d'une tête d'épingle. Au cours de l'une de leurs fréquentes promenades, Sarah désigna toutes ces choses à Will qui, bien qu'ayant passé toute sa vie à Glenmuir, ne connaissait rien aux activités d'un élevage ostréicole.

— Quand j'étais petite, lui confia-t-elle, je pensais que tous les papas sortaient la nuit, à marée basse. En grandissant, j'ai appris que c'était non seulement inhabituel mais même carrément bizarre.

— Ça expliquerait peut-être que tu sois devenue si tordue ?

Elle lui donna une bourrade dans le bras et ils continuèrent leur marche dans un silence amical. Will et elle ne sortaient pas ensemble. Ç'aurait été une folie et ils le savaient tous les deux. Ils s'appelaient, cependant. Ils partaient pour de longues balades sur la plage, au coucher du soleil. Ils dînaient ensemble, parfois même aux bougies. Mais pas question de sortir ensemble.

— Est-ce qu'il te manquait ? demanda Will. Quand il partait travailler en mer ?

— Non.

Elle comprenait très bien pourquoi il lui posait cette question.

— Il subvenait aux besoins de la famille et je savais qu'il reviendrait.

— J'espère qu'Aurora pense la même chose à mon sujet. Avec mon emploi du temps démentiel, j'alterne de longues périodes à la maison et de longues absences.

— Pourquoi ne pas lui poser la question ? suggéra Sarah.

— C'est à peine si elle m'adresse la parole. Elle m'en veut toujours à mort de l'avoir privée de sortie.

Il poussa un soupir de lassitude.

— Elle a demandé à Birdie de me poursuivre pour séquestration arbitraire, enchaîna-t-il.

— Je n'étais guère plus âgée qu'Aurora quand je faisais le mur pour aller boire de la bière avec les ouvriers qui travaillaient sur l'élevage. Je me suis fait pincer, bien sûr. Et j'ai été punie, moi aussi. Mais tu fais plus que la punir : tu éteins la flamme d'une bougie avec une lance d'arrosage. Pourquoi ?

— Pour moi, l'alcool et le mensonge sont des sujets sensibles.

— Pour quelle raison ?

Will ne répondit pas, et Sarah comprit qu'elle avait franchi la mince frontière entre sollicitude et curiosité déplacée.

— Ta fille compte beaucoup pour moi, Will. Je veux comprendre.

— C'est le portrait craché de sa mère, admit-il finalement. Quand elle se met à agir comme elle, ça me fout les jetons.

Ils observèrent Franny qui flairait furieusement le quai battu par les flots surplombant les vasières. Sarah tenta d'imaginer Marisol, d'une beauté égale à celle d'Aurora. Quel genre de femme fallait-il être pour gâcher son mariage par l'alcool et le mensonge?

— C'est ça, être parent, continua Will. On court constamment le risque de tout bousiller.

— Cool, Bonner! Aurora est une gamine formidable. Pourquoi ne pas plutôt penser à tout ce qu'il y a de génial entre vous?

— C'est plutôt dur quand elle me punit par son silence, répondit-il, glissant les pouces dans les poches arrière de son jean. Avant, je la comprenais parfaitement. Du moins, c'est ce que je croyais. Et puis, l'enfant tout à fait adorable qu'elle était s'est transformée en... je ne sais pas. En adolescente perturbée.

— Elle a besoin de parler, affirma Sarah. Crois-moi, je sais comment ça se passe dans la tête d'une adolescente perturbée.

— Ah oui? Tu étais comme ça, toi?

— Oh, arrête...

Comme s'il ne le savait pas!

— Et Aurora est une enfant perturbée, d'après toi?

— Le seul fait que tu me poses la question montre qu'elle pourrait bien le devenir. Alors écoute, je n'y connais strictement rien en matière d'éducation, et encore moins en ce qui concerne une gamine de treize ans. Mais, pour moi, Aurora a compris la leçon. Maintenant, il est temps de pardonner.

— Pour ta gouverne, sache que je suis sur le point de lever sa punition, et qu'il y a belle lurette que je lui ai pardonné.

— Elle le sait?

— Oui, je suppose.

Sarah songea à son propre père. Y avait-il eu un moment, dans toute son enfance, où il aurait pu lui tendre la main, lui ôter ses doutes et son sentiment d'insécurité?

— Ne suppose pas. Dis-lui qu'elle est pardonnée.

— Elle est encore en pétard contre moi.

— C'est toi qui es encore en pétard contre elle, lâcha Sarah dans un éclair de compréhension.

— Qu'est-ce que tu veux dire par là, bon sang?

— C'est juste une hypothèse en l'air. En fait, qu'est-ce qui se passe, Will ?

Il s'accouda sur la rambarde du débarcadère battue par les vents et contempla l'eau en contrebas.

— Elle m'a menti, d'accord ? Elle m'a dit qu'elle avait bu cette bière, or je sais très bien que c'était un autre gamin. Tu l'as dit, tous les gosses font des cachotteries de temps en temps. Si je suis en colère, c'est parce qu'elle m'a menti.

— Au risque de passer pour un disque rayé, répliqua Sarah, est-ce qu'Aurora le sait ?

Will sourit et secoua la tête.

— Pigé. Je vais lui parler.

— Excellente idée, approuva-t-elle avant de lui toucher le bras. Au fait, j'ai bien réfléchi.

— Allons bon...

— Etant donné que sa punition touche bientôt à sa fin, je pense que tu devrais lui offrir un des chiots.

— Super ! Je vais la récompenser par un chiot pour la façon dont elle s'est conduite.

— Je ne te parle pas de récompense. Un chiot représente un engagement à long terme. Je pense qu'Aurora est prête pour ça.

Sarah regarda Franny foncer entre les piles du débarcadère, s'emparant d'un long ruban d'algues pour le secouer d'un coup de tête.

— Pas question. J'ai une organisation professionnelle bien trop compliquée. Il n'y a pas de place pour un chien dans notre vie.

— Ma grand-mère dit que les choses importantes arrivent au moment qu'elles choisissent, pas forcément quand nous sommes prêts à les accueillir.

— On parle d'un chien, là.

— On parle de choses importantes.

— Un chien, c'est non, Sarah. Et ne t'avise pas d'en parler devant Aurora.

— Je suis toujours privée de sortie, apprit Aurora à Ethan Parker tandis qu'ils enfourchaient leur vélo sur le parking situé en haut de la colline dominant Bear Valley. Je ne peux pas aller au concert au Waterfront Park, ce soir.

Pendant la durée de sa punition, les travaux d'intérêt public étaient la seule chose que son père l'autorisait à faire. En collaboration avec une équipe chargée de la restauration de l'écosystème, elle et tout un groupe de bénévoles se retrouvaient le samedi pour mettre en place des dispositifs de contrôle d'érosion et arracher les plantes allogènes.

— C'est nul. Déjà, tu n'aurais pas dû être punie, souligna Ethan en dévalant la colline sur son vélo.

Aurora le rattrapa, savourant la fraîcheur du vent sur son visage. C'était un travail rude et assez peu gratifiant, en particulier les jours où Zane décidait de sécher, comme aujourd'hui. Débroussailler le versant de la colline s'était avéré une tâche fastidieuse.

— Pourquoi tu dis ça? demanda-t-elle à Ethan. Qu'est-ce que j'étais censée faire? Dire à mon père que c'était ton frère qui avait pris cette bière?

— Au moins, tu aurais dit la vérité.

— Et mon père aurait appelé tes parents, et, d'une façon ou d'une autre, on aurait tous eu des problèmes. A mon avis, j'aurais été punie de toute façon. Autant vous laisser à l'écart de tout ça, ton frère et toi.

— Zane aurait aussi pu tout avouer et payer les pots cassés, objecta-t-il. Voilà ce que j'en pense.

Ethan passa au plateau supérieur et fila en bas de la colline.

Le plus dur dans le fait d'être punie, songea Aurora, ce n'était pas d'être privée de liberté, de télé ou d'accès à internet. Le plus dur, c'était d'entretenir sa colère contre son père. Pourtant, c'était son but. Mais maintenir entre eux ce mur dressé prenait plus de temps et d'énergie qu'elle ne l'aurait imaginé. Elle trimbalait dans sa poitrine une boule de chagrin qui, au fil des jours, devenait de plus en plus oppressante. Ce n'est qu'au prix d'un énorme effort de volonté qu'elle se retenait de ne pas supplier Will de lui rendre sa liberté, ne serait-ce que pour se débarrasser de cette rage.

Parfois, elle songeait à fuguer pour aller rejoindre sa mère. Ça ne serait pas bien compliqué. Elle pourrait convaincre tante Lonnie de l'emmener avec elle à l'occasion d'une livraison d'huîtres ou de fleurs fraîches à Las Vegas. Peut-être même pourrait-elle embarquer clandestinement à bord de l'avion-cargo... Mais une fois qu'elle aurait retrouvé sa mère, que ferait-elle ?

Elle passa tout le chemin du retour à envisager les différents scénarios possibles : des retrouvailles dans les larmes, des récriminations amères, le bonheur familial. Aucun ne semblait cadrer, et elle savait pourquoi. Elle ne connaissait pas assez sa mère pour appréhender correctement la situation, voilà tout. Ses souvenirs n'étaient pour la plupart que des fragments flous, même si elle pensait conserver une image très nette du jour où celle-ci les avait quittés. A sept ans, Aurora ne s'était pas tout de suite rendu compte que sa mère était partie pour de bon. Un beau jour, après l'école, son père l'avait retrouvée seule à la maison, en train de manger un bol de céréales devant un programme de Nickelodeon, le son monté à plein volume. Elle se rappelait qu'elle était assise au milieu de la pièce sur un coussin de sol vert mousse, jouant à être une naufragée sur un minuscule radeau.

— Où est ta mère ? avait-il demandé en se penchant pour déposer un baiser au sommet de son crâne.

Elle avait haussé les épaules, avant de tourner vers lui un sourire radieux, révélant qu'une nouvelle incisive perçait sa gencive.

— Je suis contente que tu sois rentré, papa.

Elle savait qu'il aimait qu'elle l'appelle « papa », parce que ça le faisait sourire et qu'il redressait les épaules.

Aurora faisait aussi toujours très attention à sa façon de

s'exprimer. Dès le départ, elle avait décidé de parler comme les enfants anglophones de sa classe.

Ce jour-là, son père avait continué à sourire tout en rangeant le lait dans le réfrigérateur, mais elle avait bien vu que quelque chose le contrariait. De droit, son dos était devenu raide et c'est avec brusquerie qu'il s'était emparé du téléphone sans fil avant de ressortir. Bien sûr, il n'était pas en colère contre elle mais, un peu inquiète malgré tout, elle avait écouté sa conversation.

... à quoi diable Marisol pense-t-elle, de laisser une petite fille de sept ans toute seule à la maison ? disait papa au téléphone.

Au ton de sa voix, elle avait deviné qu'il parlait à mamie Shannon. Il y avait eu beaucoup d'autres conversations ce soir-là, et beaucoup plus d'inquiétude. Cette nuit-là, son père l'avait prise sur ses genoux et lui avait dit que sa maman était partie habiter dans un endroit qui s'appelait Las Vegas et qu'elle ne reviendrait plus vivre avec eux.

— On n'a qu'à aller chez elle, avait suggéré Aurora.

— Ce n'est pas possible, mon bébé.

Son père avait l'air effondré.

— Pourquoi pas ? Je serai sage, avait-elle insisté. Promis.

— Je n'en doute pas, mon bébé, mais ta maman... a d'autres projets. Elle ne veut pas de nous là-bas. Il vaut mieux pour tout le monde que nous restions ici, toi et moi.

Aujourd'hui encore, Aurora n'en savait pas tellement plus long, et son père restait muet à ce sujet.

Quand elle arriva à la maison, elle vit le pick-up de son père garé dans l'allée. Génial ! Maintenant, elle allait devoir reprendre son attitude pourrie.

Elle fit irruption dans la cuisine. Sur le bar étaient posés de grands sacs de chez Bay Hay and Feed.

— Salut, lança-t-elle d'un ton évasif.

— Salut à toi.

Derrière le plan de travail, Will se mit à déballer le contenu des sacs ; surprise, elle vit une paire d'écuelles en métal et un gros sac de nourriture pour chien 100 % bio.

Elle fronça les sourcils.

— Qu'est-ce qui se passe ?

Il sortit un collier rouge ainsi qu'une laisse.

— Tu fais quelque chose ce soir ?

— Ça dépend…

Son cœur cognait à tout rompre dans sa poitrine, à présent. *S'il te plaît, oh, s'il te plaît !*

— Qu'est-ce que tu as en tête ? demanda-t-elle.

— Je me disais que tu aurais peut-être envie de venir m'aider à choisir notre nouveau chiot.

— Papa !

Oubliant son vœu de rester en colère, Aurora se précipita sur lui et lui sauta au cou en l'enlaçant de toutes ses forces.

— C'est vrai ? On va avoir un des chiens de Sarah ?

— Ils ont huit semaines maintenant, expliqua-t-il en la repoussant doucement. Prêts à être adoptés.

— On y va tout de suite ?

— Dès que tu seras prête.

Elle fonçait déjà vers la porte.

— Une petite minute, jeune fille ! lança son père.

Un piège, songea Aurora. Il y avait toujours un piège. Le cœur lourd, elle se tourna vers lui.

— Oui ?

— Un chiot, c'est beaucoup de travail.

— Oh, papa… je suis au courant.

— Alors, si on en ramène un à la maison, tu vas devoir le sortir et prendre soin de lui dans tous les domaines. Je ne vois pas bien comment tu pourrais y arriver en restant punie.

Elle ne tenta même pas de réprimer son sourire. *Enfin !*

— Moi non plus, papa.

29

Lorsque Sarah vint leur ouvrir la porte le sourire aux lèvres, Will comprit qu'il était mal parti. Il avait beau vouloir le nier, il était dingue d'elle. Et cela depuis le jour où il l'avait conduite en urgence à l'hôpital.

« Enceinte, Bonner », se répétait-il sans cesse. A peine sortie d'un mariage raté. Autant s'enticher d'Angelina Jolie, c'était à peu près aussi sensé !

Mais quand Sarah lui souriait comme maintenant, il oubliait tout. Ôtant sa casquette de base-ball, il s'effaça pour laisser passer Aurora.

— On vient chercher un chiot, annonça celle-ci. Je n'en reviens pas que tu ne m'aies rien dit.

En les voyant toutes les deux, Will fut submergé par une bouffée d'affection. Sarah traitait sa fille comme une égale, une amie. Dès le début, elles avaient partagé une relation qui ne faisait que lui confirmer qu'Aurora se languissait terriblement d'une figure maternelle.

— Sortons derrière. C'est toi qui auras le privilège de choisir le plus beau de la portée, dit Sarah.

Aurora se précipita vers la porte. Will la suivit plus lentement. Les chiots se trouvaient sous la véranda grillagée, installés dans une grande caisse de bois de cèdre que le père de Sarah avait fabriquée exprès pour eux. Le lit de Franny était tout près.

Celle-ci fit cogner sa queue contre le sol en guise de bonjour et Sarah se pencha pour lui gratter les oreilles.

— Salut, ma grande. Tu as l'air crevé.

Elle se releva en se massant les reins.

— Tu ne la trouves pas fatiguée ? demanda-t-elle.

— Ça fait huit semaines qu'elle allaite ses chiots. Je suppose que ça fatiguerait n'importe qui.

Aurora entra dans la caisse avec les chiots et ceux-ci se pressèrent contre elle, escaladant ses genoux et s'efforçant de lui lécher le visage. Les chiots étaient de père inconnu, mais Will soupçonnait une ascendance de golden retriever, si l'on se fiait à la couleur des chiots et aux habitudes de Buster, le chien de George Dundee, qui aimait bien vadrouiller.

Aurora rejeta la tête en arrière en riant de bonheur, tandis que les chiots rivalisaient d'efforts pour attirer son attention.

— Tu aurais dû prendre un appareil photo, fit remarquer Sarah.

— Tu as raison. Je regrette de ne pas y avoir pensé, déplora Will.

— Je pourrais peut-être te faire un croquis.

— Ça me plairait bien.

Il savait qu'aucune photo ou croquis ne pourrait capturer le rire d'Aurora ou la joie qui illuminait son visage. Il lui faudrait tâcher de s'en souvenir.

— Papa, comment je vais faire pour en choisir un ? s'exclama Aurora. Ils sont tous parfaits !

— Je te comprends.

— Peut-être l'un d'eux va-t-il te choisir ? suggéra Sarah.

— Comment ça ?

— Je n'en sais trop rien. Mettons-les dans le jardin et prends ton temps.

Will et Sarah sortirent et allèrent s'asseoir dans la balancelle, face au petit jardin clôturé et à la mer immense qui s'étendait au-delà. L'air embaumait le chèvrefeuille, et la voix d'Aurora leur parvenait vaguement de l'autre bout du jardin. Elle posa le premier chiot par terre et celui-ci fonça droit vers les roses.

— J'espère qu'elle va trouver un moyen de se décider, fit remarquer Will. Je ne peux pas prendre toute la portée.

Sarah l'observa en silence avec une expression indéchiffrable. Lorsqu'elle lui souriait, il avait toujours l'impression d'avoir gagné un concours ou réussi un examen. Le hic, c'était que Sarah disposait de toute une palette de sourires pour les différentes occasions. Les décrypter tenait du véritable défi.

— Non, vraiment, insista-t-il, je ne peux pas.

— Tu pourrais faire avec deux, s'il le fallait ? s'enquit-elle.

— Ce n'était pas dans le contrat.

— On reçoit parfois une prime.

— Un chiot en prime ? Non, merci.

Il fit cliqueter les chaînes de la balancelle en se trémoussant.

— Je croyais qu'ils étaient tous les six placés. Tu as eu un désistement ?

— Non, détends-toi. Tu n'en auras qu'un. Je voulais te faire peur, c'est tout.

— Il en faut plus que ça pour me faire fuir.

Un peu chagriné, il se tourna vers Aurora, qui en était au chiot n° trois. Ce dernier semblait absolument résolu à creuser une tranchée dans la terre pour y piquer un somme.

— Voilà une réponse qui me plaît.

Sarah retomba dans le silence, perdue dans ses pensées.

Elle n'était pas comme d'habitude, aujourd'hui, songea Will. Mais la tension entre eux était plus intense, elle aussi. Il y avait toujours de la tension entre eux, même si ni l'un ni l'autre ne voulaient l'admettre.

— Tu te sens bien ? demanda-t-il.

— Oui, affirma-t-elle. Oui, très bien.

Dans le jardin, Aurora faisait un bruit de baiser pour attirer l'attention du chiot n° quatre.

— En parlant de prime... j'ai une nouvelle, annonça Sarah.

— Ah bon ?

Elle posa la main sur son ventre arrondi.

— Ce sont des jumeaux, dit-elle simplement.

Will s'abîma dans la contemplation de ses seins, le temps d'assimiler pleinement le sens de ses paroles.

— Sans blague! commenta-t-il. Waouh!

— C'est ce que je n'arrête pas de me dire, moi aussi.

Elle lui adressa un sourire où se mêlaient la peur, le désespoir et une joie à la fois envahissante et irrépressible.

— C'est formidable, Sarah, dit-il. Vraiment.

— Merci.

Elle remit la balancelle en mouvement.

— Mon dernier rendez-vous chez le médecin l'a confirmé. Je grossissais beaucoup, et vite. Je savais que, parfois, attendre des jumeaux donne deux fois plus de nausées — sans rire! Par-dessus le marché, nous avons un cas de fausses jumelles dans ma famille, et le médicament favorisant la fertilité que je prenais augmente aussi la probabilité d'une grossesse multiple. J'ai été époustouflée à l'échographie, Will. Si seulement tu avais vu...

Elle s'interrompit et ferma les yeux un bref instant.

Il l'imagina chez le médecin, seule, s'émerveillant à la vue de ses bébés.

— C'était étonnant, confia-t-elle. Je les ai vus tous les deux, on aurait dit deux petits fantômes... Deux contre une, ajouta-t-elle. C'est ça qui me fait peur.

Will ne discuta pas sur ce point.

— Ça va être super, tu verras. Parfois, j'aimerais bien qu'Aurora ait un frère ou une sœur.

— Tu sais, les relations de fratrie, c'est très surfait.

— Tu ne t'entendais pas bien avec ton frère?

— Pendant notre enfance, je croyais qu'on l'avait mis sur terre pour pointer du doigt mes faiblesses.

Will ne connaissait pas très bien Kyle Moon. Contrairement à sa sœur, il s'était investi dans l'entreprise familiale. Sa méthode était simple mais ingénieuse. Il élevait les mêmes huîtres qu'avait élevées sa famille pendant des générations. La différence, c'était sa perception des huîtres. Il avait fait appel à une agence de communication et, grâce à un intelligent travail de relations publiques, avait avancé l'idée que les huîtres de Moon Bay étaient les plus rares et les plus prisées de la côte. Il avait passé des contrats d'exclusivité avec les meilleurs restaurants de la région de la Baie et transformé le Festival de l'Huître, qui se déroulait tous les ans en octobre, en un événement culturel de premier plan. Cela en faisait-il un bon frère ? Will l'ignorait.

— Chaque famille est différente, déclara-t-il. Je parie que tes enfants se chamailleront à n'en plus finir et, qu'à d'autres moments, ils seront les meilleurs amis du monde.

Le sourire de Sarah illumina son visage de façon incroyable.

— J'adore ta façon de nous appeler une « famille », et de dire « mes enfants ».

Will jeta un coup d'œil furtif au ventre de Sarah, drapé dans une robe à fleurs identique à celles que portait sa propre grand-mère.

— Je ne pense pas qu'on puisse douter qu'ils soient de toi, ironisa-t-il.

Elle rit en inclinant la tête en arrière. En bas, dans le jardin, Aurora interrompit ce qu'elle était en train de faire pour les regarder. Ses yeux se plissèrent un peu et elle fit la moue. C'est elle qui avait sympathisé avec Sarah en premier et elle ne voulait pas entrer en compétition avec Will. Les voir ainsi, en train de rire et de bavarder ensemble sur la balancelle, aurait pu donner à Aurora l'impression qu'il avait le béguin pour Sarah.

Et elle aurait eu tout à fait raison, estima Will. Il était toutefois bien décidé à garder ce « détail » pour lui.

Le rire de Sarah retomba.

— Je ne sais vraiment pas pourquoi ça m'a paru si drôle. Quand j'ai su que j'attendais des jumeaux, j'ai refusé carrément d'y croire, même en les voyant nettement tous les deux à l'écran. Je n'arrêtais pas de dire au médecin qu'il y avait une erreur, que je ne pouvais pas avoir deux bébés.

— J'en suis très heureux pour toi, Sarah. Franchement.

Il avait l'impression de se donner beaucoup de mal pour l'en convaincre. A la vérité, il se débattait dans les affres qui guettent un homme amoureux d'une femme enceinte de l'enfant d'un autre. Le fait qu'il y en ait deux semblait encore aggraver les difficultés. Si, par quelque miracle, les choses marchaient entre Sarah et lui, il se retrouverait père de trois enfants, dont pas un ne serait de lui. Parfois, la nuit, il restait éveillé, à se demander s'il aurait jamais des enfants dont il serait le père. D'ailleurs, en avait-il réellement envie ? Il l'ignorait : c'est le genre de question qu'on aborde avec la femme dont on est en train de tomber amoureux. Evidemment, Sarah et lui ne pouvaient pas en discuter encore. C'était à peine s'ils avaient admis leur attirance mutuelle. Il n'était même pas sûr que cette perspective l'intéresse. Quand elle le regardait, que voyait-elle ?

— Je suppose qu'à Glenmuir les gens vont en faire des gorges chaudes… Se retrouver célibataire et enceinte, c'est déjà assez pathétique. Mais célibataire et enceinte de jumeaux — alors là, il y a de quoi s'en donner à cœur joie !

— Tu n'as pas une très haute opinion de la vie de village, constata-t-il.

— Tu as peut-être raison. Avant, je détestais être la fille de l'ostréiculteur. Depuis que je suis revenue, j'ai découvert que la vie ici avait un côté réconfortant. Je me suis fait des amies — Vivian Pierce et Judy deWitt.

— C'est une bonne chose, Sarah.

Pour lui, c'était un signe prometteur. L'idée que Sarah s'intègre à la communauté lui était agréable.

Elle s'intéressa à Aurora, qui avait reporté son attention sur les chiots.

— Qu'est-ce qui t'a fait changer d'avis à propos du chiot ?

Dans un élan de franchise, Will aurait voulu lui avouer que c'était parce que Aurora avait perdu son meilleur ami — lui — et qu'il lui en fallait un autre. Qu'elle l'avait perdu parce qu'il était trop peureux pour rester proche d'elle, maintenant qu'elle avait grandi, qu'elle était devenue plus difficile et plus secrète. Il était encore hanté par le souvenir du jour où Aurora avait eu ses premières règles. Il s'y était cru préparé. Birdie et sa mère avaient depuis longtemps tout expliqué à Aurora, et lui avaient donné tout un tas de choses à lire. Elles l'avaient nantie de tout un bazar de matériel et autres fournitures. Et, chaque nuit, il priait — en lâche qu'il était — pour que ça n'arrive pas pendant un de ses jours de repos.

C'était ce qui s'était passé, bien sûr, et Aurora avait été formidable. Heureuse, même. Pire que ça, elle était... *loquace*. Elle voulait en parler.

Will y avait tout de suite mis le holà. Il avait changé de sujet et feint d'avoir quelque chose à faire. Quelque chose qui ne pouvait pas attendre. Il lui avait donné vingt dollars pour qu'elle aille au cinéma.

Tout cela allait à contre-courant de tous les manuels d'éducation. La dernière des choses qu'un père est censé faire, c'est rejeter, exclure ou nier la sexualité de sa fille et l'événement qui marque son entrée dans l'âge adulte. Normalement, il aurait dû accepter le fait qu'Aurora soit devenue une femme, et même s'en réjouir.

Mais tous ces manuels d'éducation présentaient une lacune. Il n'y avait trouvé aucun mode d'emploi à l'intention des hommes élevant seuls leur belle-fille. A certains moments, leur mince différence d'âge les séparait tel un gouffre infranchissable. Will savait qu'il faisait partie d'un groupe réduit — celui des beaux-pères chargés d'éduquer une adolescente en solo — et que ce club comptait parmi ses membres des types comme Lucas Cross dans *Peyton Place*. N'y avait-il donc jamais de beaux-pères sympas dans le monde de la fiction ?

— Je me suis dit qu'elle était mûre pour avoir un chien, expliqua-t-il à Sarah en remettant la balancelle en mouvement. C'est une fille unique, seule depuis trop longtemps.

— Il y a bien une autre solution, glissa-t-elle d'un ton taquin. Epouse une femme qui a déjà des enfants et tu auras une famille toute faite.

Will pouffa.

— A l'américaine, quoi…

— Ne sois pas cynique! Ça marche pour des tas de gens au quotidien.

— Dites donc, Sarah Moon… Serait-ce une proposition de votre part?

— Sûrement pas! Je parlais de façon hypothétique.

Will leva les mains en signe de découragement.

— Je posais la question au cas où…

— La moitié de la ville pense que nous devrions nous mettre ensemble, dit-elle. Tu as remarqué?

— C'est difficile de passer à côté…

— Tu ne crois pas qu'on pourrait être amis?

C'était la question qui le hantait, mais il répondit avec un sourire enjoué :

— Le contraire serait vraiment dommage. Je me doute que tu ne cherches pas à t'investir dans une relation en ce moment.

Sarah lui tapota le bras.

— C'est pour ça qu'on est si bien ensemble.

Aurora fit une pause dans sa sélection et laissa toute la portée sortir de la caisse en même temps. Elle s'allongea dans l'herbe sur le dos, gloussant de rire tandis que les chiots lui grimpaient dessus.

— Je parie que tu aimerais avoir dix Aurora.

— Peut-être pas dix. Nous avons des hauts et des bas.

— Moi, je la trouve géniale. Comment est-ce que tu as fait? Comment fais-tu pour élever des enfants formidables?

Will rit.

— Tu me poses vraiment la question?

— Je la pose à tous les gens que je rencontre. Toute aide est la bienvenue.

— Passe à la maison, un de ces quatre. Je peux te prêter quelques livres, si tu veux.

— Aurora m'a parlé de tes bouquins. Plus d'une centaine au dernier recensement.

— Je peux me passer de certains. Cela dit, je n'ai rien sur les jumeaux.

Sarah enserra son ventre à deux mains. Will avait une envie folle de la toucher à cet endroit-là. Il était fasciné par son corps. Pas seulement par son ventre rond, mais aussi par sa poitrine de plus en plus opulente et par l'ineffable air de mystère qui l'entourait. Il la trouvait incroyablement séduisante.

— J'ai demandé à Birdie d'annoncer la nouvelle à mon ex, reprit Sarah. Jack et moi ne communiquons plus que par avocats interposés, maintenant. J'appréhendais terriblement sa réaction. Je nous voyais déjà nous déchirant pour la garde des enfants, le genre grande bataille judiciaire…

— Birdie te protégera, toi et tes enfants, assura Will.

Ils restèrent assis en silence tandis que les ombres s'intensifiaient dans les replis des petites collines qui descendaient vers la mer. Aurora n'était pas pressée de se décider pour le chiot.

— Tant mieux, approuva Sarah. Pour une mère célibataire, le sentiment de sécurité est primordial. C'est ce que j'ai entendu dire dans le groupe de divorcés que j'ai rejoint à Fairfax.

— Ça t'est utile ?

— Tout ce que j'ai fait depuis mon départ de Chicago m'est utile.

Elle tendit ses pieds devant elle et soupira.

— Je suis contente d'être revenue ici. C'est comme si je pouvais de nouveau respirer.

— C'est bien, Sarah.

— Quand j'étais petite, une seule chose me tardait : partir. Je voulais vivre dans une grande ville, découvrir le vaste monde… Je t'ai dit que j'avais passé mon année de licence dans une université de Prague ?

— Non. C'était comment ?

— La ville ressemble beaucoup à Chicago, mais avec des bâtiments plus anciens et un fleuve encore plus pollué.

Will sourit et se tourna vers elle. Ras le bol de cette histoire d'amitié ! De toute façon, elle ne parlait même plus à son ex.

— Moi aussi, je suis content que tu sois revenue.

Sarah baissa brusquement les yeux, mais son sourire s'élargit.

— Ah oui?

— Sarah…

— Papa! appela Aurora depuis le jardin. J'ai trouvé!

Will hésita une seconde, puis se leva de la balancelle et tendit la main à Sarah, paume vers le haut. Elle le regarda.

— On aide la pauvre femme enceinte à se mettre debout?

— Il faudra t'y habituer.

— Allez, papa! *Viens!*

La voix d'Aurora frisait l'impatience.

— Alors, qu'est-ce que tu as trouvé?

Il traversa le jardin en compagnie de Sarah, prenant garde à ne pas trébucher sur les chiots qui se mettaient dans ses jambes.

— Mon chien, le bon.

— Super, ma puce!

Aurora arborait un sourire qu'il ne lui avait jamais vu auparavant. Il pensait les connaître tous, mais celui-là était inédit, teinté d'une profondeur particulière.

— Tu vois, celui-là, c'est celui à qui je plais le plus, expliqua-t-elle en désignant un chiot qui s'efforçait inlassablement de lui lécher le visage.

Aurora pointa du doigt deux autres chiots.

— Ceux-ci sont les plus mignons, tu ne trouves pas? Et les deux là-bas qui jouent ensemble, ce sont les plus vifs.

Elle alla ramasser le dernier rejeton de la portée, qui tentait de rebrousser chemin vers la véranda afin de retrouver sa mère.

— Mais celui-là, conclut-elle en câlinant le chiot contre sa poitrine, le temps que cessent ses gémissements, c'est celui qui a le plus besoin de moi. Alors, c'est lui que je choisis.

30

Jack recommença à appeler Sarah. Il était absolument emballé par l'idée d'avoir des jumeaux, même si cela doublait le montant de sa pension alimentaire. A l'évidence, il regrettait sa mauvaise plaisanterie sur l'identité de leur père. Sarah le comprit, car non seulement il reprit ses appels — auxquels elle refusait de répondre —, mais sa mère, Helen, et sa sœur, Megan, se mirent aussi de la partie.

Sarah n'éprouvait aucun ressentiment envers Helen et Megan. Ayant perdu sa propre mère, il lui plaisait de compter Helen dans sa vie. Et maintenant qu'elle portait leurs héritiers présomptifs, sa cote auprès des femmes du clan Daly était remontée en flèche. D'ailleurs, ce n'était pas elles qui entretenaient une liaison avec Mimi Lightfoot. Elles ne lui avaient jamais rien fait, sinon accorder une absolue confiance à Jack. Par politesse, elle prenait leurs appels. Une fois que Jack eut appris qu'elle attendait des jumeaux, la fréquence de leurs coups de fil fut multipliée par deux. Ce qui, à la réflexion, découlait d'une certaine logique.

— Il est très malheureux, lui confia Megan.

Sarah mit le haut-parleur pour continuer de travailler au lit, sur une tablette d'appoint. Son obstétricien lui avait fortement recommandé de passer le plus de temps possible allongée, au fur et à mesure de l'avancement de sa grossesse.

— Ce n'est pas ma faute, objecta-t-elle avec calme, refusant de se sentir coupable.

Il faut dire que, pendant la maladie de Jack, sa mission avait été de le réconforter. Etrangement, ce réflexe restait solidement ancré en elle, encore aujourd'hui. Mais elle parvint à tenir bon malgré tout.

— Je ne dis pas ça, reprit sa belle-sœur, j'énonce simplement un fait.

— Ce n'est pas non plus mon problème.

— Tu as été mariée avec lui, insista Megan. Tu étais à son côté lorsqu'il a failli mourir d'un cancer.

— Franchement, je n'ai pas besoin qu'on me le rappelle.

Depuis leur séparation, elle avait eu tout le temps de réfléchir et d'analyser les causes de leur échec, de méditer sur les raisons qui avaient fait que deux personnes qui autrefois s'aimaient se retrouvaient à présent seules et meurtries. Désigner Jack comme seul et unique responsable était assez facile, et elle ne s'en était pas privée. Néanmoins, Sarah avait appris que, pour retrouver la paix et guérir ses blessures, il lui fallait, elle aussi, entamer un pénible processus de remise en question et admettre son rôle dans ce fiasco, alors qu'en réalité elle n'avait qu'un seul désir : imputer toute la faute à Jack.

— Aux dernières nouvelles, il est toujours avec Mimi Lightfoot, fit-elle remarquer à Megan.

— Il romprait avec elle à la minute, si tu consentais à lui donner une seconde chance, lui confia sa belle-sœur. Par respect pour les vœux que vous avez prononcés, ne devrais-tu pas essayer de surmonter cette malheureuse affaire ?

« Des vœux… », songea Sarah. Elle lui avait juré d'être sa femme, dans la santé et dans la maladie. Côté maladie, elle s'en était plutôt bien tirée — Jack aussi, d'ailleurs. C'était rester unis dans la santé recouvrée qui s'était avéré impossible. Quelque chose s'était cassé entre eux, et, que cela lui plaise ou non, force lui était de reconnaître qu'elle n'était pas totalement étrangère à ce processus.

— … lui pardonner et tenter de vous remettre ensemble ? continuait Megan.

— Non, répliqua Sarah.

Surprise et quelque peu soulagée, elle constata que sa conviction résonnait en elle avec un accent de vérité. Elle ne se berçait pas d'illusions. Elle ne voulait pas récupérer Jack. Ni pour elle, ni même pour les bébés. Elle le connaissait suffisamment pour savoir que l'attrait du nouveau lié à la paternité s'estomperait rapidement, et qu'ils finiraient par s'éloigner l'un de l'autre.

— C'est tout ce que tu as à dire ? « Non » ?

La voix de Megan était incrédule.

— Euh… « Non merci » ?

— Cela n'a rien d'une plaisanterie, Sarah. La situation n'est pas drôle du tout.

Au moins étaient-elles d'accord sur un point.

— Jack a trahi ma confiance de façon irrémédiable, expliqua-t-elle. Il est hors de question que j'élève mes enfants dans un foyer où règne la suspicion.

Sarah mit fin à ce coup de fil perturbant et partit pour le White Horse Café où l'attendaient Judy et Vivian. Ces rendez-vous faisaient désormais partie de sa routine matinale, et ces moments passés ensemble lui étaient devenus précieux. Les deux jeunes femmes lui témoignaient une affection sincère et semblaient douées d'une capacité d'écoute infinie.

— J'attendais trop de mon mariage avec Jack, avoua-t-elle devant un *caffè latte* décaféiné accompagné d'un scone à la noix de coco. Je le voyais sous les traits du prince charmant, venu me délivrer de ma pauvre existence dans une exploitation ostréicole. Ce que j'ai refusé de voir, c'est qu'il n'était pas ce type-là et que ma vie n'avait rien d'insupportable.

— Ça n'excuse pas ce qu'il a fait, objecta Vivian. Il n'y a aucune excuse pour l'infidélité.

— C'est le père de mes enfants, protesta doucement Sarah en posant la main sur la dure proéminence de son ventre. Il subsistera toujours ce lien entre nous. C'est inéluctable.

— Tu vas devoir lui pardonner, pour te débarrasser de cette colère qui te ronge en permanence, fit remarquer Judy.

— Tout ça, c'est du baratin de psy, décréta Viv. Elle a le droit d'être en colère.

— Je suis censée éviter tout stress, dit Sarah. Et vous savez quoi ? Quand j'étais avec Jack et que je menais cette vie prétendument idéale, j'étais plus stressée qu'aujourd'hui, alors que je suis seule et enceinte de jumeaux.

— C'est ça, le truc ! s'exclama Viv. Tu n'es pas seule. Plus maintenant. Pas ici.

— Et encore moins avec Will Bonner qui vient lui conter fleurette, renchérit Judy.

Le visage de Sarah s'embrasa.

— Il ne me conte pas fleurette ! D'ailleurs, qu'est-ce que ça veut dire au juste ?

— C'est une expression désuète, expliqua Viv d'un air docte. La fleurette se réfère à l'aspect sentimental, voire carrément mièvre de l'amour. En d'autres termes, cela signifie faire la cour…, conclut-elle avec un clin d'œil. Je pense que Sarah me reçoit cinq sur cinq.

— Regarde-la piquer un fard, observa Judy. Tu es amoureuse de lui. Raide dingue, même.

— Quoi, encore cette histoire qui remonte au lycée ? On est amis, simplement, se défendit Sarah. Amis, c'est tout. Rien de plus.

— Menteuse ! rétorqua Viv. En fait, je m'en vais tout de suite appeler notre capitaine des pompiers local. Quelqu'un a le feu quelque part !

Alors que Megan était la plus jeune et la plus versatile de la famille Daly, Helen, l'ancienne belle-mère de Sarah, était l'exemple même de la femme accomplie. Diplômée de Northwester, elle incarnait déjà la superwoman avant même que ce concept ait été inventé. Elle était parvenue à jongler avec une brillante carrière dans la finance, quatre enfants, un mari et une maisonnée en perpétuelle effervescence.

— A vous voir, ça paraît si simple, s'était émerveillée Sarah, peu après son mariage avec Jack. Quel est votre secret? D'où tirez-vous une telle énergie?

— D'un petit flacon en plastique marron, avait répondu Helen en riant.

Et Sarah n'avait jamais su si elle plaisantait ou non.

La seule chose qui avait réussi à déboussoler sa belle-mère, c'était la maladie de Jack. Helen avait conquis la chambre de commerce de Chicago, mais le combat de son fils contre le cancer l'avait littéralement mise à terre. Un jour, Sarah l'avait trouvée dans la chapelle de l'hôpital, en train d'apostropher Dieu avec violence. Elle n'implorait pas la guérison de son fils, elle l'exigeait. Elle la Lui ordonnait. Avec une détermination obstinée.

Sarah ne faisait pas le poids face à la mère de Jack, elle le savait. Depuis le début. Quand Helen lui dictait le menu de Thanksgiving ou lui confiait la liste des cadeaux pour Noël, Sarah se contentait d'obéir, car toute résistance aurait été vaine. Les jumeaux seraient les premiers petits-enfants d'Helen, et nul doute qu'elle allait se battre pour ne pas être exclue de leur vie.

Lorsque celle-ci appela, elle ne mâcha pas ses mots.

— Quand tu as quitté Jack, j'ai été déçue, commença-t-elle, mais j'ai tenu ma langue. Cependant tu comprends, j'en suis sûre, que l'arrivée de ces enfants change tout. Jack et toi avez eu tout le temps de vous calmer, et, maintenant, je pense qu'il est temps pour vous de vous réconcilier.

D'une main distraite, Sarah caricatura une femme en train de se tenir la langue.

— Je vous ai toujours admirée, Helen, et je ne vois pas de raison pour que cela change. Tant qu'a duré mon mariage avec Jack, je me suis pliée aux exigences de tout le monde, mais aujourd'hui la situation est différente. Je vais agir au mieux dans l'intérêt de mes enfants.

— Eh bien, Dieu soit loué! s'exclama Helen. Aucun enfant ne mérite d'être coupé de son père.

— Mon avocate est toute disposée à discuter d'un droit de visite restreint.

Il y eut un bref silence, le temps qu'Helen digère la significa-tion de cette phrase.

— Des visites fixées par un juge ne remplaceront jamais une famille, fit remarquer Helen. Sarah, tous les hommes font des écarts... C'est dans leur nature.

Sarah perçut dans la voix de sa belle-mère une dureté qui la fit frissonner. Et elle comprit : John Henry avait trompé Helen. Désormais, c'était une évidence. Son beau-père à la chevelure argentée, à qui son fils ressemblait tant...

— Les hommes bien ont suffisamment d'intelligence pour revenir vers leur foyer, poursuivit Helen, à la place qui est la leur. Et je sais que Jack est quelqu'un de bien.

« Comme son père... », songea Sarah.

— Tu ne crois pas que tout enfant mérite de grandir entre deux parents unis, au sein d'un foyer décent ? insista sa belle-mère.

Sarah se retint pour ne pas répliquer, résistant à l'envie de révéler à Helen que Jack faisait tout son possible pour réduire au minimum le montant de sa pension alimentaire.

— Il n'y a rien de décent dans un foyer bâti sur le mensonge et la trahison. Jack m'a trompée. Et vous savez quoi ? Au fond de mon cœur, je crois pouvoir comprendre pourquoi il a agi de la sorte. Je crois même être capable de lui pardonner.

— Oh, Sarah ! Ma chère, c'est un tel soulagement pour moi d'entendre cela...

— Je n'ai pas terminé. Ce que j'essaie de vous dire, c'est que je peux comprendre pourquoi il m'a trompée. Je peux lui pardonner. Mais recommencer à l'aimer, c'est impossible.

— Sarah, tu ne penses pas vraiment ce que tu dis là ?

— Et je refuse d'élever mes enfants dans un foyer sans amour.

— Les enfants ont un besoin essentiel de connaître leur père. Tu es en train de laisser ton amertume envers Jack obscurcir ton jugement. Il a le droit de faire partie de leur vie.

— Jack a renoncé à ses droits en rompant les vœux qu'il avait prononcés dans la foi où il a été élevée.

— Maintenant, tu sombres dans le mélo...

— Ça doit être hormonal, Helen, rétorqua-t-elle.

Contrite, elle s'en voulut aussitôt. Rien de tout cela n'était la faute de sa belle-mère.

— Je ne vous reproche pas de soutenir les intérêts de Jack, reprit-elle. N'importe quelle mère agirait de même. Sinon, quel genre de mères serions-nous ?

Sarah trouvait étrange de ne jamais avoir été invitée chez Will et Aurora, alors qu'au cours de ces derniers mois elle était devenue très proche d'eux. Aussi accepta-t-elle avec empressement, lorsqu'ils la convièrent à venir manger quelque chose du nom de *Truesdale Specials*.

Aurora l'accueillit à la porte en compagnie d'un jeune chien dégingandé qu'elle avait baptisé Zooey. La maison, qui présentait l'architecture Craftsman typique de la région, avait été bâtie à l'origine pour servir de résidence secondaire à des habitants de San Francisco. Flattée, Sarah constata que son portrait d'Aurora occupait sur le mur une place de choix. Cette dernière lui fit visiter la maison avec empressement.

— C'est ta mère ? lui demanda Sarah en indiquant un cadre posé sur la commode.

Sur la photo, une femme souriante regardait droit vers l'objectif. Elle affichait une étrange ressemblance avec Aurora et, pourtant, il y avait entre elles une imperceptible différence, une certaine dureté dans le regard et dans la mâchoire. A moins que ce ne soit de la tristesse.

— C'est maman.

— Elle doit te manquer.

La main de Sarah s'égara vers son ventre rond. Avant même d'avoir tenu ses enfants dans les bras, elle se sentait liée à eux par un sentiment si farouche et si primaire qu'elle avait du mal à s'imaginer les abandonnant comme Marisol avait abandonné sa fille.

Aurora haussa les épaules et Sarah perçut dans ce geste tout un monde d'émotions réprimées.

— Ma mère à moi me manque, avoua Sarah. Tous les jours...

— Par ici, acquiesça Aurora en empruntant le couloir.

Manifestement, l'adolescente ne tenait pas à poursuivre cette conversation. La visite s'acheva sur une longue pièce encombrée, reliée par la salle de bains à la chambre d'Aurora. Elle abritait un comptoir à tiroirs, deux hautes fenêtres laissant entrer la lumière, tout un bric-à-brac de meubles remisés et des tas de boîtes de rangement sans étiquette.

— Ça devait être une salle de couture, expliqua Aurora. Maman voulait être couturière, alors mon père lui a aménagé cette pièce. Elle n'en a jamais rien fait, pourtant. Tu sais coudre, toi?

— Pas même un bouton, confessa Sarah.

Elle tenta d'imaginer la belle Marisol au regard triste, assise à la fenêtre, cousant une robe. Sur le seuil, Sarah resta en arrêt devant une autre photo.

Qu'est-ce qui t'a pris, Marisol? Tu leur as brisé le cœur...

A cet instant précis, elle se jura de ne jamais oublier qu'être mère signifiait protéger les siens de la souffrance, non de la leur infliger.

— Papa est derrière, dans le jardin, signala Aurora en descendant l'escalier d'un pas lourd. Il vient d'allumer le barbecue.

Dès qu'elle aperçut Will, Sarah sut qu'elle s'était menti à elle-même sur les sentiments qu'elle éprouvait. En le découvrant sous la véranda, en T-shirt blanc et jean délavé, elle sentit tout son corps s'embraser. Elle eut un moment d'hésitation, comparant Jack et Will dans son esprit. Jack était toujours en mouvement, pas le genre à avoir le temps de retourner des steaks hachés. Will, lui, savait profiter de l'instant présent.

Le seul fait de le voir en train de faire griller des steaks hachés l'émoustillait. Ce n'était pourtant pas faute d'avoir répété à Will et Aurora qu'elle n'était pas intéressée par une relation durable.

Mensonges que tout cela ! Sarah regarda Will et éprouva l'envie de poser les mains sur ses larges épaules. Elle voulait sentir la texture de ses cheveux et connaître le goût de ses lèvres — chacune de leur rencontre faisant croître en elle son désir. Elle luttait de toutes ses forces contre son attirance, car à quoi cela pouvait-il la mener, sinon à un chagrin d'amour ? Il était hors de question de tomber amoureuse de quelqu'un en ce moment.

Cramponnée à sa résolution, elle lui adressa un signe de la main par la fenêtre de la cuisine, tandis qu'Aurora et elle se chargeaient de préparer la salade. Elle se la répéta mentalement comme un mantra lorsque Will leur servit le repas d'un geste théâtral, souligné par un sourire ravageur.

— Si tu n'aimes pas, c'est pas grave, assura Aurora. Ce genre de steaks ne plaît pas à grand monde.

— Tu serais bien étonnée si je te parlais de mes goûts en ce moment, répliqua Sarah en inspectant la nourriture dans son assiette.

Une nourriture un peu étrange, et plus encore quand elle apprit ce que c'était : un steak haché fait de pâté de jambon, de Velveeta et d'oignons.

— C'est meilleur si tu le trempes dans la soupe de tomate, conseilla Aurora en lui faisant une démonstration.

Sarah se lança et en prit une bouchée. Elle sentait peser sur elle le regard attentif de Will et de sa fille : c'était une sorte de test.

— Délicieux, déclara-t-elle.

— C'est vrai ? demanda Aurora.

— Absolument, répondit-elle en se caressant le ventre. Nous trouvons tous ça très bon.

Après le dîner, le téléphone sonna et Aurora disparut dans sa chambre.

— Elle passe des heures à bavarder avec ses amies, se lamenta Will. Je me demande bien de quoi elles peuvent parler.

— De garçons et de fringues. Tu veux un coup de main pour la vaisselle ?

— Pas question. Tu es notre invitée.

Sarah se laissa aller contre le dossier de sa chaise et posa les pieds sur la chaise voisine.

— Oh, mais si, j'insiste…, plaisanta-t-elle.

— C'est ça…

Will sourit et se mit à l'œuvre.

Elle le regarda débarrasser la table et nettoyer la cuisine en admirant la sûreté des gestes avec lesquels il accomplissait ces tâches quotidiennes. De temps en temps, il lui lançait un regard en biais empreint d'une connivence presque palpable. En présence de Will, elle manquait parfois de chavirer. Or, cela ne devait pas arriver. Pas ici. Pas maintenant. Et pas avec lui.

Mais cela faisait si longtemps qu'elle n'avait été proche de quelqu'un ! Il existait un genre de solitude, découvrait-elle, qui s'infiltrait jusque dans les os pour s'y transformer en glace, et quand le corps engourdi de froid se mettait à fondre, chaque terminaison nerveuse revenait à la vie dans la douleur. Pire que ça, Sarah ne souffrait pas de solitude en général. Mais de l'absence de Will.

La soirée avait été agréable et elle risquait de tout gâcher avec sa prochaine question.

« Alors ne dis rien ! », s'admonesta-t-elle intérieurement. Mais, prenant une profonde inspiration, elle ne put s'empêcher de lâcher :

— Je crois qu'il est temps que tu me racontes toute l'histoire de la mère d'Aurora.

— On en a déjà parlé le soir où nous sommes venus choisir le chiot.

— Tu m'as donné quelques faits, mais pas les raisons principales.

Sarah observa Will avec attention. Ses épaules se raidirent et sa mâchoire se crispa. Elle prit une autre inspiration.

— Qu'est-ce qui s'est vraiment passé, Will ?

Le cœur de Will battait à tout rompre avant même qu'il ne se soit retourné pour affronter le regard de Sarah. Appuyé au plan de travail, il sentait l'angle aigu du bord s'enfoncer dans ses paumes tandis qu'il s'armait de courage pour répondre à sa question. Il y avait certaines choses sur Marisol qu'il n'avait jamais dites à personne. Or, voilà que cette femme le pressait de s'épancher.

— Pourquoi veux-tu savoir? demanda-t-il avec un mélange de soupçon et de soulagement.

— Parce que je m'intéresse. A Aurora et... à toi.

Cela faisait quelque temps déjà qu'ils avançaient vers ce moment. Will réalisa que s'il voulait se rapprocher de Sarah — et c'était le cas, indiscutablement —, il allait devoir jouer franc-jeu avec elle. En un sens, c'était un soulagement de partager le fardeau qu'il portait depuis si longtemps.

— Allons dehors, suggéra-t-il.

Sarah lança un coup d'œil en direction de l'escalier. Toujours pendue au téléphone, Aurora gloussait de rire.

Zooey, le jeune chien, les suivit jusque dans le jardin baigné de la lueur du crépuscule et se mit immédiatement à flairer le périmètre. Will guida Sarah vers une chaise longue et patienta, le temps qu'elle s'y installe avec maladresse. Puis il vint s'asseoir près d'elle et laissa son regard se perdre dans le lointain, tâchant de formuler une explication. Car Sarah en méritait une. Elle éprouvait une réelle affection pour Aurora. Il lui fallait cependant être prudent. Le passé recélait certains faits que sa fille devait ignorer, des choses qu'il n'avait jamais révélées à âme qui vive.

Au terme de ses années de lycée, tout le monde s'attendait à ce que le destin de Will Bonner prenne un essor fulgurant. En tout cas Will, lui, s'y attendait certainement. Durant sa dernière année, il avait comparé les différentes propositions d'une foule d'universités dont les équipes jouaient en première division. L'équipe de base-ball des Athletics, plus modeste, lui préparait une offre s'il choisissait de repousser son entrée en fac — il pouvait même essayer de concilier les deux.

Et il voulait tout : le sport et les études. Il y serait arrivé, d'ailleurs, si le destin n'avait bouleversé ses projets.

A l'époque, c'était un adolescent typique, impulsif, dans tous les sens du terme. Lorsque ses amis et lui avaient décidé de fêter leur diplôme en allant à San Diego rejoindre un car de voyage organisé à destination de Tijuana — où ils comptaient prendre la cuite de leur vie —, cela n'avait rien eu d'extraordinaire. Nombre de jeunes idiots l'avaient fait avant eux, et ce de toute éternité. Ce pèlerinage dans une ville frontalière du Mexique tenait, pour un jeune homme, du rite de passage. Leurs pères avaient fait le voyage avant eux et en étaient revenus le Levi's lesté de sachets d'Acapulco Gold, le fameux cannabis mexicain. Leurs grands-pères les y avaient précédés, et avant eux leurs propres pères, tous ramenant de leur folle virée petits souvenirs et tequila bon marché. A en croire certains, ce genre de week-ends dans les villes frontalières datait de la prohibition — c'était alors la façon la moins risquée de se procurer une boisson plus forte que la simple limonade. D'autres faisaient même remonter cette coutume à l'époque victorienne, quand l'attrait des femmes faciles allé-chait les jeunes hommes menant une vie de chasteté. Les petits Californiens grandissaient en entendant parler de l'*Avenida de las Mujeres*, légendaire rue festonnée de bougainvillées dégringolant des balconnières, avec ses murs en pisé peints de vives spirales de couleur et ses femmes qui attendaient, consentantes, dans chaque encadrement de porte.

— L'été de la fin du lycée, je suis descendu au Mexique avec une bande de mecs, raconta Will à Sarah. On s'est relayés au volant jusqu'à San Diego. Quelqu'un — Trent Lowery, je crois — avait des billets pour un car qui, de là, t'emmenait faire la fête à Tijuana. Tu te gares du côté américain et le car te fait traverser la frontière.

— Je vois le topo.

Will joignit les mains comme pour une prière et revécut ce

qui avait commencé comme une simple partie de rigolade. Il avait roulé vers le sud, à la frontière, dans l'intention de passer une folle nuit de beuverie. Le voyage s'était achevé sur un changement de vie radical. Il n'avait rien vu venir, rien. Tout ce qui l'intéressait, à l'époque, c'était boire de la tequila et se taper des filles.

Par le seul fait du hasard — ou, selon ses amis, par erreur de jugement —, Will avait traversé ses années de lycée sans perdre sa virginité. Non par vœu de chasteté, mais parce qu'il entretenait depuis longtemps une relation stable avec une fille qui ne voulait pas entendre parler de sexe avant le mariage. Bien qu'il se soit fait chambrer dans les vestiaires et même pire, il avait persisté dans sa situation.

Jusqu'au week-end de la remise des diplômes. La fille avec qui il sortait depuis deux ans avait rompu. Et Will était bien décidé à profiter de sa liberté. Il était grand temps de mettre un terme à son abstinence

Les vieux quartiers de la ville frontalière rivalisaient de tentations pour accueillir à bras ouverts les gars de la région de la Baie, des jeunes tapageurs avec trop d'argent et pas assez de bon sens. Les femmes elles-mêmes étaient enivrantes, avec leur chair douce et musquée, leurs cheveux huilés et leurs lèvres pulpeuses. Dans un premier temps, Will fut ébloui ; mais la tequila, même en abondance, ne pouvait totalement l'aveugler sur la réalité qui se cachait sous les lèvres peintes et les robes vives bon marché. Ces femmes — certaines terriblement jeunes — étaient littéralement esclaves de proxénètes répugnants et de mères maquerelles à l'œil dur, qui se mouvaient comme des spectres dans les rues, abordant les touristes de leur voix sifflante.

— Alors voilà ce que nous avons fait, poursuivit Will. A Tijuana, nous avons commencé par les courses hippiques et, très vite, j'ai gagné un gros paquet. Comme on dit, aux innocents les mains pleines : je me suis retrouvé nanti de onze mille dollars.

Jusque-là, toute sa vie s'était déroulée sur le même mode. Will avait toujours eu une veine insolente. Mais il était loin de se douter que, quelques heures plus tard, sa chance allait tourner.

— Je les aurais sans doute perdus dans la course suivante, s'il n'avait pas été l'heure d'aller faire la fête, continua-t-il. Nous sommes tombés sur des bars de plein air, il y avait des orchestres à chaque coin de rue, des vendeurs ambulants qui proposaient des souvenirs et des colifichets exposés sur des couvertures étalées par terre.

L'air absent, il passa la main sur le dragon tatoué qui ornait son bras — encore un souvenir de cette folle virée...

Will et ses amis, déjà bien allumés par la tequila, avaient été invités à la Casa Luna, située au bout de l'avenue.

— Nous nous sommes retrouvés dans une *baila* — une discothèque, traduisit-il, employant l'euphémisme à dessein.

La maison était colorée, avec des façades ornées de fleurs qui masquaient des pièces minuscules empestant le détergent, la sueur et l'urine, et à l'arrière un jardin où s'entassaient du crottin de cheval, des chèvres et des ordures. Là, dans un misérable appentis, jouaient divers enfants, livrés à eux-mêmes. Les affaires se menaient dans des couchettes à l'intimité toute relative, séparées par des tentures mangées aux mites. A la porte de chacune des pièces se trouvait un bénitier en grès. Les clients étaient priés de se signer en entrant et en sortant.

— J'étais bien imbibé de tequila, avoua Will.

On arrivait à la partie délicate du récit. Il avait perdu sa virginité dans les bras d'une fille dont les yeux aux paupières tombantes dissimulaient un regard d'ennui et de désespoir. Il ignorait encore son nom, Marisol. L'expérience avait été à la fois exaltante, sordide et déplaisante. Ensuite, la fille l'avait invité à s'attarder — contre un supplément. Et, l'esprit embrumé par la tequila, il avait été tenté par cette proposition, car, entre-temps, il s'était persuadé d'être plus ou moins tombé amoureux de cette fille, bien qu'elle n'ait fait qu'en rire avant de l'envoyer promener.

On dit qu'on devient un homme après sa première expérience sexuelle. Mais Will savait que c'était faux. Dans son cas, le passage à l'âge adulte s'était fait en une nuit, c'est vrai. Mais cela n'avait rien eu à voir avec le sexe. C'était la détresse absolue d'une enfant qui avait fait de lui un homme.

Juste avant minuit, Will avait décidé de prendre le chemin du retour. Il comptait revenir au bus afin d'y cuver tranquillement sa tequila tout en rêvant de la fille aux lourdes paupières, le temps que ses amis réapparaissent à leur tour.

— J'allais partir lorsque j'ai décelé une odeur de brûlé. Il s'est avéré qu'elle provenait d'un feu, et toutes les personnes ont dû évacuer la maison.

Will n'avait jamais dit à personne de quel genre de maison il s'agissait, ni comment le feu s'était déclaré ou comment il s'était retrouvé pris au beau milieu des flammes.

— Toute une foule s'était rassemblée dans la rue, mais personne n'avait l'air très inquiet. Dans le jardin de derrière, les chèvres et les chiens étaient fous de terreur. Les pompiers ont mis des heures pour venir et, quand ils sont enfin arrivés, le bâtiment avait eu le temps d'être ravagé par les flammes.

Entre-temps, Sarah avait pâli.

— Aurora se trouvait dans la maison, n'est-ce pas?

Will hocha la tête.

— Sur le toit. Quatre ans et morte de peur.

— Et sa mère...?

— C'était le chaos, expliqua-t-il. Elles ont été séparées.

— Par les flammes?

Will éluda la question de Sarah en espérant que sa dérobade passerait inaperçue.

— La grande échelle ne pouvait pas être déployée correctement. La rue était trop étroite. Les pompiers ne pouvaient pas accéder au toit par l'intérieur et il n'y avait pas d'escalier de secours.

— Comment as-tu fait pour la récupérer sur le toit? demanda Sarah.

Will marqua une légère hésitation.

— Comment sais-tu que c'est moi qui suis allé la chercher?

Sarah eut un bref sourire.

— Will… Je ne suis pas si bête.

A ce moment-là, dessoûlé par le choc, Will avait appris quelque chose sur lui-même. Il était fait pour sauver des vies.

— Je suis monté sur le toit de l'immeuble voisin.

Il entendait encore les hurlements et les prières comme si c'était hier. Il n'avait pas eu le temps d'hésiter ni d'évaluer ses chances ; sans entraînement, il avait franchi la canalisation branlante qui reliait les deux toits, progressant à l'instinct et à l'adrénaline. Le faîtage lui avait paru mou, comme cédant sous ses pas, et ses semelles semblaient y adhérer.

La toute petite fille qu'il ne connaissait pas encore sous le nom d'Aurora poussait des cris aigus entrecoupés de sanglots de terreur, boxant les tourbillons de fumée de ses poings. Elle avait dû être effrayée par ce grand type qui s'était précipité pour s'emparer d'elle comme d'un ballon de football. Will se souvint à quel point elle lui avait paru légère ; on aurait dit un petit pantin de bois. L'équipe de pompiers s'était servie de la grande échelle pour former un pont entre les deux bâtiments. La traversée avait été plus stable au retour que sur la canalisation rouillée.

Will n'avait pas regardé en bas, il n'avait pas lâché prise.

— C'est là que tout s'est compliqué, signala-t-il à Sarah.

Il descendait d'un pas chancelant un escalier métallique tout tordu, noyé sous les trombes d'eau jaillissant des lances à incendie, lorsqu'il avait entendu un bruit : on aurait dit que quelqu'un avait laissé tomber une dinde crue sur du béton. Dans la ruelle au-delà du jardin laissé à l'abandon, il avait vu la jeune prostituée avec laquelle il avait couché — d'une beauté spectaculaire, même trempée — en train de se faire tabasser par son souteneur.

— Maman ! avait crié la petite fille.

Will l'avait posée à terre et avait foncé sur l'homme comme un taureau furieux. Le mac n'avait pas dû comprendre ce qui lui arrivait. La femme était hystérique. Pas à cause des coups ni même du danger que courait sa fille, désormais agrippée à sa jupe. Mais parce que, criait-elle d'une voix aiguë, quand oncle Felix reviendrait à lui, elle serait punie. Pire qu'une autre dérouillée, avait-elle expliqué à Will dans un mélange dénaturé d'anglais approximatif et d'espagnol frontalier. Elle serait bannie. Jetée à la rue, elle n'aurait plus qu'à faire le trottoir pour des clopinettes, comme un chien errant. Il lui faudrait vendre sa fille ne serait-ce que pour survivre. Et puis elle finirait par se vendre elle-même à un type comme Felix, alors quel intérêt de s'en être pris à lui?

Dans un espagnol hésitant, Will avait affirmé qu'il devait y avoir d'autres solutions. Puis il avait contemplé la jeune prostituée terrorisée et l'enfant aux yeux immenses, couverte de plaies et de croûtes, et s'était rendu compte qu'elle disait la vérité. Ces deux-là n'avaient aucun avenir. Aucun. A moins qu'il ne trouve un moyen de les sortir de là.

Il avait hésité, devinant que sa décision risquait de mettre en péril son plan de carrière. Puis il les prit chacune par la main. La femme trébuchait et hurlait de douleur à cause de ses blessures, protestant qu'elle ne pouvait pas marcher. Il l'avait alors portée dans ses bras tandis que l'enfant continuait de se cramponner à l'ourlet de sa jupe.

— *Como se llama?* avait-il demandé à la femme.

— *Marisol Molina, y mi hija se llama Aurora*, avait-elle répondu.

« Aurora », l'aurore. Marisol lui apprit que son « oncle » l'avait mise au travail dès l'âge de treize ans, et qu'à quatorze elle avait eu sa fille, baptisée du nom de son personnage de Disney préféré.

Will avait passé la moitié de la nuit à chercher un refuge, c'est du moins l'impression qu'il avait eue. Les églises étaient censées offrir un sanctuaire, mais leurs portes étaient fermées à clé et barricadées contre les intrus. Au bout du compte, il avait déniché un centre médical où travaillaient un médecin âgé et une infirmière dont l'air de compassion lasse se mêlait à une grande résignation face à la futilité de leur tâche. Ils s'étaient occupés des blessures de Marisol, la pire étant une luxation de l'épaule, et avaient donné à Aurora un médicament contre la toux ainsi qu'une pommade pour soigner ses plaies. Ayant pris Marisol à part, l'infirmière s'était longuement entretenue avec elle, la faisant rougir de honte, puis ils étaient tous les trois repartis ensemble.

De retour dans la rue nimbée de la brumeuse lumière du matin, Will avait repris confiance. A tort. Il avait été interpellé par la police. Felix Garcia — le souteneur — était à la recherche de sa « nièce ». Et se faisait un sang d'encre à son sujet. Il craignait qu'elle n'ait été enlevée. Will fournit au policier la garantie qu'il désirait — un énorme pot-de-vin prélevé sur ses gains aux courses. Les poches pleines, le policier avait perdu tout intérêt à garder Will au poste. Néanmoins, il persistait dans son intention de rendre Marisol à Felix.

Celle-ci avait donné au policier une longue explication désespérée. Malgré le mal qu'il avait eu à suivre leur conversation, Will pensait tout de même avoir compris.

— Tu lui as dit qu'on allait se marier?

— Aujourd'hui même, avait-elle acquiescé. Tout de suite. C'est la seule façon d'empêcher qu'ils me renvoient à la Casa Luna. Bien sûr, il faudra encore lui graisser la patte.

C'était alors que Will avait découvert qu'il était prêt à tout pour secourir quelqu'un.

Rendue dolente par la fièvre et les médicaments donnés par le centre médical, Aurora avait dormi durant toute la brève cérémonie de mariage, la procédure ayant pu être accélérée grâce à quelques pots-de-vin supplémentaires au sein du *pasillo*, la mairie. Will et Marisol en étaient ressortis munis des documents officiels.

— Comme ça, c'est tout? s'étonna Sarah, les yeux ronds. On ne vous a pas demandé un genre de prise de sang ou, je ne sais pas, moi, une période d'attente?

Les douaniers, côté américain, avaient eux aussi fait preuve d'incrédulité. Ils avaient pris Will à part, lui avaient donné une dizaine de moyens pour se tirer de ce mauvais pas. Ce n'était pas la première fois qu'ils voyaient ça — un jeune Américain honnête piégé par la ruse d'une *puta* mexicaine. Ils pouvaient le sortir de là, avaient-ils affirmé. En quelques heures, Will serait libre de repartir, débarrassé de sa femme et de son enfant, les laissant derrière lui au Mexique comme autant de bagages non réclamés.

— Merci, avait-il répondu. Mais ce n'était pas une erreur.

Il ne voulait pas retrouver sa liberté, si c'était pour jeter cette femme en pâture aux loups. Qui plus est, il était sincèrement persuadé qu'avec le temps les sentiments qu'il éprouvait pour Marisol se mueraient en véritable amour.

— J'ai vraiment choisi de l'épouser, avait-il dit. Nous restons ensemble.

Ce ne fut pas si simple. En réalité, la procédure prit des semaines, sans compter l'intervention d'un avocat compatissant, spécialiste des questions d'immigration, qui faisait partie des professeurs de Birdie à San Diego State.

Will secoua la tête d'un air blasé.

— Si tu sais à qui t'adresser et si tu peux fournir le prix qu'on te demande — ce que j'ai pu faire grâce à mes gains aux courses —, tout est possible. A l'époque, onze mille dollars représentaient une petite fortune, au Mexique.

Sarah le dévisagea comme si elle contemplait un inconnu.

— Je ne sais pas quoi dire.

Il haussa les épaules.

— J'aimerais bien pouvoir dire que nous avons vécu heureux pendant de longues années, mais les choses se sont compliquées.

En priorité, il fallait que Marisol et Aurora soient examinées par des médecins aux Etats-Unis. Ceux-ci avaient jugé l'état de santé d'Aurora remarquable pour une enfant ayant souffert d'une telle négligence. Sans surprise, hormis celle de Will, on diagnostiqua chez Marisol une maladie sexuellement transmissible.

Par bonheur, celle-ci était curable et Will ne l'avait pas attrapée. Ils étaient mariés depuis plusieurs semaines lorsqu'ils eurent enfin leur nuit de noces. Initié tardivement au plaisir par une femme belle et expérimentée, Will Bonner tomba amoureux d'elle comme seul peut le faire un garçon de dix-neuf ans encore un peu naïf.

A Glenmuir, ce fut l'effarement chez certains. Que faisait-il de ses projets d'avenir?

Will ne répondait jamais à cette question. Quelque chose s'était modifié au plus profond de lui-même durant cette nuit passée au Mexique, alors qu'il se tenait sur le toit mou et goudronneux d'un bâtiment en flammes. Pour la première fois, il avait découvert un sens tangible à sa vie. S'il était sur terre, c'était pour une bonne raison, pas pour frapper des coups gagnants au base-ball, remporter des coupes ou encore signer des contrats.

— Jamais je n'aurais choisi cette vie-là, dit-il en conclusion. C'est la vie qui m'a choisi.

Dans le jardin aux senteurs fleuries, la nuit était tombée et les animaux nocturnes se mirent à pousser leurs cris aigus. Will était bouleversé, vidé, comme s'il venait de courir le marathon. Ce n'était pas facile de mettre son âme à nu. C'était la première fois qu'il le faisait. Jamais encore il n'avait mis son cœur en péril… Sans doute, mais c'était Sarah. Il avait confiance en elle. Comment pouvait-il vivre une relation si intime avec une femme, sans jamais l'avoir ne serait-ce qu'enlacée? Il ne connaissait pas la saveur de sa peau, ignorait si ses lèvres étaient aussi douces qu'elles semblaient le promettre, si son corps s'accorderait au sien dans une étreinte parfaite. Peut-être devrait-il…

— Que sait exactement Aurora dans tout ça? demanda-t-elle en se relevant avec difficulté.

— Presque rien, répondit Will.

L'instant magique s'était enfui, même si le désir s'attardait encore.

— Sa mère ne lui en a jamais beaucoup parlé.

— Comment Marisol a-t-elle pu se détourner d'un homme comme toi? s'étonna Sarah.

— Comment Jack a-t-il pu se détourner d'une femme comme toi? riposta-t-il. L'amour est une chose étrange, pas vrai?

Ils rentrèrent à l'intérieur, où Sarah lui demanda une tasse de thé. Will alla chercher un sachet. Dans le petit couloir allant de la porte de derrière au garde-manger étaient exposées des photos et des œuvres d'art, toute une galerie représentant l'enfance d'Aurora depuis le jour où il les avait ramenées à Glenmuir, Marisol et elle. Sa mère, qui avait suivi des cours d'art-thérapie à Berkeley, l'avait pressé d'encourager Aurora à dessiner. Ses premiers bonshommes ressemblaient à des dessins rupestres à la signification imprécise, maladroites ébauches de quelqu'un qui avait cessé d'exister. Aurora elle-même ne savait donner un sens à ces sombres gribouillages, à ces silhouettes grossièrement esquissées. Lorsqu'elle était entrée dans la vie de Will, elle portait tout cela enfoui quelque part en elle, au plus profond de sa mémoire, avec les souvenirs de cette nuit de fournaise, au Mexique.

La résilience psychologique fait partie des privilèges de l'enfance. Les fins gribouillis d'Aurora à cinq ans avaient rapidement cédé la place à des œuvres gaies et sophistiquées qu'elle ramenait de la maternelle avec fierté — des dessins montrant Marisol et Will, de part et d'autre d'une image d'elle-même, souriante. Les couleurs exubérantes de l'exploitation horticole de ses grands-parents. La beauté de la nature environnante, d'Alamere Falls aux sombres et profondes forêts de pins de Bishop, en passant par le site majestueux du phare de Point Reyes.

— Elle n'a jamais posé de questions? s'enquit Sarah, perplexe.

— Des tas de fois, admit-il, attendant que l'eau arrive à ébullition. Mais elle n'a jamais obtenu de réponse.

L'œuvre la plus récente d'Aurora datait de son cours de dessin de cette année. Elle représentait avec un rendu quasi photographique un chalet en pierre abandonné, détruit par l'incendie du mont Vision, ses murs effondrés adossés au luxuriant renouveau de la végétation.

— Je parie qu'elle en sait plus long que tu ne crois, déclara Sarah.

Will hocha la tête. Parfois, c'était ce qui l'effrayait le plus.

31

Au fil des semaines, Sarah s'était mise à compter de plus en plus sur Will. Son amitié était devenue cruciale pour elle. Or, cette amitié était en péril car elle persistait à vouloir la transformer en autre chose.

Tandis qu'elle s'habillait en prévision de sa baby-shower, une sourde explosion se fit entendre. Sans doute le grondement du tonnerre ou un avion qui avait survolé la maison, se dit-elle, lorsque le crescendo d'une sirène lui glaça l'échine. Aussitôt, elle pensa à Will. Qu'était-il arrivé? Etait-il blessé?

Sarah acheva de s'habiller aussi vite que son corps pataud le lui permettait, s'empara de son sac à main et de ses clés de voiture, et fila en direction du bourg. De la fumée noire s'échappait d'un bâtiment de la côte. Elle ne s'y ferait jamais, à cette idée que chaque fois que se produisait une catastrophe la vie d'un pompier était menacée. La présence de ces hommes et de ces femmes lui avait toujours paru normale, jusque-là. Jusqu'à Will Bonner.

C'était son métier, se rappela-t-elle. Sa routine. La vocation qu'il s'était découverte lors d'une nuit riche en péripéties, au Mexique. Néanmoins, l'idée que Will s'exposait au danger l'effrayait tant qu'elle en avait la chair de poule.

Lorsque Sarah arriva sur les lieux de l'incendie, elle ne le vit nulle part. Gênée, elle n'osait pas s'enquérir de lui. C'est pourtant ce qu'elle finit par faire.

— Le capitaine Bonner est de repos aujourd'hui, lui apprit

un pompier volontaire. Il a emmené sa fille au sommet du mont Vision.

Le soulagement la submergea. Elle l'aimait tant! Ce n'était pas facile de vouloir garder son cœur fermé à l'amour, tel un bouton de fleur résistant à la chaleur du soleil. Mais il serait encore moins facile d'intégrer Will et Aurora à sa vie, tant qu'elle ne serait pas remise de l'échec de son mariage.

— Tout va bien, ici? s'inquiéta-t-elle.

— Il n'y a pas de blessés. C'était un hangar à bateaux abandonné, ça faisait des années qu'on ne s'en servait plus, expliqua le bénévole. Les enquêteurs anti-incendie vont devoir tout inspecter. La coéquipière de Will est là-bas, si vous voulez lui parler, dit-il en la lui indiquant du doigt. Elle fait des heures supplémentaires en remplacement de quelqu'un.

Sarah eut du mal à reconnaître Gloria Martinez dans sa tenue. Disparaissant à moitié dans la cabine du fourgon, elle criait quelque chose d'indistinct dans le micro.

— Plus tard, peut-être, répondit Sarah.

Alors qu'elle longeait la pointe de la baie, elle jeta un œil à l'horloge du tableau de bord. Elle avait le temps de monter au mont Vision; cela ne l'empêcherait pas d'être à l'heure pour la baby-shower. Elle ne prit pas la peine d'analyser son besoin soudain, violent et ridicule de voir Will. Elle se contenta d'agir en ce sens.

Elle emprunta l'itinéraire qui montait en lacet jusqu'au parking panoramique. Là, elle repéra le pick-up de Will ainsi qu'un groupe de gens massés alentour, en train de s'enduire d'écran solaire et de remplir des bouteilles d'eau. Elle se gara et baissa sa vitre.

Aurora se précipita vers elle.

— Salut, Sarah!

— Salut à toi.

Sarah coupa le moteur et ouvrit la portière. Ces derniers temps, sortir de la Mini relevait du défi, alourdie qu'elle était par les quatorze kilos supplémentaires dus à sa grossesse. A son grand embarras, elle n'y parvint pas.

— Laisse-moi te donner un coup de main, proposa Will en les rejoignant.

Elle mit la main dans la sienne. Avec douceur, il l'aida à s'extraire du véhicule.

— Merci, dit-elle, comme toujours émue en sa présence.

Au fur et mesure, Sarah sentait son attirance pour Will s'intensifier, même si elle s'obstinait à se trouver ridicule.

— D'ici peu, plaisanta-t-elle, je vais avoir besoin d'un treuil pour me déplacer.

Le regard d'Aurora se posa sur les cheveux naturels de Sarah, glissa de sa poitrine opulente à son ventre proéminent pour finalement descendre jusqu'à ses chevilles enflées.

— Waouh…

— Merci, répliqua Sarah.

— Tu es magnifique, s'empressa-t-elle de dire.

— Je ressemble au bonhomme Michelin, tu veux dire, railla Sarah. Pas de problème. Pour le moment, je ne peux pas y faire grand-chose à part prendre mon mal en patience et satisfaire mes envies bizarres de glace au roquefort et de pirojki frits. J'imagine que si jamais j'échoue dans ma carrière de dessinatrice je pourrai toujours me reconvertir comme déesse de la fertilité.

— Sur *National Geographic*, ils les montrent toujours nues, fit remarquer Aurora.

— Ce qui explique pourquoi je ne regarde jamais *National Geographic*.

Au fil des jours, les bébés prenaient de plus en plus de réalité pour Sarah. Elle commençait à connaître leurs petites manies, comme leur façon de s'étirer ou de partir d'une crise de hoquet. Grâce à l'équipe de spécialistes qui surveillait sa grossesse, elle était devenue une vivante encyclopédie médicale. Toutefois, au lieu de démystifier le processus de gestation, son savoir ne faisait qu'approfondir la magie de ce qui lui arrivait.

— Tu t'es faite belle, fit remarquer Aurora.

— Si on peut dire…, ironisa Sarah en considérant le tissu qui drapait son ventre protubérant. Ma grand-mère et ma grand-tante organisent une baby-shower chez elles.

La seule idée de cette réunion d'amies rassemblées pour fêter sa grossesse était merveilleusement gratifiante.

— Sympa, commenta Aurora.

Will s'excusa pour aller consulter un relevé topographique avec les chefs de l'équipe de travail.

Sarah le suivit des yeux. Quelque chose dans son regard devait l'avoir trahie, car Aurora lâcha :

— Alors comme ça, tu as fait tout ce chemin pour nous dire que tu allais à une baby-shower ?

— Tu es la bienvenue, si le cœur t'en dit, mais tu t'ennuierais probablement.

Sarah fléchit ses chevilles enflées, d'abord l'une, puis l'autre.

— Un feu s'est produit à la pointe de la baie, ajouta-t-elle. Il a été maîtrisé, cela dit, et personne n'a été blessé.

Aurora baissa la tête.

— Tant mieux. S'ils avaient eu besoin de papa, ils l'auraient appelé par radio. Tout va très bien pour nous, tu sais, ajouta-t-elle sèchement. Pourquoi ça n'irait pas, d'ailleurs ? Mon père est de repos. Et même s'il ne l'était pas, il s'en tirerait très bien tout seul. C'est un pompier de métier.

Sarah se mordit la langue, sachant qu'Aurora était consciente des risques que comportait la profession de son père, et sachant aussi qu'elle sentait les vibrations qui passaient entre elle et Will. Aurora lança un regard par-dessus son épaule en direction des enfants qui enfilaient des blouses.

— Je dois y aller, dit-elle.

— Tu vas restaurer la nature sauvage ?

— C'est ça.

— Je viendrai te chercher au même endroit à 4 heures, précisa Will en les rejoignant. Mets de l'écran solaire et fais bien attention au sumac et à l'herbe à la puce.

— Pigé, papa. Ciao, Sarah ! Amuse-toi bien à ta baby-shower.

Sarah suivit des yeux Aurora, qui s'élança pour rejoindre l'équipe de travail.

— Ça lui fait du bien, dit Will. Ses copines sont sûrement chez elles à jouer sur leur ordinateur pendant qu'Aurora prend l'air à sauver la forêt.

— Je ne suis pas sûre que ses motivations soient aussi pures…

Sarah observa Aurora en train de parler à deux garçons tandis que tous marchaient vers la piste forestière. Elle reconnut le plus âgé ; c'était le garçon qu'elle avait vu chez le glacier de Glenmuir.

— Zane Parker. Le type dont elle est folle à lier.

— C'est elle qui t'a dit ça ?

— « Folle à lier », c'est bien l'expression qu'elle a employée. Et l'autre, qui est-ce ?

— Ethan, le jeune frère de Zane.

Tout, dans l'attitude d'Ethan, qui marchait derrière Aurora et Zane, témoignait de son amour secret. Sarah le comprit même de loin. « Bienvenue au club, gamin ! », songea-t-elle.

— Elle grandit trop vite, se désola Will. Elle n'est pas prête à fréquenter des garçons.

— Tu veux dire que toi, tu n'es pas prêt à ce qu'elle le fasse.

— Non, sans blague, c'est encore une gamine !

Sarah posa la main sur son bras.

— Ne t'inquiète pas, le groupe est encadré.

Will s'appuya contre la voiture et observa les membres de l'équipe de travail qui se déployaient dans le champ. En quelques minutes, Will et Sarah restèrent seuls sur le parking.

Elle leva les yeux vers lui et sentit son cœur s'emballer.

— Qu'est-ce que tu regardes comme ça ? demanda-t-il.

— Toi.

Elle entendait le bourdonnement des abeilles parmi les fleurs sauvages, le bruissement du vent dans les roseaux et les oiseaux qui pépiaient dans l'herbe du champ.

— Pourquoi?

— J'essaie de prendre une décision, répondit-elle.

— A propos de quoi?

Et puis zut, après tout! Avec un ventre de la taille d'une montgolfière, on pouvait tout dire sans crainte de quoi que ce soit.

— Je me demande si je suis raide dingue de toi ou si c'est juste l'effet d'un bouleversement hormonal.

Will s'esclaffa.

— Tu ne sais pas faire la différence entre les deux?

— L'autre jour, j'ai trouvé mon réveil dans le frigo, alors que je n'avais aucun souvenir de l'avoir mis là. Ces derniers temps, je commence à douter de mon propre jugement.

— Ce n'est pas mon cas. Mon jugement est tout à fait fiable. Et moi aussi je suis raide dingue de toi.

— Oh, zut!

— Tu l'as dit.

Il lui sourit d'un air plutôt affable.

— Qu'est-ce qu'on va faire?

— Je ne sais pas, Sarah. Franchement, je ne sais pas.

— Ça ne pouvait pas plus mal tomber, constata-t-elle.

— Bien sûr que si. Au moins, maintenant, nous sommes tous deux célibataires.

— Presque, rectifia-t-elle, regrettant que son divorce imminent ne soit pas encore prononcé. Que va penser Aurora?

— Elle va nous en vouloir… si nous faisons quoi que ce soit.

— Elle n'aime pas que tu fréquentes des femmes. Sans compter que les gens risquent de trouver ça bizarre.

Will lui effleura la joue du dos de la main. Sarah retint sa respiration, le visage en feu sous sa caresse.

Il laissa retomber sa main.

— Je n'ai jamais fait mes choix en fonction de ce que pensent les gens, Sarah.

Moi, si... Pouvait-elle encore se fier vraiment à son jugement ? Et puis, qu'avait-elle à offrir ? Elle avait encore du mal à appréhender toutes les conséquences de son mariage raté et tentait de se retrouver dans sa nouvelle identité de femme célibataire. D'après les spécialistes de la question — qui incluaient les membres de son groupe de soutien, ainsi que tous les auteurs des manuels de développement personnel qu'elle avait consultés pour remonter la pente après un divorce —, elle traversait sa « période de folie ». Et si Will lui-même faisait partie de cette « folie » ?

— Pas même en fonction de ta fille, Will ? insista-t-elle.

— Non, pas même en fonction de ma fille.

Il s'appuya contre la voiture.

Sarah mourait d'envie de se blottir contre lui, de connaître la sensation de son corps. Qu'éprouverait-elle à passer les doigts dans les boucles sombres de ses cheveux ? Elle prit alors conscience que Will la détaillait avec une expression qu'elle ne lui avait encore jamais vue. Son regard s'attarda sur sa bouche et Sarah s'aperçut qu'elle mesurait la distance qui les séparait en battements de cœur. Un... deux... moins de trois.

Elle commença à se détacher de la personne qu'elle était et de la position qu'elle occupait au regard de la société, comme si elle larguait les amarres. Elle avança, à moins qu'elle n'ait été poussée par la brise iodée, et se laissa aller contre lui en murmurant son nom. Ce moment brillait d'une clarté particulière, comme nimbé par la lumière que prend la mer en fin d'après-midi.

Si Will éprouvait les mêmes sentiments qu'elle, leur relation allait basculer de façon irrévocable. Et donc, il fallait faire un choix. Prendre une décision. Or, une partie d'elle-même souhaitait plus que tout s'épargner de devoir en prendre une, quelle qu'elle soit. Will était son meilleur ami. Ensemble, ils partageaient tout. Pouvait-elle risquer de perdre cette complicité ?

— Will...

Elle répéta son prénom, cette fois d'une voix plus forte. L'air frais semblait se presser contre sa peau.

Puis, alors qu'il semblait comme elle envoûté par la magie de l'instant, les jumeaux s'étirèrent dans son ventre et lui donnèrent un coup de pied, lui rappelant par là même qu'elle était attendue quelque part. Sarah sentit se tendre en elle l'amarre qui la retenait à terre.

— Je dois y aller, dit-elle, rompant de son plein gré le charme du moment.

Devant l'hésitation de Will, Sarah en vint presque à regretter l'époque préhistorique. En ce temps-là, il l'aurait emportée sans ménagement, et aurait satisfait tous les désirs de son corps noyé sous un déluge hormonal. Au lieu de quoi, Will lui tint la portière de la voiture.

— Sois prudente.

Mais elle s'attarda encore un peu. Il se passait quelque chose entre eux, inutile de le nier.

— Crois-tu que nous puissions nous contenter d'être amis?

Il la dévisagea d'un regard intense et garda si longtemps le silence qu'elle fut gagnée par un sentiment de malaise.

— Will? insista-t-elle.

— Non, lâcha-t-il enfin. Non, Sarah, je ne crois pas que ce soit possible.

Elle sentit son rythme cardiaque s'accélérer. C'était la réponse qu'elle redoutait. Mais aussi celle qu'elle avait follement envie d'entendre.

— Et donc, qu'est-ce que nous sommes censés faire?

— Rien de plus que ce que nous faisons déjà, je pense.

De nouveau, il lui offrit sa main, qu'elle prit, cette fois, avant de se baisser pour regagner le siège conducteur.

Elle parcourut le trajet jusque chez sa grand-mère dans un grand état de trouble. Pour la première fois de sa vie, il allait lui falloir apprendre à se débrouiller seule. Ce n'était vraiment pas le moment de s'éprendre de Will Bonner ni de qui que ce soit d'autre. Elle allait devoir renoncer à lui avant même de l'avoir conquis.

A l'occasion de la baby-shower, June et May avaient sorti le grand jeu. La petite fête était organisée sous la véranda qui entourait la maison. Les tables étaient festonnées de fleurs et l'avant-toit avait été décoré de guirlandes lumineuses représentant des chaussons de bébé de toutes les couleurs. Il y avait un gâteau orné de deux berceaux, et un déploiement de nourriture qui fit regretter à Sarah de ne pas avoir davantage de capacité dans son estomac.

Mais sa plus grande surprise fut de découvrir le groupe de femmes qui s'était rassemblées en son honneur : profondément émue, elle reconnut Birdie, Vivian, Judy, LaNelle, sa grand-mère, tante May ainsi que leurs amies du club de jardinage. Gloria et sa compagne, ainsi que Ruby, arrivèrent en retard, à la fin du service de Gloria. Toutes ces femmes la couvrirent de cadeaux témoignant d'une attention particulière, et cela avec des effusions d'amitié qui la touchèrent plus que tout le reste. Alors, quand sa grand-mère proposa un toast au pétillant de pomme, Sarah profita de l'occasion qui lui était offerte.

— Je suis revenue à Glenmuir la tête basse. Moi qui pensais mener une vie de rêve, je ressentais son effondrement comme un échec. A présent, j'ai une maison — grâce à tante May —, le matin, je retrouve mes amies au White Horse, le soir mon groupe de soutien à Fairfax, mon divorce est pratiquement prononcé, grâce à Birdie, mon avocate...

Elle se massa les reins.

— Ça commence à ressembler à un discours de remerciements des Academy Awards.

— Et les trente secondes imparties sont pratiquement écoulées, glissa tante May avec un clin d'œil.

— Je voudrais simplement vous assurer de ma reconnaissance.

Je ne vais pas encore me porter la poisse en prétendant avoir une vie de rêve, mais je sais que tout va bien se passer pour moi.

Elle posa la main sur son ventre.

— Nous allons tous être heureux.

— Bravo! s'exclama sa grand-mère.

Et tout le monde trinqua avant de prendre place dans les fauteuils d'osier blanc rembourrés de coussins, tandis que Sarah se lançait avec enthousiasme dans l'ouverture de ses cadeaux. Son médecin avait proposé de lui révéler le sexe de ses enfants, mais elle préférait ne pas savoir, attitude qui rendait ses amies complètement folles. Elle fut comblée de cadeaux : du plus pratique — trois mois de provision de couches — au plus original — deux minuscules paires de Keds, peintes à la main par sa grand-mère.

Tout prenait un sens si particulier pour elle... La journée elle-même semblait rayonner de possibilités. Les femmes bavardaient à bâtons rompus — d'une commande de sculpture que Judy espérait obtenir d'une entreprise vinicole du Napa, de la prochaine course cycliste de Birdie, des derniers travaux que Viv songeait à entreprendre dans sa maison. Pour ne pas changer, June et May s'étaient investies dans un projet pour la communauté : il s'agissait d'un marathon de tricot, organisé dans le but de récolter des fonds destinés au foyer du troisième âge. Gloria et Ruby annoncèrent qu'elles allaient s'unir civilement, et tout le monde leva son verre de pétillant de pomme.

— Déjà? s'étonna Vivian.

Elle avait eu de l'amitié pour Dean qui, il y a un an à peine, était encore le mari de Gloria.

— Vous êtes sûres? demanda-t-elle.

— Elle est celle que j'ai attendue toute ma vie, déclara Gloria.

— Félicitations! lança tante May.

Sarah regarda toutes ces femmes autour d'elle et écouta, émerveillée, leurs bavardages et leurs rires. C'étaient ses amies. Leurs vœux de bonheur l'entouraient d'un chaleureux réconfort. En fin d'après-midi, elle trouva sa grand-mère et tante May dans la cuisine, en train de laver à la main le service de porcelaine de la famille.

— Je vous dois des excuses, reconnut-elle. Je croyais que tous vos rassemblements et toutes vos réunions ne servaient à rien. J'avais tort. Aujourd'hui, j'ai compris.

— C'est gentil à toi de nous le dire, chérie, approuva sa grand-mère en astiquant une coupelle à citron. Nous avons tellement de chance que tu aies décidé de revenir…, ajouta-t-elle. Tes enfants sont une véritable bénédiction dans notre vie.

— Je compte sur vous pour leur donner des leçons de gémellité.

— Nous nous y mettrons dès que nous aurons fait leur connaissance.

Sarah posa la main sur son ventre où sa peau la démangeait.

— Le Dr Murray dit qu'après trente-six semaines chaque jour qui passe me rapproche d'un accouchement naturel par voie basse, sans problème et sans césarienne. Ce qui est le but, même dans le cas de jumeaux.

Il y eut un claquement de portière.

Sa grand-mère et tante May échangèrent un regard.

— Pourquoi ne vas-tu pas voir qui c'est ? suggéra la première.

Sarah sortit sous la véranda de devant. Ses cadeaux avaient déjà été mis dans des cartons et chargés à l'arrière de la Mini, et il lui tardait de rentrer chez elle pour s'allonger, les pieds surélevés.

— Salut, papa, lança-t-elle. Tu as loupé la fête.

Elle sourit devant son air penaud.

— Tu l'as fait exprès, pas vrai ?

— Je plaide coupable.

— Tu veux du gâteau ?

— Plus tard, peut-être. Il te reste encore un présent à ouvrir, dit-il en lui tendant un grand carton plat.

— Tu m'as acheté un cadeau de naissance ?

— Je n'ai jamais dit que je l'avais *acheté*.

Perplexe, Sarah s'assit sur une chaise longue en osier. Elle défit le ruban, souleva le couvercle de la boîte et poussa une exclamation étouffée. Elle resta quelques secondes muette de saisissement, paralysée par l'émotion. Là, dans la boîte, était plié un châle luxueux, tissé à la main à partir de la laine qui avait été filée par sa mère. Elle savait que c'était l'œuvre de sa mère. Le châle portait sa signature dans le mélange de douceur et de solidité qu'elle mettait dans chaque fil de laine, dans sa couleur intense de pivoine tout juste éclose.

— Je me suis dit qu'on t'offrirait des tas de couvertures pour bébé, expliqua son père. Mais ça, c'est pour toi. De ma part… et de celle de ta mère.

— Oh, papa…

Sarah plongea ses mains tremblantes dans la boîte et les enfouit dans le cachemire tropical le plus doux qu'ait jamais tissé sa mère. Elle porta la couverture à son visage et la respira profondément, s'imaginant pouvoir retrouver l'essence subtile de sa mère imprégnée dans les fils de laine.

— C'est la pièce inachevée qui était restée sur son métier à tisser, n'est-ce pas ? demanda-t-elle à son père d'une voix étranglée.

— Tout à fait. Cela faisait des années que je ne pouvais me résoudre à y toucher. Ce tissu attendait peut-être la bonne occasion. J'ai demandé à Florence, de la boutique de laines, de m'aider à le terminer. On voit très bien l'endroit où change le tissage.

— Il me plaît ainsi. Cela montre l'endroit où elle s'est arrêtée et l'endroit où tu as pris le relais.

Elle drapa le châle autour de ses épaules et laissa échapper un soupir d'émerveillement.

Sarah porterait à jamais gravée dans son cœur la douleur de son absence. Irrémédiablement. Mais elle savait désormais que l'amour de sa mère brûlait en elle d'une flamme qui ne s'éteindrait jamais.

— Merci, dit-elle à son père.

Elle scruta son visage buriné, marqué par des années de labeur au vent et au soleil. Elle comprit alors que cet homme, cet homme attentionné qu'elle aimait tant, avait toujours été là pour elle, à l'aimer de loin, à sa façon, ne sachant pas comment se rapprocher d'elle. Et pourtant, si, il le savait. Et elle aussi, à présent, savait comment se rapprocher de lui.

— Papa, je regrette d'avoir été une adolescente aussi pénible, je n'ai pas su apprécier ma vie ici à sa juste valeur, ni…

Son père se tourna vers elle et resserra le châle autour de ses épaules.

— Tu es tout son portrait. Tu as sa voix. Ça me fait mal de te regarder, avoua-t-il d'une voix rauque d'émotion. Chaque fois que je te vois, mon cœur se brise de nouveau.

Sarah assimila cette déclaration avec un pincement au cœur pour son père, en même temps que s'ancrait en elle une compréhension plus profonde. Tirer un trait sur son mariage avait beau être terrible, le deuil qu'avait à affronter son père était infiniment pire. Il avait perdu sa femme, sa meilleure amie, sa compagne de toute une vie.

— Je suis désolée, papa. Si seulement tu me l'avais dit !

— Je te le dis maintenant. De toute façon, j'ai eu tort. Tu n'es pas elle, mais une personne à part entière ; j'ai besoin de toi dans ma vie, et j'espère de tout cœur que tu vas rester à Glenmuir.

Son père s'assit au bout de la chaise longue et Sarah appuya sa joue contre son bras.

— Tu es formidable, papa, murmura-t-elle.

Il lui caressa les cheveux.

— C'est de famille…

Ils restèrent immobiles, le regard perdu au loin, au-delà des eaux, là où la mer et le ciel se rencontrent au-dessus des bancs d'huîtres. Les embarcations légères tressautaient sans bruit dans la brise clémente.

— Je dois te demander quelque chose, dit Sarah.

— Vas-y.

— Que dirais-tu d'être mon coach pour l'accouchement ?

Son père se figea un instant avant de laisser échapper un long soupir.

— Ça me ferait peur.

Le moral de Sarah dégringola.

— Tu comprends, j'ai besoin de quelqu'un pour assister aux cours de préparation avec moi. Tu n'es pas obligé de venir dans la salle d'accouchement si tu n'en as pas envie, mais j'aimerais beaucoup étudier tout ça avec toi, m'entraîner...

— Tu ne m'as pas laissé finir. J'ai dit que ça me ferait peur. Mais aussi que j'en serais fier. Je ferais n'importe quoi pour toi, ma chérie. Tu le sais bien.

32

Sarah n'arrivait pas à dormir. Rien de bien nouveau à cela : elle passait la plupart de ses nuits à ne pas pouvoir fermer l'œil. A son dernier rendez-vous hebdomadaire, les bébés pesaient deux kilos et demi chacun, et ils continuaient de grandir, ne laissant guère de place pour quoi que ce soit d'autre. Elle était couchée dans un enchevêtrement de draps et de couvertures, trempée de sueur, et la peau de son ventre la démangeait horriblement. Sans compter que sa vessie était sur le point d'éclater. Elle se sentait d'humeur grincheuse et agitée, prête à en finir avec cette épreuve. Dans le sillage de cette pensée se pressaient les peurs inévitables, et si elle n'avait pas tant souffert des jambes et des pieds, elle se serait levée pour faire les cent pas dans sa chambre.

Sa pédiatre spécialisée en médecine néonatale, Becky Murray, avait beau l'assurer que sa grossesse se déroulait à merveille, les statistiques obsédantes et les listes de complications possibles harcelaient Sarah sans répit. L'allongement progressif de ses plages de repos couché ne lui donnait que davantage de temps pour s'angoisser. Elle méditait les risques d'un accouchement prématuré, les dangers de l'éclampsie et du prolapsus du cordon ombilical. Elle s'inquiétait de toutes les sortes de détresse fœtale qui avaient été évoquées lors de ses cours de préparation à l'accouchement. Elle allait jusqu'à cauchemarder sur le syndrome du jumeau perdu, dans lequel un jumeau disparaît sans laisser de trace, réabsorbé par le corps de sa mère. Le Dr Murray lui avait promis qu'à ce stade de la grossesse ce syndrome était physiquement impossible, mais cela n'empêchait pas Sarah de se tourmenter. Elle s'inquiétait de tout — de la santé des bébés, des complications, d'un accouchement difficile, d'une césarienne. Entendrait-elle ses bébés quand ils pleureraient la nuit ? Elle s'inquiétait de l'endroit où ils vivraient. De la couverture de santé.

Birdie avait fait en sorte que les modalités du divorce, tout comme sa pension alimentaire, soient généreuses, mais, en définitive, c'est elle qui aurait les jumeaux à charge. Dessiner des BD lui paraissait tout à coup aussi ridicule que l'avait toujours pensé Jack.

Pour la quatrième fois, elle se leva pour aller aux toilettes et remarqua un filet de lumière à l'horizon : autant rester debout, décida-t-elle. Franny n'était que trop contente de commencer de bonne heure sa ronde dans le jardin. Sarah ouvrit la porte et suivit la chienne au-dehors, dans l'air immobile. Le brouillard lui obscurcissait la vue, créant un monde peuplé d'ombres. Le plumet de la queue de Franny marquait sa progression à travers la brume.

Sauf que ce n'était pas du tout l'aube. Il était 2 heures du matin et la lumière venait de la lune. Celle-ci n'était pas tout à fait pleine, mais presque, et elle la toisait de sa face blanche et spectrale.

— Si seulement tu étais là, dit-elle à sa mère en resserrant le châle rose pivoine autour d'elle.

Son moelleux épousa ses épaules comme une étreinte et, une fois encore, elle fut reconnaissante à son père pour son geste — avoir fait achever l'œuvre ultime de sa mère et la lui avoir donnée. Cela ne la ferait pas revenir, mais, en fin de compte, des années après sa disparition, Jeanie avait réussi à rapprocher Sarah et son père.

— C'est vrai, maman. Si seulement tu étais là…

Tandis qu'elle rappelait la chienne pour rentrer, une terrifiante vague de mélancolie s'abattit sur elle. Normalement, l'attente d'une naissance était le moment le plus excitant et le plus épanouissant de la vie d'une femme. La plupart du temps,

Sarah parvenait d'ailleurs à se convaincre qu'elle était excitée et épanouie, mais dans des instants comme celui-ci, au beau milieu de la nuit, quand les animaux nocturnes eux-mêmes gardaient le silence, la réalité reprenait le dessus. Elle était seule. En dépit du soutien de sa famille et de ses amis, elle n'avait pas de véritable compagnon dans cette aventure.

Tout au long de sa grossesse, chacun avait fait de son mieux pour atténuer cette évidence. Son père assistait consciencieusement avec elle aux cours de préparation à l'accouchement. Demain, son isolement prendrait fin. Pour éviter le risque de bouchons sur le pont du Golden Gate, ils emménageaient dans un petit meublé situé en face de Mercy Heights, où allaient naître les jumeaux.

« Cesse de t'apitoyer sur ton sort ! » se morigéna-t-elle. Elle avait sacrément de chance d'être où elle était. Avant de retourner au lit, elle se fit une théière de thé au jasmin qu'elle emporta dans sa chambre, puis posa le tout sur la table d'appoint, fidèle compagne de ces derniers jours. La semaine précédente, elle avait connu une période de créativité intense. Des dizaines d'épisodes de Lulu et Shirl étaient nés sous sa plume. Des croquis jonchaient la table. Certains plutôt bons — mais elle bataillait avec l'événement clé qu'elle échafaudait depuis des mois : le bébé de Shirl.

Le scénario progressait bien, au-delà de toutes ses espérances. Certainement mieux que sa grossesse, remarqua-t-elle en considérant ses chevilles d'éléphant. L'histoire de Shirl suscitait d'excellentes réactions de la part des lecteurs. Et même si les rédacteurs de l'agence étaient nerveux, ils la soutenaient. Plusieurs des journaux qui la publiaient l'avaient promue en haut de première page.

Le hic, c'est qu'elle ignorait quand et dans quelles circonstances Shirl allait accoucher. La plupart du temps, si elle se contentait de rester tranquille, sans essayer de forcer les choses, l'inspiration lui venait. Elle ferma les yeux et respira profondément, dans l'espoir de dégager la voie pour la réponse.

Hélas, son esprit refusait de coopérer. Elle n'avait pas envie de rester tranquille. Peut-être était-ce le dîner de la veille au soir. Son père lui avait apporté un repas qu'il était allé chercher au Dolphin Inn, dessert inclus. Enorme comme elle était, c'était un miracle qu'elle ait réussi à avaler quoi que ce soit, mais elle était parvenue à caser sans difficulté le flétan d'Alaska ainsi que les pommes duchesse.

Le réfrigérateur avait besoin d'un coup d'éponge, décida-t-elle, ignorant le fait qu'il était 3 heures du matin. Zut, à la fin ! Elle passait scrupuleusement dix-huit heures par jour couchée, voire plus. Elle pouvait bien rester un peu debout à vaquer ici et là dans la maison ! D'ailleurs, tant qu'elle y était, pourquoi ne pas dégivrer le frigo ?

Au son du rock des années 80 que diffusait la radio, elle sortit méthodiquement toutes les étagères pour les nettoyer à fond, une à une. C'était l'un des avantages de vivre seule. On était libre d'agir à sa guise sans se faire traiter de folle si jamais, enceinte de jumeaux, on décidait de nettoyer le réfrigérateur en pleine nuit.

Pendant la maladie de Jack, elle souffrait parfois d'insomnie, mais, à l'époque, elle devait se contenter d'écouter de la musique au casque, dans le noir, car l'un des médicaments rendait Jack douloureusement sensible à la lumière. Maintenant qu'elle n'avait plus qu'à se soucier de ses propres besoins et de son propre confort, si l'envie lui prenait de passer la nuit debout, toutes lumières allumées, elle le ferait.

Le divorce serait prononcé dans quelques semaines. Elle voulait que tout soit fini avant l'arrivée des bébés, mais Birdie lui avait conseillé de ne pas trop y compter. Chaque fois que Sarah pensait que tout était réglé, l'avocat de Jack trouvait un nouveau motif de délai, chipotant à l'extrême sur des vétilles et manipulant les chiffres du capital financier de son mari. Sa toute dernière trouvaille consistait à prétendre qu'elle avait menacé d'abandonner Jack au pire stade de sa maladie.

Question surprises, ça n'arrêtait pas, songea-t-elle en jetant un bocal de pickles d'allure suspecte. Le plus gros coup de théâtre étant bien sûr venu de Will. Qui aurait parié qu'elle pourrait nouer une relation avec un homme comme lui, dans un moment pareil ? On ne pouvait rêver plus différent de Jack. Son mari parait toujours à toute éventualité ; c'était sa façon à lui de prendre ses responsabilités. Mais Will — Will ne pensait qu'à secourir les autres. Il mettait tout son cœur à protéger les gens qu'il aimait. C'était ça, être responsable, songea-t-elle.

Elle tendit la main pour saisir une carafe de jus de pamplemousse lorsqu'elle fut déchirée par une douleur intense qui lui coupa le souffle. Subitement inondée de sueur, elle se retrouva cramponnée à la porte du réfrigérateur.

Les contractions de Braxton Hicks, qu'elle avait connues jusque-là, n'étaient rien comparées à la poigne d'acier qui, à présent, lui enserrait atrocement le ventre. Même ainsi, elle refusa d'admettre que quelque chose clochait. Elle était devenue incollable sur le déroulement de l'accouchement. L'objectif du pédiatre était, bien sûr, une délivrance par voie basse, mais Sarah comprenait qu'avec des jumeaux l'éventualité d'une césarienne était deux fois plus probable. Ils avaient même ciblé une date pour la naissance, basée sur le rapide taux de croissance des bébés et, en dernier lieu, sur leur présentation. Si le Jumeau A se présentait par le siège, la question ne se posait même pas : elle les aurait tous les deux par césarienne. Elle était d'accord. Avec son père, elle avait établi une marche à suivre, qu'elle avait planifiée dans les moindres détails, et qui couvrait toute éventualité pour le grand jour. Franny resterait avec sa grand-mère, et son père la conduirait en ville. L'organisation devait se mettre en place le lendemain.

Hélas, les jumeaux n'avaient pas eu connaissance de la note de service.

Elle parvint à refermer la porte du réfrigérateur avant qu'une deuxième douleur ne la mette à genoux. Franny devait avoir senti qu'il se passait quelque chose. Elle se leva et se précipita vers sa maîtresse, ses griffes cliquetant sur le carrelage. La chienne blottit son museau dans le cou de Sarah, qui gisait sur le flanc à même le sol de la cuisine, les jambes repliées aussi haut que le lui permettait son énorme ventre.

Franny s'assit et se mit à gémir d'un air inquiet. Sarah sentit une vague de nausée l'envahir, et se rappela une info essentielle qu'elle avait glanée en cours de préparation à l'accouchement : quand une femme entre en travail, les autres fonctions corporelles ralentissent ou s'arrêtent tout net. Y compris la digestion.

S'aidant de la poignée du réfrigérateur, elle se releva et tituba jusqu'à la salle de bains, où elle restitua les cinq plats de son dîner.

Tandis qu'elle se rafraîchissait avec une serviette, elle entrevit son reflet dans le miroir au-dessus du lavabo. Ce moment n'était-il pas censé être magique et inoubliable dans la vie d'une femme ? N'était-elle pas censée taper sur l'épaule de son mari endormi en lui murmurant gentiment : « Chéri, je crois que ça y est » ? Son visage n'aurait-il pas dû rayonner d'un émerveillement ingénu ? En tout cas, elle n'était sûrement pas censée avoir cette tête-là : le visage en sueur, le teint terreux, la chemise de nuit tachée de vomi, les yeux fous d'incertitude.

Elle regagna sa chambre, s'empara du téléphone sans fil et s'affala sur le lit. Sur le côté gauche, se remémora-t-elle. Pour que le sang afflue davantage vers l'utérus.

« J'ai peur, j'ai tellement peur… »

Bois un peu d'eau et de jus de pomme.

Elle ne pouvait pas attraper le verre posé sur la table de chevet. Il était à un kilomètre. Une impression de total isolement s'empara d'elle. Elle resta étendue, la main agrippant le téléphone, la vision brouillée par la douleur, le pouce hésitant au-dessus des touches. Si elle composait le 911, serait-ce Will qui viendrait ?

Parmi tout ce qui aurait pu lui venir à l'esprit dans un moment pareil, pourquoi pensait-elle à Will Bonner ?

Mais elle n'était pas prête à répondre à sa propre question. « Concentre-toi », se rappela-t-elle.

Avec détermination, elle appuya sur les touches. Une éternité s'écoula après chacune des quatre sonneries. « Décroche, ordonna-t-elle mentalement. Décroche, décroche, décroche ! » Peut-être aurait-elle dû appeler le 911, après tout ?

— Oui ?

La voix, rauque de sommeil, l'empêcha de raccrocher.

— Le travail a commencé, dit-elle. Tu peux venir ?

— C'est comme si j'étais là, répondit son père. Détends-toi, ma chérie. Respire !

33

— Désormais, c'est toi la perfectionniste de la famille !
déclara Kyle en se penchant pour embrasser Sarah sur le front.
Félicitations.

Flottant dans un brouillard de fatigue et d'émerveillement,
elle lui sourit du fond de son lit d'hôpital.

— Tu les as vus ?

— Oui, nous les avons vus, intervint LaNelle. Ils sont magnifiques. Il nous tarde que vous rentriez tous à la maison.

Sarah s'était crue préparée à aimer ses enfants. Mais ce qu'elle
avait découvert pendant l'accouchement, et plus tard en serrant
ses bébés contre son cœur, c'était une émotion si intense qu'elle
lui transperçait l'âme. Le mot *amour* pouvait-il s'approcher, si
peu que ce soit, du sentiment qui l'avait submergée ? Un tel
mot existait-il ? Elle s'attendait certes à éprouver un lien fort et
intense, mais rien d'une telle ampleur — cette tendresse inouïe
alliée à un farouche instinct de protection qui, sans ménagement,
avait pris son cœur en otage. L'amour maternel n'était pas que
douceur bienveillante. Non, féroce et dévorant, c'était plus une
force de la nature qu'un sentiment.

Elle ferma les yeux brièvement, luttant contre une soudaine et
inexplicable montée de larmes. L'épreuve était finie. Les jumeaux
étaient en bonne santé et la rejoindraient dans sa chambre dès
que leur taux de bilirubine serait stabilisé et qu'ils auraient pu être
nourris. Les pédiatres — les deux — le lui avaient promis.

— C'est rassurant de penser à la maison, murmura-t-elle
d'une voix étranglée.

— Alors pourquoi ces larmes ? s'enquit LaNelle en lui tapotant l'épaule.

Même dans ses rêves les plus fous, Sarah n'aurait jamais imaginé sa belle-sœur agissant ainsi. Cela dit, elle ne s'était jamais vraiment donné la peine de connaître LaNelle. Maintenant, ses yeux s'ouvraient sur cette femme qui était son amie.

— Tante LaNelle, dit-elle. A moins que tu ne sois une « tatie » ?

— On verra ça plus tard. Pour le moment, tu as des décisions plus importantes à prendre.

— Oui, comme donner un prénom à tes enfants, renchérit Kyle. En parlant de perfectionniste, ta liste de prénoms est longue comme le bras.

Il brandit plusieurs pages couvertes de l'écriture de Sarah.

— Je ne veux pas me tromper dans le choix de leur prénom, se défendit-elle.

— Je suis d'accord avec Sarah, acquiesça LaNelle. Rien ne presse. Il lui faut choisir deux prénoms et deux seconds prénoms, le tout devant s'harmoniser avec le nom de famille.

Sarah referma les yeux, sa récente conversation avec Jack lui revenant à l'esprit. Ils s'étaient parlé la semaine dernière, alors qu'elle ne quittait plus le lit.

— Les enfants doivent porter mon nom, avait-il insisté.

Elle avait cru à une plaisanterie.

— Tu n'étais même pas là au moment de leur conception, avait-elle rétorqué. Il serait plus logique de leur donner le nom de l'infirmier !

— Tu es en train de commettre une énorme erreur, avait déclaré Jack d'un ton de mise en garde. Ces enfants méritent de porter le nom de leur père, comme n'importe quel autre petit Américain.

— Ces enfants méritent un père qui prenne ses responsabilités vis-à-vis d'eux.

Elle n'avait pas pu s'empêcher de faire allusion aux efforts

371

acharnés de Jack pour réduire au minimum le montant de sa pension alimentaire.

— Le droit de porter le nom de leur père est donc à vendre? avait-il lancé. Tu veux que je paie afin d'avoir ce privilège, comme s'il s'agissait de donner mon nom à un stade de base-ball?

Sarah chassa ce souvenir et rouvrit les yeux au moment même où son père entrait dans la chambre.

— Salut, papa.

— Salut à toi. Que signifie cette mine soucieuse? J'arrive de la pouponnière et les enfants vont bien.

Son visage rayonnait de fierté.

— Je viens de penser qu'il fallait annoncer leur naissance à Jack, avoua Sarah.

— Je l'appellerai, si tu veux.

Oh, mon Dieu, que c'était agréable! Agréable de se décharger de cette tâche sur lui. Encore une fois, elle éprouva une immense gratitude envers son père. Contre toute attente, il s'en était très bien tiré. A présent, malgré la fierté bienveillante qui irradiait de sa personne, le teint grisâtre et les yeux rouges, il semblait presque aussi exténué qu'elle. Son ombre de barbe poivre et sel la ramenait au processus éprouvant qui avait commencé par un bocal de pickles avariés.

Le trajet jusqu'à l'hôpital lui avait paru interminable, les lumières de l'autoroute défilant en longues traînées orange tandis qu'elle tâchait d'effectuer ses exercices de respiration.

— Respire, chérie, répétait son père d'une voix tremblante. Respire bien, d'accord? On y est presque…

Une brume de douleur voilait tout le reste d'une douceur vaporeuse. Il y avait quelque chose d'onirique dans sa douleur. Elle la submergeait, assourdissait tout, lui donnant une impression de solitude absolue, comme si elle flottait en apesanteur dans l'univers. Elle n'avait qu'un vague souvenir de leur arrivée et de leur entrée à l'hôpital, même si à aucun moment son père ne l'avait quittée, laissant le soin de garer sa voiture à un inconnu.

Elle avait eu ses jumeaux dans la salle d'opération, la lame n° 10 du chirurgien suspendue au-dessus d'elle comme celle d'une guillotine sur le point de s'abattre. Elle l'avait combattue, pourtant, alliée au Dr Murray, sachant que l'accouchement par voie basse était encore possible. Les deux bébés se présentaient en position céphalique, reliés au monde extérieur par les fils du moniteur fœtal interne qui entourait son ventre. Par moments, la pièce ressemblait au métro de Chicago à l'heure de pointe, avec une foule de gens qui se pressait tout autour d'elle. Des perfusions et des fils de moniteur l'attachaient au lit comme Gulliver au pays des Lilliputiens. Chaque bébé avait sa propre équipe pédiatrique, Sarah avait sa néonatalogue, et vu que Mercy Heights était un CHU, il y avait aussi des étudiants en médecine. Sarah perdit le compte des personnes différentes qui lui faisaient des échographies pelviennes et vérifiaient sa dilatation.

Finalement, après que le second interne eut appris ce qu'était une dilatation à sept centimètres, elle avait serré les dents et déclaré :

— Je commence à avoir l'impression d'être un distributeur automatique.

Son père s'était avancé. Elle n'avait pas remarqué qu'il était resté appuyé au mur, derrière sa tête.

— Ça suffit, avait-il décrété.

Et les examens avaient pris fin. A ce moment-là, Sarah était dans un brouillard de douleur et d'épuisement, les mains endolories à force d'agripper le champ opératoire. Elle entendit un terrible hurlement de femme depuis une chambre voisine, tandis qu'une autre criait des prières en espagnol. La douleur de Sarah avait elle aussi un son, un gémissement qui provenait d'un endroit à l'intérieur d'elle-même et dont elle ignorait jusqu'alors l'existence. Et puis, à peine quelques minutes avant de rendre les armes face à une césarienne, elle était arrivée à dilatation complète et on lui avait ordonné de pousser. Un miroir convexe accroché dans un coin supérieur de la pièce montrait le crâne de « Bébé A », puis celui-ci émergea comme un petit animal sauvage avant d'être embarqué par les cinq membres de l'équipe pédiatrique. Elle regretta par la suite d'avoir de nouveau regardé dans le miroir, car la seconde vue lui montra un interne, le bras apparemment enfoncé en elle jusqu'au coude, occupé à sortir « Bébé B ». Les tests d'Agpar — un impressionnant score de neuf pour le premier jumeau et un six moins brillant pour le second — furent consignés ; ensuite, les bébés furent emmaillotés, et elle put les prendre un court instant dans ses bras avant qu'ils ne lui soient repris.

Ces quelques minutes en compagnie de ses nouveau-nés lui furent précieuses. L'épreuve de l'accouchement, primale, violente et pétrie de douleur, s'estompa telle la mer qui se retire. La douleur de Sarah reflua quelque part, oubliée, comme si tout cela n'avait été qu'un cauchemar qui s'était dissous au réveil. En éprouvant le doux poids des bébés pressés contre sa poitrine, elle sentit rayonner une joie sans mélange à travers chacune des cellules de son corps. Elle était transformée, mère désormais, avec une âme aussi profonde et infinie que le temps.

— Merci pour tout, dit-elle à son père.

— Je n'ai pas fait grand-chose.

— Tu as fait exactement ce dont nous avions besoin.

34

Sarah devait crouler sous les fleurs, s'était dit Will, qui ne lui en apporta pas lorsqu'il vint lui rendre visite. Il préféra s'arrêter dans une boutique proche de l'hôpital où il choisit un appareil photo numérique tout simple, de ceux qu'on peut actionner d'une main de jour comme de nuit, équipé d'une batterie inépuisable. Il avait consulté la grand-mère de Sarah, qui lui avait confirmé que c'était le cadeau idéal pour sa petite-fille.

Un bon appareil photo, voilà ce qu'il aurait voulu avoir quand il avait ramené Aurora à la maison. Il avait eu l'impression de tomber une nouvelle fois amoureux, pas comme lorsqu'il s'était entiché de Marisol, mais d'une façon complètement épurée et évidente. Il se réveillait chaque matin, impatient de la voir, de l'entendre parler, de regarder son appréhension se muer en curiosité et, très vite, en bonheur sincère. Il avait toujours regretté de ne pas avoir connu Aurora bébé. A sa naissance, au moment où elle avait respiré pour la première fois... Si cela avait pu être, le lien qui les unissait en aurait-il été plus fort ? La comprendrait-il mieux ?

Marisol n'avait pas de photo de son nouveau-né, mais il imaginait Aurora sous les traits d'une petite fée, avec une peau d'une pâle perfection, des cheveux de jais, et une fine bouche retroussée. Normalement, c'est à ce stade que les marraines auraient dû intervenir pour la gratifier de tous les dons nécessaires pour réussir sa vie. Au lieu de quoi, Aurora avait été catapultée dans un monde de pauvreté et de corruption d'une telle laideur qu'aujourd'hui encore Will continuait d'en être hérissé.

Comment étaient les bébés de Sarah ? Avaient-ils ses cheveux blonds et ses yeux clairs ? Ou bien ressemblaient-ils à son ex-mari ? Quelle tête avait-il, d'ailleurs ? Will s'efforçait de ne jamais penser à ce type, mais maintenant, confronté à la réalité de son legs génétique, il se surprit à s'interroger.

La vendeuse glissa l'appareil photo entouré de papier de soie dans un grand sac brillant et, dans sa hâte, Will rejoignit presque en courant le parking de l'hôpital.

Tout au long de la grossesse de Sarah, une improbable amitié s'était approfondie entre eux, en même temps qu'une attirance, certes encore plus improbable, mais qu'il aurait été inutile de nier. Ils gardaient pourtant tous deux leurs distances. Sarah avait bien assez de tracas comme ça, entre la fin de son mariage et la perspective de devenir mère de jumeaux. Quant à lui, il avait ses propres problèmes, parmi lesquels Aurora n'était pas le moindre. Tous les manuels d'éducation semblaient s'accorder sur un point : pour une jeune fille, voir un parent célibataire mener une vie sentimentale épanouie était considéré comme tout à fait positif. Hélas, ces manuels n'avaient jamais eu à subir le ressentiment larvé d'Aurora, pas plus qu'ils n'avaient la charge de protéger son cœur vulnérable de souffrances supplémentaires.

Malgré cela, il continuait de s'intéresser à Sarah Moon, c'était plus fort que lui. En apprenant qu'elle était partie accoucher à San Francisco, il s'était retrouvé pris entre angoisse et indécision. Sa position vis-à-vis de Sarah était floue, et c'était affreux. Affreux de ne pas pouvoir tout laisser tomber pour être auprès d'elle. Affreux de devoir attendre que sa sœur l'appelle pour lui dire que tout ce petit monde se portait bien.

A présent, il en avait assez de tout ça. Il brûlait d'amour pour Sarah et, comme un feu dont les flammes progressent en forme de V, son cœur suivait le chemin de la moindre résistance.

Will frappa doucement à la porte de la chambre individuelle qu'elle occupait à la maternité. Une femme en uniforme rose le fit entrer. Le badge accroché à sa poitrine l'identifiait comme étant membre de la *Leche League*.

— Sarah, vous vous sentez d'attaque pour une visite? demanda-t-elle.

— Tout à fait, répondit une voix calme depuis le lit.

La femme s'effaça devant lui avant de s'en aller. Will resta sur le seuil, en proie à l'hésitation, englobant du regard la pièce doucement éclairée, aux meubles lisses; puis il porta les yeux sur Sarah. Par les lames des stores vénitiens filtraient des rayons de lumière qui tombaient sur elle. L'air sentait les fleurs, le désinfectant et... quelque chose d'indéfinissable. Un arôme riche et fécond, l'odeur de la naissance, peut-être. Il lui semblait en avoir entendu parler.

Planté sur le seuil de cette chambre où luisaient des objets inhabituels, muni du sac contenant son cadeau, Will fut surpris par la joie qui s'empara de lui en voyant Sarah, tout comme il fut déconcerté par la réalité insolite des deux inconnus, emmaillotés, qui reposaient dans des berceaux sur roulettes aux parois transparentes. Une table roulante était encombrée de divers porte-gobelets et d'un plateau de cafétéria où se trouvait une assiette qui avait visiblement été nettoyée jusqu'à la dernière miette. La table à langer et le rebord de la fenêtre croulaient sous les ballons et les fleurs, et une pile de livres était posée sur la table de chevet.

Au centre de ce désordre multicolore trônait Sarah, assise dans son lit d'hôpital, sereine et rayonnante comme le soleil à travers la brume. Il avait certainement l'air idiot, à sourire comme ça, mais c'était plus fort que lui.

— Salut, Sarah, dit-il. Félicitations.

— Salut à toi. Viens donc voir les jumeaux.

— Ils sont magnifiques...

Will s'aperçut trop tard qu'il avait le regard fixé sur sa poitrine. Il se racla la gorge, assailli par trop de sentiments à la fois — hésitant, intimidé, hors de son élément et excité de façon inconvenante.

— Toi aussi, d'ailleurs, ajouta-t-il.

— Vraiment? s'étonna-t-elle en effleurant ses cheveux.

— J'étais en train de penser que tu avais un côté Madone.

Ce genre de déclaration, se dit-il, suffirait sans doute à la rassurer sur ses intentions…

— Menteur! C'est à mes doudounes que tu étais en train de penser.

Will ne répondit pas. Pris en flagrant délit. Les seins de Sarah crevaient les yeux dans cette chambre. On ne pouvait pas ne *pas* les voir.

« Ne baisse pas les yeux dessus, s'ordonna-t-il intérieurement. Ne baisse pas les yeux. »

— J'avoue que moi aussi j'ai été sacrément surprise, plaisanta-t-elle.

Will s'obligea à détourner la tête et s'approcha des berceaux.

— Alors, vous voilà enfin, dit-il en scrutant les deux formes emmaillotées.

Ils n'étaient pas beaux. Ils ne ressemblaient pas aux bébés représentés sur les petits pots Gerber. Ils avaient le visage cramoisi, des poings pas plus gros qu'un pouce d'adulte. Bien que fermés, leurs yeux étaient bouffis, leurs lèvres arquées et gonflées. Ils étaient parfaitement identiques, impossibles à distinguer l'un de l'autre. Leur vue l'embrasa tout entier. Il ne s'attendait pas à cet afflux d'émotions, singulier mélange de tendresse, de soulagement et d'instinct protecteur.

— Tu es bien silencieux, fit remarquer Sarah.

— Je ne sais pas quoi dire, répliqua-t-il, se sentant bizarrement oppressé. Deux garçons… Deux petits garçons. Bon sang, Sarah!

— Je n'arrive pas à réaliser, acquiesça-t-elle. Quand j'étais enceinte, je ne voulais pas connaître leur sexe. On m'a fait tellement d'examens que je voulais qu'il me reste au moins une surprise.

— Et tu l'as eue?

— Tout chez eux me surprend, avoua-t-elle d'une voix tremblante.

Et son visage s'illumina de tout l'amour du monde.

L'un des jumeaux grimaça et émit un doux gémissement. La poitrine de Will se contracta davantage.

« Qu'est-ce qui m'arrive ? se demanda-t-il. Non, ce n'est pas possible… Et pourtant si. » Il était en train de perdre la tête — pour Sarah, et pour ces nourrissons minuscules.

— Comment s'appellent-ils ? s'enquit-il, le regard toujours rivé sur les bébés.

— Je n'ai pas encore décidé, répliqua-t-elle, et je t'en prie, ne m'embête pas avec ça.

— Ça n'était pas mon intention.

— Mon frère bout d'impatience. Il les appelle Machin 1 et Machin 2, comme dans le livre du Dr Seuss. Si je ne fais pas attention, ça leur restera.

— Rien ne presse. Pour l'instant, ils n'ont pas l'air de trop s'en préoccuper.

Il lui tendit le sac contenant son cadeau

— C'est pour toi. De la part d'Aurora et moi, de tous les deux.

Sarah lui adressa un sourire radieux en sortant la boîte brillante de l'appareil photo. En la regardant, Will se sentit tout à coup stupide. Et s'il s'était trompé dans son cadeau ? Peut-être aurait-il dû…

— Will ! C'est formidable ! Tout à fait ce qui manquait à ma panoplie de mère gâteuse ! Merci mille fois, dit-elle en souriant.

— De rien.

— Je te serrerais bien dans mes bras, commença-t-elle, mais…

« Mais ce serait bien trop excitant », songea-t-il.

Elle eut un geste d'impuissance.

— Je suis plus ou moins coincée ici encore un jour ou deux. Les médecins veulent que je me repose, et aussi s'assurer que les bébés savent téter correctement.

— Sage décision.

Mû par une impulsion subite, il glissa la main sous le menton de Sarah avant d'approcher sa bouche de la sienne. Il ne comptait qu'effleurer rapidement ses lèvres, mais cela déclencha un phénomène tout à fait différent.

Sarah s'en aperçut, elle aussi ; il le vit à son hoquet de surprise et au soudain désespoir avec lequel elle s'agrippa à sa manche.

Sans doute aurait-il pu mieux programmer l'heure et l'endroit de leur premier baiser, mais le timing n'avait jamais été son fort. Sarah était douce et moelleuse comme de la guimauve. Il aurait voulu prolonger leur baiser, mais il se força à reculer. Il avait une érection monumentale. Bon sang, pourvu qu'elle ne s'en aperçoive pas…

Les lèvres de Sarah étaient à présent pleines et humides, et Will mourait d'envie de l'embrasser de nouveau.

— Alors comme ça, commenta-t-elle en rougissant, c'est ta façon à toi de dire « de rien » ?

— C'est ma façon à moi de te dire que je suis amoureux de toi, Sarah. Depuis longtemps.

Il vit la couleur se retirer de son visage. Ce n'était pas exactement la réaction qu'il espérait. Mais qu'avait-il espéré ? Qu'elle serait partante pour donner naissance à des jumeaux et tomber amoureuse de lui, le tout dans la même semaine ?

Elle lançait des regards éperdus, tel un animal traqué.

— Tu as un sacré culot, Will Bonner ! s'exclama-t-elle.

— Oui, je sais… On ne peut pas dire que le moment soit bien choisi, je le comprends. Mais j'y ai beaucoup réfléchi et il fallait que je te le dise.

— Pourquoi ? demanda-t-elle d'une voix brisée par la souffrance. Nous étions bien avant.

Will comprit alors que c'était le contrecoup : son divorce était encore une plaie à vif, ses bébés n'avaient que quelques jours… Comment aurait-elle pu être prête à s'engager dans une relation amoureuse ? Pourtant, son cœur lui disait que Sarah valait la peine de risquer le tout pour le tout.

— Nous n'étions pas bien, rectifia-t-il. Nous étions amis.

— Exactement. Will, tu t'es révélé être mon meilleur ami. Mais quand tu te mets à dire ce genre de choses… ça change tout.

— Je ne vais pas te faire de mal, Sarah.

Mais il voyait bien, à l'expression de son visage, qu'elle n'accordait pas foi à ses paroles.

Les yeux de Sarah se remplirent de larmes.

— Allons…, insista-t-il, ce n'est pas…

— J'ai comme l'impression que la visite est terminée, lança une voix depuis la porte.

Will se retourna et découvrit un type planté là. Il portait un pantalon à pli, des mocassins visiblement coûteux ainsi qu'une chemise habillée, mais pas de cravate. Ses manches étaient retroussées et, d'un doigt, il retenait un blouson sport jeté sur son épaule. Dans l'autre main, il avait une boîte bleue Tiffany. Will sut immédiatement qui était cet homme, mais il se retourna quand même vers Sarah, juste pour en avoir confirmation.

Elle avait retrouvé les couleurs perdues quelques minutes auparavant, et ses yeux s'éclairèrent d'une lumière aveuglante.

— Jack, dit-elle.

Sarah gardait serré contre sa poitrine le papier froissé du cadeau de Will, tandis que celui-ci s'apprêtait à sortir de la chambre. Il ne se pressa pas et se contenta de lancer :

— Je t'appelle.

Puis il passa devant Jack d'un pas volontairement décidé, et disparut dans le couloir.

Encore tout étourdie par la déclaration de Will, Sarah allait maintenant devoir se concentrer sur Jack. Mon Dieu ! Jack était ici. Un farouche instinct protecteur monta en elle. Elle refusait de partager ses enfants avec cet homme, même si, sur le papier, elle s'était engagée à lui accorder un droit de visite.

— Jack, répéta-t-elle, je ne t'attendais pas.

— Je sais.

Il s'effaça et sa mère, Helen Daly, fit son entrée dans la chambre.

— Nous avons sauté dans le premier avion dès que nous avons appris la nouvelle.

— Bonjour, Helen, dit Sarah.

Elle porta la main à ses cheveux, soudain gênée. Etonnant. C'était toujours comme ça dès qu'elle se trouvait en présence de Jack et de sa famille : elle se sentait négligée, démodée. Même si, en cet instant, elle avait toutes les excuses du monde, elle se prit à regretter de ne pas avoir au moins mis du rouge à lèvres.

— Sarah, nous sommes si heureux pour toi ! s'exclama Helen. Comment te sens-tu ?

« Complètement paniquée », songea Sarah. Mais il était inutile de répondre.

Helen était captivée par les berceaux transparents.

— Jack, viens voir…, dit-elle dans un murmure respectueux. Quels amours ! Regarde-les, Jack. Non mais, regarde-les !

Les nourrissons dormaient à poings fermés, proprement emmitouflés par les mains expertes des infirmières. « Pourvu qu'ils restent ainsi ! », espéra Sarah, car ses seins gonflés avaient tendance à gicler comme des geysers dès que ses enfants pleuraient.

Jack s'approcha des berceaux, se dévissa le cou, puis se pencha pour les voir. Sarah tenta de déchiffrer son expression mais en fut incapable. Comme c'était étrange : elle ne savait plus lire sur son visage. Impression déstabilisante. Jack était toujours aussi beau, observa-t-elle, dans son genre très chic, très soigné. Et il avait l'air en forme. En bonne santé, Dieu merci !

Sa réaction face aux bébés était si différente de celle de Will ! Alors que Jack arborait une fierté de propriétaire, Will avait manifestement été bouleversé d'émotion. Elle le revoyait encore, le visage envahi par la tendresse, faisant preuve d'une attitude inconsciemment protectrice.

— Comment s'appellent-ils ? demanda Jack.

— Je n'ai pas encore décidé.

Il fronça les sourcils.

— Tu n'as pas eu le temps d'y penser durant toute ta grossesse?

— Je voulais d'abord les voir.

Sarah se garda de toute réaction de défense.

— Ils sont magnifiques, s'émerveilla Helen. Je suis sûre que tu trouveras pour chacun le prénom qui convient le mieux.

Bizarrement, c'était la présence d'Helen qui émouvait le plus Sarah. Elle ferait une mamie hors pair, évidemment. Elle avait quelque chose dans le visage, dans les profonds sillons qui entouraient sa bouche quand elle souriait, qui lui rappelait sa mère. L'absence de Jeanie en un tel moment était d'une tristesse intolérable. Or il y avait là Helen Daly, mourant d'envie d'être grand-mère. Sarah ne pouvait lui refuser ce droit, elle le savait. Mais tout était tellement nouveau! Ils ressemblaient tous à des acteurs dont le rôle n'a pas encore été écrit, cherchant en vain une réplique.

— Nous t'avons apporté ça.

Jack lui tendit la boîte venant de chez Tiffany. Elle contenait deux cadres en argent massif.

— La date de naissance est gravée sur chacun, mais, apparemment, il te faudra compléter les noms plus tard.

— Merci, Jack, dit Sarah. Je ferai le nécessaire.

Ils soutinrent mutuellement leur regard pendant quelques secondes et Sarah, étrangement désorientée par cette confrontation, se mit à douter. Malgré son empressement à finaliser le divorce, les choses avançaient à une allure d'escargot. Elle savait que la porte était encore ouverte — du moins entrebâillée — sur une réconciliation. Alors, refaire sa vie avec Jack et leurs fils? C'était possible. Ça pouvait marcher. Et plutôt bien, même, à certains égards. D'un point de vue financier, sûrement. Mais au prix de combien de sacrifices?

« Non, ce serait de la folie », conclut-elle.

En revanche, elle pouvait bien lui accorder une petite faveur.

Elle avait deux magnifiques bébés. Jack, lui, n'avait rien, hormis une pension alimentaire à payer chaque mois.

— Je leur donnerai Daly en second prénom, proposa-t-elle. J'espère que ça contentera tout le monde.

Jack eut un rire bref et amer.

— Loin de là, rétorqua-t-il, mais pourquoi cela t'arrêterait-il? Depuis que tu es partie, tu n'en as fait qu'à ta tête.

Sarah lança à Helen un regard qui signifiait : *Vous entendez ça ?* Mais la mère de Jack n'en avait visiblement que pour les bébés. Un jumeau dans les bras, elle s'était installée dans un fauteuil près de la fenêtre ; depuis, elle contemplait le minuscule visage endormi, oublieuse de tout le reste. Sarah était seule.

Son regard passa d'Helen à Jack, et, tout à coup, un soulagement grisant s'empara d'elle. Sa colère s'était envolée. Elle ne savait ni quand ni comment elle s'en était libérée, mais elle ne portait plus en elle cette boule de fureur compacte qui l'oppressait depuis le jour où elle avait surpris Jack et Mimi. La colère avait cédé la place à une tristesse qui teinta ses paroles.

— Jack, à une époque, mon vœu le plus cher était de te donner des enfants, et il va sans dire qu'ils auraient porté ton nom. C'est toi qui as tout fait chavirer — le jour de leur conception, en fait.

— Ça, c'est un coup bas, Sarah.

Si sa colère s'était bel et bien évanouie, sa tristesse, en revanche, prit une profondeur nouvelle.

— Oui, je sais ce que ça fait.

35

Au cours des dix derniers jours, Aurora avait observé le ballet des visiteurs qui défilaient chez Sarah. Sa vieille tante et sa grand-mère étaient des habituées du cottage ; elles arrivaient le matin et y restaient presque toute la journée. Judy deWitt, du magasin de peinture et beaux-arts, ainsi que Mme Chopin lui apportaient des plats cuisinés ; on les voyait sortir de la maison des sacs remplis de papier-cadeau froissé et de bouquets de fleurs fanées, dont les tiges étaient devenues molles et nauséabondes dans l'eau du vase. Gloria et Ruby, la mère de Glynnis, étaient venues rendre visite à Sarah : à tous les coups, Glynnis avait dû en être malade. C'était déjà bien assez dur de voir sa mère célibataire sortir avec quelqu'un. Alors, si ce quelqu'un était une autre femme, eh bien, ça devenait carrément inacceptable. Et quand elles s'affichaient ensemble dans des lieux publics ? Comme dirait mamie Shannon, tous aux abris !

Tante Birdie était déjà passée voir les jumeaux et avait offert à Sarah deux plaids pour bébé en coton crème. Pourquoi appelait-on ça des plaids, d'ailleurs ? A sa connaissance, ils servaient à envelopper les enfants après le bain.

A en croire Birdie, Sarah avait demandé de ses nouvelles et indiqué que sa visite lui ferait plaisir. Aurora avait drôlement envie de la voir, elle avait même prévu un cadeau tout à fait spécial pour les jumeaux — un dessin du phare de Point Reyes destiné à être accroché dans leur chambre. Les bébés n'en auraient strictement rien à faire, mais pas Sarah. En plus, Aurora avait claqué deux mois d'argent de poche gagné en faisant du baby-sitting pour faire encadrer son œuvre par un professionnel. Ce phare était le lieu qu'elle préférait au monde. Elle n'avait pas beaucoup voyagé, mais ce site devait sans nul doute compter parmi les plus beaux endroits de la planète. Elle avait pris l'avion avec tante Lonnie, vu le pont du Golden Gate et San Luis Obispo, le Bryce Canyon et le Yosemite. Mais rien de tout cela n'arrivait à la cheville de la théâtrale splendeur de Point Reyes.

Pourtant, elle était intimidée à l'idée de se présenter chez Sarah. Déchirée entre l'envie d'être son amie et l'inquiétude que la jeune femme puisse avoir une liaison avec son père.

Par un après-midi brumeux, Aurora repéra enfin un créneau propice. C'était l'une de ces journées où le brouillard semble ne jamais devoir se lever. Avec la sensation déboussolante que toutes les heures se ressemblent. La maison de Sarah disparaissait dans un épais nuage blanc, la clôture ainsi que la plate-bande de fleurs de devant semblaient flotter sur un fleuve de brume. Les deux sœurs âgées repartirent chez elles alors qu'aucun autre visiteur n'était encore arrivé.

Aurora alla à la porte d'entrée et frappa. A l'intérieur, Franny aboya, avant de se mettre à pousser des gémissements d'amitié en reconnaissant Aurora. Celle-ci patienta, inexplicablement tendue. Sarah et elle étaient amies, se remémora-t-elle. Elle avait envie de la voir, de faire la connaissance des nouveau-nés.

Mais lorsque la porte s'ouvrit, Sarah balaya toute sa tension d'un sourire. Elle était vraiment jolie, même en ample pantalon de pyjama et haut de survêtement à capuche. Sans son énorme ventre, elle faisait plus jeune et plus vive.

— Holà, étrangère ! lança-t-elle à Aurora en la serrant dans ses bras. Tu m'as manqué.

Aurora lui adressa un bref sourire hésitant.

— Comment tu te sens ?

— Très différente de la dernière fois qu'on s'est vues. Tu veux faire la connaissance des bébés ?

— Tu rigoles ?

La maison n'avait pas changé, mais l'atmosphère n'était plus la même. Il régnait dans le cottage un silence immobile, comme si quelqu'un retenait sa respiration, et dans l'air flottait une odeur douce tout à fait particulière. Chaudement bordés dans leurs berceaux reposaient les bébés, leur minuscule tête couverte de cheveux fins comme les aigrettes duveteuses d'un pissenlit monté en graine.

— Ils dorment, expliqua Sarah. Ils passent beaucoup de temps à dormir.

Aurora pencha la tête de côté.

— Quels petits visages, ils sont trop mignons! s'extasia-t-elle, le cœur éclatant d'une émotion inattendue. Je n'en reviens pas qu'ils soient si minuscules et si craquants!

— Moi non plus.

Le visage de Sarah s'adoucit d'amour et de fierté.

Aurora avait du mal à réaliser que chaque être humain fait ainsi son entrée dans la vie, tout neuf et sans défense. Voir ces deux nourrissons si parfaitement identiques soulignait le fait qu'au départ tous les enfants sont les mêmes.

Ne les abandonne jamais, aurait-elle voulu dire à Sarah. Au lieu de quoi, elle demanda :

— Alors, comment ils s'appellent?

— La décision est toujours en suspens. Quand j'ai quitté l'hôpital, leurs dossiers médicaux portaient la mention Bébé A et Bébé B. Le choix du prénom idéal s'avère plus compliqué que prévu.

— Ça fait une semaine et demie. Qu'est-ce que tu attends?

« Pourvu, songea-t-elle, que Sarah ne se soit pas embarquée dans un délire du genre : attendre son ex pour qu'il l'aide à choisir des prénoms… »

— Je ne veux pas me décider à la va-vite.

— Ils se ressemblent comme deux gouttes d'eau.

— On peut le dire, oui. Pourtant, ce sont de faux jumeaux, comme ma grand-mère et ma grand-tante.

— Comment tu arrives à les différencier?

— Je me dis qu'étant leur mère je dois naturellement pouvoir distinguer l'un de l'autre, répondit Sarah. Cela dit, je préfère ne pas trop tenter le diable.

Elle tira sur un coin de couverture et révéla un pied de la taille de celui d'une poupée, dont la cheville portait encore le bracelet de la maternité. Sur la bande en plastique on pouvait lire : « Bébé A Moon ».

— Tu devrais vraiment leur donner un nom, murmura Aurora. Qu'est-ce que tu dirais de…

« Bébé A » se mit à pleurer. Ce faible vagissement fit sursauter Aurora et réveilla l'autre jumeau. Très vite, le son s'intensifia et n'eut plus rien d'un vagissement. On aurait plutôt dit deux chèvres en train de bêler, et ces cris lui firent un drôle d'effet, comme s'ils lui raclaient les molaires ou un truc de ce genre.

Sarah jeta un coup d'œil à la pendule au mur.

— C'est l'heure de la tétée. Ils se nourrissent toutes les deux heures.

— Toute la journée ?

L'insistance régulière de leurs pleurs lui tapait sur les nerfs.

— Et toute la nuit.

D'un air las, Sarah se pencha sur l'un des berceaux et vérifia la couche du bébé, qui s'avéra être sèche. Son frère accepta une tétine, ce qui diminua un peu le volume sonore dans la pièce — pas plus d'une seconde. Le bébé recracha la tétine et reprit sa plainte.

— Je peux faire quelque chose ? demanda Aurora.

— Ils aiment être dans les bras, répondit Sarah.

Et, comme par miracle, « Bébé A » se calma dès qu'elle l'eut sorti de son lit.

Aurora fila dans la salle de bains adjacente et se lava les mains au savon, geste que sa grand-mère lui avait recommandé de faire systématiquement avant d'approcher un nouveau-né.

— Soutiens-lui la tête, expliqua Sarah tandis qu'Aurora soulevait le nourrisson en pleurs.

C'était moins facile que cela en avait l'air, car le bébé n'arrêtait pas de gigoter et de frémir, mais une fois calé au creux de son bras, il se calma un peu. Il tournait sans cesse la tête vers elle en ouvrant la bouche, ce qui la gênait vaguement. Elle lui donna la tétine et l'enfant s'apaisa, même s'il émettait encore un léger grondement de colère.

Sarah s'installa dans un fauteuil.

— Il faut que je les nourrisse. Ça ne te dérange pas, hein?

— Non. Pas du tout!

Aurora s'aperçut que le grondement cessait si elle se balançait d'avant en arrière avec le bébé.

Sarah descendit la fermeture Eclair de son sweat et ouvrit le chemisier qu'elle portait en dessous, dévoilant un soutien-gorge affreux, avec d'énormes bonnets et des boutons-pressions au niveau des bretelles. Partagée entre choc et fascination, Aurora la regarda positionner le bébé contre elle, et celui-ci lui prit le sein. La jeune femme laissa échapper un soupir avant de surprendre le regard fixe d'Aurora.

— Tu peux regarder, dit elle. A ton âge, ça m'aurait franche ment intriguée.

Aurora rougit et baissa la tête. Elle avait l'impression d'être une intruse, et, par-dessus le marché, elle se retrouvait coincée avec ce bébé dans les bras.

— On appelle ça le réflexe d'éjection : ça se produit en réaction aux pleurs du bébé. Je te promets que plus jamais je ne considérerai un verre de lait comme une chose anodine. Je suis contente que tu sois là... Avec de l'aide, c'est toujours plus facile.

— Qu'est-ce que tu fais quand tu es toute seule?

— Ils doivent attendre chacun leur tour, et parfois il m'arrive de pleurer en même temps qu'eux. Je vais bien, cela dit, s'empressa-t-elle d'ajouter. Ma famille prend bien soin de moi. Franny aussi.

Elle désigna la chienne sagement assise auprès d'elle, docile, le regard à l'affût du moindre mouvement.

— Je ne savais pas trop comment elle prendrait l'arrivée

des bébés, poursuivit-elle, mais elle a l'air de les accepter sans problème.

— Ça ne m'étonne pas, fit remarquer Aurora. Franny s'est elle-même montrée une très bonne mère.

— Je suis vraiment contente qu'on ait trouvé un foyer pour tous les chiots avant l'arrivée des jumeaux.

Un tel silence se fit dans la pièce qu'on entendait le bébé déglutir. En quelques minutes, le rythme effréné de sa succion se ralentit et le nourrisson émit un petit rot avant de s'assoupir. Sarah le reposa dans son berceau et le borda.

— Au suivant, lança-t-elle en changeant de côté.

Il était temps car « Bébé B », qui venait de comprendre que la tétine n'était qu'un piètre substitut au sein de sa mère, commençait à manifester sa mauvaise humeur par des sons nasillards. Aurora le plaça dans les bras de Sarah. Elle se sentait moins gênée, à présent. Bien sûr, c'était étrange — ce gros sein rond comme un ballon couleur chair, cette bouche affamée qui le cherchait avec avidité, mais cela ne manquait pas non plus d'une certaine beauté. Elle regarda le visage de Sarah se détendre, et la façon protectrice dont son corps tout entier semblait s'incurver autour de l'enfant. Sa propre mère l'avait-elle jamais tenue ainsi, irradiant l'amour de tout son être ? Probablement pas. Petite, elle lui demandait souvent : « Maman, dis-moi comment j'étais, bébé. » Mais la seule chose que celle-ci trouvait à répondre, c'était : « Tu pleurais tout le temps. Tu étais sans arrêt malade. »

— Qu'est-ce que tu penses d'Adam Moon pour « Bébé A » ? s'enquit Sarah. Et de Bradley, pour « Bébé B » ?

— Pas mal.

Aurora aimait des prénoms comme Cody ou Travis. Et Zane. Zane, c'était vraiment génial, comme prénom.

— Seulement pas mal ? Je veux des noms qui soient mieux que pas mal. Adam est le second prénom de mon père, et Bradley le nom de jeune fille de ma mère.

Aurora posa les yeux sur le minuscule crâne rond, sur la main en forme d'étoile. Bradley ? Avait-il une tête à s'appeler Bradley ?

Pour elle, il ressemblait à un bébé, c'est tout. Mais, en l'observant, elle imagina les années à venir. Il allait grandir, marcher, parler et, un jour, partir à la découverte du monde.

— J'aime bien Bradley, estima-t-elle. Et aussi Adam. Les deux me plaisent.

— C'est vrai ? demanda Sarah en posant le nourrisson endormi dans son berceau. Et dans deux heures, rebelote ! soupira-t-elle en lui adressant un sourire.

— Quand ils seront plus grands, ne leur dis pas qu'ils pleuraient tout le temps, l'implora Aurora.

Sarah souriait toujours.

— Je ne me plains pas, franchement. Ça ne me pèse pas. En fait, j'adore ça. Bizarre, hein ?

— Non...

Aurora alla chercher le cadeau qu'elle lui avait apporté.

— Je l'ai fait pour toi, dit-elle, un peu intimidée. Pour toi et ta famille.

Les yeux brillants, Sarah déchira le papier. Puis elle poussa une exclamation étouffée.

— C'est magnifique, Aurora ! Tu as vraiment du talent !

Sarah étudia l'œuvre d'un œil d'artiste, s'exclamant sur le papier qu'Aurora avait employé, louant la précision du tracé, la qualité uniforme de la lumière et le travail d'encadrement. Puis elle alla adosser le dessin au manteau de la cheminée.

— Je le garderai précieusement, déclara-t-elle. Comme ça, je penserai à toi chaque fois que je le verrai.

— A propos, qu'est-ce qu'il y a au juste entre mon père et toi ? lâcha Aurora.

Elle n'avait pu s'empêcher de lui poser cette question qui la taraudait depuis son arrivée au cottage.

Et maintenant qu'elle l'avait posée, elle put constater l'effet produit sur Sarah. Son teint se marbra et il lui sembla même qu'elle transpirait un peu.

— Que crois-tu qu'il y ait ? demanda-t-elle à Aurora.

— Je ne sais pas. Vous avez l'air de bien vous aimer, tous les deux.

— Nous sommes amis. Ça ne s'explique pas.

Sarah effleura sa bouche d'un geste sans doute inconscient. Lorsqu'elle vit qu'Aurora la regardait, elle joignit les mains sur les genoux.

— Seulement amis? insista Aurora.

— Tu as posé cette question à ton père?

— Il m'a répondu la même chose.

— Il t'a dit qu'on était amis?

— C'est pas son style de parler de ce genre de trucs. C'est pour ça que je te pose la question à toi. Et tu ne m'en dis pas plus, d'ailleurs.

— Parce que je n'ai pas les réponses. Ma puce, je ne sais même pas l'heure qu'il est ni si j'ai mis mes chaussures au bon pied. Ce n'est vraiment pas le moment de me lancer dans l'analyse de ma relation avec ton père. D'accord?

« Non, pas d'accord », répliqua intérieurement Aurora. Mais il était clair qu'elle n'obtiendrait aucune réponse de Sarah — en tout cas, pas aujourd'hui.

36

Les jumeaux passèrent haut la main leur bilan des trois mois. Il semblait particulièrement cruel de récompenser leur croissance et leurs progrès inouïs par une douloureuse piqûre dans la cuisse, mais c'est exactement le sort qui leur fut réservé.

— Et maintenant, l'heure est venue de passer à l'offensive, annonça le pédiatre. En avant pour l'opération « Choc et Effroi ».

Il avait auparavant administré une goutte de Tylénol à chaque bébé, par simple mesure de précaution.

— Prête, maman ? demanda-t-il.

Sarah posa la main sur le crâne d'Adam, se mordit la lèvre et acquiesça d'un hochement de tête. Totalement inconscient de ce qui l'attendait, le bébé gloussa et gazouilla, véritable image d'Epinal à la gloire de la pédiatrie. Vint ensuite le passage bref et glacé de l'ouate sur la peau, et enfin la piqûre de l'aiguille.

Pendant un instant, le silence fut total. Les beaux yeux bleus d'Adam s'écarquillèrent et sa bouche s'arrondit en un O parfait sous le coup de la douleur et de la stupéfaction. Puis ce fut l'inspiration prolongée — qui s'acheva en un hurlement de douleur si sincère que sa petite langue en trembla. Sa souffrance faillit faire tomber Sarah à genoux.

— Je suis désolée…, murmura-t-elle. Je suis désolée, désolée, désolée.

Bradley fit chœur avec son frère parce qu'ils fonctionnaient ainsi. Quand l'un pleurait, l'autre l'imitait. Cependant, lorsque vint son tour pour le vaccin, il battit le record de son jumeau dans la catégorie « cri à glacer le sang ». Quand tout fut fini, Sarah était à deux doigts de réclamer un Valium. Puis les cris cessèrent aussi vite qu'ils avaient commencé. Installés dans leurs coques, les garçons se mirent à tirer vigoureusement sur leur tétine, les larmes séchant sur leurs joues empourprées.

— C'est comme ça, les nourrissons, commenta le médecin. A la seconde où la douleur disparaît, les larmes aussi. Si ça se savait davantage, la vie serait plus simple pour tout le monde.

L'assistante du pédiatre recommanda bien à Sarah de ramener les garçons pour une piqûre de rappel, et elle le nota trois fois, afin que, rentrée au cottage, Sarah puisse coller des pense-bêtes en trois points stratégiques : sur le calendrier, près de la porte d'entrée et sur le réfrigérateur. Autrement, elle allait oublier, c'était couru d'avance.

De toute façon, en ce moment, elle oubliait tout, se dit-elle en installant les garçons dans leurs sièges auto, avant de retourner à la maison. Impossible de se souvenir du jour qu'on était, des ingrédients de l'omelette Denver, ou de son numéro de Sécurité sociale. Mais pourquoi, alors, était-elle incapable d'oublier ce jour où Will était venu la voir à l'hôpital ? Elle pouvait s'en repasser mentalement le film image par image, en faisant des pauses pour revenir en détail sur chaque instant. Sur ce baiser qui avait enflammé tous ses sens… Et puis ces mots qui résonnaient toujours dans son esprit : *Je suis amoureux de toi.*

C'était de la folie. Will ne pouvait l'ignorer. Il savait sans doute qu'elle n'allait pas s'autoriser à lui rendre son amour. En pleine procédure de divorce, on ne fait pas le deuil d'une personne pour s'éprendre d'une autre. Elle n'aurait pas dû lui parler, elle n'aurait pas dû lui avouer son penchant. D'ailleurs, qu'était-ce au juste, sinon la simple expression de sa peur et de sa solitude ?

Le grand amour ne suivait pas un parcours balisé. Ce n'était pas comme une gestation dont l'étape suivante se produit exactement selon un programme biologique prédéterminé. Et même alors, quand le programme était suivi à la lettre, on avait encore des surprises.

Sarah fit jouer ses doigts sur le volant. Au début, quand elle avait ôté son alliance et sa bague de fiançailles — un diamant jonquille monté sur platine, cadeau de Jack —, leur présence fantôme s'était attardée des mois sur sa main. Son doigt restait pâle et rétréci à l'endroit où elle les portait. Il avait fallu toute sa grossesse, œdème compris, pour effacer la trace des bagues gravée dans sa chair. Combien de temps faudrait-il pour que son cœur meurtri cicatrise ? Et serait-elle jamais capable de se donner de nouveau totalement ?

Elle n'arrêtait pas de croiser Will — au marché des producteurs fermiers, au café, à la Children's Beach, une petite bande de sable près de la baie, bordée par l'immense voûte des arbres du parc municipal. Dans une communauté aussi petite, c'était inévitable, et d'ailleurs, même si sa présence la faisait souffrir, son amitié lui était essentielle. Ils parlaient d'Aurora, du travail, des jumeaux, de la vie, des rires et des larmes, bref, de tout ce qui comptait pour eux.

Toutefois, ils n'avaient plus jamais reparlé d'amour ni d'avenir. Pour tomber amoureux, il faut avoir le cœur et l'esprit libres, pouvoir rentrer chez soi quand on veut, ou faire la grasse matinée le lendemain matin. Il faut pouvoir passer des heures et des heures à se regarder dans les yeux et même encore plus à faire l'amour, sans interruption.

Si tu attends le moment idéal pour tomber amoureuse, lui susurra une petite voix intérieure qui ressemblait étrangement à celle de Lulu, *tu peux toujours courir.*

Parfois, quand Sarah songeait à sa vie, elle aurait voulu ne jamais avoir rencontré Jack. En définitive, c'était trop de souffrances. D'un autre côté, si elle ne l'avait pas épousé, elle n'aurait jamais eu ses enfants. Jack lui avait fait don d'un miracle pour lequel elle lui serait éternellement reconnaissante. Les jumeaux faisaient tellement partie d'elle-même qu'elle avait du mal à se rappeler sa vie sans eux. Les gens avaient beau prétendre qu'ils étaient impossibles à distinguer, elle aurait pu reconnaître ses fils les yeux fermés. Bradley était un adorable sentimental ;

il avait une façon bien à lui de se fondre dans ses bras et de l'envelopper comme un vêtement chaud et parfumé. Adam, lui, adorait observer le monde de ses yeux ronds et étincelants tout en suçant son pouce avec vigueur ; si petit, il semblait déjà sensible aux nuances.

Sarah arriva chez elle, mais resta un moment dans la voiture, car elle ne voulait surtout pas réveiller ses fils endormis. Elle avait le cafard, probablement à cause du souci que lui causaient ces rappels de vaccin et parce que, en consultant l'état de son compte, le jour même, elle avait vu que sa pension alimentaire lui avait été versée, comme d'habitude. C'était réglé comme du papier à musique. Cela n'aurait pas dû la déprimer, et pourtant... Au lieu d'un père, ses enfants avaient un virement bancaire.

Mais elle allait très vite chasser ses idées noires. Tout le monde l'admirait, s'étonnait de la facilité avec laquelle elle avait changé de vie. Elle avait fui un mariage malheureux, surmonté une grossesse difficile et un accouchement des plus pénibles, et, désormais, élevait seule des jumeaux tout en jonglant avec son travail en free lance. Elle était comme ces femmes qu'on voit dans les livres et les magazines et qui arrivent à tout mener de front. Les premières semaines, sa grand-mère et tante May s'étaient relayées pour passer la journée avec elle à tour de rôle. LaNelle, Viv et Judy la couvraient de petits plats et de produits de leur jardin. Son père avait contacté l'une des laiteries du coin pour que son lait lui soit livré à domicile. Elle était entourée d'amis qui mettaient tout leur cœur à la choyer et la materner du mieux possible.

Reste qu'il lui fallait quand même se débrouiller pour tout faire toute seule. Sarah avait au moins appris quelque chose : avec des jumeaux nourrissons, inutile de songer à se presser. Le seul fait d'aller de la voiture à la maison prenait des allures d'expédition. L'époque où elle raflait ses clés et son sac à main pour filer faire les magasins ne l'avait pas préparée à affronter cette nouvelle réalité. Mais, entre-temps, elle s'était habituée à devoir faire plusieurs voyages pour aller chercher les jumeaux, le sac rempli de toutes leurs affaires de puériculture, les sacs de provisions, son sac à main, et rapatrier le tout — y compris elle-même — à la maison. C'était devenu une routine. Laisser les enfants dans la voiture et ouvrir la porte, se coltiner le maximum de sacs et d'affaires possible. Coincer la porte en position ouverte. Crier à Franny de rester dans la maison avant qu'elle ne file au-dehors, sans quoi elle l'aurait sans cesse dans les jambes. Détacher avec soin un garçon à la fois et doucement, tout doucement, poser la coque par terre, à un endroit où l'enfant pourrait éventuellement dormir encore une demi-heure. Avec beaucoup, beaucoup de chance, ils sommeilleraient le temps nécessaire pour tout ranger, et peut-être même réussirait-elle à trouver un moment pour regarder son courrier. Ces derniers temps, elle se flattait presque de sa capacité à tout gérer à la fois. Une véritable jongleuse de cirque.

Sauf qu'un seul imprévu suffisait à dérégler cette belle organisation. Et si les imprévus se multipliaient, elle était fichue. Ce jour-là, le téléphone de la maison se mit à sonner alors qu'elle était en train de détacher Adam. Depuis longtemps déjà, Sarah s'était conditionnée à ne jamais se hâter de répondre au téléphone. Si c'était important, la personne laisserait un message ou rappellerait. Mais cette fois-ci, horripilée par la sonnerie insistante qui s'échappait de la fenêtre grillagée, elle bouscula ses habitudes et se hâta de détacher la coque afin de la sortir de la Mini. D'une manière ou d'une autre, elle ballotta l'enfant. Qui se réveilla dans un hurlement.

Elle remarqua alors que l'endroit où il avait été piqué — recouvert d'un pansement adhésif — était livide et enflé.

« Mon Dieu ! se dit-elle. Il fait une réaction allergique… » Toutes les horreurs qu'elle avait lues sur les vaccins revinrent pêle-mêle hanter son esprit. Il fallait qu'elle rentre dans la maison, il fallait qu'elle appelle le médecin tout de suite !

Agrippant la coque, elle se retourna rapidement, le temps de fermer la portière de la voiture. Elle allait foncer vers la maison quand elle réalisa ce qu'elle venait de faire.

En un éclair, songea-t-elle, presque une nanoseconde. Le temps infime qui s'écoule entre le moment où on claque la portière et celui où on se rend compte que la clé est restée sur le contact. Et que les portières sont en mode de verrouillage automatique, protection antivol que Sarah oubliait sans cesse de désactiver.

Sauf qu'elle avait prévu le coup... Elle avait planqué une seconde clé de voiture dans le buffet de la cuisine, dans le but justement de parer à ce genre d'éventualité. Elle se précipita à l'intérieur, posa la coque d'Adam par terre, s'empara de la clé et se dirigea vers la porte, s'arrêtant au passage pour murmurer quelques mots rassurants à l'enfant — ce qui ne fit qu'augmenter sa fureur. Dans la voiture, Bradley, peut-être alerté du désastre, s'était mis à activer sa propre sirène. Sarah se débrouilla pour laisser tomber la clé dans un interstice entre les marches de la véranda.

Pestant, elle songea que, grâce à elle, ses enfants n'auraient rien à envier, plus tard, au légendaire charretier, question jurons. Elle s'agenouilla afin de récupérer la clé, pour s'apercevoir en définitive que celle-ci avait glissé sous les marches, hors d'atteinte. Elle courut à la voiture et tenta de nouveau d'ouvrir les portières et le hayon, au cas où. Sous l'effet de la colère, le visage de Bradley ressemblait à un ballon cramoisi. Sarah fut traversée par l'envie subite de faire quelque chose — n'importe quoi. Lancer une brique sur la vitre ? Non. Et si le verre, même feuilleté, ne résistait pas à l'impact ?

La panique s'abattit sur elle à la fraction de seconde où elle comprit qu'elle n'avait aucun moyen de sortir sans danger son bébé de la voiture. Avant même que son esprit ait formé une décision, elle appela le 911.

Au bout de douze interminables minutes durant lesquelles Sarah vécut un enfer, Will Bonner ouvrit enfin la portière tel Captain America, à l'aide de ce qui lui parut être un tensiomètre. Quelques pressions suffirent à créer un interstice assez large pour qu'il débloque la serrure. Lorsqu'il se retourna vers elle, son fils sain et sauf dans les bras, Sarah se sentit flageoler.

— Rentrons nous asseoir, suggéra Will.

Elle acquiesça d'un hochement de tête et le suivit à l'intérieur du cottage, où Adam dormait paisiblement dans sa coque.

— Ça ne semble pas anormalement enflammé, constata Will en vérifiant l'endroit du vaccin. Enfin, à mon avis...

— Je crois plutôt que c'est mon imagination qui s'est enflammée.

Elle inspira profondément à plusieurs reprises afin de retrouver son calme.

Bradley semblait tout à fait ravi dans les bras de Will. Et Will semblait tout à fait ravi de tenir le bébé.

Les voir ensemble la fit fondre en larmes. C'était assez perturbant d'être à ce point submergée par l'émotion. Humiliée, elle saisit un mouchoir en papier et le pressa contre son visage.

— Excuse-moi, dit-elle.

— Tu n'as pas à t'excuser. Ce genre de situation est stressant pour n'importe qui.

Will coucha Bradley dans son berceau avec des gestes gauches mais attentionnés.

Plantée sur le seuil, Sarah s'attendait à un grognement de protestation, mais le bébé s'installa, battit lentement des paupières, puis laissa ses yeux se fermer.

— Tu as le coup, avec les bébés, constata-t-elle.

— Tu trouves? s'enquit Will avec un grand sourire. Je n'ai pas beaucoup d'expérience, mais je ne les trouve pas si compliqués que ça. C'est plus tard que surviennent les complications, autour de douze ans.

Il prit Sarah par le bras et l'entraîna vers le sofa. Ils restèrent assis quelques minutes en silence, puis Will lâcha :

— Sarah... Qu'est-ce qu'on fait?

— Je ne suis pas sûre de comprendre ta question.

Oh ! que si ! Elle la comprenait très bien, même. Et Will méritait une explication. Une fois de plus, Sarah inspira à fond.

— Pour la première fois de ma vie, j'apprends à me débrouiller seule. Jusqu'ici, j'ai été entretenue, d'abord par mes parents, puis par Jack et sa famille. Je ne dis pas que j'ai grandi dans la soie, mais je n'ai jamais réellement appris à m'en sortir seule, et aujourd'hui il est temps que je m'y mette.

— Qu'est-ce que tu essaies de prouver?

— J'ai besoin de savoir que j'en suis capable. C'est dur, mais peut-être qu'il faut que j'en passe par là pour me le prouver à moi-même. La vie n'est pas facile… D'ailleurs, elle n'est pas censée l'être. Pour autant, ce n'est pas une si mauvaise chose. A l'époque où je me la coulais douce, je faisais bonne figure mais je vivais mes journées en somnambule. Je me suis réveillée en me heurtant à la dure réalité, mais, somme toute, c'est ce qui m'a sauvée.

Will assimila les paroles de Sarah dans un silence prolongé. Avant de se tourner vers elle.

— Je t'aime, Sarah. Je ne sais pas comment c'est arrivé, mais je crois que tout a commencé la nuit où Franny a eu ses chiots.

Osant à peine respirer, Sarah le dévisagea, à court de mots.

— Ça fait donc un petit moment que je le sais, poursuivit-il, mais je me suis effacé, je t'ai laissée tranquille le temps que tu puisses gérer tout ça, expliqua-t-il en englobant la pièce d'un geste large.

Grisée par sa déclaration, Sarah faillit la lui retourner. *Moi aussi, je t'aime.* Un douloureux désir palpitait dans sa poitrine.

— Oh, Will… Je n'ai jamais voulu t'induire en erreur, ni te faire croire que…

Elle s'interrompit, tâcha de se ressaisir, mais son cœur était encore en proie à trop de souffrance et de confusion. C'était exactement ce qu'elle redoutait. Elle ne pouvait pas tout avoir.

— J'ai besoin de toi en tant qu'ami, Will…

— Désolé de te décevoir, mais on ne peut pas en rester là. Nous avons déjà dépassé le point de non-retour.

Sa voix avait un accent de sincérité, et derrière ses mots vibrait la passion.

— Mais tu ne me déçois pas, dit-elle.

— Sarah…, poursuivit-il. Ça fait longtemps que j'attends que tu m'appelles. N'attends pas qu'il y ait un problème. Appelle-moi, c'est tout.

— Je ne crois pas que ce soit une bonne idée, dit-elle.

Dans sa tête, la voix de Shirl la sermonna : « Hé, tu débloques ou quoi ? C'est Will Bonner que tu es en train de repousser ! »

— Ecoute, s'empressa-t-elle de dire, si nous étions seuls en jeu, la situation serait différente. Nous sommes assez grands pour savoir ce que nous faisons. Assez grands pour surmonter une déception sentimentale. Mais pense aux enfants, à Aurora et aux garçons. Si on se trompe, ou si on abîme tout, on ne sera pas les seuls à souffrir dans l'histoire.

— Pourquoi es-tu si convaincue qu'on va tout abîmer ? s'étonna Will.

— Je dis simplement qu'il n'est pas juste de prendre un tel risque vis-à-vis des enfants. En tout cas, pas maintenant.

C'était une façon de laisser la porte entrebâillée.

— Alors quand ? insista-t-il. La semaine prochaine ? Dans un mois ? Chaque fois, tu te débrouilleras pour trouver un prétexte valable.

— Ce ne sont pas des prétextes, objecta-t-elle.

— Très bien. Alors appelle-moi quand tu seras à court d'excuses.

— Will, se défendit-elle, je suis… Je te trouve merveilleux, et je suis flattée de ton amour, mais, en ce moment, ma vie est complètement dingue.

— Comme si la vie n'était pas toujours dingue !

« Touché », admit-elle en son for intérieur.

37

Sarah n'aurait su dire pourquoi elle avait accepté d'assister, ce dimanche, au Festival de l'Huître. Ces derniers temps, elle tenait en gros jusqu'à 20 heures, limite au-delà de laquelle l'épuisement l'emportait. Les bébés faisaient désormais leurs nuits, petit miracle intervenu juste à temps pour l'empêcher de perdre la raison. Restait que la routine se faisait cruellement sentir.

Toutefois, son frère Kyle semblait requérir sa participation, arguant que ce festival annuel constituait un événement clé dans sa relation avec ses acheteurs et ses restaurateurs. Aussi reçut-elle la visite de son père et de son frère. Comme toujours, Nathaniel Moon s'accroupit par terre avec les enfants. Il prenait son rôle de grand-père très à cœur, et, si petits, les jumeaux semblaient déjà avoir compris que cet homme-là tenait une place à part dans leur vie. Ils lui réservaient gazouillis, pédalages de jambes en l'air et sourires XXL.

Sarah ne se dissimulait pas la réalité : élever deux garçons en l'absence de leur père était un parcours semé de défis. Dans ces conditions, le fait de savoir que Nathaniel et Kyle seraient là pour ses jumeaux prenait à ses yeux une valeur inestimable.

Son frère lui montra un carton rempli de brochures sur papier glacé.

— Les gens adorent cette idée d'opération organisée en famille. Toute la ville met la main à la pâte. La manifestation porte même un nom : « Festival de l'Huître de Moon Bay ».

— Si tout le monde participe, répliqua Sarah, tu n'as pas besoin de moi.

— Bien sûr que si ! se récria Kyle. On te demande juste d'être belle et avenante. Tu pourrais être la Reine des Huîtres.

Sarah frissonna avec exaspération.

— Je croyais que les gens venaient pour les huîtres.

— Ils viennent pour l'événement tout entier, expliqua son père.

— Offre-leur donc des porte-clés, des T-shirts et des tabliers d'écailler Moon Bay. Ma présence ne ferait que vous gêner.

— Tu te préoccupes encore de ce que pourraient penser les gens ? demanda Kyle.

Sarah lança un rapide coup d'œil à son père. Impassible, il restait concentré sur les deux petits garçons.

— Allez…, insista Kyle. Quand on était gosses, tu détestais travailler dans l'entreprise familiale, mais tu es grande, aujourd'hui.

— Je ne détestais pas ça…

Son estomac se contracta. C'était la première fois qu'ils abordaient ce sujet, et pourtant son père et son frère avaient l'air d'être au courant.

— Kyle, ça suffit, intervint Nathaniel.

Le regard de Sarah alla de son père à son frère. Ils se ressemblaient tellement, ces deux-là, tout à la fois honnêtes et durs à la tâche — mais aussi bien plus conscients de ses problèmes qu'elle ne l'aurait imaginé.

— Il a raison. J'étais une gamine stupide.

— Tu étais une gamine très intelligente, rectifia son père, et je regrette d'avoir dû te faire travailler à l'exploitation.

Il saisit les pieds d'Adam et se mit à jouer avec.

— Mon petit bonhomme, déclara-t-il à l'enfant, je te promets que vous ne serez jamais ostréiculteurs, ton frère et toi.

Il sourit à Sarah.

— C'est tellement plus facile d'être père quand on est grand-père.

— Je pourrais en dire autant ! Je trouve plus facile d'être ta fille maintenant que je suis mère. Sérieusement, je regrette de ne pas en avoir fait davantage. L'entreprise m'a offert une formation inestimable. Je n'ai jamais su l'apprécier à sa juste valeur.

Elle déglutit une boule douloureuse dans sa gorge.

— Je suis tellement désolée, papa…

Son père se releva de l'aire de jeux installée par terre pour venir l'envelopper de ses bras. Petit à petit, la tension qui la nouait de l'intérieur s'estompa jusqu'à disparaître. Le pardon était une chose si simple, songea-t-elle, une fois qu'on s'y abandonnait. Souriant à travers ses larmes, elle ouvrit les bras en direction de son frère.

— T'inquiète pas, je ne mords plus, plaisanta-t-elle, tandis que Kyle acceptait son étreinte.

— Est-ce que ça signifie qu'on peut compter sur toi ? s'enquit-il.

— Ne me demande pas d'être la Reine des Huîtres, c'est tout.

Le matin du festival, le père de Sarah l'invita à le retrouver au garage de Glenn Mounger. « J'ai une surprise pour toi », se borna-t-il à dire.

En chemin, Sarah déposa les enfants chez sa grand-mère et tante May, qui insistèrent pour les garder toute la journée et même la nuit, affirmant qu'il était temps. Sur ce point, Sarah n'était pas en mesure de discuter, pas plus qu'elle ne pouvait contester la robuste compétence avec laquelle les deux vieilles dames prirent les choses en main. En définitive, elle leur abandonna ses fils avec un sentiment de soulagement mêlé de gratitude.

Etre mère lui prenait tout son temps. Elle n'avait plus de vie à elle et oubliait souvent de se ménager quelques pauses pour souffler un peu. Son médecin, préoccupé par son état d'épuisement, avait insisté pour qu'elle passe les bébés au biberon ; à présent, ils mangeaient même des céréales. En quittant la maison de sa grand-mère, Sarah s'empêcha de regarder en arrière. « Tout va bien se passer », se persuada-t-elle.

Et, bien sûr, c'était la vérité. Il y avait même une certaine symétrie dans le fait que des jumelles âgées s'occupent de petits jumeaux.

Seule pour la première fois depuis la naissance des garçons, Sarah se sentait légère et bizarre. Libre. En même temps, elle n'arrêtait pas de s'inquiéter : avait-elle oublié quelque chose? Après s'être garée devant le garage Mounger, elle descendit de voiture et resta un instant les bras ballants près de la Mini, se sentant nue sans son habituel attirail de puériculture, sans les enfants eux-mêmes. Elle inspira un bon coup et partit à la recherche de son père.

Du plus loin qu'elle s'en souvienne, ce garage de réparation et carrosserie avait toujours été une institution, à Glenmuir. C'était le genre d'endroit qui attire les hommes plus que les femmes, ce qui expliquait sans doute pourquoi son père y passait autant de temps. Aussi vaste qu'une grange, le garage proposait à la location des emplacements de réparation ainsi qu'un assortiment impressionnant d'outils et de matériel. Un juke-box Wurlitzer passé de mode jouait de la surf music des années 60. Les longs murs s'ornaient d'enseignes publicitaires en métal émaillé vantant les mérites de l'huile de moteur et du pneu radial, ainsi que de pendules au néon et de calendriers d'époque; enfin, dans des vitrines éclairées, s'alignaient les trophées que Glenn avait remportés dans des expositions de voitures aux quatre coins du pays.

Cherchant son père, Sarah dépassa des véhicules à divers stades de réparation, certains au moteur démonté, d'autres auxquels il manquait des éléments de carrosserie ou bien dépouillés de leur revêtement intérieur. A l'autre bout du garage, baigné par la lumière du soleil qui entrait par la baie vitrée ouverte, se tenait son père, près de la Mustang. Son visage rayonnait d'amour et de fierté.

— Surprise! lança-t-il.

— Tu as terminé ta voiture!

Sarah n'en croyait pas ses yeux. La dernière fois qu'elle avait vu la Mustang, c'était à peu de chose près un squelette rongé par la rouille et assorti d'une collection hétéroclite de pièces détachées.

— C'est une splendeur, papa !

La voiture luisait d'une multitude de couches de peinture rouge coquelicot. Chacun de ses chromes brillait comme un miroir et la capote était baissée. Cette Mustang ainsi que l'expression du visage de son père rappelaient à Sarah tant de souvenirs d'enfance — des virées en ville, sa mère très glamour en lunettes noires et écharpe de soie, son père chantant par-dessus la radio et Kyle, assis à côté sur la banquette arrière.

— Je suis si contente d'être revenue à Glenmuir, avoua-t-elle à son père.

— Pas autant que moi, répliqua ce dernier en lui tenant la portière. Allons chercher ton frère et LaNelle.

Roulant à la respectable allure d'une famille royale en visite, tous remontèrent la rue principale de la bourgade en Mustang. Pieds nus pour ne pas abîmer le revêtement intérieur, Sarah et LaNelle, installées sur la banquette arrière de la décapotable, saluaient de la main la foule venue assister au festival, telles des reines de retour au pays. Sarah inclina la tête en arrière, savourant l'éclat chaud d'un soleil d'été indien.

« Tu as vu ça, maman ? pensa-t-elle. Ce n'est plus la peine de t'inquiéter, plus maintenant. Nous allons tous bien. »

Bien qu'organisé à l'origine dans le but de favoriser les bonnes relations entre vendeurs et acheteurs, le festival, fort de son succès, s'était étendu au village tout entier. Dans le pavillon installé par un traiteur, la Moon Bay Oyster Company présentait les huîtres de cet automne. Les invités goûtaient des Kumamotos fraîches sauce citron ou raifort, des huîtres de Tomales Bay poêlées ou grillées au barbecue, ainsi que des Mad River rôties ou cuites au four. Une petite brasserie locale proposait de la bière brune couleur café pour accompagner les huîtres crémeuses, ainsi que du pain à pâte riche et foncée. Une entreprise vinicole de Napa servait un muscadet sec qui, lui aussi, se mariait idéalement avec les huîtres. La Bonner Flower Farm fournissait les compositions florales.

Un pique-nique était organisé dans le parc municipal, des courses sur Children's Beach, et une régate devait relier les deux extrémités de la baie. Tous les bateaux de pêche avaient été parés de guirlandes clignotantes qui festonnaient de lumières le gréement de chaque embarcation, et, toute la journée, des orchestres se relayaient jusqu'à une heure tardive de la nuit.

Question divertissement et exténuation, le festival se montrait à la hauteur des promesses de son père et de son frère. Les heures défilèrent dans un brouillard indistinct, et l'adolescente qu'avait été Sarah, celle qui n'acceptait pas d'être fille d'ostréiculteur, cachant ses mains crevassées mais pas son hostilité, s'éclipsa enfin, sans que personne s'aperçoive ou s'afflige de sa disparition définitive. Elle avait cédé la place à une personne meilleure, à une fille et à une sœur remplie de fierté et d'enthousiasme pour sa famille.

Il n'y avait qu'une seule ombre au tableau : Will ne s'était pas montré de la journée. Rien ne l'y obligeait, cela dit. Leur relation — ou ce qu'il en était — avait progressé jusqu'ici à une allure d'escargot, et, d'ailleurs, progressait-elle encore ? D'après quelqu'un, il avait assisté à la régate dans laquelle concourait Aurora, l'encourageant à franchir la ligne d'arrivée, mais Sarah ne l'avait pas vu.

C'était mieux ainsi. Près de lui, elle brûlait d'un désir intolérable, d'une telle tension que c'en était douloureux. Will faisait germer en elle des envies ridicules, mais elle était mère, à présent. Responsable de deux fils, elle n'avait plus droit à l'erreur.

Au coucher du soleil, le centre du pavillon fut transformé en piste de danse. Un nouvel orchestre arriva et les musiciens commencèrent à accorder leurs instruments. Sarah était en proie à une nervosité inexplicable, mais, au moins, elle s'était acheté pour la soirée une tenue fantastique. C'était une robe de mousseline bleu pâle dont le corsage à dos nu s'attachait sur la nuque, avec une jupe vaporeuse qui tourbillonnait comme une corolle de fleur. Avec ses escarpins assortis, elle se prenait pour Cendrillon.

A Chicago, elle s'était toujours sentie prisonnière de ses vêtements chic, mais, en fait, cela n'avait rien à voir avec la façon de s'habiller, elle le comprenait aujourd'hui. Le problème, c'était la personne qu'elle était alors : une femme qui s'accrochait à l'image fausse d'une vie qui n'était pas la sienne. En un sens, perdre Jack avait été la meilleure chose qui ait pu lui arriver, car, de son propre chef, jamais elle n'aurait pris la décision de tout changer.

Nathaniel exigea qu'elle lui accorde la première danse. Malgré sa belle robe, elle se sentait gauche et empruntée, mais lorsque par-dessus l'épaule de son père elle aperçut Kyle et LaNelle, perdus dans les bras l'un de l'autre, elle se dit que ce n'était ni le style ni la grâce qui comptaient.

— Qu'y a-t-il de si drôle ? demanda Nathaniel en surprenant son sourire.

— Les gens se fichent de l'air qu'ont les autres quand ils dansent, remarqua-t-elle.

— Et c'est ça qui est drôle ?

— Ce qui est drôle, c'est que je ne m'en sois pas rendu compte plus tôt.

— Tes cervicales tiennent le coup ? s'enquit son père.

— Quoi ?

— Tu sais bien, tes cervicales… A force de te dévisser le cou pour tenter d'apercevoir Will Bonner.

— Enfin, papa, tu dis n'importe quoi !

— Mais oui… Va donc dire ça à ce type.

Son père la fit pirouetter et Sarah se retrouva nez à nez avec Will. Il était à tomber, dans son Levi's délavé et sa chemise impeccablement repassée, les cheveux encore humides de la douche et le visage éclairé d'un sourire.

— Oh…, souffla-t-elle, sentant ses joues s'empourprer.

— Très bien, merci, répondit-il en plaisantant. Viens danser.

Nathaniel lui confia sa fille avant de s'éclipser, et Sarah se retrouva en train de tourbillonner avec Will parmi les autres danseurs.

— Tu es resplendissante, murmura-t-il à son oreille, la main plaquée sur son dos nu.

Sarah faillit fondre de bonheur : cela faisait si longtemps qu'un homme ne l'avait pas tenue dans ses bras en la complimentant sur sa beauté !

— Merci, répondit-elle. C'est un sacré changement pour moi. Je commençais à être abonnée aux T-shirts maculés de régurgitations.

— En tout cas, ce soir, tu es d'une propreté irréprochable.

— Pourquoi es-tu si gentil avec moi ? lui demanda-t-elle.

— Tu ne me poserais pas cette question si tu savais à quoi je pense.

Il s'approcha de son oreille et lui chuchota une proposition qui la fit rougir jusqu'à la racine des cheveux.

Vaincue, elle appuya le front contre son épaule tandis que la musique ralentissait pour enchaîner sur un vieux tube, *Dock of the Bay*. Il y avait quelque chose d'à la fois tranquille et érotique dans la façon dont Will évoluait contre elle. S'abandonnant à cette sensation, Sarah oublia tout, les yeux clos et la tête légèrement renversée en arrière. Leur toute première danse... Il se pencha sur elle et lui fit un câlin dans le cou — divin...

— Tu es un excellent danseur, constata-t-elle.

— C'est ce que tout le monde a l'air de penser, acquiesça-t-il avec un gloussement dans la voix.

Brusquement ramenée sur terre par la remarque de Will, Sarah rouvrit les yeux. Un peu affolée, elle regarda autour d'elle et vit que les gens leur lançaient des coups d'œil furtifs.

— Allons chercher quelque chose à boire, suggéra-t-elle en s'écartant de lui.

Il la retint par la main.

— J'ai une meilleure idée. Laisse-moi te ramener chez toi.

Sarah songea à ce que Will lui avait murmuré à l'oreille. Son cœur se mit à cogner dans sa poitrine. Leur dernière conversation planait entre eux : le « problème » n'avait toujours pas été réglé, puisqu'il n'y avait aucun moyen de le résoudre. Elle tâcha de rassembler le maximum de prétextes pour se dérober.

— Et Aurora ?

— Elle va regarder le feu d'artifice et, ensuite, elle ira dormir chez une amie. Et je sais déjà que ta grand-mère s'occupe de tes fils pour la nuit.

Sarah prit une profonde inspiration. Et sentit sous ses doigts la fermeté du bras musclé de Will.

— Je reviens tout de suite, lança-t-elle avant de s'éclipser.

En traversant le pavillon, elle saisit Vivian par le bras et l'entraîna jusque dans les toilettes pour dames.

— Il veut me ramener chez moi, hoqueta-t-elle, dans un état proche de l'hyperventilation. Qu'est-ce que je fais ?

— Eh bien, soit vous prenez chacun votre voiture, soit vous en laissez une ici sur le parking et vous revenez la chercher demain matin…

— Ce n'est pas ce que je te demande, et tu le sais très bien !

Elle arracha une serviette en papier pour tamponner ses yeux brûlants de larmes.

— Ma chérie, Will Bonner a fait pleurer bien des filles, mais jamais en voulant les raccompagner chez elles…

— Oh, Viv ! Tu sais bien ce qui m'effraie. Je ne peux pas faire ça à la légère ! C'est trop important pour moi. J'ai échoué si lamentablement avec Jack ! Comment est-ce que je peux être sûre que…

— Tu ne peux pas, décréta Vivian en la poussant vers la porte. Dans la vie, personne n'est jamais sûr de rien, mais pourquoi diable devrais-tu laisser ça être un obstacle ?

*
* *

Depuis la véranda du cottage, Will et Sarah admiraient le feu d'artifice dont les explosions d'étoiles se reflétaient dans les eaux immobiles de la baie. La radio diffusait du jazz en sourdine et Will ouvrit une bouteille de champagne. Prévoyant, il s'était muni d'une bouteille gardée au frais dans une glacière. « Juste en cas… », avait-il expliqué.

« En cas de feu, brisez la glace », ironisa-t-elle mentalement. Une BD surgit dans son esprit.

Ils trinquèrent en faisant tinter leurs flûtes de champagne.

— Donc…, commença-t-il, l'emprisonnant avec douceur entre son corps et la balustrade, nous y voici.

Encadré par l'entrelacs de roses et la blanche moulure en volute de la véranda, il ressemblait au prince charmant dont elle avait toujours rêvé.

— J'ai peur, lâcha-t-elle, totalement décontenancée par la sensation des cuisses de Will pressées contre les siennes.

— Moi aussi. Finis ton champagne.

Ils vidèrent leur verre, et Will mit de côté les flûtes qui tintèrent lorsqu'il referma la main dessus. Puis il l'embrassa longuement, profondément. C'était ce qu'elle avait attendu, craint et espéré depuis ce jour à l'hôpital. Leur étreinte semblait ne jamais devoir prendre fin. Ce baiser la laissa comme enivrée, non pas de champagne mais d'émotion. Will la prit par la main pour rentrer, et ils se dirigèrent tout droit vers la chambre.

Ne passez pas par la case départ, ne recevez pas deux cents dollars, songea-t-elle avec la voix de Shirl.

La lune répandait ses ombres et ses rayons sur le sol, formant des motifs bleuâtres et changeants. Les rideaux de dentelle murmuraient contre le bord de la fenêtre ouverte, et, au loin, Sarah vit la dernière fusée du feu d'artifice se refléter à la surface de l'eau. Will s'arrêta pour l'embrasser de nouveau, et c'est à peine si elle s'aperçut qu'il dégrafait l'attache de sa robe, qui glissa par terre dans un discret froufrou.

Elle avait porté des jumeaux — des jumeaux qui affichaient un poids honorable à la naissance —, les avait allaités pendant presque six mois, et son corps en témoignait. L'espace d'un instant, son appréhension se mua en pure terreur. Pourtant, le regard de Will, les choses qu'il lui murmurait à l'oreille, ainsi que le tendre glissement de ses mains sur ses seins et ses hanches, lui donnèrent l'impression d'être légère, belle et désirable. Elle fit une pause, tentant de calmer la crainte qui l'agitait. A moins de tout arrêter — là, sur-le-champ —, leur relation allait être modifiée à jamais, sans possibilité de retour en arrière. Etait-elle prête pour cela ? Etait-ce vraiment en train de leur arriver ? Ici ? Maintenant ?

La réponse de Will à sa question muette prit la forme d'un baiser à pleine bouche, long et tranquille. Sans se presser, sans la bousculer, il l'allongea sur le lit aux senteurs de lavande, et la prit avec un érotisme alangui qui envoûta Sarah comme un sortilège.

Elle avait oublié, à moins qu'elle ne l'ait jamais connue, la sensation de faire l'amour avec un homme qui l'aimait, qui ne considérait pas le sexe comme un devoir conjugal, qui ne lui cachait pas certains aspects de sa vie. Le désir et la passion eurent raison de sa prudence, et elle se mit à explorer le corps de Will, impatiente d'en connaître chaque centimètre. Elle le désirait tellement que c'en était presque embarrassant.

— Tu dois me prendre pour une obsédée, murmura-t-elle.

— J'y comptais bien, répliqua-t-il.

Elle appuya sa joue contre son torse nu, absorbant le doux rythme des battements de son cœur, bouleversée de joie et de tendresse. Ainsi que de soulagement. Après si longtemps, elle doutait de sa capacité à être encore ce genre de femme. Dans les bras de Will, elle s'était sentie renaître, comme s'il avait rallumé sa flamme intérieure. Pourtant, ses vieux démons continuaient de la hanter, et ce fut d'une voix incertaine qu'elle expliqua :

— C'est juste... que ça fait si longtemps pour moi, Will. Et je n'ai rien d'une bombe sexuelle.

— Où diable es-tu allée chercher une idée pareille ? se récria-t-il en pressant un doigt sur ses lèvres. Peu importe. Ne me réponds pas. Et ne redis plus jamais ça de toi, plus jamais. Ce n'est pas une question de talent ou d'expérience.

— Oui, mais…

Il l'arrêta encore en promenant doucement son pouce sur ses lèvres.

— Fin de la discussion. Tu es très douée au lit. Tu n'imagines pas à quel point.

Sarah fut réveillée de bonne heure par les oiseaux. La nuit dernière avait été comme un rêve, sauf que son corps tout entier chantait de souvenirs, et qu'il y avait un homme endormi auprès d'elle. Elle mourait d'envie de le réveiller, de respirer l'odeur de sa peau et de parcourir son corps de caresses, mais si elle cédait à son désir, ils ne sortiraient jamais du lit.

Ce qui, en y réfléchissant, n'était pas une si mauvaise idée. Sauf que le monde extérieur les attendait — des familles et des complications tentant de s'infiltrer à l'intérieur, comme des mites voletant contre la moustiquaire d'une fenêtre. Elle se glissa hors du lit et fit sortir Franny. Puis, dans le silence du petit matin, un sourire rivé aux lèvres, elle prépara du café.

L'odeur réveilla Will qui apparut dans la cuisine, vêtu de son seul Levi's, le bouton supérieur défait.

— Viens faire la grasse matinée, suggéra-t-il en s'approchant pour la câliner dans le cou.

Sarah retint sa respiration, puis se retourna pour lui tendre un mug de café.

— Je dois aller chercher les garçons.

Will laissa échapper un soupir de résignation et but le café à petites gorgées, tout en promenant son regard autour de la cuisine. Il feuilleta le livre d'or contenant toutes les marques d'appréciation laissées par les anciens hôtes du cottage. Au début, quand Sarah s'y était installée, elle avait fulminé contre les phrases pleines de gaieté et de romantisme du recueil. Toutes ces familles et ces couples si heureux, tellement ravis par leurs vacances au bord de la mer ! Maintenant qu'elle vivait depuis un bon bout de temps au cottage avec les garçons, elle était plus compréhensive. Il y avait dans certaines de ces phrases une sorte de revendication désespérée. « Vous voyez ? *Nous aussi*, nous sommes une famille heureuse. » C'était ça, le message implicite.

En voyant Will examiner le livre d'or, Sarah se raidit, pas certaine de vouloir qu'il tombe sur ce qu'elle avait ajouté à la fin. Pour elle, ces gribouillis potaches tenaient presque du réflexe ; elle n'avait jamais su résister à l'attrait d'une page blanche. Elle s'était caricaturée tenant les jumeaux comme la balance de la Justice, avec la légende : « Maintenant, nous sommes trois. » Elle avait également dessiné d'autres petits repères — le premier sourire des jumeaux, leur première dent, la première fois qu'ils avaient réussi à ramper ou à se tenir sur leurs jambes. Et, bien entendu, Will marqua une pause sur le croquis qu'elle avait fait de Lulu en train de déclarer : « Se marier, c'est comme se faire redresser les dents. Si c'est bien fait du premier coup, plus la peine d'y retourner. »

Il gloussa de rire, puis sortit sous la véranda avec son café, comme s'il était chez lui. C'était bien Will Bonner, songea-t-elle en l'observant depuis le seuil. A l'aise partout, bien dans sa vie, bien dans sa peau. Oui, il avait beaucoup sacrifié en restant à Glenmuir, mais elle ne percevait chez lui aucun ressentiment. Il avait accepté cet endroit sans conditions, avec ses excentricités de village et ses vieilles traditions de bord de mer. Au lieu de ressasser les occasions manquées, il s'était immergé dans la vie de cette petite communauté, fournissant à Glenmuir un service essentiel et tirant son bonheur de petites choses. C'est ce qu'elle avait ressenti chez lui la nuit dernière, dans sa façon paisible de faire l'amour et son plaisir tranquillement assumé.

— Si tu continues à me fixer comme ça, lança-t-il, tes fils seront à la maternelle d'ici que tu ailles les chercher.

Sarah piqua un fard, mais cette chaleur sur sa peau était très agréable.

— Je ferais mieux d'y aller, admit-elle en se forçant à s'éloigner de lui.

— Je te dépose.

— Non, merci. Ça prend trop de temps de passer les sièges auto d'une voiture à l'autre. Et avant ça, il nous faut discuter... Est-ce qu'on est ensemble ou pas?

— Ma chérie, il me semble que nous avons réglé cette question la nuit dernière.

Will rentra dans la cuisine et posa son mug dans l'évier.

— Alors, conseilla Sarah, tu ferais bien de rentrer chez toi pour en parler avec Aurora, avant qu'elle ne l'apprenne par la gazette. Et tu lui parleras sans moi.

— Poule mouillée!

— J'assume, dit-elle en l'embrassant une dernière fois. Maintenant, vas-y.

Will poussa un gémissement mais reconnut qu'il ferait mieux de partir. En le regardant s'éloigner au volant de sa voiture, Sarah s'adossa à la porte d'entrée et soupira, sous le coup d'un bonheur qu'elle n'avait pas ressenti depuis très, très longtemps. Ce bonheur qui donnait l'impression de planer, qui faisait sourire dans le vague et rendait la vie si belle. Elle effleura ses lèvres et se remémora la saveur de Will, la sensation de son corps à l'intérieur du sien, et, très vite, regretta de l'avoir laissé partir.

38

Aurora rassemblait ses affaires pour aller chez ses grands-parents. Cette routine, répétée tout au long de l'année à chaque cycle de garde de son père, lui était aussi familière que de se brosser les dents. Le sac de marin avec quatre rechanges de vêtements et une tenue pour dormir. Le sac à dos de l'école. Et, dernièrement, de la nourriture pour chien et le lit gonflable de Zooey. Quand elle était petite, Aurora pleurait chaque fois que son père partait en service, parce qu'elle savait qu'il se passerait des jours avant qu'elle ne le revoie. Maintenant, elle n'était plus triste du tout. Ses grands-parents étaient top, et, de chez eux, elle n'était qu'à quelques pas de chez Edie et de chez Glynnis, et un peu plus loin se trouvait la demeure des Parker.

Bon, d'accord, quelques pas, c'était une image. En réalité, il y avait une sacrée trotte. Si elle passait « par hasard » devant la maison de Zane Parker, il saurait qu'elle l'avait fait exprès.

A moins que... Elle avait un prétexte en or!

— J'ai un chien, maintenant, pas vrai, Zooey? Hein, mon grand?

Le chien répondit en bondissant dans tous les sens.

— Nous allons faire une longue balade supersympa et il se pourrait même qu'on doive passer chez les Parker pour... voyons... C'est ça! Pour emprunter un livre à Ethan.

Elle ajouta la laisse du chien à son sac et alla chercher son téléphone portable. Il était en charge à sa place habituelle, sur le bureau de son père, branché sur la multiprise parafoudre

416

qu'elle lui avait offerte l'année dernière à l'occasion de la fête des Pères.

Zooey monta l'escalier sur ses talons. En temps normal, Aurora se serait arrêtée pour jouer avec lui, mais son grand-père venait la chercher dans quelques minutes.

— Du calme, marmonna-t-elle au chien, qui s'empara d'une chaussette égarée et la secoua frénétiquement.

Le bureau était l'endroit où son père posait ses téléphones, ses clés, tous les trucs qu'il trimbalait dans ses poches, une pochette d'allumettes, des petites coupures de journaux, ses cartes de visite. Une carte de visite pour quelqu'un qui travaillait dans la police anti-incendie. Aurora tomba en arrêt devant celle-ci et s'en saisit avant de la reposer. Le tiroir du haut était entrebâillé. Elle l'ouvrit davantage et eut un mouvement de recul en y découvrant une boîte de préservatifs.

Avec un frisson, elle referma brusquement le tiroir en maugréant :

— Ça m'apprendra à fouiner...

Zooey se mit à gémir, puis s'étira en s'arc-boutant d'un air espiègle. Il s'éloigna en trottinant et revint quelques secondes après, avec une balle de tennis qu'il laissa tomber avec impatience aux pieds de sa maîtresse. Reconnaissante de cette diversion, Aurora fit rebondir très haut la balle, riant quand le chien bondissait pour l'attraper en l'air. Elle le faisait pratiquement sauter jusqu'au plafond. Pas une fois il ne manqua son coup, jusqu'au moment où elle lança la balle de travers. Celle-ci alla rouler sous le lit où Zooey plongea pour aller la chercher. La balle devait être inaccessible ou coincée quelque part, car Aurora entendait le chien gratter tout autour en gémissant. Il fut vite évident qu'il n'arriverait pas à l'attraper, et Aurora dut ramper à plat ventre jusque sous le lit, tâtonnant parmi les moutons. La poussière la fit éternuer et, ce faisant, elle se cogna la tête. C'est alors que sa main rencontra quelque chose de dur et de creux. Une boîte ?

Elle la tira de sous le lit, ce qui libéra la balle et permit à Zooey de se jeter dessus. Aurora allait remettre la boîte sous le lit quand quelque chose la fit hésiter. C'était un petit coffre-fort ignifugé, verrouillé par un de ces codes à quatre chiffres.

« Remets-le à sa place, se sermonna-t-elle. C'est mal de fouiner. Remets-le à sa place… »

Mais elle n'en fit rien. Elle tripota les molettes pendant un petit moment. Son père se servait du même code à quatre chiffres pour tout : 9344, ce qui donnait « WILL » sur un clavier téléphonique. Elle tenta le coup et tressaillit de culpabilité lorsque le coffre s'ouvrit.

Le chien bondissait autour d'elle dans l'espoir de l'entraîner dans son jeu, mais elle le repoussa d'un geste. Le coffre contenait des papiers et des documents. Rien de bien intéressant, au premier coup d'œil. Puis quelque chose attira son attention — un reçu de chez Gilded Lily Jewelers. Elle écarquilla les yeux en lisant la description de l'article : « Diamant solitaire 1ct., or 18k. »

Tremblante, Aurora laissa échapper le papier qui retomba mollement par terre. Elle fixa le reçu d'un air mauvais. Depuis le Festival de l'Huître, son père avait une liaison avec Sarah Moon. Mais une liaison sérieuse, avec dîners au restaurant et longues conversations chuchotées au téléphone. Si ce reçu était bien ce qu'elle pensait, elle allait se retrouver nantie d'une belle-mère. Pour Aurora, cela anéantissait tout espoir d'un éventuel retour de sa vraie mère. Elle ne l'aurait jamais avoué à quiconque, mais après tout ce temps, elle en rêvait encore. Avec Sarah dans le scénario, ce rêve lui serait ôté.

Aurora continua à feuilleter les papiers, et ce qu'elle découvrit lui causa un choc bien plus grave. Des reçus de mandats, tous rédigés à l'ordre de sa mère. Les dates prouvaient qu'ils avaient été envoyés à dates régulières pendant ces cinq dernières années. Pourquoi Will envoyait-il sans arrêt de l'argent à sa mère depuis qu'elle était partie ? La payait-il pour qu'elle reste éloignée d'eux ?

Aurora fouilla plus profondément dans les papiers dont certains étaient jaunis par l'âge. Il y avait un dossier contenant des formulaires, ainsi que des documents en rapport avec l'immigration de sa mère aux Etats-Unis et son audience de requête en naturalisation. Une ancienne déclaration de Will décrivait les circonstances dans lesquelles il avait trouvé Marisol Molina et sa fille.

Aurora la parcourut, fascinée. Elle tenait là sa vraie histoire, enfin! Le mystère se dévoila sous ses yeux. *La vérité.* Au plus profond d'elle-même naquit un frémissement qui se mit à irradier vers l'extérieur, faisant trembler ses mains et son menton. Elle avait la nausée, aussi, car son passé ne ressemblait à rien de ce qu'elle avait imaginé. Elle ignorait tout de cette misère sordide, de cette cruauté, du fait que son père les avait sauvées, sa mère et elle, d'un véritable cauchemar. Tandis qu'elle lisait, d'infimes flashes lui traversaient l'esprit. Etaient-ce des souvenirs ou son imagination qui comblait les blancs de l'histoire? Un feu et des hurlements, des courses précipitées, des cris. Un escalier qui n'en finissait pas de monter, un couloir rempli d'une fumée qui la faisait suffoquer et lui piquait les yeux.

A genoux sur le sol de la chambre, Aurora sentit ses yeux se mouiller de nouveau de larmes. Elle ignorait que sa mère avait travaillé dans une maison close, qu'elle-même avait joué dans un jardin boueux, souillé de crottes de chèvre, et que sa mère était fréquemment rouée de coups. Tout était là, froidement consigné dans un rapport officiel destiné aux services de l'immigration et de la citoyenneté des Etats-Unis.

Son père l'avait laissée croire que c'était par amour qu'il les avait accueillies dans sa vie, sa mère et elle. A présent, Aurora comprenait qu'il s'était contenté de les secourir comme il l'aurait fait pour n'importe qui, même pour un chat errant.

Dans le journal de la caserne, Will rédigea son entrée habituelle — la date et l'heure accompagnées de : « Le Cpt. Bonner relève le Cpt. McCabe au service de surveillance de la caserne, quartiers du personnel en ordre. » Il se carra dans son fauteuil de bureau, un sourire aux lèvres. Sarah et lui étaient ensemble, enfin. Il avait l'impression d'avoir gagné à la loterie. Non, plus encore : il avait décroché le genre d'avenir qu'il n'aurait jamais osé imaginer — jusqu'à aujourd'hui. Il en avait assez d'attendre. Bien sûr, Sarah se trouvait dans une situation compliquée. Pourtant, à quoi bon patienter davantage ? Il l'aimait. Et son amour n'allait faire que croître au fil du temps. Attendre le rendait fou, littéralement.

Il avait même acheté une bague. Mettait-il la charrue avant les bœufs ? Sans doute. Se souciait-il de respecter un timing quelconque ? Plus maintenant. Il prit son portefeuille, monta dans son véhicule de patrouille et alla à l'épicerie acheter quelques provisions pour le prochain service. Il traversa le bourg, son sourire toujours plaqué sur le visage. A une époque, il s'était dit que Glenmuir aurait sa peau — ce minuscule hameau de bord de mer où il ne se passait jamais rien. Maintenant, il savait que c'était là que tout arrivait, au contraire, là que résidait son avenir.

Sa radio se mit à émettre, faisant voler en éclats ses douces rêveries amoureuses. L'appel d'urgence s'était déclenché à la caserne — un feu à la Moon Bay Oyster Company.

« Incendie d'habitation, de grange ou de dépendances, *feu constitué.* » C'était chez les Moon.

— Je suis tout près, signala-t-il en dépassant l'épicerie sur les chapeaux de roue.

Il avait plusieurs minutes d'avance sur le fourgon et l'équipe. Un spasme d'urgence lui noua les tripes. Il se rapprochait. Pourvu que le bâtiment ait été vide !

Il arriva le premier sur les lieux et recula le véhicule de patrouille contre une bouche d'incendie. Saisissant son talkie-walkie, il courut évaluer la situation. Le bâtiment était isolé et il ne semblait pas que des vies humaines soient en danger. La mauvaise nouvelle, c'est que le bâtiment était un véritable brasier et que son emplacement était précaire, au pied d'une corniche escarpée recouverte d'herbes jaunies et de résineux déshydratés par une récente sécheresse.

Kyle Moon était là, seul. Il mit Will brièvement au courant tandis que celui-ci tirait sur le tuyau à l'arrière du pick-up.

— … qui servait avant de logement aux saisonniers, criait-il par-dessus le rugissement du feu. Maintenant, on s'en sert pour entreposer toutes sortes de choses. On a eu des ouvriers, cette semaine. Ils ont laissé un tas de palettes près du bâtiment. Je sais bien que c'est en infraction au code…

« Sans déconner ? » fulmina intérieurement Will.

— Des solvants ? s'enquit-il. De la peinture ? Des résines à bateaux, des vernis, des substances sous pression ?

A l'intérieur retentit une série d'explosions assourdissantes.

— Tout ce que tu viens de citer, acquiesça Kyle. Et… une cuve à propane. Mais vieille. Je ne me souviens même pas de la dernière fois qu'on l'a remplie.

Une cuve à propane. *Génial !* Will se mit à l'œuvre, planifiant son attaque, et ce malgré le fait que l'équipe du fourgon ne serait pas là avant plusieurs minutes. Même de loin, la chaleur lui brûlait les globes oculaires.

Des déflagrations se firent de nouveau entendre. Une autre explosion de flammes illumina brièvement la zone tel un éclair prolongé, faisant ressortir des détails menaçants. Un tas de palettes de bois brûlait avec des flammes claires à proximité du bâtiment. Là, cernée sur trois côtés par les flammes, se trouvait la cuve à propane de quatre cents litres. Will entendit un sifflement de mauvais augure, caractéristique d'une fuite de gaz.

— Putain de merde ! murmura-t-il.

La saison avait été sèche et, ce soir, le vent hurlait sans discontinuer. La corniche adjacente risquait de s'embraser, chacun de ses pins flamberait comme une torche de résine. On revivrait alors l'incendie du mont Vision — sauf que, maintenant, la zone était encore plus peuplée.

— Il faut que j'amène un tuyau jusqu'à la cuve, expliqua-t-il

421

à Kyle. C'est à peine s'il l'atteindra. Tu dois absolument dégager d'ici… Tiens-toi à huit cents mètres minimum.

Le risque d'une ébullition-explosion augmentait de minute en minute. Si la cuve explosait, ce serait comme une bombe projetant du feu tous azimuts.

Kyle hésita.

— Je peux rester pour te donner un coup de main…

— Arrête tes conneries! lança Will. Fous le camp!

Rien qu'à son ton, Kyle devait avoir compris. Il descendit la route au pas de course, obéissant aux ordres. En l'absence de l'équipe d'intervention, Will prévint par radio le chef de bataillon qu'il allait installer une lance sans surveillance sur la cuve à propane afin d'éviter le pire. Pourvu qu'il y ait assez de pression et que le jet l'atteigne! Une fontaine d'eau jaillit de la lance… et quelques instants plus tard, le tuyau se ramollit entre ses mains.

— Saloperie de merde! jura-t-il.

Il s'empara de son talkie-walkie pour s'enquérir de l'avancée de l'équipe d'intervention, mais le canal tactique était apparemment saturé. Il se connecta à plusieurs reprises sans jamais obtenir de réponse.

Il tenta le coup, de nouveau, avec la lance, et, cette fois, il sentit une pression révélatrice qui parcourait le tuyau. Oui! Plié en deux, il tira le tuyau pour l'approcher de la cuve. La fumée, les flammes et les débris volants faillirent l'aveugler. Pendant quelques secondes, il en fut réduit à tousser et marmonner sa nouvelle expression favorite :

— Merde, merde et merde!

Entre deux quintes de toux, Will craignait à tout instant d'être heurté par des objets en vol. Tout autour de lui, il entendait le chuintement aspiré de la résine qui prend feu. Il sentit le tuyau se gonfler sous davantage de pression.

— Allez, allez! l'exhorta-t-il.

Il fut récompensé par un jet d'eau modeste, mais bien dirigé, qui atteignit en plein dans le mille les flammes léchant la cuve à propane. Puis il dut relâcher la poignée-pistolet et attendre que la pression revienne. Le sifflement s'intensifia, lui mettant les nerfs à vif. Il n'avait que quelques secondes pour planter la lance monitor.

Il était en train de courir se mettre à l'abri, laissant une centaine de mètres entre la cuve et lui, lorsqu'une sinistre vibration se mit à bourdonner et à pulser tout autour de lui. Une seconde plus tard, un fracas inouï l'engloutit dans son explosion. Chaque particule de chaleur, de lumière et d'air fut aspirée au loin, puis le dragon se mit à rugir.

Aurora envoya un SMS à son amie Edie : « Kestufé ce soir ? »

Edie répondit sur le même mode : « OQP. Dzolé. »

Alors Aurora envoya un message à son autre meilleure amie, Glynnis, mais n'eut pas de réponse. C'était un peu étrange, car Glynnis ne vivait que pour les SMS. En fait, Aurora n'était pas vraiment attristée d'apprendre que ses deux amies étaient prises ailleurs. Elle cherchait simplement à gagner du temps, histoire d'arriver à rassembler suffisamment de courage pour atteindre son véritable but : rencontrer Zane Parker par hasard.

Elle inspira un bon coup, puis alla chercher la laisse de Zooey.

— Je vais promener le chien, lança-t-elle à sa grand-mère.

— Prends la lampe de poche, cria cette dernière, et ton téléphone !

— Bien sûr.

Aurora passa la tête par la porte de la pièce à vivre, où sa grand-mère était en train de lire. Jambes repliées sous elle, ses longs cheveux lui retombant sur le visage, mamie Shannon ressemblait plus à une jeune fille qu'à une grand-mère. Que savait-elle exactement sur ce qui s'était passé jadis au Mexique ? Probablement tout. Tante Birdie aussi, puisqu'elle s'était occupée de leur dossier. Les deux femmes culpabilisaient-elles de l'avoir laissée dans l'ignorance, ou croyaient-elles la protéger?

Sa grand-mère leva les yeux de son livre.

— Ça va?

— Bien sûr!

Question mensonges, elle n'avait rien à envier aux Bonner...

— Je reviens dans un petit moment, ajouta-t-elle.

Elle se sentait tellement décalée par rapport à sa famille! Par rapport à sa vie tout entière, d'ailleurs. A l'école aussi, elle était mal intégrée. Le déracinement était la pire chose au monde.

Tout en remontant l'allée menant à la maison des Parker, Aurora répéta son petit discours :

— Salut, Ethan. J'ai oublié mon livre de géométrie. Ça te dérange si j'emprunte le tien? Et tant qu'on y est, ça te dérangerait si j'empruntais ton frère?

— Non, à condition que tu n'oublies pas de me le rendre quand tu auras fini, lança une voix depuis les ombres entourant la maison.

Zooey émit un jappement de bienvenue, tirant de toutes ses forces sur sa laisse. Aurora resta muette d'humiliation. Bon sang, cette journée pourrie allait donc l'être jusqu'au bout?

Ethan Parker s'approcha, son skate coincé sous le bras.

— Je t'ai bien eue! lança-t-il d'un ton rieur.

— La ferme! s'exclama-t-elle, le visage en feu. Et alors? J'ai bien le droit de le trouver mignon, non?

— Et alors? Alors, tu perds ton temps. En plus, crois-moi, il n'est pas si terrible que ça.

— Evidemment, ça ne m'étonne pas que tu penses ça de lui. T'es un mec!

Elle renifla de mépris en s'affalant sur les marches de la véranda.

— Et un mec assez génial, si tu veux savoir, répliqua-t-il.

Il fallait rendre justice à Ethan : quand elle avait le cafard, il trouvait toujours le moyen de la faire sourire.

— Bon alors, il est là ? s'enquit-elle.

— Eh non ! Il a dit qu'il avait un truc à faire. Te voilà coincée avec moi.

A seize ans, Zane était toujours par monts et par vaux au volant de sa vieille Duster. Aurora s'imagina en balade avec lui, en amoureux. Son père avait décrété qu'elle n'avait pas encore le droit de sortir, et elle avait l'interdiction absolue de monter en voiture avec un garçon. Maintenant, à la lumière de ce qu'elle avait découvert sur sa mère, elle se demandait si c'était à cause de ça que Will prenait autant de précautions. Craignait-il qu'elle tourne mal, comme Marisol ?

— Dis donc, Ethan… Si tu découvrais quelque chose que tu n'es pas censé savoir, qu'est-ce que tu ferais de l'info ?

— Je la mettrais sur Facebook.

— Non, mais sérieusement…

— Sérieusement ? J'arrêterais de me la jouer secret d'Etat et j'en parlerais à quelqu'un. C'est simple.

— Simple pour toi, peut-être, marmonna-t-elle.

L'envie de se confier à lui était forte, mais ce n'était pas Ethan qui pourrait l'aider à comprendre le sens de toute cette histoire. Seul son père était en mesure de le faire ; dans ces conditions, mieux valait laisser tomber le sujet. Ethan et elle restèrent assis sur les marches de la véranda, à lancer une balle au chien. Ce qui était bien avec Ethan, c'est qu'elle n'avait pas besoin de jouer un rôle. Il lui suffisait d'être elle-même, point.

Au bout d'un moment, Zane revint au volant de sa vieille Duster, la radio à fond. Les phares balayèrent le jardin avant de s'éteindre.

— Salut, lança-t-il en descendant de voiture.

— Salut, Zane.

Aurora sentit brusquement son cerveau se vider. Oui, Zane était tellement craquant qu'elle en perdait tous ses moyens.

Zooey se mit à danser et sautiller autour de lui, l'invitant à jouer.

— Il est mignon, ce chien, fit remarquer Zane.

425

— Il s'appelle Zooey, lui apprit-elle. Je l'ai eu tout petit.

Zane se tourna vers son frère.

— Papa et maman sont là ?

— Non.

Leurs parents possédaient un restaurant à Point Reyes Station, et tous deux travaillaient presque tous les soirs.

— Cool.

Zane sortit un paquet de cigarettes et, l'air hyperdécontracté, en alluma une.

— T'en veux une ? demanda-t-il à Aurora.

— Bien sûr que non qu'elle en veut pas, idiot, maugréa Ethan.

Aurora lui lança un regard reconnaissant.

— Ça alors, j'en reviens pas que tu fumes ! poursuivit Ethan. C'est trop nul.

Zane haussa les épaules.

— Je m'arrêterai un de ces quatre.

Il tira de sa poche un briquet en plastique et se mit à jouer à l'allumer et à l'éteindre.

Un véhicule se gara sur le trottoir en face de la maison des Parker. Aurora, surprise, reconnut la voiture de ses grands-parents. La vitre se baissa et sa grand-mère ordonna :

— Monte dans la voiture, Aurora !

— Mais…

Zut ! Zane venait à peine d'arriver, et, pour une fois, il s'adressait vraiment à elle…

— Tout de suite, Aurora. Il y a eu un incendie.

— Allô Sarah, ici la Terre ! lança Judy en agitant la main devant le visage de Sarah. A toi de jouer.

Les deux jeunes femmes passaient une soirée Scrabble au cottage. Judy venait de réaliser un super-score avec JUNKIE. Sarah regardait fixement ses lettres, l'esprit à des années-lumière. Au cours de la dernière heure, les sirènes n'avaient cessé de retentir dans le lointain, et leur hurlement la rendait toujours nerveuse.

— Pardon, dit-elle en fronçant les sourcils.

Judy se cala sur sa chaise.

— Pour quelqu'un qui vient de reprendre sa vie sexuelle, tu m'as l'air un tantinet morose.

— C'est compliqué.

Elle accrocha RISQUE au mot de Judy.

Celle-ci se mit à rire.

— Compliqué vaut mieux que rasoir. Vois-tu, ma vie sexuelle est tout sauf compliquée. Wayne-une-fois-par-semaine, c'est comme ça que je l'appelle. Il se pointe, passe la nuit avec moi, et reprend le volant. Pour être franche, c'est un peu rasoir.

Le copain de Judy, Wayne, était représentant en systèmes de sécurité et passait le plus clair de son temps sur la route. Judy prit un des brownies que Viv avait apportés un peu plus tôt.

— Ces brownies ont plus de saveur que ma vie sexuelle.

Sarah en saisit un dans le plat.

— Les brownies de Viv ont plus de saveur que la vie sexuelle de n'importe qui.

Depuis le lycée, Vivian s'était métamorphosée en cordon-bleu.

Cependant, lorsqu'un nouveau concert de sirènes retentit, Sarah en eut aussitôt l'appétit coupé.

— Je ne m'y ferai jamais, je crois, avoua-t-elle.

Judy comptabilisa son score avant de baisser les yeux sur ses mains. Comme toujours, ses doigts étaient marqués de minus-cules brûlures dues à sa sculpture sur métal.

— Je t'ai déjà raconté la fois où j'ai trouvé mon atelier en flammes? Will Bonner était fou de rage parce que j'avais laissé de la mousse d'emballage trop près de mon aire de travail. Il était encore en formation à l'époque, il finissait tard…

— Comment était sa femme? s'enquit Sarah, incapable de se retenir. Ce que je veux dire, c'est qu'il m'en a parlé, mais toi, qu'est-ce que tu pensais d'elle?

Judy finit son brownie.

— Je ne connaissais pas vraiment Marisol, on se disait juste bonjour. Elle travaillait comme femme de ménage chez Mme Dundee.

— Son départ a été un sale coup pour Will, déclara Sarah. Tu vois, c'est ce qui est tellement fou dans notre histoire. On s'est tous les deux brûlé les ailes dans le mariage.

— Oui, mais ça vous a mis du plomb dans la cervelle. Cesse d'avoir peur de tout foirer.

Sarah s'abîma dans la contemplation du plateau de Scrabble, s'efforçant de déceler les superpositions de sens dans les mots formés. « Risque », « Junkie », « Rime », « Emeute », tous accrochés les uns aux autres.

La sonnerie du téléphone retentit, les faisant sursauter toutes les deux. Sarah alla répondre et vit le numéro de Kyle s'afficher sur l'écran. C'était sa belle-sœur, LaNelle.

— Tu ferais mieux de venir, lâcha celle-ci d'une voix tendue. Un entrepôt de l'exploitation a pris feu.

— Il y a des blessés ?

LaNelle eut une hésitation. Brève comme un soupir, une fraction de seconde.

— Pas à ma connaissance. Plusieurs explosions se sont produites.

— J'arrive.

Sarah se tourna vers Judy, les genoux flageolants.

— Tu peux rester ici avec les garçons ?

Les étoiles étaient magnifiques, elles gravitaient doucement au-dessus de sa tête comme s'il était perdu en mer, étendu sur le pont d'un navire en mouvement, le visage tourné vers le ciel. On disait qu'on pouvait naviguer d'après les étoiles, en se servant de leur position comme d'une carte de l'inconnu. Les cartographes des temps anciens désignaient les endroits qu'ils ne connaissaient pas d'un avertissement sinistre : « Antre des Dragons. »

De l'eau avait coulé sous les ponts depuis sa dernière incursion dans le royaume des dragons, ce vaste inconnu semé de dangereuses merveilles. Le feu ne représentait plus aucun danger pour lui, car il le comprenait parfaitement. Non, le vrai risque, c'était côté cœur. Il s'était habitué à la sécurité du monde connu, peuplé de parents et d'amis. Or, à présent, réfléchissait-il en examinant les étoiles scintillantes, une dangereuse merveille était entrée dans sa vie : Sarah Moon. Longtemps, il s'était tenu à distance, s'empêchant de connaître ce à quoi ressemblerait sa vie avec elle, s'interdisant de désirer cette vie-là. Tout cela en vain. Il avait besoin d'elle comme de l'air qu'il respirait. Bon sang, il était capable de foncer sans hésitation dans un bâtiment en feu ! Néanmoins, avec Sarah, il s'était contraint à l'attente, et tout ça pourquoi ? Parce que Aurora n'admettait pas que son père ait une vie amoureuse ! Était-il censé attendre que sa fille atteigne l'âge de quitter le nid ? Pas question. Dans un métier comme le sien, on ne pouvait pas remettre les choses à plus tard.

Il ne savait depuis combien de temps il gisait dans l'obscurité, tous les sons alentour étouffés par une surdité qu'il espérait temporaire. Le souffle de l'explosion l'avait mis K.O. Et peut-être avait-il perdu connaissance, à moins qu'il ne soit en train de rêver, ou quelque chose comme ça. Il avait la poitrine en feu, mais il était vivant. Tous ses membres semblaient fonctionner, rien de cassé. Une ou deux côtes, peut-être. Il ne ressentait aucune brûlure.

Pourquoi personne ne l'avait-il encore trouvé ? Il tenta de se redresser, força ses bras à travailler. Il parvint à prendre appui sur ses mains pour se propulser en position assise.

A un moment donné, il aperçut le faisceau mouvant d'une lampe torche à travers bois. Bon, ils étaient à sa recherche... Armés de longues piques, ils fouillaient la nuit, rabattant à terre les branches incendiées. Du ciel pleuvait tout un tas de bribes incandescentes — braises, débris du bâtiment ou de ce qu'il avait contenu, fragments d'arbres et de buissons environnants. De l'eau, aussi. Pas de la pluie, mais un nuage de gouttelettes pulvérisées par les lances d'arrosage qui éteignaient les endroits encore en feu.

Will se remit debout en titubant, assailli par une foule de contusions. Il sentit la douleur transpercer ses poumons qui s'étaient vidés dans sa chute, puis regonflés. L'explosion l'avait projeté très loin de son point d'origine. Un pas après l'autre, il se mit à avancer, levant haut les jambes pour progresser parmi la végétation et les débris. Des fragments incandescents atterrissaient tout autour de lui, mais il les ignora et continua obstinément son chemin.

Au bout de peut-être vingt pas, il se retrouva dans la peau du Will Bonner qu'il connaissait.

— Ah, enfin ! s'exclama-t-il. Mon équipe.

Il se mit à courir, les poumons déchirés mais fonctionnant laborieusement.

L'équipe du fourgon avait maîtrisé les flammes. A travers un brouillard de fumée, il distingua Gloria. Il tenta de l'appeler, mais il n'avait plus de voix.

Aurora bondit hors de la voiture de ses grands-parents et s'élança vers l'ambulance garée sur l'allée de gravier. Elle n'avait presque aucun souvenir du trajet jusqu'à Moon Bay. Elle avait laissé son chien à Ethan, qui lui avait promis de garder Zooey aussi longtemps que nécessaire. Son père allait bien, il l'avait appelée tandis que ses grands-parents et elle faisaient route vers le lieu du sinistre. Même s'il avait assuré tout le monde que ses blessures se résumaient à quelques bosses et égratignures, Aurora redoutait affreusement qu'il n'ait été blessé de façon irréversible dans l'incendie.

Elle l'aperçut, appuyé contre le hayon de l'ambulance rectangulaire. Il était maculé de traînées charbonneuses. Son nez et sa bouche disparaissaient sous le masque à oxygène qu'il s'appliquait sur le visage. Mais ses yeux, cernés de peau plus pâle, souriaient.

Sarah était déjà là, constata Aurora, et s'agrippait à lui comme si c'était elle qui l'avait sauvé. Aurora n'apprécia pas qu'elle soit arrivée avant elle.

C'était le domaine de la famille Moon, ici, se remémora-t-elle. Sarah ne semblait pas trop préoccupée par le sort de la propriété, cependant. Elle n'en avait que pour Will.

Aurora appela son père. Au moins, Sarah eut-elle la décence de s'éloigner.

Ce fut plus fort qu'elle : Aurora se jeta au cou de son père, sachant qu'elle allait se couvrir de suie. Il eut un mouvement de recul et elle s'écarta vivement.

— Tu es blessé !

— J'ai peut-être quelques côtes amochées, répondit Will avant de la serrer dans ses bras avec précaution.

Même sentant la chaleur et la fumée, il se dégageait de lui une telle impression de force et de bonté qu'Aurora en eut les larmes aux yeux, réaction stupide, car, à l'évidence, il allait bien. Il lui murmura son surnom à l'oreille, il lui dit « Aurora-Dora » comme il le faisait toujours, et ce n'est qu'en respirant vite et fort qu'elle réussit à refouler ses larmes.

— Tu es tout sale, fit-elle remarquer. Tu as des coupures partout.

— Une fois que j'aurai fait un brin de toilette, je serai comme neuf, promit-il.

Pour cette fois, pensa Aurora. Mais la prochaine ? Quelqu'un comprenait-il seulement ce que c'était de n'avoir qu'un parent, et de savoir que ce parent unique pouvait être emporté chaque fois qu'il partait travailler ? Quelqu'un se souciait-il seulement de ce que cela lui faisait ?

Ce fut à ce moment qu'elle mesura l'ampleur de sa colère face à cette situation. Maintenant qu'elle savait que son père n'était pas blessé, elle mourait d'envie de lui parler de la boîte à secrets qu'elle avait dénichée sous son lit. Et de la bague. Bon sang ! La lui avait-il déjà donnée ? Elle coula un regard furtif en direction de la main de Sarah. Ouf, pas de bague !

— Ecoute, disait son père, je dois aller m'occuper de certaines choses. Attends-moi ici avec Sarah, d'accord ?

« Non, pas d'accord ! », répliqua-t-elle intérieurement. Mais en faisant un caprice, elle passerait pour un bébé. Elle acquiesça d'un hochement de tête et le laissa partir. Elle ne s'était pas aperçue qu'elle lui tenait la main de toutes ses forces.

Son père devait aller dicter le rapport de l'incident dans un magnétophone numérique. Aurora resta postée derrière le ruban jaune et noir interdisant l'accès à la zone dangereuse, et contempla une volute de fumée qui s'élevait dans le ciel, panache gris bleu sur fond noir. Il y avait dans ce spectacle une étrange beauté dont elle ne pouvait détacher son regard. Sa fascination se mua en souvenir, à moins que cela ne fût autre chose qu'elle prenait pour un souvenir. Des cris débités staccato en espagnol. Des jurons et des prières. La chaleur et la fumée. Une silhouette furtive en robe rouge, filant dans la direction opposée, se déplaçant trop vite pour qu'elle puisse la suivre.

— Salut, fillette ! lança Gloria en lui tendant une bouteille d'eau. Tu as soif ?

Surprise, Aurora prit la bouteille et la remercia.

— Tu n'as rien, toi non plus ?

— Non, mais ce n'est pas grâce à l'inconnu qui a allumé ce feu. Faut que j'y aille.

Gloria lui effleura l'épaule et se dirigea vers un groupe de types en tenue ignifugée. L'incendie avait dévasté un entrepôt et le processus d'extinction n'avait laissé derrière lui qu'un tas de décombres — bocaux cassés, une ancienne balance de maraî-cher, blanche, une corde pourrissante ainsi que des tubes de culture. Par terre gisait une enseigne émaillée noircie qui était suspendue au-dessus de la porte : « Moon Bay Oyster Company. Fondée en 1924 ».

Aurora l'écarta du pied. En dessous se trouvait un bout de

plastique jaune à moitié fondu. Elle le remua du bout de l'orteil, puis se pencha pour le ramasser.

Elle fut parcourue d'un frisson, l'esprit titillé par une prise de conscience insidieuse. C'était la même sensation que pour ses souvenirs du Mexique — quelque chose qu'elle connaissait sans le savoir, un recoin de son esprit qu'elle ne voulait pas explorer. Qu'avait dit Ethan, tout à l'heure ? D'« arrêter de se la jouer secret d'État » et d'agir avec franchise, tout simplement. Tu parles d'un plan ! « La vérité vous libérera », le genre de truc que les gens se plaisaient à dire, mais c'était n'importe quoi. La vérité pouvait la coller dans un tel pétrin qu'elle ne pourrait plus en sortir. Il n'y avait qu'à voir son père, qui lui cachait tellement de choses ! Preuve qu'il estimait, lui aussi, que toute vérité n'est pas bonne à dire.

— Je suis si soulagée que ton père n'ait rien, soupira Sarah en venant se poster près d'elle.

Elle portait des bottes de pluie en caoutchouc ainsi qu'un châle en tissu de couleur rose sur un jean et un sweat-shirt à capuche. Emmitouflée contre la fraîcheur automnale, elle restait pâle et effrayée, même si le danger était passé. Pas étonnant qu'elle ait peur. Elle envisageait de faire sa vie avec un homme qui, ce soir, avait failli y rester.

Aurora fourra le bracelet de plastique jaune dans sa poche et se retint de répondre, alors qu'elle aurait bien aimé pouvoir lui avouer à quel point elle s'inquiétait chaque fois que son père partait pour la caserne. Elle se faisait violence pour refuser toute complicité avec Sarah. C'était vraiment trop nul ! Mais elle ne pouvait pas se permettre un rapprochement avec l'ennemi. Or c'était ce que Sarah était devenue pour elle : une ennemie. Aurora garda sa folle envie de se confier verrouillée à double tour au fond de son cœur.

Sarah contemplait les décombres encore fumants.

— Si seulement je savais qui a fait ça ! Il faut que ça cesse, ces incendies… Par chance, il n'y a pas eu de blessés jusqu'à présent, mais c'est un pur hasard. Et on ne pourra pas toujours compter sur le hasard.

Pour changer de sujet, Aurora demanda :

— Où sont les jumeaux?

— Je les ai laissés avec mon amie Judy. J'espère qu'ils dorment à poings fermés, à l'heure qu'il est.

Sarah observa une équipe de bénévoles en train de ratisser les vestiges du bâtiment.

— C'est mon grand-père qui a construit cet entrepôt, dit-elle. On jouait ici quand on était gosses, Kyle et moi. Parfois il me poursuivait avec une huître vivante piquée au bout d'un bâton. Ça peut être sacrément pénible d'avoir des frères.

Sarah appuyait-elle délibérément sur le mot « frères »? se demanda Aurora. Du genre, allait-elle se retrouver avec les jumeaux comme demi-frères? Elle refusa d'envisager une telle éventualité.

— Je suppose que ton frère doit être bien embêté, fit remarquer Aurora.

— De toute façon, Kyle avait besoin de davantage de place pour garer les véhicules.

Le tonnerre gronda dans les collines surplombant la baie, comme le coup de semonce qu'Aurora avait attendu, sachant qu'il allait venir. De grosses gouttes de pluie se mirent à tomber, de façon clairsemée tout d'abord, mais porteuses de la menace d'un orage inéluctable.

Le bruit sourd d'une portière qui se referme fit tressaillir Aurora. Elle était rentrée à la maison car Will avait abrégé son cycle de service, mais il l'avait fait poireauter le temps qu'il ait fini ses rapports.

C'était ça, son père. Avec lui, c'était toujours responsabilité et devoir, même après avoir échappé de justesse à une explosion. Oui, c'était tout lui. S'il était responsable d'Aurora, c'était par devoir. Il n'était pas devenu son père parce qu'il l'aimait, parce qu'il la voulait, elle, mais parce que c'était son foutu *devoir*.

Des années auparavant, elle se précipitait pour l'accueillir, même sous la pluie, comme aujourd'hui, incapable de supporter l'attente une minute de plus. A présent, la rage qu'elle éprouvait encore envers son père lui brouillait la vue. A la minute où Will l'apercevrait, il comprendrait qu'elle était bouleversée et s'enquerrait de ce qui n'allait pas. Elle allait le lui dire. Sans plus tarder.

D'un pas décidé, Aurora monta l'escalier et s'empara des papiers et reçus qu'elle avait trouvés. La pluie qui s'était mise à tomber après l'incendie martelait le toit sans discontinuer, et le vent fouettait les vitres.

Un air de défi sur le visage, elle redescendit rageusement en serrant de toutes ses forces les reçus dans sa main.

— Salut, Aurora-Dora, lança son père, sans remarquer son humeur noire.

Il portait quelques égratignures au visage et la marque d'une contusion autour d'un œil. On aurait dit qu'il s'était bagarré, et qu'il avait eu le dessous. Mais il souriait comme si l'explosion n'avait pas failli l'expédier dans l'autre monde. Pourquoi était-elle aussi furieuse contre lui ? Parce qu'elle avait failli le perdre ?

Salut, dit Aurora.

A l'intonation de sa voix, Will se tourna vers elle.

— Qu'est-ce qui se passe ?

Elle posa les reçus sur la table.

— D'abord, tu donnes de l'argent à ma mère pour la faire rester là-bas.

Il n'eut l'air ni surpris ni même désolé de lui avoir caché ce fait. Ni furieux qu'elle ait fouiné dans sa boîte planquée sous le lit.

— Je lui ai envoyé de l'argent quand elle m'a signalé en avoir besoin. Quant au fait qu'elle reste là-bas, c'est son choix.

— C'est ma mère, dit-elle, tandis que ce mot sortait de sa bouche déformé par la souffrance. Tu savais qu'elle me manquait

435

tous les jours de ma vie. Tu me disais qu'elle n'appelait jamais, que tu n'avais pas de ses nouvelles !

— Je ne voulais pas que tu continues d'espérer son retour. Je ne voulais pas que tu sois déçue.

Aurora avait envie de hurler de frustration. Au lieu de quoi, elle regagna sa chambre et se mit à fourrer méthodiquement ses affaires dans son sac. Son père se tenait sur le seuil de la pièce.

— Je suis désolé, dit-il.

— C'est ça !

Au bord des larmes, elle jeta une paire de manuels scolaires dans son sac à dos, referma le Zip et enfila sa parka. Comme une gamine mal élevée, elle bouscula Will en sortant de sa chambre.

Il lui emboîta le pas.

— Aurora, parlons-en, s'il te plaît.

La pluie froide lui gifla le visage lorsqu'elle se retourna brusquement vers lui.

— Il n'y a rien à dire. Tu m'as menti sur ma mère. Tu m'as menti sur *tout*. Pourquoi tu ne m'as jamais dit la vérité sur ce qui s'était passé au Mexique ?

Son père était devenu blême, comme s'il s'était réellement bagarré.

— J'ai lu ta déposition, lui rappela-t-elle. Je ne suis pas idiote.

— Je ne voyais pas en quoi ça t'aurait aidée de connaître la dure réalité de votre situation à Tijuana, déclara-t-il d'une voix étranglée par les regrets.

— Parce que tu crois que ça m'a aidée que tu me *caches* la vérité ?

Ses derniers mots furent ponctués par un grand coup de tonnerre. On aurait dit qu'un inconnu cognait à la porte.

— Je dois aller à la bibliothèque, annonça-t-elle en s'éloignant sous la pluie battante.

Il faisait froid, mais elle le sentait à peine.

Son père la suivit dehors. Il ne broncha pas lorsque la pluie lui cingla le visage.

— Allons, rentre, ma chérie, on va en discuter.

Aurora s'arrêta au bout de l'allée et se retourna.

— Pourquoi? Jusqu'ici, tu n'as jamais voulu en parler.

Sans vêtement imperméable, Will commençait à être trempé jusqu'aux os, sa chemise lui collait à la peau, mais il ne faisait toujours pas mine de rentrer.

— Si je le pouvais, je réécrirais tout le scénario de ta vie, mais ce n'est pas dans mes moyens. Tout ce que je peux faire, c'est t'offrir la meilleure vie qui soit, maintenant.

— Quoi, en te mettant avec Sarah Moon? Je sais que tu es amoureux de Sarah! hurla-t-elle, la pluie dégoulinant sur son nez et ses joues.

— Je n'y peux rien, répliqua-t-il en écartant les mains, les paumes vers le ciel, comme pour attraper les gouttes d'eau. Et je l'aimerai toujours.

Aurora se tourna pour reprendre sa route, mais il lui cria :

— Ecoute, Aurora! J'aime Sarah — et j'aime aussi ses fils. Mais toi… tu es tout pour moi. Ma vie a changé du jour où tu y es entrée. C'est toi qui as fait de moi un père.

Elle fit volte-face.

— Arrête tes conneries! Tu m'as sauvée parce que tu n'avais pas le choix.

Sans chercher à nier, Will insista.

— On forme une équipe, toi et moi. Et si tu crois que ça va changer parce que j'ai rencontré quelqu'un, tu te trompes.

— Tout a déjà changé.

Elle recula encore.

— En quoi est-ce une mauvaise chose? demanda-t-il.

— On était bien avant.

Pourtant, c'était faux et elle le savait. Son père faisait toujours semblant d'aller pour le mieux, mais il n'était pas *bien*. Maintenant, il semblait résolu à prendre le taureau par les cornes. Et elle était totalement impuissante à le faire changer d'avis. Elle ne comptait pas assez pour lui.

— Il faut que je te dise quelque chose, Aurora...

Will se racla la gorge et la regarda droit dans les yeux.

— Je vais demander Sarah en mariage.

Aurora détourna violemment la tête, faisant voler des gouttes de pluie de la capuche de sa parka.

— Je sais. J'ai vu le reçu pour la bague.

— J'allais t'en parler, mais tu m'as coupé l'herbe sous le pied en allant fouiner.

Son père arborait un visage qu'elle ne lui avait jamais vu auparavant. Il rayonnait.

— Quoi qu'il en soit, j'espère vraiment qu'elle va dire oui, comme j'espère vraiment que tu en seras heureuse pour nous.

— Heureuse? Je vais voir deux bébés débarquer chez moi. Plus une femme qui n'est pas ma mère mais qui aura épousé mon père. Et tout ça est censé me rendre heureuse?

— Sarah a beaucoup d'affection pour toi, Aurora. Tu le sais bien. Et tu peux arriver à les aimer, elle et ses fils, si tu arrêtes de t'en empêcher. On n'a jamais trop de gens à aimer dans la vie.

Aurora n'en croyait pas ses oreilles. Puis elle fut pétrifiée par la pensée qui lui vint à l'esprit. Et si son père avait trouvé la mort dans cet incendie? Elle se serait retrouvée coincée entre Sarah et ses deux gosses jusqu'à ses dix-huit ans!

— Je ne dois pas être comme toi, papa. Je ne peux pas considérer un groupe d'inconnus comme ma famille. Je ne fonctionne pas comme ça, moi.

— Minute, papillon! l'interrompit-il, laissant affleurer sa colère. Pour ta gouverne, je te signale que le monde ne tourne pas autour de ta petite personne.

— Tu as raison. Le monde tourne autour de toi, de Sarah et de ses mioches.

— Où vas-tu, bon sang? cria Will.

— A la bibliothèque, faire mes devoirs! lança-t-elle en enfilant son sac à dos et en ajustant sa capuche.

438

Il y eut une pause. Aurora savait que son père tergiversait entre dire oui et l'obliger à rester pour la sermonner davantage.

— On dîne chez mamie, ce soir, et il faut aussi qu'on aille chercher le chien chez ton copain, lui rappela-t-il.

— Je sais. J'irai droit chez mamie en sortant. Comme si tu en avais quelque chose à fiche…, marmonna-t-elle sous cape.

En descendant la rue, elle tripotait nerveusement le reçu roulé en boule dans la poche de sa parka. Elle ne l'avait pas lâché, car ce reçu lui fournissait encore une chose que son père lui avait cachée : l'adresse de sa mère.

39

Après avoir pris une douche et s'être séché, Will téléphona à ses parents pour les prévenir qu'Aurora arriverait sûrement d'une humeur de chien. Il tomba sur leur boîte vocale et demanda à sa mère de le rappeler.

Il s'habilla en jean et chemise de flanelle, vaqua à diverses choses dans la maison, plus tourmenté par sa dispute avec Aurora que par la myriade de plaies et bosses qu'il avait récoltée dans l'incendie. Tout était si gai, si simple, quand elle était petite ! Chaque fois qu'il devait partir au travail, elle avait un petit rituel. Elle lui prenait le visage entre ses mains minuscules, et lui disait : « Au revoir, papa. A tout à l'heure, quand tu reviendras. »

Entendre Aurora l'appeler « papa » — initiative qu'elle avait prise de son propre chef — l'emplissait d'une farouche fierté protectrice, si forte qu'elle balayait tous les regrets qu'il aurait pu nourrir, au regard des occasions manquées et des chemins qu'il n'avait pas empruntés.

Aujourd'hui, elle n'avait même pas pris la peine de lui dire au revoir.

— Toc, toc.

Sarah se tenait sur le seuil, le sourire aux lèvres. Elle entra sans attendre d'en être priée.

— Tu as le temps de bavarder un peu ?

Dès qu'elle était là, la lumière semblait se modifier et le vent tourner. Will la regarda et vit en elle une apparition magique : Sarah était toute de lueurs vives et d'ombres mystérieuses.

— Bien sûr, affirma-t-il en l'enlaçant.

Elle sentait divinement bon et il goûta avec ravissement la sensation de son corps entre ses bras ; malgré la contrariété que lui causait Aurora, une profonde satisfaction s'ancra dans son cœur tandis qu'il serrait Sarah contre lui. Quel que soit le problème avec Aurora, il trouverait une solution, et peut-être même Sarah pourrait-elle l'y aider. L'idée d'être épaulé pour élever un enfant était nouvelle pour Will. Dieu merci, songea-t-il en se remémorant la sensation qu'il avait éprouvée quand l'explosion l'avait projeté dans la nuit, il avait survécu ! Il avait besoin de tout ça, besoin de Sarah, besoin de l'aimer. Voilà ce que l'amour était censé représenter : le calme, pas le chaos.

Avec Marisol, tout n'était que chaos. Et l'une des choses qui le déconcertait le plus avec Aurora, c'est que, parfois, elle lui rappelait vivement sa mère. Aujourd'hui, alors qu'elle lui lançait ses accusations furieuses, il avait été effrayé par ce qu'il avait vu dans ses yeux — de sombres étincelles de Marisol.

— Je suis si heureuse que tu n'aies rien, murmura Sarah contre sa poitrine.

— Je t'interdis de te faire du souci pour moi. Je suis un professionnel.

— Oui, va dire ça à la cuve à propane !

— Je vais bien, Sarah. Je te le jure.

Il resserra son étreinte et ils commencèrent à osciller doucement, sur une danse intime et sans rythme. Will avait la gorge nouée et les yeux qui picotaient. Flûte ! pensa-t-il. Il l'aimait tellement qu'il en était ému aux larmes. Pour le coup, ça devait être une première !

— Quoi ? murmura Sarah.

Will réalisa qu'elle devait l'avoir senti frémir.

— Je t'aime, voilà ce qu'il y a.

Il l'embrassa longuement d'un baiser rempli de choses que les mots étaient impuissants à rendre. Une sensation de paix s'enracina en lui et, levant la tête, il se demanda si Sarah l'éprouvait, elle aussi. La douce expression de ses yeux indiquait que oui.

— Sarah…

— Tu n'as rien remarqué chez moi ? le questionna-t-elle en s'écartant de lui pour tourner lentement sur elle-même, bras tendus.

— C'est une question piège, répliqua-t-il. Il y a tellement de possibilités pour un homme de se planter ! J'ai besoin d'un indice. Est-ce que ça a un rapport avec une nouvelle tenue, une nouvelle coiffure, ou quelques kilos en moins ?

— Tu veux dire que je suis grosse ?

— Ah ! Alors ça, c'est la question piège par excellence.

— Non, je pensais que tu aurais remarqué que j'étais toute seule. Les garçons sont de nouveau chez ma grand-mère et tante May.

— Si je n'avais pas ce dîner chez mes parents, je m'en réjouirais davantage, avoua Will, qui se consumait de désir.

— J'avais simplement envie de te voir. Ne me regarde pas comme ça… Souviens-toi, avant qu'on commence à coucher ensemble, on était les meilleurs amis du monde.

— Sauf qu'on n'a pas pu en rester là et qu'on a tout gâché.

Il l'embrassa tout en s'interdisant d'aller plus loin.

— J'ai vu Aurora après l'incendie, lui confia Sarah. Je pensais qu'elle aurait peut-être envie de parler, mais elle n'avait pas grand-chose à dire. Elle nous en veut drôlement, Will.

Il n'en disconvint pas, pas plus qu'il ne tenta de nier l'évidence.

— A toi sans doute moins qu'à moi, fit-il remarquer.

Et, prenant une profonde inspiration, il lui raconta comment Aurora avait découvert qu'il envoyait de l'argent à Marisol.

— Je croyais qu'une pension alimentaire était plus ou moins standard, déclara Sarah.

— Ces mandats n'ont rien d'officiel ni même d'obligatoire. Je le fais simplement parce que… Oh, et puis je ne sais pas, bon sang !

— Parce que tu es comme ça. Tu voles au secours des gens. Tu les dépannes financièrement.

— Marisol m'a donné Aurora. Et c'est un cadeau inestimable,

je le sais. Mais Marisol… Elle a encore besoin de moi. Non, ce n'est pas vrai… Marisol n'a jamais eu besoin de moi. Elle avait besoin de ce que j'avais à lui offrir. Nuance.

Sarah le dévisagea longuement.

— Si seulement je pouvais la comprendre, Will !

— Je t'ai déjà tout raconté. Je…

— Non, raconte-moi vraiment. Tout.

Il tenta encore d'éluder la question avant d'acquiescer d'un hochement de tête, tandis qu'un curieux soulagement lui allégeait la poitrine. Il aimait Sarah. Il avait confiance en elle. Elle savait déjà, pour le voyage à Mexico, le mariage à la sauvette, le bouleversement radical de tous ses projets. Elle savait même qu'il était tombé fou amoureux de Marisol et qu'il avait persisté bien trop longtemps dans sa folie. Ce qu'il ne lui avait pas dit, c'était la façon dont tout cela s'était effondré.

— Je crois, commença-t-il, que Marisol n'a jamais été heureuse, en tout cas pas à Glenmuir, et pas avec moi.

Il s'était chargé d'obtenir la carte verte de Marisol et avait mis en route le processus de sa demande de naturalisation. Entre-temps, il avait accepté tous les petits boulots minables qu'il trouvait, payés au salaire minimum, tout en effectuant parallèlement sa formation de sapeur-pompier ; puis il avait rongé son frein dans l'attente qu'un poste se libère.

Marisol piaffait de frustration dans le confinement de Glenmuir. Et c'était Will lui-même qui, par inadvertance, avait signé l'arrêt de mort de leur mariage. Pensant que cela lui remonterait le moral, il avait laissé Aurora à la garde de ses parents et emmené Marisol en vacances à Las Vegas. Elle avait été enchantée par la ville ; on aurait dit une princesse de conte de fées qui avait enfin trouvé son royaume. Les lumières, le bruit, les casinos enfumés et même les call-girls glamour des hôtels la fascinaient. Après ce séjour, elle n'avait cessé de lui rebattre les oreilles avec Vegas, Vegas, encore Vegas. En définitive, l'attrait de Marisol pour cette ville s'était avéré plus fort que ses attaches à Glenmuir.

L'inébranlable dévouement de Will n'aurait pas pu la retenir. Ni le besoin d'amour silencieux de sa petite fille.

— En fait, expliqua-t-il à Sarah, Birdie était encore en fac de droit quand j'ai pris conscience qu'il y avait de l'eau dans le gaz entre Marisol et moi. Mais ma sœur pensait déjà en avocate. C'est elle qui m'a suggéré d'adopter Aurora légalement. Sinon, aujourd'hui, je n'en aurais peut-être même pas la garde.

Rétrospectivement, il ne pouvait qu'admirer la prévoyance de sa sœur — et constater sa perspicacité. C'était comme si Birdie avait décelé quelque chose qu'il était incapable de voir. Aurait-il possédé un peu de la prudence de sa sœur et de son attention aux détails, il aurait pu sentir quelque chose — un avertissement, une prémonition — qui lui aurait indiqué que les problèmes couvaient. Mais il avait été aveugle, peut-être volontairement, d'ailleurs. Il avait voulu se croire l'instrument ayant permis la réalisation du rêve américain pour deux personnes qui en avaient grand besoin. Et, trop longtemps, il s'était cramponné à cette idée avec obstination.

— Quand Aurora et Marisol sont devenues citoyennes américaines, ma famille a organisé une grande fête pour l'occasion.

Il secoua la tête et joignit les doigts sous le menton. Il se sentait oppressé ; il n'avait pas l'habitude de mettre son âme à nu au sujet d'un pénible épisode.

— Même alors, poursuivit-il, j'ai continué à croire que tout finirait par s'arranger. Mais, quelques jours plus tard, Marisol a fichu le camp, ses papiers planqués dans son portefeuille. Elle s'était enfuie en emportant tout l'argent liquide qu'elle avait pu trouver dans la maison, ainsi que ce qu'elle avait pu faire cracher au distributeur automatique avant que j'aie pu fermer le compte.

— Seule ? s'interrogea Sarah. Elle n'a pas essayé d'emmener Aurora avec elle ?

Will fit non de la tête. Il aurait sans doute dû deviner, des mois plus tôt, que sa femme était sur le point de les abandonner. Marisol avait même fait deux ou trois fugues à titre d'essai, bien qu'à l'époque il n'ait pas vu cela sous ce jour. De temps en temps, il s'apercevait qu'elle avait laissé Aurora toute seule, sans jamais déceler dans ses actes la menace des événements à venir.

— Il faut que tu me conduises à Petaluma pour faire des courses, expliquait-elle, la plupart du temps en espagnol, langue que Will comprenait parfaitement. Pour deux heures, Aurora sera mieux à la maison.

— Elle est trop petite pour être laissée seule, protestait Will en s'efforçant de rester calme.

— Dans un village comme celui-ci, il n'arrive jamais rien, ni de bon ni de mauvais, alors où est le mal ?

Marisol faisait délibérément l'innocente.

— Partout, fulminait Will. Dans la boîte d'allumettes que tu as laissée sous la véranda ou le bidon d'antigel dans le garage. Et son vélo ? Si tu n'es pas là pour la surveiller, elle peut se mettre en tête de s'en aller sans casque et risquer de se faire écraser ou de se perdre.

Marisol était sincèrement perplexe. Pour quelqu'un comme elle, qui avait grandi dans la rue, laisser un enfant livré à lui-même était monnaie courante.

Même après de tels incidents, il avait refusé de prendre la réelle mesure du désespoir de Marisol. Lorsqu'il se réveillait la nuit et la découvrait en pleurs, il mettait cela sur le compte de la fatigue occasionnée par son travail. Parfois, il la trouvait en train de fixer l'horizon avec un regard d'envie qui le hantait. Certains jours, cela lui rappelait les projets auxquels il avait renoncé pour devenir chef de famille. La différence entre sa femme et lui, c'était que Marisol suivait son désir, alors que Will luttait contre le sien.

C'est le jour où il avait été nommé capitaine — le plus jeune de toute l'histoire du comté — que la réalité l'avait finalement rattrapé. En croisant le regard de Sarah, Will constata avec gratitude que le visage de la jeune femme était empreint de compassion.

— Un jour, je suis rentré de la caserne et j'ai trouvé Aurora seule à la maison. Ce n'était pas la première fois. Pourtant, je me suis dit que ce serait la dernière, quitte à lâcher mon boulot pour m'occuper d'elle moi-même. Ce jour-là, Marisol n'est pas revenue. J'allais entamer des recherches quand le téléphone a sonné. C'était Marisol qui m'appelait d'une aire de repos sur l'I-15. Pour m'annoncer qu'elle partait vivre et travailler à Las Vegas. Qu'elle ne rentrerait pas. Plus jamais.

— Oh, Will…, dit Sarah, dont les yeux brillaient de larmes. Je suis désolée…

Au téléphone, Marisol avait reconnu que son attitude était impardonnable, mais que si elle restait à Glenmuir, elle finirait par étouffer. Elle serait comme les pigeons apprivoisés de Mme Dundee, avec leurs ailes rognées, malheureux et prisonniers dans leur cage.

— Et Aurora? s'était enquis Will, tout d'abord anéanti par le chagrin.

— C'est ta fille, maintenant, avait répliqué Marisol.

C'était la vérité. Grâce à Birdie, il avait adopté l'enfant et en était devenu le parent légal.

L'acte officiel de divorce, arrivé par la poste quatre mois plus tard — en même temps que la facture d'électricité —, faisait mention d'une date, mais Will n'y avait pas prêté attention. Son mariage, il le savait, s'était disloqué bien longtemps auparavant.

Comme il avait été pénible d'expliquer à Aurora que sa mère était partie, qu'elle comptait rester là-bas, peut-être pour toujours! Il revoyait encore le visage de sa fille — ses yeux agrandis, son expression blessée : l'air de quelqu'un qui a été abandonné.

— Elle n'est jamais revenue? demanda Sarah d'une voix douce.

— Pas une seule fois. Elle appelait pour Noël, et parfois pour l'anniversaire d'Aurora, mais c'est tout. Au bout d'un moment, elle a également cessé d'appeler, et, désormais, elle ne se manifeste plus que lorsqu'elle est fauchée.

Il y eut un long silence, seulement troublé par le cri des oiseaux de mer.

— Tu méritais mieux que ça, estima Sarah.

— Qui diable peut savoir ce que je mérite ? Finalement, je me suis retrouvé avec Aurora, ce qui revient à avoir gagné à la loterie.

— Oh, Will ! Je t'aime tellement…

Un pick-up s'engagea dans l'allée. Gloria jaillit du véhicule et courut vers la maison.

— Désolée de vous déranger, mais je viens de recevoir un appel très intéressant — un coup de fil anonyme. On a un tuyau sur l'incendie.

A l'expression de sa collègue, Will devina qu'elle accordait du crédit au tuyau en question. Lorsque le téléphone sonna, il fut tenté de l'ignorer. Encore un appel concernant l'incendie ? Il décrocha brusquement et répondit d'un ton distrait : « Bonner, j'écoute ! »

C'était sa mère.

— Je suis inquiète pour Aurora. Elle n'est pas encore arrivée.

Will jeta un coup d'œil à la pendule. Cela faisait longtemps que sa fille était partie.

Tout en écoutant sa mère, il sentit l'air lui manquer. La panique devait se lire sur son visage car, lorsqu'il raccrocha, Sarah demanda d'un ton pressant :

— Qu'est-ce qui se passe ?

En un éclair, Will se rappela l'accusation d'Aurora : « Tu donnes de l'argent à ma mère pour la faire rester là-bas… » Elle avait trouvé les reçus. De toute évidence, elle avait aussi découvert l'adresse de Marisol.

— Aurora est partie retrouver sa mère.

40

A son arrivée à Las Vegas, Aurora sentit la chaleur du désert lui gifler le visage. Dans Hansel et Gretel, ce devait être ce qu'Hansel éprouvait en étant poussé dans le four de la sorcière. Ou alors ce que ressentait son père lorsqu'il combattait le feu.

« Ne pense pas à papa », se dit-elle. Elle était allée trop loin. Impossible de faire machine arrière, maintenant. Alors, inutile de penser à lui.

Embarquer en douce dans l'avion-cargo de tante Lonnie s'était avéré assez facile et, coincée entre des containers de marchandises, son voyage avait été inconfortable mais court. Pendant que Lonnie s'occupait de sa livraison, Aurora s'était glissée hors du hangar. Elle ne voulait pas causer d'ennuis à sa tante, mais sa décision était prise, et elle avait l'intention d'agir seule. Elle ne savait trop comment allaient tourner ses retrouvailles tant attendues avec sa mère, mais il lui fallait la voir, un point c'est tout.

Le hangar n'était qu'à quelques pas du terminal principal. Aurora était un peu intimidée par tous ces gens qui se pressaient autour d'elle en traînant leurs bagages, ainsi que par le glapissement et les sonneries des centaines de machines à sous, mais la peur ne faisait que renforcer sa détermination. Arrivée devant le distributeur automatique, elle retira de l'argent grâce à sa carte et au code PIN qui épelait le prénom de son père. La file des taxis avançait vite et, au bout de quelques minutes, elle put donner au chauffeur l'adresse de sa mère, priant pour que les économies de toute sa vie — une liasse d'une centaine de dollars — couvrent le prix de la course.

Quelques pâtés de maisons plus loin, elle se retrouva en plein cœur de Las Vegas. En cette fin d'après-midi, la ville était sèche et chaude, l'énorme échangeur autoroutier complètement embouteillé, et les trottoirs grouillaient de kiosques où l'on pouvait acheter à peu près tout. Tous les bâtiments arboraient une fausse façade scintillante. Il y avait des fontaines et des jets d'eau artificiels, ainsi que des palmiers qui détonnaient dans cet environnement ; des ouvriers les maintenaient en vie en les irriguant.

Aurora avait envie de vomir, mais ce n'était pas à cause de l'avion ni même du taxi chaud et malodorant. Elle avait beau essayer de justifier sa fugue, elle se sentait minable. Elle était une mauvaise fille. Son père méritait de vivre entouré de gens comme Sarah ou ses parents — des gens qui l'aimaient et ne l'abandonneraient jamais. Il avait renoncé à ses rêves pour les secourir, sa mère et elle. Sans doute, mais aujourd'hui elle était grande. Elle n'avait plus besoin qu'on vienne à son secours.

Elle fut un peu choquée en découvrant le complexe résidentiel où habitait sa mère. L'endroit était bâti en murs imitation pisé et entouré de plantes du désert dont les feuilles en éventails géants se terminaient par des épines. Aurora régla le chauffeur de taxi, redressa les épaules et se mit en quête de l'appartement 121-B. La porte d'entrée faisait face à un jardin agrémenté d'une aire de jeux paysagée et d'une piscine qui étincelait au soleil.

Voilà, le moment était arrivé. Elle allait pouvoir poser la question à sa mère. Elle serra le poing et, avec fermeté, frappa à la porte.

L'attente lui parut interminable. Elle fut presque soulagée de voir que personne ne répondait. Sa mère avait peut-être déménagé sans laisser d'adresse ? Aurora décida de compter jusqu'à soixante. Ensuite, elle allumerait son téléphone portable, appellerait tante Lonnie et implorerait son pardon. Elle se frotta les pieds sur le paillasson rêche, dérangeant une colonie de cloportes qui filèrent se mettre à l'abri. Lorsqu'elle arriva à quarante-huit, elle frappa une dernière fois. Et la porte s'entrebâilla sur une chaîne de sécurité en bronze. Elle ne resta ouverte qu'un instant, mais Aurora reconnut le visage de sa mère. Quelque part dans l'appartement, une télévision diffusait un jeu en langue espagnole.

— Maman? dit-elle en retrouvant automatiquement cette langue. C'est moi, Aurora.

La porte se referma sur son nez. De nouveau, Aurora en éprouva un vif soulagement, puis la porte s'ouvrit en grand. Simultanément, une sonnerie de téléphone retentit quelque part. Elles l'ignorèrent toutes les deux.

— Je n'en reviens pas que tu sois là! s'écria sa mère, qui recula en l'invitant à entrer.

Puis elle serra Aurora dans ses bras.

Aurora se sentait terriblement empruntée. Dans son esprit, sa mère était une femme grande et puissante, mais elle se rendait compte à présent que ce n'était qu'une impression de petite fille. Aujourd'hui, elle dépassait sa mère en taille et en poids. Celle-ci avait toujours son allure glamour, cela dit. Elle portait des tonnes de maquillage, magnifiquement appliqué, et ses cheveux brillants étaient coiffés avec style. Elle était aussi drôlement bien habillée : jupe en suédine synthétique, bustier en dentelle et hautes sandales à talons compensés.

— Qu'est-ce que tu fais ici? demanda sa mère en la dévorant de ses grands yeux bruns.

— J'ai trouvé ton adresse sur des papiers et j'ai décidé de venir te voir. Je n'ai rien dit à papa. Je suis venue comme ça. Il faudra que je l'appelle tout à l'heure pour lui dire que je vais bien.

— Entre, suggéra sa mère d'un air nerveux et impatient. Viens t'asseoir. Regarde-toi, tu es si grande, si belle!

L'appartement sentait le parfum et l'air était alourdi par une légère humidité, comme si quelqu'un était en train de se doucher. Aurora comprit alors que c'était le cas ; elle entendait le sifflement régulier de l'eau qui coule.

Sa mère remarqua le regard hésitant qu'elle lança vers la porte à peine entrebâillée qui donnait sur une chambre.

— C'est Eduardo, expliqua-t-elle avec un geste désinvolte de la main. Nous étions sur le point d'aller dîner au restaurant.

— Oh…

Aurora se sentit gagnée par la nervosité. C'était déjà bien assez difficile de retrouver sa mère. Elle n'était pas franchement prête à rencontrer en plus son petit ami. Pourquoi les parents agissaient-ils ainsi? Pourquoi faisaient-ils un enfant, si c'était pour se séparer ensuite?

— J'aurais peut-être dû appeler avant de venir…

— Je suis ravie que tu sois là. Mais je t'en prie, assieds-toi.

Aurora s'installa prudemment sur le sofa. Il était super-moelleux et ses grands accoudoirs semblaient se refermer sur elle. La déco de l'appartement donnait à fond dans le rose et le blanc. Et si son père se trompait sur toute la ligne à propos de sa mère? Will semblait penser que Marisol menait un genre de vie qu'il fallait cacher à Aurora. En réalité, sa mère était parfaitement normale. Plus jeune et plus jolie que les autres mères, c'est tout. Bon, le copain dans la salle de bains posait un peu problème, mais enfin… L'animateur du jeu télé l'agaçait, à s'enthousiasmer en roulant les R chaque fois qu'un candidat trouvait le titre d'une chanson. Elle repéra la télécommande et coupa le son.

— Tu as faim? s'enquit sa mère. Soif? Qu'est-ce que je peux t'offrir?

— De l'eau, ça ira.

— De l'eau. Bien sûr. Avec des glaçons?

Sa mère se précipita dans la cuisine qui jouxtait la pièce principale. Elle en revint avec un grand verre rempli de glace et d'eau du robinet, et prit place sur le sofa en tirant sur sa jupe.

— Donc, te voilà… Je n'arrive toujours pas à réaliser.

Elle effleura la joue d'Aurora. Sa main était froide et humide d'avoir touché l'eau glacée.

— Quel âge ça te fait, maintenant? Rappelle-moi.

Qu'elle lui rappelle son âge? C'était une blague ou quoi? Comment pouvait-on ne pas connaître l'âge de son enfant? Aurora eut un petit rire et ignora la question de sa mère.

— J'ai découvert des choses que papa ne m'avait jamais dites, alors j'ai décidé de venir te voir, expliqua-t-elle de but en blanc.

Elle lui parla de la déposition de Will décrivant leur vie au Mexique — la misère noire, le danger, le bâtiment sans escalier de secours.

— C'était vraiment comme ça ? demanda-t-elle.

Sa mère affichait un drôle de sourire, pas franchement joyeux, mais un peu amusé, peut-être. Le téléphone se remit à sonner et Marisol s'en empara brusquement, jeta un œil à l'identité de l'appelant avant de reposer l'appareil, puis laissa sonner jusqu'à ce que la personne raccroche.

— Tout le monde n'a pas la chance comme toi de grandir aux Etats-Unis, lui fit-elle remarquer. J'ai dû apprendre à survivre seule alors que j'étais plus jeune que toi.

Aurora se demanda ce qu'elle aurait fait dans la même situation. Serait-elle devenue prostituée ? Se serait-elle déshabillée pour des types bizarres, aurait-elle couché avec eux ? Cette pensée l'écœura au plus haut point, mais, en même temps, elle se rendit compte que sans l'un de ces types bizarres justement, elle ne serait pas là… Elle dévisagea sa mère, ce visage qu'elle ne reconnaissait plus, ces mains qui voletaient nerveusement sur ses genoux.

— Papa t'a sortie de là, objecta-t-elle. Nous avions une vie heureuse…

— Toi, tu avais une vie heureuse. Moi, je faisais le ménage chez une vieille dame et je n'avais personne à qui parler, vu que ton père passait le plus clair de son temps au travail et en formation. Tous les jours se ressemblaient, sauf que, la nuit, j'avais de plus en plus mal au dos, et que je m'ennuyais de plus en plus.

Elle gratta ses bras nus, comme si ce souvenir la démangeait.

— Si tu ne voulais pas de ce genre de vie, pourquoi tu as quitté le Mexique, alors ?

Sa mère continuait à se frotter les bras, sans paraître remarquer les longues lacérations rouges qu'elle provoquait sur sa peau. Ces souvenirs devaient être pénibles à sa mémoire et Aurora n'osait pas la presser de questions, mais il n'en restait pas moins qu'elle avait vraiment envie de savoir.

— Dans la déposition qu'a faite William, il manquait quelque chose, révéla sa mère. Je me disputais avec oncle Felix, le propriétaire de la maison.

Elle hésita, inspira à fond et avoua :

— C'est moi qui ai mis le feu.

Aurora regarda les mains de sa mère. Elle continuait à se gratter les bras, frénétiquement. Certains détails de cette nuit la hantaient, des souvenirs enfouis au plus profond d'elle-même, mais qui semblaient lentement remonter à la surface. Elle revit les mains de sa mère, se remémora sa voix lui disant de rester dans la maison. Elle entendit son propre cri perçant, sa voix de bébé la suppliant de la laisser venir avec elle.

— Tu as mis le feu à la maison alors qu'il y avait tous ces gens à l'intérieur ? s'indigna Aurora. Alors que j'y étais, *moi* ?

Sa mère agita la main.

— C'était un accident. Je me battais avec Felix. Tout s'est passé si vite... Et puis je n'ai pas pu aller te chercher. Mais je savais que tu ne risquais rien, Dieu merci !

Le cœur d'Aurora battait à tout rompre sous l'effet de la fureur et de son sentiment de trahison.

— Comment est-ce que tu le savais ? Comment tu savais que je ne risquais rien ?

— Grâce à William. Il t'a sauvée. Encore une chose qu'on ne t'a jamais dite. Alors que la maison était en flammes, William est monté sur le toit et t'a sauvée.

« Déjà... », songea Aurora. Avant même de connaître ne serait-ce que son nom, il avait risqué sa vie pour venir à son secours.

Oh, mon Dieu ! Qu'est-ce que j'ai fait ?

— William n'a jamais voulu qu'on te mette au courant des événements qui se sont produits lors de notre dernière nuit au Mexique, poursuivait sa mère. Il pensait que tu ne pourrais pas y faire face.

— Et toi, maman, qu'est-ce que tu en penses ?

— Je pense que tu es comme moi, déclara cette dernière, ses mains s'apaisant enfin sur ses genoux, tandis qu'elle contemplait Aurora d'un regard aigu. Je crois que tu peux faire face à n'importe quoi.

— Tu ne me connais même pas, objecta Aurora. Pourquoi tu n'es jamais revenue ? Pourquoi tu as arrêté d'appeler ?

Le téléphone se remit à sonner. Cette fois, sa mère fonça dans la pièce d'à côté et décrocha. Aurora entendit le murmure de sa voix, sentit la bouffée de vapeur d'eau en provenance de la douche. Elle resta parfaitement immobile sur le sofa, ne voulant pas déranger quoi que ce soit. Elle était brutalement confrontée aux événements de son passé mais ils étaient comme codés, indéchiffrables.

Au moins était-elle en mesure de mieux comprendre son père, à présent. Il n'avait jamais cessé de lui mentir. Tout cela dans le but de la protéger. Dès le premier jour, il était venu à son secours et, au fil des années, il avait continué sans relâche. Et c'est ainsi qu'elle le remerciait ! En fuguant pour aller retrouver une femme qui ne la connaissait pas, ne la comprenait pas, ne voulait pas d'elle. Aurora se sentait lasse, comme arrivée au terme d'un long voyage, beaucoup plus long que son vol jusqu'à Vegas. Son enfance était derrière elle, telle une épave après la tempête.

Quand sa mère revint dans la pièce, elle était différente. Plus gaie, plus animée, soulagée peut-être. Difficile de savoir ce que cette femme avait dans la tête ou dans le cœur. La véritable raison de son attitude, en revanche, n'avait finalement rien de bien mystérieux : sa mère se droguait. Peut-être même était-elle accro. A l'époque où Marisol vivait à Glenmuir, on l'emmenait souvent à l'hôpital, et son père restait toujours dans le vague en expliquant qu'elle ne se sentait pas bien. Désormais, Aurora savait que c'était en lien avec sa toxicomanie. Quelle souffrance de réaliser que la drogue avait fait de sa mère une inconnue ! Les minutes semblaient s'éterniser. Aurora sortit son portable.

— Voilà Eduardo, annonça sa mère.

Avec un sursaut coupable, Aurora fourra le téléphone dans son sac à dos et bondit sur ses pieds.

— Bonjour, dit-elle. Je m'appelle Aurora.

Eduardo était bel homme et plus âgé que Marisol ; ses cheveux étaient sillonnés par le passage du peigne et il portait une moustache bien dessinée.

— Je suis très honoré de faire ta connaissance, répliqua-t-il. Marisol m'a parlé de toi.

— C'est vrai ?

— Et comment !

Eduardo lui tendit la main et Aurora se sentit obligée de la saisir. Autrement, il l'aurait jugée impolie. Mais au lieu de la lui serrer, il eut un geste complètement démodé, il s'inclina et y déposa un léger baiser. Ce fut rapide, mais pas assez. Peut-être était-ce dû à sa nervosité, mais elle aurait juré qu'il l'avait effleurée, d'une caresse répugnante qui lui donna la chair de poule. Elle eut envie de se laver la main.

— Alors, on dîne tous ensemble, d'accord ? proposa sa mère d'un ton gai. Tu dois avoir faim.

— En fait, je…

— Le restaurant s'appelle La Paloma, précisa Eduardo en lui tenant la porte. C'est une de mes tables favorites.

Elle eut beau bredouiller qu'elle devait repartir à l'aéroport, Aurora fut comme entraînée par les manières onctueuses de l'homme et le babillage allègre de sa mère. Au moins le restaurant se situait-il au centre-ville.

De là, elle voyait des avions décoller et atterrir. Au restaurant, Eduardo semblait être connu comme le loup blanc. On lui faisait des tas de courbettes, on aurait dit qu'il contrôlait tout. Aurora sentait peser sur elle des regards interrogateurs.

— Je dois aller aux toilettes, dit-elle.

— Allons-y ensemble, répondit sa mère du tac au tac.

« Génial ! » soupira intérieurement Aurora. Sous ses airs distraits, sa mère avait sans doute deviné son intention : appeler son père, tout de suite.

— Laisse tomber, dit-elle finalement en reprenant place sur son siège. Ça peut attendre.

Le dîner fut un véritable calvaire — une ribambelle de plats entrecoupée de petits sorbets ridicules. Aurora ne se sentait aucun appétit. Elle osait à peine lever les yeux, car les gens qui évoluaient en permanence autour de la table avaient l'air bien trop intéressés par sa personne. Enfin, après un dessert composé de pâtisseries chaudes dégoulinantes de miel, elle déclara :

— Je dois aller à l'aéroport. Je suis sûre que Lonnie doit se demander où je suis.

— Nous allons t'y emmener, décréta Eduardo en signant son chèque.

— Mais c'est tout près. Je vais prendre un taxi ou y aller à pied.

— Sottises ! Laisse-nous t'y accompagner.

Telle une condamnée à mort, Aurora attendit que le voiturier leur ramène le véhicule. C'était sans doute complètement parano, mais elle subodorait qu'ils n'allaient pas l'emmener à l'aéroport, qu'ils avaient pour elle d'autres projets. Et les continuelles messes basses entre sa mère et Eduardo ne faisaient rien pour la rassurer, bien au contraire ; ces deux-là se chuchotaient des choses d'une voix sifflante, manifestement en plein désaccord.

Dans la voiture — une Cadillac de luxe —, Aurora garda les yeux rivés sur la poignée de la portière. S'ils ne se dirigeaient pas tout droit vers l'aéroport, elle était prête à sauter du véhicule, même en marche. Ils semblaient avancer au ralenti. Les lumières de Las Vegas coloraient le ciel. Elle se concentra sur l'aéroport et pria pour que la voiture aille plus vite. Au bout d'une éternité, ils bifurquèrent et elle repéra le centre de fret aérien.

Aurora ne pensait qu'à sortir de la voiture.

— Merci, lança-t-elle en tirant d'un coup sec sur la poignée.

Rien. Le cliquet était baissé, et impossible de trouver le bouton qui le déverrouillait.

— Hé, qu'est-ce que…

— Aurora…, dit sa mère en se tournant vers elle. Maintenant que tu es ici, j'aimerais que tu restes. Eduardo est d'accord avec moi. On pourrait s'amuser ensemble, aller au restaurant. Au cinéma, au spectacle…

— Je dois sortir de cette voiture !

Aurora déverrouilla la portière manuellement, et, Dieu merci, elle s'ouvrit. Elle bondit hors du véhicule alors que sa mère l'appelait. Peut-être ces regards à glacer le sang n'avaient-ils jamais existé ailleurs que dans son imagination, peut-être était-elle complètement parano… A présent, tout cela n'avait plus d'importance.

Parce que, avançant à grands pas, son père venait vers elle, l'air d'avoir couru tout le chemin depuis Glenmuir. Soulagée, au bord des larmes, elle s'élança vers lui. C'était son père et il l'avait choisie, alors que sa propre mère l'avait abandonnée. Il était temps d'arrêter de délirer sur sa mère « trop cool » vivant à Vegas, alors qu'en réalité elle avait le meilleur père au monde, même s'il allait sans doute la priver de sortie à vie.

Il était là à l'attendre, exténué et en sueur, avec un sourire un peu triste mais les bras grands ouverts.

41

Le brouillard de fin d'automne était porteur d'un froid pesant qui s'infiltrait dans les os sans qu'on puisse s'en protéger. Sarah alimenta le feu du poêle à bois et enfila un pull ainsi qu'une paire supplémentaire de chaussettes. Restait à espérer que les garçons ne sentiraient pas le froid durant leur sieste du matin. Ils n'émirent ni plainte ni protestation ; ils semblaient assez contents de leur sort, blottis sous des couvertures en laine d'agneau. Sarah ne se sentait plus ni gauche ni empruntée, avec ses enfants. Elle avait définitivement pris le coup.

Elle se rendit dans la cuisine pour se faire une tasse de thé qui la réchaufferait. En attendant que l'eau arrive à ébullition, elle examina une photo d'elle et de Will, prise au cours du Festival de l'Huître. C'était un cliché romantique avec, en arrière-plan, la baie sombre et floue ; tous deux dansaient comme s'ils étaient seuls au monde. Par défi, elle avait collé cette photo sur le réfrigérateur. Elle refusait de cacher plus longtemps son amour pour Will. Il fallait qu'elle apprenne à se fier à ses sentiments au lieu de les remettre sans cesse en cause. Mais après tous ces événements, c'était plus fort qu'elle.

Sarah était encore hantée par l'explosion qui s'était produite sur le site de l'exploitation ostréicole ; ce souvenir s'insinuait parfois dans son esprit, comme un rappel que, dans son métier, Will frôlait la mort à chaque instant. Avec Jack, elle avait vécu tenaillée par la peur d'une perte imminente, et ce n'est qu'à présent qu'elle découvrait combien elle en avait été profondément affectée. L'idée de tout recommencer avec Will l'épouvantait de façon inattendue.

Elle se baissa pour gratter Franny derrière les oreilles. « On ne demande pas à l'amour de venir quand on est prêt à l'accueillir, lui avait dit sa grand-mère. C'est l'amour qui vient quand bon lui semble. »

La bouilloire se mit à chanter et Sarah l'ôta de la flamme avant que le sifflet ne se déclenche. Pendant que le thé infusait, elle sortit le livre d'or du cottage et le feuilleta. A l'instar d'une collégienne, elle fut tentée d'y consigner la première fois que Will lui avait fait l'amour et avait passé la nuit ici, mais elle se retint. De toute façon, elle n'avait pas besoin de coucher cet événement sur le papier. Il lui suffisait de fermer les yeux et de penser à Will pour se rappeler chaque petit détail, chaque caresse, chaque baiser et chaque murmure, chaque pulsation d'extase de cette nuit-là. Will et elle s'accordaient à reconnaître qu'étant donné leur situation respective leur amour n'allait pas être simple à vivre au quotidien. Néanmoins, Sarah était sûre d'une chose : rien ne lui serait plus difficile que de *renoncer* à aimer Will.

Il lui avait promis d'appeler dès qu'il aurait retrouvé Aurora. La nuit précédente, Sarah avait dormi d'un sommeil agité et, juste avant l'aube, le téléphone avait sonné.

— Elle était partie à Las Vegas avec ma tante, lui avait annoncé Will. Elle va bien, maintenant. Elle est fatiguée. On te rappellera plus tard.

Tout s'était bien terminé ; pourtant, Sarah s'inquiétait déjà de la suite des événements. Will avait encore à affronter la colère et le chagrin qui avaient conduit sa fille à commettre une telle folie.

Le rôle que pouvait jouer Sarah dans cet épisode restait flou. Elle n'avait qu'une certitude : aimer le père d'une adolescente n'était pas de tout repos.

Alors qu'elle mélangeait du miel dans son thé, elle entendit le bruit sourd d'une portière. Elle se précipita vers la porte en se recoiffant avec les doigts.

— Bonjour, Sarah.

Elle se figea, incrédule, et sa main retomba lourdement.

— Jack..., dit-elle.

Ce dernier la jaugea de pied en cap, ses yeux enregistrant sa coupe courte et ébouriffée ainsi que les couches de vêtements qu'elle avait enfilées les unes sur les autres sans souci d'élégance, afin de se protéger de la froide morsure du brouillard. A son corps défendant, elle se sentit rougir sous son regard critique. Au moins, quand il était venu la voir à l'hôpital, avait-elle eu une bonne excuse. Après l'épreuve d'un accouchement, personne n'attendait d'une femme qu'elle soit tirée à quatre épingles. Avant, elle se pomponnait exagérément pour Jack, elle mettait des pulls et des pantalons chic parce que c'était l'image qu'il voulait qu'elle projette. Et aujourd'hui, même après tout ce temps, elle se sentait mal à l'aise.

« Arrête ! se sermonna-t-elle. Tu n'es plus sa femme. »

— Entre, proposa-t-elle d'un ton parfaitement neutre. Tu aurais dû m'appeler avant de venir.

— Je voulais le faire, mais même après avoir atterri à San Francisco, je n'étais pas sûr de ne pas changer d'avis.

Il franchit le seuil de la porte, faisant entrer dans la maison l'humidité de la brume qui imprégnait son manteau Burberry et ses fins cheveux d'un roux incertain. Il avait le regard vif, inquisiteur. Soucieux, peut-être.

« Oh, mon Dieu ! pensa-t-elle, tandis que son cœur basculait en mode panique. Sa maladie a récidivé... »

— Tu vas bien ? s'enquit-elle. Je t'en prie, dis-moi que tu vas bien.

— Je me porte comme un charme, répliqua-t-il. Je ne passe plus qu'un check-up par an, maintenant.

C'était au moins un soulagement pour elle. Jack était superbe, c'en était presque écœurant — en pleine forme, l'air soigné, le visage miraculeusement reposé en dépit du voyage. Il lui adressa un petit sourire.

— C'est gentil à toi de t'en inquiéter. Quelquefois, je me dis que c'est comme ça que tu m'aimais le plus. Quand j'étais malade.

« Salaud ! » songea-t-elle en s'interdisant le moindre attendrissement.

— Que veux-tu, Jack ?

Avant de comprendre soudain. *Mais bien sûr !*

— Oh ! s'exclama-t-elle. Mimi t'a largué, c'est ça ? C'est pour cette raison que tu es ici ? Mon amie Viv m'avait prévenue que ça se passerait comme ça. Elle disait que tu débarquerais ici dès que tu te serais fait plaquer.

— Dis donc, elle est drôlement futée, ta copine !

Jack n'avait nié aucun de ses propos, remarqua Sarah. Elle n'en tirait toutefois aucun sentiment de justice. Elle n'éprouvait rien du tout, et c'était étrangement libérateur.

Il se débarrassa de son manteau et le posa sur le dossier d'une chaise.

— S'il te plaît, Sarah…, reprit-il avec une amabilité dont il n'avait plus fait preuve depuis que tout s'était détraqué entre eux. Comment vont les garçons ?

— Ils se réveillent à peine de la sieste, répondit-elle en l'invitant d'un geste à la suivre.

Agrippé au bord de son petit lit, Adam le secouait d'avant en arrière de toutes ses forces. Dès qu'il vit sa mère, il se mit à gazouiller et tendit les mains vers elle. Bradley se leva sur ses jambes et applaudit. Même après une courte sieste, ses fils l'accueillaient toujours comme s'ils ne l'avaient pas vue depuis des lustres. Si seulement elle avait pu avoir la moitié des qualités dont ils la paraient !

— Voici Adam, indiqua-t-elle en sortant l'enfant de son petit lit, et lui, c'est Bradley. Ils ont tous les deux besoin d'être changés avant de prendre leur déjeuner. Tu veux m'aider ?

— Bien sûr, répondit Jack sans conviction. Mon Dieu,

qu'est-ce qu'ils ont grandi ! Sarah, je ne sais pas quoi dire… Ils sont tellement…

— Oui, répliqua-t-elle. Je sais.

Elle changea Adam, qui resta cramponné à son genou tout le temps qu'elle s'occupa de son frère. Cette visite ne pouvait pas les traumatiser, se dit-elle. Les jumeaux étaient trop petits pour en être affectés. Par le miracle de l'alliance entre biologie et technologie, Jack était leur père. C'était une réalité à laquelle ils seraient confrontés toute leur vie.

— Tu veux le prendre ? proposa-t-elle à Jack en soulevant Bradley.

— Hum… d'accord.

— Si tu es gentil avec eux, ils te le rendront.

Elle lui faisait une petite faveur en lui confiant d'abord Bradley. De caractère, c'était le plus accommodant des deux et, en général, il se montrait détendu en société. C'était un tel miracle de voir se préciser au fil des jours la personnalité de chacun de ses fils !

Jack avait une attitude raide et hésitante, mais l'enfant ne semblait pas s'en formaliser. De ses menottes potelées, il empoigna la très élégante chemise en coton de Jack et le regarda droit dans les yeux, l'air solennel. Jack sourit, le bébé lui rendit son sourire, et Sarah fut brusquement confrontée à l'évidence : il y avait entre eux un air de famille. C'était troublant de voir le sourire de Jack se refléter sur le visage de ses fils. Sarah prit Adam dans ses bras et tous passèrent dans la cuisine, où elle montra à son ex-mari comment installer l'enfant sur sa chaise haute. Il fallait rendre justice à Jack : il s'en tirait plutôt bien.

— Parés pour déjeuner, dit-il en souriant devant leur mine affamée.

Jack avait changé, remarqua-t-elle en tendant un biscuit de dentition à chaque enfant. Ni en mieux ni en pire. Il était différent, c'est tout. Elle revoyait encore le Jack qui lui avait fait perdre la tête — beau, imposant, sûr de lui. Elle éprouvait même un pincement de nostalgie en repensant à son ancien amour pour lui, ainsi qu'à tout ce qu'ils avaient partagé.

— Rien ne nous oblige à en arriver là, fit-il observer calmement.

— « Là »… Tu veux dire au divorce ?

Elle n'en croyait pas ses oreilles ! Le divorce avait été enfin prononcé, le jugement officiel était arrivé tout simplement par la poste, sous enveloppe express, pris en sandwich entre la facture de téléphone portable et un catalogue de jardinage.

— On pourrait recommencer à zéro, tous les quatre, former une famille.

Tous les quatre ? *Une famille ?* La nostalgie lui remua le cœur, sans ménagement.

Jack devait avoir remarqué l'expression adoucie de son visage car il revint à la charge :

— Je suis sincère, Sarah. Ma mère se sent exclue de son rôle et ça la mine.

— Ta mère est la bienvenue si elle veut voir les enfants.

— Je ne te parle pas de droit de visite. Je te parle d'arranger la situation, de trouver une solution à tout ça. Peut-être que cette fois on pourrait faire davantage d'efforts pour que ça marche entre nous.

En entendant ces mots, Sarah éclata de rire. Bradley applaudit de ses mains potelées.

— Faire davantage d'efforts ? répéta-t-elle, trop amusée pour se sentir en colère. Parce que tu penses que je n'en ai pas assez fait, la première fois ?

En observant Jack attentivement, Sarah comprit enfin ce que sa grand-mère avait essayé de lui dire.

— Chaque jour que nous avons passé ensemble, je me suis efforcée d'être la meilleure épouse possible, reprit-elle. Mais ça ne t'a pas suffi. C'est ton problème, pas le mien.

— Très bien, lâcha-t-il, comme tu veux. C'est moi qui ai tout bousillé. Je suis désolé de ne pas être aussi parfait que toi. Désolé d'avoir eu un cancer et de ne pas t'avoir fait d'enfant. Désolé de la façon dont j'ai géré ma frustration.

— Oh, Jack… Je suis loin d'être parfaite. Et je n'en attendais pas autant de toi, d'ailleurs. Mais que tu me sois fidèle, si. C'est le genre de chose qui ne passe pas, avec moi.

— Dans mon cœur, je ne t'ai jamais quittée, affirma-t-il.

— Oh, mais dis-moi, s'exclama-t-elle, il faut que je note cette réplique pour ma BD !

— Sarah, nom de Dieu !

— Surveille ton langage devant mes enfants, s'il te plaît !

Elle se laissa aller contre le dossier de sa chaise, submergée par un immense soulagement. Depuis qu'elle avait quitté Jack, elle se demandait où était passé son amour. Elle regarda ses fils, ces deux splendides miracles, et elle sut. La maternité lui avait tellement appris en si peu de temps ! Auparavant, elle ignorait que l'amour puisse prendre autant de formes et de couleurs différentes. Si sa mère avait été encore là, tout cela lui aurait peut-être été révélé depuis longtemps. Mais le découvrir toute seule constituait une sorte de triomphe tout à fait particulier. Sans être simple pour autant.

Prenant une profonde inspiration, elle déclara alors :

— Je n'ai rien d'une martyre, dans toute cette affaire. J'ai eu mon rôle dans tes problèmes. J'étais obnubilée par l'idée de fonder une famille ; je voulais que tout ait l'air normal. Si j'avais autant lutté pour sauver mon couple que pour avoir des enfants, nous aurions peut-être eu une chance.

Jack hocha la tête, mais son attention fut distraite par Adam qui essayait d'attraper la grosse boîte posée sur le plan de travail, ses mains potelées s'ouvrant et se refermant en guise d'ordre muet. Jack saisit la boîte et versa des céréales sur le plateau des deux chaises hautes. Les garçons se jetèrent à pleines mains dessus et s'en fourrèrent plein la bouche, en considérant Jack avec toute la vénération due à un héros.

Comment résister à ces grands yeux clairs, à ces adorables petits minois ? Une douce fascination s'empara de Jack et son visage s'illumina. Cela faisait bien longtemps que Sarah ne l'avait pas vu sourire ainsi.

— Ils sont incroyables…, murmura-t-il, la voix nouée par l'émotion. Mes fils.

La douceur de cette joie non dissimulée bouleversa Sarah. Chancelante, elle ferma les yeux. Jack était le père de ses fils. Il ferait à jamais partie de leur vie.

Lorsqu'elle rouvrit les yeux, Jack la dévisageait avec une drôle d'expression.

— Tu es superbe, remarqua-t-il. Vraiment superbe.

Il la caressa comme avant, il y a très longtemps, le dos de sa main effleurant avec douceur la ligne allant de sa pommette à sa mâchoire.

Stupéfaite par les souvenirs poignants que ce geste réveillait en elle, Sarah resta muette, pétrifiée. Même quand elle entendit la porte d'entrée s'ouvrir et se refermer.

— Je ne peux pas rester, chérie, cria Will en se dirigeant vers la cuisine, mais je voulais te dire que… Oh…

Adam et Bradley l'accueillirent en babillant, leurs menottes s'ouvrant et se fermant en geste de bienvenue.

Sarah fit racler sa chaise en se levant. Elle sentait la culpabilité ternir son front.

Troublée, elle s'écria :

— Will ! Est-ce qu'Aurora va bien ?

— Oui. On a pris du retard pour rentrer, mais elle va bien.

Sa voix était dure et crispée. De même que son regard lorsqu'il jeta un bref coup d'œil en direction de Jack.

— Will, je te présente Jack Daly, intervint Sarah.

Ils s'étaient déjà croisés à l'hôpital mais n'avaient jamais été présentés.

— Jack, voici Will Bonner. Jack… est passé rendre visite aux garçons, ajouta-t-elle à l'intention de Will.

— Je vois.

Le regard de Will se porta sur la main de Jack, celle qui venait d'effleurer Sarah.

Si seulement elle avait pu disparaître dans un trou de souris !

— Tout va bien ? s'enquit Will.

— Elle va bien, répliqua Jack.

Sans que rien n'ait vraiment changé dans son expression ni dans son attitude, Will sembla subitement plus protecteur.

— C'est à Sarah que je posais la question, signala-t-il.

— Je vais bien, affirma-t-elle.

Elle faisait écho à Jack, retombant ainsi machinalement dans leur ancien schéma de fonctionnement.

— C'est vrai, ajouta-t-elle, et merci de m'avoir appelée ce matin, et d'être passé me donner des nouvelles d'Aurora.

Elle le supplia des yeux avant de désigner son visiteur d'un geste.

— J'ai hâte que tu me racontes tout, mais…

— Plus tard, enchaîna Will, qui détailla Jack une dernière fois avec mépris.

Sarah avait la gorge sèche.

— D'accord, dit-elle doucement, se haïssant de sentir peser encore sur elle l'influence de Jack.

Elle raccompagna Will jusque sous la véranda.

— Will, je ne savais pas qu'il allait venir. Je l'ignorais totalement.

— C'est bon. Ecoute, c'est leur père. On ne pourra jamais rien y changer.

Jamais elle ne l'avait vu si démoralisé. Bien sûr, il se ressentait encore de l'angoisse et de l'épuisement que lui avait causés la fugue d'Aurora, mais il y avait autre chose. Il paraissait déchiré. Peut-être même tourmenté. Et le pire dans tout cela, c'est qu'elle n'avait pas la solution.

— Je dois y aller, lança-t-il. Aurora et moi avons beaucoup de choses à régler.

— Bien sûr, approuva-t-elle, la gorge nouée de larmes.

— Je dois me focaliser sur elle, Sarah. Elle a encore plus besoin de moi que je ne l'aurais imaginé.

Alors elle comprit. Will voulait qu'elle s'éloigne, qu'elle lui laisse le temps et l'espace nécessaires pour réagir de façon appropriée au geste de sa fille. En fuguant, Aurora avait mis le doigt sur une vérité qu'ils connaissaient tous. Elle était la priorité de son père. Elle s'était dressée psychologiquement entre Sarah et lui.

— De toute façon, poursuivit-il en se dirigeant vers son pick-up, je repasserai.

Tâchant de se ressaisir, Sarah retourna à l'intérieur. Dans la cuisine, Jack contemplait les garçons. Il pesait sur la pièce un silence embarrassé, et elle alla mettre la radio en sourdine. Avec quel à-propos! La chanson qui s'échappa du poste n'était autre qu'un vieux classique empreint de nostalgie, *Stand by me*.

— C'est le type que tu fréquentes? demanda Jack d'un ton détaché.

— Ça ne te regarde pas, rétorqua-t-elle, avant de tiquer en s'entendant riposter de façon si puérile.

Jack scruta son visage et Sarah sentit le rouge lui monter aux joues.

— Tu es amoureuse de lui.

Elle ne nia pas. Comment aurait-elle pu?

— Et ça me regarde tout à fait, au contraire, puisque je t'envoie chaque mois un chèque mirobolant. A partir de là, tout ce que tu fais me regarde. Rien qu'en traitements pour la fertilité, j'y ai laissé une fortune, bon sang! Tu parles d'un retour sur investissement!

L'espace d'un instant, un fantasme surgit dans l'esprit de Sarah. Une bouffée de violence envers Jack l'envahit et elle se représenta prenant de l'élan, le poing serré, la bouche tordue en un rictus féroce, elle sentit l'air accompagner la détente de son bras, la décharge d'électricité au moment de l'impact, et ensuite sa main, qui retombait sans force, vaincue par le soulagement. Mais le fantasme se mua en un rire amer.

— Tu crois peut-être pouvoir me pousser à bout pour que je te dise de garder tes foutus chèques? Bien essayé, mais j'ai deux gosses à élever, Jack. Quand l'avenir de mes fils est en jeu, j'ai une patience à toute épreuve.

Il arracha du frigo la photo représentant Sarah et Will, et les aimants s'éparpillèrent en tintant sur le sol.

— Tu te crois amoureuse de ce bouffon ? Ne sois pas bête, Sarah. Tu t'imagines peut-être l'aimer, mais c'est faux. Rien de ce que tu ressens n'a de réalité. Tu es encore sous le coup de notre rupture.

— Tu ne me connais plus, Jack.

— C'est pour ça que je suis là. Je comptais reprendre contact avec toi à un certain niveau, dans l'intérêt des enfants, tu comprends ? Au lieu de ça, je prends l'avion jusqu'ici pour tomber sur la mère de mes enfants en train de se faire baiser par le premier plouc du coin !

Pour Sarah, ce fut la goutte d'eau qui fit déborder le vase. Elle alla d'un pas décidé à la porte et l'ouvrit à toute volée.

— Tu viens de prononcer le mot magique. On ne parle pas comme ça devant mes enfants. Il est temps que tu t'en ailles.

Jack hésita, et elle surprit sur son visage une expression qui lui rappela le temps où elle l'aimait encore. Sans un mot, il tourna les talons et franchit le seuil de la maison. Sarah le suivit des yeux, consciente du babil de ses enfants dans la cuisine. Jack parut se fondre dans la brume épaisse, avant de disparaître.

Pour Sarah, la visite intempestive de Jack avait au moins eu le mérite de clarifier certains points. L'idée qu'on « surmonte » l'échec d'un mariage ne s'appliquait pas à elle, et ne s'y appliquerait jamais. Impossible de surmonter ce qu'elle avait vécu avec Jack. Ce n'était pas plus mal, d'ailleurs. Cela raccourcissait d'autant sa liste de choses à accomplir.

Elle savait désormais que l'amour n'a pas qu'un seul visage : il varie en forme et en intensité. Ses sentiments pour Jack avaient été bien réels, mais ils s'étaient taris, et elle s'estimait chanceuse. Car s'enferrer dans un mariage d'où l'amour s'est enfui, c'est se condamner à une existence de mort-vivant. Bien sûr, ça reste une vie, mais une vie sans relief et sans couleur, comme une médiocre BD.

Avec Will, elle avait trouvé une nouvelle profondeur à l'amour et de nouveaux sommets à la passion, mais les ombres du doute planaient encore au-dessus d'elle. A une époque, elle avait vu en Jack l'homme idéal, mais elle s'était trompée. Et si elle faisait aussi fausse route avec Will ? Et si, avec le temps, ils changeaient, eux aussi ?

« Cesse de t'angoisser pour toutes ces questions », s'ordonnat-elle.

Son réalisme tout neuf n'empêchait pas son cœur de s'épanouir comme une fleur. On ne pouvait traverser ce qu'elle avait vécu sans se brûler les ailes, sans avoir sérieusement écorné sa vision idéalisée de l'amour. Elle découvrait qu'il était douloureux d'aimer à ce point, mais ne pas aimer était impossible. Et ce n'était pas une simple philosophie, mais un élan vital qui allait réclamer tout son être. Bien des efforts l'attendaient…

Tenter un rapprochement avec Aurora tenait peut-être de l'utopie… Mais le fait de le savoir ne l'arrêtait pas.

Quand on veut abattre un mur, on ne commence pas par ce qui se trouve de l'autre côté, mais par la personne qui l'a élevé.

La classe de dessin d'Aurora était partie en excursion au phare de Point Reyes dans le but de travailler sur un projet. Viktor Chopin avait affirmé à Sarah qu'elle serait toujours la bienvenue si elle souhaitait passer en cours à l'occasion. Or, cette sortie pédagogique lui offrait l'occasion rêvée de s'entretenir avec Aurora. Elle confia les jumeaux à sa grand-mère et engagea sa voiture dans la montée sinueuse que traçait la route d'asphalte.

Après avoir garé la Mini derrière le car scolaire jaune, Sarah se mit à scruter les élèves qui s'étaient dispersés parmi les collines et les promontoires, en quête du coin idéal à esquisser. Chaque point de vue révélait un panorama différent. C'était l'un des sites les plus spectaculaires pour observer la migration des baleines grises qui passaient par là au cours de leur périple entre l'Alaska et le Mexique, et Sarah savait que le phare était l'un des sujets de prédilection d'Aurora.

Par contraste avec la baie placide, la côte qui bordait l'extrême ouest du comté était un lieu de drame et de danger. La mer se jetait à l'assaut des falaises rocheuses qui s'élevaient, tels les arcs-boutants d'une cathédrale gothique, au-dessus des vastes plages désertes, festonnées de palmiers de mer, ces algues brunes rejetées sur le rivage. Sarah, nouée par le trac, sentait le fracas monotone des vagues se répercuter au creux de son estomac.

L'incident de Las Vegas avait clarifié la situation. Il était temps — et même grand temps — pour elle de définir sa relation avec Aurora. Non qu'elle ait besoin de la permission de l'adolescente pour aimer Will. Mais elle voulait qu'Aurora comprenne que l'amour de Sarah n'enlevait rien au lien qui l'unissait à son père.

La journée était glaciale, et la descente des trois cents marches de béton menant au phare tenait de la plongée dans le néant. La dernière volée de marches disparaissait dans un brouillard épais. Les bruits parvenaient étouffés — l'explosion assourdie des vagues contre les rochers, très loin en contrebas, la plainte régulière de la corne de brume. Dans les parages, les touristes étaient rares et les élèves de la classe de dessin s'étaient installés en divers points du site, ébauchant des aigrettes, des formations rocheuses et des cyprès sculptés par le vent. Sarah trouva Aurora perchée sur le niveau supérieur du vieux phare, un bloc à esquisses sur les genoux et une boîte de pastels gras posée à côté d'elle. L'adolescente ne parut pas étonnée de la voir.

— Salut, dit celle-ci.

— Salut.

Aurora leva brièvement la tête avant de retourner à son croquis.

— Tu as une minute ?

La main s'immobilisa en plein tracé au-dessus de la feuille.

— Je suis désolée, d'accord ? dit Aurora. Je sais que je te dois des excuses, comme à tout le monde. Je n'aurais pas dû me barrer, et je suis désolée.

Cela sonnait comme un discours préparé à l'avance. Sarah l'observa attentivement — ses cheveux brillants d'un noir bleuté retombant sur sa joue mate au grain velouté, sa jolie bouche crispée de chagrin.

— Ce n'est pas pour te demander des excuses que je suis venue ici, expliqua-t-elle. En réalité, je ne te blâme pas d'être partie à la recherche de ta mère.

Aurora continuait son dessin avec détermination. Non loin de là, une mouette plongea en piqué, plana un moment, portée par le vent qui gonflait ses ailes, puis vira de bord et s'éloigna.

— Je peux tout à fait le comprendre, renchérit Sarah. Crois-moi, si je pouvais trouver un moyen de revoir ma mère, je serais prête à tout pour réaliser mon rêve. Mais il y a une chose que je dois savoir : est-ce à cause de moi que tu as fugué ?

— Ça n'a rien à voir avec toi. Ça n'a jamais rien eu à voir avec toi.

Aurora fixa la page d'un air courroucé.

— De toute façon, poursuivit-elle, je n'ai pas besoin de tes sermons, alors avant que tu commences à me crier dessus, à me faire des reproches ou…

— Je ne vais ni crier ni te reprocher quoi que ce soit. Je te demande simplement de cesser de torturer ton père.

— Je ne le torture pas.

— Parce que le forcer à choisir entre toi et moi, tu crois que ce n'est pas de la torture ?

— Je ne le force à rien du tout.

— Quand vous n'êtes que tous les deux, tu joues les filles modèles et dès que je suis là, tu te transformes en Sybil.

— C'est qui, Sybil ?

— Le personnage d'un film très chouette. On le regardera ensemble un de ces jours.

— Tu dis n'importe quoi.

Serrant ses genoux ramenés contre la poitrine, Aurora fixait la ligne d'arbustes façonnés par le vent, tous penchés dans la même direction.

— Tu ne m'écoutes pas. J'essaie de t'expliquer que ce n'est

pas parce que ton père est amoureux que tu dois avoir peur de le perdre.

— On s'en sortait bien, tous les deux, avant que tu arrives, lâcha Aurora.

L'adolescente possédait le farouche instinct protecteur de Will. Mais pas son jugement.

— Ton père sera toujours là pour veiller sur toi, Aurora. Tu n'as pas à faire quoi que ce soit pour attirer son attention, ni à t'inquiéter de moins compter à ses yeux. Ce n'est pas parce qu'il est soucieux ou pris par autre chose qu'il est indifférent envers toi. Et ce n'est pas parce que lui et moi sommes tombés amoureux que c'est forcément la fin du monde. Que cela te plaise ou non, ta vie va s'enrichir de l'amour de trois personnes supplémentaires.

Aurora garda le silence, concentrée sur son dessin tandis que le vent mugissait au pied des falaises rocheuses. Sarah sentait l'adolescente lui échapper. En fait, c'était plutôt un avantage. Parce que, maintenant, elle pouvait laisser parler son cœur, elle n'avait plus rien à perdre.

— J'avais préparé tout un petit laïus, avoua-t-elle. J'allais te dire que j'espérais, dans l'intérêt de ton père, que nous pourrions être amies toutes les deux, et aller de l'avant. Que je n'allais pas chercher à remplacer ta mère parce que je respecte le fait que tu en as déjà une. J'allais te parler de toute cette histoire de belle-famille... Mais tu sais quoi ? Tout ça, on s'en fout. Je n'ai peut-être pas assisté à ta naissance, à ton premier jour de maternelle ou à ton premier spectacle à l'école, mais aujourd'hui je suis là. Je veux m'occuper de toi, m'inquiéter pour toi, me disputer avec toi, t'embarrasser lors des réunions de l'école et t'emmener faire du shopping. Je veux t'aimer toute la vie, du même amour dont j'aime Adam et Bradley. Et si tu n'es pas capable d'assumer ça...

— Arrête ! coupa Aurora d'un ton sec, en refermant son bloc à esquisses d'un geste brusque. Tu vas la fermer une seconde, bon sang ?

Elle pressa les mains sur son visage ; elle avait l'air toute petite et effrayée. Puis elle releva le menton dans une attitude mêlant fierté et défi.

— Je voulais juste mettre les choses au point avant que tu ne prennes une décision…, reprit Sarah.

— C'est tout décidé. Si tu veux bien m'écouter une minute, je vais essayer de t'expliquer. Tu me prends peut-être pour une idiote d'être allée retrouver ma mère, mais comme ça, au moins, j'ai découvert par moi-même qu'elle ne fera jamais partie de ma vie, pas dans un avenir proche en tout cas. Quand j'étais petite, je ne la comprenais pas, je ne savais pas pourquoi elle faisait des allers et retours aux urgences, ce qui explique d'ailleurs pourquoi mon père flippe tellement chaque fois qu'il doit y aller, comme le jour où il t'y a emmenée. Ma mère a un problème avec la drogue, même si elle prétend le contraire. C'est une voleuse et une menteuse. Peut-être qu'un jour elle se secouera et qu'alors elle ira mieux. Je l'espère, mais je ne peux pas l'obliger à le faire. Personne ne le peut.

Sarah lui mit la main sur l'épaule et, voyant qu'Aurora ne se braquait pas, écarta une mèche de cheveux noirs de sa joue à présent mouillée de larmes.

— Je suis désolée, Aurora.

Celle-ci frémit de sanglots entrecoupés.

— Je lui en veux tellement ! J'ai tellement la haine ! Je me fiche d'être une fille modèle ou que papa soit le mari idéal ! Rien de tout ça ne l'a jamais arrêtée.

Sarah lui tendit un Kleenex et Aurora s'essuya le visage, malgré les larmes qui continuaient à couler.

— Mon père n'a jamais songé à son propre bonheur. Tous ses choix ont été faits dans le but d'aider ou de protéger quelqu'un. Aujourd'hui enfin, il veut quelque chose pour lui, quelque chose qui le rende heureux. C'est la meilleure personne que je connaisse et il mérite ce qu'il y a de mieux…

Son regard s'éclaircit et elle déglutit péniblement.

— Ce que je veux dire, c'est que si tu n'es pas trop en rogne contre moi, peut-être qu'on pourrait… recommencer à zéro ?

— Eh bien, conclut Sarah, qui à chaque battement de son cœur voyait l'avenir se dégager, je pense qu'il nous reste juste un dernier petit détail à régler.

— Lequel ?

Les yeux d'Aurora s'agrandirent d'appréhension, et Sarah mesura à quel point l'adolescente avait peur du changement.

— Je vais devoir vendre la Mini.

42

Gloria entra dans le bureau de la caserne et laissa tomber devant Will un épais dossier en papier bulle. Elle avait l'air calme mais l'œil hagard.

— Six mois en centre de détention pour jeunes délinquants. Dis-moi que ça va s'arrêter là.

Will savait que Gloria avait eu du mal à admettre la réalité : le pyromane auteur de tous ces incendies n'était autre que la fille de Ruby.

— J'aimerais vraiment pouvoir.

— Mais tu ne peux pas, répondit-elle en soupirant et en s'appuyant contre le bord du bureau. Au moins n'a-t-elle fait aucune victime.

— Et entre Ruby et toi ?

Gloria — sa coéquipière, sa conductrice de pompe, son roc — refoula ses larmes.

— On est à ça de la rupture, confessa-t-elle en rapprochant le pouce et l'index.

— C'est ridicule. Vous êtes faites l'une pour l'autre !

Elle hocha la tête et se fendit d'un sourire tremblotant.

— C'est pour ça qu'on est encore ensemble. Le juge a ordonné à Glynnis d'assister à des cours sur les styles de vie alternatifs. Après ça, il ne nous restera plus qu'à croiser les doigts.

— Brave fille ! s'exclama Will en se levant pour la serrer dans ses bras. Je suis fier de toi.

— C'est une question de bon sens. Si tu acceptes qu'une gamine fasse la loi chez toi, ça n'est plus une vie. Une fois que l'enfant grandit et quitte le nid, tu t'aperçois que tu as oublié comment on faisait pour être maître chez soi.

— Comment fais-tu pour aborder la question des enfants avec autant d'intelligence? demanda Will en reculant d'un pas.

— Peut-être parce que je suis intelligente. Peut-être que je suis assez intelligente pour savoir que je peux te parler à toi, Will Bonner.

Elle lui donna une bourrade dans l'épaule.

— Toi et ton cœur rempli d'amour…, ajouta-t-elle.

Après le départ de Gloria, Will repoussa le tiroir à dossiers suspendus qui se ferma dans un tintement définitif. Il n'éprouvait aucun sentiment de justice. Pour lui, la situation n'était pas aussi simple que Gloria l'aurait voulu. Il avait fallu frôler la catastrophe pour qu'Aurora leur révèle enfin la vérité. Restait à espérer que désormais, elle lui ferait davantage confiance. L'avenir le lui dirait, et pour le moment, il ne tenait pas à la bousculer. Son amie avait mis des vies humaines en péril, et Aurora ne s'était pas encore remise de cette prise de conscience. Sans compter qu'elle n'avait pas non plus digéré les retrouvailles avec sa mère. Peut-être avait-il eu tort de vouloir protéger Aurora de la véritable Marisol. Sa fille allait devoir faire le deuil de la femme qui l'avait abandonnée, de manière à accepter enfin son sort et tourner la page. Du moins l'espérait-il.

Et Sarah? Son cœur et ses rêves étaient remplis d'elle, alors qu'entre eux rien n'était simple.

Quand on est parent célibataire, la loyauté envers son enfant passe avant tout, en toutes circonstances. Même si l'enfant a tort.

Du moins, telle avait été son opinion jusqu'ici. L'affaire Glynnis était en soi un sacré rappel à l'ordre. Une loyauté aveugle envers son enfant peut parfois mener au désastre. Quoi qu'il en soit, il allait cesser de s'angoisser pour des choses qui n'avaient pas eu lieu, des choses qui n'arriveraient peut-être jamais. Jusqu'ici, il avait gardé ses distances avec Sarah, de crainte qu'Aurora ne la voie comme une figure maternelle. En effet, si ça ne marchait pas entre eux, sa fille aurait une fois de plus le cœur brisé.

Eh bien, tant pis! On ne mourait pas d'un cœur brisé, et sa fille était maintenant assez grande pour le savoir. Il s'apprêta à rentrer chez lui, à passer les prochains jours en compagnie d'Aurora, dans le but d'avoir enfin une vraie discussion avec elle. Il lui rappellerait que sa vie ne se résumait pas à son travail de pompier ni à l'éducation de sa fille. Sarah et ses fils faisaient partie de son cœur, et il n'allait pas se refréner plus longtemps. Jamais il n'aurait cru tomber de nouveau amoureux après Marisol : leur histoire s'était soldée par un tel gâchis... Il s'était trompé, à l'époque, mais cette fois, c'était différent. Cette fois, il n'était plus un gamin. Et Sarah n'était pas Marisol. Cela ne signifiait pas pour autant que les choses allaient être plus faciles. Mais maintenant, il connaissait le prix à payer pour que son amour s'inscrive dans la durée.

Il se dirigea vers son pick-up, balança son sac de marin à l'arrière.

— On dirait que tu as un rendez-vous torride avec un paquet de linge sale, ironisa quelqu'un.

Il se retourna, le visage déjà illuminé par un sourire. On aurait dit qu'il l'avait convoquée par la pensée. C'était un signe, forcément.

— Sarah...

Elle se tenait dans l'allée de la caserne, les cheveux soulevés par une brise légère. Les rares rayons de l'automne avaient pris leur temps pour faire évaporer la bruine, mais l'air pétillait enfin d'une clarté éblouissante.

— Salut, toi.

— Je pensais justement à toi, dit Will, regrettant soudain de ne pas avoir la bague sur lui.

A la voir si belle, à la façon dont il sentait battre son cœur, il avait envie de la lui donner tout de suite.

— Ah oui ? répondit-elle en allant vers lui et en nouant les bras autour de son cou. Et ça donnait quoi ?

Il se pencha pour lui offrir un baiser long et intime, savourant les souvenirs de chaque moment qu'ils avaient partagé, comme une promesse du temps à venir. Elle se laissa aller contre lui, son corps moelleux épousant le sien, et avoua :

— C'est tout à fait ce à quoi je pensais, moi aussi.

— Où sont les garçons ?

— J'ai obtenu quelques heures de liberté provisoire pour bonne conduite, plaisanta-t-elle.

Mais son sourire s'évanouit et Will lut une lourde angoisse dans son regard.

— Tu as une minute ? s'enquit-elle.

— Qu'est-ce qui se passe ?

— Je ne t'ai pas expliqué ce qui s'était passé avec mon ex-mari.

Will sentit son cœur se figer en repensant à la scène qu'il avait surprise au cottage : Sarah entourée de son ex et de leurs fils — l'image d'une famille.

— Ecoute, tu n'as pas à…

— Je le veux.

Will tenta d'interpréter l'expression de son visage. Elle avait vécu cinq ans avec ce type, l'avait soigné pendant son cancer, avait eu deux enfants de lui. Allait-elle, en fin de compte, décider que son engagement envers Jack était trop important pour y mettre un terme ?

— Je suis contente qu'il soit venu. Pour moi, revoir Jack a été une expérience… troublante, conclut-elle, les yeux humides.

— Ecoute, si tu essaies de me dire que tu ressens encore quelque chose pour lui, tu frappes à la mauvaise porte, chérie, répondit Will, sur la défensive. Je t'aime, mais je ne te servirai pas d'épaule pour pleurer sur ton ex.

Sarah hocha la tête avec tristesse.

— Jamais je ne te demanderais une chose pareille, Will.

— Alors, pourquoi ce trouble ? demanda-t-il.

— Je n'arrêtais pas de me dire que j'avais quelque chose à prouver à Jack. Qu'il fallait que je lui montre que j'étais capable de m'en sortir en tant que mère célibataire élevant des jumeaux et travaillant à son compte. Lui m'a dit certaines choses… sur nous, sur toi et moi, alors que ça ne le regardait en rien. Il jure que je suis encore sous le coup de notre séparation. Je sais que je suis cinglée d'accorder un quelconque crédit à ses propos, mais bizarrement il a toujours eu le chic pour me saper le moral, et aujourd'hui encore.

— Tu n'as pas à le laisser faire, Sarah. Tu vas accepter ça ?

— Non, mais la réalité veut qu'il fasse partie de la vie des garçons.

— D'accord, il en fera même toujours partie. Et alors ?

Will s'éclaircit la voix, regrettant de ne pas mieux savoir manier les mots, désireux de trouver un moyen de faire comprendre ses sentiments à Sarah. Le cœur humain était un organe d'une telle complexité, si robuste et si fragile à la fois.

— Je sais que tu as le cœur brisé, Sarah, commença-t-il. Mais je sais aussi qu'un cœur, ça se répare. Et je sais l'effet que ça fait d'aimer de nouveau. Je t'aime tellement que je n'en dors plus la nuit. Parfois, j'en oublie de respirer. Et, dans cent ans, ce sera pareil.

— Will, tu le penses vraiment ? murmura-t-elle.

— C'est ce que j'ai dit, non ?

Il se maudit aussitôt de s'être exprimé avec colère.

— Ecoute, poursuivit-il, j'en ai assez d'attendre. Ce ne sera jamais le bon moment pour te le demander. Alors, je te pose la question maintenant, Sarah… Veux-tu m'épouser ?

Elle ferma les yeux un instant, comme un plongeur de compétition sur le point de faire le grand saut.

Son hésitation le rendit nerveux.

— Je ne retire pas ma question, Sarah, insista-t-il. Et j'attendrai ta réponse aussi longtemps qu'il le faudra. Pour toi, j'ai toute la patience du monde.

Ouvrant les yeux, elle leva la tête et lui sourit.

— Je t'aime, Will, et moi aussi, je refuse d'attendre plus longtemps. Moi aussi, je veux passer le reste de ma vie à t'aimer. Est-ce que nous le pouvons, Will? Est-ce que nous pouvons mélanger nos familles, trouver un moyen pour que ça marche? Parce que tu sais, c'est ça que je dois prouver. Ce qui, à propos, veut dire *oui*.

« Enfin! songea-t-il. Enfin… » Il la souleva de terre et la serra contre son corps tout entier. Fermant les yeux pour capturer à jamais cet instant dans son cœur. Désormais, son but était clair. Cette femme n'avait pas besoin d'être secourue. Il pouvait se contenter de l'aimer, tout simplement. Il la reposa à terre et lui donna un baiser.

— Je viens d'embrasser ma fiancée pour la première fois.

— C'est toi qui m'as demandée en mariage, mais si tu ne l'avais pas fait, je m'en serais chargée moi-même.

— Vraiment?

— Vraiment.

— Eh bien, quand va-t-on annoncer la bonne nouvelle à Aurora?

Son optimiste s'étendait même à Aurora, maintenant.

Sarah rougit.

— Je pense qu'elle est déjà au courant, dit-elle doucement.

— Au courant de quoi?

Il voulait l'entendre de sa propre bouche.

— Que mon amour est si fort que je ne peux pas concevoir de vivre sans toi. Ou sans elle. A ce sujet, j'ai eu une longue conversation avec Aurora. Elle se sent vraiment mal, Will, et je l'adore.

Il était euphorique, égaré par le bonheur.

— Oh, ma chérie… Si seulement je pouvais te dire que ça va être facile avec elle…

— Ça n'a pas à l'être, Will, mais tu la sous-estimes. Ta fille a un cœur aussi grand que le tien. Sur ce point, elle te ressemble.

Personne ne lui avait jamais parlé ainsi. C'était la seule chose qu'il avait jamais vraiment eu envie d'entendre, et voilà que quelqu'un la lui disait! Il enveloppa Sarah de ses bras, et l'embrassa encore, la serrant si fort qu'il la sentit décoller de terre.

— Et donc, combien d'heures de liberté t'a-t-on octroyées pour bonne conduite? s'enquit-il en la reposant pour lui bécoter le cou.

— Pas assez pour ça. J'ai dit à Aurora de nous retrouver ici… à peu près à cette heure-ci.

— Elle garde les jumeaux?

— Elle les a emmenés à Children's Beach.

Sarah sourit devant l'air surpris de Will. Elle lui effleura la joue.

— Nous allons être bien, tous ensemble, affirma-t-elle. Ça ne sera peut-être pas toujours un bonheur sans nuage, mais nous serons intensément heureux.

Et elle lui donna le genre de baiser dont il rêvait depuis la première fois qu'il l'avait embrassée, un baiser si sincère qu'il en fut transpercé d'émotion.

Quelques secondes plus tard, Will entendit des voix — sa fille en train de raconter quelque chose en espagnol et des rires d'enfants. Il serra Sarah contre lui. Et, l'instant après, ils apparurent tous les trois, dorés par les derniers rayons du soleil, les garçons dans leur landau, poussé par Aurora.

Le monde entier venait à lui.

Remerciements

Des efforts particuliers ont été requis pour que ce livre puisse voir le jour. J'adresse toute ma reconnaissance à mes pairs en écriture pour leur amitié, leur humour et leur patience au regard de mes premiers jets : Anjali Banerjee, Kate Breslin, Carol Cassella, Lois Faye Dyer, P.J. Jough-Haan, Rose Marie Harris, Susan Plunkett, Sheila Rabe, Krysteen Seelen, Suzanne Selfors et Elsa Watson.

Mes sincères remerciements à Greg Evans, créateur du comic strip Luann ; à l'ancien capitaine des pompiers Tom Mcabe du Kern County Fire Department — un héros dans la vraie vie — ainsi qu'à Glenn Mounger, homme de mystère de dimension internationale.

Et, comme toujours, merci à mon équipe d'experts qui rend possible la concrétisation d'un livre — mon agent, Meg Ruley, et Annelise Robey de la Jane Rotrosen Agency ; mon éditrice, Margaret O'Neill Marbury ainsi qu'Adam Wilson de MIRA Books ; merci à Donna Hayes, Diane Moggy, Loriana Sacilotto et à tant d'autres qui ont fait de cette aventure un plaisir coupable.

DANS LA MÊME COLLECTION
Par ordre alphabétique d'auteur

... / ...

DANS LA MÊME COLLECTION
Par ordre alphabétique d'auteur

... / ...

... / ...